Ahmet Ümit

DIE GÄRTEN VON ISTANBUL

Kriminalroman

Aus dem Türkischen
von Sabine Adatepe

btb

Zum Gedenken an meinen lieben Freund Ali Taygun

Gestern blickte ich von einem Hügel auf dich,
teures Istanbul …
Yahya Kemal

Byzantion
König Byzas’ legendäre Stadt

Gott schaute auf den König. Es war das Fest der Segnung: Tag der Danksagung, Moment der Gegengabe, Zeit der Ehrerbietung. Als heilige Gabe hatte Gott ihnen dieses herrliche Land geschenkt, das wie der Kopf eines Adlers ins Meer hineinragt. Mit Zauberkraft hatte der Wind die Segel ihrer Schiffe gebläht, die Erde hatte die Saat gleich einer gebärfreudigen Frau in köstliche Frucht verwandelt, das Meer war zum freigebigen Garten geworden und hatte ihnen die schmackhaftesten Fische geschenkt. Katastrophen hatte Gott ferngehalten. Jetzt war der König an der Reihe. Er musste tun, was ihm zufiel, musste sein Wort halten. Er packte sein breites, scharfes Schwert.

Gott schaute auf den König. Der kleine Platz schwamm in milchblauem Licht. Es roch nach Meer. Auf seiner Stirn spürte er feuchte Kühle. Auch der junge Stier beim Tempel spürte die Kühle, sie machte ihn schaudern. Vier Krieger hielten den jungen Stier mühsam im Zaum, auch sie überfiel ein Schaudern, ebenso den Seher, der einen Schritt hinter dem Stier stand, nur der König erschauerte nicht. Weder die unsichtbare Berührung des Windes kümmerte ihn noch die haarsträubende Kühle. Bedächtig hob er sein Schwert und trat näher.

Gott schaute auf den König. Als der König vor Gott stand, hielt er inne, hob ehrerbietig den Kopf, richtete die Augen auf den Dreizack in Gottes Hand. Die furchtbare Waffe dazu fähig das riesige Land mit einem Schlag auf den Meeresboden zu versenken. Die Ehrfurcht in seinem Herzen wurde zu Furcht, er wandte den Blick ab von Gott. Auf dem Platz erstarb für einen Augenblick das Leben, still standen der vom Meer her wehende Wind, der Stier, dessen schwarzes Fell zornig zuckte, und die Krieger, die den Stier gepackt hielten. Wartete er noch länger, verwandelte sich die schaurige Stille in einen bleibenden Fluch, wartete er weiter, erzürnte er Gott. Er musste reden. Er durfte nicht länger warten.

»O Poseidon«, donnerte er, die Stimme voller Demut. »O Gott der Meere, der Erdbeben, der Pferde! O Sohn des Kronos und der Rheia, o Bruder des Zeus und des Hades. O mächtigster der Unsterblichen. O unsterblichster der Allermächtigsten. Tausendfach sei Dir Dank, tausendfach Ehre, tausendfach Liebe.

Du, der Du Dich nie von uns abwandtest. Du, der Du uns nie verließest, seit wir uns von Megara auf den Weg machten. Nie erprobtest Du Deinen Zorn an uns. Nie schicktest Du Deine Stürme gegen unsere Schiffe. Nie setztest Du Deinen mächtigen Dreizack gegen uns ein. Du machtest die Meere still, gnädig und segensreich.

O prächtigster der Götter, o Schutzherr der Aussiedler von Megara. Ohne Dich hätten wir dieses zu drei Seiten von Meer umschlungene Land nie erreicht. Ohne Dich hätten wir unsere junge Stadt, die gleich einem Monument auf diesem gesegneten Boden aufragt, nie gegründet. Ohne Dich hätten wir weder zu Land noch zu Wasser existiert. Du, der Du uns liebst wie Deine eigenen Kinder. All unseren Dank wollen wir Dir mit dem Opfer dieses Stieres erweisen. Wir bitten Dich, nimm unser Opfer an. Wir bitten Dich, erbarme Dich auch künftig unser. Wir bitten Dich, sorge ebenso dafür, dass die anderen Götter ein Einsehen mit uns haben. Denn Du bist der, der uns am meisten liebt. Denn Du bist gerecht …«

Als hörte er die Worte gar nicht, hielt Gott weiter mit feuerspeienden Augen den Blick auf Byzas gerichtet, den jungen König dieses jungen Landes. Der König nahm die gleichgültige Haltung Gottes nicht schwer. Er kniete nieder, beugte den Nacken und ent-

bot seinen Gruß. Dann richtete er sich langsam auf und wandte sich wie ein zielstrebiger Krieger dem schwarzen Stier zu. Von dem auf ihn zuschreitenden König bemerkte der Stier zuerst das Schwert. Wie um die nahende Katastrophe anzukündigen, warf die Sonne ihre Strahlen von der glänzenden Schneide zurück in die Augen des wilden Tieres. Der Stier, schon aufgrund der Fesseln nervös, geriet in Panik. Wie gern wäre er geflohen von diesem nach Meer riechenden kleinen Platz, wie gern hätte er sich von den Fesseln befreit und dem Glitzern, das seine Augen blendete. Er zerrte an den Kriegern und strebte der Enge zu entkommen. Doch die vier gaben nicht nach.

Gott schaute auf den König. Byzas trat dem Stier entgegen. Kaum witterte er den Geruch des Königs, schnaubte der Stier wutentbrannt. Die Krieger vermochten das Tier kaum noch zu halten. Längst hatte der Seher zu beten begonnen, in der Hand hielt er eine Tonschale bereit, um das gleich sprudelnde Blut aufzufangen. Byzas stand vor dem herrlichen Tier, musterte voller Respekt sein Opfer. Auch der Stier hielt den Blick auf ihn gerichtet. Mit gespannter Neugier blickte er den König an, als wollte er vorausahnen, was geschehen würde. Gott durfte man nicht warten lassen, ebenso wenig das Opfer. Wieder packte der König den Griff seines breiten scharfen Schwertes. Von unten stieß er es dem Stier in die Kehle. Das Blut sprudelte in die Schale des Sehers, der Stier erstarrte. Kurz darauf ließ der Schmerz ihn erzittern, mit aller Macht warf er sich zurück. Er wäre geflohen, solange seine Kräfte reichten, er hätte die vier Krieger mit sich geschleift, wären sie unachtsam gewesen, er hätte sein Blut in der Gegend verspritzt, doch das ließen die muskulösen Arme nicht zu. Bald verlor das Tier seine Kraft, erst fiel es auf die zitternden Knie, dann kippte es krachend auf die rechte Seite.

Gott schaute auf den König. Der König kümmerte sich nicht länger um Gott. Ob es dem Blut geschuldet war, das ihn bespritzte, oder einem uralten Trieb, sein Blick lag starr auf dem getöteten Stier. Die Wut war aus den Stieraugen gewichen, nun wirkten sie nur noch verwundert und ein wenig traurig. Der König bereute seine Tat nicht, er trug den Frieden dessen im Herzen, der seine Pflicht erfüllt hat. Und doch konnte er den Blick nicht abwenden von den erstarrenden schwarzen Augen seines Opfers.

»Willst du sagen, sie haben den Mann Atatürk geopfert?«

Die schwarzen Augen des Opfers ruhten auf Atatürk. Der Mann mochte um die fünfzig sein. Die Arme waren über den Kopf gestreckt, die Handflächen zusammengelegt, die Handgelenke mit Nylonschnur aneinandergefesselt. Die Beine spreizten sich zum Meer hin. Sein langes glattes Silberhaar floss über den Marmorboden, der Kragen seiner tabakbraunen Lederjacke und die Brust seines beigefarbenen Hemds waren schwarz von getrocknetem Blut. Wäre dem Mann nicht das von einem schmalen, grau melierten Bart bedeckte Kinn auf die Brust gefallen, hätte ich vermutlich gleich den tiefen Schnitt am Hals bemerkt, der zum Tod geführt hatte. Viele Male hatte ich Ähnliches gesehen, doch nun deprimierte mich der Anblick der Leiche, es mochte an der frühen Morgenstunde liegen oder daran, dass ich allmählich älter wurde. Ich wandte mich um, dem Meer zu, das sich zusehends aufhellte.

Vor mir zogen zwei viel geplagte Dampfer der städtischen Fährlinien, zwei Schwerarbeiter des Meeres, über das leicht bewegte Blau und zogen Spuren aus Gischt hinter sich her. Eine Brise strich über Sarayburnu. Milchblau das Licht. Es roch herrlich nach Meer. Hinter uns blühten die Bäume an den Hängen des Topkapı-Palastes, die eine Straße querte. In mir stieg vage die Erinnerung an schöne alte Zeiten auf, an das Istanbul meiner Kindheit. Schemenhafte Bilder, Stimmfetzen, Bruchstücke von Ereignissen … Doch keine einzige Erinnerung kristallisierte sich klar heraus. Da spürte ich einen Blick auf mir lasten. Ich hob den Kopf und traf den Blick. Vom Himmel herab musterte mich ein verblassender Halbmond. Verblassend, dennoch schien sein Umriss mit jedem Moment deutlicher hervorzutreten, als ginge er gerade erst auf. Mich fröstelte, ich riss mich vom Halbmond los und schlug den Mantelkragen hoch.

»Ist das Zufall?«

Die Stimme wehte schwach über den kleinen Platz und verlor sich in den gekräuselten Wellen. Sie gehörte unserem Heißsporn Ali, er starrte die bronzene Atatürk-Statue an. Seine Frage richtete sich an niemanden und alle. Zeynep reagierte schneller als ich.

»Was soll da Zufall sein?«

Ihr hübsches Gesicht spiegelte die Sorge, ein wichtiges Detail übersehen zu haben. Ali wies mit dem knisternden Funkgerät auf die Atatürk-Skulptur.

»Dass das Opfer genau vor dem Denkmal abgelegt wurde.« Er warf mir einen fragenden Blick zu. »Was meinen Sie, Hauptkommissar, ist das Zufall?«

Ich wusste keine Antwort, trat aber nun meinerseits an das Denkmal heran. Atatürk in Zivil, eine Hand in die Hüfte gestützt, den Blick sinnierend auf das blaue Wasser gerichtet. Als kein Kommentar von mir kam, setzte Zeynep die Diskussion fort: »Wie? Willst du etwa sagen, die haben den Mann Atatürk zum Opfer gebracht?«

»Wäre doch möglich, oder?« Alis Stimme klang ruhig, als spräche er über eine völlig normale Sache. »Es gibt alle möglichen Verrückten in diesem Land …«

Er hatte recht, aber ich hatte noch nie davon gehört, dass man Atatürk Menschen opferte.

»Glaub ich nicht«, murmelte Zeynep und untersuchte das Mordopfer erneut, »ich halte das für reinen Zufall. Wäre der Getötete geopfert worden, hätte man ihn hier ermordet.« Mit der in einem Plastikhandschuh steckenden Rechten zeigte sie auf den Marmorboden unter dem Kopf der Leiche. »Kein einziger Blutfleck. Die haben ihn erst getötet und dann hergebracht. Dieser Mord hat wohl kaum etwas mit Atatürk zu tun.«

»Also, ich weiß nicht…« Ali war offenbar zum Diskutieren aufgelegt, doch das Horn einer Autofähre, die das Wasser durchpflügte, schnitt ihm das Wort ab. Der erstickte Aufschrei des Dampfers, wie trauriges Heulen eines wilden Tieres aus grauer Vorzeit, versickerte rasch in der morgendlichen Stille, und Zeyneps Stimme war wieder zu hören: »Hier ist etwas.« Sie war dabei, dem Leichnam einen kleinen Gegenstand aus den gefesselten Händen zu nesteln. »Ha, jetzt hab ich's.«

Wir fixierten das runde Metallstück zwischen Zeyneps Zeigefinger und Daumen.

»Eine Münze«, murmelte Zeynep. »Scheint antik zu sein.«

Ali versuchte zu entziffern, was darauf stand.

»Schrift am Rand, in der Mitte Symbole. Was soll das wohl heißen?«

Selbst unser Adlerauge Ali hatte Mühe mit den Zeichen auf dem Metalltaler, ich ohne Brille war hoffnungslos verloren. Gerade wollte ich die Lesebrille aus der Innentasche meiner Jacke angeln, als Zeyneps Erklärung das erübrigte.

»Das ist doch ein Stern, oder? Und das hier ist der Mond!« Sie wandte mir ihren staunenden Blick zu. »Ja, da haben wir eine Mondsichel, Hauptkommissar, und in der Mitte einen Stern.« Sie zögerte, dann flüsterte sie mit belegter Stimme: »Genau wie auf unserer Fahne.«

»Byzantion war der erste Name Istanbuls.«

Auf der Leinwand an der fensterlosen Wand im dunklen Labor erschien das helle Abbild der Münze. Ich betrachtete den seit Jahrtausenden strahlenden Stern, mittig über der nach oben geöffneten Mondsichel, die Konturen von der Zeit leicht verwischt, doch an Pracht hatte er nichts eingebüßt. Ein Wort aus neun Buchstaben umrahmte Halbmond und Stern.

»Welche Sprache ist das?« Zeynep deutete mit einem langen Lineal auf das Wort. »Türkisch ist das nicht. Vielleicht Russisch?«

»Nein«, sagte ich bestimmt. »Griechisch. Das sind griechische Buchstaben.«

Nicht nur Zeyneps, auch Alis Kopf flog zu mir herum. Woher wusste ich das?

»Ich habe das griechische Alphabet im Haus vom alten Dimitri gelernt. Er war Priester im Patriarchat. Er und seine Frau Sula wohnten in Balat, in dem Haus mit Garten uns gegenüber. Sie hatten keine Kinder, ich ging bei ihnen ein und aus. Sie hatten viele Bücher mit tollen Bildern aus Griechenland, die habe ich angeschaut und dabei das griechische Alphabet gelernt. Das heißt, früher konnte ich es, heute verwechsele ich die Buchstaben, aber so viel kriege ich gerade noch zusammen.«

»Was steht denn da, Hauptkommissar?«, fragte Zeynep neugierig, den Blick auf dem erhabenen Schriftzug. Ich trat näher an die Leinwand heran und zeigte auf die Buchstaben.

»Das könnt ihr auch lesen. Byzantion steht da.«

Bedrückt wie angesichts eines unlösbaren Problems murmelte Ali: »Hat das was mit Byzanz zu tun?«

Dieselbe Frage verengte Zeyneps Augen zu Schlitzen.

»Was?«, tadelte ich. »Sagt bloß, ihr wisst das nicht!«

Erst verstanden sie meine Reaktion gar nicht, dann wandten sie den Blick ab, als hätten sie sich einen groben Schnitzer geleistet.

»Wisst ihr es wirklich nicht? Ich bitte euch! Byzantion, Mensch, Byzantion! Das war der erste Name Istanbuls, der Stadt, in der ihr lebt.«

Ali verbarg seine Zerknirschung hinter tiefem Schweigen, Zeynep setzte zur Verteidigung an.

»War der erste Name von Istanbul denn nicht Konstantinopolis?«

Enttäuscht schüttelte ich den Kopf.

»Natürlich nicht. Istanbuls erster Name lautete Byzantion, den Namen Konstantinopolis erhielt es Jahrhunderte später.«

Plötzlich wechselte das Bild auf der Leinwand, nun tauchte eine weibliche Büste auf. Die Frau war im Profil zu sehen, die Haare am Hinterkopf zusammengefasst, die Gesichtszüge deutlich zu erkennen. Die Rückseite der Münze. Ali hatte das Bild gewechselt, um meiner Predigt über Geschichte zu entgehen. »Ist diese Frau auch Bizant…, Byzans…?«, fing er an, bekam das Wort aber nicht heraus. Wieder hockte er im Fettnäpfchen. »Äh, wie hieß das noch gleich, Hauptkommissar?«

Halb im Spaß, halb im Ernst wiederholte ich mit Nachdruck: »Byzantion, Ali, Byzantion!«

»Ach ja, stimmt«, sagte mein Assistent und feixte. »Die Frau hier ist dann wohl die Prinzessin von Byzantion.«

Da war ich mir nicht so sicher. Eine Weile betrachteten wir alle drei die Frau auf der Leinwand, schließlich sagte ich: »Keine

Ahnung«, und langte zum Lichtschalter an der Wand. »Was das betrifft, bin ich genauso ein Banause wie ihr. Wir holen uns am besten bei einem Fachmann Rat.«

Als das grelle Licht der Neonröhren aufflammte, verschwand das Bild der antiken Frau auf der Leinwand. Gleichzeitig kitzelte mich ein Duft in der Nase, den ich im Labor gar nicht gewohnt war. Ja, da waren sie. Der Duft stammte von lilafarbenen Hyazinthen, die in einer schlichten Vase auf Zeyneps Schreibtisch standen.

»Was für schöne Blumen«, staunte ich. »Wer hat die denn mitgebracht?«

Ich hatte die Frage an Zeynep gerichtet, doch mir entging nicht, wie Ali rot anlief. Zeynep dagegen antwortete ruhig und durchaus stolz.

»Die sind von Ali, Hauptkommissar.«

Das war nun wirklich eine Überraschung. Unser ruppiger Ali brachte Zeynep, mit der er sich bei jeder Gelegenheit kabbelte, Blumen mit! Verblüfft starrte ich meinen Assistenten an. Das Rot in seinem Gesicht war mittlerweile purpurn, er wich meinem Blick aus. Ich dachte daran, ihn ein wenig aufzuziehen; verlegen sah er aber so putzig aus, dass ich es nicht übers Herz brachte.

»Wirklich schöne Blumen«, beendete ich das Thema und wandte mich wieder Zeynep zu. »Wir müssen Experten für diese Sache finden. Historiker, Numismatiker, Leute, die uns weiterhelfen können.«

»Ich kümmere mich sofort darum, Hauptkommissar.«

Ali war froh über den Themenwechsel. »Fangen wir bei Münzexperten an«, stürzte er sich eifrig ins Gespräch. »Es muss einen Zusammenhang geben zwischen Halbmond und Stern auf der Münze und dem Fundort der Leiche vor dem Atatürk-Denkmal.«

Der Punkt, den mein Assistent sich in den Kopf gesetzt hatte, war nicht ohne Bedeutung. Halbmond und Stern auf einer Münze, die vor Jahrtausenden geprägt worden war, und Mustafa Kemal Atatürk. Steckte eine politische Botschaft dahinter? War der Mörder oder waren die Mörder vielleicht nicht irgendwer, sondern Terroristen, die einen Mord begingen, um ihre Ziele zu erreichen? Das hielt ich für wenig wahrscheinlich. Nie zuvor hatte eine terroristische Gruppe von links oder von rechts sich einer solchen Methode bedient. Deren Aktionen richteten sich gegen eindeutige, konkrete Ziele. Falls hinter ihnen nicht gerade Geheimdienste standen. Ich war nie in der Politischen Abteilung gewesen, aber ich wusste, dass viele Terrorgruppen von Geheimdiensten gesteuert wurden.

»Aha, hier steckt die ganze Mannschaft!« Bei Şefiks Worten ging mein Blick unwillkürlich zur Tür. Der agile Leiter der Spurensicherung stand auf der Schwelle und musterte uns fröhlich. Er merkte sofort, dass gedrückte Stimmung herrschte, und wurde ernst.

»Sie habe ich gesucht, Hauptkommissar. Wir haben den Getöteten identifiziert.«

Das war eine gute Nachricht.

»Habt ihr seinen Ausweis gefunden?«

Mit der Asservatentasche in der Hand trat er näher.

»Gefunden haben wir sein Portemonnaie, Hauptkommissar, hundert Meter vom Tatort entfernt. Darin steckte auch sein Ausweis. Und auf dem Weg lag ein kaputtes Handy.«

Ich nahm die Tüte entgegen und fragte weiter: »Befanden sich Geldbörse und Handy an derselben Stelle?«

»Beinahe. Am Rand der Hauptstraße von Sarayburnu nach Eminönü. Vor dem Sepetçiler Kasrı, dem Korbmacher-Palais. Portemonnaie und Telefonteile lagen nur zehn Meter voneinander entfernt. Die Täter haben wohl beides weggeworfen, als sie die Leiche herbrachten und sich anschließend aus dem Staub machten.«

Ich wusste, was er sagen würde, hakte aber trotzdem nach: »Die Täter, sagst du. Woher willst du wissen, dass es sich nicht um einen Einzeltäter handelt?«

»Man hat das Opfer transportiert, Hauptkommissar. Sie wissen selbst, wenn man ihm an Ort und Stelle die Kehle durchgeschnitten hätte, hätte es wie im Schlachthaus ausgesehen. Ein Einzelner hätte die Leiche wohl kaum tragen können.« Neugierig, als wäre ihm ein wichtiges Detail eingefallen, fragte er: »Habt ihr mit den Leuten in der Umgebung gesprochen? Hat jemand etwas beobachtet?«

Ali hatte die Passanten befragt, also beantwortete er diese Frage.

»Die Wachsoldaten vor der Garnison auf der anderen Straßenseite haben nichts gesehen. Ebenso wenig die Wärter auf dem Parkplatz nebenan. Auch von den Säufern am Ufer hat keiner etwas bemerkt. Ich habe alle befragt, die so spät noch in Sarayburnu waren. Fehlanzeige.«

Wie zu sich selbst murmelte Şefik: »Offenbar professionelle Mörder. Rund um die Statue war keine brauchbare Spur zu finden.«

Şefiks Worte weckten in mir erneut den Gedanken, das Verbrechen könnte von einem Geheimdienst begangen worden sein. Die hinterließen allerdings nicht unbedingt eine Botschaft, falls sie uns nicht gerade auf die falsche Fährte locken wollten.

»Und warum das Atatürk-Denkmal?«

Unser Sturkopf Ali kam wieder mit derselben Frage an.

»Eigenartig«, sagte Şefik. Wie wir alle, konnte auch er sich keinen Reim darauf machen. »Wirklich eigenartig. Will der Mörder damit etwas Bestimmtes sagen?«

Wir hätten stundenlang darüber diskutieren können, ein Ergebnis war dabei kaum zu erwarten. Vor allem nicht angesichts der bisherigen Informationen. Statt mich in Mutmaßungen zu ergehen, schüttete ich den Inhalt der Tüte auf den Tisch. Unsere Blicke richteten sich auf eine tabakbraune Geldbörse und ein in zwei Teile zersprungenes Handy.

»Ein hübsches Portemonnaie«, bemerkte Ali aufgeräumt. »Das Mordopfer dürfte gut betucht gewesen sein.«

»Das kann ich nicht beurteilen«, entgegnete Şefik und deutete auf die Scheine, die aus der Börse quollen. »Jedenfalls trug er gern Bargeld bei sich. Ganze 1.225 Lira.«

Zeynep wunderte sich.

»Der Mörder hat das Geld gar nicht angerührt?«

»Offenbar nicht. Natürlich weiß ich nicht, ob das hier alles war, aber im Portemonnaie steckten 1.225 Lira.«

Mehr als das Geld interessierte mich der Ausweis des Opfers. Um keine Spuren zu verwischen, angelte ich mit zwei Fingern der rechten Hand den Ausweis aus dem Portemonnaie, bemüht, so wenige Stellen wie möglich zu berühren. Zeynep spekulierte weiter.

»Die Umstände deuten nicht auf Raubmord hin. Sonst hätte der Mörder doch das Geld mitgehen lassen.«

»Scheint so …«

Şefiks letzte Worte interessierten niemanden mehr. Alle drei starrten wir wie gebannt auf den Ausweis zwischen meinen Fingern. Die angegrauten Haare des Mannes auf dem Passfoto waren kürzer, doch zweifellos handelte es sich um unser Opfer. Sein Vorname lautete Necdet, der Familienname Denizel. Geboren am 12. August 1959 in Istanbul. Familienstand »geschieden«.

»Der Mann war Universitätsdozent.«

Als Şefik sich unserer Aufmerksamkeit wieder sicher war,

zeigte er auf die Visitenkarte, die aus der Brieftasche gerutscht war.

»Da steht es: Dr. Necdet Denizel. Kunsthistoriker – Archäologe.«

Die Visitenkarte sah ganz anders aus als die bescheidenen Karten von Universitätsdozenten. Noch bevor man sie anfasste, war deutlich, dass sie auf ziemlich teurem Papier gedruckt war.

Ali beschäftigte allerdings nicht die Karte, sondern der Beruf des Mordopfers.

»Archäologe, soso! Offenbar war das Opfer mit Ihrem Byzantion befasst, Hauptkommissar.«

»Dann sollten wir zuerst seiner Wohnung einen Besuch abstatten«, unterstützte ich ihn. »Da erfahren wir mehr über Necdet Denizel und Byzantion zugleich.«

»Byzantion?«, hakte Şefik nach. »Was ist denn Byzantion?«

Ali fixierte den Kollegen voller Verachtung.

»Das weißt du nicht, stimmt's, Şefik? Schlimm. Schlimm für dich! Byzantion ist der erste Name der Stadt, in der du lebst.«

Şefik begriff noch immer nicht. Zeynep sprang ihm bei.

»Wir haben in der Hand des Getöteten doch diese Münze gefunden, darauf steht Byzantion.«

»Der Mensch ist kein sonderlich treues Wesen.«

Die auf der Visitenkarte genannte Adresse befand sich in Samatya, am Hang des siebten der sieben Hügel, auf denen Istanbul gegründet ist. Ich mochte Samatya, wenn auch nicht so sehr wie mein Viertel Balat, es gehört zu den schönen alten Quartieren, die Istanbul zu der Stadt machen, die sie ist. Einst lebten dort vor allem Armenier. Mitunter, wenn uns einfällt, unseren Rakı einmal woanders als im Tatavla zu trinken, komme ich mit Evgenia hierher. Evgenia nennt das Viertel Psammatia, das sei sein griechischer Name. Er bedeute so viel wie Sandstrand. Ich dagegen denke bei Samatya an Häuser aus Stein mit Dächern, die nach Sonne, und Fenstern, die nach Meer duften, an alte Kirchen und Moscheen, an enge Gassen, an kleine Tavernen darin, auch an die Vorortzüge, die Tag für Tag unermüdlich Tausende Istanbuler zwischen den antiken Stadtmauern hindurchtransportieren. Samatya ist ebenso erschöpft, überaltert und heruntergekommen wie Balat. Einen so hübschen, gepflegten Holzbau wie das zweigeschossige Haus des Mordopfers hatte ich hier nicht erwartet. An zwei üppigen Judasbäumen vorbei, deren zarte violette Blüten über das eiserne Tor hingen, betraten wir den Vorgarten. Ein Feigenbaum auf krummem Stamm begrüßte uns, er erweckte den Eindruck, noch aus byzantinischen Zeiten zu stammen. In der Hitze der mittlerweile hoch stehenden Sonne breitete sich ein betäubender Geruch aus, der einem in der Kehle brannte. Von irgendwoher erscholl heiseres Möwenkreischen und aus den Nebengassen Kinderlachen. Ali bestaunte den Bau und schluckte.

»Was für ein schönes Haus! Sogar mit Garten! Archäologen scheinen gut zu verdienen.«

Zeynep lief ein paar Meter voraus, hatte schon fast die Haustür erreicht, als sie sich umdrehte, um dem Kollegen und Freund in die Parade zu fahren: »Oder der Mann hat bei seinen Ausgrabungen einen Schatz gefunden.«

»Vielleicht haben sie ihn deshalb umgebracht. Weil er seinen Kumpanen bei der Schatzgräberei ihren Anteil vorenthielt.«

Wie ernst Ali es meinte, war nicht genau herauszuhören.

»Dann kümmern wir uns mal um seine Archäologen-Kollegen«, gab Zeynep zurück. Doch ihr Lächeln verriet, dass sie nur Spaß machte. »Checken wir auch ihr Vermögen.«

»Ich weiß nicht, ob ein Schatz im Spiel ist, aber ich fürchte, wir werden genau das tun müssen, was du da sagst.«

Meine Worte wischten das Lächeln aus Zeyneps Miene, und Ali drehte den Kopf von den roten Geranien zu mir. Nun war Ernst angesagt.

»Gehen wir rein«, sagte ich, da klingelte mein Handy. Mein Herz schlug schneller, als ich Evgenias Namen auf dem Display las.

»Sekunde, Leute.« Ich entfernte mich ein paar Schritte.

Erst unter den weit herabhängenden Blütendolden der üppigen Judasbäume nahm ich das Gespräch an.

»Hallo Evgenia ...«

»Hallo Nevzat ...«

»Wie geht's?«

»Gut, gut ...«

Nein, es ging ihr nicht gut. Es konnte ihr nicht gut gehen, denn heute Abend würde sie zum ersten Mal zu mir kommen. Würde zum ersten Mal den Ort betreten, an dem ich lebte, dieselbe Luft atmen, die ich immer atmete, wäre dort zum ersten Mal mit meinen Gespenstern, meinem Kummer, meiner Trauer konfrontiert. Sie war nervös, denn ich hatte Jahre gebraucht, bevor ich sie zu mir einladen konnte. Ich dagegen war ganz ohne Einladung zu ihr gegangen, in ihr Haus, in ihre Taverne, unter ihre Freunde, sogar in ihre griechische Gemeinde. Doch was mich betraf, war die geduldige Evgenia stets auf ein Hemmnis gestoßen, auf eine emotionale Barriere, eine mit Trauer verputzte Mauer, eine aus Kummer gewebte Distanz. Sie hatte sich daran gewöhnt, hatte nie Andeutungen gemacht, geschweige denn es offen zur Sprache gebracht. Wohl deshalb war in ihrer Miene, als ich sie zu mir nach Hause eingeladen hatte, eher Skepsis als Freude zu sehen gewesen.

»Bist du sicher?«, hatte sie gefragt. »Nevzat, bist du dir da sicher?«

»Ganz sicher«, hatte ich geantwortet und leicht die Stirn gerunzelt. »Natürlich bin ich mir sicher. Würde ich dich sonst einladen?«

War ich mir wirklich sicher? Ich wusste es nicht genau, aber ich sollte mir sicher sein. Wie lange sollte das denn noch so weitergehen? Evgenia stand mir von allen Freunden am nächsten, ihr vertraute ich am meisten, sie war mir wichtiger als alle anderen, sie war die Frau, die ich liebte. Und Güzide und Aysun? Meine Frau und meine Tochter, die ich verloren hatte? Ihre Bilder, Spuren, Sachen, Gerüche und Stimmen, die noch immer zwischen den Wänden meines Hauses herumspukten? Richtig, ich lebte nach wie vor mit der Erinnerung an sie, doch Güzide und Aysun waren tot. So schwer es mir fiel, das zu akzeptieren und mich von ihnen zu lösen: Das war die Realität. Ob wir es Schicksal nannten, Fluch, Pech oder wie auch immer, jene entsetzliche Explosion hatte mir Frau und Tochter genommen. Aber das Leben ging weiter. Nolens volens begegnete man anderen Menschen, verliebte sich neu. Andere zu lieben, tat der Verbundenheit, die man für die Verstorbenen empfand, doch keinen Abbruch. Das zu bejahen, bedeutete allerdings, mir etwas vorzumachen, das wusste ich. Das Leben gab lebenden Wesen den Vorrang. Gestalten, Stimmen, Gerüche, Erinnerungen, Spuren der Verstorbenen verblassten allmählich. Das war traurig, aber es gab wohl keinen Ausweg. Der Mensch ist kein sonderlich treues Wesen. Es galt, die Verstorbenen nicht ganz zu vergessen, einen Teil ihrer Seelen in sich zu tragen, sich zu überzeugen, dass sie im eigenen Herzen weiterlebten. Überzeugen, sage ich, denn der Nachhall unserer Liebsten in unserer Seele, ihre Gesichter, an die wir uns mit der Zeit kaum noch werden erinnern können, die lebendigen Bilder des Lebens, auch erschütternde Erlebnisse verblassen nach und nach in unserem Gedächtnis. Das war die traurige Wahrheit, sosehr ich mir auch immer wieder das Gegenteil vorsagte. Und diese Wahrheit hatte mich bald am Kragen gepackt. Irgendwann hatte ich mich nicht länger gewehrt, war an eine Weggabelung gekommen und hatte mich abgefunden. An dieser Weggabelung stand Evgenia und wartete auf mich. Auch mit ihrer Hilfe war ich wieder aufgestanden, wo ich hingefallen war, hatte gelernt, wieder auf den Füßen zu stehen und mit meinem Kummer im Gepäck weiterzugehen. Wenn es so etwas wie normale Menschen gab, dann versuchte ich, einer von ihnen zu sein. Und um Evgenia zu zeigen, wie dankbar ich ihr war, hatte ich das getan, was ich schon vor Jahren hätte tun sollen: sie zu mir nach Hause einladen. Nach einigem Zögern hatte sie zugestimmt, war aber weiterhin nervös. Sie fürchtete, ich könnte jeden Augenblick meine Meinung ändern oder etwas tun, das sie verletzen würde. Deshalb klang die Stimme am anderen Ende der Leitung angespannt. Ich musste sie beruhigen.

»Was ist los?«, fragte ich und legte aufrichtigen Vorwurf in meine Stimme. »Oder willst du etwa sagen, dass du heute Abend nicht kommst?«

»Nein, Nevzat, wie könnte ich?« Die Nervosität fiel von ihr ab. »Äh, ich wollte nur, also, soll ich von den Meze-Vorspeisen, die du so gern magst …«

Ich spielte meine Rolle vorbildlich.

»Nein, Evgenia. Wir haben das doch besprochen, heute Abend rührst du nichts an, heute bin allein ich zuständig.«

»Na gut.« Sie war erleichtert, es war mir gelungen, sie zu überzeugen, allerdings bezweifelte ich, ob ich mich selbst hatte überzeugen können. Halb im Scherz fragte Evgenia weiter: »Was gibt es denn heute Abend?«

»Speisen, die du noch nie gesehen hast …« Ich plusterte mich weiter auf. »Sobald du die Meze gekostet hast, bittest du mich bestimmt, in deiner Taverne anzufangen.«

Sie lachte.

»Das sage ich schon, bevor ich deine Speisen probiert habe, liebster Nevzat. Hör endlich auf, dich mit Mördern und Verbrechern herumzuschlagen.« Ihre Stimme klang ernst, fast flehentlich. »Ich meine das ernst. Warum lässt du dich nicht pensionieren und fängst im Tatavla an?«

Sie wusste natürlich, dass ich ein solches Angebot niemals annehmen würde, dennoch wiederholte sie es zum x-ten Mal. Ich überging es.

»O nein, kommt nicht in Frage, mich so zu schanghaien. Ich bestehe auf Gewerkschaft und Versicherung. Vor allem aber will ich einen guten Lohn. Besser als das Gehalt, das der Staat mir zahlt.«

»Bin mit allem einverstanden«, stieg sie auf das Spiel ein. Möglicherweise war es für sie gar kein Spiel. Vielleicht meinte sie es ernst wie immer. Zuversichtlich fuhr sie fort: »Hauptsache, du bist bereit, an meiner Seite zu arbeiten.«

Ich wollte keine Gefühlsduselei und lachte, damit ihr klar war, dass ich ihre Worte als Spiel auffasste.

»Ich denk darüber nach, und du, schau dir erst mal die Fähigkeiten des Mannes an, dem du einen Posten geben willst. Ohne ihn zu kennen und getestet zu haben, stellt man doch keinen Koch ein!«

Evgenia lachte nicht, sie klang weiterhin sentimental.

»Wenn es um dich geht, reicht mir, was ich weiß.«

Ich hätte sagen sollen: Wenn es um dich geht, reicht auch mir, was ich weiß, liebste Evgenia. Aber ich schwieg. Ich war unfähig dazu, mit ein paar netten Worten gut Wetter zu machen. Mein Blick glitt zu Zeynep und Ali hinüber, die schon die Tür geöffnet hatten und auf mich warteten.

»Danke«, sagte ich nur zu Evgenia, »wie schön, so akzeptiert zu sein. Also dann, komm nicht zu spät heute Abend, okay?«

»Keine Sorge, um acht bin ich bei dir.«

Ich spürte nicht das kleinste Fitzelchen von Übelnehmen, ihre Stimme war mild wie der Frühlingshauch, der mir um die Stirn wehte, und selbstsicher wie die Mauern gleich hinter uns, die seit Tausenden von Jahren die Stadt schützten. Dennoch hatte ich einen bitteren Geschmack auf der Zunge, als ich das Telefon einsteckte und zur Haustür hinüberlief.

»Was glauben Sie, Hauptkommissar, eine ehemalige Geliebte?«

Im Gegensatz zum lichtdurchfluteten Vorgarten war es im Haus schummrig. Auf der Schwelle begrüßte uns nach Lavendel duftende Kühle. Das Mordopfer Necdet Denizel schien sich dafür entschieden zu haben, den Geruch von Schimmel, der sich in den ufernahen Häusern aufgrund der Feuchtigkeit bildete, mit Lavendel zu übertünchen. Wir liefen durch eine dunkle Diele auf eine Tür zu, durch deren Ritzen Tageslicht drang, da hörten wir die Stimme.

»Guten Tag ... Ich bin König Byzas ... Willkommen in meinem Palast ...«

Eine seltsam schnarrende Stimme. Unwillkürlich griffen wir zu den Pistolen. Eigentlich müsste das Haus leer sein. Soweit wir wussten, hatte der Ermordete allein gelebt, seine nächsten Angehörigen wohnten in Ankara. An die finsteren Wände des schmalen Korridors gedrängt, schlichen wir lautlos auf die Tür zu. Sie war nur angelehnt. Kaum standen wir davor, erklang die Stimme erneut.

»Guten Tag ... Ich bin König Byzas ... Willkommen in meinem Palast ...«

Wir warfen uns Blicke zu, ich bedeutete Ali, die Tür zu öffnen, und Zeynep, hinter uns zu bleiben und uns Deckung zu geben. Abrupt stieß Ali die Tür auf, ich richtete die Pistole im strahlend hellen Wohnzimmer in die Richtung, aus der die Stimme gekommen war. Das Licht blendete mich, ich brüllte: »Keine Bewegung! Polizei!«

Wieder ertönte die Stimme und leierte ungerührt dieselben Worte herunter, kein bisschen eingeschüchtert.

»Guten Tag ... Ich bin König Byzas ... Willkommen in meinem Palast ...«

Als meine Augen sich an das Licht gewöhnt hatten, musste ich lachen. An der Stelle, auf die ich meine Waffe gerichtet hatte, spulte, in einem gewaltigen Käfig hockend, ein rot beschwänzter Graupapagei seinen Spruch ab:

»Guten Tag ... Ich bin König Byzas ... Willkommen in meinem Palast ...«

Da brachen hinter mir auch Ali und Zeynep in Gelächter aus.

»Das also ist unser berühmter König!« Ali hatte sich schnell gefasst. »Jetzt erfahren wir, was vor Tausenden von Jahren geschah.«

Während er die Waffe wegsteckte, neckte Zeynep ihn: »Frag ihn auch nach dieser Sache mit Halbmond und Stern. Du wolltest doch wissen, was die Griechen mit diesem Symbol zu tun haben.«

»Mir fällt da was Besseres ein«, sagte Ali, trat auf den Käfig zu und verbeugte sich respektvoll wie vor einem echten Herrscher. »Mächtiger König, verratet bitte: Wer hat Necdet ermordet?«

König Byzas spazierte auf seiner Stange hin und her. Statt zu antworten, entschied er sich allerdings fürs Nachplappern.

»Wer hat Necdet ermordet? Wer hat Necdet ermordet?«

Zeynep kicherte, Ali aber tat etwas höchst Sinnvolles, er nahm die leere Schale vor dem Käfig und füllte sie aus dem daneben stehenden Futterpaket auf.

»Das wissen wir nicht, Exzellenz. Wir hatten gehofft, dazu etwas von Euch zu erfahren.«

Als Byzas sah, wie ein ihm unbekannter Mensch Futter in seine Schale füllte, schlug er aufgeregt mit den Flügeln.

»Von Euch zu erfahren ... von Euch zu erfahren ...«

Zeynep beobachtete den Plausch zwischen Ali und dem Vogel und murmelte vor sich hin. »Seinen Papagei Byzas zu nennen, kann auch nur einem Archäologen einfallen.«

»Allerdings«, setzte Ali seinen Scherz fort. »Uns behilflich zu sein, hat König Byzas leider gar nicht vor.«

Der Papagei verschlang das Futter und wiederholte, als er einmal Luft holte, vielleicht zum Dank, die letzten Worte: »Gar nicht vor.«

»Nun denn, Hauptkommissar.« Ali wandte sich an mich, als ihm klar wurde, dass von dem Vogel nichts zu erwarten war. »Ich fürchte, wir müssen unseren Job selbst erledigen.«

Gemeinsam machten wir uns daran, das lichtdurchflutete Wohnzimmer zu durchforsten. Braune Sessel, ein bequemes Sofa, ein großer Flachbildfernseher, daneben eine schwarze Musikanlage, links davon CDs, an der Wand gegenüber eine Reihe Schränke aus Massivholz. Mich faszinierten die Stiche an den Wänden. Sieben Stück. Zunächst betrachtete ich die neben der Tür. Auf dem ersten war eine Prozession vor dem Sultanspalast in Sarayburnu dargestellt. In vollem Ornat saß der Sultan auf seinem Thron, vor ihm reihten sich ehrerbietig in eigentümliche Gewänder gekleidete Staatsbeamte, Palastbedienstete und Janitscharen. Der nächste Stich zeigte Çemberlitaş. Vor der Konstantinssäule saßen, standen oder schlenderten die Stadtbewohner einher. An der Wand links, neben dem Fenster mit hellblauen Vorhängen, die Hagia Sophia, das prächtigste Gotteshaus nicht nur dieser Stadt, vielleicht der ganzen Welt, heute ein Museum, nachdem wir sie zunächst von einer Kirche in eine Moschee umgewidmet hatten. Ein Gotteshaus, das den Kindern zweier Religionen zum Gebet gedient hatte. Im Park drum herum Silhouetten von Menschen, ungewiss, welcher Nation, welchen Stammes, welcher Religion. Auf dem Stich gleich daneben ein weiteres glanzvolles Gebetshaus, das Symbol der Eroberung der Stadt, die Fatih-Moschee. Der Künstler hatte sie, wie auch die Hagia Sophia, von außen abgebildet. Im Hof Männer bei der rituellen Waschung, bei der Vorbereitung zum Gebet, meine Landsleute vor etlichen Jahrhunderten, die wer weiß worüber palaverten. Der Stich an der Wand gegenüber zeigte kein Gotteshaus, sondern die Residenz der Dynastie: das Topkapı-Serail. Der Künstler hatte den Palast mit Blick vom heutigen Dienstagsmarkt dargestellt. Mit seinen Türmen, Kuppeln und Kaminen wirkte der Topkapı-Palast wie eine auf einem Märchenmeer schwimmende fantastische Galeere. Auf dem Stich links daneben erhob sich das Meisterwerk von Baumeister Sinan, die Süleymaniye-Moschee. Die vier Minarette im Hof reckten sich ungeachtet all der Pracht der Moschee wie die Hände eines verzweifelten Menschen mit festem Glauben in den Himmel. Und bei der Tür zum Nebenraum hing noch ein einzelner Stich: Yedikule, das Sieben-Türme-Viertel. Vor dem Tor der gewaltigen Stadtmauern von Yedikule trug ein Mann in einer Kiepe auf dem Rücken Gemüse, das er im Garten geerntet hatte. Hinter ihm zwei Lausbuben. Vielleicht Kinder des Mannes oder Waisen im damaligen Istanbul.

»Necdet Denizel war als Gutachter tätig, Hauptkommissar.«

Ali stand vor dem Schrank unter dem Topkapı-Stich, in der Hand eine dicke Akte mit blauem Deckel.

»Hier sind Expertisen drin. Alle mit seiner Unterschrift.«

Ich nahm den Ordner entgegen. Tatsächlich, da hatten zahlreiche Kommissionen, denen das Mordopfer angehörte, ihre Unterschriften unter eine ganze Reihe Gutachten gesetzt.

»Offenbar ein gefragter Fachmann«, bestätigte ich, »sieh nur, auf wie vielen Expertisen sein Name steht.«

»Mit diesem Gutachten wurde der Bau eines Hotels gestoppt…«

Ich wollte gerade einen Blick auf die Papiere werfen, die er mir hinstreckte, da hielt Zeyneps Stimme mich ab.

»Hauptkommissar! Hauptkommissar!«

Sie rief aus dem Nebenzimmer. Wann hatte sie sich von uns entfernt?

»Könnt ihr mal rüberkommen?«

Ihre Stimme klang weder hektisch noch aufgeregt, aber wäre sie nicht auf etwas Wichtiges gestoßen, hätte sie uns nicht gerufen.

Sie stand im Bad und zeigte uns ein bräunliches Partikel Putz an der Spitze ihres kleinen Taschenmessers.

»Hier könnten sie das Opfer ermordet haben.« Ali und ich inspizierten noch das Bröckchen an der Messerspitze, da sprach sie schon weiter. »Die Fugen zwischen den Fliesen oben sind weiß verputzt oder beige, aber die weiter unten sind rötlich braun. Das Blut des Opfers könnte die Farbe des Putzes verändert haben.«

»Und wenn der Mann hier nur eine Hose mit Matschflecken ausgewaschen hat?«, hielt Ali dagegen. »Oder ein Hemd rot gefärbt? Oder, was weiß ich, wenn es einfach Dreck ist?«

Das klang logisch, doch Zeynep wies auf den Bodenwischer.

»Sie haben den Boden im Bad mit Flüssigreiniger geputzt. Es riecht überall nach Lavendel, ist dir das nicht aufgefallen?«

Ich inspizierte die Plastikflasche, tatsächlich: Lavendelduft. Vermutlich hat Zeynep recht, dachte ich, als unser Sturkopf Widerspruch einlegte.

»Das beweist noch gar nichts.«

O nein, jetzt gerieten sie aneinander. Glücklicherweise insistierte Zeynep nicht weiter.

»Das werden wir herausfinden, Ali, die Laboruntersuchung bringt Klarheit.«

Dass sie vernünftig sprach, bedeutete nichts, im Grunde war

sie längst davon überzeugt, dass ihre These stimmte. Andererseits: Wäre es doch nur so, wie sie vermutete! Denn damit hätten wir herausgefunden, wo der Mord begangen worden war, eine wichtige Erkenntnis, um Spuren von den Mördern zu finden.

»Wann haben wir das Ergebnis, Zeynep?«

»Das dauert nicht lange, Hauptkommissar.«

»Schön, dann sammle du hier die Proben ein, und wir schauen uns drinnen weiter um.« Auf dem Weg zurück bemerkte ich, dass die Tür vom Zimmer gegenüber leicht geöffnet war. Das Licht aus dem Bad fiel durch den Türspalt auf ein Poster an der Wand. Ich ging darauf zu, Ali folgte mir. Als wir das Licht anschalteten, blickten Atatürks blaue Augen mich an. Seine Miene unter der schwarzen Fellmütze schien pikiert sagen zu wollen: Mit dem Tod des Archäologen habe ich nichts zu tun.

»Der Mann bewunderte Atatürk.« Ali war enttäuscht. »Dann ist es doch Quatsch zu denken, er sei Atatürk zum Opfer gebracht worden.«

Ich hatte das von Anfang an für wenig wahrscheinlich gehalten, kam nun aber nicht umhin, meinem Assistenten die Schwäche seiner Schlussfolgerung vorzuhalten.

»Warum denn Quatsch, Ali? Der Mann kann auch geopfert worden sein, gerade weil er Atatürk verehrte.«

Ali widersprach nicht, er schien sogar glücklich, weil ich damit zeigte, dass ich seine ursprüngliche Vermutung ernst genommen hatte, doch wie ich immer sagte: Es war falsch, vorschnell zu einem Ergebnis zu kommen. Ich sah mich im Raum um. Necdet schien hier gearbeitet zu haben. Ein Tisch mit einem Computer darauf, gegenüber an die Wand montierte Bücherborde. Ich ging um den Schreibtisch herum und zog eine Schublade auf. Ali inspizierte die Bücherregale. In der Schublade lagen Akten wie die, die wir im Wohnzimmer gefunden hatten. Schutzgebiete, historische Areale und ähnliche Themen. Ich zog die nächste Schublade auf, da fiel mir ein verkehrt herum verstauter Bilderrahmen ins Auge. Ich drehte ihn um. Auf dem Foto eine lächelnde Frau. Hellbraunes kurzes Haar, hohe Wangenknochen, die länglichen honigfarbenen Augen blickten herausfordernd in die Welt. Ihr Alter war schwer zu schätzen, sie konnte Mitte dreißig sein, vielleicht auch in den Vierzigern, auf jeden Fall war sie attraktiv. Und sie kam mir seltsamerweise bekannt vor.

»Eine hübsche Frau«, sagte Ali bewundernd. Er hatte im Bücherbord nichts von Nutzen aufgestöbert und stand jetzt neben mir, linste mir über die Schulter. »Was meinen Sie, Hauptkommissar, eine ehemalige Geliebte?«

»Keine Ahnung, wir werden es herausfinden.«

Ich öffnete den Rahmen und nahm das Foto heraus, auf der Rückseite standen kein Tag, Monat oder Jahr, aber das Papier war noch nicht vergilbt, also konnte die Aufnahme nicht besonders alt sein.

»Durchsuchen wir die Schubladen, vielleicht gibt es weitere Fotos.«

Allerdings. In der untersten Schublade fanden wir Dutzende, auf denen das Mordopfer mit der hübschen Frau zusammen abgelichtet war, und eines vertrieb letzte Zweifel über die Beziehung der beiden: ein bereits verblichenes Hochzeitsfoto. Necdet Denizel trug einen schwarzen Smoking, die Frau mit den honigbraunen Mandelaugen schwebte im weißen Brautkleid wie ein Schwan an seiner Seite. Da waren beide mindestens zehn Jahre jünger gewesen, sie wirkten glücklich und blickten frohgemut ins Objektiv.

»Auf dem Ausweis des Ermordeten stand, dass er geschieden war.« Mein Assistent rief uns ein wichtiges Detail ins Gedächtnis.

Doch offensichtlich hatte unser Opfer seine Exfrau nicht vergessen können. Als Ali keine Antwort von mir erhielt, wies er auf ein Dokument neben den Fotos: »Sehen Sie, das scheint die Heiratsurkunde zu sein.«

Er hatte recht. Ich schlug das Heft auf. Unter den Fotos von Mann und Frau standen die Namen, das Datum der Eheschließung, die Unterschrift des Standesbeamten und außerdem der Mädchenname der Braut.

»Leyla Barkın … Da klingelt doch etwas.«

Mein Assistent wiederholte den Namen, als helfe ihm das, sich zu erinnern.

»Leyla Barkın, ja, kommt mir auch bekannt vor. Ist sie Schriftstellerin?«

»Wer? Wer ist Schriftstellerin?«

Den Asservatenbeutel in der Hand, stand Zeynep auf der Schwelle und schaute zu uns herüber.

Ali zeigte ihr das Foto aus dem Rahmen.

»Diese Frau ist die Ex des Ermordeten. Und ihr Name lautet Leyla Barkın.«

Neugierig trat Zeynep hinzu, dann wandte sie sich an mich.

»Keine Schriftstellerin, Hauptkommissar, sie ist Direktorin. Sie leitet das Topkapı-Museum. Erinnert ihr euch nicht, wir haben sie vor zwei Jahren kennengelernt. Da ermittelten wir in diesem dubiosen Todesfall eines Museumswärters.«

»König Byzas gilt als Gründer dieser Stadt.«

Es war schon nach Mittag, als wir in Sultanahmet ankamen, nachdem wir Zeynep beim Labor abgesetzt hatten, damit sie dort die Putzpartikel aus dem Bad des Mordopfers untersuchen konnte. Dienstags war das Topkapı-Museum geschlossen, es hatte reichlich Telefonate gekostet, Leyla Barkıns Adresse herauszufinden. Sie wohnte im Obergeschoss eines zweistöckigen Gebäudes in der Küçük-Ayasofya-Straße.

Früher wohnte meine Tante Şadiye im Viertel Küçük Ayasofya, in einem Holzbau. An Festtagen ging ich sie besuchen. Davon sind mir drei Dinge im Gedächtnis geblieben. Die Kuppel der sogenannten Kleinen-Hagia-Sophia-Moschee, auf die der Blick durch das Fenster fiel, der Vanillegeruch, der in der Couchgarnitur hing, und fantastischer Pudding. Ihr Mann, Onkel Münip, war ein großartiger Mensch. Sie liebten mich wie ihre eigene Tochter Süheyla. Das dickste Feiertagstaschengeld steckten sie mir zu. Mögen sie in Frieden ruhen, beide verstarben vor langer Zeit. Süheyla lebt mittlerweile in Kanada. Ihr Haus kaufte ein Unternehmer und machte ein schnuckeliges Hotel daraus.

Leyla Barkın wohnte in einem der schönen Istanbuler Holzhäuser, die nach und nach aus dem Stadtbild verschwinden. Auf den ersten Blick sah man, dass es, genau wie Necdet Denizels Haus, restauriert worden war. Im Erdgeschoss befand sich ein größeres Souvenirgeschäft. Über eine weiß gestrichene Eisentreppe, offensichtlich erst später angebaut, erreichten wir das Obergeschoss. Leyla Barkın entsprach dem Bild, das ich in Erinnerung hatte: eine vertrauenerweckende, doch kühle und distanzierte Frau. Als sie erfuhr, mit wem sie es zu tun hatte, fragte sie in offiziellem Ton:

»Bitte sehr, worum geht es?«

Ihre honigfarbenen Augen schienen sagen zu wollen: Warum stört ihr mich? Die Haare trug sie länger als auf dem Foto, die Spitzen reichten ihr auf die Schulter, aber sie war nach wie vor sehr hübsch. Die Anspannung machte sie umso attraktiver.

»Das wird wohl etwas länger dauern«, leitete ich ein. »Können wir nicht drinnen weiterreden?«

Unschlüssig musterte sie uns von Kopf bis Fuß, dann sagte sie: »Entschuldigen Sie, Sie hätten sich einen Termin geben lassen sollen.« Sie verzog die schmalen Brauen. »Ich bin eine vielbeschäftigte Frau. Es ist ein Wunder, dass Sie mich zu Hause antreffen. Ich muss jeden Tag im Museum sein.«

Sie hatte recht, doch bei Ermittlungen in einem Mordfall vereinbarte man mitVerdächtigen nie vorher einen Termin.

»Auch wir haben zu tun, Leyla Hanım.« Meine Stimme klang autoritär genug, um sie spüren zu lassen, wie ernst die Angelegenheit war. »Wir hatten nicht die Zeit, etwas zu verabreden.«

Jetzt würde sie ärgerlich werden, fürchtete ich, doch stattdessen tauchte in ihren Augen eine Vertrautheit auf.

»Woher kenne ich Sie?«

Ihr Gedächtnis war beachtlich.

»Vor zwei Jahren waren wir im Topkapı-Palast. Ein Wachmann war von einer Mauer gestürzt. Es bestand Verdacht auf ein Verbrechen. Später stellte sich heraus, dass es sich um einen Unfall handelte.«

Mit Bedauern schüttelte sie den Kopf.

»Şinasi… Der Arme hinterließ zwei Kinder. Eine tragische Sache.« Sie trat beiseite und wies mit einer Geste ins Haus. »Bitte kommen Sie herein, Nevzat Bey.« Fast lächelte sie. »Nevzat, nicht wahr? Hauptkommissar Nevzat.«

Schmolz hier bereits das Eis zwischen uns?

»Alle Achtung, Leyla Hanım, wirklich.« Wir gingen durch die Diele in ein geräumiges Wohnzimmer. »Ich hätte nicht gedacht, dass Sie sich erinnern.«

Mitten im von der Mittagssonne hell beleuchteten Wohnzimmer blieb sie stehen. Die Sonne verwandelte das Hellbraun ihrer Haare in die Farbe ihrer Honigaugen.

»Wenn Sie in einem riesigen Museumsbetrieb tätig sind, brauchen Sie ein gutes Gedächtnis. Da gibt es unendlich viele Marginalien, die Sie alle im Kopf behalten müssen. Nun gut…« Sie richtete ihren fragenden Blick auf das hübsche Gesicht meines Assistenten. »Und Sie?«

»Ali«, brachte unser Raubein unwirsch über die Lippen. »Kommissar Ali.«

Er reichte der Frau nicht einmal die Hand.

Leyla scherte sich wenig um seine Grobheit. »Hallo«, sagte sie nur und zeigte auf das hellbraune, zu beiden Seiten von Amphoren gerahmte Sofa. »Setzen Sie sich doch.«

Vom Sofa aus fiel unser Blick durch ein breites Fenster auf die dunkelgraue Kuppel einer Moschee. Sie sah, dass ich den Blick nicht abwenden konnte, und erläuterte leise:

»Die Kleine Hagia Sophia. Ein altes Gotteshaus. Sehr alt, über tausendfünfhundert Jahre.«

Begriffsstutzig wies Ali auf die in der Sonne funkelnde Kuppel. »Ist das denn nun eine Moschee oder eine Kirche?«

»Sie wurde als Kirche erbaut. Als Sergios-Bakhos-Kirche, von Kaiser Justinian, zehn Jahre vor der Hagia Sophia. Zu ihrer Entstehung gibt es eine interessante Anekdote. Justinian wollte den vorherigen Kaiser Anastasius, den er für einen Gegner hielt, töten lassen. Doch eines Nachts träumte er von den beiden Heiligen Sergios und Bakhos. Die beteuerten, sein Verdacht sei unbegründet, er solle seine Anschlagspläne fallen lassen. Da erkannte Justinian seinen Irrtum und gab den geplanten Mord auf. Als Dank für ihre Warnung erbaute er den beiden Heiligen diese Kirche. In osmanischer Zeit wurde die Kirche in eine Moschee umgewandelt. Da ihr Aussehen an die Hagia Sophia erinnert, wurde ihr der Name Küçük-Ayasofya-Moschee verpasst: Kleine Hagia Sophia.«

Diese Informationen über die Moschee hatte ich als Kind von meinem seligen Onkel Münip gehört, ließ mir das aber nicht anmerken.

»Das ist eine schöne Geschichte. Es muss spannend sein, einem solchen Gotteshaus unmittelbar gegenüber zu wohnen.«

Ihr rundes Gesicht nahm einen spöttischen Ausdruck an.

»Der vorherige Muezzin hatte eine grässliche Stimme. Fünfmal am Tag massakrierte er den Gebetsruf und uns gleich mit. Glücklicherweise blieb er nicht lange. Nach ihm kam Şakir Efendi, und dessen Stimme klingt himmlisch. Eine Stimme, die diesem tausendfünfhundertjährigen Gebetshaus angemessen ist.«

Nach wie vor stand sie. Als von uns kein Kommentar kam, dachte sie wohl, sie habe ihre Worte ins Leere geredet, und wurde ernst.

»Also, womit kann ich Ihnen behilflich sein?«

»Warum setzen Sie sich nicht?«, fragte ich höflich. »Es wäre besser, wenn Sie sitzen.«

»Wieso? Was ist denn geschehen?«

»Necdet Denizel … Ihr Exmann …«

Sie kniff die Augen zusammen und wirkte sichtlich genervt.

»Ja? Was ist mit Necdet?«

Mein Assistent stellte eine Gegenfrage.

»Haben Sie noch Kontakt zu ihm?«

»Natürlich, er ist ein Freund. Was ist mit Necdet?«

Ali verweigerte ihr die Antwort und ließ auch mich nicht zum Zuge kommen.

»Wann haben Sie ihn zum letzten Mal gesehen?«

Röte flammte über Leylas Gesicht, vor Nervosität zitterte ihr Kinn.

»Warum fragen Sie das? Ist Necdet etwas zugestoßen?«

Menschen beizubringen, dass ein Angehöriger gestorben war, gehörte zu den unangenehmsten Aufgaben schlechthin, aber würde ich die Sache meinem Assistenten überlassen, machte ich alles nur noch schlimmer.

»Er wurde tot aufgefunden …«, murmelte ich.

Sie hatte meine Worte gehört, aber nicht verstanden.

»Was?«

»Ja, leider wurde Necdet Bey heute Morgen tot aufgefunden.«

Der Zorn wich aus ihrer Miene, ihre Schultern sackten ein, sie ließ sich in den Sessel fallen.

»Sind Sie sicher?« Ihre Augen starrten mich an, sie rang um Verstehen. »Kann es nicht sein, dass Sie sich täuschen?«

Ihr Bedauern wirkte echt. Hatte vielleicht auch sie Necdet nicht vergessen können? Während mir das durch den Kopf ging, zeigte sich mein Assistent unbeeindruckt und brachte kaltschnäuzig wie immer das Geschehen auf den Punkt.

»Irrtum ausgeschlossen, meine Dame. Ihr Exmann wurde heute Morgen in Sarayburnu tot aufgefunden.«

Leylas Bedauern wich Überraschung.

»In Sarayburnu?«

»Genau.« Auch Ali beobachtete die Frau aufmerksam und versuchte, ihre Reaktionen einzuschätzen. »Wenige hundert Meter von Ihrem Arbeitsplatz, also vom Topkapı-Museum, entfernt.«

Leyla saß eine Weile schweigend da. Gleich weint sie, dachte ich, doch sie fasste sich schneller als erwartet.

»Und wie? Also, wie ist es passiert?«

»Er wurde umgebracht. Jemand hat ihm die Kehle aufgeschlitzt«, erklärte mein Assistent brutal.

Leyla verzog nur kurz das Gesicht. Dann strich sie sich mit der Hand das Haar zurück, das ihr rechts übers Auge gefallen war.

»Wer?« Ihre Stimme klang mindestens so kaltblütig wie Alis. »Wer hat das getan?«

»Das wissen wir nicht. Wir hofften, darüber mehr von Ihnen zu erfahren.«

»Von mir?« Behutsam lehnte sie sich zurück, schmiegte ihren Rücken in den Sessel, als wäre sie in einem sicheren Hafen gelandet. »Warum sollte ich denn etwas darüber wissen?«

Als sie sich zurücklehnte, beugte ich mich vor.

»Hören Sie, Leyla Hanım, es sieht nicht nach einem gewöhnlichen Verbrechen aus. Wir haben es mit professionellen Mördern zu tun. Wenn Sie uns sagen, was Sie über Necdet Denizel wissen, helfen Sie uns.«

Sie veränderte gequält die Sitzhaltung, als hätte ich eine kaum zu erfüllende Bitte an sie gerichtet.

»Natürlich will ich helfen, aber wir haben uns vor fünf Jahren scheiden lassen …«

»Sie sagten aber, Sie hätten noch Kontakt.«

»Richtig …« Sie hielt inne, als falle ihr etwas Wichtiges ein. Offenbar wollte sie es uns dann aber doch nicht mitteilen, denn rasch wandte sie den Blick ab. »Wir sahen uns, aber womit er beschäftigt war, mit wem er zusammenarbeitete, das weiß ich nicht.«

»Wann haben Sie ihn zuletzt gesehen?« Ali wiederholte seine Eingangsfrage. »Offenbar hat er die emotionale Verbindung zu Ihnen nie abgebrochen. Wir fanden Fotos in seinen Schubladen.«

Jetzt wurde ihr Ausdruck unleidlich.

»Es ist Necdets Sache, ob er das emotionale Band zerschnitten hat oder nicht. Dass er Fotos von mir hat, ist doch normal. Ich habe auch welche von ihm.«

»Sie hatten also das emotionale Band zerschnitten …«

Sie nickte entschlossen.

»Ja, das war vorbei. Necdet war nur noch ein alter Freund für mich.«

»Nun gut«, Ali kratzte sich am Kinn. »Sie haben meine Frage noch nicht beantwortet.«

Leyla blitzte ihn schräg an.

»Welche Frage?«

»Na, wann Sie Necdet zuletzt gesehen haben. Alle naslang frag ich das, aber Sie reden ständig drum herum.«

»Verzeihung, ich bin ein bisschen durcheinander. Ich habe Necdet zuletzt Sonntagnacht gesehen.«

»Wo?«

»Im Restaurant des Korbmacher-Palais.«

»Im Korbmacher-Palais?« Ali und ich platzten einstimmig heraus. Unsere Reaktion entging Leyla nicht, ich ließ sie aber nicht zu Wort kommen. »Wir sprechen vom Korbmacher-Palais, dem Sepetçiler Kasrı in Sarayburnu?«

»Ja, das Schlösschen. Der Palast, den Murad III. bei dem Architekten Davut Ağa in Auftrag gab und der unter Mahmud I. renoviert wurde.« Voller Überdruss wie eine Lehrerin, die desinteressierten Schülern etwas beizubringen versucht, fuhr sie fort: »Das historische Gebäude rechts an der Straße, die von Sarayburnu nach Sirkeci führt.«

Mich kümmerte nicht, dass Leyla uns wie dumme Jungs behandelte.

»Das heißt also« – ich starrte der Frau in die Augen –, »Sie waren hundert Meter neben der Stelle, an der Necdets Leichnam gefunden wurde, mit ihm essen?«

Jetzt zeichnete sich doch etwas wie Panik in ihren Zügen ab.

»Da hat man die Lei… den Leichnam gefunden?« Gleich ging sie hektisch zur Verteidigung über. »Necdet hatte das Korbmacher-Palais ausgesucht. Hätte er mich gefragt, wären wir vielleicht woanders hingegangen. Es war ohnehin ein Fehler, mit ihm essen zu gehen. Wir haben uns gestritten.«

Schlaufuchs Ali glaubte, hier eine Blöße entdeckt zu haben.

»Streit? Warum denn?«

Leyla reagierte scharf.

»Hören Sie, ich habe Necdet nicht umgebracht. Richtig, ich war sauer auf ihn, aber ich bringe niemanden um. Denn ich glaube nicht daran, dass Probleme gelöst werden können, indem man Leute umbringt.«

Wir hatten so viele Mörder gesehen, die Menschen umgebracht hatten, als murksten sie Hühner ab, trotz ihrer Überzeugung, Mord sei keine Lösung, deshalb beeindruckten ihre Worte weder meinen Assistenten noch mich. Es machte allerdings auch wenig Sinn, die Spannung auf die Spitze zu treiben und die Frau zu verärgern. Ich warf Ali einen Höflichkeit anmahnenden Blick zu und versuchte, die Situation zu retten. »Das haben Sie falsch verstanden. Wir verdächtigen Sie doch nicht des Mordes. Wir wollen bloß etwas über Necdet erfahren. Denn um ein Täterprofil zu erstellen, müssen wir zunächst das Opfer kennen.«

Leylas Zorn ebbte ab.

»Sie tun Ihren Job«, sagte sie, um Contenance bemüht. »Aber Sie müssen mich bitte verstehen. Ich erhielt gerade eben die Nachricht vom Tod des Mannes, mit dem ich jahrelang zusammengelebt habe.«

Ali zog es vor zu schweigen, da er unfähig war, die Rolle des verständnisvollen Polizisten auch nur zu spielen. Und ich trieb es mit der Höflichkeit noch ein wenig voran.

»Wenn Sie möchten, kommen wir später wieder. Sammeln Sie sich erst einmal.«

Der Bluff zog, Leyla war auf der Stelle handzahm.

»Ach nein«, sagte sie verständnisvoll. »Ich will Sie nicht veranlassen, sich noch einmal herzubemühen. Es geht schon, wir können reden. Was hatten Sie gleich gefragt?«

»Sie erzählten von dem Abend, an dem Sie Necdet trafen.«

Sie wirkte plötzlich geknickt, als erinnerte sie sich an etwas Trauriges.

»Stimmt, jener Abend … Es war der 31. Mai, unser Hochzeitstag.«

Noch eine Merkwürdigkeit. Sie hatten den Hochzeitstag ihrer gescheiterten Ehe gefeiert. Als sie meinen Gesichtsausdruck sah, schob sie eine Erklärung nach.

»Sie halten es für Unfug, nicht wahr? Ich auch. Wir haben nicht gefeiert. Necdet hatte darauf bestanden, sonst hätte ich seine Einladung gar nicht angenommen. ›Eine wirklich wichtige Sache‹, sagte er. ›Bitte weis mich nicht ab.‹ Da willigte ich um einiger noch unbefleckter Erinnerungen willen ein. Ich fragte gar nicht, wohin wir gehen würden. Necdet holte mich am Museum ab.«

»Arbeiten Sie auch an Sonntagen?«

Ein unbekümmertes Lächeln erhellte Leylas Miene.

»Dass ich heute zu Hause bin, ist, wie gesagt, reiner Zufall. Hätte ich heute Abend nicht Gäste von der Universität, wäre ich jetzt im Museum. Für uns gibt es keine Pausen, wir arbeiten immer. Alle Tage, Nächte, Wochenenden. Und trotzdem reicht die Zeit nicht. Für Menschen, die sich diesem Palast verschrieben haben, ist Urlaub ein Traum. Wie auch immer, Necdet holte mich am Sultanstor ab. Er fuhr mit seinem roten Sportwagen vor.

›Wenn du rasen willst, steig ich gar nicht erst ein‹, warnte ich ihn. Er war ein Raser, man wusste nie, was er vorhatte. ›Keine Sorge, es ist nicht weit‹, beruhigte er mich, und ich stieg ein. Es stimmte, er fuhr quer durch den Gülhane-Park zum Korbmacher-Palais hinunter. Da erst wurde mir klar, wo wir essen würden. Er hatte diese Wahl getroffen, um die passende Atmosphäre für sein Angebot zu schaffen.«

»Machte er Ihnen etwa einen neuerlichen Heiratsantrag?«, scherzte ich.

Leyla errötete.

»So etwas in der Art. Er wollte die Beziehung wieder aufnehmen. Damit ich Ja sagte, hatte er, genau wie bei seinem ersten Heiratsantrag, einen historischen Ort gewählt. Den ersten hatte ich damals angenommen, und er glaubte, auch dem zweiten würde ich zustimmen.«

»Was Sie aber nicht taten.«

»Natürlich nicht.«

»Warum nicht?«

Leylas Augen drückten Befremden über meine Frage aus.

»Also, falls nichts dagegen spricht, würden Sie das bitte erklären?«, musste ich sagen. »Wenn es Ihnen nichts ausmacht.«

»Mir macht mittlerweile gar nichts mehr etwas aus.« Sie verschränkte die Arme vor der Brust. »Ich lehnte sein Angebot ab, weil Necdet nicht mehr der Mann war, den ich damals geheiratet hatte.«

»Was war er denn damals für einer?«

»Ein Idealist, bereit, sich aufzuopfern. Jemand, der gewillt war, sein Leben für die Wissenschaft zu geben.«

»Sie meinen also, Necdet hatte sich verändert.«

»Und wie! Aus dem Archäologen, der unter sengender Sonne, über und über mit Staub bedeckt, nach Spuren der Vergangenheit suchte, ohne die geringste Gegenleistung zu erwarten, war ein Geschäftsmann geworden. Einer, dem es nur darum ging, alles, woran er dachte, was er berührte, womit er sich beschäftigte, zu Geld zu machen. Früher war Geschichte der Zweck seines Lebens gewesen, jetzt war sie nur noch ein Instrument für ihn, das ihn reich machen sollte. Mit so einem Menschen kann ich nicht zusammenleben. Hätten wir wieder etwas angefangen, wäre mein Leben zur Hölle geworden.«

Das klang aufrichtig. Keine Spur mehr von der unterkühlten Atmosphäre zu Anfang. Sie schien nun nicht länger gezwungenermaßen irgendwelchen Polizisten zu sagen, was sie wusste, sondern Freunden ihr Herz auszuschütten.

»Allerdings«, wandte ich behutsam ein, um sie nicht aus ihrer Stimmung aufzustören, »hat Necdet Ihr Nein nicht akzeptiert.«

»Aber er zeigte Verständnis. Das heißt, so schien es zunächst. Necdet war kaltblütig und hervorragend darin, seine Gefühle zu verbergen. Außerdem hatte er Geduld. Da konnten Sie noch so entschlossen sein, noch so deutliche Worte sprechen, er ließ nicht locker, bis er hatte, was er wollte.«

Sie sprach von Necdet in der Vergangenheit. Es war ungewöhnlich, dass jemand sich derart schnell auf die neue Situation einstellte, wenn er vom Tod eines Nahestehenden erfuhr.

»Den Streit haben also Sie angefangen?« Ali nutzte seine Chance, als er mich zögern sah. »Da Necdet ja jemand war, der ruhig bleiben konnte ...«

»Für jeden gibt es eine Grenze, Ali Bey«, entgegnete Leyla leise, ein Lächeln auf den Lippen. »Auch Necdet hatte eine.« Sie hielt inne. »Stimmt, den Streit fing ich an. Er setzte ihn dann fort. Als Necdet sagte, lass uns wieder zusammenkommen, erklärte ich in aller Ruhe, dass ich ihm nicht mehr vertraue. ›Ich würde nicht mal einen Kurztrip mit dir unternehmen, geschweige denn je wieder mit dir leben‹, sagte ich. Und mir war nicht zum Scherzen zumute. Das sagte ich ihm ins Gesicht, so hart und demütigend, wie es nur ging. Jeder andere wäre beleidigt gewesen, hätte nicht weiter insistiert, wäre vielleicht sogar aufgestanden und gegangen. Necdet nicht. ›Du hast recht‹, sagte er. ›Ich habe Fehler begangen, aber das ist vorbei. Ich werde dich nicht mehr enttäuschen, ich werde ein guter Partner sein.‹ Ich kannte ihn zu gut. Er hatte sich nicht geändert und würde sich auch nicht ändern. ›Unmöglich‹, sagte ich. ›Ich habe ein eigenes Leben, mach mir das nicht kaputt.‹ Er begriff nicht. Er sagte Dinge, die er für Nettigkeiten hielt, um mich zu überzeugen. Doch je liebenswürdiger er sich gab, umso widerlicher wurde er mir. Mich nervte, wie er sich krümmte, aber das merkte er gar nicht. Ich blieb höflich und schwieg. Bis er auf unsere glücklichen Tage in der Vergangenheit kam. Seine Worte waren so falsch, so weit von Ehrlichkeit entfernt, dass ich ihn bat zu schweigen. ›Lass uns darüber nicht mehr reden!‹ Doch er hörte nicht darauf. Er verschanzte sich hinter unseren intimsten Erinnerungen. Ich bat ihn inständig: ›Lass wenigstens unsere Vergangenheit ruhen.‹ Er sprach weiter. Als wäre nichts geschehen, als hätten wir uns nicht getrennt, als wäre nicht er der Hauptverantwortliche für die Trennung gewesen, erinnerte er mich an unser erstes Treffen. Ich schäumte vor Wut. ›Schämst du dich nicht, auch das noch auszupacken!‹, rief ich. ›Du warst es doch, der mich verlassen hat! Wie kannst du jetzt so etwas sagen?!‹ Die Leute am Nebentisch drehten sich schon nach uns um. Das war mir egal, die Pferde waren mit mir durchgegangen, es gab kein Halten mehr. ›Und dann willst du, dass wir wieder zusammenkommen! Ich verfluche den Tag, an dem ich dich kennengelernt habe!‹, schrie ich. Da brüllte er: ›Es reicht!‹ Es steckte also doch noch ein Quäntchen Menschlichkeit in ihm. Er hatte noch so viel Stolz, dass meine Beleidigungen ihn kränkten.

Nun ließ er keinen Vorwurf aus: Workaholic, History-Maniac, kalt und überheblich sei ich. ›Du bist keine Frau, du bist ein Roboter, gar nicht mehr frei, du bist eine bedauernswerte Kreatur, die ihre Seele verloren hat‹, brüllte er. Seltsamerweise wurde ich immer ruhiger, je mehr er brüllte. Die Gemeinheiten und Beschimpfungen, die er mir an den Kopf warf, wirkten wie Medizin auf meine Psyche. Ich wartete, bis Necdet fertig war beziehungsweise bis ich mich beruhigt hatte, dann stand ich auf. Bevor ich ging, tat ich allerdings noch etwas, um zu zeigen, dass ich keineswegs eine bedauernswerte Kreatur ohne Seele war, ich schüttete meinem Exmann mein Glas Rotwein über den Kopf. Dann marschierte ich aus dem Restaurant.«

Auch wenn sie sich bemühte, das alles in spöttischem Tonfall zu erzählen, war der Schmerz noch so groß, die Wunde noch so frisch, dass ihre Stimme vor Ärger zitterte. Als hätte sie die Nachricht von Necdets Tod gar nicht erhalten, als wäre der Mann, der ihr Kummer bereitet hatte, nicht für immer fort, kochte sie vor Wut. Während ich sie anschaute, vermochte ich nicht zu entscheiden, ob sie ihren Exmann hasste oder doch noch liebte.

»Warum wollte Necdet denn wieder mit Ihnen zusammenkommen?«

Alis Frage platschte in den kurzen Moment der Stille. Leyla klapperte ein paar Mal wütend mit den lang bewimperten Augenlidern.

»Er sagte, er liebe mich noch immer.«

»Liebte er Sie denn?«

Sie zögerte, ihre Augen schienen feucht zu werden.

»Ich weiß es nicht.« Sie seufzte tief auf, ihre Schultern bebten. »Ich will es auch nicht wissen.« Plötzlich brach sie in Tränen aus. Sie verbarg ihr Gesicht hinter den Händen und weinte still. Doch nicht lange, schon kurz darauf verwandelte sie sich wieder in die starke Museumsdirektorin. »Entschuldigung, ich habe die Beherrschung verloren. Necdets Liebe interessiert mich nicht. Das war sein Problem.«

Stille breitete sich im Raum aus. Ich überlegte noch, wie wir auf das Thema zurückkämen, da fuhr Ali erneut dazwischen.

»Warum haben Sie sich damals getrennt?«

»Was? Was haben Sie gesagt?«

»Ihre Trennung, meine ich, geschah die, weil Necdet sich verändert hatte?«

Wie bei einer schlimmen Erinnerung machte sich Traurigkeit auf ihrer Miene breit.

»Könnte man sagen.« Herausfordernd sah sie Ali an. »Er hatte eine Affäre mit meiner Assistentin. Mit einem jungen Mädchen, fünfzehn Jahre jünger als ich.« Sie lächelte gezwungen. »Ja, es gab wohl keine andere Frau auf der Welt, es musste meine Assistentin sein.«

Ihre Worte vervollständigten das Bild. Nun kannten wir sowohl das Mordopfer als auch die Frau vor uns besser. Nicht gut, aber besser.

»Ich bin noch bei dem ersten Antrag.« Diesmal zerstörte ich die dichte Stille, die den Raum beherrschte. »Wo machte Necdet seinen ersten Antrag damals? An einem historischen Ort, sagten Sie.«

Sie schien in Erinnerungen zu versinken.

»Necdet stellte seinen Heiratsantrag damals in Sarayburnu.«

»Im Korbmacher-Palais?«

»Nein, im Poseidon-Tempel.«

Als sie unsere verständnislosen Blicke sah, schmunzelte sie wissend.

»Dort gibt es natürlich keinen Tempel mehr. Wir tauschten die Ringe an der Stelle, wo wir den Tempel vermuteten. Vor rund zweitausendsiebenhundert Jahren stand er tatsächlich dort. Als Einwanderer aus Megara die erste Stadt, also Byzantion, gründeten, errichteten sie Tempel für ihre Götter an der Küste. Einer davon wurde für den Meeresgott Poseidon erbaut.«

Ali packte die Neugier.

»Hatte Necdet etwas mit Byzantion zu tun?«

»Davon handelte seine Diplomarbeit, er gehörte zu den wenigen Spezialisten zu diesem Thema in der Türkei.«

»Hat er seinen Papagei deshalb Byzas genannt?«

Leylas Miene hellte sich kaum spürbar auf.

»Haben Sie Byzas kennengelernt? Er hält sich für einen Menschen. Ein allerliebster Vogel, sehr gesellig.«

»Stimmt.« Zum ersten Mal teilte mein Assistent die Gefühle der Frau. »Ein herrliches Tier.«

»Und Münzen?« Ich unterbrach die Plauderei über den Papagei. »Hat Necdet sich mit alten Münzen beschäftigt?«

Ihr Blick schien zu fragen, woher wir das wüssten. Möglicherweise hatten wir eine erste Spur, ich ließ nicht locker.

»Hat er über byzantinische Münzen gearbeitet?«

»Sein Spezialgebiet war die Numismatik nicht, aber in letzter Zeit interessierte er sich tatsächlich dafür. Er hat eine umfangreiche Sammlung.«

Hatte man ihm eine eigene Münze zwischen die Hände gedrückt? Damit käme unsere Ermittlung einen Schritt voran.

»Wo bewahrte er seine Sammlung auf? Vermutlich nicht in aller Öffentlichkeit.«

»Keine Ahnung. Wahrscheinlich zu Hause.«

Etwas wie ein Tresor war uns in Necdets Haus nicht aufgefallen. Vielleicht hatte er den Safe versteckt. Wir würden das Haus erneut aufsuchen. »Warum fragen Sie nach den Münzen?«, erkundigte Leyla sich beunruhigt. »Was macht alte Taler so wichtig?«

Es war wohl an der Zeit, die Karten auf den Tisch zu legen, zugleich könnten wir dabei ihre Reaktion einschätzen.

»Wir haben eine Münze bei dem Leichnam gefunden.«

Sie wirkte gar nicht überrascht. »Was für eine?«, fragte sie, die Augen zu Schlitzen verengt.

»Vorn sind Halbmond und Stern abgebildet, darüber steht Byzantion, auf der Rückseite ist eine Frauenbüste mit zusammengerafftem Haar.«

Ein Funkeln in ihren hellbraunen Augen zeigte, dass sie sich auskannte.

»Die Münze von Byzantion.« Selbstsicher fuhr sie fort: »Sie gehört zu den in der römischen Epoche geprägten Metallmünzen.«

»Kennen Sie diese Münze?«

Anstelle einer Antwort erhob sie sich, öffnete die Büchervitrine an der Wand und nahm ein großes Buch heraus. Statt zu ihrem Sessel zurückzukehren, setzte sie sich zwischen Ali und mich und legte das Buch auf den langen schmalen Couchtisch. Mit geübten Fingern wendete sie die Hochglanzseiten um. Darauf abgebildet waren Reihen von Münzen.

»Die hier?«

Ihr Finger wies in der Ecke oben rechts auf die Vorderseite der Münze, die wir zwischen den Händen des Mordopfers gefunden hatten. Die Rückseite der Münze fand sich gleich nebenan.

»Ja, das ist sie.«

»War das ein Original?«

»Das wissen wir nicht.« Ich zuckte mit den Schultern. »Das kann nur ein Spezialist sagen.«

»Darf ich sie sehen?«

»Natürlich. Wenn Sie aufs Revier kommen, zeigen wir sie Ihnen gern.«

Ich deutete auf die Büste auf der Rückseite der Münze.

»Wer ist diese Frau?«

»Die Mondgöttin Hekate. Manche setzen sie mit Artemis gleich. Es heißt, Hekate habe Byzantion viel Gutes getan. Man berichtet sogar Folgendes: Philipp II., der Vater Alexanders des Großen, will Byzantion erobern. In einer finsteren Nacht ohne Mond und Sterne führt er sein Heer bis nah an die Stadt heran. Er plant, die Stadt mit einem Überraschungsangriff zu nehmen. Doch plötzlich flammen am Himmel Lichter auf, Sterne funkeln, und ringsum wird es taghell. Zugleich beginnen auf Hekates Wink hin die Hunde zu heulen. Im Handumdrehen ist die Stadt wach, das Heer Philipps II. wird entdeckt, man trifft Vorkehrungen. So wurde Byzantion mit Hilfe der Mondgöttin Hekate in jener Nacht gerettet.«

»Halbmond und Stern«, entfuhr es Ali. Er suchte noch immer die Antwort auf die Frage, die ihn beschäftigte, seit wir die Münze gefunden hatten. »Waren das denn Türken, die Byzantion gegründet haben? Sie druckten auf ihre Münzen ja Halbmond und Stern.«

»Türken?« Leyla lächelte spöttisch. »Sie sind mir einer, Ali Bey. Wir sprechen von einer Zeit vor zweitausendsiebenhundert Jahren. Da galoppierten unsere Vorfahren noch durch die zentralasiatischen Steppen.«

Frustriert hakte Ali nach: »Wer waren denn diese Leute?«

»Griechen.«

Meist kommt es schlimmer, als man denkt. Heftige Enttäuschung zeichnete Alis Züge.

»Griechen?«

»Genau, Griechen.« Sie schien zu spüren, dass Ali aufrichtig enttäuscht war, und bemühte sich um Trost. »Grämen Sie sich nicht, Halbmond und Stern treffen nicht alle Tage am Himmel zusammen. Deshalb haben schon Tausende Jahre vor uns andere Stämme diese Konstellation zu ihrem Symbol gemacht. Auch die Sumerer verwendeten Halbmond und Stern. Außerdem war Hekate die Mondgöttin der Hellenen. Und die Leute von Byzantion glaubten, wie der Meeresgott Poseidon unterstütze auch Hekate sie, da lag es nahe, dass ihnen das Zusammentreffen von Halbmond und Stern heilig war.«

Ali war noch nicht überzeugt.

»Bei Allah, das mit den Griechen höre ich zum ersten Mal.«

Mein Assistent offenbarte sein Misstrauen, doch Leyla nahm es ihm nicht übel.

»So ist es nun mal, Ali Bey. Byzantion gründeten Einwanderer aus der Stadt Megara, schätzungsweise um 660 vor Christus. Byzantion heißt Ort des Byzas.«

»Dieser König Byzas, dessen Namen der Papagei trägt?«, fragte Ali interessiert. »Ja, wer war denn dieser Typ eigentlich?«

»Der König der Einwanderer aus Griechenland. Eine legendäre Persönlichkeit. Er gilt als Gründer dieser Stadt.«

Sie blätterte um, eine andere Münze erschien. Die Vorderseite zeigte einen behelmten bärtigen Krieger, darüber stand Byzas geschrieben.

»Das ist der Mann. Natürlich ist die Zeichnung eine Mutmaßung. Denn diese Münze wurde gut sechshundert Jahre nach der Gründung Byzantions von Römern geprägt. Zu Zeiten von König Byzas druckte die Stadt noch kein eigenes Geld. Byzantion war klein.«

Sie deutete auf eine Zeichnung an der Wand, die das Areal des Topkapı-Palastes zeigte.

»Das Gebiet war nicht größer als die Fläche, die unser Palast einnimmt. Byzantion wuchs unter den Römern und wurde erst da zur Weltstadt.«

Mit Ali staunte auch ich. Ich hatte zwar gewusst, dass der erste Name der Stadt, in der alle meine Vorfahren gelebt hatten, Byzantion lautete, doch diese Einzelheiten kannte ich nicht. Leyla, nun wieder in ihrem Sessel, verscheuchte unsere Überraschung.

»Wo genau befand sich die Münze?«

Sie klang professionell wie zuvor, hatte aber das Gehabe der offiziellen Staatsbeamtin abgelegt. Mit einer Mischung aus Traurigkeit und Besorgnis sah sie uns an.

»Zwischen seinen Händen. Wir haben sie zwischen seinen zusammengelegten Händen gefunden.«

Das fand sie gar nicht sonderbar und nickte, als sprächen wir über ein Thema, bei dem sie sich auskannte.

»Sagt uns der Mörder mit der Münze etwas? Hat es etwas zu bedeuten, dass dieser Metalltaler sich in der Hand des Opfers befand?«

»Ich bin mir nicht sicher.« Wieder strich sie sich das Haar aus dem Gesicht. »Interpretieren wir den Akt, in die Hand des Toten Geld zu legen, nach der altgriechischen Mythologie, lässt sich sogar denken, die Mörder wollten Necdet einen Gefallen tun. Denn in der Mythologie diente Geld, das man Toten auf die Augen oder sonstwo auf den Körper legte, dazu, sie bequem über den Acheron in die Unterwelt zu bringen. Fährmann Charon, ein boshafter Mann, nahm Geld dafür, die Seelen der Toten über den Fluss zu schaffen. Suchte er vergeblich nach dem Geld, setzte er die Toten nicht über, sodass ihre Seelen im Sumpf des Hades, des Gottes der Unterwelt, steckenblieben.«

Alis grimmige Miene verriet, dass er damit nichts anfangen konnte.

»Meiner Meinung nach handeln Mörder nicht nach altgriechischen Traditionen, sondern eher nach Mafia-Art. Da brauchen wir nicht in der Geschichte zu wühlen. Die haben Necdet wegen Geld getötet. Und als Botschaft haben sie ihm die Münze zwischen die Finger gesteckt.«

Auch die Annahme meines Assistenten war nicht von der Hand zu weisen, doch es war zu früh für eine abschließende Beurteilung.

»Wir haben Sie sehr bemüht, Leyla Hanım«, sagte ich höflich, nahezu demütig. »Eine letzte Frage haben wir noch. Um unseren Bericht zu schreiben, müssen wir wissen, was Sie in der Nacht getan haben.«

Beleidigt sah sie mich an.

»Das kann ich nicht glauben«, sagte sie empört. »Sie verdächtigen wahrhaftig mich.«

»Nein.« Ich schüttelte den Kopf. »Das ist reine Formalität. Wir haben keinen Grund, Sie zu verdächtigen.«

Meine Worte überzeugten sie nicht.

»Nun gut.« Sie gab sich gleichgültig. »Nachts war ich zu Hause. Und bevor Sie fragen: Mein Freund Namık war bei mir.« Sie deutete auf das gerahmte Foto auf der Kommode. »Namık Karaman.«

Genau wie auch auf dem Foto bei Necdet Denizel zu Hause lächelte Leyla Hanım glückselig, nur dass hier ein anderer an ihrer Seite war. Ein Mann mit lockigem Haar, einem hängenden Schnurrbart, ein eher dunkelhäutiger Typ, dessen Augen von innen her lachten.

Ali notierte sich den Namen und fragte teilnahmslos wie ein Beamter, der seinen Dienst tut: »Was macht Namık Karaman beruflich?«

»Er ist Chirurg«, murmelte Leyla vertrauensvoll. »Er arbeitet an der Medizinischen Fakultät Çapa.«

»Wir finden ihn also in der Klinik?«

»Nein«, sagte Leyla belustigt. »Sie finden ihn im Verein. In Zeyrek. Aber im Augenblick dürfte er auf einer anderen Versammlung sein. Er wollte an einer Veranstaltung für die Rettung der alten Istanbuler Häuser teilnehmen.«

»Hat sie auch erzählt, dass Byzas ein Halbgott war?«

Bei Leyla Barkın zu Hause konnten wir das Ende von Namık Karamans Veranstaltung nicht abwarten, also verließen wir Küçük Ayasofya. Durch die nicht sonderlich breiten Gassen des geschichtsträchtigen Viertels, in dem einst prächtige Paläste, Kirchen und prunkvolle Monumente standen, lenkten wir unseren Wagen nach Sultanahmet.

Auf dem Sultanahmet-Platz, dem Hippodrom der Römer, dem Pferdeplatz der Osmanen, drängten sich Touristen und beäugten die Konstantinssäule, deren Bronzeverkleidung bei der Okkupation durch die Lateiner beim vierten Kreuzzug geplündert worden war, die Schlangensäule, der alle drei Köpfe fehlten, und den Obelisken, den ich weiß nicht welcher Kaiser aus Ägypten angeschleppt hatte.

Die Geschichte der Schlangensäule kannte ich von meiner Mutter. Die Säule war vom Apollon-Tempel in Delphi hergebracht worden. Man glaubte, die Säule würde die Stadt vor Schlangen, Skorpionen, Hundertfüßern, Schaben und sonstigem Gekreuch und Gefleuch schützen. Als aber Leute aus der wildgewordenen Meute den Schlangen die Köpfe abschlugen, fiel Ungeziefer in der Stadt ein. Mutter erzählte mir solcherlei spannende Anekdoten, damit ich mich für Geschichte begeisterte. Einer der Schlangenköpfe befand sich im Archäologischen Museum. Ein weiterer liege in einem Museum in England, hieß es, der dritte sei leider verschollen. Wir ließen die Schlangensäule, deren Köpfe jetzt sinnlose Leere ersetzte, und die jahrtausendealten beiden anderen Säulen hinter uns, schlängelten uns durch die Touristenbusse und fuhren neben der Hagia Sophia Richtung Gülhane-Park hinunter. Über den Weg unter den mächtigen Platanen im Gülhane-Park, auf deren Wipfeln zu dieser Jahreszeit Störche ihre Nester bauten, gelangten wir zum Korbmacher-Palais. Die Kellner, die den Vorfall vom Sonntagabend bezeugen könnten, waren nicht da. Daher fuhren wir zum Polizeirevier, um zu hören, was Zeynep herausbekommen hatte. Wir ließen die Nachmittagssonne auf den jungen Blättern des uralten Pflaumenbaums im Garten des Reviers zurück und betraten das Labor, wo Tageslicht keinen Zutritt hatte. Zeynep saß vor dem Computerbildschirm und machte sich Notizen auf einem Zettel. Sie war so in ihre Arbeit vertieft, dass sie unser Kommen gar nicht bemerkte.

»Nanu, Zeynep, was bist du versunken, sag bloß, du hast den Fall schon aufgeklärt.«

Sie schrak hoch, lächelte, als sie uns sah, und machte Anstalten aufzustehen. Doch ich bedeutete ihr, sitzen zu bleiben.

»Schön, wenn es so wäre, Hauptkommissar.« Sie zeigte ihre makellosen Zähne. »Ohne euch ist das schwierig.«

Ali war ebenso neugierig wie ich auf das, was seine Kollegin auf dem Monitor vor sich hatte.

»Was ziehst du dir denn da rein?« Er trat näher heran. »Und was sollen deine Notizen? Wurde etwa Blut vom Ermordeten an den Putzproben nachgewiesen?«

Zeynep ließ den Kopf hängen.

»Ach, der Test war negativ. Der Putz hat auf Luminol weder blau noch grün reagiert. Blut ist also nicht daran.«

Vergnügt, weil er recht hatte, dachte Ali weiter.

»Das Opfer wurde also nicht im Bad ermordet. Was hat denn den Putz so dunkel gemacht? Schmutz vom Körper des Mannes? Oder hatte Necdet sich die Haare gefärbt?«

»Dazu kann ich nichts sagen.« Zeyneps Stimme klang schal. »Blut ist es jedenfalls nicht.«

»Hast du die Proben an unterschiedlichen Stellen genommen?«, mischte ich mich ein. »Wenn sie nur von einer Stelle stammen, könnte uns etwas durch die Lappen gegangen sein.«

»Das stimmt, Hauptkommissar, aber ich habe verschiedenen Stellen Proben entnommen. Der Mord wird wohl nicht dort verübt worden sein.«

»Was ist das denn?« Alis Frage unterbrach unseren Dialog. Den Blick auf Zeyneps Bildschirm gerichtet, murmelte er: »Was soll das für eine Form sein?«

Bei näherem Hinsehen erkannte auch ich es: ein Umriss, der einem Adlerkopf ähnelte. Ali grübelte. Zeynep nutzte sein Zögern und fragte mit geheimnisvoller Stimme: »Was glaubst du, was es sein könnte?«

»Keine Ahnung, sieht aus wie ein Vogel. Das heißt wie der Kopf eines Vogels. Vielleicht etwas aus der Antike?«

Zeynep lachte kurz auf.

»Ja, etwas aus der Antike. Aus einer vieltausendjährigen Antike.« Sie schob das Vergnügen beiseite und wandte sich mir zu. »Was meinen Sie, Hauptkommissar, was stellt diese Zeichnung dar?«

Um ehrlich zu sein, war sie auch mir ein Rätsel. Als ich aber die Linien des Vogels und in der Mitte ein paar kleine parallel verlaufende Linien sah, musste ich an Landkarten denken: Was auf Meereshöhe verlief, wurde weiß markiert, höhere Lagen gepunktet und noch höhere schraffiert.

»Eine Landkarte?«

»Bravo, Hauptkommissar! Ja, es ist eine Landkarte. Eine topographische Karte. Aber was zeigt sie?«

»Woher soll ich denn das wissen?« Ali war sichtlich genervt. »Das kann überall sein.«

Zeyneps leicht geschminkte Rehaugen funkelten.

»Mensch, Ali! Gibst du schon auf? Du arbeitest im Morddezernat, streng doch dein Köpfchen mal an!«

Ali mochte seinen Kopf noch so anstrengen, ihm fiel nichts Gescheites ein, so wenig wie seinem Hauptkommissar. Zeynep sah, dass wir es nicht herausbekamen, und gab uns einen Tipp.

»An welchem Fall arbeiten wir denn?«

Die frischen Gehirnzellen meines jungen Assistenten waren schneller als meine.

»Oha!« Er schlug sich mit der flachen Hand gegen die Stirn. »Ist das nicht Sarayburnu, die Spitze der Landzunge?«

»Und ein wenig darüber hinaus.« Zeyneps Stimme war voller Leidenschaft, als präsentierte sie uns eine antike Stadt, die sie selbst entdeckt hatte. »Byzantion und Umgebung. Die Stadt, deren Name auf der Münze steht.«

Ich sah mir die Zeichnung aus der Nähe an, ja, das war tatsächlich die Spitze der Altstadt auf der historischen Halbinsel. Und sie ähnelte wahrhaftig einem Vogelkopf. Ein vorwitziger Adler reckte den Kopf aus dem europäischen Kontinent und schaute auf den Bosporus.

Zeynep hatte also, während wir die Direktorin des Topkapı-Museums befragten, nicht nur den Luminol-Test durchgeführt, sondern anschließend auch gleich noch Byzantion erkundet. Eifrig berichtete sie: »Byzantion hat ein Mann namens Byzas gegründet, Hauptkommissar.«

Ali, die Arme vor der Brust verschränkt, nickte neunmalklug. »Wissen wir längst. Der König der Einwanderer aus Griechenland.« Erstaunt sah Zeynep ihn an, höhnisch fuhr er fort: »Byzantion bedeutet ja auch Ort des Byzas.«

Zeynep empfand das als Schmach, Ali dagegen genoss seinen zweiten Triumph heute.

»Da hast du dich umsonst abgemüht, Zeynep, wir haben die Lektion schon von Leyla Hanım gehört. Sie hat uns alles über diesen König erzählt, stimmt's, Hauptkommissar?«

Ohne seinen Hauptkommissar als Zeugen aufzurufen, ging es wohl nicht, aber wie ich Zeynep kannte, würde sie sich nicht so leicht geschlagen geben.

»Hat sie denn auch erzählt, dass Byzas ein Halbgott war?« Da ging sie also zum Gegenangriff über. »Und Poseidons Sohn?« Ali, der mit solchen Dingen ohnehin wenig anfangen konnte, wusste nicht, was er sagen sollte. Unsere Kriminologin war fertig mit ihm und wandte sich mir zu. »Es gibt eine Menge verschiedener Legenden über die Gründung von Byzantion, Hauptkommissar.«

Eigentlich hätte ich losgemusst. Ich wollte noch in Zeyrek vorbei, um mit diesem Namık zu sprechen, und von dort nach Hause fahren. Käme ich zu spät, wäre mir das vor Evgenia wirklich peinlich. Aber Legenden, Sagen und Geschichten über Istanbul mochte ich schon immer. Und wenn diese Legenden auch noch mit dem Mordfall zu tun hatten, der uns gerade beschäftigte, konnte ich sie mir unmöglich entgehen lassen.

»Lass hören.« Ich plumpste auf einen der freien Stühle am Tisch. Mein angeschlagener Geschlechtsgenosse stand noch immer. Ich deutete auf einen Stuhl. »Setz dich, Ali. Nicht wissen ist keine Schande, aber nicht lernen wollen ist schlimm!«

»Da haben Sie recht, Hauptkommissar.«

Er meinte keineswegs, dass ich recht hatte. Auch hatte er die Lage nicht akzeptiert, er schwieg lediglich, weil es im Augenblick für ihn nichts weiter zu sagen gab. Zweifellos würde er sich bei nächster Gelegenheit revanchieren. Zeynep hätte es nicht anders gehalten. Die Beziehung zwischen den beiden, die mir zunächst befremdlich erschienen war, hin und wieder hatte ich sogar eingreifen müssen, begann ich schlussendlich zu begreifen: Das war ihre Art zu flirten. Ja, wenn sie sturköpfig aneinandergerieten, sich fetzten, sich kabbelten, empfanden sie etwas wie Erregung, waren auf ihre Weise glücklich. Ich nahm das hin, solange sie nicht zu weit gingen. Denn meist nützten ihre Zänkereien unseren Ermittlungen, sie eröffneten neue Perspektiven.

»Die früheste Legende scheint die zu sein, von der euch schon berichtet wurde.« Zeynep warf einen Blick in ihre Notizen. »Das Volk in der altgriechischen Stadt Megara war nach Kriegsniederlagen verarmt. Ihr König Byzas befragte das Orakel von Delphi. Das Orakel teilte ihnen Apollons Ratschluss mit: ›Besteigt eure Schiffe, fahrt übers Meer, siedelt euch gegenüber dem Land der Blinden an.‹ Das taten sie, und so kamen sie auf die Landzunge, die heute Sarayburnu heißt, gegenüber dem Land der Blinden.«

Wieder hatte Ali nicht verstanden und moserte.

»Wo soll denn bitte das Land der Blinden sein?«

Damit er Zeynep in Ruhe ließ, übernahm ich die Erklärung.

»Kadıköy, Ali, das ist Kadıköy. Diesen Teil der Geschichte kenne ich. Der Ausdruck wurde geprägt, um die Leute zu verunglimpfen, die in Kadıköy siedelten, wo es doch einen so herrlichen Flecken wie Sarayburnu gab. Ihr seid zu blind, um die Schönheit zu sehen, sollte das heißen.«

»Nicht nur die Schönheit, Hauptkommissar«, übernahm erneut Zeynep das Wort. »Byzantion war an drei Seiten von Meer umgeben und damit leicht zu verteidigen. Das hatte strategische Bedeutung. Und natürlich belegten sie die Schiffe, die durch den Bosporus fuhren, mit Zöllen.«

»Sag doch gleich Schutzgelderpressung!« Unser Strolch kommentierte die Sache in seiner Sprache. »Wie beim Volkshelden Deli Dumrul mit seiner Brücke über den trockenen Fluss: Wer rüberwill, zahlt drei Asper, wer nicht rüberwill, aus dem werden fünfe herausgeprügelt.«

»Dazu die Fischschwärme, das Hauptnahrungsmittel für die Stadtbewohner, Bonitos, Makrelen, Blaufische ...«

»Wer weiß, welche Arten es damals sonst noch gab.« Ich seufzte. »In meiner Kindheit gab es selbst im Goldenen Horn noch Blaufisch. Die haben wir alle ausgerottet.«

»Wer diese Vorteile von Sarayburnu nicht erkannte und stattdessen auf dem asiatischen Ufer siedelte, galt ihnen als blind, und den Ort, den jene dort gegründet hatten, nannten sie Kalkhedon.«

»Die waren echt blind«, murmelte Ali, der sich endlich auf den Stuhl bequemt hatte. »Wie kann man nur nach Kadıköy ziehen, wenn es Sarayburnu gibt? Allein wegen der Aussicht wäre ich hiergeblieben.«

Zeyneps Blick glitt über den Bildschirm, angesichts des Adlerschnabels nickte sie.

»Auch ich hätte mich sicher für Sarayburnu entschieden. Stell dir vor, Ali, damals war hier alles bewaldet, da gab es diese unförmigen Häuser nicht und keine Menschenmassen, nicht mal richtige Straßen, von Autos ganz zu schweigen, vielleicht ein paar Fischerboote auf dem Meer und Segelboote, das war's. Die Stadt bestand aus einem kleinen Hafen, einer Burg und ringsum Wald und Meer.«

Ich versuchte, mir das von Zeynep beschriebene Istanbul vorzustellen. Es gelang mir nicht, ich war außerstande, den Anblick der monströsen Betonbauten ringsum wegzuwischen und die jahrtausendealte antike Stadt vor meinen Augen auferstehen zu lassen. Zeynep und Ali schwiegen. Bemühten auch sie sich vergeblich um ein inneres Bild des alten Byzantion?

»Ist das alles?«, fragte mein obergescheiter Assistent verächtlich. »Das wussten wir eh schon.«

»Komm runter, Ali. Die eigentliche Legende kommt erst noch.« Zeynep warf mir einen Blick zu. »Die Ursprünge dieser

Legende reichen bis auf Zeus zurück, Hauptkommissar. Auf Zeus, den Hauptgott und Casanova des Olymp.«

»Alle griechischen Sagen gehen auf Zeus zurück«, würgte Ali sie ab, als kenne er sich in griechischer Mythologie aus. Doch Zeynep überhörte seinen Einwurf und erzählte weiter.

»Eines Tages erblickte Zeus Io, die Tochter des Königs von Argos, eine berühmte Schönheit. Er verliebte sich sofort in sie. Es dauerte nicht lange, da kam seine neue Affäre der Göttermutter Hera zu Ohren. Hera hatte längst die Nase voll von Zeus' Techtelmechteln und schäumte vor Wut, als sie von diesem Seitensprung erfuhr. Da sie Zeus nichts anhaben konnte, nahm sie sich Io vor. Kaum hörte Zeus davon, verwandelte er das Mädchen in eine weiße Kuh, um sie zu schützen. Doch Hera erfuhr auch das, sie ließ die Kuh entführen und stellte ihr Argos als Hüter zur Seite. Zeus gab keine Ruhe und sandte den Götterboten Hermes, um Argos zu töten. Als Hera das hörte, schickte sie der weißen Kuh Io eine Pferdebremse, um sie zu ärgern. Io rannte kilometerweit, um die Bremse loszuwerden. Am Bosporus angelangt, sprang sie ins Wasser und schwamm ans andere Ufer hinüber. Der Name Bosporus bezieht sich noch auf diese Legende, auf Griechisch bedeutet das Ochsenfurt. Am Ende ihrer Flucht vor Heras Zorn stürzte sich Io ins Goldene Horn. An den Hügeln des Goldenen Horns brachte die arme Io eine Tochter namens Keroessa zur Welt, die wurde von der Nixe Semestra aufgezogen. Doch als Keroessa heranwuchs, stellte ihr ein anderer Gott nach, der Meeresgott Poseidon. Keroessa konnte sich dieses mächtigen Gottes nicht erwehren und wurde schwanger. Und dieses Kind in Keroessas Bauch war Byzas. Deshalb wurde er ein großer König, deshalb konnte er die prachtvolle Stadt Byzantion gründen. Und die Münze, die wir zwischen den Händen des Ermordeten fanden, ist die Münze dieser Stadt.«

»Tut mir leid, Zeynep«, widersprach Ali. »Diese Münze haben nicht die Byzantioner geprägt, sondern die Römer. Und zwar Jahrhunderte später.«

O nein, ging das schon wieder los!

»Zeynep, wann fiel Byzantion an die Römer?«, griff ich ein.

Zeyneps Gesicht strahlte wie das einer fleißigen Schülerin, die ihre Hausaufgaben gemacht hatte.

»Ich weiß nicht, inwieweit das stimmt, denn ich habe es gegoogelt.« Ein mitfühlender Blick traf Ali. »Die Informationen, die ihr von Leyla Hanım habt, sind natürlich besser. Aber auf den Seiten, die ich fand …« Sie vergewisserte sich mit einem Blick in ihre Notizen, bevor sie weitersprach. »Byzantion wurde 660 vor Christus gegründet. Gut siebenhundert Jahre hatte es als Stadtstaat Bestand. 73 nach Christus wurde es der römischen Provinz Bithynia et Pontus eingegliedert.«

Das überraschte mich doch.

»Oh, das heißt, die Römer kamen erst siebenhundert Jahre später. Ich dachte, viel früher.«

»Ja, das dachte ich auch.« Sie zögerte, ihre Wangen röteten sich leicht. »Zu meiner Schande muss ich gestehen, dass ich sogar gedacht hatte, Griechen und Römer seien ein und dasselbe Volk.«

Was die Geschichte dieser Stadt betraf, waren wir Banausen. Ganz abgesehen von der griechischen und römischen Zeit: Wir wussten ja nicht einmal etwas über die osmanische Epoche. Aber schwangen trotz unseres Unwissens bei jeder Gelegenheit schamlos große Reden über unsere ruhmreichen Vorfahren. Bei diesen Gedanken ging mir auf, in welch sonderbarer Lage wir uns befanden. Wir waren im Morddezernat tätig und erforschten jetzt wie Archäologen das Geheimnis der Stadt. Nicht dass mir das nicht gefallen hätte, aber es gab einen Mord aufzuklären.

»Wie auch immer«, sagte ich und stand auf. »Zeynep, wann wird die Autopsie durchgeführt?«

»Morgen, Hauptkommissar. Gegen Mittag haben wir das Ergebnis.«

»Gut, außerdem müssen wir morgen dem Haus des Mordopfers einen zweiten Besuch abstatten. Vielleicht befindet sich die Münzsammlung, von der Leyla sprach, in dem Haus. Und wir müssen mehr über Necdet erfahren. War der noch an der Universität tätig, oder hatte er einen anderen Job? Leyla äußerte sich ja ein bisschen schwammig über Necdet, als verberge sie etwas. Schauen wir auch einmal, ob es da Vorstrafen gab. Hatte er die Finger in irgendwelchen dreckigen Angelegenheiten? War er nicht vorbestraft, müssen wir recherchieren, ob je Ermittlungen gegen ihn geführt wurden.«

»Und dieser Chirurg, Hauptkommissar, den wollten wir uns auch noch vornehmen.«

»Das machen wir, Ali, ich fahre gleich dort in dem Verein vorbei.«

Enttäuscht sagte er: »Kann ich mitkommen? Hier ist doch nichts mehr zu tun.«

»Fahr du heute Abend noch mal zum Korbmacher-Palais. Dann sind die Kellner vielleicht da, die am Sonntagabend Dienst hatten. War Leyla Hanım tatsächlich dort? Kam es zu dem Streit, von dem sie erzählt hatte? Was genau hat sich zwischen den beiden abgespielt? Bring das alles in Erfahrung.«

Er war noch nicht überzeugt.

»Bis zum Abend ist es lange hin, Hauptkommissar. Ich komme mit Ihnen, von da aus fahre ich dann zum Korbmacher-Palais.«

Es war nicht auszumachen, ob er fürchtete, mir könnte etwas zustoßen oder er müsste die Zügel der Ermittlung aus der Hand geben.

»Na gut. Gehen wir.«

Nach ein paar Schritten fiel mein Blick auf die Hyazinthen, die Ali mitgebracht hatte. Sie dufteten noch immer köstlich. Vielleicht lernten die beiden ja irgendwann zu flirten, ohne sich zu kabbeln. Hoffnungsfroh wandte ich mich an unsere Kriminologin: »Zeynep, geh du doch heute Abend mit Ali, ja?«

Ihre dunklen Augen erhellte ein schüchternes Licht.

»Wird erledigt, Hauptkommissar.«

Sie durchschaute meine Absicht. Um nicht familiär zu werden, ließ ich den Vorgesetzten heraushängen.

»Ihr vernehmt die Kellner gemeinsam. Fragt nach, vielleicht kannte der Restaurantinhaber Necdet Denizel.«

Unser Schlingel freute sich über meinen Vorschlag, auch wenn er sich das nicht anmerken lassen wollte.

»Ich komme dann wieder und hole dich hier ab, Zeynep.«

Sie vermieden es, sich in die Augen zu schauen.

»Gut, ich recherchiere inzwischen zu Necdet und Namık.«

Eifrig, als wäre es mir gerade erst eingefallen, schlug ich vor: »Ja, wenn ihr schon im Korbmacher-Palais seid, dann esst doch da zu Abend! Hätte ich keinen Gast heute, würde ich mich anschließen. Ein bisschen teuer, aber die Aussicht ist grandios.«

»Istanbul ist den Leuten schnuppe.«

Der Blick vom Hügel, auf dem der Verein seinen Sitz hatte, war herrlich. Die Aussicht reichte von den stillen Wassern des Goldenen Horns bis hin zur Silhouette der Süleymaniye-Moschee, deren Minarette die weißen Wölkchen zu berühren schienen. Meinen eifrigen Assistenten Ali hatte ich an der Unkapanı-Brücke abgesetzt und war zwischen typischen alten Istanbuler Häusern über die byzantinische Stadtmauer aus rotem Backstein hier heraufgekommen. Auf dem Platz hatte uns ein imposantes Gotteshaus begrüßt: die byzantinische Pantokrator-Kirche mit Kloster, heute Zeyrek-Moschee.

Der Verein residierte im dritten Stock eines Wohngebäudes gleich gegenüber dem Kloster. Vermutlich war dieser Betonbau errichtet worden, nachdem eines der für den Stadtteil typischen Holzhäuser abgebrannt, eingestürzt oder einem Sabotageakt zum Opfer gefallen war.

Ali sprang die steilen Treppen wie eine Ziege hinauf, ich keuchte ihm hinterher und war außer Atem, als ich endlich vor der Stahltür in der dritten Etage stand. Auf dem mattweißen Metallschild an der Tür stand in dunkelblauen Buchstaben VVI. Wir klingelten mehrfach, leider war niemand da. Sie waren also noch nicht von der Veranstaltung zurück. Da konnten wir nichts machen. Doch kaum setzten wir den Fuß auf die Stufen, die ich gerade erst stöhnend bewältigt hatte, um in einem Café mit schöner Aussicht zu warten, da ließen uns Stimmen unten im Treppenhaus innehalten. Mit Getöse kam eine Gruppe herauf. Es waren acht Personen, und zählten wir das Baby auf dem Arm eines kurzhaarigen Mädchens hinzu, neun. Alle außer dem Mädchen trugen Transparente. Darauf war eines der Zeyrek-Häuser zu sehen, die wir kurz zuvor passiert hatten. Das Haus war verrottet und verfallen. Darunter stand der Satz: »Schützen wir die zivile Architektur von Istanbul!« Andere Plakate waren beschriftet mit: »Wir haben kein anderes Istanbul! Schützen wir es!« Kein Zweifel, auf diese Leute warteten wir. Kleidung und Benehmen wiesen sie als Bildungsbürger aus. Als die Gruppe in den Vereinsräumen verschwand, wandte sich einer von ihnen an uns. Ein groß gewachsener, etwas dunklerer Typ mit Locken und hängendem Schnauzer, dessen Augen lachten. Niemand anders als Leyla Barkıns Freund Namık Karaman, der Chirurg.

»Bitte schön?«, fragte er höflich. »Suchen Sie jemanden?«

Ali fiel mit der Tür ins Haus.

»Polizei. Wir suchen Sie.«

Das Wort Polizei wischte schlagartig den freundlichen Ausdruck von Namıks Gesicht.

»Meine Aussage wegen der Aktion am Goldenen Horn habe ich schon auf der Wache gemacht.«

Seine Stimme klang gar nicht mehr höflich.

»Nein, nein, Namık Bey, es geht nicht darum.« Ich legte freundliches Verständnis in meinen Tonfall. »Wir kommen von der Mordkommission. Ich bin Hauptkommissar Nevzat, das ist Kommissar Ali. Wir sind zur Aufklärung eines Mordfalls hier.«

Er war verwirrt, der Ausdruck in seinen Augen wechselte.

»Mord? Was für ein Mord?«

Ich wies auf den Türrahmen, in dem wir eingezwängt standen.

»Hier lässt sich nicht so gut reden. Können wir reinkommen?«

Er zögerte. Der Mord machte ihn zwar neugierig, aber genau wie Leyla Hanım wollte er uns nicht hereinlassen.

»Wir wollten gerade ein Nachbereitungstreffen abhalten…«

»Namık Bey, ich glaube, Sie haben nicht ganz verstanden«, sagte ich nun schärfer. »Es geht um Mord. Wenn Sie unsere Fragen jetzt nicht beantworten, fürchte ich, müssen wir Sie aufs Revier mitnehmen.«

Unerschrocken stand er da. »Was habe ich damit zu tun?«

»Eine Menge. Bei dem Mordopfer handelt es sich um Leyla Hanıms Exmann.«

Er riss die kastanienbraunen Augen auf.

»Necdet? Necdet ist tot?«

War er schockiert, oder spielte er gut?

»Er wurde ermordet«, korrigierte ich ihn. »Man schnitt ihm die Kehle durch.«

Er machte ein Gesicht, als brächte man Necdet vor seinen Augen um.

»Und genau darüber wollen wir reden.« Ali, am Türrahmen lehnend, ergänzte meine Worte. »Sie werden Ihr Treffen verschieben müssen.«

Sonderbar, auch Leylas Geliebter steckte den Schock rasch weg.

»Okay. Aber es wird nicht lange dauern, nicht wahr?«

»Nein, nein«, beschwichtigte ich und machte einen Schritt auf die Tür zu. »Es hängt natürlich davon ab, wie Sie die Fragen beantworten.«

Endlich lenkte er ein.

»Na, dann kommen Sie mal herein.«

Im Verein begrüßte uns ein großes Foto vom Topkapı-Serail aus der Vogelperspektive. Ich war häufig im Palast gewesen, aber nun erstaunten mich doch seine ungeheuren Ausmaße. Eine Weile stand ich vor dem Bild. Doch außer mir interessierte sich niemand für das Topkapı. Als ich merkte, dass Namık und Ali schon am Ende des Flurs angelangt waren, eilte ich ihnen nach. Wie in Leylas Wohnung führte der Flur zu einem geräumigen Raum. Gleich fesselte der Bücherschrank aus hochwertigem Holz meine Aufmerksamkeit, er nahm links die gesamte Wandbreite ein und war voll bis oben hin. Bücher über Istanbul, Bücher aller Arten und Farben, auf Türkisch und in anderen Sprachen. Ansonsten war der Raum bescheiden möbliert: Holzstühle, kleine Beistelltische, in der Mitte ein mächtiger, mit Kunststoff beschichteter Tisch. Die Aktivisten hockten um den Tisch herum, vier Männer und drei Frauen. Abgesehen von einem rothaarigen bulligen Jugendlichen und dem kurzhaarigen Mädchen mit dunklem Teint waren alle schon etwas älter. Als wir eintraten, richteten sie neugierig die Blicke auf uns. Nur der Rothaarige wurde nervös. Wie eine Straßenkatze, die es unter Schäferhunde verschlägt, ließ er die scheuen grauen Augen nicht von uns.

»Nanu, Namık Abi?«

Kampfbereit zog der Rothaarige die Schultern hoch und ballte die Hände zu Fäusten. Glücklicherweise war sein »großer Bruder« Namık niemand, der gleich in die Luft ging.

»Alles in Ordnung, Kâmil«, sagte dieser gelassen. »Ich muss nur kurz mit den Herren Polizisten reden.«

Die Herren Polizisten, diese Bezeichnung machte auch die anderen nervös. Die neugierigen Blicke wichen befremdeten. Das kurzhaarige Mädchen beugte sich zum Sofa hinunter, als gäbe es da etwas, das sie schützen musste. Ich versuchte zu erkennen, was sie tat, da bemerkte ich das Baby, das wir schon vor der Tür gesehen hatten. Gut, aber warum fühlte sie sich bei dem Wort Polizei genötigt, ihr Baby zu schützen? Ganz offensichtlich lehnten die Anwesenden im Raum uns ab. Das entging auch Namık nicht.

»Es hat nichts mit dem Verein zu tun, Freunde. Nur eine Lappalie. Es dauert nicht lange.«

Die stechenden Blicke änderten sich nicht. Ich hatte viel schlimmere erlebt, deshalb hätten sie mich kaltgelassen, wenn nicht das Baby zu schreien angefangen hätte. Die Mutter nahm es auf den Arm. Den Geruch der Mutter in der Nase, quengelte das Kind noch kurz nach dem Motto, warum hast du mich beiseitegelegt, dann war es still.

»Eine sehr wichtige Sitzung«, höhnte Ali. »Sehen Sie, selbst Babys nehmen daran teil.«

Nur Namık hörte die Worte, doch er überging sie und zeigte auf eine Zwischentür.

»Kommen Sie, dort können wir in aller Ruhe reden.«

Auf dem Weg in den angrenzenden Raum fiel mein Blick auf die Fotos an den Wänden des Wohnzimmers. Nein, das waren keine Kunstfotografien. Sie zeigten das Ausmaß der Zerstörung, die die Errichtung eines Fünf-Sterne-Hotels auf dem Areal des Großen Palastes von Byzanz angerichtet hatte; den erbärmlichen Zustand der einzigartigen Kalligraphien, die die Mauern der Süleymaniye-Moschee zierten; den Anblick, den der zur Müllhalde mutierte byzantinische Bukoleon-Palast bot; die alten, im Verfall begriffenen Istanbuler Holzhäuser in Kadırga; einen fliegenden Händler, der auf den römischen Säulen in Beyazıt Damenunterwäsche anbot; den herzzerreißenden Zustand des antiken Hafens, den man im Zuge der Bauarbeiten für das Marmaray-Tunnelprojekt im Hauruckverfahren freigelegt hatte; den tragikomischen Zustand des osmanischen Brunnens, dessen ornamentgeschmückter Marmor mit einer Parole in schwarzer Ölfarbe beschmiert war: »Unser Rekrut ist der beste Rekrut«, und die verrosteten uralten Waffen, die schimmelnden Gemälde und Textilien im Topkapı-Palast. Fotos, die uns drastisch vor Augen führten, wie wir unsere Geschichte massakrierten. Auf der blassgelben Wand rechts stand ein riesengroßer kursiver Schriftzug in

Rot: »O Sinan, lass niemanden sich Baumeister nennen, der nicht über deine Meisterschaft verfügt«, unterschrieben mit Selim II. Sohn Sultan Süleymans des Prächtigen.

Kaum hatte ich das Nebenzimmer betreten, fragte ich gespannt: »Was tun Sie hier, Namık Bey? Was heißt VVI?«

Er gab nur sehr unwillig Auskunft.

»Der VVI ist eine Nichtregierungsorganisation«, erläuterte er gezwungen. »Die Initiative nimmt sich der Geschichte der Stadt an.«

Er wies auf die Holzstühle.

»Bitte sehr.«

Über den Stuhl, auf den ich mich setzen sollte, war eines der Transparente gebreitet, die die Gruppe bei der Aktion benutzt hatte. Alle zeigten dasselbe Foto: eines der alten Istanbuler Holzhäuser. Darunter stand die Parole: »Bewahren statt abreißen und abfackeln!« Ich faltete das Transparent zusammen, legte es auf den Beistelltisch, dessen Furnier leicht aufgeworfen war, und setzte mich. Mein Assistent hatte es sich auf dem Stuhl gegenüber bequem gemacht, bei dem blätterte die Farbe ab. Hinter seinem kleinen Schreibtisch nahm Namık Karaman auf dem Bürosessel Platz, wer weiß, welcher Betrieb den ausgemustert hatte. Mein Blick fiel auf das Foto an der Wand. In den historischen Stadtmauern kochte eine junge Mutter auf einem Campingkocher Essen, ihr Mann hockte im Schneidersitz auf einem billigen Kelim und drehte sich eine Zigarette, der kleine Sohn ließ seine Zahnlücke sehen und lächelte allerliebst in die Kamera.

»Das ist noch harmlos«, sagte Namık, als er mich das Foto betrachten sah. »Menschen, die nirgends Unterschlupf finden und verzweifelt versuchen, sich einen Platz im Leben zu erobern. Die Geschichte als Zufluchtsort. Welch eine Ironie! Richtig schlimm aber sind diejenigen, die damit Geld verdienen.« Er holte tief

Luft, als wollte er seinen Zorn unterdrücken. »Zurück zum VVI. Die Abkürzung bedeutet *Verein zur Verteidigung Istanbuls.*«

Er wirkte anmaßend, vermutlich verachtete er uns. Und hatte keine Skrupel, uns das spüren zu lassen. Ali hasste ihn sichtlich dafür.

»Verein zur Verteidigung Istanbuls«, wiederholte er spöttisch. »Schön, und gegen wen verteidigen Sie Istanbul?«

»Gegen die Barbaren.« In Namık Karamans Stimme lag die Entschlossenheit eines Mannes, der von seiner gerechten Sache überzeugt war. »Gegen die Zerstörer und Plünderer, die eine fast dreitausendjährige Geschichte auslöschen wollen …«

Er kam gerade in Schwung, da fuhr ihm Ali dazwischen, in der Pose eines Großmauls, das seinem Gegner droht: »Wer hat Sie darum gebeten, die Stadt zu verteidigen? Sie sind Chirurg, was geht Sie die Stadt an, die Geschichte? Hat irgendjemand verlangt: ›Setzen Sie sich für die Stadt ein‹?«

Mimisch versuchte ich, ihn zu stoppen, doch vergeblich, er nahm mich gar nicht wahr, er war voll auf den Chirurgen konzentriert. Namık erkannte die Absicht des feurigen Polizeibeamten und stützte die Ellbogen auf den Tisch.

»Oh ja, den gibt es.« Er deutete zum Gotteshaus hinaus, das sich in all seiner Pracht hinter dem kleinen Fenster erhob. »Sehen Sie das?«

»Die Molla-Zeyrek-Moschee«, murmelte ich.

Von mir den Namen zu hören, überraschte ihn.

»Wohnen Sie hier im Quartier?«

»Nicht weit davon. In Balat.«

»Jetzt verstehe ich. Trotzdem alle Achtung, Nevzat Bey. Denn die Menschen hier kennen die Namen der Moscheen außerhalb ihres direkten Umfelds normalerweise nicht. Außer die großen natürlich, wie Süleymaniye, Fatih, Eyüp. Nun, ich sprach von der

Molla-Zeyrek-Moschee, vormals Pantokrator-Kirche. Ein fast tausend Jahre altes Gotteshaus. Erbaut im zwölften Jahrhundert, in genau zwölf Jahren.« Spott funkelte in seinen Augen auf. »Ich weiß nicht, ob das etwas mit den zwölf Aposteln zu tun hatte. Die Kirche wurde dann zunächst in eine Medrese und anschließend in eine Moschee umgewandelt. Und ihren Namen erhielt die Moschee von einem Gelehrten, der in der Medrese unterrichtete: Molla Zeyrek.«

»Warum erzählen Sie uns das?«, begehrte Ali auf. »Was geht uns die Geschichte der Moschee an?«

»Ich versuche, Ihre Frage zu beantworten. Wenn Sie noch ein wenig Geduld aufbringen, werden Sie es gleich verstehen.« Nein, er war nicht sauer, seine Gesten ließen keine Anzeichen von Ärger erkennen. »Wie Sie sehen, ist dieses wundervolle Bauwerk marode, es fehlt an der adäquaten Pflege. Manchmal, wenn ich abends bis spät im Verein bin, vor allem bei Vollmond, sehe ich aus diesem alten Gotteshaus einen Geist zum Himmel aufsteigen. Es mag der Geist von Kaiserin Irene sein, die die Kirche errichten ließ, oder der unseres Molla Zeyrek, jedenfalls ruft mir dieses körperlose Wesen zu: ›Warum tust du nichts? Warum setzt du dich nicht für uns ein?‹ Und deshalb fühle ich mich verpflichtet, dieses Gotteshaus und all die anderen historischen Bauwerke in dieser Stadt zu verteidigen. Habe ich, wenn es eines Tages Zeit ist zu gehen, Gutes für diese Stadt getan, kann ich in Frieden abtreten. Dann lässt der Geist der Zeyrek-Moschee mich ruhen. Habe ich aber nichts getan, dann wird dieser starrsinnige Geist wie ein Alptraum über mich herfallen.« Wieder lag das spöttische Lächeln auf seiner Miene. »So ist es, Kommissar Ali, jener Geist verlangt von mir, mich um diese Angelegenheiten zu kümmern, der Geist dieses Quartiers, dieses Viertels, dieser Stadt.«

»An solchen Blödsinn glaube ich nicht!« Ali reagierte heftig, dabei hatten die Worte des Chirurgen ihn sehr wohl berührt. Was er natürlich niemals zugeben würde. »Und wie verteidigen Sie nun diese Stadt?«, fuhr er halsstarrig fort.

»Im Grunde können wir sie nicht verteidigen«, sagte Namık bitter. »Ständig tauchen Hindernisse auf. Sie kaufen Abgeordnete und Minister, sie wickeln Journalisten ein, sie sorgen dafür, dass willfährige Gutachter beschäftigt werden, sie sickern in Gerichte ein. Sie strengen jede nur denkbare Intrige an, um Urteile zu ihren Gunsten zu wenden. Ob das Areal unter Denkmal- oder Naturschutz steht, interessiert sie nicht.«

Seine Worte kamen von Herzen, die Klage war aufrichtig.

»Es muss doch anständige Leute geben«, warf ich ein, sehr wohl wissend, dass die Lage tatsächlich verzweifelt war, was allerdings auch ich nicht einfach hinnehmen wollte. »Es muss doch Menschen geben, die diese Stadt lieben und sich für sie einsetzen.«

Er nickte ohne viel Hoffnung.

»Durchaus. Die Freunde, die Sie im Saal drüben gesehen haben. Und Baby Deniz. Yasemins Sohn. Nun, ich will nicht ganz so schwarz sehen, vielleicht gibt es noch ein paar Tausend mehr. Aber das war's dann. Ein paar Tausend Menschen in dieser Stadt der fünfzehn Millionen. Istanbul ist den Leuten schnuppe. Offenen Auges werden sie ihrer Zukunft beraubt, doch sie erkennen es nicht. Die Menschen hier haben kein Gewissen, keine Bildung und sind nicht loyal. Hauptsache, sie retten sich über den Tag. Kommt die Rede darauf, beschweren sich alle, sagen Sie aber, lasst uns etwas tun, dann schielt jeder zuerst auf die eigenen Interessen. Initiativen wie ›Wir nehmen uns unserer Stadt an‹ oder ›Kulturhauptstadt Istanbul‹ und so weiter – wie verlogen das alles ist! Billige Propaganda! Kommunen, Präfekturen, Regierungen, der Staat, die Bürger, sie lügen alle. Sie spielen alle falsch.«

Als die Rede auf seinen Staat kam, fühlte sich unser feuriger Polizeibeamter auf den Fuß getreten.

»Langsam, langsam!«, mahnte er. »Nun mal langsam! Alle sollen böse sein, und der einzig Gute sind Sie?«

Resigniert, weil sein Anliegen auf taube Ohren zu stoßen schien, schüttelte Namık den Kopf.

»Es geht nicht darum, gut zu sein, es geht darum, sich um die Stadt, in der wir leben, zu kümmern. Das versuchen wir.« Seine Miene spiegelte seinen Kummer. »Doch sobald wir etwas für die Stadt tun wollen, rückt die Polizei an.«

»Wenn Sie sich gesetzeskonform verhalten, kann Ihnen keiner was.« Ali sprach wie ein Staatsanwalt, der niemandem Rechenschaft schuldig ist. »Übertreten Sie aber die Gesetze, dann bekommen Sie es natürlich mit der Polizei zu tun. Worum ging es noch gleich bei dieser Aktion am Goldenen Horn?«

»Ein großes Verbrechen.« Namık lächelte spöttisch. »Wir protestierten gegen die Brücke, die für die Metro über das Goldene Horn gebaut werden soll. Denn die wird die Silhouette der Stadt zerstören. Sie wird den einzigartigen Blick auf die Süleymaniye-Moschee verstellen.«

Er hatte recht, die Metro-Brücke würde sich über das Wasser ziehen, als wäre das Goldene Horn in Ketten gelegt. Ein sperriges Konstrukt aus Beton und Metall würde all die Schönheit verunstalten. Ali wusste nichts davon, und die Schönheit des Goldenen Horns war ihm egal. Er sprach aus rein beruflichem Reflex, ganz im Widerspruch zu seiner Jugend, seiner Heißblütigkeit und dem, was ihn eigentlich ausmachte.

»Das geht nicht! Alles hat seine Regeln. Sie haben eine illegale Demonstration abgehalten!«

Die sinnlose Diskussion zog sich in die Länge, die Sache würde aus dem Ruder laufen. »Nun, Ali, kommen wir auf unsere Angelegenheit zu sprechen«, zügelte ich meinen Assistenten. »Kannten Sie diesen Necdet Denizel, Namık Bey?«

Schon den Namen zu hören, bereitete ihm offensichtlich Bauchschmerzen.

»Ich kannte ihn. Um ehrlich zu sein, ich mochte ihn nicht besonders.«

»Warum nicht?«

»Er war ein niederträchtiger Halunke, deshalb.«

»Wie gemein!«, schimpfte Ali. »Wie können Sie einem Verstorbenen so etwas nachsagen!«

Da musste ich ihm ausnahmsweise einmal recht geben, Namık hatte sich im Ton vergriffen.

»Der Tod befreit keinen Menschen von der Niedertracht.« Nein, er wollte sich nicht verteidigen, er schilderte einfach, wie er die Dinge sah. »Wir müssen alle sterben. Werden die schlimmen Dinge, die wir getan haben, ausradiert, wenn wir unsere Augen schließen? Wird ein begangener Mord dann ungeschehen? Sollen Grausamkeiten und Willkürakte dann plötzlich nicht stattgefunden haben? Falls böse Menschen die Niedertracht loswerden beim Sterben, was wird dann aus den positiven, schönen Dingen, die gute Menschen getan haben?« Er beugte sich vor, um meinem Assistenten in die Augen zu blicken, nicht um ihn zu provozieren, sondern um Erklärung bemüht. »Der Tod spricht vom Schlechten nicht los, Kommissar Ali. Nur eines entlastet das Böse: Gutes! Nur wenn du mehr Gutes tust, als du Böses getan hast, wirst du freigesprochen. Nein, Necdet war kein guter Mensch, als er lebte, also ist er auch nicht zu einem geworden, als er starb.«

Wieder musste ich mich einmischen, um zu verhindern, dass das Gespräch zwischen den beiden eskalierte.

»Sie reden doch wohl nicht so, weil er Leyla Hanıms Exmann

war, oder?« Mit einem schrägen Blick ergänzte ich: »Es ist keine Eifersucht im Spiel?«

»Nein, bestimmt nicht, Nevzat Bey. Seine Beziehung zu Leyla endete vor Jahren. Ich verabscheue Necdet nicht aus persönlichen Gründen. Er war einer von denen, die diese Stadt schröpfen. Zudem ist es schier unverzeihlich, dass ein Historiker, ein Archäologe so etwas tut.«

»Er hatte also den Tod verdient?«

Nanu, Ali hatte die Wut weggesteckt, jetzt jonglierte er sogar mit Worten, um den Mann, mit dem er sich eben noch duelliert hatte, zum Reden zu bringen.

»Niemand hat den Tod verdient, Kommissar Ali.«

Nein, so leicht ließ Namık sich nicht ins Bockshorn jagen.

»Bestrafung hatte Necdet sicher verdient, aber nicht den Tod. Außerdem haben nicht Menschen wie wir über eine solche Strafe zu entscheiden, sondern die Gesetze.«

»Und wenn die Gesetze nicht ausreichen?«, fragte ich. »Sie haben doch gesagt: Alle behindern uns. Was tun Sie dann?«

»Ich zähle mal auf, was wir nicht tun werden. Wir werden niemanden umbringen und gegen niemanden Gewalt anwenden. Denn so prachtvoll die Natur, so reich die Geschichte dieser Stadt auch sein mag, ohne Menschen ist sie nichts als ein Haufen Steine, Holz und Eisen. Städte werden von Menschen gemacht, auch die Geschichte. Ohne Menschen hätte es kein Byzantion gegeben, kein Konstantinopel und kein Istanbul. Wenn wir die Stadt verteidigen, dann setzen wir uns vor allem für die Menschheit ein. Für die herrlichen, von der Menschheit geschaffenen Werke. Darum kann kein Zweck jemals rechtfertigen, Menschen zu töten.«

Die gleichen Worte hatten wir von Leyla gehört. Schöne Worte, doch von Bedeutung war nur ihr Wahrheitsgehalt.

»Sind Sie Necdet je begegnet?«, fragte ich, um das Gespräch auf das Mordopfer zu bringen. »Ich meine, persönlich?«

»Natürlich, viele Male.«

»Wie sind Sie miteinander ausgekommen? Rein persönlich?«

»Er wusste, dass ich ihn nicht mag.« Das Thema war ihm offensichtlich unangenehm. »Das beruhte auf Gegenseitigkeit.«

»Hätte er auch Sie einen niederträchtigen Halunken genannt?« Da fing er wieder an, unser Mister Penetrant. »Ich meine, weil Sie ihn ohne weiteres so nennen …«

Namık lachte schallend.

»Wahrscheinlich hätte er etwas Ähnliches gesagt. Wobei sein Adjektiv für mich wohl eher ›schön blöd‹ gelautet hätte. In seinen Augen sind Leute wie wir nichts anderes als eine Horde Idioten, die nicht wissen, was ihre wahren Interessen sind.« Nach einem Moment der Geistesabwesenheit sprach er weiter. »Ja, er war ziemlich sauer auf mich. Wegen Leyla. Er liebte sie wohl nach wie vor. Leyla sieht das zwar anders, aber ich denke schon, dass es so war.«

»Und Leyla Hanım? Vielleicht liebte auch sie Necdet noch immer?«

Der Chirurg runzelte die Stirn. Offenbar hatte Ali zum ersten Mal ins Schwarze getroffen.

»Sie nahm sogar seine Einladung zum Essen an.«

»Sie hatte mich gefragt, ob sie hingehen soll.«

Endlich hatte unser Schlaufuchs den Chirurgen da, wo er ihn haben wollte. Doch kaum war er im Begriff, seinen Triumph auszukosten, würgte Namık ihn ab: »Da könnten Sie natürlich recht haben. Der Mensch ist ein schwer verständliches Wesen.«

»Allerdings.« Ich seufzte, als stünde mir eine entsprechende Situation vor Augen. »Und Frauen sind noch einmal so kompliziert. Man weiß nie genau, was sie denken und was sie tun werden.«

»Da unterscheiden sich Frauen nicht von Männern, Nevzat Bey, wir sind doch alle Menschen. Ich glaube nicht, dass Leyla Gefühle dieser Art hegte. Sie hätte es mir erzählt.«

Mit der Rechten zupfte er am Schnurrbart, er wollte gelassen wirken, war aber aufgewühlt.

»Nun denn.« Ich ließ ihn mit seinen Zweifeln allein. »Kommen wir zu gestern Nacht. Was haben Sie gestern Nacht gemacht? Leyla Hanım sagt, sie sei bei Ihnen gewesen?«

Er hatte sich sofort im Griff.

»Wir waren im Verein. Wir hatten eine Sitzung, bis zehn etwa. Leyla nahm daran teil.«

»Worum ging es auf der Sitzung?«

»Um die Umwandlung von Sultanahmet in eine Museumsinsel. Das Kulturministerium hat endlich Vernunft angenommen. Jetzt haben sie das Projekt, für das wir schon seit Jahren eintreten, auf die Tagesordnung gestellt. Darüber sprachen wir gestern Abend.«

»Und der Hunger?«, hakte Ali nach. »Haben Sie bis zehn Uhr abends nichts gegessen?«

Er warf meinem Assistenten einen Blick voll aufgesetzter Bewunderung zu.

»Ihnen entgeht auch kein Detail, Kommissar. Natürlich haben wir gegessen. Wir bestellten Pizza. Leyla vegetarisch, ich gemischt. Ich kann Ihnen den Beleg zeigen.«

»Nötigenfalls fordern wir den an. Und danach?«

»Nach dem Essen oder nach der Sitzung?«

Er war wieder in Stimmung und belächelte uns.

»Nach der Sitzung«, sagte Ali, mühsam seinen Ärger unterdrückend. »Nachdem die anderen weg waren.«

»Da sind wir auch losgegangen. Im Viertel gingen wir aber nicht gleich ins Haus, sondern ans Ufer hinunter. Es war eine schöne Nacht. Wir spazierten an der Küste entlang. Viele Leute waren draußen. Frühlingsanfang eben. Es war fast elf, als wir heimkamen. Leyla setzte ein Schreiben an das schwedische Kultusministerium auf, und ich las einen Krimi.« Er vibrierte vor Vergnügen. »Einen von Agatha Christies Romanen. Mord im Orient-Express. Es geht um die Ermittlungen nach dem mysteriösen Tod eines Schurken.«

Er provozierte uns.

»Kenne ich.« Ich ging auf sein Spiel ein. »Ein gutes Buch. Und die Handlung beginnt auch noch an der Spitze der historischen Halbinsel. Im Bahnhof Sirkeci.« Ich beobachtete seine Reaktion. »Ein paar hundert Meter entfernt von der Stelle, an der wir Necdets Leichnam fanden.«

Sein Gesicht zeigte keinerlei Anzeichen von Spannung, ebenso wenig wie sonst einen verdächtigen Ausdruck.

»Sie haben den Leichnam in Sirkeci gefunden?«

»Haben Sie nicht gehört?« Alis Stimme enthielt Tadel. »Ein paar hundert Meter von Sirkeci entfernt, hat der Hauptkommissar gesagt. Nicht in Sirkeci, in Sarayburnu. Das heißt in Byzantium. Also genau dort, wo die Stadt, die Sie verteidigen, gegründet wurde.«

»Das konnte ich Evgenia nicht antun.«

Als ich Balat erreichte, setzte die sinkende Sonne die von hässlichen Bauten okkupierten Hügel gegenüber in Flammen. Bevor ich meinen altgedienten Renault ins Viertel lenkte, glitt mein Blick zum Goldenen Horn. Ich betrachtete die dunkelblauen, sich gemächlich bis nach Sütlüce hinschlängelnden Wasser und dachte an Io aus der Legende, an Keroessa, die sie dort auf den Hügeln gebar, und an deren Sohn Byzas, den ersten König dieser Stadt. Allmählich schwand das Tageslicht, Schatten verhüllten den unerfreulichen Anblick der Bauten, und die mythologische Geschichte, die früheste Legende um Istanbul, erschien mir glaubhaft. Seltsam, aber mir waren sowohl Byzas als auch seine Mutter Keroessa so nah wie meine Nachbarin Nadide Hanım und ihr Sohn Tunç. Nun verstand ich Yahya Kemal gut, der gesagt hatte: »Nur eines deiner Viertel zu lieben, ist ein ganzes Leben wert.« Ich schätzte mich glücklich, wie der große Dichter in Istanbul geboren zu sein und hier zu leben, trotz all der Hässlichkeit, der Menschenmassen und dem Dreck. Irgendwo aus den Tiefen meines Herzens spürte ich Stolz aufsteigen.

Ich bog in die engen Gassen von Balat ein und fuhr beim Speiselokal von Maître Arif aus Tekirdağ vor, der heute meinen Hausschlüssel hatte. Er war der heimliche Held des Gastmahls, das ich Evgenia servieren wollte. Ich hatte zwar vor ihr damit geprahlt, wie ich Meze zubereiten würde, aber ich konnte gar nicht kochen. Deshalb sprang Maître Arif mir zur Seite. Kaum betrat ich das Lokal, begrüßte er mich wie stets mit ernster Miene.

»Kommen Sie nur, Hauptkommissar, guten Abend.«

Seine ernste Miene täuscht, im Grunde ist er ein herzlicher Mensch, doch aus unerfindlichen Gründen braucht es bei ihm zwei kleine Rakı, bis seine Stirn sich glättet und seine Zunge sich löst, dann wird er im Handumdrehen zum freundlichsten, heiter plaudernden Mann der Welt.

»Guten Abend, Maître Arif.« Ich lächelte. »Wie steht's, ist alles fertig?«

Nanu, obwohl noch kein Tropfen Rakı seine Lippen benetzt hatte, denn er trank niemals bei der Arbeit, lächelte er zurück.

»Alles fertig, Hauptkommissar. Es ist kaum eine halbe Stunde her, dass ich bei Ihnen aus der Tür bin. Ich weiß ja nicht, wer bei Ihnen zu Gast sein wird, aber er wird heute Abend ein Festmahl vorfinden, wie er noch nie eines gesehen hat.«

»Da bin ich mir sicher, Maître Arif, vielen, vielen Dank.«

»Ich bitte Sie, Hauptkommissar, Sie haben so viel Gutes für uns getan. Ich habe den Tisch schon gedeckt. Meze und Salate stehen bereit, die Karaffe ist randvoll mit Rakı gefüllt. Nur der Barsch muss noch in den Ofen. Wie verabredet bekommen Sie ihn gedämpft auf den Tisch. Er gart im eigenen Saft. Aber bloß nicht länger als eine halbe Stunde, sonst wird der Göttliche gemein.«

»Und was«, meine Hand griff nach dem Portemonnaie, »bin ich dir dafür schuldig, Maître Arif?«

»Das geht auf meine Rechnung …«

»O nein. Darüber haben wir bereits gesprochen.« Ich tippte ihm freundschaftlich auf die Schulter. »Du tust mir so schon einen Riesengefallen. Ich wäre nicht glücklich, wenn du dafür nicht deinen Lohn annimmst.«

Er kannte mich und insistierte nicht länger.

»Wie Sie wollen, Hauptkommissar. Dann nehme ich ihn an, aber im Augenblick weiß ich gar nicht, was es gekostet hat. Ich mache die Rechnung morgen auf, wir kommen schon zusammen.«

»Hör zu, wenn du versuchst, mich abzuwimmeln …«

»Nein, nein, Hauptkommissar.« Er kramte meinen Hausschlüssel aus der Kassenschublade und reichte ihn mir. »Ich habe doch nicht den Verstand verloren, dass ich versuchen würde, Sie abzuwimmeln.« Seine Miene wurde weich wie sonst erst nach einem kleinen Rakı. »Morgen erledigen wir das, versprochen.«

Bevor Maître Arif die Gaststätte in Balat eröffnet hatte, in der vor allem Gewerbetreibende aus der Gegend speisten, soll er eine unscheinbare Taverne in Kumkapı betrieben haben. Der Laden muss klein und schrottig gewesen sein, aber auf die Meze ließ niemand etwas kommen. Denn Arif hatte den Clou seines Jobs von der Pieke auf bei Koço in Moda gelernt, hatte sich dann in der Küche des Imroz in Beyoğlu weitergebildet und bei Agop dem Blinden in Kumkapı seine Kenntnisse und Manieren ausgefeilt, bis er ein gefragter Meister war. Doch statt weiter für andere zu arbeiten, wollte er sein eigener Herr sein. So mietete er gleich am Ausgang des Kumkapı-Bahnhofs einen kleinen Laden an, für den die großen Restaurants sich zu fein waren, und machte eine Taverne daraus. Rund drei Jahre führte er sie. Meze und Speisen bereitete er mit aller Sorgfalt eigenhändig zu. Das Echo blieb nicht aus, seine Kundenzahl wuchs, selbst unter der Woche gab es keinen freien Tisch bei ihm.

Eines Tages aber machten drei Grünschnäbel, die das Trinken noch nicht gewohnt waren, Radau. Wie von Arif angewiesen, ließen die Kellner sie gewähren nach dem Motto, der Kunde hat immer recht. Als die drei Tölpel mitbekamen, dass niemand ihnen Einhalt gebot, schlugen sie erst recht über die Stränge. Maître Arif bemühte sich zu den jungen Burschen an den Tisch. Er bat sie, ruhig zu sein, und orderte in der Hoffnung, sie zu beschwichtigen, sogar Rakı. Doch niemand hörte auf ihn, und als einer von ihnen vor seinen Augen die deutsche Frau am Nebentisch tätlich belästigte, war das Maß voll, und Maître Arif streckte den Jungen mit einer Ohrfeige nach Art der Osmanen zu Boden. Das wollten die beiden anderen Köter nicht auf sich sitzen lassen und stürzten sich auf den Meister. Kaum hatte Arif sich den Kanaillen entwunden, griff er ein Messer vom Tisch und verzierte die drei Schlingel. Hätten die Kellner nicht eingegriffen, hätte es angeblich Tote gegeben. Letztendlich waren zwei der Strolche am Allerwertesten und einer an der Hand verletzt. Sie brachten die Sache vor Gericht, der Richter war ein verständnisvoller Mann, hörte sich die Sache an und urteilte auf zwei Monate Haft. Die Strafe war nicht hoch, doch Maître Arif grübelte im Gefängnis lange und beschloss, die Taverne aufzugeben. Wie dieser Entschluss zustande kam, hatte Maître Arif eines Abends erzählt, als Barbier Ayhan, Gemeindevorsteher Muhsin und ich im Agora, damals gab es diese renommierte Taverne noch, gemeinsam einen hoben.

»Was, wenn ich einen der Jungen umgebracht hätte?«, fragte Arif so betrübt, als hätte er tatsächlich einen von ihnen auf dem Gewissen. »Schade um sie und schlimm für die Eltern wäre das gewesen. Und was, wenn sie mich umgebracht hätten? Wie schade um mich und wie schlimm für meine beiden Kinder, eins besucht noch die Grundschule. Nein, ich sah, so geht das nicht, Gott strafe sie, sagte ich mir, ich hänge den Job an den Nagel. Das war mein Entschluss, Hauptkommissar, und ich stieg aus.«

Und nun führte er das kleine Speiselokal in Balat. Er verdiente damit kein großes Geld, hielt aber, wie er es ausdrückte, »die Erwerbsquelle am Laufen«. Ich weiß nicht, ob er glücklich war, doch er lebte in Frieden. Ich ließ Maître Arif mit seinem Frieden im Lokal zurück.

Als ich die Autotür öffnete, kam er mir mit einem Baguette

nachgelaufen. »Sekunde, Hauptkommissar, eine Sekunde. Wir haben das Brot vergessen. Entschuldigung, in all der Hektik …«

Ich nahm das Brot entgegen, ließ den Motor an und stand wenige Minuten darauf vor meiner Klause mit Erker, die tapfer dem Zahn der Zeit trotzte. Wieder lag Bahtiyar vor meiner Tür. Den haarigen, massigen Körper lang ausgestreckt, döste er auf dem Fußabtreter, wie er es einen Großteil des Tages zu tun pflegte. Bei meinem Anblick gähnte er müde, als wollte er sagen, wo kommst du denn jetzt her, und erhob sich. Ich warf die Autotür zu, er trottete zu mir und schnupperte an dem Brot. Der Arme schien hungrig zu sein. Ich hätte bei Arif einen Knochen für ihn mitnehmen sollen. Vielleicht mag er das, dachte ich, brach ein größeres Stück Baguette ab und warf es ihm hin. Na, so was, er fing es aus der Luft. Bahtiyar war ein Straßenköter, von den Anwohnern ringsum aber derart verwöhnt, dass er gleich einem Schoßhündchen längst nicht jede Speise akzeptierte. Doch das Stück Brot verschlang er gierig. Glücklicherweise waren weder Evgenia noch ich große Brotesser. Es sprach also nichts dagegen, die Hälfte des Baguettes, das Maître Arif mir mitgegeben hatte, an den Hundeherrn unserer Straße zu verfüttern. Bahtiyar fraß sich satt, und ich ging ins Haus.

Mir schlug ein altbekannter Geruch entgegen, den ich hier viele Jahre lang nicht vernommen hatte: Essen. Ich schloss die hölzerne Tür hinter mir und blieb in der Diele stehen. Schloss ich früher die Tür auf, betrat das Haus und begrüßte mich dieser Geruch, rief aus der Küche eine vertraute Stimme: »Nevzat, bist du das?«

Eine Stimme voller Liebe, die von Zärtlichkeit erfüllte Stimme einer Frau, die auf die Heimkehr ihres Mannes gewartet hatte, den sie als Pfeiler ihres Zuhauses betrachtete. Die Stimme, die ich niemals vergessen würde, die Stimme meiner Frau. Eine für immer verlorene Stimme. Gleich darauf würde ein schlankes Mädchen mit großen Augen aus dem kleinen Zimmer dort in der Ecke hüpfen, um mir in den Arm zu springen. Meine Tochter, Aysun.

Mir saß ein Kloß im Hals. Die dichte Traurigkeit, die mich seit Jahren verfolgte, regte sich in meiner Brust. Links, gleich über dem Herzen, verspürte ich einen tiefen Schmerz. Mir schwindelte, mir war, als fiele ich gleich um. Ich lehnte den Rücken an die soeben geschlossene Tür. Plötzlich verschwammen die Farben der Bilder an den Wänden, der schimmelgrünen Sessel in der Diele, des von meinem Vater handgeschreinerten Tisches, des Läufers auf dem Boden, und die Gegenstände wurden unscharf. Was geschah mit mir? Ich weinte, ohne dass es mir bewusst war, wie von selbst flossen still die Tränen. Eine Wunde, die ich längst vernarbt geglaubt hatte, war aufgebrochen und blutete. Nein, ich hatte sie nicht vergessen und würde sie auch niemals vergessen. Sie waren nicht nur meine Frau und meine Tochter. Sie waren zwei Unschuldige, getötet von einem Sprengsatz, der mich hatte treffen sollen. Wenn da einer sterben musste, dann ich. Doch die unvorhersehbare, unbeherrschbare Kette der Ereignisse, nennen wir sie nun Schicksal oder Zufall oder sonst wie, reihte sich nicht nach unseren Wünschen. Ich durfte mich nicht so gehen lassen. Das konnte ich Evgenia nicht antun. Das konnte, das durfte ich auch mir selbst nicht antun. Güzide und Aysun hätten es nicht gewollt. Wirklich nicht? Ich weiß es nicht. Doch ich durfte mich nicht so quälen. Aber ich war außerstande, mich der Weltuntergangsstimmung, der gnadenlosen Gewissensbisse zu erwehren. Evgenia kannte mich offenbar besser als ich mich selbst. Das war der Grund gewesen, warum sie gezögert hatte, mich zu Hause zu besuchen, warum sie wieder und wieder nachgefragt hatte.

Ich musste mich zusammenreißen, sofort. In kaum einer

Stunde stünde Evgenia vor der Tür. Das Brot und meine Pistole aus dem Gürtelholster legte ich auf dem kleinen Tisch am Eingang ab, dann wankte ich unten ins Bad. Gesicht und Hände waschen, um mich zu berappeln. Ich war entschlossen, ich würde den Kummer abschütteln, der mich seit Jahren begleitete, würde endlich den chronischen Schmerz überwinden. Doch als ich im fleckigen Badspiegel, dessen Beschichtung schon abbröckelte, mich selbst erblickte, verflog all meine Entschlossenheit, all mein Widerstand. Aus dem Spiegel sah mich ein deprimierter Mann mit tief in den Höhlen liegenden Augen und hängenden Schultern an. Der selbstsichere, stets maßvolle, sich unter keinen Umständen vergessende Polizeibeamte, der seinen Untergebenen auf dem Revier Befehle erteilte, der nur wenige Stunden zuvor Leyla Hanım Fragen gestellt und den Chirurgen Namık in die Ecke gedrängt hatte, war einem Mann gewichen, der seine Vergangenheit nicht verarbeiten konnte, der am Herzen einen chronischen Schmerz trug wie eine Kette, die sein Glück gefesselt hielt. Der Mann im Spiegel wirkte derart trostlos und Mitleid erregend, dass mir schon wieder die Augen feucht wurden. Die uralte Trübseligkeit, die mich seit so vielen Jahren verfolgte, stürzte sich ungezügelt auf mein Herz, auf Verstand und Körper, um sie vollends zu erobern. Ließe ich das zu, wäre ich erledigt und täte Evgenia und mir selbst das Schlimmste an. Ich drehte den Wasserhahn auf und hielt die Hände darunter. Hand um Hand klatschte ich mir ins Gesicht. Wie eine steife Brise benetzte das kalte Wasser meine glühende Stirn. Das tat gut. Wieder und wieder schüttete ich mir Wasser ins Gesicht. Nicht genug damit, ich hielt den Kopf unter den Strahl. Ich verharrte unter dem Wasser, damit es mir den unendlichen Kummer aus der Seele wusch, die alte Trauer, die mir das Herz in Stücke riss, wegspülte.

»Ich bin Feuer und brenne, ohne Asche, ohne Rauch.«

Nichts hatte das Wasser fortgespült, nach wie vor fühlte ich mich erbärmlich. Sähe Evgenia mich so, wäre ihr sofort klar, was Sache war. Ich ging nach oben, trocknete mich ab und zog mich um. Dann holte ich aus dem Kühlschrank die Rakı-Flasche »für alle Fälle«, schenkte mir ein Glas ein und nahm schon im Stehen einen gewaltigen Schluck. Behutsam flutete die Wärme meine Adern. Gleich ging es mir besser. Ich schlurfte ins Wohnzimmer. Es war Abend geworden, die Straßenlaternen warfen ein gemütliches Licht mit Schatten auf den alten Teppich auf dem Fußboden, vorerst ließ ich die Lampen aus. Dem Tisch am anderen Ende des Wohnzimmers, auf dem Maître Arif kunstfertig die Meze angerichtet hatte, gönnte ich zunächst keinen Blick, stattdessen sank ich in den Sessel am Fenster. In der Dämmerung süffelte ich meinen Rakı.

Ja, er tat gut, Schluck für Schluck entspannte ich mich. Durch das Fenster blickte ich auf die Mauern der Nachbarhäuser, bei denen der Putz bröckelte, auf die roten Ziegeldächer, die Schornsteine, die ihre Farben längst eingebüßt hatten. Meist stieß mich der hässliche Anblick ab. Sonderbar, jetzt wirkte es erholsam, auf diese Häuschen, denen nichts ferner lag als Prunk und Protz, unter dem von Dunkelblau ins Schwarze changierenden Himmel zu schauen und an ihre bescheidenen Bewohner zu denken, die alle Probleme gelassen erduldeten. Der Gedanke mahnte mich, das Leben leichter zu nehmen. Ich blieb sitzen, bis das Glas ausgetrunken war, und beobachtete, wie die Dunkelheit begann, den

Himmel vollständig zu erobern. Dann verkündete der Gong der antiken Wanduhr, die noch von meinem Vater stammte: Gleich steht Evgenia vor der Tür! Ich musste mich fangen oder, gelänge mir das nicht, doch so wirken, als hätte ich mich im Griff. Zunächst einmal zog ich die Vorhänge zu. Der unerfreuliche Anblick sollte, obwohl er mir gutgetan hatte, nicht Evgenia willkommen heißen.

Ich schaltete das Licht ein und wandte mich zum Tisch. Da erst registrierte ich die Kunst von Maître Arif. Er hatte den Tisch so umwerfend gedeckt, dass, wie man so schön sagte, nur Vogelmilch darauf fehlte. Ich hatte, um ehrlich zu sein, vorhin gedacht, Maître Arif übertreibe, als er sagte: »Ich weiß ja nicht, wer bei Ihnen zu Gast sein wird, aber er wird heute Abend ein Festmahl vorfinden, wie er noch nie eines gesehen hat.« Nun sah ich den perfekt gedeckten Tisch und wusste, dass ich ihm Unrecht getan hatte. Teller und Gabeln, der Rakı in der Karaffe und die Servietten unter den Gläsern, jedes Detail hatte er bedacht. Mir blieb nur noch, die Ofenpfanne, die er vorbereitet hatte, ins Rohr zu schieben und den Barsch, ganz nach seiner Anweisung, höchstens eine halbe Stunde zu garen. Maître Arif hat sich ein schönes Geschenk verdient, dachte ich, da läutete es an der Tür. Aufregung, ja Panik überfiel mich, doch nun gab es kein Zurück mehr. Ich holte tief Luft, rief: »Ich komme«, und lief zur Treppe. Als ich öffnete, stand Evgenia vor mir, im beigefarbenen Kostüm mit weißer Bluse, mit einem Hauch von Sorge in den grünen Augen, einem zögernden Lächeln auf den Lippen und einem ungeheuren Strauß Margeriten im Arm. Ich empfing sie überschwänglich, als wäre, was mich kurz zuvor gepeinigt hatte, gar nicht geschehen.

»Evgenia, wie schön, dass du da bist, komm rein!«

Die Sorge wich aus ihrem Blick.

»Danke schön.« Ihre Stimme klang beinahe fröhlich, aber

sie trat nicht ein. Sie deutete auf Bahtiyar, der uns betrachtete. »Nevzat, was für ein Lieber! Gehört er dir?«

Nein, das war nicht gekünstelt. Stets war sie aufrichtiger und offener als ich.

»Meinst du Bahtiyar?«

»Bahtiyar, der Glückliche? Ein schöner Name!«

»Ja, er gehört sozusagen zu mir.« Im Stillen dankte ich Bahtiyar tausendfach dafür, dass er die Begrüßung in eine solch harmlose Plauderei verwandelte. »Das ganze Viertel kümmert sich um ihn.«

»Er hat so einen lieben Blick.« Sie drehte sich um, und ich dachte, jetzt kommt sie herein. Doch sie blieb stehen und schaute die von der Straßenlaterne beleuchtete Gasse entlang. »Wie hübsch es hier im Viertel bei dir ist, Nevzat.« Der leise Satz kam ihr von Herzen. »Solche Quartiere gibt es kaum noch in Istanbul.«

»Ja, es ist schön, auch die Leute hier sind in Ordnung. Hier kann man noch ohne Scheu beim Nachbarn klingeln, egal zu welcher Stunde. Kann um Salz oder Kaffee bitten.«

Als sie eintrat, sagte sie: »So war es in Kurtuluş auch. Es ist gar nicht lange her. Bis vor rund zehn Jahren war es bei uns genauso. Heutzutage kennen sich die Leute nicht mehr, nicht einmal die in einem Haus, schon gar nicht die im Viertel.«

Sie ging in die Diele und blieb an derselben Stelle stehen, an der mich vorhin der heftige Kummer überfallen hatte. Ihre ernste Miene spiegelte Rührung.

»Mein Großvater hatte früher ein Haus auf Heybeli, daran musste ich denken.« Als wären sie alte Bekannte, ließ sie den Blick über die schimmelgrünen Sessel, den kurdischen, von Rottönen dominierten Teppich, die alten Bilder an den Wänden schweifen. »Genau wie dein Haus. Ein zweigeschossiger Steinbau. Da fuhren wir im Sommer immer hin.« Ihre Augen funkelten, als sie sich zu mir umwandte. »Dein Haus ist schön, Nevzat. Es passt wunderbar zu dir.«

Jetzt hätte ich sagen sollen, du bist da, nun ist es erst richtig schön, schaffte es aber nicht. »Danke«, brachte ich bloß heraus.

Weich und leicht berührte sie meinen Arm.

»Ich danke dir dafür, dass du mich eingeladen hast.«

»Komm, gehen wir nach oben. Schau dir den Tisch an, ich bin gespannt, was du zu den Meze-Kleinigkeiten sagst.«

»Das werden wir sehen.« Sie holte das nette Lächeln auf ihre Lippen zurück. »Geht es hier hoch?«

»Ja, dort entlang bitte, der Tisch wartet oben auf uns.«

Gleich beim ersten Tritt knarrten die Stufen, und Evgenia zögerte.

»Keine Sorge!« Ich schlüpfte in die Rolle des fröhlichen Mannes. »Die Treppe heißt dich willkommen.«

Flexibel wie stets ging sie gleich darauf ein.

»Ach so? Na, dann herzlichen Dank. Die Dinge in diesem Haus reden also?«

Ich setzte den Scherz fort, doch ob die Dinge hier im Haus tatsächlich redeten, wusste ich nicht. Nach dem Tod meiner Frau und meiner Tochter hatte ich vor allem den Dingen in diesem Haus mein Leid geklagt. Sie waren die Ersten, mit denen ich meinen Kummer, meinen Schmerz, meine Wut teilte. Nur sie hörten mir zu, ohne mich zu unterbrechen, nur sie waren Zeugen meiner Verzweiflung. In den schweren schwarzen Tagen spürte ich, dass die Stufen, die Holzfenster, die umhäkelten Gardinen, die Spiegelkonsole, die antike Wanduhr, die Sessel, die Teppiche, der kleine Bücherschrank, die Blumen in ihren Töpfen, alles, was das Haus ausmachte, mit mir gemeinsam litt, mit mir wütete und weinte. Und wenn es mir gelungen war, das drückende Schuldgefühl zu ertragen, dann auch ein wenig dank des Hauses und der Dinge darin. Doch das konnte ich Evgenia schlecht sagen.

»O ja«, wich ich aus. »Die Treppe hier zum Beispiel, sie hat dich zwar willkommen geheißen, aber ansonsten ist sie eine Meckertante. Kaum setzt du den Fuß auf ihre Stufen, geht das Gejammer los.« Ich deutete auf den Leuchter oben. »Dagegen die Frau Licht im grünen Rock, die beschwert sich nie. Berührst du ihren Schalter, lächelt sie dich an.«

»Und das Bild hier?«

Sie deutete auf das Bild an der Seitenwand. Boote auf dem Goldenen Horn, hieß das Aquarell, damit hatte meine Tochter einen zweiten Preis im schulübergreifenden Wettbewerb der Mittelstufe gewonnen. Ich konnte nicht gleich antworten.

»Dieses Bild …« Ich riss mich zusammen. »Dieses Bild sagt, die Welt besteht nicht allein aus diesem Haus.« Die Worte waren mir noch gar nicht ganz über die Lippen, da begannen Gewissensbisse an meinem Herzen zu nagen. »Zugleich erinnert es mich daran, nicht zu vergessen, dass auch dieses Haus ein Teil der Welt ist.«

Am Zittern meiner Stimme merkte Evgenia, dass etwas entgleiste, ihr Lächeln erlosch, und Schatten zogen über ihre Miene. Ein besorgter Blick ruhte auf mir, und ich dachte, jetzt fragt sie, wer das gemalt hatte. Aber Evgenia, die normalerweise Probleme unverzüglich ansprach, zog es diesmal vor, ihre Gefühle für sich zu behalten.

»Ein Bild mit Hang zur Philosophie«, entschied sie und wich meinem Blick aus. »Spricht das immer so weise Worte?«

Auch ihre Stimme bebte, nicht anders als meine, doch ich tat, als entginge es mir.

»Ja, der Philosoph im Haus ist dieses Bild. Die anderen Gegenstände philosophieren hin und wieder, aber dem hier kann keiner das Wasser reichen.«

Das Gespräch stockte. Mir fiel einfach nichts Passendes ein. Und Evgenia tat, als schaute sie sich lächelnd um, doch ich kannte die Stürme in ihrem Inneren. So ging es bis zur letzten Treppenstufe hinauf.

Die breite Diele oben, ein Spiegelbild des Hausflurs unten, war mein Wohnzimmer. »Na, so was!«, brach sie die gespannte Stille, als wir eintraten. »Auch hier sieht es genauso aus wie im Haus meines Großvaters auf der Insel.« Mit schlecht gespielter Aufregung drehte sie sich zu mir um. »Ob die beide vom selben Architekten gebaut wurden?«

»Gut möglich.« Als sähe ich mein Haus zum ersten Mal, ließ ich dümmlich die Blicke schweifen. »Könnte sein, warum nicht?« Wie um mich zu erinnern, verharrte ich eine Weile an der Treppe. »Das Haus muss um die siebzig Jahre alt sein.«

»Genau wie das Haus auf der Insel!« Sie setzte das unsinnige Gespräch fort, es mochte unsinnig sein, tat uns aber beiden gut. »Sechzig oder siebzig Jahre. Weißt du, wer das Haus hier erbaut hat?«

Als wäre die Frage von Bedeutung, antwortete ich betrübt: »Leider nicht. Mein seliger Vater wusste es, ich hätte ihn fragen sollen. Weißt du denn, wer das Haus auf der Insel erbaut hat?«

Mit großem Ernst beantwortete sie die scheinbar wichtigste Frage der Welt: »Seinen Namen kenne ich nicht.« Sie ließ die Unterlippe hängen. »Es soll ein Freund meines Großvaters gewesen sein. Ein stämmiger Armenier mit dunklem Teint. Großvater sagte, er sei ein Sturkopf gewesen. Und er habe sich aufs Feilschen verstanden. Trotz ihrer Freundschaft sei er mit dem genannten Preis keinen Kurusch heruntergegangen.«

Ich nickte zaghaft.

»Wer weiß, vielleicht war es derselbe Mann.«

»Wer weiß«, bestätigte sie und wandte sich zum Fenster. Der

Margeritenstrauß lag noch in ihrem Arm, gerade wollte ich ihn ihr abnehmen, da fragte sie: »Wie ist die Aussicht?«

Ich hatte nicht gewollt, dass Evgenia hier aus dem Fenster schaute, doch jetzt freute ich mich, als sie den Vorhang öffnete. Außer über meine Frau und meine Tochter würde ich an diesem Abend mit größtem Vergnügen über jedes Thema reden. Um keinen Preis aber wollte ich auf die viel zu früh Verstorbenen dieses alten Hauses zu sprechen kommen. Käme es doch dazu, fürchtete ich, die Emotionen nicht beherrschen zu können, darin unterzugehen. Das hatte Evgenia offenbar gespürt, sie tat ihr Bestes, um mir zu helfen. Wohl weniger mir als sich selbst. Sie musste bereits beim Klingeln gespürt haben, welch entsetzlicher Fehler es war, in dieses Haus zu kommen, dann war es aber zur Umkehr zu spät gewesen. Und aus Liebe zu mir verbarg sie ihre Gefühle genau wie ich, obwohl das gar nicht ihre Art war. Konnte sie ihre Gefühle lange für sich behalten in einem Haus, an dessen Wänden und Einrichtungsgegenständen tragische Erinnerungen hafteten, bei dem Mann, für den die beiden Toten noch immer sein Ein und Alles waren? Evgenia war zäh.

»Man sieht das Wasser gar nicht«, bedauerte sie und spielte das aussichtslose Spiel weiter. »Vom Wohnzimmer im Haus auf der Insel ging der Blick geradewegs auf den Anleger. Da fühltest du dich, als läge das Meer unmittelbar zu deinen Füßen. Tagsüber blendete die Sonne, nachts das Mondlicht. Aber auch diese Aussicht hat etwas für sich. Die maroden Mauern, Dächer und Schornsteine erscheinen mir zu dieser Abendstunde beinahe schön.«

»Du wirst es nicht glauben, kurz bevor du kamst, dachte ich dasselbe. Dieser Wirrwarr aus Beton und Ziegeln kam mir komischerweise schön vor.«

Sie schloss den Vorhang und wandte sich mir zu.

»Vielleicht ist es so«, sagte sie mit schiefem, aber von aller Künstlichkeit befreitem Lächeln. »Wichtig ist ja nicht, was du anschaust, sondern was das Angeschaute in dir wachruft.« Auf einen Schlag herrschte eine unheimlich große Nähe zwischen uns, ich glaubte schon, sie würde mich umarmen. Doch stattdessen reichte sie mir die Margeriten.

»Wohin stellen wir die Blumen?«

»In der Küche muss eine Vase sein.« Ich nahm den Strauß entgegen. »Bin gleich wieder da.«

Sie rief mir hinterher: »Wenn es etwas für mich zu tun gibt …«

»Nein, nein, es ist alles fertig. Setz dich doch schon an den Tisch.« Ein paar Schritte weiter fiel mir noch etwas ein: »Ach ja, rechts steht ein alter Plattenspieler. Der funktioniert. Daneben müssten ein paar Platten stehen, leg doch etwas auf, wenn du magst.«

»Plattenspieler? Ah ja, da ist er, gut. Wie lange schon habe ich keinen Schallplatten mehr gehört.«

Ich überließ Evgenia den alten Singles und schlüpfte in die Küche. Eine Vase zu finden, war ein echtes Problem, denn seit Jahren hatte es in diesem Haus keine Blumen mehr gegeben. Doch ich hatte Glück und musste nicht lange suchen. Auf dem zweiten Bord im Schrank fand ich die mit weißen Blumen verzierte braune Vase, die Güzide vor Jahren besorgt hatte. Sie war staubig, ich spülte sie kurz ab. Als ich sie mit Wasser befüllte, erklang aus dem Wohnzimmer Müzeyyen Senars rauchige Stimme: »Durch alle Kneipen Istanbuls zog ich heute Nacht / Suchte in den Lippenspuren auf den Gläsern nur dich / Wollte mich richtig betrinken …«

Hätte sie bloß ein beschwingtes Lied ausgesucht, dachte ich, doch da war nichts zu machen. Ich stellte die Margeriten in die Vase und kehrte ins Wohnzimmer zurück. Evgenia saß in dem

Sessel neben dem Plattenspieler und schaute die schwarzen Scheiben durch. Als sie mich bemerkte, hob sie den Kopf.

»Ich habe noch eine ausgesucht. Auch von Müzeyyen. ›Ich bin Feuer und brenne.‹ Und, magst du die Lieder, die ich ausgesucht habe?«

»Wunderschön. Vielleicht ein bisschen trübsinnig.«

Gelassenheit vertiefte ihren Blick.

»Nicht trübsinniger, als das Leben nun einmal ist, mein lieber Nevzat.«

»Stimmt schon, aber lass uns doch heute Abend die Traurigkeit ein wenig auf Abstand halten.«

Ihr Blick schien zu fragen, wie das denn möglich sein sollte. Und ich wechselte das Thema.

»Komm, gehen wir zu Tisch.«

Sie stand auf und tat ein paar Schritte, dann erblickte sie die angerichteten Speisen und trat aufgeregt näher.

»Nevzat, was ist das denn?«

»Meze«, sagte ich mit möglichst neutraler Stimme. »Sieht hübsch aus, nicht?«

»Hübsch ist gar kein Wort! Grandios sehen die aus, einfach grandios! Marinierter Seebarsch, eingelegte Makrele, gedörrte Makrele … Wo hast du die her?« Bevor ich antworten konnte, deutete sie auf eine andere Platte. »Tarama, Fava-Bohnenmus, Topik-Klößchen, Haydari-Joghurt-Käsecreme, Artischocken in Olivenöl … Was hast du getan, Nevzat? Imambayıldı-Auberginen, Spinatsalat, Queller … Und was ist das?« Sie richtete den Zeigefinger auf einen auch mir unbekannten grünen Salat. »Warte, warte, sag's nicht!« Mit der Gabelspitze nahm sie eine Kostprobe. »Mhmmm, Oregano, ja, genau, Salat von wildem Oregano. Köstlich! Eine Spezialität aus Antakya. Den haben wir nicht mal im Tatavla! Wie hast du das nur alles zubereitet?«

Evgenia war offensichtlich entspannt. Sie so zu sehen, wirkte erleichternd auf mich. Nahezu fröhlich prahlte ich: »Probier erst einmal den gedämpften Zackenbarsch, danach reden wir weiter.«

Freudige Überraschung machte es sich auf ihrer Miene gemütlich.

»Wo hast du denn Zackenbarsch aufgetrieben?«

»Der Dank geht an Freunde, sie haben ihn aus Fethiye geschickt. Ein Mittelmeerlämmchen von zweieinhalb Kilo.«

»Nevzat, sei ehrlich, wer hat das alles zubereitet?«

Ich hatte nicht vor, die Wahrheit zu verschweigen, ließ es aber langsam angehen.

»Moment, ich muss erst die Vase …« Auf dem Tisch war kein Platz mehr, die Blumen kamen auf einen der Beistelltische. Evgenia ließ mich keine Sekunde aus den Augen, sie stand immer noch. »Setz dich doch, was stehst du denn da herum?«

Auf einen Schlag stand die Anspannung wieder im Raum. Scheu musterte sie die vier Stühle am Tisch.

»Wo soll ich mich hinsetzen?«

»Wohin du willst, Evgenia. Hier sind nur wir beiden.«

Sie nahm auf dem Stuhl am Fenster Platz und ich ihr gegenüber. Ungeduldig schaute sie mich an und wiederholte ihre Frage.

»Nun heraus mit der Sprache, Hauptkommissar, wer hat all das zubereitet?«

»Wenn ich sage, ich war's, wirst du mir nicht glauben, oder?« Lass das, Nevzat, schien ihr Blick zu sagen. »Na gut, schenk den Rakı ein, dann sage ich dir, wer dafür verantwortlich ist.«

Sie langte nach der Karaffe und grinste.

»Ich wusste doch gleich, dass nicht du der Küchenmeister warst. Auch den Zackenbarsch hast du nicht zubereitet, stimmt's?«

»Leider. Ich kann nicht wirklich kochen, Evgenia. Auch den

gedämpften Barsch hat der Freund vorbereitet, der uns die Meze hierhergestellt hat.«

Sie schenkte mir Rakı ein und sagte, als hätte sie mit eigenen Ohren gehört, wie Arif mir Anweisungen gab: »Und er hat gesagt, lass ihn bei geringer Hitze garen und höchstens dreißig Minuten, nicht wahr?«

»Das waren seine Worte.«

Als sie auch das eigene Glas füllte, fragte sie weiter: »Und wer ist dieser Freund?«

»Maître Arif. Ein ehemaliger Kollege von dir. Maître Arif aus Tekirdağ.«

»Maître Arif?« Evgenia stellte die Karaffe zurück. »Nie gehört.«

»Er leitet schon lange keine Taverne mehr. Aber er kennt deinen Vater. Er spricht in höchsten Tönen von eurer Gaststätte.«

Sie war angetan.

»Warum bringst du ihn nicht mit ins Tatavla?« Sie goss Wasser auf meinen Rakı. »Wir laden ihn zu unseren Meze ein.«

Ich hob das Glas mit dem Rakı, der weiß wie Mastix wurde, auch Evgenia griff nach ihrem schlank taillierten Glas, in dem der Rakı pur vibrierte.

»Nun denn, herzlich willkommen!« Ich hielt ihr mein Glas entgegen. »Auf dich!« Kurz bevor ich anstoßen konnte, zog sie ihr Glas zurück.

»Nein, Nevzat.« Ihre Züge spannten sich, ihre grünen Augen blickten kühn. »Nicht auf mich. Lass uns auf Güzide und Aysun trinken.« Sanft stieß sie ihr Glas gegen meines. »Auf deine Frau und deine Tochter.«

Es verschlug mir die Sprache. Schon an der Tür war ihr also klar gewesen, was ich verbarg. Sie hatte es mir nicht ins Gesicht sagen wollen, sie hatte abgewartet. Nun aber verhielt sie sich ihrem Wesen entsprechend, wich dem Problem nicht länger aus, sondern stellte sich ihm. Statt es auf die lange Bank zu schieben, wollte sie reden. Doch ich war noch nicht bereit dazu. Das Glas in der Hand, verharrte ich. Als sie sah, dass ich nicht trank, setzte auch sie ihr Glas nicht an die Lippen.

»Warum nicht, Nevzat? Warum trinken wir nicht auf sie? Warum reden wir nicht über sie? Sie sind ein Teil von dir. Merkst du denn nicht, dass die Erinnerung an sie dich zu einem guten Mann macht? Dein Kummer lässt dich wachsen. Und ich kann dich gar nicht denken ohne sie. Sie waren immer da. Sie sind jetzt da. So wie sie deine Toten sind, sind sie längst auch meine. Nevzat, ich liebe dich mit ihnen gemeinsam.«

Es war Evgenia, die bei diesen Worten schöner wurde und wuchs, nicht ich.

»Ich weiß«, sagte ich bedrückt. »Ich weiß, nicht du bist das Problem.«

»Wer ist dann das Problem?« Ihre Augen sprühten Funken. »Du betrügst sie doch nicht, Nevzat. Wir lieben uns. Es ist nichts Schlechtes dabei. Wir begehen keine Sünde. Wir tun niemandem Unrecht. Ich bin mir sicher, auch sie wollen, dass du glücklich bist. Warum fühlst du dich schuldig?«

Ich wandte den Blick ab, starrte meine Hände an, die auf dem Tisch lagen wie zwei eigenartige unbeholfene Tiere.

»Ich weiß nicht«, sagte ich. »Vielleicht, weil ich ihre Mörder nicht gefunden habe. Oder weil sie an meiner Stelle starben. Weil ich sie nicht davor bewahren konnte…« Ich hob den Kopf und warf ihr einen flehentlichen Blick zu. »Das ist eine komplizierte Sache, Evgenia. Glaub mir, auch ich möchte darüber hinwegkommen. Aber ich schaffe es nicht. Es stimmt, es hat mich ziemlich gestresst, dass du heute hier bist. Andererseits wollte ich es unbedingt. Ich weiß, ich tue auch dir Unrecht damit.«

»Nein«, sagte sie scharf. »Mir tust du kein Unrecht. Du machst dich nur selber fertig. Das muss wirklich nicht sein. Wir können sehr gut alle zusammen leben. Versteck deine Frau und deine Tochter nicht vor mir. Ich nehme dich mit den beiden zusammen. Ich liebe euch zu dritt.«

Mir kamen die Tränen, ich wollte nicht, dass sie es sah, und wandte den Blick ab.

»Danke, Evgenia.« Mehr brachte ich nicht heraus. Eine Weile konnte ich gar nicht sprechen, dann kamen die Worte wie von selbst. »Du bist ein guter Mensch. Ich bin der Dummkopf. Der nicht weiß, wie er aus dieser Sache herauskommt.«

»Ich weiß es auch nicht.« Sie legte ihre Hand auf meine. »Aber wir könnten schon mal damit anfangen, auf Güzide und Aysun zu trinken.«

Ich sah sie an. Auch ihr standen Tränen in den Augen, aber sie erlaubte ihnen nicht zu fließen, trotzig hob sie wieder das Glas.

»Auf deine Frau und deine Tochter! Auf die wunderbaren Menschen, die dich zu dem machen, was du bist!«

Auch ich hob mein Glas.

»Auf Güzide und Aysun …« Ich konnte die Tränen nicht länger zurückhalten, stieß mit Evgenia an und vervollständigte tapfer den Satz: »Auf die guten Menschen, die mich zu dem machen, was ich bin.«

Wir nippten am Rakı, als die Platte wechselte. Die alten Wände des geräumigen Wohnzimmers warfen Müzeyyen Senars traurige Stimme zurück: »Ich bin Feuer und brenne, ohne Asche, ohne Rauch / Bist du nicht da, ist mein Ort ungewiss, bin ich ohne Zeit.«

»Es heisst, Freundschaft verschatte die Liebe und töte die Leidenschaft.«

Die Zeit verging wie im Flug. Evgenia blieb nicht über Nacht. Nicht nur, weil ich noch nicht bereit dazu war, auch sie wollte es nicht. Dennoch hatten wir einen wichtigen Schritt getan, indem sie zu mir nach Hause gekommen war. Wir entspannten uns beide, nachdem wir das Glas zum Gedenken an meine Frau und Tochter gehoben hatten. Ich erzählte ihr, wie ich Güzide kennengelernt hatte, von der Geburt unserer Tochter, wie hart es war, als ich außerhalb von Istanbul Dienst tat, von beschwerlichen Umzügen, von der Qual, sich nicht an das Leben in der Provinz gewöhnen zu können. Evgenia hörte interessiert zu, manchmal stellte sie Fragen. Ohne zu zögern, ohne einen Versuch, irgendetwas zu verbergen, gab ich Auskunft. Seltsam, zwischen uns entstand keinerlei Distanz, keine Kühle, als ich all das erzählte. Dabei kommt es doch meist zu einer Art Entfremdung, wenn man einer Frau, mit der man zusammen ist, von seiner Exfrau erzählt. Aber so war es nicht. Weder befremdeten meine Worte Evgenia, noch entfernte ich mich von ihr. Vielleicht war unser Verhältnis etwas jenseits von der Liebe zwischen Mann und Frau, vielleicht war es eine wahre Freundschaft. Es heißt, eine Freundschaft zwischen Mann und Frau verschatte die Liebe und töte die Leidenschaft. Doch wer so etwas sagte, kannte Evgenia nicht. War man mit Evgenia zusammen, brannte weder die Liebe nieder, noch verlosch die Leidenschaft. Ihre freudige Erregung, ihre Bindung ohne jede Erwartung, ihr hoffnungsvolles Festhalten am Leben hielt die Beziehung stets lebendig und die Liebe aufrecht. Ja, trotz der bremsenden Erschöpfung all der Jahre, der leidvollen, wie Ketten aus Blumen die Füße bindenden Erinnerungen vertrieb der von Evgenia ausgehende Hauch Kummer und Leid aus dem Herzen und gab Kraft, das Leben noch einmal neu zu beginnen.

Das Essen, das mit Unmut und Zaudern begonnen hatte, wurde, obwohl ich den alten Trübsinn nicht vollständig abschütteln konnte, was ja auch niemand verlangte, zu einem Ritual des Herzausschüttens. Natürlich war nicht zu unterschätzen, was der leichte Rakı-Rausch, Müzeyyens Lieder, Maître Arifs köstliche Meze und der von Evgenia gedämpfte Barsch dazu beitrugen.

So verbrachten wir also den ersten gemeinsamen Abend bei mir zu Hause. Obwohl ich heftig protestierte, spülte Evgenia das Geschirr, mir blieb nur noch das Abtrocknen. In mir tobten gemischte Gefühle, das spürte sie wohl, ließ es sich aber nicht anmerken. Es ging gegen Mitternacht, als wir aufbrachen. Ich wollte sie nach Hause bringen, akzeptierte nicht, dass sie sich ein Taxi nahm, sondern schob sie zu meinem alten Renault. Natürlich gefiel ihr das. Sie liebte Aufmerksamkeit, verlor darüber aber niemals ein Wort, erwartete vielmehr, dass man sie von sich aus zeigte. »Das Schlimmste ist, jemandem zur Last zu fallen, Nevzat.« Sie schnitt eine Grimasse. »Richtig grässlich wird es, wenn dieser Jemand dein Liebster ist.«

Als ich den Motor startete, hustete mein alter Renault heiser, doch noch bevor ich sagen konnte, tu mir das nicht an, blamier mich bitte nicht vor Evgenia, fing er sich und sprang an. Ich streichelte über das Lenkrad, legte den Gang ein und trat sanft auf das Gaspedal. Mit leichtem Rütteln bog er auf die leere Straße ein. Evgenia saß neben mir und beobachtete mich aus den Augenwinkeln.

»Du kannst von alten Dingen nicht lassen, stimmt's?«

»Stimmt«, bestätigte ich, ohne den Blick von der Straße zu nehmen. »Dieser alte Wagen ist wie ein Stück von mir.«

»Ich kenne das Gefühl.« Auch sie sah auf die Straße. »In unserer Ecke in Kurtuluş lebte lange eine alte Nachbarin. Madame Penolopi. Vor fünf Jahren zog sie nach Saloniki. Sie hatte hier niemanden mehr. Alle ihre Kinder waren längst nach Griechenland fortgezogen und arbeiten dort. Penolopi war richtig alt geworden. Wäre sie hiergeblieben, hätte sie wohl in der griechischen Balıklı-Klinik das Zeitliche gesegnet. Schließlich gab sie ihren Widerstand auf, erhörte die Bitten ihrer Angehörigen und sagte, dann sterbe ich zwar fern der Heimat, aber bei meinen Kindern, und war es zufrieden, nach Griechenland zu gehen. Als sie auszog, besuchten alle Nachbarn sie, auch ich. Die arme Madame Penolopi, traurig schlurfte sie durch die Wohnung, berührte noch einmal Blumentöpfe, Stühle, Spiegel, Konsole, beinahe alles, was noch da war, und weinte tonlos, als ließe sie einen Teil von sich zurück. ›Sie gehen doch zu Ihren Kindern und Verwandten, Madame Penolopi, grämen Sie sich nicht so‹, sagte ich. Da gab sie zur Antwort: ›Ich gräme mich gar nicht um meinetwillen, ich bin wegen der Dinge hier traurig. Was werden sie ohne mich tun?‹ Sie war wohl nicht mehr ganz richtig im Kopf. ›Aber die haben kein Eigenleben‹, widersprach ich. ›Die fühlen nichts.‹ ›Die fühlen nichts?‹ Empört baute sie sich vor mir auf. ›Das glaubst du! Diese Dinge haben von meinem Kummer viel mehr ertragen als die meisten, die mir nahestehen und sich für Menschen halten. Diese Gegenstände sind treuer als meine Kinder. Wie könnten sie gefühllos sein? Hörst du nicht, wie sie weinen, weil ich fortgehe? Nun ja, wenn du das nicht spürst, so ist das deine Sache.‹ Sie war fest davon überzeugt. Ich ließ sie bei den Dingen, mit denen sie ihr ganzes Leben verbracht hatte, und nahm mich zurück.«

Wie gut konnte ich Madame Penolopi verstehen!

»Es ist normal, dass jemand, der allein lebt, so empfindet.« Ich seufzte. »Es ist schwer zu leben, ohne jemanden an seiner Seite zu haben, Evgenia.«

»Fühlst du dich etwa auch einsam?«

Da war kein Staunen und kein Spott in ihrer Stimme. Ich schwieg, doch sie verstand.

»Ich fasse es nicht. Du bist nicht einsam, Nevzat. Ich bin da, Zeynep und Ali sind da.«

Hätte ich die Wahrheit gesagt, wäre sie gekränkt gewesen, schlimmer noch, sie hätte geglaubt, auch ich sei, wie Madame Penolopi, nicht mehr ganz richtig im Kopf, also schwindelte ich.

»Natürlich habe ich dich. Ich rede ja auch nicht mit den Dingen. Ich wollte nur sagen, wie gut ich Madame Penolopis Gemütszustand nachvollziehen kann. Es ist nicht schön, etwas zu verlieren, das mit Erinnerungen beladen ist. Dieses Auto zum Beispiel hat mich jahrelang ertragen. Nun geht seine Zeit zu Ende. Bald wird es sich nicht mehr vom Fleck rühren. Wenn ich es nicht stehenlasse, wird es mich stehenlassen.«

Liebevoll schmiegte sie sich an mich.

»Du bist ein sentimentaler Mann, Nevzat.«

Ich warf ihr einen extra strengen Blick zu.

»Hast du was dagegen?«

»O nein, im Gegenteil, genau so bist du gut. Trotzdem kann ich es kaum glauben. Wärst du wirklich traurig, wenn du dich von dem Auto trennen müsstest?«

»Ich weiß nicht.« Evgenia sah mich an, ich drehte mich ihr zu. »Vielleicht bin ich schon ein bisschen traurig. Nicht richtig traurig, aber man hat so seine Gewohnheiten. Morgens stehst du auf und setzt dich rein, abends parkst du ihn …«

»Achtung, Nevzat!« Evgenias Warnung ließ mich schlagartig nach vorn schauen. »Da liegt etwas Lebendiges.«

Da sah ich es auch: vier, fünf Meter vor uns regte sich ein großer Schemen. Ich bremste scharf und schlug das Steuer nach rechts ein. Ganz knapp kam der alte Wagen zum Stehen, beinahe hätte ich den Schemen überfahren. Ich zog die Handbremse an, Evgenia machte Anstalten, mit mir auszusteigen.

»Bleib du im Wagen.«

Den Blick auf der Gestalt, die noch immer nicht klar zu erkennen war, rief sie: »Niemals! Vielleicht ist das ein Verletzter, vielleicht brauchst du Hilfe.«

Gleichzeitig stiegen wir aus, liefen zu der Gestalt hin. Sie gab etwas wie ein Stöhnen von sich. Nein, ein Mensch war das nicht, in der Dunkelheit sahen wir seinen haarigen Körper jetzt deutlicher. Noch drei Schritte, und ich erkannte ihn.

»Das ist Bahtiyar!«, rief ich verdutzt. »Unser Bahtiyar!«

Endlich waren wir bei ihm, er gab abgehackte Stöhnlaute von sich. Als er mich sah, versuchte er zu bellen, doch seine Stimme brach. Was war da zu tun? Ich umrundete ihn.

»Offenbar von einem Auto angefahren. Wo mag er verletzt sein?«

»Die Beine«, sagte Evgenia und zeigte auf Bahtiyars Hinterläufe, die reglos auf dem Asphalt ruhten. »Die scheinen gebrochen zu sein. Da ist auch Blut.«

Sie hatte recht. Bahtiyar versuchte, sich zu den Hinterläufen zu beugen, um sie zu lecken, dabei winselte er schmerzlich.

»Was tun wir, Nevzat?« Ihre Stimme verriet Panik. »Sollen wir ihn zu dir ins Haus tragen?«

Mir fiel etwas Besseres ein. »Nein, wir bringen ihn zu Demir.«

Ich rannte zum Auto und steuerte es zügig an Bahtiyars Seite. Dann holte ich die dicke Wolldecke aus dem Kofferraum und stand schon wieder neben Evgenia. »Damit können wir ihn ins Auto verfrachten.«

Wir breiteten die Decke vor dem armen Tier aus. Es war ein ziemliches Problem, den schweren Leib anzuheben. Bei jeder Bewegung stöhnte der Hund auf und zuckte zurück. Gott sei Dank hatte ich Evgenia dabei, sonst wäre der Transport eine Qual gewesen. So gelang es uns in relativ kurzer Zeit, Bahtiyar auf den Rücksitz zu hieven.

»Ich setze mich zu ihm. Falls du bremst oder so. Nicht dass der Arme runterfällt.«

»Ja, gut, Demirs Praxis ist hier gleich um die Ecke.«

»Wer ist Demir? Ein Arzt?«, fragte sie beim Einsteigen.

Ich trat aufs Gaspedal. »Ein guter Tierarzt. Ein Jugendfreund.«

»Er wird also nicht sauer sein, wenn wir um Mitternacht bei ihm anklingeln.«

»Sicher nicht, er mag Bahtiyar sehr. Alle Kontrolluntersuchungen, Impfungen und so weiter macht er.« Ich wandte mich zu dem verwundeten Tier um. »Hoffentlich hat er keine inneren Blutungen.«

Als hätte er meine Worte verstanden, reagierte Bahtiyar, der Ärmste, mit einem leichten Stöhnen. Evgenia strich ihm zur Beruhigung über den Kopf.

»Ist gut, mein Lieber, ist schon gut, mein Hübscher, gleich hast du's ausgestanden.«

Ich wechselte den Gang, gab Gas, und mein alter Wagen hastete unerwartet flink durch die finsteren Gassen von Balat.

»Wie glücklich kann Nevzat sich schätzen, Freunde wie Sie zu haben.«

Demirs Haus, zweigeschossig in einem großen Garten, vom Vater geerbt wie meines, wir nannten es »Palast von Balat«, war dunkel. Vermutlich schlief er schon. Ich stieg aus und trat ans Gartentor, drei Mal drückte ich nacheinander auf die Klingel. Meine Augen hingen an den Fenstern, meine Ohren horchten auf ein Geräusch, eine Weile wartete ich hoffnungsfroh. Doch kein Licht flammte auf, kein Geräusch war zu hören. Schlief er denn so fest? Wieder läutete ich und wartete. Nichts rührte sich. Verdammt, wahrscheinlich war er nicht zu Hause. Evgenia saß noch neben Bahtiyar im Wagen, unsere Blicke trafen sich. Verzweifelt breitete ich die Arme aus. Wo steckte der Mann bloß? Mit letzter Hoffnung drückte ich erneut auf die Klingel. Nein, das Haus war still wie ein Grab. Ich ging zum Auto, streckte den Kopf hinein. »Niemand da«, sagte ich mutlos. »Wer weiß, wo er ist.«

»Ruf ihn doch an. Hast du keine Handynummer von ihm?«

Ich schüttelte den Kopf.

»Demir ist altmodisch. Der hat kein Handy.« Da kam mir ein Gedanke. »Moment, vielleicht ist er bei Yekta.«

»Ein Verwandter von ihm?«

»Kein Verwandter. Ein guter Freund von uns.«

»Ein guter Freund von euch … Du hast mir nie von diesen Freunden erzählt …«

»Das ist eine lange Geschichte, ich erzähl sie dir später.« Ich öffnete die Autotür. »Komm, schauen wir bei Yekta vorbei, vielleicht finden wir Demir bei ihm.«

Ich stieg ein und legte den Gang ein, da blendete mich das Fernlicht eines herannahenden Fahrzeugs. »Der spinnt ja wohl!«, brauste ich auf. »Was macht der denn?« Der Wagen kam rasch näher, fünf Meter vor uns blieb er stehen. Als das Fernlicht erlosch, erkannte ich ihn: Yektas Jeep.

»Das sind sie.« Ich drehte mich zu Evgenia um. »Wir haben Glück. Das sind die, auf die wir gewartet haben.«

Schnell stieg ich aus, doch die beiden Freunde schienen die Ruhe weg zu haben. Sie blieben im Jeep sitzen, als warteten sie, dass ich zu ihnen käme. Hatten sie mich vielleicht gar nicht erkannt? Unmöglich, beim Anblick meines alten Wagens mussten sie wissen, wer vor ihnen stand. Ich grübelte noch, da sprangen beide Türen des Jeeps gleichzeitig auf. Demir mit seiner Bärengestalt stieg als Erster aus, in der anderen Tür erschien Yektas schmächtige Figur. Auf ihren Mienen lag ein sonderbarer Ausdruck. Offenbar waren sie verwirrt, mich um Mitternacht vor ihrer Tür zu sehen. Yekta wirkte besorgt, Demir aber war gelassen wie immer, nur in seinen dunklen Augen standen Fragezeichen.

»Mensch, wo seid ihr denn gewesen?«, schimpfte ich. »Seit Minuten läute ich Sturm!«

»Wir waren angeln. Warum?«

»Bahtiyar«, stieß ich hervor. »Bahtiyar ist verletzt, ein Auto hat ihn erwischt.«

Demir zeigte keinerlei Gemütsregung, doch Yekta rief besorgt: »Was sagst du da? Ist es schlimm?«

»Die Läufe gebrochen, vermutlich.« Ich sprach Demir an, weil er der Fachmann war. »Ich fürchte, er hat auch innere Blutungen.«

Das breite Gesicht des Tierarztes spiegelte keine Sorge, keine Nervosität, nicht den kleinsten Hauch von Anspannung.

»Wo ist er?«, fragte er nur.

Ich deutete auf meinen Wagen.

»Im Auto, auf einer Wolldecke.«

Gleich war er beim Wagen, wir eilten ihm hinterher. Er spähte hinein. Als er Evgenia erblickte, war er perplex, fing sich aber sofort.

»Hallo.«

»Er hat große Schmerzen«, sagte Evgenia als Antwort. »Der Arme, er stöhnt die ganze Zeit.«

Demir wandte sich mir zu. »Schalt mal die Innenbeleuchtung ein, Nevzat. Man sieht ja nichts.«

Das tat ich. Und er streckte sich in den Wagen hinein und machte sich daran, unseren verwundeten Freund zu untersuchen.

»Bahtiyar, Junge, was ist dir da passiert?«

Bahtiyar kannte den Arzt und stöhnte wieder stoßweise, als winselte er um Hilfe. Demir tastete Bahtiyars Körper ab und redete auf ihn ein, als hätte er einen Menschen vor sich.

»Ist gut, Junge, ist gut, sei tapfer, gleich ist es vorbei.«

Nach der ersten Untersuchung wandte er sich an uns.

»Ein offener Bruch hinten links. Ich bin mir nicht sicher, ob der rechte Lauf auch gebrochen ist. Vielleicht nur verstaucht. Drinnen kriegen wir Gewissheit. Nevzat, gehst du mal rüber und packst die Wolldecke an den Ecken fest an? Wir müssen ihn so erschütterungsfrei wie möglich transportieren.«

Evgenia stieg aus, um mir Handlungsspielraum zu geben. Ich stellte mich vor den Rücksitz, griff nach den Zipfeln der Decke, Demir zog an den beiden anderen Ecken. Über den Rücksitz kam ich ihm entgegen, einmal verlor ich das Gleichgewicht, und Bahtiyars massiger Körper prallte gegen die Tür. Er stieß ein Geräusch zwischen Knurren und Winseln aus.

»Ist schon gut, Bahtiyar, beiß noch ein wenig die Zähne zusammen.« Demir versuchte, ihn zu beruhigen. »Das war's, jetzt ins Haus. Und dann schläfst du schön.«

Der weitere Weg verlief reibungslos, wie Demir versprochen hatte. An den mächtigen Kastanien im Garten vorbei trugen wir den Hund ins Untergeschoss, wo sich die Praxis befand. In dem großen Raum am Ende des Korridors legten wir ihn auf den OP-Tisch. Als das Licht anging, wurde Bahtiyar unruhig, kniff die braunen Augen zusammen und winselte heftiger. Demir holte eine Spritze aus dem Schrank gleich nebenan und verpasste Bahtiyar geschickt eine Injektion in die linke Hüfte. Dann streifte er sich Plastikhandschuhe über und zog den weißen Kittel an. Im hellen Licht untersuchte er Bahtiyar noch einmal. Seine Hände tasteten Bauch und Rücken des Tieres ab, er strich das gelbliche Fell auseinander und besah sich die Haut. Gereizt rührte sich der Hund, fletschte die Zähne und knurrte.

Als wären wir seine Assistenten, fuhr Demir uns an: »Haltet ihn fest, Mensch! Steht nicht einfach herum! Das Tier tut sich noch was an.«

Yekta und ich versuchten, Bahtiyar festzuhalten, ohne ihm wehzutun, doch der Ärmste zappelte immer stärker.

»Wann schläft er denn ein?« Yektas Stimme verriet Panik. »Sieh nur, wie er leidet.«

Demir tastete ihm weiter den Bauch ab und murmelte mitleidlos: »Macht nichts, haltet ihn fest, gleich ist er weg.«

So war es, zwei Minuten später ließen Bahtiyars Bewegungen nach, sein Röcheln erlosch, er war bewusstlos.

Demir beendete seine Untersuchung. »Er hat Glück«, befand er gelassen. »Sein Bauch hat nichts abbekommen. Trotzdem gebe ich ihm für alle Fälle eine Spritze gegen innere Blutungen. Nur am Hinterlauf links liegt ein Bruch vor, die rechte Pfote ist gequetscht.«

Mit Bahtiyars Betäubung wurden wir alle ruhiger.

»Übrigens«, fing ich an und brachte endlich zustande, was ich vor Monaten hätte tun sollen. »Wie ihr wohl schon vermutet habt, diese Dame ist Evgenia.«

Yektas ungesundes Gesicht überzog ein herzliches Lächeln.

»Freut mich sehr, Evgenia Hanım. Wir haben viel von Ihnen gehört. Nevzat erwähnt Sie bei jedem Treffen.«

Demir schwieg und begrüßte Evgenia nur mit einem zaghaften Nicken.

»Freut mich auch«, sagte Evgenia und schenkte meinen Freunden ihr warmes Lächeln. »Nevzat hat mir leider nie von Ihnen beiden erzählt.«

Der Vorwurf galt mir, doch auch meine Freunde hätten beleidigt sein können, was sie glücklicherweise nicht waren. Während Demir sich erneut Bahtiyars Beinen widmete, versuchte Yekta, mich herauszuhauen.

»Weil es nichts über uns zu erzählen gibt. Ich bin arbeitslos und zehre von meinem Erbe, Demir ist Tierarzt und interessiert sich nur für Tiere. Unser Leben ist alles andere als bunt. Aber Sie betreiben eine Taverne in Kurtuluş, nicht wahr? Da begegnen Sie sicher ungeheuer interessanten Menschen?«

»Ich bitte Sie, Yekta Bey«, entgegnete Evgenia höflich. »Das Leben eines jeden Menschen ist bunt. Aus reiner Bequemlichkeit hat Nevzat es versäumt, von Ihnen zu erzählen. Wie viele Menschen gibt es denn noch in Istanbul, die eine Freundschaft über so viele Jahre hindurch bewahren?«

Yektas weiche blaue Augen durchzog ein Schatten, und selbst Demir schaute kurz von Bahtiyars betäubtem Körper auf, das hieß vermutlich, er war gerührt, aber er machte nicht den Mund auf. Mir fiel ein Bild aus unserer Jugend ein, viele Jahre war das her. Demir, Yekta, Handan und ich. Wo wir waren, was wir taten, wozu wir uns versammelt hatten, wusste ich nicht, aber das Bild lugte irgendwo aus meinem Gedächtnis hervor. Du weißt nie, wann und wo dich Erinnerungen überfallen. Ein mit Melancholie durchsetztes Gefühl von Optimismus keimte in mir, als Yektas Antwort mich in die Gegenwart zurückholte. »Da haben Sie recht. Auch wenn ich es in dieser Welt nie zu etwas bringen werde: Es reicht mir, der Freund dieser beiden Männer zu sein.«

Er überspannte den Bogen.

»Hör nicht auf ihn, Evgenia«, meldete ich Widerspruch an. »Yekta ist Dichter und zudem Architekt. Seine Gedichte handeln meist von Istanbul. Er weiß alles über diese Stadt. Wo steht welcher Brunnen, welcher Sultan ließ welchen Palast erbauen, welcher Architekt ist für welches Schloss verantwortlich? Geschichte für Geschichte, Gasse für Gasse kann er dir alles aufzählen. Er hat auch eine Reihe Bücher veröffentlicht. Ich verstehe nichts davon, aber mein Vater sagte, er sei ein guter Dichter.«

Yekta liebte es, als Dichter präsentiert zu werden.

»Nevzat übertreibt, meine Dame«, sagte er, obwohl er deutlich zeigte, wie glücklich ihn meine Worte machten. »Was ist Dichtung, und was bin ich dagegen! Ich kritzele nur ein wenig vor mich hin …«

»In Sachen Poesie bin ich auch nicht sehr bewandert«, gestand Evgenia. »Aber es gibt da Kavafis, einen Griechen …«

Selbstverständlich kannte Yekta den Dichter.

»Wie könnte ich den nicht kennen, meine Dame? Kavafis ist ein grandioser Dichter.«

»Seine Eltern sollen aus Istanbul stammen. Mein Großvater kannte Verwandte von ihm. Er gab mir seine Bücher zu lesen. Ich mag seine Gedichte sehr.«

»Ja, es gibt fabelhafte Verse von ihm.« Er war richtig in Stimmung und begann zu rezitieren: »Dir folgt die Stadt. Durch

Straßen streifst du, unveränderlich / dieselben. Und in selben Vierteln kommt das Alter über dich; / und es wird in selben Häusern weiß dein Haar. / Dein Ziel liegt stets in dieser Stadt. Nach anderen Orten – Hoffnung fahr …«[1]

Evgenia warf mir einen Blick zu. Wollte sie sagen, dieses Gedicht erzählt von dir, oder kam es nur mir so vor? »Ja, an das Gedicht erinnere ich mich«, sagte sie, wieder an meinen Freund gewandt. »Und wie darf ich mir Ihre Gedichte vorstellen?«

»Meine sind nicht so gut.« Yekta lächelte verlegen.

»Ich habe das Gefühl, dass Sie sich Unrecht tun.« Ihre grünen Augen leuchteten, als sie sie auf mich richtete. »Was meinst du, Nevzat?«

»Da liegst du ganz richtig, Evgenia, er stellt sein Licht unter den Scheffel. Yektas Gedichte sind fabelhaft.«

»Mögen Sie uns nicht eines aufsagen?«

»Gerne, aber am besten gebe ich Nevzat eines meiner Bücher für Sie mit.«

»Im Bücherschrank im Wohnzimmer müsste eins stehen.« Nun brach auch Demir sein Schweigen. Er war dabei, Bahtiyars Wunde zu säubern. »*Balater Merkwürdigkeiten* oder so.«

»*Balater Denkwürdigkeiten*«, korrigierte Yekta ihn. »Dass du dir den Titel nie merken kannst!«

»Welche soll ich mir merken, Junge? Du hast so viele Bücher geschrieben.« Er wandte sich Evgenia zu. »Das ist sein bestes Buch. *Balater Denkwürdigkeiten*. Es berichtet von Balat, vom Goldenen Horn, wie sie in unserer Kindheit und Jugend waren. Nehmen Sie es gern aus meinen Bücherschrank mit.«

»Vielen Dank. Aber das ist doch Ihr Exemplar.«

Demir grinste.

---

1 Deutsche Übersetzung von Wolfgang Josing.

»Ich hab das lebende Exemplar an meiner Seite, Evgenia Hanım. Das rezitiert weiter, auch wenn ich sage: ›Halt den Mund!‹«

Vorwurf blitzte in Yektas blauen Augen auf, doch ich kam ihm zuvor.

»Blanker Unsinn«, tadelte ich unseren Tierarzt. »Yekta würde niemals rezitieren, wenn du es nicht wolltest.«

Ein breites Lächeln legte sich auf Demirs Züge, die wirkten wie aus hartem Fels geschnitzt.

»Das war Spaß, Evgenia Hanım. Tatsächlich ist Yekta gar nicht so leicht zum Vortrag zu bewegen. Er muss in Stimmung sein.« Er zögerte kurz. »Ja, warum kommen Sie uns nicht morgen Abend besuchen? Wir haben einen guten Fang gemacht. Mindestens zwei, drei Kilo Makrelen. Die braten wir morgen Abend.« Er warf seinem Freund einen vergnügten Blick zu. »Vielleicht trägt Yekta uns dann ein paar Verse vor.«

»Kommen Sie doch am Samstagabend zu uns«, schlug meine großzügige Evgenia vor. »Sicher nicht so ausgezeichnet wie Sie, aber unser Koch versteht sich auch ganz gut auf Fisch. Und dann hören wir dazu Yekta Beys Gedichte.«

»Machen wir es so«, Yekta plädierte für einen Mittelweg. »Morgen sind Sie unser Gast, und am Samstagabend kommen wir zu Ihnen.«

Evgenia zögerte, in ihren grünen Augen standen Fragezeichen. Also war es an mir, eine Entscheidung zu treffen.

»Schlagen wir es den Freunden nicht ab, Evgenia.« Mit gespieltem Ernst wandte ich mich an Yekta: »Wir kommen, aber du musst morgen Abend etwas rezitieren.«

»Gut.« Schüchternheit läuterte seinen Blick. »Aber es ist nicht meine Schuld, wenn meine Zeilen nicht gefallen.«

Yekta rührte Evgenia.

»Warum sollten wir sie nicht mögen? Ich bin sicher, dass Ihre Gedichte wunderbar sind.«

Demir hob den Kopf von dem narkotisierten Tier und murmelte: »Warten Sie ab, bis Sie sie gehört haben.«

Unser höflicher Yekta ging in die Luft. »Veterinär Gottes, was verstehst du denn von Dichtung!«, platzte er heraus.

»Nun sei nicht gleich beleidigt.« Demir hob den Kopf. »Wir foppen dich, Junge.« An Evgenia gewandt fuhr er fort. »Nein, er hat wirklich schöne Gedichte, unser Yekta.«

»Ich bin neugierig darauf, sie zu hören«, entgegnete Evgenia. Sie sagte das nicht nur aus Höflichkeit, sie war tatsächlich gespannt auf Yektas Dichtung.

»Dann erwarten wir euch morgen Abend gegen halb neun.«

»Wir kommen gern, aber nicht vergessen, am Samstag treffen wir uns im Tatavla.«

Aufgeregt wie angesichts einer netten Überraschung hakte Yekta nach. »Tatavla? Die Taverne heißt Tatavla? Das ist ja der alte Name von Kurtuluş. Da haben Sie Ihrer Gaststätte einen schönen Namen gegeben, Evgenia Hanım.«

»Nicht ich, mein Vater hat sie so genannt.«

»Das war eine gute Tat. Die alten Namen der Viertel geraten in Vergessenheit, die Stadt entfernt sich rasant von ihrer Geschichte. Dabei sind Städte wie Menschen: Wenn sie ihre Vergangenheit vergessen, mit ihrer Geschichte brechen, büßen sie auch ihren Charakter ein. Nichts Besonderes bleibt, sie werden dann wie gewöhnliche Menschen, alle einander gleich. Und Istanbul ist beileibe keine gewöhnliche Stadt.«

»Fängt der wieder zu predigen an«, grummelte Demir. »Reich mal das Paket Watte rüber, statt zu palavern.«

Unser Dichter verzog keine Miene, ließ es sich aber auch nicht nehmen, gegen seinen Freund zu sticheln.

»Und dann gibt es noch solche wie den hier, Evgenia Hanım. Banausen, denen die Stadt, in der sie leben, schnuppe ist. Solche von der Sorte, die der Dichter ›Die im Meer schwimmen, ohne vom Meer zu wissen‹ nennt.«

Hastig wiederholte Demir seine Aufforderung. »Schnell, Yekta, ich muss dem Hund eine Tamponade am Bein verpassen, sonst verliert er Blut.«

Yekta reichte dem Freund das Wattepäckchen, nörgelte aber weiter: »Ohne diese Stadt gäbe es weder dich noch Bahtiyar.« Darauf reagierte Demir nicht, er grinste nur. »Danke, mein lieber Yekta.« Er nahm das Paket entgegen und arbeitete weiter.

Unser Dichterfreund hatte ohnehin nicht vor zu schmollen. »So ist er nun mal, Evgenia Hanım«, wandte er sich wieder meiner Liebsten zu. »Er war schon als Kind so, lassen wir das. Aber ich freue mich wirklich, Ihre Bekanntschaft gemacht zu haben.«

»Danke schön.«

Völlig unerwartet legte Demir eine Sekunde lang seine Arbeit beiseite. »Wir freuen uns auch für Nevzat«, sagte er freundlich. »Welch ein Glück für ihn, dass er Sie gefunden hat.«

Die netten Worte rührten Evgenia. Röte überzog ihre Wangen, ihre grünen Augen weiteten sich.

»Sie sind sehr freundlich. Meines Erachtens kann Nevzat sich vor allem glücklich schätzen, Freunde wie Sie beide zu haben.«

So viel Emotion in diesem nach Medizin riechenden Raum war mir zu viel. Um das Thema zu wechseln, wollte ich nach Bahtiyar fragen, da schrillte mein Handy. Auf dem Display stand Alis Name. Die beiden hatte ich total vergessen. Sie wollten ja ins Korbmacher-Palais und sich nach Leyla erkundigen. Vielleicht hatten sie etwas Nützliches herausgefunden. Neugierig nahm ich das Gespräch an.

»Hallo? Ja, Ali, was denn?«

»Ein neues Opfer, Hauptkommissar.«

»Wie bitte?«

»Ich sage, wir haben eine neue Leiche gefunden, Hauptkommissar. Diesmal nicht in Sarayburnu, sondern in Çemberlitaş.«

Meinte er zwei Morde derselben Art? Ohne Rücksicht auf die neugierigen Blicke von Evgenia und meinen Freunden fragte ich sofort: »Ist wieder eine Münze dabei?«

»Ja, in seiner Hand.«

Nach der Münze zwischen den Händen des Mordopfers in Sarayburnu hätte ich es nie für möglich gehalten, dass es weitere Morde geben könnte. Ich hatte mich geirrt, die Serie setzte sich fort.

»Verstehe, Ali.« Mein Assistent wartete auf meine Reaktion. »Wo seid ihr jetzt?«

»Zeynep und ich sind am Tatort. Şefik ist auch schon da. Die Spurensicherung hat die Arbeit aufgenommen.«

»Okay, ich komme sofort.«

Von allen im Raum saß bei Evgenia der Schreck am tiefsten.

»Wurde jemand umgebracht?« Sie schauderte, als stünde sie dem Leichnam gegenüber. »Wieder ein Mord?«

Ich versuchte zu beschwichtigen.

»Das ist noch nicht klar. Aber ich muss sofort hin.« Mein Blick bat um Verzeihung. »Ich rufe dir ein Taxi.«

»Kommt gar nicht in Frage!«, widersprach Yekta höflich wie immer. »Ich fahre Evgenia Hanım nach Hause.«

»Vielen Dank, ich bin es gewohnt, allein unterwegs zu sein.« Nein, ein Vorwurf schwang da nicht mit. »Außerdem müssen Sie Demir Bey zur Hand gehen. Wenn nötig, kann auch ich noch bleiben. Vielleicht bin ich zu etwas nützlich …«

»Bemühen Sie sich nicht.« Demir war so höflich wie entschieden. »Es reicht, wenn Yekta hierbleibt. Wir haben noch eine

Menge zu tun. Fahren Sie nur, lassen Sie sich nicht sinnlos um Ihren Schlaf bringen.«

Evgenias besorgter Blick glitt zu Bahtiyar, der ahnungslos auf dem OP-Tisch lag.

»Keine Sorge«, bekräftigte Demir. »Glauben Sie mir, Bahtiyar geht es bald wieder gut.«

Konstantinopolis
Konstantins Hauptstadt

Es war der Triumphzug, es war die Zeit, Kühnheit und Mut zu preisen, Erfolg und Sieg zu segnen. Er war aus den finsteren Wäldern des Nordens hergekommen. Mitten aus Nebeltagen und Regennächten heraus. Aus Kampf und Hungersnot. Mit der Macht von Feuer und Schwert. Um den Preis von Blut und Tod. Trotz seines Verrats an den römischen Senatoren. Ohne je die Hoffnung fahren zu lassen, auch nicht im aussichtslosesten Moment. Durch die Tapferkeit seiner Soldaten, deren Namen er nicht einmal kannte. Ohne in die Depression des Unterliegens abzustürzen. Ohne sich vom Siegestaumel berauschen zu lassen. Mit einem Willen gleich einem Stahlpanzer gegürtet. Über schroffe Berge, weite Ebenen, durch schaurige Moore, über Meere und Steppen. Ohne je die Spur der Vorväter aus den Augen zu verlieren …

Kaiser Konstantin schaute zu Gott. Wolken verhüllten das Haupt Gottes. Überall am Himmel schwebten sie, glitten wie Schlachtschiffe unter weißen Segeln durchs Blau. Wolken, die alle sieben der sieben Lichter Gottes verschatteten. Ist das ein Zeichen, fragte sich der Kaiser, sendet Gott mir erneut ein Zeichen? Die Antwort gab der Wind, er blies die weißen Wolken eine nach der anderen vom Himmel, Apollons lichtes Haupt kam wieder zum Vorschein.

Konstantin schaute zu Gott. Über das Forum wehte ein lauer Wind. Die Luft roch nach Frühlingsblumen. Von Blumenduft erfüllt, bewegte die Brise leicht sein purpurnes Habit. Sein Blick ruhte auf der Krone Gottes, die seiner glich, die mit sieben Lichtern strahlte. Er schaute auf das Haupt, das die Krone trug. Auf Gottes breite Stirn, seine frommen Augen, seine Adlernase, seinen stolz geschlossenen Mund. Im Antlitz Gottes sah er sich selbst und war glücklich. Sein Lächeln galt Gott, der die Stadt vom Himmel aus betrachtete, dessen Gesicht seinem eigenen glich.

Der Kaiser schaute zu Gott. Gott stand auf seiner in den Himmel ragenden Säule. Er war ein anderer als jener Gott, der dem Kaiser bei Rom erschienen war. Ein Gott, wie es ihn nur einmal gab, sein Aussehen, sein Leib, seine Stimme waren einzigartig. Der Gott, der zwar kein Licht ausstrahlte wie Apollon, der aber »hier ist der Sieg« an den Himmel schrieb. Der Gott, der das Kreuz, das der Christus trug, an den blauen Himmel zeichnete. Der Gott, der Konstantin einen frühen Sieg beschert hatte. Der Gott, der die Macht aller Götter in sich vereinte wie der Herrscher sämtliche Macht Roms.

Der Kaiser schaute zu Gott, doch was er erblickte, war nicht Apollon. Er sah seine eigene Herrschaft über drei Kontinente, vier Jahreszeiten und sieben Klimazonen. Die eigene Souveränität sah er, unter der Schirmherrschaft des neuen Gottes, in den endlosen Weiten des ungespaltenen Roms. »Ein Rom!«, donnerte der Kaiser. »Ein Gott! Ein Kaiser!« Seine kräftige Stimme versetzte die Menge hinter ihm in Schwingungen wie die Ähren eines Kornfelds. »Ein Rom! Ein Gott! Ein Kaiser!«, wiederholte der Kaiser. Seine Stimme rollte über den runden Platz und erreichte die steinernen Ohren des alten Gottes auf seiner Säule.

Konstantin schaute Gott an. Es war der elfte Mai. Nach vierzig Tagen und vierzig Nächten der letzte Tag der Feierlichkeiten. Der Tag, an dem der Mann, der die Geschichte verändern sollte, allen bewies, dass er die Geschichte verändern würde. Der Tag, an dem Freund und Feind zu verstehen gegeben wurde: Rom war nicht länger das alte Rom. Der Tag, an dem das neue Rom erstand. Der Tag, an dem das neue Rom seine neue Hauptstadt erhielt. Der Tag, an dem Kaiser Konstantin seine neue Hauptstadt mit seiner prächtigen Säule ehrte.

»Auf der Brust ein Riesenkreuz, auf dem Kopf eine Krone von Gold.«

Der Leichnam lag östlich der Konstantinssäule in Çemberlitaş. Da die Straßenlaternen nicht brannten, beleuchteten die Scheinwerfer des Kleinbusses der Spurensicherung und des Wagens, den Ali fuhr, den kleinen Platz. Doch das Licht reichte nicht aus, also suchten Şefik und drei seiner Leute und unsere eifrige Zeynep wie Schatzsucher mit Taschenlampen auf dem schummerigen Platz nach einer Spur, einem Hinweis, einem Indiz.

Im matten Strahl von Zeyneps Taschenlampe inspizierte ich das Mordopfer. Ein Mann über die mittleren Jahre hinaus, der Kopf schon recht kahl, nur seitlich der Schläfen noch spärlich behaart. Den Streifen zwischen dem Ende seiner platten Nase und der Oberlippe zierte ein Zweifingerschnurrbart. Ein hellblaues Hemd unter dunkelblauem Anzug, das gab in Verbindung mit den Lackschuhen eine elegante Erscheinung ab. Wie schon beim ersten Opfer fiel der tiefe Schnitt entlang der Kehle gleich ins Auge. Und genau wie zuvor fanden sich auch bei ihm nur auf Jackettkragen und Hemdbrust Blutflecken. Die hellen Augen in ihren tiefen dunklen Höhlen ruhten, als hätten sie etwas höchst Sonderbares erblickt auf dem fahlen Halbmond, der über der Säule stand und zu uns herabschaute. War das nicht derselbe Mond, der mich gestern Morgen in Sarayburnu beobachtet hatte? Ich ließ von dem Leichnam ab und hob den Kopf zum Himmel, zwischen dem Sprühregen der Sterne funkelte im unendlichen Schwarzblau der Mond. Seit dem letzten Morgen hatte er leicht zugelegt, wirkte allerdings noch immer traurig wie ein unvollendetes Gemälde.

»Die Münze, die wir zwischen den Händen des Opfers fanden, wurde für Konstantin geprägt«, erläuterte Zeynep und holte mich an den Tatort zurück. Sie hatte den metallenen Taler aus dem Asservatenbeutel gefischt und hielt ihn mir vor die Nase. »Für den Kaiser, der Konstantinopel gegründet hat.« Ihr bedeutungsschwangerer Tonfall verwies auf unser gestriges Gespräch. »Vorn auf der Münze ist die Büste des Kaisers abgebildet.«

Ich ließ den Halbmond in seiner Einsamkeit am Himmel stehen und griff nach der antiken Münze. Mit der Lesebrille erkannte ich das Profil des Kaisers, der nach rechts blickte. Das Wort »Constanti« unmittelbar hinter der Büste wies darauf hin, dass dieser Taler für Konstantin geprägt worden war. Dennoch erstaunlich, woher Zeynep wusste, dass die Münze Konstantin I. zuzueignen war, dem Gründer von Konstantinopel. Denn allein aufgrund meiner Schulkenntnisse hätte ich sagen können, dass es eine ganze Reihe Kaiser mit dem Namen Konstantin in der römischen Geschichte gegeben hatte. Das Relief auf dieser Münze konnte ebenso gut einen anderen Konstantin zeigen. Bevor ich Gelegenheit zur Nachfrage erhielt, setzte sie ihren Bericht schon fort.

»Konstantin errichtete 330 nach Christus diese Säule, um die Ernennung der Stadt zur Hauptstadt des Römischen Reiches zu feiern. Die Geschichte ist spannend. Er ließ die Säule ganz von Rom herbringen, aus dem Apollontempel.« Sie wies auf die in der Dunkelheit aufragende Säule. »Das Original soll siebenundfünfzig Meter hoch gewesen sein. Stück für Stück wurde sie per Schiff hergeschafft. Der Kaiser ließ sie hier wieder aufstellen und obendrauf eine Statue von sich selbst als Apollon setzen.«

»Woher weißt du das alles?«

Grinsend deutete sie nach Norden.

»Da ist eine Tafel angebracht, Hauptkommissar, da steht es.«

Ja, so einfach war das. Sobald die Verbindungen deutlich wurden, konnte die Erklärung für eine Sache simpel sein, die dir zuvor schwierig, ja, schier unlösbar erschienen war. Ich winkte ab nach dem Motto: Gott mache es dir leicht, und widmete mich wieder dem Leichnam. Da fiel mir ein Detail auf, das mir auf den ersten Blick entgangen war: die Lage des Opfers. Der Leichnam lag, genau wie das Opfer vom Vortag, lang ausgestreckt da. Die Beine gespreizt, die Hände über den Kopf gereckt und mit einer Nylonschnur so gefesselt, dass die Handflächen aneinanderlagen. Zeynep untersuchte die Fessel, urteilte: »Der Knoten ist nicht besonders fest«, und zog an der Schnur, die sich sofort löste. »Erinnern Sie sich, der Knoten an Necdet Denizels Händen war auch ziemlich locker. Er wäre aufgegangen, hätte das Opfer nur leicht die Handgelenke bewegt.« Den fragenden Blick auf mich gerichtet, erhob sie sich. »Was soll diese Schnur, wenn sie die Opfer nicht fesselt, um sie wehrlos zu machen?«

Eine wichtige Frage, deren Antwort ich nicht kannte. Mein Blick fiel auf die gespreizten Beine des Opfers.

»Wie der Schweif eines Pfeils …« Aufgeregt sah ich Zeynep an. »Genau, ein Pfeil!« Meine junge Kollegin blickte mich verständnislos an, ich aber stellte mich vor die Füße des Opfers und zeigte auf seine Hände, die spitz zulaufend über dem Kopf gefesselt waren. »Die Mörder haben aus dem Opfer einen Pfeil geformt!«

Bevor sie zustimmte, musste sie sich, gründlich wie immer, erst neben mich stellen und ihrerseits den Leichnam aufmerksam begutachten. Aus der Nähe, von weitem, von rechts und von links.

»Stimmt, Hauptkommissar«, sagte sie dann heiser. »Die haben das Opfer ausgerichtet. Aber warum nur?«

»Sie zeigen etwas, Zeynep. Sie zeigen den Ort, wo sie die nächste Leiche ablegen werden. Überleg mal, in welche Richtung wiesen Necdets Hände?«

Sie brauchte nur eine Sekunde zum Nachdenken.

»Richtung Sirkeci. Ziehen wir von dort eine gerade Linie, ja, dann weist die in etwa hierher, zur Konstantinssäule.«

Nervös fragte ich weiter: »Und wohin zeigt dieser Pfeil?«

Wir verlängerten mit unseren Blicken die Finger des Opfers. Vor uns stand die Säule, die Konstantin zur Feier seiner neuen Hauptstadt hatte errichten lassen.

»Nein, nicht die Säule«, sagte ich. »Eine Stelle dahinter, vermutlich sogar hinter den Häusern.«

Ich sprach davon, eine Nadel im Heuhaufen zu finden, doch das war unserer begabten Kriminologin noch nicht klar.

»Der Beyazıt-Platz?«, mutmaßte sie. »Hinter der Säule liegt der Beyazıt-Platz.«

Mutlos breitete ich die Arme aus.

»Kann sein, Zeynep, kann auch jeder andere Ort sein. Der oder die Mörder wollen uns eine Botschaft geben. Jetzt gilt es zu verstehen, welche.«

Şefik war nicht entgangen, wie aufgewühlt wir auf einmal waren.

»Haben Sie etwas herausgefunden, Hauptkommissar?«

Mit Kittel, Mütze und Handschuhen sah er eher nach Küchenchef aus als nach Kommissar der Spurensicherung.

»Nichts Eindeutiges, wir überlegen nur laut.« Ich richtete den Blick auf das Opfer. »Wer ist der Ärmste?«

Er zog ein Ausweispapier aus der Asservatentasche.

»Vorname Mukadder, Familienname Kınacı. Wir wissen noch nicht, wo er wohnte und was er von Beruf war. Er hatte diesen Führerschein hier in der Tasche.«

Um mögliche Spuren auf dem Führerschein nicht zu verwischen, klemmte ich mir die Karte zwischen zwei Finger.

»Ja, Mukadder Kınacı. Geboren 1950 in Rize.«

»Das ist bisher alles«, sagte Şefik mit wenig Hoffnung. »Sonst nichts. Kein Personalausweis, keine Visitenkarte.« Bekümmert suchten seine Augen den kleinen Platz ab. »Und dann diese Dunkelheit. Wir können gar nichts richtig erkennen.«

Einer seiner Männer, der dieselbe Montur trug wie Şefik, trat zu uns.

»Deshalb wurden die Lampen außer Gefecht gesetzt, Kommissar«, sagte er und deutete auf die schwarzen Masten. »Damit wir Mühe haben, Indizien zu finden.«

»Das glaube ich nun wirklich nicht«, widersprach Zeynep. »Die Lampen haben sie demoliert, um nicht gesehen zu werden, als sie den Leichnam herbrachten. Die sind hoch professionell, ich glaube kaum, dass sie uns die geringste Spur hinterlassen haben.«

»Nicht so schnell.«

Als ich den Kopf drehte, sah ich meinen umtriebigen Assistenten, der seit einer Weile wie vom Erdboden verschluckt gewesen war. An seiner Seite zwei Männer in abgerissenen Klamotten. Beide erschraken, als sie den Leichnam sahen.

»Tatsächlich ein Toter, Şeffan«, sagte der Kurze. »Mann, wie sie den hingelegt haben!«

Şeffan schnitt eine Grimasse und wandte das Gesicht ab. »Also, Cello, der macht mir Angst, ich kann Tote nicht ansehen.«

Cello schien sich nicht gerade zu fürchten.

»Das bringt Glück, Mann. Gebe Allah ihm Frieden. Es bringt Glück, einen Toten zu sehen. Aber dabei muss man unbedingt beten.«

Cello hob seine schmutzigen Handflächen zum Himmel und leierte die Sure Fatiha herunter. Sein Freund schielte aus den Augenwinkeln auf den Leichnam. »Ist der überhaupt Muslim, dass du aus dem Koran betest?«, wandte er ein. »Vielleicht ist er

Christ. Guck doch, die haben ihn bei der Christen-Säule hingepackt.«

Cello unterbrach sein Gebet nicht. Die Antwort an seinen Freund übernahm ich: »Der ist sicher Muslim. Wieso denkst du, er könnte Christ sein?«

Da der Mann nicht wusste, wer ich war, sah er Ali an, als müsste er sich vergewissern, ob er reden durfte.

»Sprich nur«, sagte Ali herrisch. »Das ist unser Hauptkommissar.«

Kaum hörte Şeffan, dass er es mit einer wichtigen Person zu tun hatte, straffte er sich.

»'tschuldigung, Hauptkommissar, hab Sie nicht erkannt.« Kaum öffnete er den Mund, waberten Alkoholschwaden in die Kühle der Nacht hinaus. »Sonst hätt ich's nicht am Respekt fehlen lassen vor den Herren Polizisten.«

»Respekt ist jetzt nicht das Thema, Şeffan. Warum hast du gedacht, der Ermordete könnte Christ sein?«

Er war noch unsicher, immerhin stand ein Bulle vor ihm, er musterte meine Miene genau, erst als er darin keine Spur von Wut, Verachtung oder Anschuldigung entdecken konnte, beruhigte er sich.

»Zu Befehl, ich red ja schon. Also, Hauptkommissar, bei uns wird nicht gelogen. Wir sehen vielleicht nicht so aus, aber wir sind waschechte Istanbuler Jungs, Allah sei's gedankt. Gut, wir pennen auf der Straße. Die Stadt ist uns Mutter und Vater zugleich. Istanbul war unsere Wiege, Istanbul wird auch unser Grab sein. Wie gesagt, bei uns wird nicht gelogen. Wir pennen, wo wir Unterschlupf finden, ab vom Schuss.« Seine Hand wies unbestimmt in die Dunkelheit. »Da hat der hübsche Kommissar uns aufgespürt.«

Ali gefiel das anbiedernde Gerede nicht, doch er ließ ihn gewähren und beschrieb nur die Stelle, an der die beiden Obdachlosen gelagert hatten.

»Dahinten bei der Çemberlitaş-Passage, Hauptkommissar, sie hausen in der Ruine in der Seitengasse.«

»Genau, Hauptkommissar, da wohnen wir«, bestätigte Şeffan. »Aber letztes Jahr waren wir hier.« Er deutete auf den Platz vor der Säule. »Gleich hinter dem Stein. Da war eine Baustelle. Nachts sind wir da rein. Cello war noch nicht dabei, aber Kitzler…« Plötzlich bemerkte er Zeynep. Skurril, der Straßenstrolch lief knallrot an wie ein junges Mädchen. »'tschuldige, Schwester, das ist sein Spitzname. Kitzler Zeki. Allah lasse ihn in Frieden ruhen, letzten Winter ist er erfroren. Der Rettungswagen fand seine Leiche in einer Höhle in der Stadtmauer.«

»Red nicht rum!«, bellte Ali dazwischen. »Wir haben zu tun, komm zur Sache!«

»Okay, Chef, werd nicht sauer, ich red ja schon. Jetzt kommen hier Touristen her. Das glaubst du nicht, Hauptkommissar, von überall her kommen sie, alle möglichen Leute, aus zweiundsiebzig Nationen. Massenweise Griechen. Manche gucken die Säule an und flennen, manche bekreuzigen sich wie der Pfarrer bei uns in Kumkapı. Wir verstehen ja ihre Sprachen nicht, deshalb wissen wir nicht, worüber sie so traurig sind. Aber eines Tages haben wir's spitzgekriegt. Da war wieder mal eine Gruppe, junge Leute, mit einem hübschen Fremdenführer. Plötzlich merk ich, der Mann spricht Türkisch. Da war ich aber gleich da und hab die Ohren aufgestellt wie Kapitän Recep von Kumkapı seine Segel. Und so hab ich's gehört. Die Säule hier, Hauptkommissar, die hat ein Kaiser Konstantin hingestellt. Als der gerade dabei war, hat die Mutter von dem Kaiser Stücke von dem Kreuz gebracht, wo der Prophet Jesus drangenagelt worden war, ganz aus Jerusalem, Holz, Nägel und was sonst noch dazugehört. Die haben sie dann in einer geheimen Kammer unter der Säule versteckt. Mit Kammer meine ich eine Kirche. Nicht groß, aber mit Zauberkraft. Also die Kirche da hatten sie zum Ruhm für diesen Konstantin gebaut und für seine Mama, wie hieß die noch gleich? Dann verging die Zeit, und der Konstantin starb. Als er tot war, haben sie den Kerl heiliggesprochen. Das ist keiner, der einen auf heilig macht, Hauptkommissar, nein, ein echter! Ich geb nur wieder, was der Fremdenführer erzählt hat. In der Hagia Sophia gibt's ein Mosaikbild von ihm, zusammen mit Jesus. Na, machen wir's kurz. Irgendwann nahm unser Sultan Mehmed die ganze Stadt hier ein. Da saß gerade wieder einer mit Namen Konstantin auf dem Kaiserthron, aber das war ja nicht derselbe. Als unsere Männer also Istanbul erobert haben, konnten sie den Konstantin-Kaiser nicht finden. Unter all den Toten und Verwundeten haben sie ihn gesucht, aber der Konstantin war weg. Manche glauben, der Kaiser versteckt sich noch heute unter der Säule hier. Wenn die Griechen eines Tages kommen und Istanbul zurückerobern und hier wieder das Christentum einführen wollen, dann wacht der Konstantin auf, mit dem Schwert in der Hand, und wird gegen uns kämpfen.«

»Du laberst einen Blödsinn, Şeffan«, mischte Cello sich ein. »Was hat der Hauptkommissar dich gefragt, und wovon schwafelst du!«

Er glaubte, ich ärgerte mich darüber, dass sein Kumpan so weit ausholte, er wollte nicht, dass sie aufgrund von Şeffans Geschwätzigkeit Schwierigkeiten bekämen. Dabei fand ich interessant, was der Mann erzählte, mochte es Blödsinn oder Legende sein, ich brauchte das Wissen. Denn auch das Motiv der Mörder für ihre Taten könnte eine Legende sein, eine alte Geschichte, ein Gerücht. Und Şeffan erzählte herrlich lebendig, mit einer Art Weisheit der Straße. Unverhofft kommen solche Leute mit gedrechselten Sätzen daher oder teilen Lebensklugheiten aus. Oft hatte ich Obdachlose von dieser Sorte getroffen, Menschen, die keinen Halt gefunden hatten, denen das aber sehr wohl bewusst war.

»Lass ihn reden«, wies ich deshalb Cello zurecht. »Misch dich nicht ein.«

Respektvoll wich er zurück.

»Zu Befehl, Hauptkommissar, ich dachte nur, Sie wären, äh, also …«

Ali hob den rechten Zeigefinger an die Lippen, der arme Mann verfiel auf der Stelle in absolutes Schweigen. Şeffan warf seinem zum Schweigen gebrachten Kumpanen einen verächtlichen Blick zu und fuhr fort: »Was der Fremdenführer erzählt hat, hab ich mit eigenen Ohren gehört, Hauptkommissar, aber da oben sitzt Allah, ich hab ihm nicht geglaubt. Erst als ich Konstantin mit eigenen Augen gesehen hab, war ich selbst von der Sache überzeugt.«

So viel Geschwätz ging Ali zu weit, er fiel Şeffan ins Wort.

»Wen willst du gesehen haben?«

Der Obdachlose von Çemberlitaş setzte seinen Bericht todernst fort.

»Konstantin, Chef. Aber wenn du fragst, welchen, das weiß ich nun nicht. Es war eine regnerische Nacht, da bin ich mit dem seligen Kitzler Zeki hier neben der Säule untergeschlüpft, und wir sind eingeschlafen. Okay, wir haben auch ein bisschen geballert.« Er zögerte kurz, setzte rasch eine Erläuterung hinzu, als fürchtete er, wir könnten ihn falsch verstehen. »Wenn ich ballern sage, meine ich kein Gras, in unserem Buch ist Stoff verboten. Warum soll ich vor Ihnen verbergen, was Allah weiß? Wir trinken Wein. In der Nacht haben wir gebechert. Wir waren benebelt, okay, aber unser Verstand war glasklar. Plötzlich fängt es doch über unseren Köpfen auf einmal zu blitzen an. Immer wieder reißt der Himmel auf, und es gießt wie aus Kübeln. Hastig zerren wir Plastikfolien über uns, da hören wir einen Knall, gleich darauf gehen die Lichter aus. Stockfinster ist es, keine Sekunde bleibt uns, um auch nur o Gott zu sagen, da schlägt genau in den Kopf der Blitz ein, also natürlich nicht in unsere Köpfe, in den Kopf von der Säule, und das Riesending …« Wieder warf er Zeynep einen schamhaften Blick zu. »'tschuldigung, das Riesending also brennt lichterloh wie eine Pufflaterne. Kitzler und ich reißen voller Angst die Hände zum Himmel hoch, beten zu Allah, o Mama, da sehen wir oben auf der Säule einen Mann mit Schwert. Mann sag ich so, aber ich mein den gewissen Kaiser. Auf der Brust ein Riesenkreuz, auf dem Kopf eine Krone von Gold. Krone sag ich so, aber die war wie eine Sonne. Sie strahlte sieben Lichter zu den sieben Hügeln Istanbuls aus. Das war uns nicht geheuer, hier sind die Ungläubigen eingefallen, sagten wir uns und haben die Biege gemacht. Flaschen und Proviant, alles ließen wir hier und sind rüber zur Atik-Ali-Paşa-Moschee. Logisch, dass wir den Wein nicht mitgenommen haben. Ist ja verboten. Und seit dem Tag halt ich mich von der Säule hier fern.« Er hob zaghaft die rechte Hand. »Hauptkommissar, als in jener Nacht das Gespenst vom Konstantin uns erschienen ist, da hab ich mir gesagt, die Christen werden uns Istanbul nicht lassen. Die schicken uns tausend Sorgen und tausend Flüche auf den Hals. Und kaum seh ich den Ärmsten hier am Boden, sag ich, wer weiß, vielleicht ist auch der Tote ein Heiliger in Verkleidung. Vielleicht will Kaiser Konstantins Gespenst damit rufen: Seid auf der Hut! Und deshalb hab ich gefragt, ob der vielleicht Christ ist.«

Lachend schüttelte ich den Kopf.

»Verstehe.« Ich drehte mich zu meinem Assistenten um, dessen zirpendes Funkgerät die Nachtruhe störte. »Nun, Ali, ist das alles? War es das, was die Männer erzählen sollten?«

»O nein, Hauptkommissar.« Ali straffte sich. »Offenbar haben sie eine verdächtige Person gesehen.« Mit zusammengekniffenen Brauen wandte er sich an die beiden Obdachlosen. »Kommt endlich zur Sache!«

Wieder setzte Şeffan an, doch Cello war schneller.

»Also, ich hab eine Hand gesehen, die aus dem Sack heraushing.«

»Ein Sack?«, hakte Zeynep nach. »Welcher Sack?«

»Aus dem Sack vom Müllsammler, Schwester. Abends kommen doch die Männer, die den Müll durchstöbern. Die haben so große Handkarren mit zwei Rädern dran. Da liegt der Sack drauf. Und in den stopfen sie rein, was sie finden, Papier, Flaschen, Blech. Der Mann schob die Karre, und darauf lag so ein Sack. Und aus dem Sack hing eine Hand raus. Das hab ich noch dem Şeffan gezeigt: Guck mal, Alter, der Typ kutschiert seinen besoffenen Kumpel herum. Woher hätt ich wissen sollen, dass er eine Leiche transportiert.«

»Ja, ich hab's auch gesehen«, fing Şeffan an. »Der ist genau vor uns vorübergegangen. Er hat uns nicht gesehen, aber wir sahen den Sack.« Er zögerte. »Sack sagen wir so, aber vielleicht war's auch eine Decke. War im Dunkeln nicht richtig zu erkennen.«

Eventuell hatten wir damit einen ersten Hinweis, ungeduldig fragte ich weiter: »Und der Mann mit der Karre, was war das für einer?«

»Also …« Şeffan kratzte sich am Kopf. »Sein Gesicht hab ich nicht genau gesehen. Lag im Dunkeln. Aber er war mittelgroß und kräftig gebaut.«

»Spinn nicht rum!« Cello sah mich an, als er erklärte: »Er spinnt, Hauptkommissar. Also, ich hab den Mann zuerst gesehen. Der war schmal wie ein Hornhecht und groß. Das Gesicht war nicht zu erkennen, weil er eine Schiebermütze trug.«

»Das war keine Schiebermütze, sondern ein Hut«, widersprach Şeffan seinem Kumpanen. »Und er war auch nicht groß, so wirkte der nur, weil er einen Mantel anhatte.«

Eine Spur war das nicht. Höchstwahrscheinlich hatten die beiden armen Tröpfe einen echten Müllsammler beobachtet.

»Habt ihr den Mann denn später auch noch gesehen?«

Şeffan zögerte keine Sekunde. »Na sicher.«

Ich sah ihm in die Augen und ließ meine Stimme bedrohlich klingen.

»Sag die Wahrheit! Das ist kein Spiel hier. Wir haben es mit einem Leichnam zu tun. Hast du den Mann wirklich gesehen?«

Şeffan geriet ins Schwimmen, er wich meinem Blick aus.

»Aber, aber ja, Hauptkommissar.« Hilfesuchend drehte er sich seinem Kumpanen zu. »Stimmt doch, Cello, sag was. Haben wir ihn nicht gesehen, als er zurückkam?«

Cello war eingeschüchtert. Er konnte nicht entscheiden, ob er die Wahrheit sagen sollte oder das, was wir hören wollten.

Ali stupste den Mann mit dem Ellbogen an.

»Worauf wartest du? Red schon!«

»Au.« Der arme Kerl krümmte sich. »Okay, okay.« Als stünde er seinem Vorgesetzten in der Armee gegenüber, nahm er Habachtstellung ein und rapportierte. »Wir haben ihn gesehen, Hauptkommissar.« Cello schluckte. »Er schob die Karre zurück. Direkt an uns vorbei.«

»Konntet ihr sein Gesicht erkennen?«

Statt zu antworten, schüttelten beide den Kopf.

»Und der Sack, lag der auch auf der Karre?«

Keine Antwort. Die beiden eben noch redseligen Kumpane standen wie begossene Pudel da. Es würde nichts bringen, sie hart anzufassen.

»Ihr braucht keine Angst zu haben, Jungs«, versuchte ich sie zu beruhigen. »Niemand gibt euch die Schuld für gar nichts. Euch wird nichts passieren. Sagt einfach nur, wie es tatsächlich war.«

Cello, der Mutigere, zog die Nase hoch und machte sich daran zu berichten, was sie beobachtet hatten.

»Der Sack war leer, Hauptkommissar. Er lag auf der Karre, aber die Fracht war abgeliefert worden.«

»Was faselst du von Fracht, Kerl!« Ali fuhr ihn an. »Deine Interpretation ist hier nicht gefragt!«

»Zu Befehl, Chef. Also der Sack war leer, der war nicht mehr dick oder so.«

»Bist du sicher?«

»Absolut.«

»Hör zu, wenn du lügst …«, warnte Ali.

Der arme Mann wich zurück.

»Bei Allah, ich sag die Wahrheit. Ich will meine Mutter gebimst haben, ich sag die Wahrheit.« Er zögerte, warf Zeynep einen Blick zu. »Entschuldige meine Schnauze, Schwester, aber was soll ich machen. Der Kommissar glaubt mir sonst nicht«, sagte er, glaubte sich aber im Grunde selbst nicht ganz. Wie sein Kumpan brauchte auch er einen Zeugen, panisch richtete er sich an Şeffan. »So war's doch, Alter, oder etwa nicht? Red schon, Loddel, war er nicht leer, der Sack?«

Endlich fand Şeffan die Sprache wieder.

»Der war leer, bei Gott, Hauptkommissar. Leer war der, treffe mich der Fluch des Korans, wenn's nicht stimmt. Da war weder 'ne Leiche drin noch Müll …«

»Es lag am Wein, Hauptkommissar.«

Stundenlang suchten wir in Çemberlitaş die Umgebung der Konstantinssäule nach dem Mörder mit der Müllkarre ab. Weder fanden wir einen Verdächtigen, auf den die Beschreibung passte, noch überhaupt einen Müllsammler. Die unternahmen ihre Streifzüge vermutlich in den früheren Abendstunden. Wie Stein und Erde enthielt auch der Müll in Istanbul pures Gold, darum beeilten sich die Männer dieser Gilde und hatten aus dem Müll alles von Wert heraussortiert, ehe die Nacht ihren Lauf nahm. War das so, stieg die Wahrscheinlichkeit, dass Cello und Şeffan die Wahrheit gesprochen hatten. Falls sie nicht fantasiert hatten, wie bei der Erscheinung des Gespenstes des letzten Kaisers von Konstantinopel, Konstantin der ich weiß nicht wievielte. Obendrein hatten beide den Verdächtigen unterschiedlich beschrieben. Traf ihre Aussage zu, hatten wir jetzt eine verlässliche Information in der Hand: Der Mörder hatte den Leichnam mit einer Schubkarre zur Konstantinssäule gebracht. Das war besser als nichts.

Als die Spurensicherung ihre Arbeit getan hatte, schickte ich sie aufs Revier und den Toten in die Leichenhalle. Wir drei machten uns zu einem der rund um die Uhr geöffneten Restaurants in Sultanahmet auf. Allmählich knurrte uns der Magen, außerdem wollte ich von Ali und Zeynep hören, was sie am Abend herausbekommen hatten.

In dem Lokal saßen nur drei Taxifahrer, die genüsslich ihre Suppe löffelten, und zwei Touristen mit blonden Rastalocken, die am Tisch dösten, weil ihnen das Geld für ein Hotelzimmer fehlte.

Als sie uns mit Funkgeräten eintreten sahen, berappelten sie sich, dösten aber weiter, sobald sie begriffen, dass sie uns nicht interessierten. Die Taxifahrer waren Kontakt zur Polizei gewohnt und beachteten uns nicht. Einmal hatte ein erfahrener älterer Fahrer zu mir gesagt: »Sehen Sie es mir nach, Hauptkommissar, aber es gibt drei Berufe, die einander sehr ähnlich sind: Fahrer, Polizist und Hure. Man kennt keinen Unterschied zwischen Tag und Nacht, ständig hat man Kummer, und ständig macht wer Probleme. Da hat man es mit allen Sorten von Menschen zu tun, mit Psychopathen, Tugendbolden und Trunkenbolden, Bekifften, Verliebten, Perversen, Hilflosen, Taschendieben, Unschuldigen, Mördern. Uns haftet Dreck und Rost, Schweiß und Gestank all dieser Leute an. Und obendrein wird das mies bezahlt, kaum drei Kurusch verdient man oder nicht mal die. Kurz, es ist nicht leicht, einem dieser Berufe anzugehören. Helfe Allah uns allen!«

Er hatte recht, die Angehörigen dieser drei Berufe hatten es mit dem Bodensatz der Gesellschaft zu tun. Mit denen ganz unten. Ich rede nicht nur von Menschen, die Schiffbruch erlitten haben, die gezwungen sind, um drei Kurusch zu sterben oder zu töten. Ärger hatten wir auch mit Leuten, die reich wie Krösus waren, aber ihr Gewissen, ihr Mitgefühl, ihre Würde eingebüßt hatten. Das waren die Niederträchtigsten. Schlimm war, dass im Kontakt mit diesen reichen Schuften auch wir oft verdarben. Um ihre eigenen Söhne aus Tötungsdelikten herauszuhauen, bestachen sie die zuständigen Beamten. Höhere Polizeibeamte, die sich verweigerten, bedrohten sie über Verwandte auf staatlichen Posten. Waren sie blindwütig genug, setzten sie sogar Killer auf einen an. Deshalb musste man ehrliche Polizisten mit der Lupe suchen. Und aus diesem Grund wollte ich ehrliche Polizisten, wenn ich sie denn einmal gefunden hatte, nicht wieder verlieren. Wie Ali und Zeynep.

Im Lokal suchten wir uns einen ruhigen Tisch, bestellten Tee mit Poğaça-Pasteten und bilanzierten den gestrigen Tag. Die beiden hatten in der kurzen Zeitspanne, nachdem ich mich von ihnen getrennt hatte, gute Arbeit geleistet. Zeynep hatte wichtige Informationen über das erste Opfer in Erfahrung gebracht.

»Es besteht der dringende Verdacht, dass Necdet Denizel Münzschmuggel betrieben hat, Hauptkommissar«, fing sie nach dem ersten Schluck Tee an zu erzählen. »Von seiner Universität wurde er sogar abgemahnt.«

»Verstehe ich nicht. Wieso halten die ihn denn noch im Kollegium, wenn er schwarze Geschäfte gemacht hat?«

»Es wurde nicht bewiesen. Zumindest wurde er deshalb nicht verurteilt. Eigentlich ist er Münzsammler. Seine Münzen sind im Archäologischen Museum registriert. Kaufte er neue hinzu, musste er Mitteilung ans Museum machen. Necdet behauptete, sich daran gehalten zu haben. Als aber ein ertappter Schatzsucher aussagte, er habe ihm Münzen verkauft, sah die Sache plötzlich anders aus. Es kam zum Prozess gegen Necdet, doch warum auch immer, änderte der Schatzsucher vor Gericht seine Aussage. So konnte Necdet wegen Mangels an Beweisen wieder gehen. Die Universitätsverwaltung fand die Sache aber nicht koscher und strengte eine Untersuchung gegen ihn an. Zur Strafe wurde er drei Monate beurlaubt.«

»Namık hatte also recht«, befand ich mit einem Blick auf Ali, der seine Pastete schon verputzt hatte. »Dieser Archäologe war kein Ehrenmann.«

Ali schlang den letzten Bissen unzerkaut herunter.

»Schön und gut, Hauptkommissar. Aber auch Namık ist kein Engel. Er hat zwei Polizisten verletzt. Einer wäre fast gestorben.«

Das war tatsächlich interessant.

»Wie kam es dazu?«

Ali nahm einen gewaltigen Schluck Tee.

»Es gab da bei ihm zu Hause eine Razzia.«

»Wann?«, hakte ich nach.

»Nach dem 12. September. Zur Zeit des Ausnahmezustands.«

»Du redest von einer Sache vor Jahrzehnten, Ali?«

»Ja, das war 1981. Dieser Namık ist ein Terrorist, das heißt, er war in seiner Jugend einer. Nach dem 12. September durchsuchten Polizisten sein Haus, da hat er sich mit der Waffe gewehrt. Zwei Polizeibeamten traf er und wurde auch selbst verletzt, als er flüchtete. Seine Verletzung war schwer, rund zwei Monate verbrachte er in der Klinik. Danach wurde er zu lebenslanger Haft verurteilt.«

»Lebenslänglich …«

»Er hat nur zehn Jahre abgesessen. Bei einer Amnestie ist er rausgekommen, ging an die Uni zurück und hat dann promoviert.«

»Und war er später weiter in solche Dinge verwickelt?«

»Aber klar«, fing er an, doch Zeynep fiel ihm ins Wort.

»Das ist nicht dasselbe.« Sie sah mich an. »Nach seiner Entlassung war er nie wieder in eine bewaffnete Aktion verwickelt, Hauptkommissar.«

»Und die illegalen Demos?«

»Komm, bleib fair, Ali!« Zeynep wies ihn zurecht. »Was du da illegale Demos nennst, sind Aktionen. Eine Bootskette über den Bosporus gegen die Verschmutzung der Meere bilden. Sich an die Tür der Hagia Sophia anketten, um die Bebauung historischer Schutzgebiete zu stoppen. Demos gegen den Bau der Metro-Brücke über das Goldene Horn organisieren. Das tut doch jeder.«

Mir war zwar nicht klar, warum Zeynep so aufbrauste, aber ich teilte ihre Meinung. Trotzdem war es natürlich bedenklich, dass Namık Mitglied einer bewaffneten Organisation gewesen war.

»Hat er nach wie vor Kontakt zu seiner damaligen Organisation? Oder zu einer anderen?«

»Seine damalige Gruppe hat sich aufgelöst, Hauptkommissar. Und zu einer anderen Terrororganisation ist keine Verbindung erkennbar.«

»Oder noch nicht aufgedeckt«, merkte Ali an, bevor er in die zweite Pastete biss. »Der Mann hat auf Polizisten geschossen. Von so einem ist alles zu erwarten!«

Er sprach emotional, dennoch lag er vielleicht nicht ganz verkehrt. Die beiden jüngsten Morde sahen nicht nach Einzeltaten aus. Eher schien hier ein gemeinsamer Wille und Plan umgesetzt zu werden. Insofern war es sinnvoll, Namık Karaman auf der Liste der Verdächtigen stehen zu lassen. Allerdings mochte ich meine Gedanken nicht offen aussprechen.

»Und Leyla Barkın?«, leitete ich zur nächsten Verdächtigen über. »Hat sie uns die Wahrheit gesagt? Hat sie sich mit Necdet im Korbmacher-Palais gestritten?«

»Ja, das stimmt.« Ali nickte. »Drei Kellner haben das bestätigt. Sie hat Necdet Wein über den Kopf geschüttet und ist abgedampft.«

Bei Alis Worten wurde Zeyneps Miene immer grimmiger. Offenbar war etwas zwischen ihnen vorgefallen. Ich wollte wissen, was.

»Wart ihr zusammen im Korbmacher-Palais?«

Keiner antwortete. Beide schwiegen wie Kinder, die etwas ausgefressen haben. Endlich murmelte Ali: »Wir waren zusammen da. Ich habe die Kellner befragt, und Zeynep sprach mit dem Leiter des Restaurants.«

Das war nicht, was ich wissen wollte. Ich musste offener fragen.

»Wie war das Panorama?« Ich rührte Zucker in mein zweites Glas Tee. »Grandios, oder?«

»Traumhaft, Hauptkommissar.« Die Zustimmung kam von Zeynep. Auch sie hatte also die Sprache wiedergefunden, aber irgendetwas stimmte nicht. Sie fixierte ihren Kollegen mit wütenden Blicken. »Um ehrlich zu sein, haben wir weder das Panorama genossen noch das Essen, weil es Streit gab mit Kommissar Ali.«

Genau wie ich vermutet hatte, die beiden dummen Kinder waren wieder aneinandergeraten.

»Was ist denn passiert?«

Ali war der Appetit vergangen, er stieß die Pastete auf seinem Teller unwirsch beiseite.

»Es lag am Wein, Hauptkommissar.«

Wovon redete der Räuber?

»Am Wein?«

»Der Wein, den Leyla Barkın ihrem Exmann über den Kopf schüttete«, erklärte Zeynep.

»Ja und?«

»Also, Ali wurde wütend wegen Leyla Hanım. Was das denn solle, ob sich so etwas für eine Frau gehöre …«

»Ja, gehört sich das denn, Hauptkommissar?«, bäumte Ali sich erneut auf. »Außerdem ist die Frau Museumsdirektorin! Eine Frau, die sich mehr im Griff haben sollte als wir alle! Wie kann man vor allen Leuten einem Mann Wein über den Kopf schütten?!«

Ich brach in Gelächter aus, erst leise, dann lauthals. Nicht nur meine beiden Kollegen, auch die drei Taxifahrer, die ihre Suppe verzehrt hatten, und der Mann am Tresen, dessen Blick nächtliche Müdigkeit verschleierte, sowie die zwei erneut aufgestörten Rasta-Touristen schauten sich um und warfen mir befremdete Blicke zu.

»Kinder, also wirklich!« Ich versuchte, den Lachanfall zu beherrschen. »Was macht ihr denn bloß?«

»Was machen wir denn, Hauptkommissar?«

Ali blickte mir dumpf ins Gesicht.

»Das fragst du auch noch!« Ich musterte beide. »Pardon, aber irgendwie seid ihr beide …« Blöd, wollte ich sagen, brachte es dann aber nicht übers Herz. »Komisch seid ihr«, sagte ich, die Zügel angezogen. »Da habt ihr die Chance auf ein herrliches Abendessen, und was tut ihr? Streitet euch wegen des Weins, den eine Frau einem Mann über den Kopf geschüttet hat! Das ist doch nicht zu glauben!«

Ali senkte den Kopf, Zeynep war mutiger.

»Aber, Hauptkommissar …«

»Kein Aber, Zeynep«, ich schnitt ihr das Wort ab. »Was kümmert euch der Wein, den Leyla Necdet über den Kopf gießt? Hätte das etwas mit den Ermittlungen zu tun, schön, aber es geht bloß um den Krach eines geschiedenen Paares. Im gesamten Polizeiapparat habe ich nur euch beide, denen ich vertraue, und was tut ihr? Was scheren euch die anderen? Statt euch über die aufzuregen, hättet ihr mal lieber über euch selbst reden sollen …«

Ich verstummte. Damit hatte ich verraten, dass mir ihr Verhältnis nicht verborgen geblieben war. Hatte ich das Recht dazu? Ich war schließlich nicht ihr Vater, nur ihr Chef. Irgendwann würden sie versetzt werden und mit anderen zusammenarbeiten. Mischte ich mich zu sehr in ihr Privatleben ein? Wenn es Liebe war, dann war es ihre Liebe, war es eine Beziehung, dann war es ihre Beziehung. Vielleicht täuschte ich mich auch, und sie mochten einander gar nicht. Vielleicht gab es deshalb ständig Zoff. Ja, was ich tat, war falsch.

»Egal, das geht mich nichts an«, ruderte ich zurück. »Also ich meinte, ihr streitet da wirklich völlig umsonst.«

Ali hob den Kopf.

»Eigentlich haben Sie recht, Hauptkommissar. Was Sie sagen, ist noch viel zu wenig. Das war wirklich ein sinnloser Streit.«

Meine Ermahnung hatte also gefruchtet. Ich warf Ali einen anerkennenden Blick zu. Meist kamen die vernünftigen Kommentare von unserem Mädel. Zum ersten Mal verhielt sich unser Hitzkopf gescheit. Schon wollte ich ihn loben, da sagte er: »Wir waren wegen Ermittlungen in einem Fall da.« Er wand sich. »Es war nicht richtig, unsere persönliche Meinung mit einzubringen.«

Mehr war von Ali nicht zu erwarten, doch auch Zeynep schloss sich ihm an. »Er hat recht, Hauptkommissar. Wir hätten nicht wegen persönlicher Gefühle streiten dürfen. Zu allem Überfluss haben wir auch Sie noch damit belästigt.«

Wieder musste ich lachen. Diese beiden verliebten Strohköpfe hatten mich gar nicht verstanden. Ich sah ihnen ins Gesicht und murmelte: »Ach, was soll ich euch noch sagen … Gebe Gott euch, was ihr verdient habt!«

Auch das begriff Ali nicht.

»Danke, Hauptkommissar, vielen Dank.«

Nein, aus denen würde nie etwas werden. Irgendwann würde eine Frau oder ein Mann kommen, forscher als die beiden, und sich einen von beiden schnappen, damit wäre diese schöne Liebe vorbei, bevor sie eine Chance hatte, gelebt zu werden.

»Kommt, gehen wir.« Ich unterdrückte die Wut, die in mir aufkeimte. »Sonst setzt unser Verstand, der ohnehin nur auf Sparflamme kocht, noch ganz aus.«

Draußen wandte ich mich meinem alten Wagen zu, die beiden gingen zu Alis Auto. Sie wirkten versöhnt, zumindest stichelten und spöttelten sie auf der kurzen Distanz zu den Autos nicht weiter. Vielleicht auch nur, weil ich dabei war. Als ich im Wagen saß, ließ ich es langsam angehen. Halt dich zurück, sagte ich mir, musste aber in den Rückspiegel schauen. Ali bog in Richtung Aksaray ab. Er würde Zeynep zu Hause absetzen. »Dummer Junge, was willst du denn zu Hause«, nörgelte ich. »Reiß das Steuer rum, fahr nach Sarayburnu, schau mit deinem Schatz, wie die Sonne aufgeht an dem Ort, an dem der erste Tempel dieser Stadt stand.« Das tat Ali nicht, er kam nicht einmal auf den Gedanken. Dann eben nicht. Eines Tages, wenn die Jugend vorbei war, wenn nicht nur der Körper verwelkt war, sondern sich auch der Herzenswunsch verflüchtigt hatte, dann würden sie sich sehr grämen, aber dann wäre es zu spät.

»Die Stadt persönlich will, dass ich dich töte.«

Südlich der Konstantinssäule sah ich ihn, an der Straßenbahnhaltestelle. Genau wie Şeffan ihn beschrieben hatte: mittelgroß, kräftig gebaut, einen dunklen Hut mit breiter Krempe auf dem Kopf, der sein Gesicht unkenntlich machte. Bevor ich ihn stoppen konnte, war er mir mit seiner Handkarre wie ein Schatten aus den Augen gehuscht. Ich verfolgte ihn, doch er war schneller. Als ich auf den Divan Yolu kam, war er schon vor dem Mausoleum von Sultan Mahmud II. angekommen. Und das, ohne die Karre loszulassen. Ein junger Mann musste das sein, jung und flink. Ich rannte los, doch unmöglich, ihn einzuholen. Zuletzt beobachtete ich, wie er rechts zum Gericht abbog. Völlig außer Atem lehnte ich mich an den mächtigen Stamm der Platane am Straßenrand und japste. Der ist mir entwischt, bedauerte ich. Nachdem ich ein wenig zu Atem gekommen war, rannte ich weiter. Was sah ich da, auf Höhe des Gerichts? Er stand vor dem großen Eisentor und hielt Ausschau nach mir! Als wartete er dort, damit ich ihn nicht aus den Augen verlöre. Als er sicher war, dass ich ihn gesehen hatte, stemmte er die Schulter gegen das Eisentor.

»Halt!«, rief ich und beschleunigte meine Schritte. »Stehenbleiben, Polizei!«

Statt zu gehorchen, warf er sich mit aller Kraft gegen das Eisentor. Das Tor war aber so massiv, dass ich kaum glaubte, er könnte es bewegen, geschweige denn öffnen. Doch unser Verdächtiger schob es vor meinen Augen weit auf. Bevor er hineinschlüpfte, drehte er sich noch einmal um und warf mir einen geradezu höhnischen Blick zu. Dann stürzte er hinein, und kaum war er über die Schwelle, glitt das Tor hinter ihm zu. Nein, diese Gelegenheit durfte ich mir nicht entgehen lassen. Ich sammelte meinen Atem und spurtete los. Mein Herz raste, meine Schläfen pochten, egal, ich rannte, so schnell ich konnte. Geschafft, ich warf meinen erschöpften Körper hinein, bevor mir das Tor vor der Nase zuschlug. Doch was war das? Ich war noch völlig außer Atem, das Tor hinter mir noch nicht ganz geschlossen, da wurde es hell. Die dunkle Frühlingsnacht verwandelte sich in einen strahlenden Sommermorgen. Die Sonne brannte in meinen Augen, und das Geschrei einer tobenden Menge hallte in meinen Ohren wider.

»Töten! Töten! Töten!«

Was war hier los? Wohin war ich geraten? Ich wartete darauf, dass meine Augen sich an das gleißende Licht gewöhnten, meine Hand griff unwillkürlich zur Waffe. Sie war nicht da. Ich musste sie beim Laufen verloren haben. Panik stieg in mir auf, da schwand das blendende Licht, und allmählich erkannte ich meine Umgebung. Doch das war unmöglich! Ich befand mich mitten in einem historischen Hippodrom, gefüllt mit Tausenden von Menschen. Auf dem bekannten Sultanahmet-Platz stand ein römisches Hippodrom, die steinernen Tribünen randvoll mit Menschen, Pferderennen und blutige Gladiatorenkämpfe wurden hier abgehalten. Entgeistert versuchte ich das Geschehen zu begreifen, da sah ich den Mann wieder, den ich verfolgt hatte. Er aber hatte überhaupt keine Eile mehr. Weder schien er sich zu fürchten noch vor irgendwem davonzulaufen. Als hätte er vergessen, dass er verfolgt wurde, schritt er entschlossen auf die Mitte der Arena zu. Er warf den Mantel ab, darunter kam ein athletischer, von einem schwarzen Panzer umgürteter Körper zum Vorschein. Die rechte Hand langte zum Hut, fasste ihn am Rand, und ich dachte, er wollte ihn abnehmen, endlich würde ich sein Gesicht sehen. Doch der

Stoff des breitkrempigen Huts glitt ab wie ein Handschuh, darunter tauchte ein stählerner Gladiatorenhelm auf. Aus unserem Müllsammler war im Handumdrehen ein prachtvoller Kämpfer geworden. Kaum meinte ich, da fehlt noch etwas, traten schon zwei römische Soldaten an ihn heran und reichten ihm eine zweischneidige Streitaxt. Der Gladiator beugte den Kopf zum Gruß und nahm die Axt entgegen. Währenddessen schwiegen die Massen auf den Tribünen, es war totenstill in dem weitläufigen Hippodrom. Als er die Axt durch die Luft schwang, als das Licht sich im Stahl der Schneiden spiegelte, als der Kämpfer sich um sich selbst drehte, da tobte die Menge erneut. Wieder hallte die Order drei Mal von den Mauern des Hippodroms wider.

»Töten! Töten! Töten!«

Gut, aber wen sollte dieser Mann töten? Die Antwort ließ nicht lange auf sich warten: Hände umklammerten wie Schraubstöcke meine Arme. Bevor ich protestieren konnte, schleppten mich zwei hünenhafte römische Legionäre in die Arena. Die Männer waren so groß, dass es sinnlos war, sich zu wehren, keinen Finger konnte ich rühren. Sie schleiften mich in die Mitte des Platzes. Vor dem monolithischen, aus Ägypten herbeigeschafften Obelisken warfen sie mich hin. Ich rollte in den Staub. Die Menge sah mich fallen und heulte wie eine Meute Schakale, die Blut roch.

»Töten! Töten! Töten!«

Langsam kam ich auf die Knie, versuchte, mich vor der brennenden Sonne in den Schatten zu flüchten. Doch ein Tritt in den Rücken warf mich erneut um. Wieder johlte die Menge.

»Töten! Töten! Töten!«

Als ich den Kopf hob, erblickte ich den ehemaligen Müllsammler und jetzigen Gladiator. Die Axt gepackt, kam er entschlossen auf mich zu. Der Mann wollte sich offenbar tatsächlich mit mir schlagen.

»Halt!«, brüllte ich. »Halt, stopp! Was tust du da?«

Er blieb stehen, perplex, dass ich ihn anredete.

»Ich kämpfe nicht gegen dich.« Es gelang mir, auf die Knie hochzukommen. »Wenn du einen Unbewaffneten töten willst, bitte schön, greif nur an!«

Er stand direkt vor mir, gleich einem zweiten Obelisken. Noch immer konnte ich das vom Helm beschirmte Gesicht nicht erkennen.

»Dummkopf!«, fauchte er. »Das ist kein Kampf. Sonst hätten sie dir eine Waffe gegeben. Und du hättest einen Gladiator vor dir. Ich bin kein Gladiator, ich bin ein einfacher Diener.«

Ich war so erstaunt, dass die Angst wich.

»Aber warum denn?«, fragte ich und mühte mich auf die Beine. »Warum wollt ihr mich töten?«

Statt einer Antwort erhielt ich einen heftigen Tritt gegen die Brust. Wieder flog ich in den Staub. Als ich den Kopf hochquälte, grummelte der Henker: »Hab ich doch gesagt, ich bin ein Diener, ich tu nur, was sie befehlen. Töte ihn, haben sie gesagt.«

Aufgeben kam nicht infrage, wieder versuchte ich, mich aufzurappeln.

»Wer hat das befohlen?« Ich spuckte Blut und Erde. »Der Kaiser? Konstantin?«

Er grölte vor Lachen.

»Welcher Kaiser? Welcher Konstantin? Ich hielt dich für klug, dabei bist du genauso saudumm wie die anderen. Es gibt doch keinen Kaiser mehr! Die Stadt persönlich will, dass ich dich töte. Der Geist der Stadt!«

»Welche Stadt?« Ich schaute mich um. »Wovon redest du?«

Er nahm den Helm ab. Da kam das hübsche Gesicht desjenigen Mannes zum Vorschein, mit dem ich wenige Stunden zuvor geredet hatte. Leyla Barkıns Freund, Vorsitzender des Vereins zur

Verteidigung Istanbuls VVI, der Chirurg Namık Karaman. Meine Verblüffung ließ ihn kalt.

»Byzantion«, sagte er und schaute sich um wie ich. »Konstantinopel, Istanbul. Welche Stadt denn sonst, die Stadt natürlich, die ihr besudelt, beraubt und zerstört. Die Stunde der Abrechnung ist da! Die Stadt fordert den Preis für eure Taten!«

Er hob die Axt. Wieder reflektierte der Stahl das Sonnenlicht, sein Glanz blendete mich.

»Nein!«, schrie ich aus Leibeskräften. »Tu's nicht!«

Doch die Menge, die sah, dass die Axt emporschwang und der Augenblick der Vollstreckung gekommen war, kreischte derart ohrenbetäubend, dass ich meine eigene Stimme nicht hörte.

»Töten! Töten! Töten!«

Wie begeistert sie brüllten! Beinah hätte ich selbst geglaubt, getötet werden zu müssen. Wenn so viele Menschen es verlangen, muss es wohl einen Nutzen haben, dass mein Blut fließt, dachte ich. Doch als mein Blick erneut auf den scharfen Stahl der Axt fiel, packte mich zuerst ungeheure Angst und dann der starke Wunsch zu leben. Mit letzter Kraft warf ich mich gegen Namıks Beine. Ich wollte ihn zu Fall bringen, doch unser Chirurg stand unerschütterlich wie eine Marmorstatue. Nicht mal ins Wanken brachte ich ihn. Ein deftiger Tritt beförderte mich in den Abstand, den seine Axt zum Schlag benötigte. Ich war nur noch fähig, den Arm zu heben. Obwohl ich wusste, dass die Axt meinen Arm wie einen dicken Ast durchschneiden und sich in meinen Schädel bohren würde, blieb mir nichts als diese Bewegung. In Todesangst hielt ich den Atem an und wartete darauf, dass der scharfe Stahl meine Knochen zertrümmerte. Nicht ich allein hielt die Luft an, auch die rasende Menge im Hippodrom war verstummt. In der riesigen Arena regte sich kein Blatt. Auf einmal aber erscholl eine Stimme. War das der Befehl des Kaisers, die

Axt zu senken? Nein, es war eine Klingel. Jemand läutete am Tor des Hippodroms. Was für ein Unsinn! Eine Klingel am Tor des Hippodroms! Doch das Klingeln wurde lauter. Weder war ich in der Lage, die Augen zu öffnen, noch schlug der Henker mir seine Axt in den Schädel. Endlich gelang es mir, ich hob die Lider, wieder attackierte mich das gleißende Licht hinter den Wimpern. Ich spürte mein Augenweiß brennen. Sei's drum, ich ließ die Augen geöffnet und bemühte mich, die Gegenstände um mich herum zu erkennen. Zuerst nahm ich das Foto wahr, von dem meine Frau und meine Tochter mich anlächelten, dann das Usambaraveilchen in grellem Pink, das braune Holz des Kleiderschranks, die storchenweiße Tapete. Endlich wandte ich mich dem Wecker auf der Kommode zu, der nach wie vor trotzig schrillte, und schaltete den Alarm aus. Als ich mich wieder auf dem Bett ausstreckte, atmete ich tief durch. Doch der Traum ging mir nicht aus dem Sinn. Was mochte er zu bedeuten haben? Hielt mein Unterbewusstsein Namık für schuldig? Eigentlich hatte ich mich ihm bei der gestrigen Befragung nahe gefühlt. Es gefiel mir, dass er sich für Istanbul einsetzte. Andererseits war durchaus denkbar, dass Namık durchgedreht war, weil Necdet sich weiter um Leyla bemühte. Da er zudem hasste, was Necdet tat, konnten wir ihn ohne weiteres ganz oben auf die Liste der Verdächtigen setzen. Doch der Chirurg war ehrlich zu uns gewesen, zumindest was Necdet betraf. Ohne mit der Wimper zu zucken, hatte er uns eröffnet, wie er über den Mann dachte, und erst das begründete einen Verdacht gegen ihn. Er hatte sich gewissermaßen eigenhändig ans Messer geliefert. Falls das keine Taktik war. Vielleicht wollte er uns mit diesem Verhalten sagen: Warum hätte ich euch das erzählen sollen, wenn ich nicht unschuldig wäre? Schön und gut, was aber war mit dem zweiten Mord? Dasselbe Ritual: Der Zielperson wurde die Kehle durchgeschnitten, nach dem Mord wurde das Opfer an einer historisch bedeutsamen Stätte platziert, der Ermordete bekam eine Münze zwischen die Hände gesteckt, der Leichnam wurde in Form eines Pfeils ausgerichtet, das war der Hinweis auf die Fundstelle des nächsten Opfers. Wozu das alles? Warum brachten der oder die Mörder diese Männer um? Für Istanbul, wie Namık in meinem Traum gesagt hatte? Rechnete jemand im Namen dieser Stadt wegen des ihr angetanen Unrechts ab? Also wirklich! Ziemlich verrückt! Namıks Miene stand mir vor Augen. Seine kaum zu erschütternde Gelassenheit. Die Entschlusskraft, die seine dunklen Augen ausstrahlten, als er sagte: Wir verteidigen diese Stadt gegen die Barbaren. Und er hatte Leute um sich, die an ihn glaubten. Leute mittleren Alters, die meisten mit Familie. Dann dieser rothaarige Jugendliche mit dem herausfordernden Blick. Ganz offensichtlich zollte er Namık größten Respekt. Ein Mann, der bereit war, alles zu tun, was Namık sagte. Dächte ich weiter in diese Richtung, könnte es nötig werden, Namık gleich festzunehmen. Dafür war es aber viel zu früh. Ausgelöst hatte all diese Mutmaßungen ein simpler, unsinniger Traum! Nie hatte ich aufgrund von Hinweisen meines Unterbewusstseins jemanden festgenommen und würde das auch künftig nicht tun. Und schon gar nicht jemanden, der sich wie Namık für die Stadt einsetzte. Mir war aber klar, dass ich ihn noch zu wenig kannte. Ebenso wusste ich, dass Mörder nicht unbedingt schlechte Menschen sein mussten.

»In dieser Stadt nehmen die Morde kein Ende.«

Ich steuerte meinen alten Wagen vor die Bank unter dem alten Pflaumenbaum im menschenleeren Hof des Polizeireviers, die zu dieser Morgenstunde traurig verlassen dastand. Ob meine Leute schon an ihren Schreibtischen saßen? Ich stellte den Motor ab. Als ich ausstieg, klingelte mein Handy. Der Anrufer war der einzige Mensch auf dieser übervölkerten Erde, der sich um mich sorgte: Evgenia.

»Wie geht es dir, Nevzat?« Ihre Stimme klang belegt. Sie war noch schlaftrunken, aber die Sorge überwog. »Was war das für ein Einsatz gestern Abend?«

»Ach, da hat wieder ein Spinner jemandem das Leben genommen.« Ich überquerte den Hof. »In dieser Stadt nehmen die Morde kein Ende, Evgenia.«

»Deine Stimme hört sich müde an. Du bist nicht spät heimgekommen, oder?«

Kaum ein paar Stunden hatte ich geschlafen, doch ich wollte sie nicht beunruhigen.

»Nein, nein, ich hatte eine gute Nacht, keine Sorge. Was machst du?«

»Das Übliche. Gerade aufgestanden, gleich gehe ich in die Taverne rüber. Heute Abend besuchen wir ja deine Freunde, da werde ich nicht in der Gaststätte sein, also muss ich jetzt einiges vorbereiten.« Schon klang ihre Stimme munter. »Deine Freunde sind gute Jungs, aber ein bisschen trübselig, wie mir scheint. Als hätten sie etwas auf dem Herzen.«

Auf dem Herzen, das war gut. Mir stand Handan vor Augen. Ihr lachendes Gesicht, ihre sprühenden Augen. Doch das war kein Thema fürs Telefon, außerdem hatte ich es eilig.

»Die haben es nicht einfach, ich erzähle dir mal davon.«

Sie wechselte das Thema.

»Wie machen wir es heute Abend? Treffen wir uns und fahren zusammen hin?«

Wir jagten einen Mörder, der innerhalb von zwei Tagen zwei Menschen umgebracht hatte, also hatte ich keine Ahnung, welche Überraschungen uns in den nächsten Stunden noch erwarteten.

»Ich weiß gar nicht, was ansteht. Könnten wir uns nicht bei Demir treffen?«

Sie fügte sich.

»Gut, komm nicht so spät, ja?«

Vermutlich würde ich spät kommen, doch eine Flunkerei hatte noch niemanden umgebracht.

»Keine Sorge, ich bin pünktlich. Findest du das Haus?«

»Aber sicher. Du kannst mich gern für voll nehmen, auch wenn ich nicht aus Balat gebürtig bin.« Und als wäre es ihr gerade eingefallen, fragte sie beunruhigt: »Sag mal, Nevzat, hast du mit deinen Freunden gesprochen? Wie geht es Bahtiyar?«

Dem Hund ging es gut, ich hatte am Morgen Demir zu Hause angerufen und mich erkundigt. Er würde sich schnell wieder erholen. Evgenia war froh. Jetzt klang ihre Stimme klar, doch bevor sie auflegte, drängte sie erneut: »Bitte komm nicht so spät heute Abend!«

Ich beendete das Gespräch und trat in Alis Dienstraum. Oh, auch Zeynep war da. Und sie wirkten gar nicht verdrossen, sondern saßen munter vor dem Bildschirm. Wieder keimte in mir Hoffnung für die beiden auf. So blöd waren sie also doch nicht. Nein, sie würden nicht voneinander lassen. Mochten sie sich kabbeln wie Hund und Katz, am Ende würden sie dicke Freunde sein.

»Guten Morgen«, sagte ich fröhlich. »Was gafft ihr denn da?«

Sie erschraken wie beim Abschreiben ertappte Schüler.

»Guten Morgen, Hauptkommissar.« Ali deutete auf den Monitor, bemüht, nicht loszuprusten. »Wir schauen uns Konstantins Denkmal an.«

»Was ist damit?«

»Sehen Sie selbst.« Auch Zeynep unterdrückte das Lachen nur mühsam. Natürlich war meine Neugier geweckt. Rasch trat ich zu ihnen. Kichernd machten sie mir Platz. Der Bildschirm zeigte ein großes Foto. Ich kniff die Augen zusammen, um es besser zu erkennen. Zuerst sah ich eine Frau. Den üppigen blanken Busen präsentierend, die Haare auffällig grün, gelb, orange gefärbt, bekleidet nur mit blutroten Strapsen.

»Wer ist diese Frau?« Noch immer konnte ich nicht alles auf dem Foto erkennen. »Hockt sie etwa bei einem Mann auf dem Schoß?«

»Keine Frau, Hauptkommissar, ein Transvestit.« Ali hörte auf zu kichern. »Der Typ, auf dessen Schoß sie sitzt, ist auch keine Person, sondern eine Skulptur. Die Skulptur von unserem Konstantin.«

»Dem Gründer von Konstantinopel?«

»Genau der.« Ali grinste.

Er hatte recht, jetzt erkannte ich es auch. Konstantin saß auf einem Thron, in der einen Hand hielt er ein Schwert, dessen Spitze in der Erde steckte, die andere Hand war zur Seite gewandt, die Finger hingen offen nach unten. Der Transvestit hatte sich auf Konstantins Schoß gesetzt und leckte zwischen den Fingern des Kaisers hindurch am Knauf des Schwertes. Ganz offensichtlich war er betrunken, vermutlich nach einer Party ausgeflippt. Ali und Zeynep kicherten immer noch, nur ich fand das Foto gar nicht komisch. Eher traurig. Man verstehe mich nicht falsch, mir ging es keineswegs darum, Homosexuelle niederzumachen. Im Laufe meines Berufslebens habe ich eine Menge anständige Homosexuelle getroffen, die weitaus ehrbarer und ehrlicher waren als viele Leute, die sich für normal hielten. Doch, wie soll ich sagen, dieses Foto hatte etwas Trauriges, etwas Verletzendes. Ich wollte den jungen Leuten aber nicht ihren Spaß verderben.

»Wo steht diese Statue?«, fragte ich nur. »Im Archäologischen Museum von Istanbul?«

Zeynep erriet beim Klang meiner Stimme meine Gedanken und war auf der Stelle nüchtern.

»Nein, Hauptkommissar, sie steht in York, in England.«

Das war sonderbar.

»Was hat Konstantins Skulptur denn in England zu suchen?«

»Er hat, bevor er Kaiser wurde, gemeinsam mit seinem Vater gegen die Gallier und Briten gekämpft.«

Ali horchte auf.

»Auch sein Vater war Kaiser?«

»Sozusagen, aber nicht allein. Damals wurde Rom von vier Männern regiert. Einer war Konstantius, Konstantins Vater. Als Konstantius plötzlich starb, wählten die Soldaten seinen Sohn Konstantin in sein Amt. Volle achtzehn Jahre teilte er sich die Herrschaft über Rom mit anderen. Dann besiegte er seine Rivalen und gewann die Alleinherrschaft über das Land. Und als er Kaiser wurde, verlegte er die Hauptstadt seines Reichs nach Byzantium.«

»Gut gemacht«, murmelte ich, aber mein Kopf war woanders. Warum stand in Istanbul kein Denkmal von Konstantin? Wieso hatte nie jemand daran gedacht? Er mochte einer anderen Religion und Ethnie angehören, doch Konstantin war einer der großen Männer, die diese Stadt zu einem der bedeutendsten Zentren der Welt gemacht hatten. Genau wie Mehmed Fatih der Eroberer und Süleyman der Prächtige. Ohne meine Gedanken zu ahnen, fuhr Zeynep fort.

»Nachdem er den Ort hier zur Hauptstadt des Römischen Reiches gemacht hatte, lebte er nicht mehr lange. Nur sieben Jahre herrschte er noch, dann verschwand er von dieser Welt.«

Das reichte vorerst an Geschichtswissen.

»Habt ihr etwas über das zweite Mordopfer herausgefunden?« Ich lenkte meine eigene und die Aufmerksamkeit meiner Mitarbeiter auf unseren Fall. »Wie hieß der Mann noch gleich?«

»Mukadder Kınacı, Hauptkommissar. Er war Stadtplaner«, gab Zeynep noch im Stehen Auskunft. »Er war bei der Stadt tätig und besaß ein viergeschossiges Wohnhaus im Stadtteil Çarşamba.«

»Ein mehrstöckiges Wohnhaus? Ein bisschen viel für einen städtischen Angestellten, oder?«

»Allerdings«, stimmte Ali zu. »Offenbar war Mukadder Kınacı ebenso wenig ein Unschuldslamm wie Necdet Denizel.«

»Doch soweit wir feststellen konnten, ist er nicht vorbestraft«, rief Zeynep uns ein wichtiges Detail in Erinnerung. »Scheint in geordneten Verhältnissen gelebt zu haben. Verheiratet und zwei Kinder, eines studiert, das andere ist auf dem Gymnasium.«

»Weiß die Familie Bescheid?«

Zeynep nickte bedauernd.

»Ja. Mordnachrichten bringen sie morgens im Fernsehen als Erstes. In einer Zeitung lautete die Schlagzeile: ein Archäologe Atatürk geopfert!«

»Fiese Typen!«, schimpfte Ali, wie immer bereit, gleich in die Luft zu gehen. »Schäbig, die benutzen alles für eigene Zwecke!«

»Was ärgerst du dich, Ali? Hattest du nicht gestern Morgen noch dasselbe vor?«

»Ich hab mir Gedanken zur Lösung eines Mordfalls gemacht, Hauptkommissar. Aber die spekulieren wild drauflos.«

»Und sie erschrecken die Leute«, kam Unterstützung von Zeynep. »In einem der Sender tönt einer der Kommentatoren, weitere Morde würden folgen.«

Es war an der Zeit, ihnen die Wahrheit zu sagen.

»Er hat recht. Der oder die Mörder werden wieder zuschlagen.«

Beide starrten mich an, die Frage kam von unserer Kriminologin: »Warum glauben Sie das, Hauptkommissar?«

»Ich glaube das nicht, Zeynep, ich weiß es. Die Mordserie wird sich fortsetzen. Seht euch nur die Münzen an. Beim ersten Mal fanden wir eine von Byzas und Byzantion, beim zweiten Mal von Konstantin und Konstantinopel. In Istanbul sind wir noch nicht angekommen.«

»Was!« Ali riss die Augen auf. »Wollen die für jeden Kaiser, der jemals über die Stadt geherrscht hat, jemanden umbringen?«

»Nicht ganz, doch wenn stimmt, was ich denke, dann werden sie für jeden der Könige, Kaiser oder Sultane, die von Bedeutung für die Stadt waren, jemanden töten. Byzas hat die Stadt gegründet. Konstantin hat sie zur Hauptstadt gemacht. Wie viele Jahre liegen zwischen diesen beiden Herrschern, Zeynep?«

Sie krauste ihre glatte Stirn, zog die schön geschwungenen Brauen zusammen und rechnete nach. »Äh, Hauptkommissar … Es wird angenommen, dass Byzas Byzantion um 660 vor Christus gründete. Wenn Konstantin 330 nach Christus hier seine Hauptstadt ausrief, dann liegen volle 990 Jahre dazwischen.«

»Also rund eintausend.«

»Das macht es uns leicht.« Ali versuchte gar nicht erst, seiner Aufregung Herr zu werden. »Stellen Sie sich vor, Hauptkommissar, Byzantion, Konstantinopel und Istanbul, also Sultan Mehmed Fatih.«

»Warum setzt du Istanbul mit dem Eroberer gleich?« Zeyneps Frage war angebracht. »Mehmed Fatih hat nach der Eroberung der Stadt ihren Namen nicht geändert.«

Ali stierte sie ungläubig an.

»Wie, nicht geändert?«

»Er hat ihn eben nicht geändert. Ich hab's gestern Morgen gelesen. Auch unter den Osmanen hieß die Stadt zunächst Konstantinopel.«

»Kostantiniyye«, korrigierte ich. »Zeynep hat recht. Kostantiniyye bedeutet auf Arabisch Ort oder Stadt des Konstantin, ist also gleichbedeutend mit Konstantinopolis beziehungsweise Konstantinopel.«

Unser Strolch war platt.

»Ja, und wann haben sie die Stadt dann Istanbul genannt?«

»Später, Ali, viel später.« Ich schob seine Frage beiseite, denn was ich unterstreichen wollte, war wichtiger. »Erst in der Republikzeit. Aber mit deiner Annahme könntest du richtigliegen, also in Bezug auf den Eroberer. Wenn der Mörder auf die Herrscher hinweisen will, die diese Stadt gegründet, zur Hauptstadt gemacht und aufgebaut haben, dann könnte die nächste Münze von Mehmed Fatih stammen. Denn Fatih war einer von den Herrschern, die in der vieltausendjährigen Geschichte der Stadt am meisten für sie getan haben.« Ich wandte mich an Zeynep. »Könnte also die Stelle, wo sie das nächste Opfer ablegen, die Fatih-Moschee sein?«

Sie verstand nicht gleich, was ich meinte.

»Denk mal an die Richtung, in die die Hände des letzten Opfers wiesen.«

Zeynep hatte ihre Zweifel.

»Na gut, Hauptkommissar, die Hände des Opfers deuteten auf die Konstantinssäule. Aber kommen wir zur Fatih-Moschee, wenn wir die Richtung weiterverfolgen? Da bin ich nicht so sicher.«

Im Grunde versuchte ich nur, laut zu denken. Doch unser einfach gestrickter Ali war sofort überzeugt.

»Der Hauptkommissar hat recht«, hielt er Zeynep entgegen. »Treffen wir also Vorkehrungen rund um die Fatih-Moschee.« Er war aufgeregt, als würden die Mörder gleich den nächsten Leichnam ablegen.

»Tun wir das, Ali.« Zeynep brachte ihr Anliegen behutsam vor. »Das sollten wir wirklich unverzüglich tun, aber wollen wir nicht auch mit der Familie des zweiten Opfers sprechen? Vielleicht sagen sie etwas, was uns von Nutzen sein kann.«

»Zeynep hat recht, Ali. Dann erfahren wir auch, ob die beiden Opfer sich kannten.«

Das Schrillen des Telefons auf dem Tisch unterbrach mich. Mein Assistent ging ran.

»Hallo? Was? Ja, der Hauptkommissar ist hier … Eine Frau? Hmm … Okay, Sekunde.« Er hielt die Sprechmuschel zu und wandte sich an mich. »Leyla Barkın ist hier, Hauptkommissar, sie möchte Sie sprechen.«

Das war interessant. Die hochmütige Direktorin des Topkapı-Museums hatte sich herabgelassen, persönlich zu erscheinen. Es musste etwas Wichtiges geschehen sein.

»Okay, sie sollen sie in mein Büro schicken.«

Ali gab meine Anordnung durch, ich wandte mich an Zeynep.

»Hast du etwas zu tun?«

»Ich warte auf den Obduktionsbericht, Hauptkommissar.«

»Gut, recherchiere noch ein wenig zu den beiden Opfern. Je tiefer wir graben können, umso besser.«

Ich warf Ali, der soeben aufgelegt hatte, einen Blick zu.

»Besorg dir die Wohnadresse von Mukadder Kınacı. Wenn ich mit Leyla Barkın gesprochen habe, fahren wir hin, mal sehen, was dabei herauskommt.«

»Einen Menschen zu töten, ist nicht jedermanns Sache.«

Seit gestern war ich nicht in meinem Büro gewesen, ich riss das kleine Fenster auf, um rasch durchzulüften, und fragte mich, was Leyla Barkın zu erzählen hatte. Die Direktorin des Topkapı-Museums ließ mir keine Zeit zum Grübeln, kaum saß ich hinter dem Schreibtisch, stand sie auch schon in der Tür.

»Guten Tag, Nevzat Bey, ich hoffe, ich stehle Ihnen nicht die Zeit.«

Sie trug ein königsblaues Kostüm zu einer weißen Bluse. Das gestern unfrisierte Haar war nun sorgfältig im Nacken zusammengefasst, sodass ihr Gesicht anziehend, wie es war, zur Geltung kam. Sie war wirklich eine schöne Frau. Ich stand auf und reichte ihr die Hand.

»Sie stören nie, Leyla Hanım.«

Freundschaftlich drückte sie mir die ausgestreckte Hand.

»Ich wollte anrufen, hatte aber Ihre Nummer nicht.«

Sie wirkte verlegen. Vermutlich dachte sie daran, wie sie uns gestern, als wir bei ihr in der Tür standen, abgekanzelt hatte, wir hätten einen Termin vereinbaren sollen. Nun, das war nebensächlich. Jetzt zählte, dass Leyla alles hatte stehen und liegen lassen, um mich aufzusuchen.

»Kein Problem«, sagte ich und deutete auf den Stuhl vor meinem Schreibtisch. »Ich habe Zeit, bitte, setzen Sie sich. Was darf ich Ihnen anbieten?«

Ihr Blick fiel auf die Wasserflasche auf dem Tisch.

»Ein Glas Wasser wäre nett. Ich will Ihre Zeit nicht zu sehr beanspruchen. Auch ich habe mich ja von der Arbeit losgerissen, um herzukommen. In zwei Wochen stattet der schwedische Ministerpräsident unserem Museum einen Besuch ab, da stecken wir mitten in den Vorbereitungen.«

Ich holte ein Glas aus dem Schrank und schenkte ihr Wasser ein.

»Dann muss es sich um etwas Wichtiges handeln.«

»Es ist wichtig.« Sie langte nach dem Glas und trank einen Schluck. »Eigentlich möchte ich über zwei Dinge mit Ihnen reden.«

»Gern«, sagte ich ermunternd. »Ich höre.«

Sie setzte das Glas ab.

»Zuerst über Namık.« Ihre honigbraunen Augen ruhten auf meinem Gesicht. Sie changierten ins Grüne. Nicht so ausgeprägt wie Evgenias, eher ein helles, transparentes Grün. »Sicher haben Sie seine Akte gelesen.« Mehr Nervosität als Anspannung lag in ihrer Stimme. »Die Polizei führt eine dicke Akte über ihn. Er war nach dem 12. September im Gefängnis.«

»Ich weiß. Er hat zwei Polizisten verletzt, einer hat nur mit Glück überlebt.«

»Die Polizisten haben auch auf ihn geschossen.« Sofort merkte sie, dass das ein Fehler war. Sie riss sich zusammen, ihre Stimme klang plötzlich dumpf. »Auch Namık hat nur mit Glück überlebt. Eine Kugel steckt ihm nach wie vor im Rückgrat. Er hat geschickte Chirurgenkollegen, aber keiner traut sich, sie herauszuholen. Noch immer besteht die Gefahr einer Lähmung.«

Vor meinen Augen stand Namıks Miene, der so spöttische wie selbstgewisse Blick. Dann tauchte hinter den Nebelschleiern meiner Vergangenheit ein Erlebnis auf. Der Tod eines jungen Mannes. Die Augen des Leichnams eines jungen Mannes, die fragten: Wie habt ihr mir das antun können? Vor einer Fabrik in Bayrampaşa.

Die Fabrik werde ich nie vergessen. Der junge Mann hatte sich hinter dem eisernen Fabriktor verschanzt. Unsere Leute hatten ihn beim Plakatekleben überrascht. Offenbar hatte er Schmiere gestanden für eine Gruppe Aktivisten. Es war kein Fall für die Mordkommission, aber im Land herrschte Kriegsrecht. Das Militärregime hatte sämtliche Polizeikräfte zusammengezogen, und wir alle, selbst Kollegen aus der Verkehrswacht, wurden als politische Polizei eingesetzt. Ganz Istanbul machten die Generäle des Kriegsrechts zum Jagdgebiet und uns zu ihren Jagdhunden. War irgendwo etwas los, mussten alle in der näheren Umgebung sofort hin. Wir taten nichts anderes mehr, als Jagd auf junge Leute zu machen, die zu Terroristen erklärt worden waren. Ich habe so meine Zweifel, ob es sich tatsächlich um Terroristen handelte. Die Generäle nannten jeden einen Terroristen oder Vaterlandsverräter, der gegen sie war, und unsere Organisation erhielt den Auftrag, diese Menschen einzukassieren, ihnen gegebenenfalls unter Folter Geständnisse abzupressen und sie hinter Gitter zu bringen. Einigen ehrenwerten Polizeichefs gefiel das gar nicht, doch die Mehrheit kollaborierte nur allzu eifrig mit dem Militär. Wie auch immer, dieser junge Mann also hockte da hinter dem Fabriktor. Per Megafon forderten wir ihn auf herauszukommen. Er zögerte. Wir machten Druck, und endlich ergab er sich. Er öffnete das Tor einen Spalt breit und trat heraus. In der Hand hielt er eine Pistole, den Lauf gesenkt. Der Polizist neben mir forderte ihn nicht auf, die Waffe wegzuwerfen, er stellte keine Frage, er schoss sofort. In Panik schoss der junge Mann zurück. Beim ersten Schuss traf er unseren Kollegen. Da feuerten aus unseren Reihen alle auf ihn. Wie ein Blatt im Wind schüttelte es den Jungen. Ich glaube, er war schon tot, als er noch stand. Dann sackte der Körper zusammen wie ein leerer Sack. Ich sprang zu ihm. In den großen veilchenfarbenen Augen unter der breiten Stirn stand nicht die

Traurigkeit über ein nur halb gelebtes Leben, sondern das Staunen eines Jugendlichen, der fragt: Wie habt ihr mir das antun können? Ich nahm ihm den Ausweis ab. Işık Sarıcan stand darauf. Ein Blick auf sein Geburtsdatum. Er war erst sechzehn Jahre alt.

»Sie wissen doch, wie entsetzlich die Zeit damals war.« Leylas Worte verscheuchten den alten Alptraum. »Man wusste nicht, wer auf wen schoss. Eine finstere Zeit. Namık war jung und unwissend damals. Er beteiligte sich an Schießereien aus reiner Dummheit. Später hat er es bereut.«

Vielleicht hätte auch der Junge, wenn er damals nicht umgekommen wäre, längst bereut, dachte ich, erlaubte aber dem Gefühl nicht, mich zu beherrschen. Umgekehrt, ich hielt den Menschen zurück und ließ den Polizisten sprechen.

»Bereute er nach der Festnahme?«

»Nein, schon vorher.« Sie schüttelte den Kopf. »Noch während er in der Organisation aktiv war. Er wollte raus, aber er wurde gesucht, wohin hätte er gehen sollen? Verzweifelt kam er in konspirativen Wohnungen unter. Da kam es zu dieser Razzia. Sie werden es sehen, wenn Sie lesen, was der Beamte ausgesagt hat, der auf Namık schoss. Namık hatte ihn ins Bein geschossen, er hätte ihn töten können, wenn er gewollt hätte, dann wäre ihm die Flucht sicher gelungen. Der Mann flehte: Ich habe zwei Kinder, erschieß mich nicht. Also brachte Namık ihn nicht um. Er wollte fliehen, aber der andere, auf den er nicht geschossen hatte, schoss ihm hinterher und verwundete ihn an zwei Stellen.«

Es mochte stimmen, was sie erzählte. Ich hatte damals viele ähnliche Geschichten gehört. Doch im Augenblick sprachen wir über den Verdächtigen in einem Mordfall. Verständnis war nicht angesagt. Ich gab mich kalt, eiskalt.

»Was hätte der Polizist denn tun sollen? Den Mann, der seinen Kollegen und ihn verwundet hatte, entkommen lassen?«

Vielleicht sagte ich das vor allem zu mir selbst.

»Sie haben ja recht.« Unwillkürlich stimmte Leyla mir zu. »Natürlich war Namık damals im Unrecht.«

Meine innere Stimme war sich da nicht so sicher, doch wieder gewann der Polizist in mir die Oberhand.

»Wer mit der Waffe lebt, stirbt durch die Waffe«, kam mir der abgedroschene Spruch über die Lippen.

»Ja, sicher, das unterschreibe ich sofort… Aber… Also, was ich sagen will… Im Grunde ist Namık kein schlechter Mensch… Namık…«

»Kann niemanden umbringen«, ergänzte ich ihren Satz. »Schon deshalb kann er Necdet nicht umgebracht haben. Wollten Sie das sagen?«

»Genau.« Sie entspannte sich. »Namık ist Pazifist. Er hasst Gewalt. Sie würden das ebenso sehen, wenn Sie ihn kennen würden.«

»Ich glaube kaum, dass Namık Bey mich näher kennenlernen möchte. Er hat uns gestern nicht besonders freundlich behandelt.«

»Vorurteile…«, murmelte sie hilflos. »Gegenseitige Vorurteile… Verzeihen Sie, aber nicht nur Namık, auch Sie haben Vorurteile.«

»Ich?«

»Ich meine nicht Sie persönlich, ich rede von der Polizei als Organisation. Wir setzen uns gegen die Zerstörung der Geschichte, des kulturellen Erbes von Istanbul ein und gegen die Umweltverschmutzung. Doch bei jeder Aktion behindert uns die Polizei.«

Frustriert stützte ich die Ellbogen auf den Tisch und beugte mich vor. In der Annahme, ich würde ihr etwas Grobes an den Kopf werfen, wich sie zurück.

»Leider haben Sie recht, Leyla Hanım. Dieses Land ist voller vorurteilsbeladener Menschen. Leider ist auch unsere Einrichtung davon nicht ausgenommen. Reden wir ganz offen. Weder die politische Vergangenheit Ihres Freundes noch seine Schüsse auf die beiden Polizisten begründen einen Verdacht. Wir sind die Mordkommission, nicht die Politische Abteilung. Einen Menschen zu töten, ist nicht jedermanns Sache. Den meisten ist es sogar unmöglich, auf jemanden zu schießen. Namık Bey hat es aber getan. Und zwar nicht auf irgendjemanden, er hat es gewagt, auf Polizisten zu schießen. Falls wir also weitere Indizien finden, das muss ich leider sagen, dann steht Namık Bey auf der Liste der Verdächtigen.«

Ein unglücklicher Ausdruck verschattete ihre hübschen Augen. Um sie und ihren Chirurgenfreund, dem sie unser Gespräch Wort für Wort zutragen würde, zu beruhigen, schwindelte ich. »Keine Bange, im Augenblick ist es noch nicht so weit. Ich hoffe, wir ermitteln den Mörder bald, und Namık Bey ist diese Sorge los.«

»Ich danke Ihnen für Ihre offenen Worte.« Aufrichtige Dankbarkeit sprach aus ihr. »Sie sind wirklich ein besonderer Mensch.«

Es lag mir fern, mir das Lob zu eigen zu machen.

»Und was war der zweite Punkt? Sie hatten gesagt, Sie wollten über zwei Dinge mit mir reden?«

»Ja.« Aufgeregt straffte sie sich. »Ich weiß nicht, ob es von Bedeutung ist, aber es gibt da einen Mann, mit dem Necdet sich traf. Ein wohlhabender Mann.«

Sie sah, dass ich aufmerksam zuhörte, und fuhr fort.

»Âdem … Âdem Yezdan.«

Der Name sagte mir nichts.

»Wer soll das sein?«, fragte ich neugierig. »In welchem Verhältnis stand Necdet zu ihm?«

»Er nennt sich Tourismusunternehmer, aber ich halte ihn für eine finstere Gestalt. Necdet unterstützte ihn bei illegalen Tätigkeiten.«

Da hatte sich also Leylas Zunge gelöst, kaum dass ihr Liebster in Gefahr geriet, denn von all dem hatte sie gestern kein Wort gesagt. Sie wusste sicher noch mehr.

»Welche Art Unterstützung?«

»Âdem Yezdan will in der Altstadt, insbesondere in Sultanahmet, tätig werden. Er hat gleich mehrere Projekte im Auge, von einer Kette pittoresker Hotels bis hin zu einem großen Gewerbecenter. Eine Baugenehmigung ist hier aber nicht ohne weiteres zu bekommen. Deshalb braucht er jemanden, der das Areal und die Sachlage kennt. Einen Internen. Und für diese schmutzige Arbeit hat Necdet sich hergegeben.«

»Tat Necdet das um des Geldes wegen?«

Ohne einen Gedanken daran zu verschwenden, dass sie damit eventuell einen Verdacht gegen ihren verstorbenen Exmann begründete, bestätigte sie energisch: »Natürlich, warum denn sonst? Ich hätte nie gedacht, dass Necdet so tief sinken würde. Doch an dem Abend, als es zum Streit kam, erkannte ich, dass er zu einem Widerling geworden war. Bevor wir uns stritten, fragte er mich: ›Willst du dein Leben weiterhin für drei Kurusch Gehalt dem Museum widmen?‹ Ich schwieg. ›Sei vernünftig, Leyla‹, bedrängte er mich. ›Verein zur Verteidigung Istanbuls und so weiter, damit kommt man nicht weiter. Dein linker Freund mag ja bei solchen Aktivitäten dabei sein, weil ihn seine Flöhe beißen. Aber du bist doch ein vernünftiger Mensch. Du siehst doch ebenso gut wie ich, was Sache ist. Denk mal an unsere Grabungen in Anatolien. An die Einheimischen, die unsere Funde, die Ergebnisse jahrelanger mühevoller Arbeit, plünderten, nur um irgendeinen Schatz zu ergattern. Damals, in dem Dorf in Kayseri, vor zehn

Jahren, da erließ der Scheich von ich weiß nicht welchem Orden eine Fatwa gegen uns, und wir hatten Mühe, mit dem Leben davonzukommen. Ach, Leyla, mit diesen Leuten ist kein Staat zu machen. Begreif endlich, dass den Menschen in diesem Land die Geschichte schnurz ist. Kultur und so, alles unnützer Kram. Geh auf die Straße und frag die Leute. Hör dir an, was sie zum Thema Geschichte sagen. Unsere Vorfahren aus dem Altaigebirge, damit werden sie anfangen, wenn sie überhaupt so weit denken können. Helden, wird es heißen, Schwerter, Pferde, Fahnen. Das ist alles. Sie haben keine Ahnung von ihrer eigenen Geschichte, ebenso wenig wie von ihrer Kultur. Frag mal nach Kultur, da werden sie dich blöd anglotzen. Gut, lassen wir die Kultur, aber frag nach dem Islam. Keine zehn Worte werden sie dazu zusammenbringen. Elhamdülillah, wir sind Muslime, werden sie sagen. Mohammed ist unser Prophet, der Koran unser Buch. Mensch, wie viele von denen sind imstande, die Fatiha-Sure richtig zu sprechen? Und dieselben Leute fackeln jeden ab, wenn es heißt, der hat was gegen ihre Religion gesagt.‹ Ich wusste, worauf Necdet hinauswollte, fragte aber trotzdem: ›Und was sollen wir dagegen tun?‹ Meine Frage ermunterte ihn, er glaubte, mich würde das interessieren, und ließ die Katze aus dem Sack. ›Wir bringen unsere Schäfchen ins Trockene. Wie sollte ein Land ohne Bewusstsein für die Gegenwart denn ein Bewusstsein für seine Geschichte haben? So etwas zu etablieren, dauert ein paar hundert Jahre. Und auch das nur mit Druck von Europa oder der UNESCO. Gib deinen Job im Museum auf. Âdem Bey braucht Leute. Wir stellen dich ein!‹ Mitleidig sah ich ihn an. ›Was ist mit dir geschehen, Necdet?‹, hab ich ihn gefragt. ›Wie hast du dich nur derart verändern können?‹ Er war enttäuscht. ›Liebe Leyla, du verstehst das nicht.‹ Er bemühte sich, ruhig zu bleiben. ›Dieser Namık verdreht dir den Kopf. Doch die Zeit seiner altmodischen Ansichten ist vorbei. Solche Dinge haben keine Konjunktur mehr. Die Welt belohnt solche Dummheiten nicht. Denk zuerst an dich selbst, sei zuerst du selbst. Ich sag dir, was dieses Land braucht: Individuen! Selbstsichere, selbstbewusste Individuen, die sich von Ideologien, Religionen, Moral und Justiz keine Grenzen setzen lassen. Wenn wir es schaffen, solche starken, erfolgreichen Individuen zu sein, dann wird auch das Land stark sein und Erfolg haben.‹ Mir wurde übel, als ich sah, dass er sich für seine Ruchlosigkeit eine Philosophie zurechtschneiderte. ›Ich verstehe dich sehr gut, aber ich denke nicht wie du‹, sagte ich, um das Thema zu beenden. Doch er hakte nach: ›Wie denkst du denn?‹ ›Ich habe nicht vor, ein solches Individuum zu werden‹, sagte ich bestimmt. ›Ich ziehe es vor, ein schwacher Mensch zu sein, der auf sein Gewissen hört, statt so einer wie dein Übermensch, der alle Beschränkungen abwirft. Und selbstverständlich ist mir mein Drei-Kurusch-Gehalt vom Museum sehr viel mehr wert als die Unsummen, die dein Âdem Bey mir zuschanzen würde.‹ Als er mich so entschieden sah, vermied er zunächst Streit. ›In Ordnung, reden wir später darüber‹, sagte er und winkte den Kellnern. Sie wissen, wie es weiterging, es kam zum Streit.«

Als sie fertig war, musterte ich sie skeptisch.

»Warum haben Sie uns all das nicht gestern schon erzählt?«

Sie wich meinem Blick nicht aus.

»Ich weiß nicht, vielleicht war es mir peinlich. Oder weil ich perplex war. Nennen Sie es, wie Sie wollen. Ich hatte jedenfalls keine böse Absicht dabei.«

Ich sollte für ein gutes Verhältnis zu dieser Frau sorgen. Nein, nicht weil ich sie und ihren Freund von der Liste der Verdächtigen gestrichen hätte. Im Gegenteil, weil sie ganz oben darauf standen.

»Das hatte ich auch nicht unterstellt.« Ich lächelte freundlich. »Wir sind Ihnen dankbar für Ihre Hilfe.«

Sie war beruhigt und lehnte sich entspannt zurück. Das war der richtige Zeitpunkt.

»Und was denken Sie über den zweiten Mord?«

Sie stutzte und starrte mich an.

»Haben Sie nicht davon gehört? Gestern Nacht wurde ein weiterer Leichnam gefunden.«

Sie schwankte leicht und riss die Augen auf.

»Noch eine Leiche?«

Sie wirkte ehrlich schockiert, es war aber schwer auszumachen, wie echt ihr Gesichtsausdruck war.

»Ja, ein weiterer Leichnam«, wiederholte ich und nickte. »Ein Stadtplaner namens Mukadder Kınacı.«

»Mukadder?«

»Sie kannten ihn?«

Sie kramte in ihrem Gedächtnis.

»Er war einmal in derselben Expertenkommission tätig wie ich. Ein Mann von der Stadt. Aber warum sollte jemand Mukadder Kınacı umbringen? Wo wurde die Leiche gefunden?«

»In Çemberlitaş.«

»Wo genau in Çemberlitaş?«

Fing sie an nachzudenken, oder schindete sie Eindruck? Um das zu testen, wollte ich, dass sie die Antwort selber gab.

»Was denken Sie?«

Die Antwort kam wie aus der Pistole geschossen.

»Bei der Konstantinssäule?«

»Genau. Am Fuß der Säule.«

Auch ihre zweite Mutmaßung hielt sie nicht zurück.

»Und bei dem Ermordeten wurde auch wieder eine Münze hinterlassen?«

Entweder war sie tatsächlich unschuldig, oder sie besaß einen teuflischen Verstand.

»Gut spekuliert.« Ich verbarg meine Anerkennung nicht. »Genau wie Sie sagen, das Opfer hatte eine goldene Münze in den Händen. Die Münze von Konstantin.«

Ihr Blick ruhte auf mir, doch sie sah mich nicht. Sie schien mit sich selbst zu reden.

»Von Byzas zu Konstantin, von Byzantium zu Konstantinopel ...« Sie riss sich von ihren Gedanken los und kehrte zu mir zurück. »Der Mörder will eine Botschaft übermitteln.«

Spielend war sie dort angelangt, wo auch wir standen. Entweder hatte sie etwas mit den Morden zu tun, oder sie zog die richtigen Schlussfolgerungen, weil sie sich in der Thematik auskannte. In beiden Fällen konnte sie uns unter Umständen nützlich sein.

»Da haben Sie sicher recht.« Diesmal schenkte ich mir selbst Wasser ein. »Der oder die Mörder wollen eine Botschaft übermitteln. Aber wir haben noch nicht herausgefunden, welche. Vielleicht können Sie uns da weiterhelfen?«

Sie sagte nicht, unmöglich. Und auch nicht, ich bin Wissenschaftlerin, was habe ich mit Ermittlungen der Mordkommission zu tun? Begeistert stürzte sie sich auf das Thema.

»Kann ich die Münze sehen?«

Ich hätte sie ihr natürlich zeigen können, doch ich wollte, dass es einen Grund dafür gab, dass sie wiederkam oder ich sie besuchen müsste.

»Leider ist Kommissarin Zeynep noch nicht da. Sie ist dafür zuständig. Ich kann sie zu Ihnen schicken oder, noch besser, Sie kommen wieder her. Nach Feierabend, um Mitternacht oder gegen Morgen. Wann auch immer Sie Zeit haben.« Ich lächelte sie an. »Wie sieht's aus, wollen Sie uns in dieser Sache helfen?«

Nach kurzem Zögern kam ihr die Antwort über die Lippen, die sie schon auf meine vorangegangene Frage hätte geben müssen.

»Aber ich bin Beamtin.«

Selbst bei diesen Worten sahen mich ihre grünen Augen an, als wollten sie sagen: Machen Sie sich nur nichts aus meiner Zurückhaltung, überreden Sie mich.

»Das sind wir auch, Leyla Hanım«, sprang ich ihr zur Seite. Damit sie nicht weiterfragen musste, zählte ich sogar auf, was zu tun war. »Lassen Sie die rechtliche Prozedur ganz außen vor. Das regele ich, ich rede mit der Staatsanwaltschaft.«

»Na schön, aber ich bin ja kein Polizist. Ist so was nicht gefährlich?«

Es ging ihr keineswegs um mögliche Gefahr, ich wusste nicht genau, warum, aber sie war entbrannt für die Idee, uns zu helfen.

»Das wird nicht gefährlich. Sie beraten uns in Fragen zu Ihrem Fachgebiet. Eine Art Expertise. Also, wer war Konstantin, warum hat er die Säule aufgestellt und so weiter.«

»Wenn es nur darum geht, das ist einfach.«

»Es geht nur darum.«

»Okay, Nevzat Bey, einverstanden.« Sie richtete sich auf. »Dann will ich mal gehen. Aber heute schaffe ich es nicht, wieder herzukommen.« Sie wühlte in ihrer Handtasche, reichte mir ihre Visitenkarte. »Wir können uns nach Feierabend treffen. Rufen Sie mich an.« Auf ihren Lippen lag ein sonderbares Lächeln. »Diese Konstantinsmünze macht mich wirklich neugierig.«

»Hätten sie denn einen Ungläubigen respektiert?«

Kaum war Leyla aus dem Raum, nahm ich das Glas, aus dem sie getrunken hatte, vorsichtig mit einem Taschentuch auf und steckte es in einen Asservatenbeutel. Über Namık Karaman als Exhäftling gab es jede Menge Dokumentation, zu Leyla Barkın fand sich in unserem Archiv wahrscheinlich gar nichts. Es könnte sein, dass wir die Fingerabdrücke der Museumsdirektorin brauchen würden, um sie mit Spuren in der Wohnung des Mordopfers abzugleichen. Das Glas brachte ich zu Zeynep hinüber. Sie freute sich, ganz wie ich vermutet hatte, denn Leyla Barkıns Fingerabdrücke waren bei uns noch nicht aktenkundig. Die Frau war nicht vorbestraft.

»Âdem Yezdan«, sagte ich, bevor ich Zeynep wieder allein ließ, »ist im Tourismus tätig. Recherchiere den auch, schauen wir mal, was sich zu ihm findet. Leyla Hanım behauptet, Necdet Denizel hat für ihn gearbeitet.«

Ich überließ Zeynep den neuen Hinweisen und machte mich mit Ali auf den Weg. Wir nahmen seinen Wagen und fuhren zum Haus des zweiten Mordopfers im Stadtteil Çarşamba. Hinter dem Valens-Aquädukt bogen wir rechts ab. Kurz darauf, auf der von Geschäften gesäumten Hauptstraße von Fatih, knurrte mir der Magen.

»Hast du schon gegessen, Ali? Ich hatte nur eine Poğaça zum Frühstück.«

»Geht mir genauso, Hauptkommissar.« Er grinste. »Hier an der Ecke ist ein Lokal, da kann ich ranfahren.«

»Das dauert jetzt zu lange, besser wäre etwas auf die Hand, ein Sandwich oder so.«

»Okay, da vorne kenne ich einen Laden.«

Fünf Minuten später biss ich in meinen Käsetoast und Ali in seinen frischen Hamburger, als wir uns erneut in den Richtung Edirnekapı rauschenden Verkehr einfädelten.

»Das Fleisch stammt von Tieren, die helal geschlachtet wurden«, sagte mein Assistent, den Hamburger in der einen Hand, mit der anderen lenkte er den Wagen. »So stand es am Eingang.« Er warf mir einen neugierigen Blick zu. »Soll helal nun heißen, das Tier wurde nach islamischen Regeln geschlachtet, oder stammt das Fleisch von einem Tier, das zu essen uns erlaubt ist?«

Ich trank einen Schluck Ayran.

»Da fragst du grad den Richtigen, Ali! Von diesen Dingen verstehe ich überhaupt nichts. Unsere Familie war nicht fromm. Mein Vater ist nur an den Feiertagen zum Beten gegangen.«

»Mir geht's ähnlich, Hauptkommissar.« Sein Blick fiel auf die weiße Mauer rechter Hand. »Ist das nicht die Fatih-Moschee?«

»Ja. Warst du nie da?«

»Nein.« Vor dem nächsten Biss grinste er schelmisch. »Sie wissen doch, ohne Mord treibt uns nichts in solche Gegenden.«

»Schade, denn hier befindet sich das Mausoleum von Sultan Mehmed Fatih.« Mein Blick war spöttisch. »Du interessierst dich doch für unsere Vorfahren.« Plötzlich fiel mir etwas ein. »Sag mal, Ali, es sind doch zivile Wachen um die Moschee herum postiert, oder?«

Er schluckte hastig den Bissen runter.

»Klar, Hauptkommissar. Im Moment sind da drei Zweierteams im Einsatz. Die Leitung habe ich Ekrem übertragen. Wo wir schon hier sind, könnten wir vorbeischauen. Dann sehen wir, was sie so treiben.«

»Nicht nötig, Ekrem ist gewissenhaft, der wird im Einsatz nicht schlampern.«

Bis zur Abzweigung Yavuz-Selim-Straße vertilgten wir schweigend unseren Proviant. Ali verschlang zwei Hamburger mit Hilfe einer Cola, mir war der eine Toast zu viel, den Ayran trank ich aus, den Rest vom Essen verstaute ich in der Tüte. Die Yavuz-Selim-Straße war ruhig, aber als wir nach Çarşamba abbogen, wurde der Verkehr dichter. Mein Blick fiel in die Gasse, die zur Yavuz-Sultan-Selim-Moschee hinaufführte, und ich dachte an meine selige Mutter, die jahrelang als Lehrerin am Darüşşafaka-Gymnasium in diesem Viertel tätig gewesen war, einst eine der besten Schulen des Landes. Einmal war ich mit ihr zusammen von der Schule zur Yavuz-Sultan-Selim-Moschee gelaufen. Wir besuchten das Grabmal des Sultans, sahen die Gräber der Prinzen und auch das Grab von Abdulmecid, einem weiteren osmanischen Sultan, das sich ebenfalls dort im Hof befand, aber im Gedächtnis geblieben waren mir von jenem Tag der mächtige Turban auf dem Sarkophag von Sultan Selim und der Blick auf Istanbul vom Garten hinter der Moschee aus. Ein ungewöhnlicher Anblick, als läge vor meinen Augen eine ganz andere Stadt. Die Wasser des Goldenen Horns, funkelnd wie geschmolzenes Gold, schlängelten sich selbstbewusst und in aller Ruhe zum Bosporus hin. Die Fatih-Moschee war von hier aus nicht zu sehen, sie lag etwas abseits, aber die Süleymaniye-Moschee und Hagia Sophia standen unverstellt als zwei auf der Welt einzigartige Gotteshäuser auf den beiden legendären Hügeln der Stadt.

»Was ist denn hier los?« Alis verdatterte Frage holte mich in die Gegenwart zurück. Er starrte zu einer fünfköpfigen Gruppe von Frauen im schwarzen Tschador auf dem Bürgersteig. »Findet hier eine Kundgebung statt? Wozu versammeln die sich?«

Offenbar war er zum ersten Mal in Çarşamba.

»Das ist keine Kundgebung, Ali, das sind Anwohner.«

Meine Worte vertieften seine Überraschung.

»Ich hatte mal davon gehört, aber das ist doch ein bisschen dicke. Das sieht hier ja aus wie im Iran, nicht wie in der Türkei, Hauptkommissar. Diese Leute…« Sein Blick glitt zu einem Mann im dunkelgrauen Kaftan, darunter trug er ein weißes Hemd, kragenlos wie ein Richter, der Bart reichte ihm auf die Brust. »Diese Leute, sehen Sie nur, ob Mann oder Frau, die sind alle so komisch.«

Er schien aufrichtig erschrocken, ich kannte diese Reaktion schon von anderen, die zum ersten Mal in dieses Viertel kamen. Ich erzählte ihm, was meine Mutter, die Geschichtslehrerin, über Çarşamba gesagt hatte.

»Zu byzantinischen Zeiten standen dort zahlreiche Klöster und Kirchen. Auch damals spielte die Religion eine wichtige Rolle. Die Tradition hat sich in der osmanischen Zeit fortgesetzt. Überall schossen Moscheen, Medresen, Konvente und Mausoleen aus dem Boden. Logischerweise setzte sich die Bevölkerung aus den Familien von Mullahs, Hodschas und Religionsgelehrten zusammen. Noch heute leben hier auch Christen und Juden, aber sie werden immer weniger. Zum Beispiel liegt das orthodoxe Patriarchat gleich da unten in Fener. Da kannst du orthodoxe Priester treffen. Und es gibt noch andere Kirchen und Synagogen. Gregorianer, Armenier, Juden. In dem Quartier leben unterschiedliche Religionen zusammen.«

Ali war nicht überzeugt.

»Kleiden sich denn die Söhne der Priester genau wie ihre Väter? Laufen die Juden wie die in Israel herum, mit Zöpfen und in schwarzen Mänteln, mit schwarzen Hüten auf dem Kopf?« Verärgert deutete er auf zwei kleine Mädchen im Tschador. »Sehen Sie sich diese Mädchen an, Hauptkommissar! Kleine Kinder! Was verstehen die denn von Sünde, von Tschador? Ist doch klar, dass es die Väter waren, die sie so eingepackt haben.«

Er hatte recht, was sollte ich sagen. Aber schlussendlich waren die Mädchen Kinder ihrer Eltern. Waren in ihre Familien hineingeboren worden. Konnte man sie denn ihren Familien wegnehmen, nur weil die sie in einen Tschador steckten? Oder war es richtig, Druck auf die Eltern auszuüben, damit sie ihren Kindern diese und jene Kleidung anzogen? Begegneten aber andererseits diese Gläubigen auch jenen, die ihre Religion nicht wie sie lebten, mit derselben Toleranz? Zollten sie Christen, Juden oder Atheisten Respekt? Das war zu bezweifeln. Das mochte der eigentliche Grund für Alis Sorge sein. Schlimm war, dass furchtbare Dinge in diesem Land geschehen waren, die Alis Befürchtungen bewahrheitet hatten. Es hatte Tote, grausame Brutalität und Massaker gegeben. Doch diese Menschen zu verachten, zu diskriminieren, Druck auf sie auszuüben, würde das Problem nicht lösen. Deshalb gab ich Ali zwar recht in seiner Sorge, war aber unbedingt dafür, dass jeder seinen Glauben oder seinen Unglauben ohne jede Einschränkung, ohne Repression, ohne Zwang ausleben konnte und zugleich keine Feindschaft gegen Menschen hegte, die anders waren. Da Religion wie Ethnie oder Geschlecht etwas war, das die Menschen voneinander unterschied, durfte sie nicht als gemeinsamer Nenner herhalten. Uns allen gemeinsam war nur eine einzige Eigenschaft: Mensch zu sein. Auch wenn wir unterschiedlichen Glaubens, unterschiedlicher ethnischer Herkunft, unterschiedlichen Geschlechts waren und unterschiedliche Weltanschauungen hatten. Eine weitere Gemeinsamkeit war Istanbul. Wir alle lebten in dieser Stadt. Unsere Moschee, unser Cem-Versammlungsraum, unsere Kirche, unsere Synagoge stand in dieser Stadt. Mensch sein und in Istanbul leben, das waren zwei wichtige Grundlagen, die uns verbanden. Plötzlich fragte ich mich, ob wir das Haus des Opfers etwa verpasst hätten.

»Ali, sind wir denn noch nicht bei der Adresse des Mordopfers?«

Mit Gewalt riss er den Blick von den Bewohnern des Viertels los, die ihm wie Wesen von einem anderen Stern vorkamen.

»Wir sind gleich da, Hauptkommissar.« Er rief sich die Adresse ins Gedächtnis. »Über der Metzgerei Halis soll es sein …« Vorgebeugt spähte er durch die Windschutzscheibe die Straße hinunter. »Irgendwo da vorne.« Als er den Namen des Supermarktes las, an dem wir soeben vorbeifuhren, brauste er wieder auf. »Hör sich einer das an: Tevhit Market! Supermarkt Monotheismus!«

Mir war nicht klar gewesen, dass Ali so große Vorbehalte gegen fromme muslimische Kreise hatte.

»Du magst die Muslime offenbar nicht besonders.«

»Nichts gegen Muslime«, widersprach er. »Elhamdülillah, ich bin auch Muslim, Hauptkommissar.« Er rang nach Worten und richtete den Blick wieder nach vorn. Doch in ihm kochte es, er konnte nicht schweigen und fing erneut an. »Die Leute hier werfen doch ein schlechtes Licht auf den Islam. Die machen einem ja Religion und Glauben madig.«

»Wem denn? Hast du solche Leute etwa bei uns in der Polizei getroffen?«

»Es gibt auch bei uns welche, Hauptkommissar, die kennen Sie doch. Ich hatte mit solchen Hinterwäldlern schon viel früher zu tun.«

Er verstummte und richtete den Blick auf die Straße, aber eigentlich schaute er weit in die Ferne.

»Als Kind … Im Wohnheim in Yozgat, Şerafettin, das war der Heimleiter. Şerafettin Soygezer, sein Familienname bedeutet zwar, er geht wie ein Gentleman, tatsächlich aber marschierte er ganz vorn in den Reihen der Schufte.«

Plötzlich zitterte seine Stimme.

»Angeblich war auch er ein Waisenkind wie wir und in Kinderheimen aufgewachsen. Er sagte immer: ›Mich hat die Zuflucht zu Allah gerettet.‹ Dabei würd ich schwören, dass er nicht bei Gott, sondern beim Teufel Zuflucht genommen hatte. Soweit ich weiß, erlaubt Gott niemandem, der bei ihm Zuflucht nimmt, despotisch zu sein. Was hat der fiese Kerl uns getriezt! Uns geknebelt, unter dem Vorwand, uns den Islam zu lehren. Er holte Hodschas und führte Zwangs-Korankurse im Heim durch. Wir waren noch so klein und lernten gerade erst in unserer eigenen Sprache lesen und schreiben, wie sollten wir da mit Arabisch klarkommen? Interessierte ihn nicht. Kapiertest du was nicht, wurdest du gnadenlos bestraft. Wir wollten spielen, doch selbst das galt dem Mann als ketzerisch. Es gab einen Fernsehapparat im Heim, aber der Irre ließ uns nicht gucken. Damals lief die Zeichentrickserie Wickie und die starken Männer. Alle Kinder auf der Straße redeten darüber. Sie kriegten gar nicht genug davon, die Abenteuer von Wickie dem Wikinger zu erzählen, die hatten sie gemütlich zu Hause bei Mama oder Papa auf dem Schoß hockend verfolgt. Da wurden wir Heimkinder auch neugierig. Die Größeren von uns gingen zum Heimleiter und baten ihn, Wickie sehen zu dürfen. Ungerührt schickte er sie einfach in den Schlafsaal zurück. Doch ich ließ mich nicht abhalten, ich war so neugierig auf diesen Wickie, dass ich mich im Saal vor den Fernseher setzte und einschaltete, als niemand da war. Ich war ein Kind, Hauptkommissar, und was der Junge im Film tat und erlebte, faszinierte mich dermaßen, dass jeder Gedanke an den tyrannischen Heimleiter wie weggeblasen war und auch daran, dass ich ein Waisenjunge war. Ich vergaß alles, die Uhrzeit, den Abend, mich selbst, und schlüpfte in die magische Welt des Fernsehens hinein. Eine saftige Ohrfeige auf die linke Backe erinnerte mich daran, dass die echte Welt unbarmherzig war. Ich sah Sterne. Bevor ich wusste, wie mir geschah, landete die nächste auf der rechten Backe. Ich war ein Steppke, Hauptkommissar, es haute mich um. Als ich die Augen wieder aufkriegte, saß ich im Keller. Aus dem linken Ohr rann etwas Warmes, es war Blut. Die Backen brannten höllisch. Der Schmerz war das eine, aber als ich den Kopf hob und hinter dem vergitterten Fenster den Friedhof sah, erschrak ich zu Tode. Über diesen Friedhof gingen so viele Gespenstergeschichten um, dass mir die Haare zu Berge standen. Ich erkannte die Grabsteine mit den Turbanen obendrauf. Panisch rannte ich zur Tür. ›Aufmachen, aufmachen!‹, schrie ich und hämmerte gegen das Holz. Nichts rührte sich. ›Ich schwör's bei Allah, ich guck nie wieder Fernsehen‹, flehte ich minutenlang, weil ich dachte, das erweicht sein Herz. ›Ich schwör's, ich halt mich von dem Teufelszeug fern!‹ Doch weder kam der fiese Heimleiter selbst, noch schickte er einen von den großen Jungs. Als mir die Hände wehtaten, sackte ich vor der Tür zusammen und weinte still vor mich hin. Aber Flennen war ja keine Lösung. Um die Grabsteine nicht mehr sehen zu müssen, drehte ich dem Fenster den Rücken zu und rollte mich auf einem Kartoffelsack zusammen. Ich dachte, wenn ich so schnell wie möglich einschlafe, werd ich die Angst los. Bei jedem Rascheln schreckte ich hoch, miaute eine Katze, glaubte ich, Gespenster kommen, bellten die Hunde, zitterte ich am ganzen Leib, weil nun wohl Menschenfresser sich näherten. So lag ich stundenlang da. Irgendwann schlief ich ein. Als ich aufwachte, war es feucht zwischen den Beinen. Ich hatte in die Hose gemacht. Doch wen kümmerte das? Der Tag graute, da störte mich das nicht weiter. Unseren Heimleiter aber störte das sehr wohl, eine Runde Stockschläge steckte ich ein, weil ich in die Hose gepinkelt hatte. Anschließend nahm er mich zur Brust und faselte tatsächlich: ›All das habe ich zu deinem Besten getan, um dich zu erziehen.‹ Bei Gott, Hauptkommissar, wäre ich ein Stück größer gewesen, ich hätte den Hund an Ort und Stelle abgemurkst. So aber sagte ich keinen Ton und hörte mir die Strafpredigt unter Tränen an. Und seitdem hasse ich diese Leute.«

Seine Eltern hatten Ali verlassen, als er noch sehr klein war. Er kannte ihre Namen nicht und konnte sich auch an ihre Gesichter nicht erinnern. Über das Kinderheim sprach er nie. Zum ersten Mal hörte ich von ihm etwas aus der Zeit im Heim. Wer weiß, was da noch alles unbewältigt schlummerte. Er tat mir von Herzen leid, mir wurden die Augen feucht. Was sollte ich dem Jungen sagen? Wer wäre imstande, diese tiefe Wunde in seiner Seele zu heilen? Am schlimmsten aber wäre, wenn er merkte, dass er mir leidtat. »Es gibt doch auch gute Muslime«, sagte ich verständnisvoll, um zu verbergen, wie traurig ich für ihn war. »Zum Beispiel der Imam Baki von der Moschee mit dem hölzernen Minarett in Balat. Gott lasse ihn in Frieden ruhen, er war ein großartiger Mann. Es heißt, er sei vom Wesen der Mevlevi-Mönche gewesen. Wenn meine Eltern im Agora saßen und tranken, war er sich nicht zu schade, sich dazuzusetzen und mitzufeiern. Keinen Tropfen Wein nahm er zu sich, doch weder verachtete er diese Menschen, die vielleicht ihr Leben lang niemals eine Moschee betreten hatten, noch kritisierte er sie. Ab und an mahnte er zwar halb im Scherz: ›Kommt endlich zur Vernunft, der Alkohol nützt euch weder im Diesseits noch im Jenseits‹, aber er stand mit den weniger gläubigen Bewohnern des Viertels auf ebenso freundschaftlichem Fuße wie mit den frommen.«

»Ja, so ist es, Hauptkommissar, auch mir sind solche guten Menschen untergekommen. Sonst hätte ich längst, Gott behüte, meinen Glauben verloren. Nur wenn ich Sektierer in islamischer

Aufmachung wie den Fiesling Şerafettin sehe, dann drehe ich durch.«

Die Wut in seiner Stimme legte sich, er schüttelte die schlimmen Erinnerungen ab. Um das Thema zu wechseln, hielt ich Ausschau nach dem Haus des Mordopfers. Da vorn war die Metzgerei Halis. Ich deutete auf das viergeschossige, an der Front grün geflieste Wohnhaus über der Metzgerei.

»Ist das die Adresse des Mordopfers?«

»Ja, das muss es sein. Kınacı-Apartment.«

»Vor der Metzgerei ist einer frei, park doch gleich da.«

Doch wir kamen nicht dazu. Ein weißer Kastenwagen, der offenbar Fleisch anlieferte, schnappte uns den anvisierten Platz vor der Nase weg. Als ich einen bärtigen jungen Mann mit blutbespritzter weißer Schürze und Turban auf dem Kopf vom Fahrersitz steigen sah, dachte ich nervös: O nein, jetzt schlägt Ali Krach! Doch ohne dass ich hätte einschreiten müssen, blieb er gelassen und fuhr fünfzehn Meter weiter vor die Gerçek-Apotheke. Wir sahen, wie das junge Mädchen am Tresen, hellbraunes Haar fiel ihr offen auf die Schultern, lächelnd mit dem jungen Mann vor der Kasse sprach, und da verschwand die Beklommenheit aus Alis Miene.

»Es gibt doch noch normale Menschen hier«, grummelte er und schaltete den Motor aus. »Ich habe mich wirklich gefühlt, als wäre ich plötzlich in einem anderen Land, Hauptkommissar.«

»Es ist kein anderes Land, Ali, das ist die Türkei. Sosehr das junge Mädchen und der Junge da zu uns gehören, so gehören auch die anderen zu uns.«

Wieder flog ihn dieser beunruhigte, skeptische Blick an. Offensichtlich versuchte er das zu verdauen, doch er schüttelte den Kopf.

»Also ich weiß nicht, Hauptkommissar. Ja, auch das sind unsere Mitbürger, trotzdem …« Er zeigte auf zwei acht- oder zehnjährige Kinder, die am Straßenrand spielten, und wieder flammte Wut in ihm auf. »Der Junge da! Noch keine zehn Jahre alt, aber schon trägt er einen grünen Turban und Pluderhose. Soll das der Islam sein?«

»Für dich vielleicht nicht. Für die Familie dieses Jungen ist er so.«

Er schwieg, mit grimmiger Miene lief er neben mir zum Haus des Mordopfers. An der Fassade stach ein Schriftzug ins Auge, als Mosaik in Mausoleumsgrün auf weißem Grund gearbeitet: »Kınacı-Apartment«.

»Offenbar gehört das ganze Gebäude dem Ermordeten«, murmelte ich. »Auch Necdet hatte Geld. Was meinst du, sucht unser Mörder sich betuchte Leute als Opfer aus?«

Alis Blick ruhte auf einer arabischen Inschrift an der Tür.

»Das weiß ich wirklich nicht, Hauptkommissar, aber dieser Mukadder scheint auch ein Frömmler gewesen zu sein.«

Ich dachte daran, wie das Opfer gestern Abend gekleidet war. Der Aufmachung nach zu urteilen, wohl eher kein Frömmler, wollte ich sagen, unterließ es aber, denn welchen Sinn sollte es für unsere Ermittlungen haben, herauszufinden, ob der Ermordete gläubig war oder nicht. Statt Ali zu antworten, drückte ich den Klingelknopf. Die Tür ging sofort auf. Vermutlich strömten gerade Mukadders Angehörige, die von seinem Tod erfahren hatten, ins Haus, sodass der Summer ohne jede Nachfrage betätigt wurde. Im Haus hörten wir, wie einen Stock höher eine Tür geöffnet wurde. Jemand schaltete das Treppenhauslicht ein. Die unterschiedlich langen Stufen verrieten mir, dass es sich bei dem für das Haus verantwortlichen Bauunternehmer um einen Lasen vom Schwarzen Meer gehandelt haben musste. An der steilen Treppe tauchte das Gesicht eines jungen Mannes auf. Er beugte sich über das Geländer, um die Ankömmlinge zu erkennen. Wir stiegen die unregelmäßigen Stufen zu ihm hinauf, er beäugte uns distanziert. Ali gefielen seine Blicke gar nicht.

»Wir kommen wegen Ermittlungen in einem Mordfall«, knallte er dem Mann vor den Latz.

Der junge Mann hob die Hand an den spärlichen Bart, in den pechschwarzen großen Augen funkelte Anspannung. Offenbar war er nicht glücklich darüber, uns zu sehen.

»Polizei?«

Die Stimme klang unwirsch und passte zum Gesichtsausdruck.

»Richtig. Wer sind Sie?«

Statt sich vorzustellen, wies er auf eine Wohnungstür hinter sich.

»Warten Sie kurz, ich rufe Efsun. Sie ist die Tochter des Verstorbenen.«

Ali packte den jungen Mann am Arm.

»Momentchen. Der Hauptkommissar hat dich was gefragt, antworte gefälligst. Wer bist du?«

In aller Ruhe befreite er seinen Arm aus Alis Griff.

»Ich bin Ömer.«

Weder Angst noch Panik sprach aus seiner Stimme. Mein Assistent begriff, dass Ömer sich von uns nicht einschüchtern ließ, und brauste auf.

»Ömer was? Hast du keinen Familiennamen, Mann?«

»Sie haben ja nicht danach gefragt. Ömer Ekinli.«

Ali musterte den jungen Mann von Kopf bis Fuß, als hätte er hier einen Al-Qaida-Aktivisten vor sich, der eines Sprengstoffattentats verdächtigt wurde.

»Und in welchem Verhältnis stehst du zu dem Opfer?«

Ömer verstand nicht, er kräuselte die dicken Brauen.

»Wieso Verhältnis?«

»Verwandtschaftsverhältnis. Was hast du mit Mukadder Kınacı zu tun?«

Beleidigt, geradezu unversöhnlich gab er Auskunft.

»Praktisch der Schwiegersohn, ich bin mit seiner Tochter verlobt.«

»Mit Efsun Hanım?« Ich wollte die Stimmung entschärfen. »Sie ist die älteste Tochter von Mukadder Kınacı, nicht wahr?«

Der Ärger wich nicht aus seinen Zügen.

»Richtig, die älteste Tochter, und dann ist da noch der Sohn, Mücahit.«

»Wieso glaubst du, wir sollten mit Efsun Hanım reden?«, mischte sich erneut Ali ein. »Hat der Verstorbene keine Frau?«

Die Antwort klang schmerzlich.

»Melek Abla ist gelähmt, sie kann nicht sprechen. Und Mücahit ist noch klein, der wird Ihre Fragen nicht beantworten können.« Gequält hob er die Hände. »Wenn Sie darauf bestehen, hole ich ihn.«

Er mochte uns zwar nicht, bemühte sich aber, uns zu helfen, doch Ali, dem das Blut in den Kopf geschossen war, kaum dass wir Çarşamba erreicht hatten, war nicht gewillt, das anzuerkennen.

»Danke schön, Ömer Bey«, sagte ich und hoffte, unser Hitzkopf risse sich zusammen. »Nötigenfalls sprechen wir auch mit ihm, aber am besten befragen wir zuerst einmal Efsun Hanım. Es kann ein bisschen dauern. Hier lässt sich wohl nicht so gut reden.«

»Stimmt, entschuldigen Sie.« Höflich zeigte er auf die zweite Tür auf dem Flur. »Kommen Sie rüber.« Statt uns nun voranzugehen, wandte er sich der Tür zu, aus der er kurz zuvor getreten war. Wäre seine Erklärung nur Sekunden später erfolgt, hätte Ali, der auf jede Gelegenheit wartete, ihn zu schikanieren, seinen Arm wieder in die Zwinge genommen. Gott sei Dank drehte er sich vor der Tür noch einmal um und verscheuchte unsere Neugier: »Gehen Sie dort entlang, ich öffne von innen.«

»Der Tod Ihres Vaters ist nicht Allahs Beschluss, sondern der des Mörders.«

Als wir vor der Tür standen, an die Ömer uns verwiesen hatte, ging auf einmal das Licht aus. Da standen wir in tönender Finsternis, eine blinde Dunkelheit, erfüllt von Raunen, wie gewebt aus gemurmelten Gebeten, Geseufze, Geflüster. Ali tastete nach dem Lichtschalter an der Wand, da ging schon die Tür auf. Es wurde schummerig hell, das Geraune lauter. In der Tür stand neben Ömer eine hochgewachsene junge Frau mit braunem Kopftuch. Sie trug eine zimtfarbene Wildlederjacke und eine Bluse in Beige mit Stehkragen, der Rock, in derselben Farbe wie das Kopftuch, fiel ihr auf die Knöchel und ließ sie noch größer wirken. Sie richtete die dunkelblauen Augen zuerst auf Ali, dann auf mich.

»Sie wollen mich sprechen?« Sie trat einen Schritt vor. »Wie kann ich behilflich sein?«

»Herzliches Beileid.« Ich bemühte mich um Höflichkeit. »Efsun Hanım, nicht wahr?«

Der Kopf, der durch das Tuch größer wirkte, deutete ein Nicken an.

»Ja, Efsun. Efsun Kınacı.«

»Ich bin Hauptkommissar Nevzat.« Ohne Zögern ergriff sie meine ausgestreckte Hand. Ich deutete auf meinen Assistenten, der gespannt wie ein Flitzbogen neben mir stand. »Der Kollege ist Kommissar Ali.«

»Kommen Sie, drinnen redet es sich besser.«

Die Selbstsicherheit des Mädchens irritierte offenbar auch

Ali, denn er begnügte sich damit, die Lage zu sondieren und den Hausherren schweigend zu folgen.

Wir kamen durch einen schmalen Korridor, das Raunen, das wir schon vor der Tür gehört hatten, schwoll an. Nun konnten wir die Wörter ausmachen, es wurde aus dem Koran gelesen, außer Gebeten gab es kein Weinen und auch keine Schreie von in Ohnmacht Fallenden. Die Familie schien den unerwarteten Tod Mukadder Kınacıs gefasst aufzunehmen.

Efsun und Ömer führten uns in ein geräumiges Zimmer. Ringsum standen dicht an dicht mit Büchern gefüllte Holzregale. Wo die Regale es zuließen, hingen eingerahmte Texte in goldener arabischer Schrift, vermutlich Koranverse oder Aussprüche des Propheten. Die Luft im Zimmer war drückend, schwer zu entscheiden, ob das an dem Geruch von Papier, Einbänden und Tinte der Bücher lag, dem Odem des Lebens in der Wohnung, der sich auch in diesem Raum festgesetzt hatte, oder dem Parfüm des Mädchens, das unmittelbar neben mir stand. Mein Blick glitt über die Bücher. Da standen nicht nur in Leder gebundene Koran-Kommentare und religiöse Texte von Ghasali und Ibn Arabi, sondern auch Romane von Autoren wie Dostojewskij, Hugo und Dickens. Besonders aber überraschten mich die Istanbul-Bücher, die fast sämtliche Regale an der Wand links füllten. Von der berühmten *Istanbuler Enzyklopädie*, die ihr Autor Reşat Ekrem Koçu nicht mehr hatte vollenden können, bis hin zu *Istanbul – Geschichte einer Stadt* von Doğan Kuban, von Oğuz Tekins Studie *Antike Numismatik und Anatolien* bis zu Yahya Kemals *Teures Istanbul*, von Mithat Cemal Kuntays *Drei Istanbul* bis zu *Mit offenen Augen wandere ich durch Istanbul* von Haldun Hürel barg diese Bibliothek mit Studien, Reisebüchern und Belletristik einen wahren Schatz.

»Sind das Ihre Bücher?«, fragte ich Efsun.

»Die meisten gehören mir, den Grundstock für die Bibliothek legte mein Vater. Doch dann verlor er das Interesse an den Büchern. Seit drei Jahren wohnte er ohnehin oben.«

Als sie »mein Vater« sagte, zitterte ihre Stimme, und die dunkelblauen Augen trübten sich kurz, doch rasch fing sie sich und war wieder das gefasste junge Mädchen.

»Die Räume hier bewohne ich. Auch die Bibliothek ist auf mich übergegangen.« Die Hand mit den schlanken langen Fingern wies auf das grüne Sofa vor dem Fenster. »Nehmen Sie bitte Platz.«

Wir setzten uns, und ich fragte: »Sie sagten, Ihr Vater lebte oben. Wohnte er denn getrennt von Ihnen?«

Ihr Blick ruhte auf den Büchern und hatte allen Glanz verloren. »Mein Vater hat eine zweite Frau genommen. Seit drei Jahren lebte er oben mit Nazlı Hanım.«

»Eine religiös geschlossene Ehe?«

Ein schmerzliches Lächeln legte sich auf ihre schmalen Lippen.

»Nein, er hat sich von Mama scheiden lassen und Nazlı Hanım geheiratet.«

Ich fing an zu verstehen, warum sie nicht sonderlich um den Vater trauerte, wollte aber Gewissheit.

»Ihre Mutter, Melek Hanım, ist wohl krank? Ömer sagte so etwas.«

Ihre Augen bekamen einen melancholischen Zug, das Gesicht wurde schmal vor Kummer.

»Sie ist halbseitig rechts gelähmt.«

»Verzeihen Sie, wenn meine Neugier Ihnen wehtut, doch ich muss ein paar Fragen stellen. Hat Ihr Vater nach der Krankheit Ihrer Mutter wieder geheiratet?«

Fest wie jemand, der eine Katastrophe zwar noch nicht verwunden hat, aber mit ihr umzugehen versteht, gab sie Auskunft.

»Nein, er kam mit Nazlı Hanım zusammen, als Mama noch gesund war. Sie war seine Sekretärin im Amt. Er heiratete sie, obwohl Mutter sich dagegen wehrte. Einundzwanzig Tage nach der Heirat traf sie der Schlaganfall.«

Unangenehmes Schweigen breitete sich aus. Das Raunen, das wir im Flur zurückgelassen hatten, schwoll erneut an, da übertönte Alis autoritäre Stimme das ins Zimmer sickernde Gebetsgemurmel.

»Wann haben Sie Ihren Vater zuletzt gesehen?«

»Gestern. Ich fuhr morgens zur Universität, er ging ins Amt. So hielt er es immer, er ging frühmorgens zur Arbeit.«

Efsun klang so unbekümmert, dass Ali sich genötigt sah, nachzuhaken.

»Haben Sie nicht miteinander geredet?«

»Wir wünschten uns einen angenehmen Morgen, mehr nicht.«

»Und waren Sie nicht besorgt, als er abends nicht heimkam?«

»Wir wussten gar nicht, dass er nicht zu Hause war«, gab sie gelassen zurück, als wäre die Rede nicht von ihrem verstorbenen Vater, sondern von einer unseligen Straßenkatze. »Manchmal schaute er tagelang nicht bei uns vorbei. Sie werden verstehen, unser Vater interessierte sich nicht besonders für uns.«

»Deshalb also lässt der Tod Ihres Vaters Sie kalt?«

Ein eisiger Hauch wehte durch den Raum voller Bücher. Ömers dunkle, auf meinem Assistenten ruhende Augen glühten hasserfüllt. Jetzt wird Efsun sauer, bricht vielleicht sogar das Gespräch ab, dachte ich. Doch auf ihrem schmalen Gesicht zeigten sich weder Ärger noch Beleidigung. Bevor sie antwortete, setzte sie sich ruhig in einen der Sessel uns gegenüber. Nun stand zwischen uns nur noch ein langer Couchtisch mit ein paar Büchern darauf. Sie richtete ihre vereinnahmenden Augen auf meinen Assistenten und sagte eindrücklich: »Der Tod ist etwas vom Schicksal Bestimmtes, Kommissar Ali. Früher oder später ereilt er uns alle. In der Sure Al-Imran heißt es: ›Zu sterben steht niemandem zu, es sei denn mit Allahs Erlaubnis – ein Beschluss mit vorbestimmter Frist. Und wer den Lohn dieser Welt begehrt, Wir werden ihm davon geben; und wer den Lohn des zukünftigen Lebens begehrt, Wir werden ihm davon geben.‹ Also ist es Allahs Ratschluss, wann, wo und wie der Tod kommt. Zweifellos liegt auch die Frist meines Vaters nicht außerhalb dieser göttlichen Regel. Zweifellos hat Gott der Herr seinen Beschluss auf diese Weise ausgeführt.«

Natürlich war Ali nicht überzeugt. Als säße nicht Efsun vor ihm, sondern Şerafettin, der despotische Leiter des Kinderheims in Yozgat, raunzte er das junge Mädchen an: »Der Tod Ihres Vaters ist nicht Allahs Beschluss, sondern der des Mörders. Warum sollte Allah wollen, dass seine Kinder umgebracht werden?«

Die junge Frau schloss behutsam die Augen, schlug sie wieder auf und murmelte, als wende sie sich nicht an Ali, sondern an uns alle, oder auch als bete sie: »Allahs Weisheit ist unergründlich. Alles Gute wie alles Böse kommt von Ihm. Wir, Seine geringen Diener, können nicht wissen, was Er warum tut. Selbstverständlich hat alles, was Er tut, seinen Sinn. Seine Gerechtigkeit steht über allen und allem. Er weiß besser als wir zu unterscheiden, wer im Recht und wer im Unrecht ist. So ist es denn manchmal die größte Tugend, das anzunehmen, was geschieht.«

Wollte sie damit sagen, es sei nur gerecht, dass ihr Vater tot war, oder meinte sie, man dürfe sich gegen Gott nicht auflehnen, sondern müsse noch das Schlimmste, was einem zustoße, hinnehmen?

»Was für ein Mensch war der Verstorbene?«

Sie fingerte am Kragen ihrer zimtfarbenen Jacke herum, als wollte sie Zeit gewinnen.

»Bei uns redet man nicht schlecht über einen Toten.« Sie verbarg sich hinter einem Lächeln, das ihre Verfassung verschleierte. »Außerdem bin ich seine Tochter.«

Obwohl diese Efsun nicht dumm war, erweckte sie dadurch den Eindruck, ihr Vater sei kein guter Mensch gewesen. Sie schien mir bereit, mit uns zu kooperieren, doch Ali fiel erneut seinen Vorurteilen zum Opfer und verkannte die Tatsachen.

»Dann sag du uns mehr, Ömer!«, fuhr er den jungen Mann an. »Was für ein Mensch war dein künftiger Schwiegervater?«

Ömer stand neben dem Sessel seiner Verlobten. Der Überraschungsangriff saß. Die Wut in seinen Augen glimmte erneut auf, doch er beherrschte sich.

»Gott gebe ihm Frieden«, sagte er und bewahrte Gelassenheit. Kein Fünkchen Gefühl lag in seiner Stimme, so als spräche er über jemanden, den er gar nicht kannte. »Ich kann nichts Schlechtes von ihm berichten.«

Mehr kam nicht, kein Detail, aber unser sturer Bock ließ nicht locker.

»Mochte dein künftiger Schwiegervater dich denn?« Ohne die Antwort abzuwarten, deutete er mit dem Kopf auf Ömers Hände. »Ich sehe, ihr tragt keinen Verlobungsring, weder du noch Efsun Hanım.«

Das junge Paar warf synchron den Blick auf die Finger der jeweiligen rechten Hand.

Zufrieden mit der Reaktion auf seine Worte setzte mein Assistent den Schlussstein.

»Oder hatte der Selige etwas gegen eure Heirat einzuwenden?«

»Unsinn! Mein Vater war sehr dafür, dass wir heiraten.« Sie krauste die Stirn, Wut flammte in ihren Augen auf. »Und was soll das bitte mit dem Mord an meinem Vater zu tun haben?«

Jetzt war es Zeit für den Auftritt des verständnisvollen Polizisten Nevzat.

»Bitte bleiben Sie ruhig, Efsun Hanım. Wir wollen nur die Mörder Ihres Vaters finden. Ansonsten haben wir nicht vor, uns in Ihr oder Ömers Leben einzumischen.«

Meine Worte blieben unzureichend, ihre Stirn glättete sich nicht.

»Dann stöbern Sie doch einmal im Berufsleben meines Vaters. Denn von der Familie hätte ihm niemand Schaden zufügen wollen.«

Endlich schienen wir weiterzukommen.

»Auch über seinen Beruf werden wir reden, Efsun Hanım. Zunächst aber möchte ich noch etwas in Erfahrung bringen. Ist die zweite Frau Ihres Vaters jung?«

»Ja«, sagte sie bedeutungsvoll. »Zwanzig Jahre jünger als mein Vater. Nur zwei Jahre älter als ich, eine gesunde, hübsche Frau.«

Sie versuchte, ironisch zu klingen, doch sie konnte den schmerzlichen Kummer, die tief in ihrem Herzen steckende Wut nicht übertünchen.

»Ist sie informiert?«

»Ich habe sie heute Morgen angerufen und es ihr gesagt.«

»Sie haben sie angerufen? Wohnt sie denn nicht hier?«

Die Erklärung folgte auf dem Fuße.

»Sie ist letzte Woche in die Heimat gefahren, nach Rize.«

»Wie hat sie es aufgenommen?«

»Sie war am Boden zerstört, die Ärmste.«

Das klang aufrichtig, sie bedauerte ihre Stiefmutter. Das Mitgefühl, das sie dem Vater vorenthielt, schenkte sie einer Frau, besser gesagt einem jungen Mädchen, kaum älter als sie selbst, das in ihr Leben getreten war und das Glück der Familie zerstört hatte. Diese Efsun war offenbar erstaunlich reif.

»Kehrt sie jetzt nach Istanbul zurück?«

Sie nickte.

»Ja, heute Abend fährt sie los. Nazlı ist eine treue Seele. Schauen Sie nicht so verdattert, Nevzat Bey. Sie trifft keine Schuld. Sie ist ein armes Mädchen, das niemanden hat. Ein erwachsener Mann mit Einfluss schenkt ihr sein Herz. Was soll sie da tun?«

»Hat Ihr Vater Nazlı Hanım tatsächlich geliebt?«

»Keine Ahnung.« Sie zuckte mit den Schultern. »Wer weiß das schon. Ich bin mir nicht einmal sicher, ob mein Vater das selber wusste. Ich weiß nur, dass er ein anderer Mensch wurde, als er zu Geld kam.«

Mir fiel ein, was Leyla Barkın über ihren Exmann Necdet Denizel gesagt hatte: »Aus dem Archäologen, der unter sengender Sonne, über und über mit Staub bedeckt, nach Spuren der Vergangenheit suchte, ohne die geringste Gegenleistung zu erwarten, war ein Geschäftsmann geworden. Einer, dem es nur darum ging, alles, woran er dachte, was er berührte, womit er sich beschäftigte, zu Geld zu machen.« Gemeinsamer Nenner beider Mordopfer war also, dass Geld sie verändert hatte. Dieses Phänomen war heutzutage keine Ausnahme, im Gegenteil, es war bei den allermeisten Menschen anzutreffen, dennoch konnte diese Übereinstimmung bei zwei Opfern, die im Abstand von nur einem Tag auf dieselbe Weise getötet und anschließend mit einer Münze bedacht worden waren, ein wichtiger Hinweis zur Aufklärung der Morde sein.

»Sie meinen also, sein Berufsleben habe Ihren Vater verändert…«

Sie fiel mir mit bebender Stimme ins Wort: »Nicht das Berufsleben, Nevzat Bey, das Geld! Der große Necip Fazıl sagte: ›Man fürchtet nicht das Geld, das ein Mensch verdient, sehr wohl aber einen vom Geld besessenen Menschen.‹« Ihre dunkelblauen

Augen wanderten kühn über mein Gesicht. »Leider war mein Vater in letzter Zeit ein vom Geld besessener Mensch. Wenn Sie nun fragen, ob er illegale Geschäfte tätigte, kann ich dazu nicht viel sagen, ich weiß es nicht. Aber in den letzten drei Jahren hat er sich sehr verändert. Der genügsame, glaubensstarke Mensch wich einem anderen, der ein Sklave seiner Leidenschaften war und sich weltlichen Freuden hingab. Darum empfahl ich Ihnen, sich um sein Berufsleben zu kümmern.«

»Ich verstehe.« Dankbar sah ich sie an. »Diese Information ist wichtig für uns. Könnten Sie uns vielleicht Namen von Personen nennen, mit denen wir reden sollen? Personen, die mit Ihrem Vater Geschäfte machten, meine ich.«

Sie zögerte kurz, dann legte sich ein sonderbares Lächeln auf ihre Lippen.

»Necdet Denizel würde ich nennen, aber mit dem können Sie wohl nicht mehr reden. Ich habe es in den Fernsehnachrichten heute Morgen gehört, auch er wurde getötet.«

Wie erhofft, zeichnete sich allmählich ein Bild ab. Ich hätte gern über die Beziehung des ersten Opfers zu Mukadder Kınacı gesprochen, doch mit neugierigem Blick fragte Efsun: »Handelt es sich um denselben Mörder?«

»Wir wissen noch nicht, wer der Mörder ist, aber wenn Sie uns helfen, wird es leichter sein, ihn zu ergreifen.«

»Falls Sie überhaupt wollen, dass wir ihn schnappen«, fuhr Ali dazwischen. »Soweit ich sehe, verstehen Sie den Tod Ihres Vaters als göttliche Gerechtigkeit. Da dürfte die Ergreifung des Mörders für Sie nur eine Lappalie sein.«

Energisch schüttelte Efsun den Kopf.

»Sie irren sich, Ali Bey. Zu sagen, es ist Allahs Ratschluss, heißt nicht nur anzunehmen, was gerade geschieht, sondern auch das, was sich erst noch offenbaren wird. Es ist ein unendlicher Kreis.

Wer in diesen Kreis eintritt, auf den wendet Allah zweifellos Seinen Ratschluss an. Also sind Ergreifung und Bestrafung des Mörders ebenso Beschluss von Gott dem Herrn.« Sie warf mir einen Blick zu. »Bitte verstehen Sie mich nicht falsch, Nevzat Bey. Selbstverständlich will ich, dass Vaters Mörder gefasst wird. Und ich bin bereit, dafür zu tun, was ich kann.«

»Danke schön.« Ich musste die Rede auf das erste Opfer bringen. »In welchem Verhältnis stand Ihr Vater zu Necdet Denizel, wissen Sie etwas darüber?«

»Sie saßen in derselben Kommission. Beide gehörten zu den Gutachtern, die über die Neubauten im Bereich Sultanahmet entschieden.«

Sofort fiel mir Âdem Yezdan ein. Für ihn war Necdet tätig gewesen, damit Ersterer im historischen Areal Häuser bauen konnte. Mukadder war Stadtplaner, zudem zuständig in der Stadtverwaltung, auch er war also mit Neubauten befasst. In der Hoffnung, eine weitere Gemeinsamkeit der beiden Ermordeten aufzutun, murmelte ich den Namen des Geschäftsmanns, dessen Bekanntschaft wir noch nicht gemacht hatten.

»Âdem Yezdan …«

Der Abscheu auf den Zügen der jungen Frau bestätigte mich.

»Ja, Âdem Yezdan. Ihr Vater machte auch mit ihm Geschäfte, stimmt's?«

Wieder fummelte sie am Kragen ihrer Jacke herum, nein, sie würde ausweichen.

»So genau weiß ich das nicht …«

Sie wusste es sehr genau, wollte es nur nicht sagen.

»Ich habe den Namen Âdem Yezdan gehört. Aber in welcher Verbindung sie standen, darüber bin ich nicht informiert.«

»Haben Sie Âdem Yezdan kennengelernt?«

»Nein. Ich kümmere mich um mein Studium, mit den Aktivitäten meines Vaters habe ich nichts zu tun. Vielleicht einmal im Jahr oder noch seltener schaue ich bei ihm im Büro vorbei.«

»Was studieren Sie?«

»Ich habe Theologie abgeschlossen.«

Sie wies auf die Bücher auf dem langen Tisch zwischen uns. »Im Augenblick bin ich im Masterstudium.« Ich schaute mir die Werke an. *Tefsir-i Kebir Te'vilat* / Muhyiddin Ibn Arabi, *Letaifül İşaret Fi Tefsirul Kuran* / Kuşeyri, *Tefsirul Kuranul Azim* / Sehl Bin Abdullah Et Tusteri[2] entzifferte ich mit Mühe.

»Das sind Kommentare zur Koran-Auslegung. Ich arbeite zu Deutung und Interpretation des Korans. Also über die Bedeutungen von Allahs Buch über das Offensichtliche hinaus. Ohne diese Bedeutungen erkannt zu haben, ist es unmöglich, das Heilige Buch zu verstehen. Und wer den Koran nicht richtig versteht, wird auch Allah niemals richtig begreifen.«

Wie fremd mir dieses Thema war.

»Hm«, machte ich, um die Situation zu retten, doch Ali sprach in der ihm eigenen Offenherzigkeit aus, was er dachte.

»Also, Efsun Hanım, was Sie da sagen, ist mir Banane.«

Als hätte er ein lebloses Objekt vor sich, starrte er Efsun mit hohlem Blick an. Ich dachte, sie würde es übergehen, doch seine Worte hatten ihren Geist entflammt.

»Im Koran«, fing sie höflich an, um ihren Ärger zu unterdrücken, »in der Sure Furkan steht: ›Die Diener des Gnadenreichen sind diejenigen, die in würdiger Weise auf Erden wandeln, und wenn die Unwissenden sie anreden, sprechen sie: Frieden.‹ Auch ich spreche so zu Ihnen, Kommissar Ali. Gehen Sie in

---

2 Arabische Titel der drei bekannten islamischen Denker Muhyī d-Dīn Ibn 'Arabī, Abū l-Qāsim 'Abd al-Karīm ibn Hawāzin al-Quschairī und Sahl ibn 'Abdallāh at-Tustarī, im Text in der im Türkischen üblichen Umschrift. (A.d.Ü.)

Frieden. Ich erwarte ohnehin nicht, dass Sie verstehen, was ich sage.«

Ali liebte Polemiken und hielt schlagfertig dagegen: »Wozu breiten Sie es dann in allen Einzelheiten aus?«

Vor Ärger zitterte der jungen Frau das Kinn, wütend öffnete sie den Mund, doch unser Mann ließ sie nicht zu Wort kommen.

»Nein, Fräulein, Sie brauchen gar nicht so zu schauen, mich können Sie nicht einschüchtern. So kostbar Ihnen der Koran ist, so kostbar ist er auch mir. Was ich sagen will, steht nicht in den Büchern, die Sie lesen, aber seien Sie sicher, es ist wahr. Wer sich an Gottes Stelle setzt und ein Leben nimmt, der bekommt es mit uns zu tun.« Er deutete mit dem Zeigefinger auf Efsun und Ömer, der immer noch neben ihr stand. »Wenn Sie das Gottesbeschluss nennen, ist das richtig, nennen Sie es Schicksal, ist auch das richtig. Doch wenn Sie denken, die Abrechnung für diese Morde wird im Jenseits vorgenommen, dann liegen Sie falsch. Abgerechnet wird im Diesseits. Gott hat keinen Knüppel, aber er hat Leute wie uns. Ich meine, jede Lüge vor uns ist eine Lüge vor Gott. Jede Information, die Sie uns vorenthalten, verbergen Sie vor Gott. Damit Sie also weder im Diesseits noch im Jenseits Probleme kriegen, sollten Sie mit uns kooperieren und uns zur Seite stehen.«

»Klug genug, jeden Mord zu einer Botschaft zu machen.«

Auch wenn wir uns nicht sicher waren, inwieweit Efsun und Ömer uns helfen würden, konnten wir nach Alis flammender Rede nicht lange bleiben in dem geräumigen Zimmer voller Bücher. Bevor wir gingen, wollten wir aber noch Melek Hanım sehen. Erstaunlicherweise hatte Efsun nichts dagegen. Wir durchquerten den schmalen Korridor. Melek Hanım, im Kreis von mindestens zwanzig Frauen auf ihrem Bett sitzend, die Hände zur Decke gehoben, Gebete murmelnd, wirkte weder stark wie ihre Tochter noch zornig wie eine verlassene Frau. Als sie uns erblickte, versuchte sie, das Kopftuch über die aufgrund des Schlaganfalls gelähmte rechte Gesichtshälfte zu ziehen, doch die Tränen, die ihr aus den blauen Augen rannen, konnte sie nicht verbergen. Weinte sie um ihren Exmann, der sie sitzengelassen hatte und hauptsächlich verantwortlich für ihren derzeitigen Zustand war, oder um ihr eigenes schlimmes Schicksal?

Der Tod ist, genau wie Heirat oder Geburt, eines der Ereignisse, die unser Leben von Grund auf verändern und uns auffordern, neu über den Sinn des Lebens nachzudenken. Und trat der Tod durch einen Mord ein, fragt man sich unausweichlich: Warum? Man fragt sich nicht nur nach dem Grund, aus dem der Mörder sein Opfer umbrachte. Wie tötet ein Mensch einen anderen, wie kann er das tun? Und auch darauf beschränkt sich die Wissbegier nicht, sie erstreckt sich unbedingt auf den Charakter des Mörders: Ist er ein guter Mensch oder ein Psychopath mit Monsterseele? Doch ob der Mörder nun gut oder schlecht ist, das

Hinterfragen geht bis zur Analyse des Menschen an sich. Wer den Menschen als ein im Prinzip gutes Geschöpf denkt, ist über einen Mord meist erstaunt, dann heißt es bedauernd: »Die Menschheit ist am Ende.« Wer den Menschen für prinzipiell schlecht hält, hat es leichter, er wundert sich gar nicht. Für ihn gibt es nur eines: den Mörder und die Schuldigen hart bestrafen. Er glaubt, Verbrechen nähmen ab, bestrafte man nur gnadenloser, brutaler, grausamer, als die Mörder selbst es waren. Ohne sich dessen bewusst zu sein, rät diese Fraktion zu Methoden, die die Mörder selbst anwenden. Für Leute wie mich, die im Menschen Mitgefühl und Unbarmherzigkeit, Zärtlichkeit und Gewalt, Konstruktivität und Zerstörungswut vereint glauben, ist Mord zwar keine Überraschung, doch da wir stets hoffen, im Kampf Gut gegen Böse siege letztlich das Gute, ist er eine Enttäuschung.

So überfiel mich, als wir Mukadder Kınacıs Haus verließen, ein Gefühl nahe der Verzweiflung. Doch Ali, der den Motor startete, dachte ganz anders. Der Zorn, der ihn schon beim Betreten des Hauses im Griff gehabt hatte, war zu dem schwungvollen Optimismus eines Polizisten mutiert, der das große Rätsel gelöst hatte. Die Plätze von Namık Karaman, dem ehemaligen Linken und jetzigen Umweltaktivisten, der bei ihm ganz oben auf der Liste der Verdächtigen gestanden hatte, und seiner Lebensgefährtin Leyla Barkın nahmen nun Efsun und Ömer ein. Er hegte nicht den geringsten Zweifel daran, dass sie zu Al-Qaida oder zur Hisbollah gehörten. Die ganze Fahrt über sprach er davon, diese jungen Leute seien die Mörder, nach denen wir suchten. Durchaus möglich. Die beiden hatten Grund genug, Mukadder Kınacı zu töten, doch warum hätten sie Necdet Denizel beseitigen sollen? Wozu außerdem die Münzen und das pfeilförmige Ausrichten der Leichen an historischen Stätten? Auf diese Fragen wusste Ali keine befriedigenden Antworten, ebenso wenig wie ich. Darum zog ich es vor, mich in meinen Mantel zu hüllen und zu entspannen, statt mich auf eine Debatte einzulassen. Ich döste ein.

»Hauptkommissar, Hauptkommissar!« Alis Stimme weckte mich kurz vor der schmalen Gasse des Polizeireviers. In unserer Straße herrschte mal wieder Verkehrschaos. Sinnlos, Ali in diesen Engpass hineinzulotsen. Außerdem hatte er es eilig, denn vor Feierabend musste er zum Rathaus, um Mukadder Kınacıs Kollegen zu befragen. Wollten wir doch einmal sehen, ob der Mann tatsächlich gestern am frühen Morgen zur Arbeit gegangen war, wie seine Tochter ausgesagt hatte. Und wenn ja, wann hatte er seinen Arbeitsplatz wieder verlassen? Hatte ihn jemand besucht? Dann gab es eine weitere wichtige Information einzuholen: Wer saß noch in der Expertenkommission, zu deren Mitgliedern Mukadder Kınacı und Necdet Denizel zählten?

Ich wollte zunächst den neuesten Stand der Dinge bei Zeynep abfragen, um anschließend Leyla Barkın zu treffen. Vorher musste ich die Frau anrufen und einen Termin vereinbaren. Vor der Gasse stieg ich aus Alis Wagen. Am Eingang zum Hof des Polizeireviers wählte ich Leylas Nummer. Lange ging sie nicht ran, ich wollte schon aufgeben, da ertönte ihre autoritäre Stimme am anderen Ende.

»Hallo? Ja?«

»Hallo, Leyla Hanım. Hauptkommissar Nevzat hier. Haben Sie kurz Zeit?«

Kurze Stille, dann kam die Antwort.

»Hallo, Nevzat Bey.« Ihre Stimme hatte die Fremdheit abgelegt. »Bitte schön?«

»Wir hatten doch gesagt, wir könnten uns nach Feierabend treffen …«

»Natürlich. Es sieht ganz danach aus, dass ich früh fertig werde. Treffen wir uns in zwei Stunden?«

»Wo?«

»In Sultanahmet. Was halten Sie vom Obelisken? Ja, vor dem ägyptischen Obelisken?«

»In Ordnung.«

»Sie bringen doch Konstantins Münze mit, oder?«

»Sicher. Bis dann.«

Es blieb nicht viel Zeit, ich beeilte mich, ins Revier zu kommen.

Zeynep saß wieder vor dem Computer. Trotz ihres Schlafmangels war sie eifrig am Arbeiten. Während ich sie beobachtete, regte sich in mir weniger der Stolz eines Chefs über seine kluge, fleißige Mitarbeiterin, sondern vielmehr eine Zärtlichkeit, wie ein Vater sie für seine Tochter empfindet. Dabei hatte ich Zeynep nie als meine Tochter betrachtet. Nur einmal hatte ich von Aysun als Zeynep geträumt. Es war meine Tochter, die sprach, es waren ihre Stimme, Mimik und Reaktionen, doch sie trug Zeyneps Gesichtszüge. Was mein Verstand von sich wies, akzeptierte mein Unterbewusstsein durchaus.

»Ah, hallo, Hauptkommissar. Wann sind Sie denn gekommen?«

»Gerade eben. Wie sieht's bei dir aus?«

Ihre geröteten Augen blinzelten.

»Nicht schlecht.« Sie wies auf den Bildschirm. »Ich bin gerade dabei, Leyla Barkıns Fingerabdruck zu überprüfen.«

Sie hatte mich missverstanden, ich hatte sie nach ihrem Befinden gefragt, doch sie berichtete von den Ermittlungen.

»Schön, aber du siehst müde aus«, sagte ich, damit sie verstand, was ich meinte. »Du hättest dich ein wenig ausruhen sollen.«

Ein dankbares Lächeln zierte ihr erschöpftes Gesicht.

»Danke schön, Hauptkommissar, so schlecht geht's mir gar nicht.«

Sie versuchte auszuweichen.

»Hast du wenigstens etwas gegessen?«

Als wäre ich nicht ihr Chef, sondern ihr Vater, bemühte sie sich ein wenig kokett, meine Sorge vom Tisch zu wischen.

»Doch, doch, eben hab ich ein riesengroßes Pide verspeist.«

Mir gefiel, wie sie reagierte, aber ich glaubte ihr nicht. Sie sah die Sorge in meinem Blick, hob die hängenden Schultern und erklärte mit fester Stimme: »Ich bin wirklich okay, Hauptkommissar. Und habe ich erst den Fingerabdruck abgehakt, geht es mir noch besser.«

»Pass auf dich auf. Denn ich brauche dich. Nicht nur in diesem Fall, immer! Dieser Âdem Yezdan, der Bauunternehmer, hast du etwas über ihn herausfinden können?«

Sie wurde verlegen.

»Leider nicht, Hauptkommissar. Dazu war keine Zeit.« Sie zeigte auf den Stapel Berichte neben dem Computer. »Die Obduktionsberichte von Necdet Denizel und Mukadder Kınacı sind gekommen, die habe ich durchgesehen.«

Das war eine gute Nachricht, aber ich kam nicht umhin, sie zu ermahnen.

»Âdem Yezdan ist auch wichtig, den dürfen wir nicht vernachlässigen, Zeynep, okay?«

Das Rot auf ihren Wangen glühte auf.

»Wird erledigt.«

Ich blieb stehen und fragte interessiert weiter.

»Und diese Obduktionsberichte … Ist etwas für uns dabei?«

Sie nahm die Akten zur Hand.

»Bei beiden Opfern dieselbe Todesursache.« Sie las vom Blatt ab. »Eintritt des Todes infolge hypovolämischen Schocks, verursacht von Durchtrennung der Arteria carotis.« Sie hob den Kopf. »Sie sind also an raschem Blutverlust gestorben. Interessant ist, dass da ein Fachmann am Werk gewesen sein muss. Er hat mit äußerster Präzision geschnitten. Außerdem stimmen die Schnittstellen an den Hälsen bei beiden auf den Millimeter genau überein.«

»Wurde die Todeszeit festgestellt?«

»Sie wissen ja, den genauen Todeszeitpunkt können wir nicht bestimmen. Aber bei beiden Toten sind die Leichenflecken voll ausgebildet. Dazu braucht es mindestens fünfzehn Stunden. Sie waren also mindestens fünfzehn Stunden tot, bevor wir sie gefunden haben. Necdet Denizel wurde am Dienstagmorgen um fünf gefunden. Rechnen wir fünfzehn Stunden zurück, muss er vor Montagnachmittag vierzehn Uhr getötet worden sein. Mukadder Kınacı fanden wir Mittwochnacht um ein Uhr. Minus fünfzehn Stunden, er wurde also vor Dienstag zehn Uhr morgens getötet. Das sind natürlich Schätzwerte.«

Während Zeynep mir die Todeszeiten ausrechnete, beschäftigte mich noch etwas anderes: Beide Opfer waren nicht alt gewesen, sondern starke, kräftige Männer.

»Haben sich die Opfer nicht gegen ihre Mörder gewehrt?«

Sie warf einen Blick in die Obduktionsberichte.

»Nein, es gibt keinen Hinweis darauf, dass die Opfer mit dem Mörder gekämpft hätten. Nur bei Necdet Denizel finden sich links am Bauch Flecken in Münzgröße. Als hätte ihn jemand mit einem größeren Knüppel malträtiert. Die Flecken sind allerdings nicht neu.«

»Können sie nichts Genaueres darüber sagen, wann diese Flecken entstanden sind?«

»Nein, aber mindestens eine Woche alt sind sie. Wären das Druckstellen von Schlägen von vor zwei Tagen, wären sie deutlicher. Sicher ist, dass die Opfer sich nicht gegen ihre Mörder gewehrt haben beziehungsweise wehren konnten.«

»Dann wurden sie vermutlich narkotisiert und entführt.«

»Das denke ich auch, Hauptkommissar. Falls die Opfer nicht auf eigenen Füßen in den Tod gegangen sind, müssen sie betäubt und entführt worden sein. Auch im Augenblick des Todes waren sie wohl betäubt. Die Opfer haben nicht einmal gemerkt, dass sie getötet wurden.«

Der oder die Mörder waren brutal genug, zwei Menschen mit nur einem Tag Abstand die Kehle aufzuschlitzen, aber doch so mitfühlend, sie nicht leiden zu lassen.

»Bist du sicher, dass die Opfer narkotisiert waren, als sie starben?«

Ihre dunklen Augen blickten unschlüssig.

»Nicht ganz, aber wie gesagt, es gibt kein Indiz dafür, dass die Opfer misshandelt oder gefoltert wurden. Um sicherzugehen, habe ich die Gerichtsmediziner gebeten, bei den Leichen nach Propofol zu suchen.«

»Pro… was?«

»Propofol«, wiederholte sie nachsichtig. »Der Grundstoff, der beim Narkotisieren verwendet wird. Auf dem Markt kennt man ihn als Diprivan. Dieser Stoff wird bei Operationen verwendet. Er wird durch die Venen eingeleitet, so gelangt er über den Blutkreislauf in die Leber und wird da den Prozeduren von Detoxifikation und Elimination unterzogen. Wenn das Propofol dann in der Leber metabolisiert wird…«

Ich konnte nicht mehr folgen.

»Okay, okay, Zeynep, falls also die Gerichtsmediziner diesen Stoff bei den Leichnamen nachweisen, wissen wir, dass man die Opfer vor der Tötung vollnarkotisiert hatte, oder?«

»Genau so ist es, Hauptkommissar.« Die Müdigkeit in ihren Augen schien verschwunden. »Dann müssten wir unter den Verdächtigen nach einem Arzt suchen.«

Zweifellos war uns beiden derselbe Name eingefallen, doch bevor wir ihn aussprachen, entwickelte ich die Mutmaßung weiter: »Und zwar nach einem, der relativ human ist. Einer, der nicht gern tötet, aber dennoch Morde begeht.«

»Da haben Sie recht, einer, der mordet, weil er keinen anderen Ausweg sieht. Ein Idealist, der mit seinen Morden die Aufmerksamkeit der Öffentlichkeit auf die gerechte Sache, für die er eintritt, lenken möchte.«

Ich zeichnete das Täterprofil weiter.

»Dazu muss er forsch genug sein, einen Menschen zu töten, sowie kaltblütig und klug genug, jeden Mord zu einer Botschaft zu machen.«

Zeynep leitete zu den Helfern des potenziellen Täters über.

»Außerdem hat er eine Organisation hinter sich oder einen Verein mit Weggefährten, die ihn bei den Morden unterstützen.«

Nun konnten wir den Verdächtigen auch beim Namen nennen.

»Namık Karaman«, murmelte ich.

Zeynep nickte zaghaft.

»Und vielleicht auch seine Freundin Leyla Barkın, die ihm bei der historisch rituellen Präsentation zur Hand geht.«

»Mordfallermittlungen gleichen der Geschichtswissenschaft.«

Leyla Barkın war noch nicht da. Über den Sultanahmet-Platz senkte sich bereits das kühle Abendgrau. Allmählich verliefen sich die Touristengruppen, in Scharen flogen Stare von den Zweigen auf, die Stammgäste des prächtigen Baumbestands, den Kastanien und Platanen dominierten, sie genossen das letzte Tageslicht, bevor sie in ihren langen Schlaf fielen. Den Griff meiner Ledertasche, in der sich die Münzen von Byzas und Konstantin befanden, fest gepackt, durchquerte ich die letzte Touristengruppe aus mindestens zwanzig Engländern älteren Semesters, bevor ich den Obelisken erreichte. Ich blieb vor dem behauenen Stein aus rosa Granit stehen, den ich seit der Kindheit oft aufgesucht hatte, stets mit dem Gefühl, die Hieroglyphen darauf zum ersten Mal zu sehen, und machte mich daran, die kunstfertig eingravierten eigenartigen Zeichen in einer der ältesten Sprachen der Welt zu studieren. Adler, Löwen, Augen, Sonnen, wogende Flüsse, endlose Wüsten, mir unbekannte Symbole einer mir unbekannten Sprache.

»Herrlich, nicht wahr?«

Ich drehte den Kopf und traf auf die honigbraunen Augen Leyla Barkıns, die hinter mir stand. Nein, sie sah mich nicht an, auch sie betrachtete begeistert die Symbole auf dem Obelisken. Versonnen fuhr sie fort: »Wer sagt, der habe dreitausendfünfhundert Jahre auf dem Buckel? Sieht aus wie neu. Wie von einem modernen Künstler für die Biennale geschaffen.«

Das konnte ich nicht beurteilen, doch zweifellos handelte es sich um ein außergewöhnliches Werk. Den Blick wieder auf den Obelisken gerichtet, fragte ich: »Hat Konstantin den hier aufstellen lassen?«

»Nein, Theodosius I. Doch in einem Punkt haben Sie recht. Konstantin war der Erste, der auf den Stein aufmerksam wurde. Damals stand der Obelisk in Ägypten, in der Stadt Annu.«

Sie dozierte wie eine Lehrerin vor einem Schüler. Ich nahm es ihr nicht übel.

»Und warum stand er dort?«

Sie setzte eine generöse Miene auf, um Nachsicht für meine Unkenntnis zu zeigen.

»Der Stein war für die Siege von Pharao Thutmosis III. behauen worden, nicht für die Erfolge des römischen Kaisers.« Sie wandte sich der Nordwestseite des Obelisken zu. »Sehen Sie, hier steht es.« Flüssig las sie den Text vor, den ich gerade bestaunt hatte.

»Thutmosis III. aus dem achtzehnten Geschlecht, Herrscher über Ober- und Unterägypten, nahm nach dem Opfer an Gott Amon mit Hilfe des Horus alle Meere und Flüsse ein und ließ zum dreißigsten Jahr seiner Herrschaft im Namen aller Feste, die die Zeit bringen wird, diese Säule bauen und errichten.«

Ihre sich mit sinkender Dämmerung verdunkelnden Augen ruhten auf meinem müden Gesicht.

»Nach der Eroberung Ägyptens durch die Römer sahen viele Kaiser diesen Stein, doch sie interessierten sich nicht dafür. Bis Konstantin der Große kam. Konstantin, der die Hauptstadt des Römischen Reiches von Rom nach Byzantion verlegte, wollte zur Verschönerung seiner Stadt die prächtigsten Denkmäler, Statuen und Kunstwerke aus allen Ecken der Welt hier versammeln. Byzantion sollte zur schönsten Stadt der Welt werden. Zu diesem Zweck schrieb er den Ägyptern einen so netten wie scharfen

Brief: ›Um zur Glorifizierung dieser Stadt beizutragen, die euch großzügig aufgenommen und versorgt hat, als ihr ins Schwarze Meer fuhret, empfiehlt sich, dass ihr diesen einzigartigen Stein herschickt.‹«

»Und die Ägypter haben ihn geschickt?«, fragte ich neugierig.

»Das ist ungewiss. Man weiß nicht, wann der Obelisk in der Stadt ankam. Bekannt ist nur, dass er noch lange nach seiner Ankunft im Kadırga-Hafen lagerte. Damit der Obelisk auf diesen Sockel gestellt wurde, musste erst Theodosius I. den Thron besteigen. Zur Feier seiner Siege wollte Theodosius den Obelisken ins Hippodrom bringen lassen. Das gestaltete sich aber schwieriger als gedacht. Man musste vom Kadırga-Hafen bis zum Hippodrom extra einen Weg dafür anlegen. Erst nach einem schwierigen Transport über volle drei Tage traf der Stein hier ein. Und den Stein auf diesen Sockel zu heben, dauerte dann noch einmal dreißig, nach manchen Quellen auch zweiunddreißig Tage. Sehen Sie, die griechische Inschrift lautet: ›Den vierseitigen Pfeiler, eine zuvor stets auf der Erde ruhende Last, wagte als Einziger der Kaiser Theodosius mit Hilfe des Proclus aufzurichten; und ein solch gewaltiger Pfeiler wurde binnen 32 Sonnenaufgängen zum Stehen gebracht.‹[3] Der lateinische Text hier ist aus der Perspektive des Steins geschrieben: ›*Mir, dem einst Widerspenstigen, wurde befohlen, den heitere Klarheit und Ruhe ausstrahlenden Herren zu gehorchen und nach Auslöschung der Tyrannen den Siegespreis zu tragen – alles nämlich fügt sich Theodosius und seiner immerwährenden Nachkommenschaft; so bin ich, in dreimal zehn Tagen bezwungen, in der Amtszeit des Proclus zu den oberen Lüften emporgehoben worden.*‹«[4]

---

3 Deutsche Übersetzung: CIG IV 8621 = CLE 286 = Anthologia Graeca IX 682

4 Deutsche Übersetzung der lateinischen Inschrift: CIL III 737 = ILS 821

Lächelnd zeigte ich auf die Figurenreliefs auf dem Sockel.

»Und wer sind die?«

»Theodosius und seine Familie. Auf dieser Seite der Basis ist die Geschichte der Errichtung des Steins in Form eines Relieffrieses erzählt.«

Ich betrachtete die Reliefs eine Weile. Doch mich interessierte nicht Theodosius, sondern ein anderer Kaiser.

»Hat Konstantin diesen Platz anlegen lassen?«

»Meinen Sie das Hippodrom?«, korrigierte sie mich. »Hier stand ein Hippodrom. Es war aber nicht Konstantin, der es bauen ließ, sondern Septimus Severus, Jahre vor ihm. Konstantin hat, als er beschloss, Byzantion zu seiner Hauptstadt zu machen, das Hippodrom allerdings erweitert.« Mit der Hand zeichnete sie einen Kreis um sich herum. »Stellen Sie sich das Areal hier als eine Arena vor, in der Pferderennen veranstaltet wurden, Gladiatoren um ihr Leben kämpften und Aufstände ausbrachen. Marmortribünen ringsum. Und genau in der Mitte aus unterschiedlichen Provinzen des Reiches herbeigeschaffte Monumente wie dieser Obelisk, dort die Schlangensäule und gleich dahinter die Konstantinssäule. Können Sie das vor Ihren Augen lebendig werden lassen, Nevzat Bey?« Als fürchtete sie, mir gelänge das nicht, ermutigte sie mich: »Es ist nicht schwierig, stellen Sie es sich einfach vor.«

Ich wusste, dass es nicht schwierig war, und beinahe hätte ich gesagt, gestern Nacht im Traum wäre ich in dieser Arena fast zu Tode gekommen.

»Es muss eine großartige Anlage gewesen sein«, unterstützte ich ihre Beschreibung. »Wie viele Personen fasste sie?«

»Es heißt, einhunderttausend Menschen passten hinein. Die hier um die Wette fahrenden Wagen umrundeten die Arena siebenmal.« Sie zeigte auf die letzte Säule. »Die Konstantinssäule war auch die Wendemarke für die Fahrer.«

Ich malte mir aus, wie die von braunen, schwarzen, weißen Pferden mit glänzendem Fell unter der sengenden Sonne gezogenen Wagen sich in voller Fahrt um den Platz drehten. Die Schreie der Lenker, in Schweiß gebadet und ebenso angespannt wie die Pferde, hallten mir in den Ohren. Doch Leylas Stimme übertönte sie.

»Die Sieger der siebten Runde wurden vom Kaiser belohnt, sie waren Volkshelden.«

»Warum siebenmal?«

»Die Römer hielten Sieben für eine glückbringende heilige Zahl. Vermutlich ein Erbe des Pythagoras. Es ist die Anzahl der sieben heiklen Ereignisse. Sie steht für Mysterium und Macht. Sieben Tage, sieben Monate, sieben Jahre. Deshalb wohl gründete auch Konstantin seine Hauptstadt wie Rom auf sieben Hügeln. Den Prachtsaal in seinem Palast nannte er ›Sieben Lichter‹. Und es gab das Regiment der sieben Wächter, die ihn beschützten. Sie wissen ja, auch im Islam ist die Sieben von Bedeutung. Im Koran heißt es in der Sure Mulk, der Himmel bestehe aus sieben Ebenen. Bei der Pilgerfahrt Haddsch umrundet man die Kaaba siebenmal. Im Grunde sind doch alle Kulturen Fortsetzungen voneinander, Nevzat Bey. Keine existiert unabhängig von den anderen. Schauen Sie sich nur die Eleganz der Minarette der Blauen Moschee an.«

Ich ließ den Blick zu der prächtigen Moschee hinter den Kastanien wandern, soeben flammten dort die Lichter auf. Die sechs Minarette dieses historischen Gotteshauses reckten sich in die Tiefen des Himmels hinein, als wetteiferten sie miteinander darum, in der anbrechenden Nacht zu den Geheimnissen des Universums vorzudringen.

»Ihr Baumeister war Sedefkâr Mehmet Ağa. Zu dem, was er bei seinem Meister Sinan gelernt hatte, fügte er das eigene Talent hinzu und schuf dieses grandiose Werk. Und werfen Sie einen Blick auf die Hagia Sophia gleich gegenüber der Moschee. Zwei prachtvolle Gotteshäuser, zwei faszinierende Tempel. Ohne Hagia Sophia hätte es die Blaue Moschee nicht gegeben. Ohne Christentum hätte es keinen Islam und ohne Judentum kein Christentum gegeben. Wir können es auch so sagen: ohne Sumerer keine Hethiter, ohne Hethiter keine antiken Griechen, ohne die Hellenen kein Römisches Reich. Und ohne Rom hätte es kein Osmanisches Reich gegeben. Das sind verschiedene Epochen, die gemeinsam die große Zivilisation der Menschheit bilden. Nehmen Sie eines heraus, entsteht eine sinnlose Lücke, da bleibt die Geschichte unvollständig.«

Die Sache entfernte sich immer weiter von meinem Spezialgebiet. Wenn das so weiterginge, müsste ich Leyla Barkın die gesamte Kontrolle in die Hände geben und hinnehmen, selbst nur noch als stiller Zuhörer danebenzustehen. Ich liebte ja Geschichte, aber ich steckte gerade mitten in einem komplizierten Fall.

»Das ist wie bei Mordfällen. Ermittlungen gleichen Ihrer Geschichtswissenschaft. Jedes Ereignis, jedes Detail, jede Information ist mit anderen verknüpft. Reißen Sie die Ganzheit auseinander, finden Sie den Mörder nie. Genau wie Sie auf die Geschichte schauen, schauen wir ganzheitlich auf einen Fall.«

Sie stieß einen Lacher aus.

»Sie sind herrlich, Nevzat Bey. Sie wollen also sagen, kommen wir endlich zu der Mordsache?«

»Nun, im Grunde hat ja alles, was Sie erzählt haben, durchaus mit dem Fall zu tun. Wie Sie wissen, will uns der Mörder eine Lektion in Geschichte erteilen, indem er die ältesten Symbole dieser Stadt benutzt.«

Auf der Stelle wurde Leyla ernst.

»Sie meinen, der Mörder könnte Historiker sein?«

In ihrer Stimme lag Anspannung, ebenso in ihrer Miene. Glaubte sie, ich bezichtigte sie?

»Einer von Ihren Kollegen? Nein, das denke ich wirklich nicht. Meines Erachtens benutzt der Mörder die Geschichte, um uns eine Botschaft zu übermitteln. Das war doch auch Ihre Meinung, nicht wahr?«

Panik überfiel sie bei dem Gedanken, möglicherweise etwas Kompromittierendes gesagt zu haben.

»Wie … Was habe ich gesagt?«

»Halt, halt, bitte keine Panik, Sie haben nichts Falsches gesagt.«

Auch wenn ich so tat, als versuchte ich zu beschwichtigen, kam mir ihre plötzliche Verunsicherung sehr gelegen.

»Ich bin nicht in Panik«, wiegelte sie ab. »Ich möchte nur wissen, was ich gesagt haben soll.«

»Erinnern Sie sich nicht, auf dem Revier, in meinem Büro, vor ein paar Stunden? Moment, Sie drückten es folgendermaßen aus: ›Der Mörder will eine Botschaft übermitteln.‹ Und ich unterstützte Sie: ›Da haben Sie sicher recht.‹«

Sie entspannte sich.

»Ja, stimmt, ich erinnere mich. Ich glaube das auch jetzt noch. Die erste Leiche legen sie dahin, wo diese Stadt gegründet wurde, und stecken dem Ärmsten noch die Münze von König Byzas in die Hände. Das zweite Opfer legen sie an den Fuß der Säule Konstantins, der diese Stadt zur Hauptstadt Roms machte, und ihm geben sie die Münze Konstantins bei. Liegt es da nicht nahe, dass das eine Botschaft sein soll?«

»Ganz meine Meinung. Nur wie lautet diese Botschaft?«

Ich wartete eine Weile auf eine Antwort von ihr, doch als Leyla schwieg, musste ich mit eigenen Vermutungen herausrücken.

»Wollen die Täter vielleicht sagen, Menschen, die dieser Stadt schaden, haben den Tod verdient? Verstehen Sie mich nicht falsch, aber sowohl Ihre Aussagen als auch unsere Recherchen über Ihren Exmann haben ergeben, dass er in gewisser Weise die Geschichte dieser Stadt verraten hat.« Ich schaute Leyla zurückhaltend an, als hätte ich etwas gesagt, was sie betrüben würde. »Ich bin doch nicht ungerecht, wenn ich sage, er habe sie verraten?«

»Nein!« Sie nickte forsch. »Necdet hat diese Stadt oder besser seine eigenen Ideale tatsächlich verraten.« Sie verstummte, dann wandte sie sich mir neugierig zu. »Und das zweite Opfer, dieser Mukadder Kınacı, haben Sie den auch recherchiert?«

»Das haben wir, heute Nachmittag traf ich seine Tochter Efsun. Sie gab zu, dass ihr Vater in dubiose Geschäfte verwickelt war. Ein Punkt ist besonders interessant, sie sagte, Necdet und Mukadder kannten sich.«

Sie war weder erstaunt noch befremdet.

»Wussten Sie das?«, bedrängte ich sie.

»Ich wusste es nicht, aber das kann durchaus sein. Der eine war Stadtplaner, der andere Kunsthistoriker. Da ist die Wahrscheinlichkeit hoch, dass beide in einer Kommission sitzen.«

»Und beide waren mit Âdem Yezdan bekannt.«

Selbst diese Information, die uns so bedeutsam erschien, ließ sie kalt.

»Hat das auch die Tochter erzählt?«

Im Grunde benahm Leyla sich wie eine Verdächtige. Sie verbarg ihre Gefühle und Gedanken, wollte aber erfahren, mit wem ich gesprochen hatte und was ich alles wusste.

»Ja«, sagte ich, um sie zu beruhigen, damit sie nicht dachte, wir hätten sie und ihren Freund im Verdacht. »Ja, das hat Efsun gesagt.«

»Hält auch sie Âdem Yezdan für schuldig?«

In ihrem Tonfall schien mir etwas wie Freude mitzuschwingen, als wäre sie beglückt, dass die Ermittlungen in diese Richtung gingen.

»Dazu hat sie sich nicht geäußert. Sie kennt den Mann nicht persönlich. Ja, wie gut kennen denn Sie eigentlich diesen Âdem Yezdan? Sie haben schon ein wenig erzählt, aber wir brauchen Einzelheiten. Also, treibt er tatsächlich illegale Geschäfte? Oder ist er nur ein gerissener Geschäftsmann, der Gesetzeslücken ausnutzt?«

Statt zu antworten, deutete sie auf das historische Gebäude in unserem Rücken, auf dessen rot angestrahlter Steinmauer Museum für Türkisch-Islamische Kunst stand.

»Gehen wir doch in den Ibrahim-Pascha-Palast. Dort können wir ungestörter reden.«

»Ist das nicht ein Museum?«

Wieder legte sich dieser selbstgefällige, wissende Ausdruck auf ihr Gesicht.

»Heute schon, aber vor gut fünfhundert Jahren wurde es als Palast für Ibrahim Pascha erbaut, Sultan Süleymans des Prächtigen Jugendfreund und Wesir.«

Ohne weitere Fragen abzuwarten, marschierte sie auf das Museum zu.

Plötzlich dachte ich an meine Mutter, und ich fühlte mich in die Kindheit zurückversetzt. Was soll ich lügen, das gefiel mir ganz und gar nicht. Ich war kein kleines Kind mehr, und diese Frau war nicht meine Mutter. Andererseits brauchte ich Leyla als Spezialistin. Zudem war sie eine der Verdächtigen. So wenig es mir passte, ich musste mir anhören, was sie zu sagen hatte, musste herausfinden, wohin sie mich lenken wollte, und aufdecken, was sie zu verheimlichen suchte.

Also schloss ich mich, genau wie ich als Kind im Gefolge meiner Mutter von Museum zu Museum getappt war, nolens volens Leyla Barkın an.

»Macht ist ein von Blut gespeister Organismus.«

Im Museum für Türkisch-Islamische Kunst war Leyla Barkın wohlbekannt. Deshalb wurden wir eingelassen, obwohl das Museum für Besucher bereits geschlossen hatte. Alle, vom Pförtner bis zum Wachmann, grüßten respektvoll. Über die steile Treppe erreichten wir einen weitläufigen Garten. Leyla ließ den Blick bewundernd über den Steinbau gleiten.

»Herrlich, nicht wahr?« Sie wartete nicht ab, bis ich meine Meinung äußerte, sondern sprudelte gleich los: »Neben den Sultanspalästen der einzige heute noch in Istanbul erhaltene Palast.« Als gäbe sie ein bedeutsames Geheimnis preis, kniff sie die Augen zusammen. »Wissen Sie, Ibrahim Pascha war mit Sultan Süleyman auch verschwägert. Doch weder seine enge Freundschaft zum Sultan noch seine Ehe mit dessen Schwester konnten ihn letztlich retten. Hürrem Sultan, die große Liebe des Sultans, hetzte ihren Mann gegen ihn auf, und der Sultan befahl persönlich, Ibrahim Pascha zu erdrosseln.«

Ich versuchte mir vorzustellen, welch eine Enttäuschung es für Ibrahim Pascha bedeutet haben musste, vom besten Freund in den Tod geschickt zu werden. Ob er wohl noch bei der Ermordung dem Sultan treu ergeben war? Oder hauchte er sein Leben todunglücklich darüber aus, sein Leben vergeudet zu haben?

»Hier entlang, Nevzat Bey.« Leyla zeigte auf eine breite, nicht sonderlich hohe Treppe.

Oben standen wir auf einer Terrasse, die unmittelbar zum Sultanahmet-Platz hinausging. Durch die ausladenden Äste einer großen Kiefer und einer Akazie im Vorgarten war der Obelisk zu sehen. Als ich den Kopf nach rechts drehte, fielen mir Schlangen- und Konstantinssäule ins Auge. Die drei Monumente, die das Römische Reich uns vererbt hatte, hüteten gleich heiligen Wächtern den historischen Platz, der sich zu dieser Abendstunde zusehends leerte.

Als wir uns im Café nach einem Platz umschauten, stürzte ein jüngerer Mann auf uns zu.

»Guten Tag, Leyla Hanım, herzlich willkommen.«

»Hallo, Raşit, danke.« Leylas Blick glitt über die leeren Tische. »Es ist niemand mehr da, hattest du schon geschlossen?«

»Nein, nein, bleiben Sie nur.«

Ich legte meine Tasche auf den Tisch, den er uns zuwies, Leyla setzte sich auf einen der Stühle, von denen man seitlich den Platz im Blick hatte, ich ließ mich ihr gegenüber nieder. Höflich fragte Raşit, was wir trinken wollten. Wir waren uns einig.

»Tee.«

Der arme Mann wand sich.

»Nun, äh, Leyla Hanım, der Tee ist nicht mehr frisch, darf ich vielleicht türkischen Mokka anbieten?«

Wir warfen uns einen Blick zu, es passte.

»Einverstanden, gern.«

»Leyla Hanım nimmt ihn mäßig gesüßt.« Raşit hatte den peinlichen Moment überwunden. »Wie hätten Sie Ihren Mokka gern?«

»Mit wenig Zucker.«

Raşit kehrte an seine Theke zurück, Leyla ließ den Blick über den Platz schweifen, der mittlerweile ziemlich dunkel war.

»Ich liebe diesen Ort.« Sie richtete die Augen, die vor Begeisterung beinahe kindlich wirkten, auf mich. »Der Platz ist Zeuge dessen, was die Stadt während der letzten gut zweitausend Jahre erlebt hat. Dutzende Könige, Dutzende Kaiser, Dutzende Sultane. Triumphe von Weltruhm. Plünderungen, ausufernde Lustbarkeiten, Siegesfeiern. Aufstände, die Reich und Thron erschütterten, Epidemien, Erdbeben, Dürrezeiten – alles, was der Stadt widerfuhr, hat der Platz gesehen.« Ehrfürchtig vollendete sie ihre Rede. »Aber er liegt da in weitherziger Stille. Als würde er einfach auch das, was heute geschieht, in seinem Gedächtnis aus Stein, Eisen und Holz registrieren.«

Leyla schien ihren Beruf leidenschaftlich zu lieben, genau wie meine geschichtsversessene Mutter. Es befriedigt außerordentlich, beruflich das tun zu können, was man liebt, ich kenne dieses Gefühl sehr gut, denn auch ich gehöre zu der Minderheit jener Menschen, die ihren Lebensunterhalt mit einem Beruf verdienen, der ihnen am Herzen liegt. Übertreibst du es aber und glaubst, dein ganzes Leben bestehe aus deinem Beruf, wirst du nicht glücklich. Sosehr du deinen Beruf liebst, zieh dich nicht aus anderen Lebenskreisen zurück. Meiner Mutter war das gelungen. Trotz ihres ungeheuren Interesses an Geschichte hatte sie weder ihre Familie noch andere Tätigkeiten vernachlässigt. So gefesselt sie von einem Artikel über den Tekfur-Palast sein konnte, so hingebungsvoll widmete sie sich der Geranie am Fenster, so gern bereitete sie auch gefüllte Artischocken zu, Vaters Lieblingsspeise. Von mir ließ sich nicht sagen, dass ich das Leben ebenso meisterlich beherrschte, denn mein Beruf hatte mein Leben vollkommen erobert, und mit Blick auf den Tod von Güzide und Aysun traf sogar zu, dass er mein Leben zerstört hatte. Ein Streit, ob damals mit Güzide oder jetzt mit Evgenia, lag meist genau darin begründet. Was Leyla Barkın betraf, konnte ich mir in dieser Hinsicht noch kein Urteil bilden, da ich nicht wusste, wie weit sie für ihren Beruf gehen würde. Vielleicht war die Intensität ihrer professionellen Leidenschaft so groß, dass diese ihr erlauben würde zu töten? Danach wollte ich entscheiden, ob ich sie von der Liste der Verdächtigen strich oder als potenzielle Mörderin betrachtete.

»Allerdings«, brach ich das Schweigen, »ließe sich kaum sagen, dass wir den Platz entsprechend wertschätzen.«

Im Nu glühten ihre hübschen Augen auf.

»Wertschätzen ist ein schwaches Wort, Nevzat Bey. Was wir tun, ist Mord an der Geschichte, ist Barbarei, nichts anderes.« Ihre Stimme bebte vor Wut. Sie schaute wieder zur Blauen Moschee hinüber. »Hinter der Moschee lag das Palatium Magnum, der große Palast des Reiches. Skrupellos wurde ein Fünf-Sterne-Hotel darauf gesetzt. Weder die Regierung verhinderte das noch die Stadtverwaltung. Und das Massaker setzt sich fort.« Sie richtete die flammenden Augen auf mich. »Dieses Land hat keinen Herrn, Nevzat Bey. Deshalb können Geschäftsleute wie Âdem Yezdan, Anbeter des Geldes, unsere Stadt, unsere Geschichte ruinieren. Leute wie er …«

»Richtig, was ist dieser Âdem Yezdan für einer?«, fiel ich ihr ins Wort, die Gelegenheit durfte ich mir nicht entgehen lassen.

Sie hatte ihre Vorsicht abgelegt und sprach hasserfüllt und ohne ihre Gefühle zu verhehlen.

»Ein furchtbarer Mann. Einer, der fähig ist zum Schlimmsten, das Ihnen einfallen könnte.«

Ich brauchte gar nicht nachzufragen, wie sie das meinte.

»Blindwütig ist er, will der Größte am Markt sein. Nicht nur in der Türkei, auch in Europa, in Amerika, ja, in der ganzen Welt. Doch er hat mächtige Gruppen gegen sich. Und gegen die kämpft er, das heißt, er versucht es.«

Sie bemerkte die Fragezeichen in meinem Blick.

»Er versucht es, ja, denn mit Unternehmen zu konkurrieren, die über jahrelange Erfahrung verfügen, ist ziemlich schwierig für Âdem Yezdan. Und wenn er innerhalb der gesetzlich gezogenen Grenzen bleibt, kann er diesen Kampf praktisch nicht gewinnen. Darum schlägt er oft ungesetzliche Wege ein.«

»Was für ungesetzliche Wege?«

»Alle. Zum Beispiel wollte er vor drei Jahren auf den Überresten einer byzantinischen Zisterne ein großes Geschäftszentrum errichten. Es gab einen angeblichen Unfall, drei Arbeiter und zwei Passanten kamen ums Leben. Unser Verein wollte im Prozess als Nebenkläger auftreten, doch das Gericht lehnte ab. Denn Âdem Yezdan hatte auch bei Gericht seinen Einfluss geltend gemacht. Er hatte Verbindungen zur Expertenkommission, sogar zu Staatsanwalt und Richter spielen lassen. Das Gericht urteilte auf Freispruch, die Sache sei ein Unfall gewesen. Natürlich haben wir die Sache weiterverfolgt, sind vor das Verwaltungsgericht gezogen. Wir konnten einen Baustopp erwirken. Seit drei Jahren versucht Âdem Yezdan, den Baustopp aufheben zu lassen. Denn tagtäglich verliert er deshalb Tausende Dollar. Und da scheut er sich nicht, zu jeder Form von Druck zu greifen.«

»Was soll das heißen? Hat er Sie bedroht?«

»Ja, sicher, der Verein erhielt zahllose Drohungen«, bestätigte sie voller Verbitterung. »Anonyme Briefe, E-Mails, Anrufe.«

»Aber einen physischen Übergriff gab es nicht, also Âdem Yezdans Leute haben sich nicht erdreistet, Vereinsmitglieder tätlich anzugreifen, oder?«

»Uns hat niemand attackiert, es wurden aber Drohungen an die Vereinstür gemalt. Jemand hat die Reifen unseres Minibusses aufgeschlitzt und die Scheiben zertrümmert.«

Wurde jemand dafür dingfest gemacht, wollte ich fragen, als Raşit auftauchte. »Ihr Mokka ist fertig!« Aus den Tässchen auf dem Tablett aus gehämmertem Silber stieg herrlicher Duft auf. »Der mittelsüße für Leyla Hanım, der mit wenig Zucker für Sie.«

Ehrerbietig setzte er die Tassen, die Untertassen mit Lokum bestückt, auf den Tisch. Er stellte noch Wasser für uns dazu, dann wartete er, bis wir den ersten Schluck nahmen. Er wollte Lob hören. Tatsächlich schmeckte der Mokka köstlich, Schaum, Zucker, Konsistenz, einfach perfekt.

»Wunderbar, vielen Dank.«

»Köstlich wie immer«, bekräftigte Leyla. »Vielen Dank, Raşit.«

Glücklich lächelnd ging Raşit ab. Ich nahm einen zweiten Schluck und sprach dann die Frage aus, die mir durch den Kopf ging.

»Diese Angriffe auf den Verein: Wurde jemand gefasst?«

»Leider nicht. Es müssen Profis gewesen sein. Es gab keine Zeugen und keine Spuren. Genau wie bei den Mördern, die Necdet und Mukadder umbrachten.«

Wollte Leyla Barkın mich in eine Richtung lenken, oder erzählte sie einfach, was Sache war? Vielleicht beides. Âdem Yezdans Männer mochten tatsächlich für die Dinge, von denen sie berichtete, verantwortlich sein, das hieß aber noch lange nicht, dass sie Mörder waren. Leyla versuchte allerdings, diese Taten zu benutzen, um Âdem Yezdan als Mordverdächtigen hinzustellen. Um das Thema zu wechseln, klappte ich meine Ledertasche auf, kramte die Konstantinsmünze heraus, die wir zwischen den Händen des zweiten Opfers gefunden hatten, und reichte sie Leyla.

»Hier ist der Metalltaler, den Sie sehen wollten.«

Begierig nahm sie die Münze entgegen, hielt sie ins Licht und murmelte wohlgefällig: »Konstantins Münze.«

»Genau.« Erneut steckte ich die Hand in die Tasche und fingerte auch die andere Münze heraus. »Und das ist die für Byzantion geprägte Münze.«

Auch die nahm sie entgegen und untersuchte sie.

»Ganz wie Sie berichteten. Vorn Hekate, hinten unter dem Schriftzug Byzantion Mondsichel und Stern.«

Sie wandte sich wieder der Konstantinsmünze zu, musterte sie eine Weile und hob dann den Kopf, als sei ihr etwas Wichtiges eingefallen.

»Wohin schaute die Leiche?«

Mir war nicht klar, warum sie das wissen wollte, doch ich sah keinen Grund, es zu verheimlichen.

»Zur Konstantinssäule, genauer gesagt, zur Spitze der Säule.«

»Wo einst die Statue Konstantins als Apollon stand.« Sie flüsterte geradezu. »Vielleicht wollte der Mörder sagen: Schaut von Konstantins Position aus auf Istanbul!«

»Was meinen Sie mit ›von Konstantins Position aus schauen‹?«

»Mit einem Blick der Liebe, der Ehrfurcht und des Beschützerwillens. Viele Könige, Kaiser und Sultane bemühten sich um Istanbul, zwei darunter aber sind von besonderem Gewicht: Konstantin der Große und Sultan Mehmed Fatih. Byzas war zwar der Herrscher, der diese Stadt gründete, doch die erste Person, die diesen Ort tatsächlich heraushob, war der römische Kaiser Konstantin. Gut eintausend Jahre später sollte einer der bedeutendsten Sultane des Osmanischen Reiches dieselbe Mission erneut übernehmen: Sultan Mehmed Fatih. Hätte Konstantin im Jahre 330 die Stadt nicht zur Hauptstadt gemacht, wäre ihr Schicksal anders verlaufen.«

»Warum wählte denn Konstantin diesen Ort überhaupt als Hauptstadt?«

»Aus demselben Grund wie König Byzas. Byzantion war eine schöne Stadt, zudem leicht zu verteidigen und vor allem von ökonomischer Bedeutung. Zu Konstantins Zeiten war der Orient höchst attraktiv für den Handel. Und die Hauptstadt des Reiches wurde innerhalb kürzester Zeit zur Drehscheibe des Handels. Als Hauptstadt dachte Konstantin übrigens zuerst gar nicht an Byzantion, sondern an Troja. Die antike Stadt bei Çanakkale. Die Stadt des Paris, der die schöne Helena aus den Fängen des griechischen Königs entführte, wie Homer in der Ilias berichtet. Während aber der Aufbau des neuen Troja bereits lief, träumte Konstantin eines Nachts von Gott. Und Gott sagte ihm, er solle eine andere Stadt finden. Obwohl der Bau schon in vollem Gange war, ließ Konstantin Troja fallen und richtete sein Interesse auf Byzantion. Lassen wir die Sage einmal außen vor. Tatsächlich war Troja als Reichshauptstadt nicht so prädestiniert wie Byzantion. Sobald Konstantin das erkannt hatte, neigte er zu Byzantion, das gleichsam im Herzen des Reiches lag. Von 324 bis zum Jahr 330, als Byzantion zur Hauptstadt erklärt wurde, herrschte hier ein regelrechter Bauboom. Die schönsten Monumente des Reiches, seine prunkvollsten Schätze, alle Reichtümer des Landes wurden in dieser Stadt konzentriert. Der Kaiser ließ die besten Baumeister, Bildhauer, Steinmetze und Mosaikenmeister kommen, ebenso ließ er die Grenzen der Stadt erweitern und neue Mauern bauen.«

Da ich in Istanbul geboren und aufgewachsen war, erwachte mein Interesse für ihre Erläuterungen. Kurz schob ich die Morde, die Ermittlungen, meinen Verdacht beiseite und fragte wissbegierig nach: »Hat Konstantin die Mauern erbaut, die heute noch stehen?«

»Nein, die bis heute erhaltenen Mauern wurden in den Epochen anderer Kaiser errichtet. Konstantin erweiterte die Mauern von Byzantion nur ein wenig. Byzantion erstreckte sich ursprünglich auf das Areal, das ein Bogen von Eminönü nach Cankurtaran einfasst. Konstantin erweiterte den Bogen auf eine Linie, die von Ayakapı, hinter der heutigen Kadir-Has-Universität, westlich der Cerrahpaşa-Klinik bis hin zu Esekapı verläuft.

Es gibt eine spannende Geschichte dazu. Um die Grenzen seiner vergrößerten Stadt abzustecken, schritt Konstantin, die Lanze in der Hand, mit seinem Gefolge das Gelände ab. Während er so dahinging, schien er mit einer unsichtbaren Person zu reden. Niemand traute sich, den Kaiser zu fragen: Was ist los, mit wem sprecht Ihr da? Nach einer Weile trat einer aus dem Gefolge vor, denn er meinte, man sei längst über die Grenzen hinaus, in denen unter den Umständen jener Tage eine Stadt denkbar war. Er schloss ehrerbietig zu Konstantin auf, entschuldigte sich und fragte, mit wem er redete und wohin sie gingen. Konstantin erwiderte ernst: ›Ich rede mit dem Engel, der die Grenzen meiner Stadt bestimmt. Er wird sagen, wo ich Halt machen soll.‹ Konstantin war ein Kaiser mit außerordentlicher Neigung zur Mystik. Allerdings spielte tatsächlich eine Reihe mystischer Ereignisse eine Rolle in seinem Leben. Er war noch nicht Alleinherrscher, da führte er einen Feldzug gegen Rom, um mit Maxentius abzurechnen, einem der drei Männer, mit denen er sich die Macht teilte. Am Himmel sah er ein Licht. In Form eines Kreuzes. Das wertete er als Gotteszeichen und befahl seinen Soldaten, das christliche Symbol auf ihre Schilde zu malen. Die meist heidnischen Soldaten waren irritiert, kamen dem Befehl des Kaisers aber nach, weil sie ihn fürchteten. Des Kaisers Wort war Gesetz. Und das Glück war mit Konstantin, in der Schlacht bei der milvischen Brücke errang er einen triumphalen Sieg. Maxentius verendete in den Wassern des Tibers, und für Konstantin war der Weg nach Rom frei. Den Sieg hielt Konstantin für ein Geschenk des Gottes der Christen und fand die neue Religion nun sehr sympathisch. Er änderte die Staatsreligion mit Weisungen zur Abschaffung des mehrere Jahrtausende währenden Polytheismus. Das war kein Kinderspiel, Nevzat Bey, Konstantin war ein wahrhaft großer Herrscher.«

»Sie verehren ihn.«

Sie dachte kurz nach.

»In gewisser Weise schon, aber ich weiß, dass Konstantin grausam sein konnte. Er schreckte nicht davor zurück, seinen eigenen Sohn Crispus hinrichten zu lassen. Danach tötete er seine Frau Fausta mit kochendem Wasser im Bad. Macht ist ein von Blut gespeister Organismus. Sie belohnt die Menschen, die sie innehaben, mit Kraft, aber sie verdirbt sie auch. Ob römisch oder osmanisch, mit wenigen Ausnahmen scheint es keinen Herrscher zu geben, an dessen Händen kein Blut klebte.«

Im Augenblick waren wir nicht hinter brutalen Herrschern her, sondern cleveren Mördern, die uns den Verstand mit historischen Figuren verwirrten, die sie ihren Verbrechen unterjubelten. Zuallererst mussten wir in Erfahrung bringen, wo sie den Ärmsten präsentieren würden, den sie als Nächstes im Visier hatten.

»Falls die Mörder wieder einen Mord begehen sollten, welches Symbol oder Monument werden sie wählen, um den Leichnam dort zu drapieren?«

Bestimmt, ohne eine Sekunde lang zu zögern, sagte sie: »Sultan Mehmed Fatih. Es gibt nur einen Herrscher, der so groß war wie Konstantin, das ist der Eroberer. Doch wenn wir überlegen, wo sie möglicherweise die Leiche platzieren, wird es schwierig, denn es gibt zwei Monumentalbauten, die symbolisch für Fatih stehen. Die Fatih-Moschee und mein Arbeitsplatz, das Topkapı-Serail.«

Rund um die Moschee hatten wir Wachen postiert, aber an das Topkapı-Serail hatten wir überhaupt nicht gedacht. Sultan Mehmed persönlich hatte den Palast errichten lassen. Leyla erschien mir auf einmal unschuldig. Wie sollte diese Frau, die ihre Kenntnisse vorbehaltlos mit uns teilte, Kollaborateur der Mörder sein? Sie wirkte zutiefst aufrichtig. Wir sind da auf dem falschen Dampfer, dachte ich. Legten die Mörder ihr drittes Opfer im Umfeld der Fatih-Moschee oder des Topkapı-Palastes ab, wäre ich überzeugt davon, dass es ein Fehler war, sie zu verdächtigen. Doch vorerst galt es, nichts zu überstürzen. Wer konnte schon einschätzen, wozu ein frei auf dem Boden des Bösen sprießender Geist fähig war.

»Die Wunden am Hals der Mordopfer stammen nicht vom Skalpell.«

Obwohl ich Evgenia mein Wort gegeben hatte, sah es kaum danach aus, dass ich rechtzeitig bei Demir eintreffen würde. Wäre ich von Sultanahmet aus direkt nach Balat heruntergefahren, hätte ich problemlos noch vor halb neun bei den Freunden sein können, doch ich musste im Revier vorbeischauen. Ich riskierte einen scharfen Tadel von Evgenia, schaltete das Handy aus und trat aufs Gas. Mit dem Abendverkehr hatte ich Glück, gegen acht kamen Ali und Zeynep in mein Büro, und wir werteten die neuesten Befunde aus. Unser Schlingel war bester Laune, er hatte in der Behörde Mukadders Kollegen und engen Freund Niyazi Bey ausfindig gemacht.

»Die waren offenbar nicht nur Freunde, sondern zugleich auch Mitglieder derselben Sekte. Der Mann sprach es zwar nicht aus, aber das scheint ein gemäßigter Orden zu sein. Dagegen soll der Mann, in den die Tochter sich verliebt hat, dieser Ömer, einer radikalen Gruppe wie Al-Qaida angehören.«

Ali hatte diese Vermutung wiederholt abgespult, seit er Ömer zu Gesicht bekommen hatte, weshalb ich nicht viel darauf gab, doch über Zeyneps Miene huschte Besorgnis.

»Al-Qaida?«

»Möglich. Al-Qaida ist ja flexibel organisiert. Wer an die Sache glaubt, kann in Istanbul eine Gruppe bilden und im Namen von Al-Qaida aktiv werden. Der Verein, dem Ömer angehört, könnte ohne weiteres so etwas sein.«

Ich durfte nicht länger dulden, dass er seine Mutmaßung als Tatsache hinstellte.

»Es gibt keinerlei Beweise dafür.«

»Doch, die Aussagen von Niyazi Bey«, hielt er störrisch dagegen. »Der Mann kannte Ömer so gut wie Mukadder. Über Ömer sagte er: ›Das sind Jünger des Daddschal, Schwachköpfe, die dem Islam schaden.‹ Mukadder habe seine Meinung geteilt und sei deshalb gegen die Verlobung seiner Tochter mit Ömer gewesen.«

»Dabei sagte Efsun, vor allem ihr Vater habe gewollt, dass sie heiraten.«

»Sie hat gelogen, Hauptkommissar. Auch ansonsten ist ihre Aussage aus der Luft gegriffen. Ihr Vater ging nämlich gestern, wie sie sagte, also Dienstagmorgen, gar nicht zur Arbeit.«

Das war von Bedeutung.

»Hat Niyazi das gesagt?«

»Ja, er hat Mukadder vor zwei Tagen, also am Montag, zum Feierabend gesehen. Ohne zu ahnen, was ihm zustoßen würde, soll er Niyazi einen guten Abend gewünscht haben und nach Hause gefahren sein. Am nächsten Tag kam er nicht zur Arbeit und rief auch nicht an. Sie haben den armen Kerl also auf dem Heimweg umgebracht.«

Ali war dermaßen von seinem eigenen Szenario überzeugt, dass er als Tatsache präsentierte, was er sich ausgedacht hatte, doch Zeynep stoppte ihn.

»Dem Todeszeitpunkt nach kann das so nicht gewesen sein, Ali.«

»Warum nicht?«

Vor Erschöpfung lagen Zeyneps Nerven blank, gereizt erklärte sie: »Weil laut Obduktionsbericht der Tod bei Mukadder Kınacı am Dienstag gegen zehn Uhr eintrat. Dass der Leichnam noch nicht aufgedunsen war und die Adern noch nicht hervortraten, beweist, dass keine vierundzwanzig Stunden seit dem Tod vergangen waren. Er kann also nicht Montag auf dem Heimweg umgebracht worden sein.«

Unser Mann ließ sich nicht beirren.

»Schön, dann haben sie Mukadder eben erst am nächsten Morgen getötet.«

Allmählich nervte seine Sturheit auch mich.

»Warte mal, Ali, wie kannst du dir da so sicher sein?«

»Weil Mukadder dagegen war, dass seine Tochter diesen Ömer heiratet. Eine Zeitlang hat er Efsun sogar verboten, das Haus zu verlassen. Doch der Bengel, der bei unserem Besuch so katzbucklig dastand, wollte sich nicht beugen. Er schnappte sich drei Freunde und drohte Mukadder, ihn umzubringen.«

Nein, diesmal schien Ali mehr in der Hand zu haben als die üblichen Vorurteile, allerdings konnte er bisher nicht genügend Beweise vorlegen, um uns davon zu überzeugen, dass ein wütender Bräutigam in spe die beiden präzise ausgeführten Morde begangen hatte.

»Und Niyazi Bey hat mir noch so eine interessante Information gesteckt.« Er versuchte weiter sein Glück. »Als er davon sprach, habe ich es nicht recht wahrgenommen, aber eben ging ich die Obduktionsberichte durch und war schockiert.«

Er richtete die flammenden Augen auf uns und wartete, wollte uns wohl raten lassen. Mir war nicht danach, auf der Uhr an der Wand jagten die Sekunden einander, es ging rasant gegen halb neun.

»Komm schon, Ali, zwing uns nicht zum Hellsehen zu so später Stunde.«

»Okay, Hauptkommissar.« Er straffte sich, statt aber endlich auszubreiten, was er wusste, stellte er erneut eine Frage: »Wisst ihr, was dieser Ömer studiert?«

Bei Zeynep fiel der Groschen schneller als bei mir.

»Medizin?«

Selbstgefällig bestätigte Ali ihre Vermutung.

»Medizin. Letztes Semester an der medizinischen Fakultät Cerrahpaşa.« Da uns das beide nicht sonderlich aufregte, wurde er nervös. »Im Obduktionsbericht steht doch, dass beiden Opfern die Kehle an derselben Stelle aufgeschlitzt wurde. Der Schnitt ist gerade und dazu noch fast auf den Millimeter gleich lang.«

»Ja ...«

»Ein Profijob also.«

»Stimmt«, sagte Zeynep, die noch immer nicht ahnte, worauf Ali hinauswollte. »Außerdem muss es jemand sein, der sich mit Narkose auskennt. Denn wir denken, die Opfer wurden erst betäubt und anschließend getötet. Deshalb passt ja der Chirurg Namık Karaman so gut ins Täterprofil.«

Alis Blick trübte sich, doch Sturkopf blieb Sturkopf.

»Okay, es könnte Namık sein, aber Ömer wäre der bessere Kandidat, hat bessere Motive zum Morden. Soweit ich weiß, werden Medizinstudenten auch in Anästhesie unterrichtet, sie arbeiten an Kadavern. Wie schneidet man einen menschlichen Körper auf, wie benutzt man das Skalpell, das alles lernen sie.«

Platt vor Erschöpfung erläuterte Zeynep gequält: »Die Wunden am Hals der Ermordeten stammen nicht von einem Skalpell, Ali. Der Mörder hat seine Opfer regelrecht enthauptet, für diese Schnitte braucht es ein stärkeres Instrument. Ein Schneidegerät, das der Mörder mit der ganzen Hand packen kann. Besser noch, ein scharfes Messer.«

So leicht gab Ali sich natürlich nicht geschlagen.

»Egal, welches Schneidegerät auch immer er benutzt hat, schlussendlich muss es jemand getan haben, der etwas von Chirurgie versteht, jemand mit einer medizinischen Ausbildung.«

Es gab da noch eine Menge Deutungsmöglichkeiten, ich wandte mich an Zeynep, um das Thema zu wechseln.

»Hast du dich um diesen Âdem Yezdan gekümmert?«

»Ja.« Sie schlug eine Mappe vor sich auf. »Ein interessanter Mann. Er stammt aus einem Clan in Hakkari, er ist der Älteste von elf Geschwistern, drei Mädchen und acht Jungen. Dementsprechend führt er den Clan. Neun Dörfer besitzen die, bei den letzten Wahlen konnten sie sogar einen Abgeordneten stellen. Vor Âdem Yezdans verstorbenem Vater soll der Clan seine Finger auch in diversen schmutzigen Geschäften gehabt haben ...«

Kaum vernahm Ali, der zunächst wenig auf Âdem Yezdan gegeben hatte, die Wörter Hakkari, Clan und schmutzige Geschäfte, packte er die Sache Ömer beiseite und spitzte die Ohren.

»Gibt's da Verbindungen zum Terrorismus?«

Zeynep lächelte sinnig.

»Hängt vom Blickwinkel ab. Im Yezdan-Clan trugen sie immer Waffen. Aber sie standen auf Seiten des Staats. Hunderte von Dorfschützern haben sie dem Staat gestellt. Dreiundzwanzig Clan-Angehörige kamen bei Gefechten ums Leben, viele wurden verletzt. Was ich schmutzige Geschäfte nannte, ist Viehschmuggel. Es gibt keine Belege dafür, aber sie könnten auch im Drogenhandel tätig gewesen sein. Denn auf einmal wurde die Familie reich, obwohl der Boden da in der Gegend nicht besonders fruchtbar ist. Grenzgebiet, auf der einen Seite Iran, auf der anderen Irak. Möglicherweise drückten auch die lokalen Sicherheitskräfte ein Auge zu. Jedenfalls übernahm Âdem die Führung des Clans, als sein Vater starb. Er hatte studiert, offenbar ein kluger Mann. Das Finanzministerium unternahm doch damals diesen Coup zur Geldwäsche: die große Amnestie zur Legalisierung von nicht registriertem Kapital. Davon profitierte Âdem Yezdan und begann, sein Geld in legale Projekte zu investieren. Vor allem im Bereich Tourismus. Er gründete eine Firma mit Namen Dersaadet.« Sie warf mir einen wissenden Blick zu. »Vielleicht ist Ihnen das bekannt, Hauptkommissar, Dersaadet ist einer der alten Namen von Istanbul.«

»Richtig, einer der von den Osmanen verwendeten Namen.« Nun war die Reihe an mir, eine kluge Miene aufzusetzen. »Weißt du denn auch, was Dersaadet bedeutet?«

»Tor zur Glückseligkeit. Stimmt das?«

»Bravo, gut gearbeitet! Aber kommen wir auf unseren Fall zurück. Was du eben erzählt hast, bietet keinen Beleg für Âdem Yezdans Schuld. Trotzdem sollten wir diesen Mann im Auge behalten, ja, wir sollten ihm morgen einen Besuch abstatten.«

»Leider ist der Mann in Moskau. Erst Donnerstagabend kehrt er zurück.«

»Dann warten wir eben und reden mit ihm, wenn er wieder da ist.«

»Ich finde, wir sollten diesen Ömer nicht außer Acht lassen«, fing Ali wieder von vorn an. »Ihr glaubt mir nicht, aber der Bengel hält etwas hinter dem Berg.«

»Möglich, kann sein, dass er etwas verbirgt, kann sogar sein, dass er der Mörder persönlich ist. Aber ebenso verdächtig wie Ömer ist auch Namık. Und dann dieser Âdem Yezdan. Die Sache ist die, wir haben weder stichhaltige Beweise noch verlässliche Zeugen. Natürlich geben wir den Faden nicht aus der Hand. Alle Verdächtigen behandeln wir mit Skepsis und ermitteln in alle Richtungen.« Ich wollte nicht den Anschein erwecken, die Meinung meines Assistenten von der Hand zu weisen. »Ömer und Efsun müssen wir noch genauer unter die Lupe nehmen. Ali hat recht, nach den Aussagen Niyazis hat sich die Wahrscheinlichkeit, dass sie die Mörder sind, erhöht. Schauen wir uns auch diese Sache mit der radikal islamischen Organisation an.«

»Dann fragen wir bei der Antiterrorabteilung nach«, schlug unser Heißsporn vor. »Die haben garantiert eine Akte über Ömer.«

»Einverstanden. Ach ja, die Liste der Mitglieder der Expertenkommission. Wissen wir, wer alles dabei war, Ali?«

Sein junges Gesicht wurde verschattet von der Schmach, seinen Job nicht vollständig erledigt zu haben.

»Das kriegen wir sofort heraus, Hauptkommissar, sie konnten die Liste nicht gleich erstellen, es gab ein Problem mit der EDV. Niyazi Bey hat einen Spezialisten eingesetzt, der kümmert sich ausschließlich um diese Sache. Bis morgen Mittag haben wir die Liste mit allen, die in derselben Expertenkommission wie Necdet Denizel und Mukadder Kınacı saßen, in Händen.«

Das war eine gute Nachricht, die Täter hatten wir noch nicht ausfindig machen können, kannten wir aber die künftigen Opfer, kämen wir näher an die Mörder heran.

»Sehr gut. Jetzt gibt es noch etwas, das wir dringend tun müssen: Zivilstreifen rund um den Topkapı-Palast postieren.«

Ihnen war nicht klar, wie ich darauf kam.

»Ist nicht der Topkapı-Palast eines der größten Bauwerke, die Fatih errichten ließ? Wenn die Mörder mit einem weiteren Mord auf Mehmed II. oder seine Residenz hinweisen wollen, ist die Wahrscheinlichkeit, dass sie ihr jüngstes Opfer in der Umgebung des Topkapı-Museums ablegen, ebenso hoch wie bei der Fatih-Moschee.«

Zeynep leuchtete das nicht sogleich ein.

»Und was ist mit der Richtung, in die die Finger der Opfer wiesen? Jedes Opfer scheint uns ein Monument zu zeigen.« Vorwurfsvoll blickte sie mich an. »Ist es nicht so, Hauptkommissar? Das haben Sie selbst entdeckt. Die Leiche von Mukadder Kınacı zeigte nicht zum Topkapı-Palast, sondern zur Fatih-Moschee.«

Sie hatte recht, doch das Detail, das mir seit gestern Abend im Kopf herumging, war ihr entgangen.

»Eigentlich zeigten die Hände von Mukadder Kınacı nicht zur Fatih-Moschee, Zeynep. Denk mal nach, sie zeigten auf die Konstantinssäule, nach Çemberlitaş. Also nach Beyazıt, Richtung Aksaray. Ich bin nicht sicher. Im Gespräch mit Leyla Hanım heute fragte ich sie nach dem dritten für diese Stadt wichtigen Herrscher. Wie aus der Pistole geschossen nannte sie Sultan Mehmed Fatih. Ich weiß nicht. Vielleicht täusche ich mich auch, was die Präsentation der Opfer in Pfeilform betrifft. Womöglich wollten die Mörder den Opfern nur die Hände fesseln. Sicherer ist die Erkenntnis, dass beide Opfer etwas mit den beiden Herrschern zu tun haben, die diese Stadt gründeten. Da wäre gut möglich, dass der dritte Mord auf Sultan Mehmed Fatih hinweist.«

»Alles klar.« Ali stand auf. »Ich schicke weitere Teams in die Umgebung des Palastes, Hauptkommissar. Und ich leite den Einsatz.«

»Nein, Ali.«

Enttäuscht verharrte er an Ort und Stelle. Ich schüttelte den Zeigefinger.

»Nein, du wirst den Einsatz nicht leiten. Schick die Teams hin, geh auch zur Kontrolle selbst vor Ort. Schau sogar an beiden Stätten vorbei, bei der Fatih-Moschee und beim Topkapı-Palast, aber danach fährst du nach Hause. Und da ruhst du dich aus.« Ich drehte den Kopf zu Zeynep. »Und du ebenfalls. Heute geht ihr früh schlafen. Wer weiß, was uns erwartet. Noch kennen wir die Mörder nicht, mit denen wir es hier zu tun haben. Ich brauche euch ausgeruht!«

Zeynep schien einverstanden, doch in Alis Augen glimmte ein rebellischer Funke. Ich kannte meinen Pappenheimer nur allzu gut. »Die Anweisung ist eindeutig«, sah ich mich gezwungen, nachzuschieben. »Kein ›Es kam aber anders, die Kollegen im Team haben mich gerufen, da musste ich hin‹, so etwas will ich nicht hören. Du gehst nach Hause und schläfst! Ist das klar?«

Die Aufsässigkeit erlosch in seinen Augen.

»Alles klar, Hauptkommissar.« Sein Ton klang offiziell. »Wenn ich die Teams kontrolliert habe, fahre ich direkt nach Hause und ruhe mich aus.«

»Sehr gut. Morgen wird ein schwerer Tag. Und übermorgen möglicherweise auch. Es hat keinen Zweck, uns sinnlos zu verausgaben.«

»Wieder durchzieht mich leise der Schmerz, weil Abend geworden ist.«

Zeynep und Ali hatte ich streng ermahnt, sich auszuruhen, ich selbst aber lenkte meinen altgedienten Wagen trotz meiner Erschöpfung zu Demirs Haus. Ich hatte zwar auf dem Rückweg von Mukadders hässlichem Wohnblock zum Revier eine halbe Stunde geschlummert, war aber genauso müde wie meine beiden Mitarbeiter. Doch was nützte es, die drei wichtigsten Menschen in meinem Leben hatten den Tisch gedeckt und erwarteten mich. Im Vertrauen auf Evgenias funkelnde, heilende Blicke, auf den Plausch mit meinen Jugendfreunden Yekta und Demir und die wundersame Erholung durch den Rakı, der alle Müdigkeit verscheuchte, gab ich Gas. So schnell ich auch fuhr, zu spät käme ich doch. Als ich bei Demirs vom Vater geerbten »Palast von Balat« ankam, war es neun Uhr. Ich stieg aus dem Auto und schaltete das Handy ein. Oh, Evgenia hatte gar nicht angerufen. Sollte sie wie ich verspätet sein? Sinnlos, mir den Kopf zu zerbrechen, ich würde es gleich erfahren. Kaum trat ich durchs Gartentor, empfingen mich die Worte eines melancholischen Lieds: »Wieder durchzieht mich leise der Schmerz, weil Abend geworden ist / Mein Auge schmerzt, ich weine noch und weiß nicht, warum …« Nein, das war nicht Müzeyyen Senar, die da sang, es war Zeki Mürens Stimme, die durch die nächtliche Finsternis schwebte. Der Tisch war in der alten Gartenlaube aufgestellt, unter den Kastanien. Noch lagen mindestens zehn Meter zwischen uns, doch schon trug mir die Maibrise den Duft von Rakı zu. Evgenia saß mit dem Rücken zu mir, leicht vorgebeugt sprach sie mit Yekta, dessen Gesicht ich im Profil sah. Ihnen gegenüber saß Demir, schweigend, doch in seinen Augen lag ein so behaglicher Ausdruck, als säßen die drei im großen Garten in der von baumelnden Glühbirnen erleuchteten Laube nicht zum ersten Mal beisammen, sie waren einander so vertraut, als hätten sie viele Male gemeinsam gesessen, gemeinsam geredet, gemeinsam getrunken. Evgenias Gesicht konnte ich nicht sehen, vielleicht flog mich deshalb die sonderbare Erscheinung an: Einen Augenblick lang hielt ich sie für Handan. Als wäre sie nie gestorben, als wäre sie wie immer und wie üblich mit uns zusammen. Aber jünger. Deutlich jünger. So jung, wie wir Gymnasiasten damals waren. Fröhlich, voller Hoffnung und Mut. Noch hatte das Leben ihre Gefühle nicht zerzaust, noch hielt es die Unschuld hoch, noch traute es sich aus Furcht, sie zu zerstören, nicht, unsere Träume anzurühren … Ich blieb stehen, um den Zauber der Nacht nicht zu brechen. Eine Weile betrachtete ich Evgenia, die sich in Handan verwandelte, Handan, die zu Evgenia wurde, und Güzide, die eine Sekunde lang beide zugleich war. Handan und Güzide hatten mich verlassen, doch im Grunde hatte ich in diesen drei Frauen immer dieselbe Frau geliebt. Welche? Meine erste Jugendfreundin, die schmächtige Gymnasiastin, oder meine stärkste Stütze und Weggefährtin, meine Ehefrau, die so viel erlitten und erduldet hatte, oder doch die erfahrene Evgenia, die mich von Neuem lehrte, dass das Leben trotz allem schön war? Vielleicht alle auf einmal, vielleicht auch jede einzeln, aber doch in allen dieselbe Frau.

Das Lied endete so traurig, wie es begonnen hatte. »Mein Auge schmerzt, ich weine noch und weiß nicht, warum …« Das Lied war aus, doch ich rührte mich nicht. Demir war es, der mich bemerkte.

»Nevzat, Junge, was stehst du da herum?«

Da drehten sich auch Evgenia und Yekta zu mir um. Es war Zeit, die Melancholie herunterzuschlucken und heiter zu wirken. Ich setzte das am wenigsten verbrauchte Lächeln, das ich zu bieten hatte, auf und ging zu ihnen.

»Ich habe euch zugeschaut«, fing ich an und fuhr fort, als wäre ich eifersüchtig: »Also wirklich super, als wäre ich gar nicht nötig. So vertraut seid ihr miteinander!«

»Hört euch den an!« Evgenia richtete ihre großen Augen auf mich. »Der beschwert sich sogar! Wann wolltest du noch hier eintreffen?«

Heute Abend trug sie Schwarz: Ohrringe mit schwarzem Stein, schwarz die Bluse, schwarz der Rock.

»Okay, okay, ich hab mich verspätet«, gab ich klein bei. »Was soll ich sagen, ich hab's nicht in der Hand, das ist der Job.«

Sofort wurde meine goldherzige Evgenia weich.

»Mach dir nichts draus, Nevzat. So schlimm ist es nun auch wieder nicht. Und so spät bist du ja gar nicht gekommen.«

»Genau«, unterstützte Yekta sie. »Wir haben uns auch eben erst hingesetzt.«

Froh, dass meine Worte genützt hatten, beugte ich mich zu Evgenia und küsste sie auf die rechte Wange. Der Lavendelduft ihrer Haut machte mich schwindelig. Wie von selbst purzelte es mir über die Lippen: »Wie herrlich du wieder duftest …«

Kaum war das heraus, sah ich meine Freunde, die uns mit erstarrtem Lächeln auf traurigen Mienen beobachteten, und bereute. Wieder sickerte von irgendwoher Handans Bild herein. Ich riss mich zusammen und umarmte erst Yekta, dann Demir. »Und ihr, wie geht es euch heute Abend?«

»Prima.« Yekta sprach für beide. »Evgenia ist da und du auch, da geht es uns noch mal so gut.«

Das war nicht gespielt wie bei mir, die Worte waren aufrichtig.

Sie freuten sich tatsächlich über unseren Besuch. Doch Evgenia, die für ihr Leben gern Gastgeberin war, nutzte die Gelegenheit, um ihre Einladung in Erinnerung zu bringen.

»Und Samstagabend kommt ihr zu mir. Keine Ausreden, alle müssen kommen!«

Niemand widersprach. Mein Blick fiel auf die Speisen, ich zeigte auf den Salat mit viel Rucola, die Melone mit Schafskäse, die schon halb geleerten Rakı-Gläser und beschwerte mich: »Oh, wohl bekomm's! Ihr habt also ohne mich auch schon zu trinken begonnen!«

Demir langte nach dem leeren Rakı-Glas, das vor dem letzten leeren Stuhl am Tisch auf mich wartete.

»Wir haben nur vorgeglüht, Nevzat. Du bist der Trinkfesteste unter uns, wir dachten, vielleicht können wir mithalten, wenn wir schon mal anfangen.«

»Na, so sei es!« Demir schenkte mir ein, doch ich setzte mich noch nicht. »Ich wasche mir eben die Hände, dann komme ich dazu. Ah, Moment, wie geht es Bahtiyar?«

Sofort gab mein temperamentvoller Schatz Auskunft.

»Gut, sehr gut. Ich hatte es nicht geglaubt, als Demir gestern Abend ›Keine Sorge‹ gesagt hatte, doch jetzt habe ich mich mit eigenen Augen überzeugt.«

Ich war froh, dass es Bahtiyar besser ging, noch glücklicher aber machte mich, dass Evgenia nicht mehr so offiziell redete, sondern einfach Demir gesagt hatte.

»Ist er drinnen? Ich schau auch schnell nach dem Kerlchen.« Schon auf dem Weg zum Haus rief Demir mir hinterher: »Ich habe ihn ins Wohnzimmer gebracht. Ah, und bitte schalte den CD-Player aus, wir wollen uns unterhalten.«

Kaum war ich in der Tür, erkannte Bahtiyar mich. Er stieß ein freundliches Brummeln aus, etwas zwischen Röcheln und Bellen.

Als ich das Licht anknipste, sah ich ihn: Er lag vor dem breiten Fenster in der hölzernen Hundehütte am Ende der dort aufgereihten leeren Drahtkäfige. Er hob den Kopf und wäre gern aufgestanden, aber das gelang ihm noch nicht. Ich ging zu ihm und streichelte sein Fell.

»Na, mein Junge, wie geht's dir?«

Sein Blick aus hellbraunen Augen ruhte auf meinem Gesicht.

»Gut, gut geht es dir.« Ich kraulte sein gelbes Fell. »Die Gefahr hast du überstanden, Schlingel.«

Wie zur Bestätigung versuchte er zu bellen, schaffte aber auch das noch nicht richtig.

»Streng dich nicht an, mein Junge, ruh dich ein bisschen aus. Schlaf du nur, umso schneller bist du nachher wieder auf den Beinen.«

Hatte er jedes meiner Worte begriffen? Jedenfalls legte er den mächtigen Kopf auf die Füße und nahm Schlafstellung ein, doch bis ich das Licht löschte und hinausging, linste er mir treuherzig hinterher.

Als ich mir im Bad das Gesicht wusch, wurde mir klar, dass ich lächelte. Ein nagelneues Licht in meinem müden Gesicht. Anscheinend war ich glücklich. Vielleicht sauste ich so schnell zum CD-Player, um ihn auszuschalten, und in den Garten zurück, um dieses Glücksgefühl nicht zu verlieren. Kaum war ich wieder draußen, stieg mir der Geruch von dem Fisch in die Nase, der auf dem Grill briet. Selbst den Anisduft des Rakı überlagerte er. Schon servierte Demir die ersten Fische. Oh, das war gar kein Seebarsch, wie am Vorabend angekündigt, er legte je drei kleine gelbe Fische auf die Teller. Ich war mir nicht ganz sicher.

»Sind das Streifenbarben?«

Demir zuckte zusammen, als hätte ich ihn beleidigt.

»Streifenbarben? Meerbarben sind das, Meerbarben! Weil du

nicht mehr auf unsere Bootstouren mitkommst, hast du vergessen, wie welcher Fisch aussieht!«

Ich nahm neugierig Platz und musterte die Fische. Ihre Nasen sprangen vor, die Mäuler reichten bis zu den Augen hoch, unter den Augenhöhlen fanden sich drei Schuppen. Auch wenn ich schon lange nicht mehr mit hinausgefahren war, wusste ich doch, dass Streifenbarben anders aussahen.

»Wahrhaftig Meerbarben, Mann! Wo habt ihr die denn aufgespürt?«

Yekta grinste schlitzohrig.

»Beim Fischer …«

»Wart ihr nicht gestern Abend fischen?«

»Doch, doch, aber was suchen Meerbarben schon vor Kınalıada? Fünf Stück Seebarsch haben wir rausgeholt, was für Meereslämmer! Die Meerbarben habe ich heute Mittag bei Fischer Şerif geholt. Frisch aus Izmir eingetroffen. Er schwor, dass sie frisch sind.«

»Sie sehen wirklich frisch aus.« Evgenia piekte die Fische auf ihrem Teller mit der Gabel an. »Guten Appetit allerseits!«

Obwohl sie gar nicht Saison hatten, schmeckten die Meerbarben vorzüglich. Kaum hatte Yekta einen Bissen heruntergeschluckt, hob er schwungvoll sein Glas.

»Also ihr beiden, herzlich willkommen!«

»Auf die Freundschaft!« Demir stieß mit uns an. Dann wandte er sich an die einzige Frau und ergänzte: »Auf die neuen Freunde!«

Evgenias Augen strahlten vor Freude.

»Auf euch!« Neidisch sah sie mich an. »Auf Freundschaften, die nie altern!«

Die Reihe war an mir, auch ich sollte ein paar Worte sagen, doch etwas hinderte mich, meine Zunge war wie verknotet, ich konnte nicht sprechen. Nicht weil ich nicht gewollt hätte, sondern weil ich das schmerzliche Ereignis vor Augen hatte, das die Vergangenheit der drei Männer am Tisch belastete. Weil ich spürte, dass ein Gespenst unter den Kastanien stand, dort, wo ich selbst gerade erst gewartet hatte, und uns mit einem auf halbem Weg steckenbleibenden Lächeln beobachtete. Ja, es war noch eine andere Frau unter uns. Auch wenn sie unsichtbar war, wenn sie nicht lachte und nicht redete, wenn wir nicht von ihr sprachen, wir drei wussten, dass sie stets dabei war: Handan. Vielleicht hätte ich, ähnlich wie Evgenia gestern Abend, nun mein Glas auf Handan heben sollen: »Auf das Mädchen, das uns diese Freundschaft einst schenkte!« Doch damit hätte ich den Abend versaut. Die Freude wäre verflogen, das Gespräch verstummt. So hielt ich also den Mund. Wäre Evgenia mir nicht zur Seite gesprungen, hätten meine Freunde mit den Gläsern in den Händen und der Hoffnung in den Augen, sinnige Worte zu hören zu bekommen, lange warten können.

»Auf Bahtiyar, der uns zusammengeführt hat!«, sagte Evgenia an meiner Stelle. Sie musste gespürt haben, dass etwas schieflief, obwohl sie nicht genau wusste, was in mir wühlte. Vielleicht glaubte sie, ich würde wieder an Frau und Tochter denken. Was auch immer sie glauben mochte, ich dankte ihr tausendfach, mich aus der Bredouille gerettet zu haben, riss mich von den Erinnerungen und meine Augen von Handans Bild los, stieß mit den Freunden an und wiederholte mit fester Stimme: »Auf Bahtiyar, auf Bahtiyars Gesundheit!«

Als vom Rakı getrunken war und die Gläser wieder auf dem Tisch standen, neckte ich unseren Gastgeber, vielleicht weil ich fürchtete, sonst wieder in Schweigen zu verfallen: »Mensch, Demir, was hast du für scharfe Augen! Wie hast du mich da in der Dunkelheit stehen sehen?«

»Augen wie ein Habicht!« Yekta griff das Thema auf. »Der erspäht nicht nur einen großen Mann wie dich …« Er zeigte ins Geäst der Bäume über uns. »Der wirft einen Blick auf die Schemen der schlafenden Vögel und zählt dir einzeln auf: Das ist eine Turteltaube, der hier ein Sperling, das eine Elster, die da eine Taube.«

Beim Stichwort Habicht lebte die Kindheit in meinem Gedächtnis auf.

»Sag mal, Demir, hattest du nicht einen Habicht?«

Er seufzte tief.

»Das war ein schöner Vogel. Ein Prachtexemplar. Er stürzte in unseren Garten, die rechte Schwinge gebrochen.«

Evgenia war betroffen, als hielte sie den verletzten Vogel in Händen, als spürte sie das Herz des verletzten Tiers pochen.

»Hatten andere Raubtiere ihn auf dem Gewissen?«

Demir wurde ernst.

»Ja, das war das Werk von anderen Raubtieren. Den entsetzlichsten Raubtieren, die es gibt. Menschen. Das Schrot aus einem Gewehr hatte ihm den Flügel gebrochen.«

»Er hatte einen komischen Namen«, ich kramte in meiner Erinnerung. »War das nicht Tranig?«

»Traurig.«

»Traurig?« Evgenia machte große Augen. »Ihr habt einen Raubvogel Traurig genannt?«

»Nicht ich, meine Mutter«, stellte Demir gedankenverloren richtig. »Meine Mutter hat den Habicht Traurig genannt. Als sie ihn sah, sagte sie: Seine Augen sind so sonderbar, der guckt richtig traurig. Ich konnte das nicht finden. Ach was, Mama, der guckt, wie Habichte eben gucken. Kann sein, dass er Schmerzen hat, aber in seinem Blick steht nicht Traurigkeit, sondern Wildheit. Doch sie ließ nicht mit sich reden. Nein, mein Junge, du erkennst es vielleicht nicht, aber dem Tier blutet nicht der Flügel, sondern das Herz. Wir wollen ihn Traurig nennen. Darauf bestand sie. Mir hatte als Name Karthago vorgeschwebt. Wichtiger als sein Name war aber die Erlaubnis, ihn im Haus zu behalten. Mein Vater hatte mit Tieren nicht viel am Hut. Ich fürchtete, er würde sagen: Vögel übertragen Krankheiten, das Tier kommt weg. Als Mutter nun den Vogel Traurig nannte, begriff ich, dass sie einen Gefährten im Haus haben wollte, und erklärte mich einverstanden. Und das war gut so, denn als Vater abends den Habicht sah, moserte er los, genau wie ich vermutet hatte, doch seine Frau, die er nach Dutzenden Ehejahren noch immer über alles liebte, sagte: ›Bünyamin, Liebster, das ist eine Sünde, lass ihn. Wie könnten wir den verletzten Vogel hinauswerfen. Er ist ein Gast Gottes!‹ Da gab er sofort klein bei und akzeptierte Traurig.«

Gefesselt lauschte Evgenia, ohne sich durch Speise oder Trank ablenken zu lassen.

»Konnte Traurig denn geheilt werden?«

»Leider nicht.« Demir wandte den Blick ab. »Er starb nur einen Monat darauf. Ich hatte es doch gesagt, flüsterte Mutter. ›Der Vogel wusste, dass er sterben würde. Darum hat er so traurig geguckt.‹ Wenn ihr mich fragt, sah Mutter in den Augen des Habichts vielmehr ihr eigenes Schicksal. Die Krankheit, die auf sie zukam. Keine sechs Monate später wurde Alzheimer bei ihr diagnostiziert. Was den Habicht betrifft, das war ein Vogel, der seine Freiheit brauchte. Egal wie gut wir ihn behandelt hätten, er hätte im geschlossenen Haus nicht leben können. War er nicht frei, wollte er auf dieser Welt nicht sein.«

»Und Demir entschloss sich, Tierarzt zu werden.« Yekta vertiefte die Sache, als wäre er damals im Kreis der Familie seines Freundes dabei gewesen. »Weil er Traurig nicht retten konnte.«

Röte stieg in Demirs Gesicht, war ihm das etwa peinlich? Doch er zögerte nicht, weiterzuerzählen.

»Stimmt, ganz am Anfang wollte ich Tierarzt werden, weil es mir nicht gelungen war, Traurig zu retten. Später erst wurde mir klar, wie sehr ich Tiere liebte. Alle, jede Art. Noch die grausamsten richten weniger Schaden an als der Mensch, sie sind ehrlicher, unschuldiger und weniger destruktiv. Es hat mich immer glücklich gemacht, ihnen nah zu sein. Deshalb entschied ich mich für Tiermedizin.«

Mir kamen die Diskussionen in den Sinn, die es in Demirs Familie darüber gegeben hatte.

»Aber sein Vater dachte nicht wie er.« Ich wandte mich Evgenia zu. »Onkel Bünyamin wollte, dass sein Sohn Anwalt wird, nicht Veterinär. Bis zu seinem Tod hat er gedacht, Demir würde Anwalt werden, der arme Mann.«

Demir lachte schuldbewusst.

»Mein Vater hat längst das Zeitliche gesegnet. Er verstand es einfach nicht. Wie soll denn aus mir, einem maulfaulen Mann, ein Anwalt werden? Hätte ich mich seinem Wunsch gebeugt, hätte ich ein Fach studieren müssen, das mir nicht lag, und einen Beruf ausgeübt, den ich nicht wollte.« Sein stechender Blick fiel auf mich: »Als hättest du den Beruf ergriffen, den deine Familie wollte!«

Kaum kam die Rede auf mich, sprang Evgenia darauf an.

»Ja, Nevzat, was hat deine Familie dazu gesagt, dass du Polizist wurdest?«

Damals war das ein echtes Problem, jetzt konnte ich mich wie Demir mit einem Schmunzeln daran erinnern.

»Erst waren sie sauer. Mein Vater stand eher links. Das heißt, er war Kemalist. Polizei war ihm zuwider. Polizei ist Werkzeug des Staats, sagte er immer. ›Warum denn nicht Offizier, da könntest du eine der Eliteschulen in Kuleli oder auf Heybeli besuchen. Wie kommst du bloß auf Polizei?‹, nörgelte er. Dabei war er selbst der Grund. Er war Lehrer für Literatur. Wie Yekta schrieb auch er Gedichte, und er liebte Romane. Das erste Buch, das ich aus seinem Bücherbord zog und las, war Agatha Christies ›Alibi‹. Bis zum Schluss hatte ich den Mörder nicht aufgespürt. Ich las das Buch gleich noch einmal und noch einmal. Damit begann meine Leidenschaft für Kriminalromane. Ich verschlang alles, was es gab, ob einheimisch oder ausländisch. Und diese Leidenschaft brachte mich zur Polizei. Doch das verriet ich meinem Vater nicht. Er brauchte nicht zu wissen, dass letztlich er mich veranlasst hatte, mich für den Beruf zu entscheiden, den er verabscheute.«

»Am meisten Glück von uns hatte Yekta.« Demir brachte die Rede auf unseren Dichter. »Sein Vater Rauf hat sich überhaupt nicht eingemischt. Er wollte Architekt werden, also studierte er Architektur. Allerdings hat er den Beruf dann nicht einen einzigen Tag lang ausgeübt.«

»Er verdreht das, Evgenia, ich mag die Architektur. Noch heute befassen sich die meisten Bücher in meinem Bücherschrank damit. Vor allem mit der Architektur von Istanbul. Die Sache war die, dass ich an der Uni bleiben wollte, aber die Akademikerkaste, die an der Spitze der Fakultät hockte, verhinderte das. Was sollte ich tun, ich wandte mich der Poesie zu. Mein Vater hat nie gutgeheißen, dass ich Dichter wurde. Er hat kein einziges Gedicht von mir gelesen.«

»Vielleicht weißt du das einfach nicht«, munterte ich ihn auf. »Woher willst du das wissen, kann doch sein, dass er's insgeheim getan hat.«

»Nein, Nevzat, ich weiß es, er hat sie nicht gelesen. Das hätte ich sehr wohl mitgekriegt. Hätte er sie gelesen, hätte er das eine oder andere dazu gesagt. Oder wenigstens anderen davon erzählt. Er ignorierte, dass ich schrieb. Er hat nie verstanden, warum ich Gedichte verfasste. Literatur, Kunst war ihm egal.«

Hätte ich seinen Vater nicht gekannt, hätte ich ihm unweigerlich geglaubt.

»Du tust ihm unrecht. Er sang wunderschön.«

»Das stimmt«, bestätigte Demir. »Und hatte der Selige getrunken, dann gab er sich dem Ghasel hin wie Münir Nurettin[5]. Ganz Balat schwieg still und lauschte ihm.«

Yekta schienen die Augen feucht zu werden. Offenbar erinnerte er sich an seinen wahren Vater erst jetzt.

»Richtig«, gestand er endlich ein. »Er mochte Lyrik nicht, aber die Lieder mit Texten von Yahya Kemal sang er wunderschön.«

Mir war, als erklänge von weitem Onkel Raufs ergreifende Stimme.

»O ja«, nahm ich den Faden auf. »Einmal sang er bei euch zu Hause dieses… da gibt's doch dieses schöne Lied in der Tonart Nihavent, ›Als Kandilli schwimmend im Schlummer lag‹… wie geht es noch weiter?«

Yekta summte den Text.

»Als Kandilli schwimmend im Schlummer lag, / Im Wasser zogen das Mondlicht wir nach. / Es war ein Weg ganz aus Silberschimmer, / Wir gingen und sprachen von Umkehr nimmer. / Phantome die Hügel, und Träume die Bäume. / Im Wasser still lehnende Ufersäume. / So war das Ende des Frühlings: wie Musik, eine heimliche Harmonie. / Wir gingen verloren in Fernen gewandt, / Bevor dieser Traum im Frühlicht entschwand…«[6]

---

5 Münir Nurettin Selçuk (1900–1981), berühmter Tenor der klassischen türkischen Musik und Komponist.

6 Deutsche Übersetzung von Annemarie Schimmel.

»Na dann«, sagte Evgenia und hob erneut ihr Glas. »Trinken wir auf Yektas Vater Rauf!«

»Auf Onkel Rauf!«

»Er ruhe in Frieden«, murmelte ich.

»Moment, Moment!« Yekta hob die Hand. »Nicht allein auf meinen, auf die Väter von uns allen!«

»Auf unsere Väter!«, klangen unsere Stimmen durch den dunklen Garten. »Auf jene guten Menschen!«

Noch einmal klirrten die Gläser aneinander, noch einmal nippten wir am Rakı, wieder setzten wir sie anschließend auf den Tisch.

Yekta sah mich zärtlich an.

»Danke, Nevzat.«

»Wofür?«

»Für die Erinnerung an meinen Vater …« Waren seine blauen Augen tatsächlich feucht, oder kam es nur mir so vor? »Besser gesagt, dafür, dass du meinem Vater zu seinem Recht verholfen hast. Undankbare Kinder wie ich benehmen sich manchmal dumm.«

»Da bist du nicht allein, mein Lieber, das tun wir alle.«

»Nein, nein«, er schüttelte den Kopf. »Du nicht. Kein Widerspruch, Nevzat, du bist anders, als du aussiehst. Gut, du trittst stark und kaltblütig auf, aber im Grunde bist du sentimental und sensibel.« Er wandte sich Evgenia zu, die interessiert zuhörte. »Die halten mich für den sentimentalsten von uns dreien, aber das bin ich nicht. Tatsächlich ist Nevzat der Gefühlsmensch unter uns.«

Diese Aussage wunderte Evgenia gar nicht.

»Das habe ich bemerkt.« Sie streckte die Hand aus und berührte meine. »Wenn er das doch bloß auch selbst merken würde.«

Was brockte der Dichter mir da ein!

»Es reicht, Yekta«, mahnte ich, »genug mit den Charakteranalysen!«

Er reagierte nicht, der Alkohol stieg ihm wohl schon zu Kopf.

»Als wir jung waren«, fuhr er an Evgenia gerichtet fort, »schrieb ich mal einen Vierzeiler auf Nevzat.«

Was für einen Vierzeiler? Ich wusste nicht, wovon er sprach. Aber Evgenia war Feuer und Flamme.

»O wirklich? Bitte trag uns den vor!«

Nun, wenn Evgenia es wollte, würde Yekta es tun. Das war ihm an der Nasenspitze abzulesen. Unseren Dichter scherte nicht, was ich fühlte: »Stich um Stich aus Zorn genäht / so reizbar wie leicht zerbrechlich / gebt nichts auf sein wildes Gefluche / er ist ein Junge in Tränen.«

Um ehrlich zu sein, es gefiel mir, doch das ließ ich mir nicht anmerken.

»Wann hast du das denn geschrieben?«

»Auf dem Gymnasium, in der elften Klasse.«

»Davon wusste ich gar nichts.«

»Ich hab's ja nie vorgelesen, wie hättest du davon wissen sollen.«

»Was für schöne Worte«, murmelte Evgenia bewundernd. »Ein Junge in Tränen. Diese Metapher gefällt mir am besten.« Sie zog ihre Hand weg, gab sich krittelnd. »Ich wusste gar nicht, dass du so ein Schandmaul bist, Nevzat.«

»Oho, in seiner Jugend hat er sich reichlich das Maul zerrissen. Und er war ein Streithahn.«

Yekta hatte an diesem Abend offenbar vor, mich in Grund und Boden zu stampfen.

»Erzähl doch keinen Unsinn, Mann, der Streitsüchtigste von uns war Demir.«

»Ach was«, hielt unser stämmiger Tierarzt dagegen. »Du hast den Streit vom Zaun gebrochen, aber weil ich der Kräftigste war, musste ich die Sache ausbaden. In der Schule war immer ich derjenige, der bestraft wurde.«

Evgenia lachte auf.

»Fabelhafte Jungs wart ihr!« Sie hob ihr Glas. »Kommt, trinken wir auf euch!«

»Auf uns!«, wiederholte Yekta. »Auf unsere Kindheit. Auf unsere vergangene Jugend.« Seine Zunge stolperte schon leicht. »Auf unsere zerbrochenen Hoffnungen. Unsere verblassenden Erinnerungen.«

Wir tranken. Mittlerweile waren wir vertraut miteinander. Auch wenn wir nicht über alles sprachen, was geschehen war, so war doch die künstliche Höflichkeit gebrochen, die Emotionen durften frei heraus. Die Wucht der Gefühle lastete so schwer, dass eine Weile sich keiner traute, das Wort zu ergreifen. Einmal mehr fiel diese Aufgabe Evgenia zu.

»Nun, Yekta«, fing sie an und richtete den vom Rakı benommenen Blick auf unseren Dichter, »es ist an der Zeit.«

Er wusste natürlich sofort, was sie meinte, ließ sich aber wie stets bitten. War dem Herrn danach, rezitierte er ganz von selbst Gedichte, ob du zuhörtest oder nicht, doch fordertest du ihn versehentlich auf, mein lieber Yekta, trag uns etwas vor, dann konntest du staunen. Da kam er mit Allüren noch und nöcher.

»Ah ja?« Da fing er schon an, sich zu zieren. »An welcher Zeit ist es denn?«

»Was glaubst du wohl, Junge?«, schimpfte ich. »An der Zeit für Poesie!«

»Ich hab doch schon eins vorgetragen.«

»Nur ein Vierzeiler heute?«

»Bei Gedichten kommt es nicht auf die Länge an!« Als er auch noch den Besserwisser herauskehrte, platzte sogar Demir der Kragen.

»Was zierst du dich, Yekta! Du hast es versprochen, nun leg schon los!«

Demir hätte kaum den Ausschlag gegeben, aber um vor Evgenia nicht dumm dazustehen, erklärte er sich endlich einverstanden.

»Schon gut, schon gut. Es soll nicht meine Schuld sein, wenn es euch nicht gefällt…«

Als alle am Tisch »Yektaa!« riefen, gab er sich geschlagen.

»Okay, okay. Das Gedicht heißt ›In deiner Abwesenheit frieren‹.« Er räusperte sich, bevor er anfing. »Du warst fort / Da war nur Istanbul, verlassen. / An hilflosen Himmel gelehnt, / Feiertagspostkarten gleich / Im Septemberwind vergilbt. / Du warst fort / Auf Bahnhöfen weinte ein Kind, / Nachts riss mich sein Schluchzen aus dem Schlaf, / Züge schnürten durch meine Pupillen, / Flecken auf meinen schneeweißen Hoffnungen. / Du warst fort / Die ganze Welt hätt' ich verändern mögen, / In Spiegeln aber altert mein Gesicht. / Erinnerung, wohin mein Blick fällt, / Wie sehr Istanbul dir ähnelt…«

Während Yekta rezitierte, wanderten Evgenias neugierige Augen über mein Gesicht. Sie spürte, dass in unserer Jugend, in unserer Vergangenheit etwas Trauriges geschehen sein musste. Sie traute sich nicht zu fragen, wartete aber darauf, dass ich von selbst damit herausrückte. Unmöglich. Ich schloss die Augen und überließ mich den lyrischen Worten.

»Du warst fort / Auf meinen Schultern ein Herz in Fetzen, / In der Brust ein wirrer Kopf, / Im Wirbel des Geschehens dreh' ich mich, / Wandere durch dein Fortsein, an den Grenzen des Wahns. / Du warst fort / Da war nur Istanbul, blutend, / in der Ödnis der Welt.«

»Wunderschön«, wisperte Evgenia berührt. »Wunderwunderschön. Für welche glückliche Frau hast du das geschrieben?«

Wie ein Begeisterungssturm abrupt verstummt, wie eine heitere Plauderei auf einen Schlag in Trübsal umkippt, wie eine unschuldige Frage einen ganzen Abend verändert, das erlebten wir in diesem Augenblick. Yekta antwortete nicht. Er war außerstande zu antworten. Demir entschied sich zur Flucht.

»Ich leg mal die Seebarsche auf den Grill, nachher ist das Feuer runtergebrannt.« Und weg war er.

Für mich gab es kein Loch, in das ich mich hätte verkriechen können. Ebenso wenig für Yekta. Evgenia stutzte, sah mich an, weil wir ihr die Antwort schuldig geblieben waren. Gerade wollte ich die Lage mimisch retten, da enthob Yekta mich der Sorge. Er hob den Kopf und gab Evgenia tapfer Auskunft:

»Das Gedicht schrieb ich für Handan. Für die Frau meines Lebens.«

»Auch du warst in Handan verliebt, stimmt's?«

»Wer ist Handan?«, fragte Evgenia. Wir saßen nicht länger bei Demir im Garten, sondern in meinem Wagen. Ihre Frage galt nicht Yekta, sondern mir. So forsch sie auch war, die sentimentale Atmosphäre hatte sie zurückscheuen lassen, sie war außerstande gewesen, meinen Freund nach dieser Frau namens Handan zu fragen, die sie doch wahnsinnig neugierig machte. Ohnehin war der Abend verdorben, die Fische und der Rakı hatten uns nicht mehr geschmeckt. Vergebens hatten Demir und ich versucht, die Unterhaltung erneut zu beleben, die dumpfe, traurig-melancholische Stimmung, die uns alle gefangen hielt, prägte den weiteren Abend. So hatte Evgenia erst, kaum dass sie im Auto saß, den Blick auf mich gerichtet und gefragt: »Wer ist Handan?«

»Eine Freundin.« Ich drehte den Zündschlüssel. »Eine gemeinsame Freundin von uns dreien.«

Mein alter Wagen tuckerte von Demirs Haustür zu den längst menschenleeren wohlvertrauten Gassen von Balat. Meine Antwort reichte ihr nicht.

»Eine Freundin«, flüsterte sie bedeutungsschwanger. »Nevzat, warum erzählst du mir nicht von deinen Freunden?«

Sie war gekränkt, blickte den Jungen, dessen Ungezogenheiten sie tolerierte, aber liebevoll an, als wollte sie sagen: Was verbirgst du da wieder vor mir?

»Ich weiß nicht«, versuchte ich abzuwiegeln. »Wahrscheinlich ist einfach nie die Rede auf sie gekommen.«

»Wie schade.« Vorwurf lag in ihrer Stimme. Die Toleranz war

verschwunden. »Hätte ich gewusst, was es damit auf sich hat, hätte ich nicht nach Handan gefragt. Dann wäre Yekta nicht so traurig geworden. Und der Abend, der so wundervoll begonnen hatte, hätte kein scheußliches Ende genommen.«

Sie hatte recht. Da mir keine Antwort einfiel, richtete ich den Blick auf die Straße. Ich sollte mich entschuldigen, erzählte aber lieber: »Eigentlich ist ihre Geschichte außergewöhnlich …«

Meine Worte weckten sofort ihr Interesse, sodass sie nachhakte, statt mir weiter böse zu sein.

»Ihre Geschichte, sagst du, meinst du die von Yekta und Handan?«

Woher sollte meine liebe Evgenia es wissen? Sie hielt Handan für die Frau, in die allein Yekta verliebt war.

»Die von Yekta, Handan und Demir …«

Ihre grünen Augen funkelten vor Neugierde.

»Waren beide in Handan verliebt?«

»Ja.« Mit Wucht überschwemmten mich die Gefühle vergangener Erinnerungen. »Beide liebten Handan.«

Unfähig, weiterzusprechen, konzentrierte ich mich auf die Straße und schwieg, doch Evgenia ließ nicht ab.

»Und du?«

Ich erschrak, mit dieser Frage hatte ich nicht gerechnet.

»Was heißt, ich?« Mein Blick glitt zu ihr. Sie wich ihm keine Sekunde aus.

»Du weißt, was ich meine.«

»Woher soll ich wissen, was du meinst?«

»Auch du warst in Handan verliebt, stimmt's?«

Es war kein Vorwurf, sie wollte es einfach nur wissen. Von meinem früheren Leben, meinen Liebesgeschichten, dem Nevzat der Vergangenheit. Deshalb war sie neugierig auf Handan. Während sie auf Antwort wartete, wurde ihre Miene so sanft, dass ich beinahe Ja gesagt hätte. Ja, auch ich war in Handan verliebt. War ich es wirklich? Hatte ich sie ebenso wahnsinnig geliebt wie Yekta und Demir? Wieder richtete ich die Augen auf die von Schlaglöchern übersäten Gassen von Balat. Die Bürgersteige, über die wir als Kinder galoppiert waren, flossen zu beiden Seiten vorbei, Bilder und Stimmen aus Erinnerungen zersplitterten unter dem blassen Licht der Straßenlaternen und verflogen. Was war nicht alles auf diesen Gassen geschehen! Im Knäuel der Erinnerungen gehörten die unvergesslichsten zweifellos zu denen mit Handan. Wie war Handan eigentlich gewesen? Ein schlankes Mädchen mit dunklen Augen und glatten Haaren. Ja, weder ihre Jugend noch ihre späteren Jahre traten mir lebendig vor Augen, nur ihre Kindheit. Möglicherweise, weil ich sie lange vor Demir und Yekta kannte. Sie wohnte nebenan. Die Tochter von Faruk und Nadide. Wir kannten uns schon so lange, dass ich mich gar nicht erinnern konnte, wann ich sie zum ersten Mal gesehen hatte. Wie meine Eltern, unsere Nachbarn Dimitri und seine Frau Sula, Mesut und Nida und ihr Sohn Ihsan, Primo und Raşel und ihre Tochter Ester, so war auch Handan schon immer da. Nicht wie eine Schwester, aber wie ein Freund war sie immer in meinem Leben anwesend. Zeitgleich kamen wir in die Schule, gingen am ersten Schultag gemeinsam hin. Die Freundschaft setzte sich über die Grundschule hinaus fort, auch in der Mittelstufe waren wir noch zusammen. Dann traten Demir und Yekta hinzu, in der siebten Klasse, ihre Klasse wurde aufgelöst, sie wurden in unsere versetzt. Erst freundeten sie sich mit mir an, dann auch mit Handan. Doch wann fingen sie an, sie zu lieben, und wer verliebte sich zuerst? War ich in Handan verliebt? Ich weiß es nicht mehr.

»Warum bist du so still geworden, Hauptkommissar?«, neckte Evgenia und riss mich aus den Erinnerungen. »Ist die Frage so schwierig?«

»Nicht schwierig, aber ich kann mich nicht genau erinnern.«

Ihr Blick löste sich keine Sekunde von mir, beharrlich fuhr sie fort: »Woran erinnerst du dich nicht?«

Sie glaubte, ich suchte Ausflüchte.

»Was ich für Handan empfand«, murmelte ich ehrlich. »Glaub mir, ich weiß es nicht mehr. War das Freundschaft, oder war ich verliebt? Ich weiß es nicht, oder ich habe es vergessen.« Ich bog links zum Goldenen Horn ab. »Wir standen uns sehr nah. Von der Kindheit bis zur Jugend waren wir zusammen, aber die Erinnerungen sind so weit fort, so verschwommen. Könnte sogar sein, dass ich sie geküsst habe.«

Ein Lachen entfuhr ihr.

»Du glaubst mir nicht, aber ich kann mich tatsächlich nicht daran erinnern.«

Sie lachte noch immer und war eindeutig nicht überzeugt, skeptisch taxierte sie mich.

»Wäre ich verliebt gewesen, würde ich es sagen.« Ich hatte das Gefühl, mich verteidigen zu müssen. »Es ist so lange her. Was geschehen ist, ist geschehen, wer gegangen ist, ist gegangen, warum sollte ich das nicht sagen?«

Ihr Vertrauen wuchs, zumindest kam es mir so vor, es war schwierig auszumachen, doch der vielsagende Ausdruck verschwand allmählich von ihrem Gesicht.

»Und die anderen?«

»Die waren heftig verknallt in Handan. Seltsamerweise haben sie damals ihre Gefühle nie ausgesprochen.«

»Was?« Sie richtete sich auf. »Haben sie dem Mädchen nie gesagt, wie verliebt sie sind?«

»Solange wir vier zusammen waren, konnte sich keiner hinstellen und sagen: ›Handan, ich liebe dich.‹ Mag sein, dass Yekta sich in seinen Gedichten beschwerte. Dann muss er es verdeckt getan haben, denn weder Demir noch ich haben es je bemerkt.«

Ich löste den Blick von den menschenleeren Gassen und sah Evgenia an.

»Wenn du jetzt so fragst, denke ich, wahrscheinlich war gerade das das Schöne daran. Die Freundschaft stand über der Liebe. Was uns glücklich machte, war unsere Gemeinschaft. Von mir einmal ganz abgesehen, aber wenn Demir oder Yekta zu Handan gesagt hätten: ›Ich liebe dich‹, hätte unsere Freundschaft Schaden nehmen können. Vermutlich spürte auch Handan das und zeigte deshalb weder an Demir noch an Yekta gesteigertes Interesse.«

»Und an dir?«

Wieder sprühten ihre grünen Augen übermütig. Ich nahm es ihr nicht übel.

»Auch an mir nicht. Vielleicht wollte sie einfach das Interesse von keinem von uns dreien aufs Spiel setzen.«

»Von euch dreien. Du gibst also zu, dass du Interesse an ihr hattest.«

»Klar, wir machten uns zusammen auf den Schulweg, waren in der Klasse zusammen, gingen zusammen heim. Wie sollte ich kein Interesse an ihr haben?«

Da war es wieder, das vielsagende Lächeln.

»Also gut, Nevzat«, ihre Stimme klang munter, »sag ehrlich, warst du nie eifersüchtig wegen Handan? Du musstet ein Mädchen, das immer nur mit dir unterwegs war, mit zwei anderen teilen. Ich wäre da eifersüchtig gewesen.«

Ich wollte schon Nein sagen, da spielte mir mein Gedächtnis einen Streich. Vor mir tauchte eine Erinnerung aus der Schulzeit auf. Kurz überlegte ich, sie für mich zu behalten, dachte dann aber, Evgenia hat das Recht, davon zu erfahren. Es war auch nichts Falsches daran.

»Wahrscheinlich war ich eifersüchtig.« Ich strengte mich an, die rasch aufsteigenden Bilder im Kopf zu sortieren. »Einmal kam ich zu spät zur Schule, da sah ich vom Hof aus, wie Handan und Demir am Eingang standen und miteinander schäkerten. Ja, da loderte Wut oder sogar Hass in mir auf. Weder ich noch Yekta waren dabei, nur die beiden. Und sie wirkten glücklich ohne uns. Ich hatte das Gefühl von Verrat. Doch kaum hatten Handan und Demir mich bemerkt, waren sie so freundschaftlich, so herzlich, dass ich mich meiner bösen Gefühle schämte.«

Evgenia hörte mir zu, ohne mich zu unterbrechen. Als ich ihre vielsagenden Blicke auf mir spürte, drehte ich ihr den Kopf zu.

»Wie?« Ich rang um Verständnis. »Was willst du sagen, Evgenia?«

Zärtlich nahm sie meinen Arm.

»Werd nicht gleich sauer. Ich glaube, ich verstehe, was da vorging.«

»Wie willst du das verstanden haben?«

»Du bist heute so unterkühlt …«

»Danke schön.« Halb im Spaß entzog ich ihr meinen Arm. »Fehlt nur noch, dass ich kalt bin. Nun haben wir auch das beisammen.«

Sie knuffte den Arm, den ich ihr zu entziehen versuchte.

»Hör doch mal zu, Nevzat! Nicht kalt, die jungen Leute benutzen dieses englische Wort: cool. Unnahbar, würden wir es vielleicht nennen.«

»Ja, wir schmeicheln so leicht niemandem.« Ich gab mich eingebildet. »Außer denen, die wir mögen, natürlich.«

»Bleib ernst, Nevzat.«

»Schon gut, ich höre.«

»Als Handan, also das Mädchen, das ursprünglich deine Freundin war, sich dann auch für Demir und Yekta, die in der

Mittelstufe zu euch stießen, interessierte, hast du dich zurückgezogen. Sag nicht Nein, ich kenne dich. Ja, du hast einen Schritt zurück gemacht, aber dabei warst du höflich und hast es niemanden spüren lassen. Du führtest dich nicht als Spielverderber auf, um Handans Aufmerksamkeit zurückzugewinnen. Vielleicht hast du auch deine Gefühle für sie geändert, hast dich gezwungen, sie als Kameradin zu sehen. In so einer Situation kocht die Rivalität meistens hoch. Drei Jungen wetteifern um die Aufmerksamkeit eines Mädchens. Du hast den Wettbewerb verachtet, bist gleich zu Beginn aus eigenem Antrieb ausgestiegen. Oder es war, wie du sagst: Für dich war Freundschaft wichtiger als Liebe. Denn du mochtest Demir und Yekta mindestens so sehr wie Handan. Keinen wolltest du verlieren.«

Während Evgenia ihre Thesen entwickelte, hatte unser Wagen das Ufer des Goldenen Horns erreicht und fuhr nun am Meer entlang. Linker Hand blinkten auf dem dunklen Wasser hin und wieder Lichter, taktlos heulte der Motor eines früh zum Fischen hinausfahrenden Bootes auf und zerriss die tiefe Stille der Nacht.

»Gute Interpretation«, sagte ich mit einem Seitenblick auf die Frau, die ich liebte. »Oder nennen wir es Analyse.«

»Mach dich nicht lustig, Nevzat!« Wieder knuffte sie meine Schulter. »Ich rede von einer ernsten Angelegenheit.«

»Ich auch.« Ich lächelte sie an. »Doch, Evgenia, eine wunderbare Analyse. Aber du schaust von heute auf die Vergangenheit. Du gehst von dem Nevzat aus, den du kennst, und versuchst, aus dieser Perspektive das Verhalten des jungen Nevzat zu erklären.« Ich fuhr zurück zur Hauptstraße, die Ampel an der Kreuzung stand auf Rot. Ich bremste und sprach weiter. »Dabei war der junge Nevzat ganz anders. Gut, einige Seiten, das, was unsere Vorfahren Temperament nannten, mag unverändert sein. Aber der junge Nevzat war sicher idealistischer und mutiger als ich, und er hatte viel mehr Hoffnung. Er setzte mehr Vertrauen in die Menschen, hielt die Erde für einen besseren Ort. Ja, halte ich mir diese Eigenschaften vor Augen, könnte ich dir ohne weiteres recht geben. Der junge Nevzat wäre imstande gewesen, auf Handan, also auf das Mädchen, in das seine beiden Freunde sich verliebt hatten, zu verzichten. Andererseits war der junge Nevzat viel ambitionierter, er stellte sich gern in den Vordergrund und spielte sich auf. Aus dieser Perspektive ist eher nicht anzunehmen, dass der junge Nevzat sich aus einem Wettbewerb, einer Rivalität mit seinen Freunden, zurückgezogen hätte.«

Als die Ampel auf Gelb sprang, strich ich meiner Liebsten zärtlich über die Hand, die auf meinem rechten Arm lag.

»Das heißt, liebste Evgenia, was du sagst, könnte ebenso gut stimmen wie falsch sein.« Ich gab Gas. »Vielleicht habe ich Handan tatsächlich wie eine Freundin geliebt. Ganz zu Anfang, also in dem Moment, als mir klar wurde, dass sie ein Mädchen ist und ich ein Junge bin, da mag in mir ein noch völlig unausgereiftes Gefühl von Sexualität aufgekommen sein, aber mehr wohl nicht. Warum ich das sage? Weil doch niemand seine erste Liebe vergisst. Sieh dir Demir und Yekta an, die haben Handan nie vergessen. Bei Yekta ist das verständlich, immerhin hat er Handan geheiratet, aber …«

»Was??« Evgenia fiel mir ins Wort. »Yekta war mit Handan verheiratet? Hattest du nicht gesagt, niemand hätte von seiner Liebe sprechen können?«

»So war es bis zum Abitur. Danach trennten sich unsere Wege. Demir ging auf Druck seines Vaters zum Studium nach Deutschland. Der Vater wollte ja, dass er Anwalt wird, aber Demir studierte Tiermedizin. Und ich ging auf die Polizeischule, obwohl meine Eltern strikt dagegen waren. Yekta und Handan blieben im Viertel. Yekta studierte Architektur, wie gesagt, er mochte diesen Beruf, aber er kam mit den Dozenten an der Uni nicht klar. Womöglich war seine Liebe zur Literatur stärker. Statt sich der Architektur zu widmen, schrieb er Gedichte und schickte sie an Zeitschriften und veröffentlichte Bücher in Verlagen, deren Namen nie jemand gehört hatte. Und Handan saß zu Hause, als wartete sie auf ihre Bestimmung. So kamen sich in unserer Abwesenheit, das heißt vor allem, in Demirs Abwesenheit, die beiden näher. Schließlich wollte Yekta nicht länger warten und machte Handan einen Heiratsantrag.«

»Und Handan stimmte zu, oder?«

»Was sollte sie tun? Sie hatte kaum eine Wahl. Im Viertel gab es nur noch Yekta.«

»Hat sie denn Yekta geliebt? War er es von euch dreien, den sie am meisten liebte?«

Ich zögerte.

»Ich vermute, Handan neigte doch am meisten Demir zu. Hätten wir sie fragen können, welchen von uns dreien sie wählen würde, hätte sie sich wohl für Demir entschieden.«

»Nevzat hätte sie also nicht gesagt …«

Energisch schüttelte ich den Kopf.

»Sicher nicht. Also meines Erachtens nicht.«

Sie wirkte enttäuscht.

»Aber Demir war nach Deutschland gegangen. Er hatte um des Studiums willen Handan aufgegeben.«

»Das ist nicht ganz klar. Möglicherweise war Demir nur damit einverstanden, dass sein Vater ihn nach Deutschland schickte, um aus Balat herauszukommen. Um Yekta und mich nicht zu verraten. Um diesen geheimen Pakt zwischen uns vieren, über den wir nie ein Wort verloren hatten, einzulösen.«

Ich merkte, wie Wut auf Yekta in mir aufstieg. Offenbar hatte ich in der Jugend, in all den Wirren die Situation nicht richtig eingeschätzt oder mir nicht ausreichend Gedanken darüber gemacht.

»Also hat Yekta eigentlich euch alle verraten.«

Das war auch meine Meinung, doch ich spürte, dass ich, nach all dem Kummer, den Yekta hatte erleiden müssen, und nachdem selbst Demir ihm verziehen hatte, das Wort Verrat nicht ohne weiteres verwenden konnte.

»Je nachdem«, sagte ich und musterte Evgenia verstohlen. »Vielleicht hat er Handan auch das Leben gerettet. Handan war ein hübsches Mädchen, aber ihre Familie war arm. Und nicht besonders gebildet. Hätte Handan Yekta nicht geheiratet, wäre sie wohl über kurz oder lang mit irgendeinem reichen Mann verkuppelt worden. Aber aus Demirs Perspektive war es nicht nett, was Yekta getan hatte.«

»Und was hat Demir dazu gesagt?«

»Was sollte er sagen? Gar nichts sagte er. Er war im dritten Jahr in Deutschland. Sie setzten Demir mit einem Brief von der Eheschließung in Kenntnis. Sogar die Einladung zur Hochzeit legten sie bei. Demir hat nie darauf geantwortet und kam auch nicht zur Hochzeit.«

»Und du? Warst du dort?«

Wieder lag Evgenias vielsagender Blick auf mir, ich dagegen hob den Blick nicht von der Straße. Ich mochte ihr nicht in die Augen sehen. Denn auch ich war nicht zur Hochzeit gegangen, obwohl sie mich eingeladen hatten. Ich weiß nicht genau, warum, mir ging diese Heirat damals offenbar gegen den Strich.

»Nein«, sagte ich und steuerte den Wagen zur Unkapanı-Brücke. »In meinen ersten Jahren bei der Polizei war ich nicht in Istanbul, und ich bekam keinen Urlaub, ich konnte nicht hin.«

Evgenia schwieg glücklicherweise, ich fühlte mich erleichtert, als hätte ich ein Geheimnis zu bewahren. Ich warf einen Blick auf die verschatteten Wasser des Goldenen Horns unter der Brücke, das sich bis zu den Ausläufern von Sarayburnu erstreckte. Beim Blick auf Sarayburnu fiel mir König Byzas ein. Ob die Istanbuler Griechen wohl den König kannten, der diese Stadt gegründet hatte? Um ehrlich zu sein, ich hätte gern das Thema gewechselt, um von der Wucht der alten Erinnerungen nicht erdrückt zu werden. Das ließ Evgenia aber nicht zu.

»Und wie hat Demir dann Yekta verziehen?«

Als ich nicht sofort Auskunft gab, sprach sie einen eigenen Gedanken aus.

»Oder ist Handan mit einem anderen gegangen?«

»Nein«, murmelte ich traurig. »Sie ging nicht mit einem anderen. Handan kam um.«

»Sie kam ums Leben?« Alle Heiterkeit war aus ihrer Stimme gewichen. »Was sagst du da, Nevzat?«

»Ein unglücklicher Unfall. Vor drei Jahren. Mit ihrem kleinen Sohn Umut zusammen.«

»O Gott«, murmelte sie bedrückt. »Das ist schlimm. Was hat Yekta gemacht?«

»Den Kopf verloren. Monatelang nahm er Beruhigungsmittel. Wir hatten große Angst, dass er sich etwas antut. Und da kam dann Demir. Er nahm seinen Freund, mit dem er fast fünfzehn Jahre lang kein Wort gewechselt hatte, bei der Hand, verband seine Wunde und richtete ihn wieder auf. Auch ich versuchte, Yekta zu unterstützen, ich hatte ja genau wie er Frau und Kind verloren, wir hatten also eigentlich viel mehr Gemeinsamkeiten, aber Demir war effektiver.«

»Da hättest du nichts machen können«, flüsterte Evgenia. »Die beiden führte Handan zusammen. Handan, die die beiden

Freunde im Leben getrennt hatte, brachte sie durch ihren Tod wieder zusammen.«

Das klang logisch, und ihr Tonfall war mitfühlend.

»Stimmt, so war es wohl. Ihre Freundschaft wurde dann enger noch als früher. Manchmal geselle ich mich zu ihnen, aber die beiden stecken ständig zusammen. Es ist wohl, wie du sagst: Handans Liebe, die die beiden auf den Beinen hält.«

»Und Demirs Familie… Frau, Kinder?«

»Er hat keine, Demir hat nie geheiratet. Wahrscheinlich hat er von uns dreien Handan am meisten geliebt. Ich weiß es nicht. Er wurde ein ausgezeichneter Tierarzt, verdiente viel Geld. Sicher hat er versucht, andere Frauen zu lieben, aber da konnte wohl nie eine Handans Stelle einnehmen. Er ist nie glücklich geworden.«

»Das steht ihm im Gesicht geschrieben.«

»Lass dich nicht davon täuschen, dass er so unterkühlt wirkt, er ist im Grunde ein guter Mensch. Schon früher wurde er nicht leicht mit anderen warm. Handan gab ihm dann den Rest. Jetzt hängt er fast dauernd mit Yekta zusammen. Tatsächlich frage ich mich schon manchmal, ob Demir, wenn er so dicke mit Yekta ist, einen alten Freund unterstützt oder seine Nähe eher im Andenken an die geliebte Frau sucht.«

»Das ist unwichtig«, sagte Evgenia voller Verständnis. »Du hast es doch gesagt, zu dieser Liebe gehörten eigentlich vier. Jetzt sind nur noch drei übrig.«

Stichelte sie schon wieder?

»Wer ist der dritte?« Ich versteifte mich aufs Neue. »Evgenia, begreif doch, ich habe mit dieser Liebe nichts zu tun.«

»Nicht du, Nevzat, die dritte Person ist Handan. Dass sie tot ist, ändert gar nichts. Ganz im Gegenteil, sie ist für die beiden Männer jetzt umso attraktiver, weil sie unerreichbar für sie ist. Darum hast du ja auch Yekta nicht trösten können. Die beiden aber teilen eine Wunde, sie lieben noch immer ein und dieselbe Frau.«

Seltsam, eine Sekunde lang fühlte ich mich ausgeschlossen. Warum empfand ich nicht denselben Schmerz, dieselbe Traurigkeit? Warum hatten Yekta und Demir mich nicht in ihren Kreis aufgenommen? Vielleicht lag das gar nicht an ihnen. Wahrscheinlich hatte Evgenia recht: Als ich vor Jahren meinem Stolz unterlag und meine Wege von den ihren trennte, hatte ich es so gewollt. Später war das Leben dann anders verlaufen. Warum fühlte ich mich dennoch ausgeschlossen? Der Mensch war schon ein seltsames Geschöpf.

Evgenia sah mich unverwandt zärtlich an.

»Du bist stark, Nevzat. Du hast sie überwunden und hinter dir gelassen, diese merkwürdige Liebe.«

»Hattet ihr mich nicht gerade als Gefühlsmensch gebrandmarkt?«

»Richtig, du bist ein Gefühlsmensch, aber das macht dich doch nicht schwach. Umgekehrt, gerade das macht dich umso stärker.«

Dass ich so im Fokus stand, war mir eher unangenehm. Um nicht länger über meine Jugend zu reden, aber zugleich aus echtem Interesse fragte ich nach dem Gründer dieser Stadt.

»Evgenia, kennst du Byzas?«

Sie warf mir einen Blick zu, der wohl besagen sollte: Wie kommst du denn jetzt auf den?

»Meinst du diesen König? Also den Mann, der den Ort gegenüber vom Land der Blinden suchte?«

»Du weißt also von ihm.«

Meine Überraschung befremdete sie.

»Wie sollte ich nicht, Nevzat? Die Geschichte dieser Stadt beginnt mit diesem König. Aber die Griechenland-Griechen haben das engere Verhältnis zu ihm, nicht wir anatolischen Griechen.«

Das war interessant.

»Wieso das?«

Als wüsste das jedes Kind, erklärte sie: »Weil Byzas zu Griechenland gehörte, wir dagegen zu Rom.«

Ein steinerner Panzer zu Konstantinopels Schutz
Die Mauern des Theodosius II.

Gott blickte auf den Kaiser. Es war der Moment der Ehre, der Tag der Macht, die Zeit des Ruhms. Schöne Kleider trug der Kaiser, auf der Stirn die mit roten Rubinen verzierte Krone. Gottes Leib war bloß, auf der Stirn trug er die Dornenkrone. Würde lag im Blick des Kaisers, der Stolz, gesegnet geboren zu sein, triumphiert zu haben, der Stolz der Sieger. Gram in Gottes Blick, Mitgefühl für die Unterdrückten, Kummer der Unterlegenen. Eine Hand des Kaisers auf dem Schwert, die andere hielt die Zügel seines Rosses, das Gesicht spiegelte kindliche Freude. Eine Hand Gottes war an den rechten Flügel des Kreuzes genagelt, die andere an den linken, das Gesicht gezeichnet von tiefster Enttäuschung.

Gott blickte auf Kaiser Theodosius. Doch Theodosius' Interesse galt nicht dem Gott am Kreuz. Des Kaisers Blick ruhte auf den Mauern hinter dem Kreuz. Auf dem Goldenen Tor, das die ungeheuren Mauern wie ein Schloss aneinanderkettete, auf der Statue seines Großvaters zwischen den Göttinnen über dem Goldenen Tor. Der Kaiser blickte seinen Großvater Theodosius den Großen, dem er seinen Namen verdankte, an. Der Großvater hatte von Galizien bis Ägypten über ganz Rom geherrscht, er selbst regierte lediglich Ostrom. Der Großvater hatte nach bitteren Kriegen glorreiche Triumphe errungen, er selbst hatte solche Siege nicht vorzuweisen. Doch nun hatte er etwas geleistet, damit auch er in der Geschichte nicht in Vergessenheit geriete.

Gott blickte auf Theodosius. Er hatte ihm stets geholfen. Hatte ihn beschützt, hatte sein Leben mit Glück gesegnet wie mit Wein gesüßtes Brot. Siebenjährig hatte Theodosius den Thron bestiegen. Gott hatte rings um ihn eine Mauer aus Ergebenheit errichtet. Hatte seine ältere Schwester Pulcheria zu seiner Hüterin bestimmt. Hatte seine Gegner abgelenkt und ihn vor Ungemach bewahrt. Hatte seinen Schatten gleich einer Segen bringenden Wolke nie von ihm genommen. Hatte ihm den Verstand gegeben, sein Land gut zu regieren. Hatte ihm die Kraft gegeben, sein Land zu schützen. Hatte ihm Geschmack verliehen, sein Land zu verschönern.

Gott blickte auf den Kaiser. Doch Theodosius' Blick lag noch immer auf den Mauern, die seinen Namen in die Liste der Unsterblichen einschreiben würden. Dabei war er mindestens so christlich wie seine Schwester Pulcheria, war dem Gott am Kreuz mindestens so verbunden wie sie. Es gelang ihm aber nicht, seiner Blicke Herr zu werden. Wieder und wieder fiel sein stolzer Blick nicht auf Gott, sondern auf die Mauern. Er wusste, nicht die Mauern des Königs Byzas und auch nicht die Konstantins des Großen waren so prachtvoll, so lang, so unbezwingbar gewesen. Er wusste, diese Mauern würden ihm eine Hochachtung eintragen, wie sie zahlreichen Herrschern nie zuteilgeworden war. Er wusste, den Ruhm, der so vielen Herrschern in der Geschichte vorenthalten worden war, würde man ihm zu Füßen legen, weil er diese Mauern errichtet hatte.

Der Kaiser schien Gott vergessen zu haben. Sein Kopf war bei den Türmen, den Schießscharten, den Gräben. Sein Kopf war bei dem steinernen Collier, das er Konstantinopel gleich einem Juwel um den Hals gelegt hatte. Die Steine in diesem Collier waren kostbarer, ansehnlicher, glanzvoller und prächtiger als Diamanten in goldenen Kronen. Sie reichten von einem Meer zum anderen. Zudem verliefen sie in zwei Reihen gleich Gebirgszügen, die einander missgünstig beäugten. Dazwischen mit Wasser gefüllte Gräben. Darin ertränken Feinde, denen es doch gelänge, die Außenmauern zu überwinden. Wer nicht ertrank, riebe sich an den harten Steinen der Innenmauern auf. Einhundertzehn Türme, vierzehn Tore, eine unendliche Anzahl von Zinnen. Auf den Türmen, an Toren und Zinnen Hunderte bewaffnete Soldaten.

Die Eitelkeit hatte den Kaiser ergriffen, die Pracht der eigenen Macht, der Glanz des Erfolgs. Er war Flavius Theodosius. Mit Vollendung dieser unbezwingbaren Mauern verwehrte er Konstantinopel den Barbaren. Niemals würden sie in diese Stadt, den Augapfel seines Reiches, eindringen können. Nicht Hunnen, nicht Perser, nicht Avaren, nicht Araber. Nun wäre der Frieden ewiglich. Mit diesen weißen Steinen war der Name Theodosius eingeschrieben in den zarten Leib dieser weiblichen Stadt.

Gott blickte auf den Kaiser. Theodosius bemerkte den Blick nicht einmal. Er war berauscht, seine Eitelkeit hielt er für Göttlichkeit, seine Gier für Glückseligkeit, seinen Erfolg für Unsterblichkeit. Er hatte sich fesseln lassen vom sonderbaren Gefühl des Wunsches nach Unsterblichkeit. Gehüllt in seinen edlen purpurnen Überwurf, schaute er mit dem Stolz eines Herrschers, der sich seiner Ahnen würdig erwiesen hatte, auf das Goldene Tor, das den Ruhm der Ahnen mehren würde.

»Er schaut, als hätte er Gott gesehen.«

Der Leichnam lag vor dem Goldenen Tor. Unter dem sternenübersäten, friedvollen Himmelszelt. Beleuchtet vom silbrigen Licht des Halbmondes, der heute Nacht wieder ein wenig zugenommen hatte. Auf dem freien Gelände zwischen den Istanbuler Stadtmauern und dem Friedhof Yedikule. Ja, wieder ein Anruf zur Unzeit. Wieder ein Mord. Wieder Mitternacht, wieder eine historische Stätte und wieder eine Münze in den Händen des Opfers.

Ich hatte Evgenia nach Hause gebracht und war, obwohl sie mich darum gebeten hatte, nicht bei ihr geblieben, weil ich fürchtete, in ihren Armen einzuschlafen, sondern in meine Klause heimgekehrt, da schrillte das Telefon. Zeynep war dran. Sie sagte, eine weitere Leiche sei abgelegt worden. Ja, es handle sich um dieselben Mörder. Doch nicht, wie erwartet, vor der Fatih-Moschee oder dem Topkapı-Serail, sondern vor dem Goldenen Tor lag der Leichnam. Nie zuvor hatte ich den Namen Goldenes Tor gehört. Für mich hieß die Gegend Yedikule, das Sieben-Türme-Viertel. Die Kerker von Yedikule. Die Festung Yedikule. Das Yedikule-Museum. Wie auch immer wir sie nennen wollten, ein Strauß prächtiger Türme, Zeugen einer blutigen Geschichte. Das Goldene Tor war ein zwischen diesen Türmen geöffneter Durchlass, ein Stadttor. Eine Art Triumphbogen mit drei Eingängen. Das Tor war weit älter als Yedikule, es stammte aus römischer Zeit. Durch dieses Tor hatten siegreiche Kaiser Einzug in die Stadt gehalten, es war so imposant und prunkvoll wie kein anderes Tor. Daher musste auch der Name stammen. Zeynep informierte mich gleich am Telefon, während ich noch mit der Enttäuschung kämpfte, dass der Leichnam nicht an einem mit Sultan Mehmed Fatih zusammenhängenden Ort abgelegt worden war. Sie sprach auch von der Münze, die sie zwischen den Händen des Leichnams gefunden hatte. Soweit sie entziffern konnte, stand »Theodosius« darauf. Theodosius! Also ein weiterer römischer Kaiser. Keine gute Nachricht, wir steckten immer noch in der römischen Epoche. Wer weiß, wie viele Herrscher zwischen diesem Theodosius und Fatih die Stadt regiert hatten? Planten die Mörder, für jeden Herrscher einen Menschen zu töten, dann stand uns ein Massaker kleineren Maßstabs bevor.

Während ich den feisten, untersetzten kahlköpfigen Mann musterte, der vor dem Goldenen Tor lag, nagte diese Frage an mir: »Können wir das verhindern?« Den Mann in seinem aschfarbenen Anzug mit bis zur Brust aufgeknöpftem schwarzen Hemd interessierte die Frage nicht. Er blickte friedlich zum fahlen Mond hinauf wie jemand, dem die Mörder nicht den Tod, sondern umfassende Glückseligkeit geschenkt hatten. Auch ich sah zu dem Silberteil hin, das sich unablässig rundete und bald voll sein würde. Wieder stand er genau über unseren Köpfen, als hätte er beobachtet, was geschehen war, und wäre nun neugierig darauf, was wir unternahmen.

»Er scheint Gott gesehen zu haben, finden Sie nicht?«

Şefik hatte das gesagt, doch unser prächtiger Zeuge am Himmel war ihm schnurz. Er sprach von dem Leichnam. Als er entdeckte, dass ich am Tatort eingetroffen war, unterbrach er seine Ermittlungen und kam zu mir. Auch ihm war die sanfte Seelenruhe in den Augen des Opfers aufgefallen.

»Wer weiß, vielleicht hat er ihn gesehen«, murmelte Zeynep scherzhaft. »Doch ich halte das eher für unkontrollierte Muskelbewegung.«

Was die Gesichtszüge des Leichnams letztlich ausdrückten, darüber ließ sich diskutieren, doch zweifellos war er auf dieselbe Weise wie die vorangegangenen beiden Opfer getötet worden: Man hatte ihm die Kehle von einem zum anderen Ende aufgeschlitzt. Wie gehabt war er zu einem Pfeil geformt, die Beine gespreizt, die Handflächen aneinandergelegt, an den Handgelenken über dem Kopf gefesselt. Ich vergegenwärtigte mir den Leichnam Mukadder Kınacıs. Nein, die Mörder hatten nicht versucht, uns zu täuschen, der Pfeil hatte genau hierher gewiesen. Nur leider hatten wir das nicht erkannt. Und wohin zeigten die Mörder dieses Mal? Ich warf einen Blick auf die Fingerspitzen des Opfers, sie deuteten auf das Goldene Tor. Nun denke man sich keinen funkelnden, protzigen Triumphbogen. Das Goldene Tor, das seinen Namen der Tatsache verdankte, dass es einst der Hauptzugang zur Stadt gewesen war, hatte längst alle Pracht eingebüßt und war nur noch eine Ruine aus Lehmziegeln, Stein und Marmor.

»Wer hat den Leichnam gefunden?«

»Die Museumswärter. Das heißt ihr Hund Bulut.« Sie deutete auf den weitläufigen Platz hinter dem Eisentor, das einen Spalt breit offen stand. »Da warten sie, wenn Sie möchten, rufe ich sie.«

»Nicht nötig, wir gehen zu ihnen.« Doch bevor ich den Leichnam verließ, brauchte ich noch eine weitere Information. »Wissen wir, um wen es sich bei dem Opfer handelt?«

»Şadan Duruca. Ein Journalist.«

»Journalist?« Das war eine Überraschung. »Wo kommt denn jetzt ein Journalist her?«

Zeynep wusste keine Antwort, doch als hätte ich ihm die Frage gestellt, antwortete Şefik.

»Das weiß ich auch nicht, Hauptkommissar.« Mit spitzen Fingern hielt er mir einen Presseausweis unter die Nase. »Sehen Sie, hier steht es.«

Richtig, der Mann war Journalist, und zwar bei einer renommierten Zeitung. Das komplizierte die Lage erheblich.

»Journalisten«, Zeynep deutete auf das Mordopfer am Boden, »sitzen nicht in der Expertenkommission für Schutzgebiete, nicht wahr, Hauptkommissar?«

»Eben.« Ich knöpfte den Mantel zu, um die feuchte Nachtkühle auszusperren. »Doch auch wenn er kein Gutachter war, bin ich mir sicher, dass Şadan Duruca ebenfalls etwas mit den Schutzgebieten zu tun hatte. Und zwar speziell mit dem Bezirk Sultanahmet, für den Necdet und Mukadder mit dem Erstellen von Gutachten zuständig waren.«

»Es muss einen Zusammenhang geben. Warum hätten sie den Mann sonst umbringen sollen?«

Wieder war es Şefik, der seine Nase in unsere Angelegenheiten steckte. Wie Aliens, die Forschungen zu einer uralten menschlichen Zivilisation anstellten, suchten seine Männer in ihren komischen Monturen vor den weit über tausendjährigen Mauern nach zweckdienlichen Spuren. Er aber hielt mit uns ein Schwätzchen. Anscheinend reichte es ihm nicht, uns Tatortbefunde vorzulegen. Er wollte auch im Augenblick der Entscheidung, zumindest aber in der Phase des Gedankenaustausches während der Ermittlungen anwesend sein. Im Vertrauen auf unsere Freundschaft hielt er es geradezu für seine Pflicht, bei jeder Gelegenheit seinen Senf dazuzugeben. Doch unsere energische Zeynep scherte seine Sensibilität nicht.

»Möglich«, sagte sie wie in Gedanken. »Das müssen wir recherchieren. Wenn es so ist, finden wir es heraus.«

Kaum sprach sie vom Herausfinden, bemerkte ich, dass unser Hitzkopf nicht da war. »Wo steckt Ali?«

Zeynep wich meinem Blick aus, um den Anflug von Panik in ihrem zu verbergen.

»Gleich da, Hauptkommissar, er ist unterwegs.«

Die hatten hinter meinem Rücken etwas am Laufen, doch in Şefiks Anwesenheit wollte ich nicht darüber reden.

»Gut.« Ich schaute zu den Museumswärtern hinüber. »Dann knöpfen wir uns die Herren mal vor.«

Şefik grämte sich wie ein verlassenes Kind. In Gedanken war er bei uns, doch notgedrungen kehrte er an seine Arbeit zurück. Denn ohne seine Befunde konnten wir die Ermittlungen gar nicht durchführen.

Wir ließen den tüchtigen Kommissar der Spurensicherung stehen und strebten auf das Tor zu, durch das in den letzten eintausendfünfhundert Jahren wer weiß wie viele Herrscher gezogen waren. »Ihr seid heute Abend nach Hause gegangen, oder?«, fragte ich Zeynep ganz offen.

Die Frage traf sie unvorbereitet.

»Nach Hause«, wiederholte sie. »Ja, ja, wir sind nach Hause gegangen.«

Ihre Stimme bebte. Sie verstand sich nicht aufs Flunkern. Bedrängte ich sie nur ein wenig, würde ich herausbekommen, was da lief, doch anschließend hätte sie Krach mit Ali. Deshalb ließ ich die Sache auf sich beruhen. Mit einem Schmunzeln fragte ich nur: »Habt ihr denn gut geschlafen?«

»Ich hab geschlafen, Hauptkommissar. Als das Telefon klingelte und ich die Augen aufschlug, fühlte ich mich richtig ausgeruht.«

»Hoffentlich hat Ali auch geschlafen.«

Sie gab keinen Ton von sich, mühte sich nur wie ein ertapptes kleines Mädchen, mit mir Schritt zu halten.

Wir traten durch das leicht geöffnete Tor, schritten unter einem alten Bogen hindurch und standen auf einem von unbezwingbaren Mauern gesäumten weitläufigen Platz. Kaum eingetreten, blendete mich grelles Licht. Ich wusste, dass hier im Sommer Konzerte stattfanden. Unsere Leute hatten wohl den Strom eingeschaltet. Doch trotz der Festbeleuchtung vermochte ich nicht, mir hier Konzerte vorzustellen. Ich hatte ein anderes Bild von Yedikule. Ich war auf dem Gymnasium, als ich den Namen erstmals hörte. Ein Kerker, in den man zu osmanischen Zeiten ausländische Gesandte und andere bedeutende Persönlichkeiten geworfen hatte, eine schaurige Festung, in der Todesurteile gegen Großwesire vollstreckt wurden. Am meisten hatte mich aber die Ermordung von Osman dem Jungen beeindruckt. Die aufständischen Janitscharen hatten Osman II. in dieser Feste erst erdrosselt und anschließend enthauptet. Mit diesem Wissen im Hinterkopf weckte der Name Yedikule bei mir keine guten Gefühle.

»Da sind sie, Hauptkommissar.«

Zeynep zeigte zu den Treppen, die auf die südlichen Mauern hinaufführten. Die Männer saßen auf den breiten Stufen, rauchten und unterhielten sich. Zu ihren Füßen lag ein großer Hirtenhund mit weißem Fell, die Zunge hing ihm aus dem Hals, hechelnd beobachtete er die beiden. Der Hund bemerkte uns als Erster, er sprang auf und bellte uns feindselig entgegen. Da standen auch die Männer auf. Der eine war wohl einen halben Meter größer als der andere und korpulent. Der kleinere, schmächtige warf die Zigarette zu Boden und trat sie mit der Fußspitze aus, bevor er rief: »Still, Bulut! Gib Ruhe, Junge, das sind doch keine Fremden.«

Bulut gehorchte aufs Wort. Doch der Mann schien seinem Hund nicht zu trauen, denn mit Kommandostimme mahnte er: »Sitz! Komm, mach schön Sitz!«

Traurig schmollte Bulut, weil sein Herrchen ihm nicht vertraute.

»Bulut, Sitz, hab ich gesagt!«

Was sollte der Hund tun, gezwungenermaßen legte er sich hin, ließ uns aber wachsam keine Sekunde aus den Augen.

»Guten Abend.« Ich trat näher. »Ich bin Hauptkommissar Nevzat.«

»Guten Abend. Museumswärter Pehlivan.«

Mit Mühe unterdrückte ich einen Lachanfall. Der Mann war schmächtig und zart, vermutlich sollte der Name die Sehnsucht seines ebenfalls kleinen schmächtigen Vaters nach einem starken Sohn ausdrücken: ausgerechnet Pehlivan – heldenhafter Ringkämpfer! Der Größere, der den Namen Pehlivan viel eher verdient hätte, stand einen Schritt hinter ihm und rauchte weiter. Statt mich an ihn zu wenden, rief ich dem vor uns liegenden Hund zu: »Hallo, Bulut! Wie geht's dir?«

Sein Blick barg immer noch Zweifel, aber er war kein Grobian, sondern nahm mit einem Schwanzwedeln, wenn auch noch etwas unwirsch, meinen Gruß entgegen.

»Ein Kangal?«

»Nein, Hauptkommissar«, entgegnete unser schmächtiger Ringkämpfer Pehlivan. Sein Tonfall klang warm. »Ein Akbaş, ein anatolischer Hirtenhund. Die sind noch besser als Kangals.«

Bewundernd musterte ich den Hund, der fast doppelt so groß war wie unser Bahtiyar. »Ein schönes Tier.«

»O ja. Und sehr freundlich. Nur heute Abend ist er ein bisschen nervös.«

Da waren wir gleich beim Thema.

»Sie haben die Leiche gefunden?«

»Genau.« Pehlivan straffte sich. »Vor zwei Stunden. Das heißt, eigentlich war es Bulut. Hätte er nicht gebellt, hätten wir gar nichts mitgekriegt.« Er warf dem Hund einen stolzen Blick zu. »Bulut bellt nicht ohne Grund. Als er unruhig wurde, wusste Ramiz gleich, hier stimmt etwas nicht.«

»Wir lagen ja sowieso auf der Lauer.« Ramiz trat einen Schritt vor. Er zählte mindestens zehn Jahre weniger als Pehlivan. Ich hatte ihn für schüchtern gehalten, das war er aber keineswegs. »Bei dem Gebell wusste ich gleich, dass die Schufte wieder da sind.«

»Die Schufte?«

Er zischelte vor Abscheu, als spuckte er aus.

»Die Schatzsucher! Vor einem Monat wurde neben der Festung ein Abwasserrohr verlegt, und dabei tauchte altes Gemäuer auf. Dazu zwei Krüge. Voll mit glänzendem Gold. Früher sollen hier Schätze versteckt gewesen sein.«

»In osmanischen Zeiten«, präzisierte Pehlivan die Aussage des Kollegen. Er warf Ramiz einen verächtlichen Blick zu. »Zur Zeit der Osmanen wurde der Staatsschatz in einem der Türme hier aufbewahrt. Nicht besonders lange, bald schaffte man ihn in den Palast zurück. Doch die Leute sind ja dumm, kaum hören sie, da ist Gold aufgetaucht, greifen sie zum Spaten und machen sich über die Fundamente der Festung her. Als wir das bemerkten, ergriffen wir natürlich gleich Maßnahmen. Fünf Männer wurden erwischt und eingebuchtet. Doch das hat die Leute nicht abgeschreckt. Deshalb sind wir seit einem Monat jede Nacht hier auf dem Quivive. Auch heute Nacht, aber irgendwann bin ich eingedöst. Ramiz hat mich dann geweckt.«

Kaum vernahm Ramiz seinen Namen, schnappte er sich das Wort.

»Ich hab Pehlivan Abi aufgeweckt. Als Bulut bellte, war mir klar, dass da was im Gange ist. Gut, dass ich ihn geweckt hab. Pehlivan war gleich in seinem Element. Er sagte: Mach Bulut los!, und ich hab das Tier von der Leine gelassen. Der düste ab wie eine Rakete, ich hinterher. Aber statt Schatzsucher mit Spaten fanden wir die Leiche dieses armen Mannes.«

»Habt ihr sonst jemanden gesehen?«

Vor Aufregung schien er meine Frage nicht verstanden zu haben, denn er erzählte einfach weiter, wie sie den Journalisten gefunden hatten.

»Wenn man die Leiche so daliegen sieht, wird einem ganz komisch. Allah lasse ihn in Frieden ruhen, er hatte auch die Augen aufgerissen. Mir standen die Haare zu Berge, wirklich. Ich kriegte es richtig mit der Angst zu tun.«

Während er sprach, quoll ihm der Rauch der inhalierten Zigarette gemächlich über die Lippen. Ramiz erzählte geradeheraus, als erlebe er den Augenblick noch einmal, doch seine Worte gefielen Pehlivan offenbar nicht, wie seine Grimasse verriet. Wahrscheinlich dachte er, sie würden ihren Job verlieren, wenn ihr Chef erführe, dass sie Angst hatten. Irgendwann konnte er nicht länger an sich halten und schlug nach der Zigarette zwischen Ramiz' Fingern.

»Wirf den Glimmstängel weg!«, befahl er. »Schämst du dich nicht, vor dem Hauptkommissar zu rauchen?«

In einer Geste, die wenig zu seiner stämmigen Gestalt passte, senkte Ramiz beschämt den Kopf. Die zu Boden gefallene Kippe trat Pehlivan aus, bevor er sich mit triumphierender Miene mir zuwandte. »Entschuldigen Sie bitte. Er ist noch jung und dumm. Ist noch nicht lange aus seiner Kleinstadt Malkara weg, sonst würde er sich nicht so respektlos verhalten.«

Er ließ mir keine Chance abzuwinken.

»Was die Angst betrifft«, fing er an, bestrebt, die Situation zu retten, »Angst hatte hier niemand. Ein Toter tut keinem etwas zuleide. Schlimme Dinge tun nur die Lebenden. Diebe, Gesindel, Schatzsucher. Natürlich waren wir baff, als wir die Leiche sahen. Denn wir hatten Schatzsucher erwartet, sahen uns aber dem Tod gegenüber. Und da ist der Ramiz ein bisschen aus der Fassung geraten. Aber ich habe ihm Mut gemacht.«

Pehlivans Geschwätz fing an, mir auf die Nerven zu gehen.

»Ihr habt also sonst niemanden gesehen?«

Die Antwort lautete zweifellos Nein. »Einen Minibus«, sagte Ramiz schüchtern. »Da war ein weißer Minibus.«

»Wo?«

Er zeigte zum Goldenen Tor hinüber, durch das wir eben hereingekommen waren.

»Gleich vor dem Tor läuft ein Graben entlang. Dahinter liegt der Obstgarten vom alten Musa. Und dahinter fängt der Yedikule-Friedhof an, durch den Friedhof führt ein öffentlicher Weg. Da stand der Minibus.«

Das konnte ein wichtiger Hinweis sein, ich musste mich vergewissern.

»Vielleicht fuhr der Wagen nur gerade vorbei. Du hast doch gesagt, es sei ein öffentlicher Weg.«

Er beharrte auf seiner Beobachtung.

»Das ist zwar ein öffentlicher Weg, Hauptkommissar, aber der Wagen stand da. Als wir zu dem Toten kamen, ließen sie den Motor an. Wieso, werden Sie fragen. Weil Bulut zu dem Minibus rüberbellte.«

»Das stimmt«, unterstützte Pehlivan den Kollegen. »Wir hörten das sehr klar. Die Nächte hier sind ja still. Als wir zu dem Verstorbenen kamen, traten die aufs Gas. Der Wagen sprang nicht gleich an, der Fahrer versuchte es zwei-, dreimal.«

Hatten wir endlich einen Hinweis?

»Habt ihr das Nummernschild notiert?«

Schlagartig wirkten sie niedergeschlagen.

»Es war dunkel«, sagte Pehlivan schließlich. »So genau konnten wir das nicht erkennen.«

Nein, bei diesen Männern war nichts zu holen, doch Zeynep ließ nicht locker.

»Was für ein Minibus war das? Sie haben gesagt, er war weiß, und sonst? Welche Marke, zum Beispiel?«

»Es war kein Minibus, es war ein Fleischtransporter.«

Die Antwort kam weder von Ramiz noch von Pehlivan, sondern von einer bekannten Stimme. Bulut hatte schon zu knurren begonnen. Kaum drehte ich den Kopf, fing ich Alis Flegelblick auf. Da war ja unser Renitenzler, und er grätschte, ohne einen Schimmer vom Verlauf des Gesprächs zu haben, mitten hinein.

»Was hab ich dir gesagt, Bulut!« Pehlivan brüllte. »Sitz! Aber schnell!«

Der arme Hund, dem klar wurde, dass er heute Nacht niemanden mehr nach Lust und Laune anknurren durfte, verzog sich auf seinen Platz. Ali ließ sich weder von Buluts feindseligem Knurren noch von meinen strafenden Blicken stören.

»Das heißt ein Lieferwagen. Ein Lieferwagen mit einem Kühlaggregat hintendrauf, da er Fleisch transportiert. Weil das Teil hinten weiß ist, haben die Jungs hier den Wagen für einen Minibus gehalten.«

Um die Museumswärter nicht noch mehr zu verwirren, brachte ich Ali zum Schweigen. »Okay, Ali. Du bist gerade erst dazugekommen. Du weißt doch gar nicht, worüber wir reden.«

Das Schlitzohr grinste.

»Hier bin ich gerade erst angekommen, Hauptkommissar, aber das Fahrzeug, das die Mörder benutzen, habe ich schon vor Stunden ausgemacht.«

Das verwegene Grinsen auf seinem jungen Gesicht verriet, dass er Kenntnisse erlangt hatte, die ihm wichtig erschienen und aus denen er seine Schlussfolgerungen gezogen hatte. Doch im Augenblick wollte ich nicht die Hinweise hören, die seine Mutmaßungen stützten, sondern erfahren, was die beiden Wärter beobachtet hatten.

Ich nickte.

»Das besprechen wir gleich, Ali.« Ich wandte mich erneut den Wärtern zu. »Also, was könnt ihr sonst noch über den weißen Minibus sagen?«

»Äh, Hauptkommissar, ich bin ein bisschen durcheinander.« Ramiz warf meinem Assistenten scheue Blicke zu. »Wenn der jetzt so von Lieferwagen redet… Mit Kühlaggregat hintendrauf… Ich fand eh, dass der Wagen für einen Minibus ein bisschen groß war…« Er zögerte. Sein Blick war dumpf, als er nicht weiterkam, suchte er Hilfe bei seinem Kollegen. »Wie siehst du das, Pehlivan Abi?«

Auch Pehlivan zögerte.

»Was soll ich sagen?« Er legte den Kopf schräg. »Um ehrlich zu sein, wir konnten den Wagen nicht so genau erkennen. Da waren ja Grabsteine und Baumstämme dazwischen. Ramiz hat schon recht, für einen Minibus war das Auto ein bisschen groß.« Er nickte zu Ali hinüber. »Vielleicht war es tatsächlich ein Lieferwagen.«

»Könnten die Morde religiös motiviert sein?«

Ob Ali recht hatte, blieb dahingestellt, doch zweifellos hatte er interessante Informationen an der Hand. Wir ließen die Museumswärter mit Bulut unten an der Treppe zur Mauer zurück und liefen zum Goldenen Tor, als er erzählte.

»Das war sicher ein Lieferwagen, das heißt, ein Fleischtransporter. Ich habe ihn mit eigenen Augen gesehen. Vor etwa zwei Stunden, da wurde er vor dem Haus von Ömer in Eğrikapı abgestellt, und Ömer und sein älterer Bruder stiegen aus.«

Das ging zu weit. Ich hatte ihn angewiesen, nach Hause zu fahren, er aber war zur nächtlichen Verfolgung aufgebrochen.

»Moment, Moment! Willst du sagen, du hast Ömer observiert? Und das auch noch allein?!«

Als hätte er sich kein Fehlverhalten vorzuwerfen, ja, als hätte er stattdessen etwas Großartiges geleistet, gab er stolz zur Antwort: »Ja, ich stand den ganzen Abend bei denen vor dem Haus, aber erst um Mitternacht …«

»Was hatte ich euch gesagt, Ali?« Ich musste ihn einfach unterbrechen. »Bevor ich am Abend im Revier aufbrach?«

Er riss die Augen auf: Warum blickte ich so grimmig drein, warum brüllte ich? Behandelte man denn so einen Polizisten, der die ganze Nacht Verdächtige beschattet hatte und scharf darauf war, einen Mörder zu fassen? Alle drei blieben wir stehen, rund zehn Meter hinter dem Monument, durch das einst die Herrscher eingezogen waren.

»Was hatten Sie gesagt, Hauptkommissar?«

Staunen überlagerte die Enttäuschung in seiner Stimme.

»Ihr geht nach Hause und ruht euch aus, das hatte ich gesagt.« Ich wandte mich an Zeynep, die zwischen uns stand. »Oder etwa nicht?«

Zeynep schwieg, doch Ali, der keinerlei Zweifel daran hegte, im Recht zu sein, schwadronierte wahrhaftig weiter: »Ja, gut, Hauptkommissar, aber es gab dann neue Entwicklungen …«

»Was für Entwicklungen? Die Ermittlungen in diesem Fall leite ich. Ich weiß nichts von Entwicklungen. Mein Handy war die ganze Nacht eingeschaltet. Niemand hat mich angerufen und gesagt: Folgendes ist passiert, wir tun jetzt dies und jenes!« Wütend taxierte ich die beiden. »Oder habt ihr etwa angerufen, und ich hab's nicht mitgekriegt?«

Zeynep senkte den Blick.

»Wenn Sie zuhören würden, Hauptkommissar, ich kann's erklären …« Ali hatte tatsächlich die Chuzpe, neu anzusetzen.

»Ich höre zu, Ali, ich höre zu, aber dein Verstoß gegen die Disziplin«, ich warf Zeynep einen Blick zu, »euer Verstoß gegen die Disziplin ist damit nicht vergessen. Du sagst, du warst bei Ömers Haus. Und wenn dir da etwas passiert wäre?«

Wieder setzte sich dieser Ausdruck von Ach-was, dieses draufgängerische Grinsen auf sein Gesicht.

»Mir passiert nichts, Hauptkommissar!«

»Ein Scheiß passiert!« Ich brüllte. Meine Stimme prallte durch die Nacht gegen die historischen Mauern, die sie zurückwarfen. Die beiden Museumswärter aus Thrakien, mit denen wir eben gesprochen hatten, spähten neugierig zu uns her, selbst Bulut sprang auf. Trotzdem wiederholte ich: »Ein Scheiß passiert! Du sagst doch, die Männer sind Mörder. Wenn das stimmt, haben wir es mit Leuten zu tun, die drei Menschen kaltblütig aufgeschlitzt haben. Was heißt, dir passiert nichts? Bist du ein über die

Menschen erhabenes Wesen? Oder trägst du einen Talisman, damit dich keine Kugeln treffen? Hast du Voodoo gegen den Tod machen lassen? Sag schon, Ali, was heißt, dir passiert nichts?«

Er blieb stumm. Noch immer gestand er nicht ein, sich falsch verhalten zu haben, doch wenigstens verteidigte er sich nicht länger, und auch von Zeynep, die von Anfang an um das Fehlverhalten der beiden gewusst hatte, kam kein Ton.

»Und du, Zeynep, wie konntest du dich diesem Hitzkopf nur fügen? Na gut, ich bin euch schnuppe, das ist schon klar. Aber was, wenn Ali etwas passiert wäre: Hätte dein Gewissen dich gar nicht gequält?« Sie war knallrot angelaufen. »Oder warst du etwa bei ihm? Seid ihr zusammen zu Ömer gefahren?«

»Äh, ich wollte eigentlich, aber ...«

»Du wolltest also mit, aber Ali ließ das nicht zu, stimmt's? Und warum nicht? Weil es gefährlich war!« Mein zorniger Blick fiel auf meinen Assistenten. »Und wie kommst du dazu, alleine loszuziehen? Bravo, Leute! Da habt ihr ein schönes Ding gedreht hinter meinem Rücken. Und ich lobe mein Team auch noch überall in den höchsten Tönen!«

Nun schwiegen beide. Die Stille der Nacht senkte sich auf den weitläufigen Platz. Es war erneut Ali, der als Erster das Wort ergriff.

»Entschuldigung, Hauptkommissar. Sie haben recht, wir hätten Nachricht geben müssen, aber die Ereignisse haben sich einfach überstürzt.« Sein Selbstvertrauen war angeschlagen, die Euphorie verflogen. »Und Sie sahen auch müde aus. Wir wollten Sie nicht stören.«

»Na klar, lassen wir den Alten pennen ...«

»Nein, ich bitte Sie, Hauptkommissar, doch nicht alt!« Er versuchte zu lächeln. »Wir wollten Ihnen keine Flöhe in den Kopf setzen, solange wir kein greifbares Ergebnis hatten.«

»Ach, Ali, ach!« Verzweifelt breitete ich die Arme aus. »Du begreifst es einfach nicht. Das Ergebnis hätte dein Tod sein können.« Vor ihren Gesichtern schüttelte ich den Zeigefinger. »Hört zu, ich warne euch. Ich werde ab sofort von allem unterrichtet, das ihr unternehmt. Ohne meine Erlaubnis holt ihr nicht mal Luft! Klar? Habt ihr das verstanden?«

»Verstanden, Hauptkommissar«, kam es wie aus einem Mund.

»Kommt nicht wieder vor«, murmelte Ali und meinte es ehrlich. Er wusste, dass ich mir vor allem Sorgen um ihn machte, mehr noch als dass ich ihm wegen seines Alleingangs böse war. Beides stimmte. Einerseits ärgerte mich, dass er mir die Kontrolle über die Ermittlungen entriss, andererseits fürchtete ich, der Heißsporn könnte sich umlegen lassen.

»Hoffentlich«, murrte ich. »Hoffentlich kommt das nicht wieder vor.« Mein Blick fiel noch einmal auf den Hund der Museumswärter, die uns beobachteten, ich sog die feuchte Luft ein und ging los. »Na, dann kommt jetzt.«

Stumm folgten mir Ali und Zeynep. Ein paar Schritte weiter fragte ich, ohne ihnen ins Gesicht zu sehen: »So, erzählt. Was war los heute Abend?«

Die Antwort kam nicht von unserem Herumtreiber, sondern von Zeynep.

»Eigentlich bin ich dafür verantwortlich.« Da schwang Reue mit. Wollte sie den Mann, den sie liebte, schützen? Oder sagte sie das, um ihr Gewissen zu erleichtern?

»Ja, alles ging von mir aus«, sagte sie nun lauter. Die Verlegenheit hatte sie abgeschüttelt. »Wir wollten gerade die Rechner ausschalten und los. Ali hatte schon seine Jacke an und wartete, um mich nach Hause zu fahren. Ich weiß nicht, ob mich der Teufel ritt. Jedenfalls sagte ich: Ali, werfen wir doch noch einen Blick ins Register von diesem Ömer! Und er stimmte zu. Das taten wir dann. Ömer saß vor zwei Jahren wegen Urkundenfälschung ein Jahr und zwei Monate ab. Da waren wir neugierig darauf, welche Urkunden er gefälscht hatte. Und was wir fanden, war spannend. Er war mit gefälschtem Pass nach Afghanistan gereist. Um mit den Taliban gegen die USA zu kämpfen. Als wir das erfuhren, waren wir natürlich alarmiert. Ali rief einen Freund in der Antiterrorabteilung an.«

»Sezai. Sezai Korutan«, murmelte Ali. »Er ist Kommissar beim Antiterror. Wir waren auf der Akademie in derselben Klasse. Der ist so was von clever, Hauptkommissar. Der hat ein Gedächtnis, der gibt Ihnen haargenau wieder, was Sie vor einem Jahr mit ihm gesprochen haben. Ich fragte ihn nach Ömer. Kaum hatte ich Ömer Ekinli gesagt, erinnerte er sich an unseren Verdächtigen. Treffen wir uns, reden wir über ihn, sagte ich. Wir hatten Glück, er hatte Bereitschaft und war gleich einverstanden. ›Vielleicht ist es sinnvoll, wenn wir einen Blick in die Unterlagen bei uns werfen.‹ Eine einmalige Gelegenheit, da sind wir hingefahren.«

»Eigentlich«, mischte sich Zeynep ein, »wollte Ali nicht, dass ich mitkomme. Du siehst müde aus, ruh dich aus, nach dem Gespräch mit Sezai fahr ich auch gleich nach Haus, sagte er. Aber ich spürte, dass es sich lohnen würde, so hörte ich nicht auf ihn, sondern fuhr mit.«

»Nein, Hauptkommissar«, widersprach unser Dickschädel. »Zeynep will für meinen Fehler geradestehen. Ich bin aber allein verantwortlich.«

Ich blieb stehen und sah sie an. Sie genierten sich nicht länger, beider Blicke ruhten mutig auf mir, jetzt wollten sie es drauf ankommen lassen. Fast hätte ich gelacht. Wozu Liebe nicht alles imstande ist, dachte ich. »Schon gut, ich verstehe«, sagte ich, um der Aufopferungsshow ein Ende zu bereiten. »Ihr seid also beide gleichermaßen verantwortungslos. Aber kommen wir auf die Ermittlungen zurück. Ihr seid also zur Antiterrorabteilung gefahren.«

»Sezai war sehr freundlich zu uns.« Beruhigt erzählte Ali weiter. »Ein netter Kerl. Wir hatten unseren Tee noch nicht ausgetrunken, da lag schon die Akte von Ömer Ekinli vor uns. Neugierig blätterten wir darin. Dieser Ömer war rund acht Monate in Afghanistan, bei seiner Rückkehr in die Türkei wurde er erwischt. Er gestand, nach Afghanistan gegangen zu sein, um sich dem Dschihad anzuschließen, er wollte gegen die Amerikaner kämpfen, aber die Rebellen hätten ihm nicht vertraut, weshalb er nicht in die Berge gehen konnte. Aus diesem Grund sei er auch zurückgekommen.«

»Haben sich die Amerikaner gar nicht für ihn interessiert?«, fragte ich. Denn das Kooperationsprotokoll der Antiterrorabteilung beinhaltete mehr Zugeständnisse an die Amerikaner als an uns.

»Aber klar doch, Hauptkommissar.« Ali war mit Feuereifer bei der Sache. »Darauf wollte ich ja gerade kommen. Als Ömer Ekinli festgenommen wurde, meldeten sich sofort die Antiterrorspezialisten vom US-Konsulat, das davon Wind bekommen hatte, also die allseits bekannten CIA-Agenten. Unsere Jungs machten erst Schwierigkeiten, sodass die Amis eine höhere Ebene einschalteten und sich dann die Videoaufzeichnung von der Vernehmung Ömer Ekinlis anschauten. Denn während Ömer in Afghanistan war, wurde dort ein amerikanischer Major entführt. Monate später wurde seine Leiche gefunden. Man hatte dem Major die Kehle durchgeschnitten.« Er warf mir einen vielsagenden Blick zu und gab seiner Stimme einen mysteriösen Beiklang. »Genau wie bei unseren Opfern. Und damit nicht genug, Hauptkommissar. Laut dem US-Geheimdienst waren es Angehörige einer radikal islamistischen Gruppe aus der Türkei, die den Mord vollstreckten, die dem Major also die Kehle aufschlitzten.«

Die Situation gestaltete sich spannender als erwartet. Hatte ich mich in Sachen Ömer Ekinli getäuscht? Konnten all diese Morde religiös motiviert sein? Oder Sache einer religiösen Sekte?

»Gehörte denn Ömer dazu?«

»Das glaubten zumindest die Amerikaner. Sie forderten sogar Ömers Auslieferung. Aber unsere Leute lehnten das ab aus Mangel an Beweisen. Ömer wurde ja auch nicht wegen Terrorismus angeklagt, sondern wegen Fälschung offizieller Urkunden. Dafür bekam er insgesamt zwanzig Monate Haft, der Richter setzte das auf ein Jahr und zwei Monate herunter.«

»Was meint Sezai dazu? Nimmt er Ömer seine Geschichte ab?«

Mein Assistent schüttelte energisch den Kopf.

»Auf keinen Fall, Hauptkommissar. Er glaubt, dass Ömer gelogen hat. Deshalb haben wir dann ja gleich die Ermittlungen vertieft. Wir haben Ömers Familie überprüft. Gut, dass wir das taten, denn dadurch sind wir auf den Fleischtransporter gestoßen, den die Museumswärter beschrieben haben. Dabei hatten wir diesen Wagen schon vorher gesehen.«

Als reichte nicht, dass er die Museumswärter durcheinandergebracht hatte, versuchte er jetzt auch noch, mich zu verwirren.

»Wir haben den gesehen? Wo denn?«

Was für mich ungewiss war, stand für ihn schon fest.

»Vor Metzger Halis.«

Ich hatte keinen Schimmer, wovon er redete.

»Wer soll bitte Metzger Halis sein?«

»Die Metzgerei von Ömers Familie. Erinnern Sie sich doch, Hauptkommissar, das Geschäft unten im Haus von Mukadder Kınacı. Wir wollten da parken, da kam uns ein weißer Fleischtransporter zuvor.«

Stimmt, ich erinnerte mich an den jungen Fahrer mit Turban und Pluderhose am Steuer des weißen Lieferwagens.

»Und das Geschäft gehört Ömers Familie?«

Erneut setzte er dieses nervtötende, selbstgefällige Grinsen auf.

»Nicht nur das Geschäft dort, Hauptkommissar, sie haben auch Läden in Üsküdar, Beykoz, Eyüp, Avcılar und Sultangazi. Die Familie kommt aus Erzincan. Also Vater Abdullah Efendi stammt aus Erzincan. Ömer und seine vier älteren Brüder sind hier geboren. Als Allah oder, besser gesagt, die Sekte, der er angehört, sagte: marsch, marsch, Abdullah!, machte sich der Fleischer aus Erzincan mit seinen fünf Söhnen auf den Weg. So wurden diese fünf Geschäfte eröffnet. Der Erzincaner Abdullah scheint jedem seiner Söhne einen Laden einrichten zu wollen.«

Der Vater interessierte mich nun weniger.

»Also ist Ömer auch Metzger?«

»Ja, aber nur in der Zeit, die ihm vom Studieren bleibt. Ömer ist der Jüngste und Klügste. Nur er schaffte es auf die Universität. Schon als Gymnasiast hat er in den Ferien bei Papa gejobbt. In dem Geschäft unten im Haus von Mukadder Kınacı. Da lernte er Efsun kennen. Und als dann beide radikale Islamisten wurden …«

Ömers schmale, aufgeschossene Gestalt stand mir vor Augen, sein herausfordernder Blick. Dazu fielen mir Zeyneps Worte ein:

»Der Mörder hat seine Opfer regelrecht enthauptet, für diese Schnitte braucht es ein stärkeres Instrument. Ein Schneidegerät, das der Mörder mit der ganzen Hand packen kann. Besser noch, ein scharfes Messer.«

Kam zu diesen Informationen noch die zweifelhafte Afghanistanreise hinzu, passte Ömer hervorragend in unser Täterprofil. Er studierte Medizin und war zudem Metzger. Darüber hinaus stand er im Verdacht, in eine Vollstreckung nach derselben Art, wie die Opfer in unserem Fall getötet worden waren, verwickelt gewesen zu sein. Das Problem bestand allerdings darin, dass es nach wie vor kein ausreichendes Motiv für Ömer als Mörder in unserem Fall gab. Gut, zwischen ihm und seinem künftigen Schwiegervater stimmte nicht alles, und auch Efsun verabscheute ihren Vater, doch allein deshalb Mukadder Kınacı zu töten, war unlogisch. Nahmen wir einmal an, Efsun hasste ihren Vater so sehr, dass Ömer der Forderung des Mädchens, das er liebte, nachgab und diesen Mord beging. Aber die beiden anderen Opfer? Der Archäologe Necdet Denizel, der Journalist Şadan Duruca – warum hätte er die umbringen sollen? Und wozu die Zeremonien, das Ablegen der Opfer an historischen Stätten, die Münzen?

Für diese Fragen gab es in Alis Kopf keinen Platz. Sicher, den Mörder gefunden zu haben, plapperte er feste weiter.

»Ganz wichtig, Hauptkommissar, die Familie hat einen Fleischverarbeitungsbetrieb in Tekirdağ. Sie schlachten also nicht nur selbst, sie beliefern auch andere mit Fleisch. Dazu dient der Fleischtransporter. Damit bringen sie Kalb- und Lammfleisch in ihre Geschäfte und zu anderen Metzgereien, ohne dass es verdirbt. Aber damit transportieren sie eben nicht nur Schlachtvieh, sondern auch die Leichen ihrer Opfer. Und zwar auf genau die Art, von der die beiden Säufer gestern Nacht in Çemberlitaş an der Konstantinssäule berichteten: Sie haben eine zweirädrige Handkarre dabei.«

Das war ein relevantes Detail.

»Woher weißt du das?«

»Ich hab die Karre mit eigenen Augen gesehen.« In seiner Stimme schwang ein rebellischer Unterton mit. Ich täuschte mich nicht. Seine Miene sagte: Das wollte ich doch die ganze Zeit erzählen. »Ja, ich hab sie mit eigenen Augen gesehen. Vor dem Haus von Ömer in Eğrikapı. Bevor wir von Sezai aufbrachen, hatte ich mir die Wohnadresse geben lassen. Ich setzte Zeynep ab und fuhr dann zum Haus in Eğrikapı. Dort parkte ich den Wagen in einer stillen Ecke und verlegte mich aufs Warten. Ich döste ein bisschen ein, mich weckte Türenschlagen. Da sah ich den Fleischtransporter, den wir morgens schon gesichtet hatten. Ich war sofort alarmiert. Ömer und derselbe Mann mit Turban und Pluderhose wie heute Morgen stiegen aus. Vermutlich einer seiner Brüder. Sie öffneten die Ladeklappe hinten, holten die Handkarre heraus und brachten sie ins Haus. Und zwar vor rund zwei Stunden.«

Pehlivan und Ramiz hatten den Leichnam ebenfalls vor rund zwei Stunden entdeckt. Bei dem spärlichen Verkehr zu dieser Nachtzeit dauerte die Fahrt von Yedikule nach Eğrikapı nur zehn, fünfzehn Minuten. Handelte es sich also bei dem Wagen, den die Museumswärter gesehen hatten, um denselben, den Ali beobachtet hatte, stimmte auch die Zeit. Fügten wir noch die Fähigkeit, geschickt mit einem Schlachtermesser umzugehen, also einem Mann meisterhaft die Kehle durchzuschneiden, den Besitz von Fleischtransporter und Handkarre hinzu, stand Ömer zu Recht ganz oben auf der Verdächtigenliste. Da ich nach wie vor kein ausreichendes Motiv sah, fiel es mir schwer, einen Beschluss zu fassen. Doch bei so vielen Indizien wäre es ein Fehler gewesen, tatenlos zu bleiben. Und zwar ein eklatanterer als der von Zeynep und Ali.

»Istanbul war übersät von Hunderttausenden hässlichen Häusern.«

Um keinen eklatanten Fehler zu begehen, fuhren wir noch in derselben Nacht zum Haus von Ömer Ekinli in Eğrikapı. Weder brachten wir ein Schreiben von der Staatsanwaltschaft mit, noch hatten wir vor, Ömers Wohnung zu durchsuchen. Ich wollte lediglich den weißen Lieferwagen sehen, von dem mein Assistent behauptete, darin würden die Opfer transportiert.

Das ärmliche Quartier am Rand von Eğrikapı schlummerte in den Armen der Nacht, die Gassen waren wie ausgestorben, die Fenster der zumeist windschiefen Häuser dunkel. Als Kinder kamen wir früher zum Spielen her. Damals wurde die Gegend Zigeunerviertel genannt. Viel weniger Häuser und Läden standen seinerzeit hier, es gab weniger Menschen. Der traurige Anblick des Porphyrogennetos- oder Tekfur-Palastes, wie er hier genannt wurde, der entsetzliche Anemas-Kerker, der geheimnisvolle Aya-Zoni-Brunnen mit seinem Marmorbecken und ringsum die Stadtmauern. Und am Fuß der Mauern die Gräber der Weggefährten des Propheten Mohammed. All die aufregenden Stätten und dann noch das Gerücht, von dem mir Mutter einst erzählt hatte, auf der örtlichen Müllhalde liege der legendäre Löffelschnitzer-Diamant – das hatte Eğrikapı in meiner Kinderseele in eine magische Gegend verwandelt, wo man fantastische Abenteuer erleben konnte. Demir, Yekta und ich … Manchmal war auch Handan dabei. Einmal verschwand Demir in den kalten Gängen des Anemas-Kerkers. Wie oft hatten wir ihn davor gewarnt. Aber unser Sturkopf musste unbedingt seinen Mut beweisen. Ich glaube, er wetteiferte mit mir. Yekta, der uns beiden physisch unterlegen war, kannte seine Grenzen, bei solchen Themen spielte er sich nie in den Vordergrund. Streit, Mut- oder Kraftproben, das gehörte zur Domäne von Demir und mir. Und ich muss gestehen, dass es meist Demir war, der die Rivalitätskämpfe gewann. Denn er war draufgängerischer, kräftiger und zugleich besonnener. Als er im Anemas-Kerker verschwand, kamen wir anderen vor Angst fast um. Wir waren, das weiß ich noch genau, im Hof der Ivaz-Efendi-Moschee. Nach einer Debatte darüber, ob man nun rein konnte oder nicht, verschwand Demir auf der Treppe, die vom Moscheehof in den Kerker hinabführte. Was soll ich lügen, ich hatte nicht geglaubt, dass Demir wirklich in die Tiefe steigen würde, ich dachte, er würde sich eine Weile im Eingangsbereich aufhalten und dann wieder herauskommen. Doch er kam nicht zurück. Eine halbe Stunde, eine Stunde, anderthalb Stunden, Demir tauchte nicht auf. Handan weinte, Yekta geriet in Panik, ich, verzweifelt vor Schreck, überlegte, nun auch meinerseits in den Kerker zu gehen, da trat unser Freund, als wäre nichts geschehen, aus der Finsternis hervor. Mit der stolzen Miene eines triumphierenden Heeresführers und einem rostigen Stück Metall in der Hand.

»Ich hab das Schwert des byzantinischen Kaisers gefunden.« Er grinste. »Tief aus der Erde geholt hab ich's.«

Selbstverständlich war es nicht das Schwert des Kaisers von Byzanz, was er da ausgegraben hatte, aber mit seinem Mut hatte er unser aller Bewunderung gewonnen, auch meine.

Der Strauß der Erinnerungen, die in meinem Geist wach wurden, während unser Wagen langsam durch die Gassen fuhr und ich den Blick über dieses wohlbekannte Viertel schweifen ließ, fiel mit Alis Stimme auseinander: »Hier ist es, Hauptkommissar. In diesem Block wohnt Ömer Ekinli.«

Das fünfstöckige Gebäude, auf das mein Assistent zeigte, erhob sich zwischen den windschiefen, mit den historischen Stadtmauern verwachsenen Häusern wie ein Fremdkörper, ein grober Klotz. Unwillkürlich musste ich an das Apartmenthaus von Mukadder Kınacı in Çarşamba denken. Beide schienen aus der Hand desselben geschmacklosen Bauunternehmers zu stammen. Und nicht nur diese beiden! Leider war Istanbul übersät von Hunderttausenden hässlichen Häusern, errichtet in derselben Logik ohne jedes ästhetische Empfinden, aus derselben verbohrten Haltung heraus. Doch wir waren nicht auf der Jagd nach hässlichen Gebäuden, sondern nach einem Fleischtransporter. Vor dem Gebäude konnte ich das Fahrzeug nicht entdecken. »Und nun?«

Ali war verstört, dass der Wagen, den er wenige Stunden zuvor gesehen hatte, plötzlich verschwunden war. Verwundert spähte er umher.

»Da stand er, Hauptkommissar.« Er wies hinüber zu dem Platz vor der Haustür. »Genau da.« Sein besorgter Blick machte auf meinem Gesicht Halt. »Vielleicht haben sie gemerkt, dass sie observiert wurden.« Sein Tonfall verriet tiefe Reue. »Verdammter Mist! Ja, sie müssen es gemerkt haben. Wäre ich bloß nicht weggefahren!« Er fing an, sich zu verdammen, da rief Zeynep: »Ist das nicht der Lieferwagen, den wir suchen?« Sie zeigte auf das leere Grundstück rechts neben dem hässlichen Wohngebäude.

»Ja, das ist er!« Ali holte tief Luft. »Sie haben ihn also nur umgeparkt.«

Wir stellten unser Auto zwanzig Meter hinter dem Grundstück ab. Der Fleischtransporter wurde vom Licht der Straßenlaternen beleuchtet, für eine Untersuchung reichte das aber nicht aus. Wir steckten Taschenlampen ein. Rasch schlichen wir uns zu der Fläche, auf der der Wagen stand. Zwei einander gegenüber aufgestellte Fußballtore, schief und krumm, verrieten, dass die Kinder aus dem Viertel das freie Gelände als Bolzplatz nutzten. Schon bald würden clevere Bauunternehmer einen dem hässlichen Wohnhaus nebenan ebenbürtigen Klotz auch hier errichten. Als wir uns dem Transporter näherten, tauchten auf dem Grundstück unvermutet drei Straßenköter auf. Sie waren wohl irgendwann vom Blutgeruch angelockt worden, womöglich warfen die Besitzer des Wagens ihnen auch Knochen vor, sodass die armen, hungrigen Viecher nun ihre nächtliche Ration erhofften. Der größte fletschte die Zähne und knurrte, die beiden anderen wirkten unentschlossen, eher zur Flucht geneigt. Ali sah sich nach einem Stein um, ich dagegen ging fest auf den Hund zu. Mit autoritärer Stimme schimpfte ich: »Was soll das, du ungezogener Bengel!«

Die beiden anderen Hunde verdrückten sich mit eingezogenen Schwänzen, der kräftige wich nicht zurück, aber sein Knurren wurde leiser.

»Steht der immer noch vor mir!«, sagte ich und ging weiter auf ihn zu. Als ihm klar wurde, dass er uns nicht einschüchtern konnte, bellte er zweimal schwach, um sich dann seinen Kameraden anzuschließen und sich zur Festung hinten links zu verziehen. Nein, sie würden das leere Grundstück beziehungsweise den Fleischtransporter keineswegs gänzlich aufgeben. Näher am Wagen erkannte ich ihn wieder, ja, den hatten wir heute Morgen in Çarşamba gesehen. In der Hoffnung, in der Fahrerkabine etwas von Nutzen zu entdecken, reckte ich den Kopf zur Scheibe hin, Ali und Zeynep gingen hinter den Wagen. Das Licht der Straßenlaterne kam nicht aus dem richtigen Winkel, ich beschirmte die Augen, um in die Kabine hineinzuspähen. Zuerst bemerkte ich die vom Rückspiegel herabhängende Plakette, darauf stand in arabischer Schrift »Bismillahirrahmanirrahim«, dann sah ich den

Schriftzug oben auf der Windschutzscheibe. Mein Blick kam aus der falschen Richtung, erst als ich den Kopf reckte und von vorn nachschaute, konnte ich es lesen: »Auch wenn unser Blut fließt, der Islam wird siegen.« Ein Slogan, der Alis Worte bestätigte, aber nicht ausreichte, Ömer zum Verdächtigen zu machen. Erneut widmete ich mich der Fahrerkabine. Der Sitz war mit einem Kelim industrieller Machart, der wie ein Gebetsteppich aussah, bezogen. Ich richtete den Strahl der Taschenlampe auf die Front, wo anstelle des CD-Players ein Loch gähnte, vermutlich hatten sie das Gerät aus Angst vor Dieben mit ins Haus genommen. Das Licht glitt zur Innenseite der gegenüberliegenden Tür. In der Lasche steckte ein Zettel. Nein, kein Zettel, es war das Titelblatt einer Broschüre. Papiere, die nichts mit den Morden zu tun hatten. Eine Plastiktüte unter dem Sitz erregte meine Aufmerksamkeit. Die Tüte war weiß, es fielen mir aber einige Blutflecken auf. Ich kniff die Augen zusammen und versuchte zu erkennen, was sich in der Tüte befand. Es sah aus wie ein Stück Holz. Nein, ein Messergriff. Der Griff eines großen Messers. Obwohl das zur Grundausstattung von Metzgern gehörte, klopfte mein Herz schneller. Ich wollte schon auf die andere Seite hinüberwechseln, um besser sehen zu können, da nagelte mich ein Schrei an Ort und Stelle fest: »Gottlose!« Als ich den Kopf drehte, sah ich, wie eine Person auf Ali zustürzte und dabei ein Hackmesser schwang wie ein Janitschar im Sturm auf den Feind. Ihm folgten drei weitere, ebenso wütende Männer. Mir blieb keine Zeit, meinen Assistenten, der mit dem Rücken zu ihnen stand, zu warnen, da schlug der Kerl mit dem Hackmesser schon zu. Gott sei Dank hatte Ali es noch bemerkt und war so unaufgeregt wie flink zur Seite gesprungen. Das Hackmesser spaltete die Nacht entzwei.

»Schlecht gezielt, Bruder!«, rief Ali munter, holte elegant über das rechte Bein Schwung und pflanzte dem Kerl eine deftige

Backpfeife ins Gesicht. »Siehst du, so macht man das!« Der Messermann wankte, doch er ging nicht zu Boden. Bevor er sich gefangen hatte, setzte Ali nach. »Was für ein Starrkopf bist du denn!«, rief er und verpasste dem Mann noch rechts und links Ohrfeigen auf die Pausbacken. Den hielt es nicht länger auf den Beinen, er kippte rechts über. Die drei ihm folgenden Männer stutzten kurz, um sich dann nur umso wutschnaubender auf Ali zu stürzen. Gerade wollte ich Ali zu Hilfe kommen, da spürte ich einen Schmerz am rechten Schulterblatt. Die Taschenlampe entglitt mir, ich knallte gegen die Tür des Lieferwagens. Reflexartig fuhr ich herum. Ein mir unbekannter Mann hielt mit beiden Händen einen Knüppel gepackt und setzte zum Schlag auf meinen Kopf an. In letzter Sekunde fiel ich ihm in den Arm, doch er war ziemlich kräftig. Ein hartes Gerangel setzte ein, das ich wohl verloren hätte mit gebrochenem Schädel, wenn nicht plötzlich drei Schüsse die nächtliche Stille zerrissen hätten. Die Schüsse lenkten ihn ab, er hob den Kopf, spähte hinter den Wagen, ich nutzte den Augenblick und entriss ihm den Knüppel. Bevor er sich von dem Schock erholen konnte, versetzte ich seinen Knien einen heftigen Schlag.

»Au!«, rief er und ging zu Boden. Das reichte noch nicht. Wie er es zuvor bei mir getan hatte, hieb ich nun ihm mit aller Kraft auf den Rücken. Ihm entfuhr ein lauteres »Au!«, und er krümmte sich auf dem Boden. Ich zog die Pistole und hielt sie ihm an die Schläfe.

»Keine falsche Bewegung, sonst …«

Trotz meiner Worte schob er angstvoll die Hände vor.

»Okay, okay.«

Ein weiterer Blick hinter das Fahrzeug zeigte mir Zeynep, ihre Pistole auf die drei Männer gerichtet, die auf Ali eingeprügelt hatten. Offenbar hatte sie die Schüsse abgegeben.

»Widerstand gegen die Staatsgewalt, wie!« Sie schnaubte. »Ihr werdet sehen, was ihr davon habt!«

Die Männer hatten die Hände erhoben, allen dreien stand der gleiche perplexe Ausdruck im Gesicht, und sie trugen die gleichen gestreiften Pyjamas. Offensichtlich waren sie aus den warmen Betten auf die Straße gehüpft. Ein bekanntes Gesicht sprang hervor: Ömer. Ich ließ sie stehen und schaute nach Ali. Er war neben den Hinterreifen des Lieferwagens gestürzt, etwa einen Meter rechts von ihm regte sich der Kerl, der ihn mit dem Hackmesser attackiert hatte.

»Ali, Junge, Ali, bist du okay?«, rief ich meinem Assistenten besorgt zu.

Er rappelte sich hoch und wischte sich das Blut vom Kinn und den aufgeplatzten Lippen.

»Alles okay, Hauptkommissar, mir geht's gut. Keine Sorge, bösen Männern passiert nichts.«

»Führt den Dschihad auf Seinem Weg, um errettet zu werden.«

Ömer saß mir gegenüber auf der hellen Seite des dunklen Tisches, im Strahl der 100-Watt-Lampe. Ali stand hinter ihm wie ein Marionettenspieler, bereit zur Vorstellung, in einer Position, aus der er sämtliche Bewegungen der Marionette, die er gleich in Bewegung setzen würde, unter Kontrolle hatte. Ich saß Ömer zugewandt, starrte ihn schweigend an. Die Stelle an meinem Rücken, auf die wenige Stunden zuvor der Knüppel gesaust war, tat höllisch weh, auch wenn ich es zu ignorieren suchte. Es ging mir aber gut genug, um die Befragung durchführen zu können. Ich fixierte weiter das von spärlichem Bart bedeckte ovale Gesicht des jungen Verdächtigen, sodass er nervös werden musste. Von Sekunde zu Sekunde verwandelte sich die Überraschung in seiner Miene in Anspannung. Auch er sah mich an, seine Augen flackerten nervös, als erwartete er jeden Augenblick einen Schlag von dem harten Polizisten, der hinter ihm stand. Dabei wirkte Ali, der damit beschäftigt war, mit der Zunge die frische Wunde auf der Unterlippe abzutasten, völlig ruhig. Nicht weil er ruhig gewesen wäre, sondern weil ich ihn barsch ermahnt hatte, bevor wir das Verhörzimmer betraten. Unser Verdächtiger ertrug die nervtötende Stille in dem schmuck- und fensterlosen düsteren Raum nicht länger.

»Ich habe Mukadder Kınacı nicht umgebracht.«

Die Stimme kam schwach, kaum hörbar. Ali hielt sein Ohr vor Ömers Mund.

»Was? Hast du was gesagt?«

Ömer fasste all seinen Mut und wiederholte lauter: »Ich habe Mukadder Kınacı nicht umgebracht.«

Mit beiden Händen packte Ali seine Schultern. Der gesamte Leib des jungen Mannes fuhr vor Schreck zusammen.

»Keine Angst«, sagte unser Sieben-Mal-Plagegeist und packte die schmalen Schultern des Jünglings umso fester. »Kein Grund, Angst zu haben!«

Ömer schluckte, als bekäme er keine Luft.

»Ich habe keine Angst. Ich … Ich fürchte niemanden außer den Herrgott.« Seine Stimme klang mutiger. »Ich sage nur, Sie irren sich. Ich habe Mukadder Kınacı nicht umgebracht.«

»Mukadder Kınacı«, wiederholte Ali vielsagend. Er beugte sich vor und stierte dem Verdächtigen ins Gesicht. »Spricht man so von seinem Schwiegervater? Lebte er noch, hättest du ihn Papa genannt. Mukadder Baba. Aber jetzt redest du wie über einen Fremden. Mukadder Kınacı also …«

»Also gut, Onkel Mukadder.« Um die Wirkung des grellen Lichtes auf sein Gesicht abzumildern, blinzelte er. »Ich habe Onkel Mukadder nicht umgebracht.«

Ali ließ die Schultern fahren und packte den Kopf des jungen Mannes. Mit beiden Händen drehte er ihn langsam zu sich.

»Hat irgendwer behauptet, du hättest ihn umgebracht?«

Da glotzte unser Verdächtiger dämlich und wusste nicht weiter. Ali ließ weiter neugierige Blicke über Ömers Gesicht gleiten, als wollte er es wirklich wissen, und wiederholte: »Hat irgendjemand gesagt, du hättest Onkel Mukadder umgebracht?«

»Nein, das nicht, aber als Sie mich so holterdiepolter …«

Fröhlich fiel unser Hitzkopf ihm ins Wort.

»Warum wir euch einkassiert haben?« Galant ließ er den Kopf seiner Beute fahren. »Wegen Widerstands gegen die Polizei. Wegen Verwundung von Staatsbeamten in Ausübung ihrer Tätigkeit.«

»Wir dachten, Sie sind Diebe.« Er hielt den Blick weiter auf Ali gerichtet, obwohl sein Kopf jetzt frei war. » Erst vor zwei Wochen hat man uns den Wagen geklaut. Mit zweihundertachtzig Kilo Fleisch darin. Hätten wir gewusst, dass Sie Polizisten sind ...«

»... wärt ihr abgehauen«, ergänzte Ali. »Dann hätten wir weder den Fleischtransporter vorgefunden noch euch.«

»Warum sollten wir denn abhauen? Wir haben doch nichts verbrochen. Ich hab's schon gesagt, ich habe Onkel Mukadder nicht umgebracht.«

Es war Zeit einzugreifen.

»Und Ted Nelson?«, fragte ich trocken. Ömer bebte wie von einem Schlag, bevor er mir den Kopf zuwandte. Kurz darauf hatte er sich gefangen und richtete die von Schlaflosigkeit geröteten Augen beunruhigt auf mich.

»Was? Was haben Sie gesagt?«

Reglos, ohne meine Mimik auch nur im Geringsten zu verändern, sagte ich: »Du hast es gehört.«

»Ich hab's nicht verstanden ...«

In aller Ruhe klappte ich die vor mir liegende Akte auf. Die Akte, die Ali und Zeynep aus der Antiterrorabteilung mitgebracht hatten. Darin befand sich alles, was es über Ömer zu wissen gab. Gelassen las ich den Bericht vor:

»Ted Nelson. Major der US-Armee. Vor rund zwei Jahren von Taliban in Afghanistan entführt. Nach einem Monat Haft getötet durch Aufschlitzen der Kehle.« Ich hob den Kopf und blickte in Ömers kalkweißes Gesicht. »Mit einem Messer, wie wir es heute Nacht in eurem Transporter gefunden haben. Ihm wurde die Kehle aufgeschlitzt von jemandem, der sich auf diesen Job versteht, von einem Meister seines Fachs.«

Er schluckte dreimal.

»Was hat das mit mir zu tun?«

Ich ermahnte ihn freundschaftlich.

»Lass das, Ömer, du bist nicht in der Lage, ein Spielchen zu treiben. Diesen Luxus hast du im Augenblick nicht.«

Obwohl er Angst hatte, und zwar wahnsinnige Angst, stellte er sich weiter quer.

»Was für ein Luxus, was für ein Spiel? Ich verstehe nicht, wovon Sie reden.«

Weder hob ich die Stimme, noch veränderte ich den Ton.

»Du warst ja auch in Afghanistan ...«

Er wehrte sich nicht sofort, nun gibt er es zu, dachte ich, da bockte er doch weiter. »Nein, das ist gelogen! Ich war nie in Afghanistan.«

Ich zeigte auf die Akte.

»So steht das aber nicht in deiner Aussage von vor zwei Jahren ...«

Er zögerte nur kurz.

»Das ist nicht meine Aussage«, wandte er schließlich ein. »Die haben die mir mit Gewalt abgepresst. Aufgesetzt haben die sie, in der Folter hab ich's dann unterschrieben.«

Ali knallte Ömer den Handrücken an den Kopf.

»Sag die Wahrheit! Nennst du uns etwa Folterer?«

Ömers Kopf flog nach vorn.

»Au! Nein, Sie doch nicht. Die, die mich gezwungen haben, das zu unterschreiben.«

Möglicherweise stimmte, was er sagte. Vielleicht auch nicht, doch es war durchaus wahrscheinlich. Seit den blutigen Aktionen von Al-Qaida fasste die Polizei militante Radikal-Islamisten sehr viel härter an. Ömer hätte seine Aussage vor dem Staatsanwalt widerrufen können, das hatte er allerdings unterlassen. Zweifellos verbarg er etwas vor uns.

»Wie du willst, Ömer ...« Ich schloss die Akte. »Dann sind wir hier fertig.« Ich wandte mich an meinen Schauspielerkollegen. »Du hattest recht, Ali, da können wir nichts machen. Wann kommen die Amerikaner?«

Gekonnt, besser als viele Schauspieler, antwortete er.

»Alvin hat gesagt, wenn die Akte bis dahin eintrifft, dann kurz vor Mittag.«

Ich runzelte die Stirn, strengte scheinbar mein Gedächtnis an.

»Ist Alvin dieser Jude?«

Als gäbe es diesen Mann tatsächlich und als verabscheute er ihn, verzog unser Mime das Gesicht.

»Genau, Hauptkommissar, der Typ mit den Locken, mit dem Sie Streit hatten, der mit dem roten Bart.« Er kratzte sich am Kinn. »Der ist doch von der CIA, oder?«

»Woher soll ich das wissen, Ali, der kann auch von einer noch geheimeren Organisation sein. Die tummeln sich hier, wie sie Lust haben. Auf jeden Fall ein ganz mieser Kerl…«

Ich warf Ömer einen verstohlenen Blick zu, er lauschte zutiefst besorgt. Doch seine Miene spiegelte nach wie vor Skepsis wider. Sagten wir die Wahrheit, oder führten wir ihn an der Nase herum? Sollte er uns mitteilen, was er wusste, oder weiter schweigen und tapfer auf sich nehmen, was geschehen würde? Wir mussten uns also noch ein wenig anstrengen, um ihn zu überzeugen. Ich setzte den Konflikt mit Phantom-Alvin fort.

»Der Typ war so dreist, uns im eigenen Land Befehle erteilen zu wollen.«

»Die halten sich für die Herren der Welt, Hauptkommissar. Aber Sie haben den Schuft ja schön zurechtgestutzt…« Er hielt inne und zog Ömer erneut die Hand über den Kopf. »Ich bin mir nicht sicher, ob es sich überhaupt lohnt, wegen solcher Idioten ein Risiko einzugehen. Vielleicht hätten wir ihn gleich ausliefern sollen und Schluss.«

Die Angst in den Augen des Jungen mutierte zu Entsetzen, spürbar war er kurz davor, in Panik auszubrechen.

»Die Amerikaner?« Seine Stimme klang so dünn wie bei einem Kranken. »Sie wollen mich den Amerikanern ausliefern?«

»Hättest du die Franzosen lieber?« Ali spielte keine Rolle mehr, er war in seinem Element. »Was sollen wir denn machen? Der Mann, den du umgebracht hast, war Amerikaner. Dazu hast du dem Mann nicht auf unserem Territorium die Kehle aufgeschlitzt, sondern in Afghanistan. Hättest du das in Istanbul getan, hätten wir vielleicht was für dich tun können …« Als wäre ihm gerade eine wichtige Sache eingefallen, wandte er sich an mich. »Ja, ob die ihn nach Afghanistan bringen, Hauptkommissar?«

»Weiß nicht«, sagte ich, Desinteresse vorschützend. »Kann schon sein. Zur Verifizierung.«

»Oder um ihn zu erschießen«, warf Ali heiter ein und widmete sich wieder dem entsetzten Ömer. »Was glotzt du so? Hab ich etwa nicht recht? In den USA dürfte es schwierig sein, dich hinzurichten. Menschenrechte, Demokratie und so, aber in Afghanistan geht das ratzfatz, Anklage, Prozess und an den Pfahl.«

»Ich hab den nicht umgebracht!« Er brüllte aus Leibeskräften, die Augen weit aufgerissen, der spärliche Bart zitterte. »Muslime töten niemanden.«

»Klar, natürlich nicht, und was ist mit dem Dschihad gegen die Ungläubigen?«

»Begreifen Sie denn nicht … Das steht sogar im Koran …« Als er sah, dass wir ihn neugierig beäugten, senkte er die Stimme und fing zu erklären an. »In der Sure Al-Ma'ida heißt es: ›Wenn jemand einen Menschen tötet, so soll es sein, als hätte er die ganze Menschheit getötet; und wenn jemand einem Menschen das Leben erhält, so soll es sein, als hätte er der ganzen Menschheit das Leben erhalten.‹ Darum kann ich niemanden töten.«

»Und weshalb bist du dann nach Afghanistan gegangen?«, haute Ali ihm um die Ohren. »Etwa als Tourist? Soweit ich weiß, gibt es nicht allzu viele Sehenswürdigkeiten in dem armen Land.«

»Ich wollte verstehen … Lernen … Sehen …«

Ali erging sich wieder in Spott.

»Aber sicher doch, es gibt höchst nützliche Universitäten für Medizinstudenten in Afghanistan.« Schlagartig wurde er ernst. »Wie du willst, Mister Ömer. Da du weiter lügst, kannst du das dann Alvin vom US-Konsulat erzählen.«

Unser junger Verdächtiger richtete seinen Hilfe suchenden Blick auf mich.

»Glauben Sie mir doch, Hauptkommissar, ich hab den Amerikaner nicht getötet.«

Wie ein verständnisvoller Freund, dem es leid um ihn tat, wie ein Familienoberhaupt gab ich mich sanft.

»Leugnen ist zwecklos, Ömer. Die Amerikaner sind dir seit zwei Jahren auf den Fersen. Sie haben dich sogar beobachten lassen, als du im Gefängnis warst. Dass sie nicht vor zwei Jahren schon deine Auslieferung beantragt haben, lag nur daran, dass sie deine Organisationsverbindungen herauskriegen wollten. Sie haben uns nicht viel gesagt, aber offenbar haben sie so einige Erkenntnisse über dich. Deine Ordensfreunde, deine Brüder, natürlich deine Verlobte Efsun …«

Er schrak hoch und hauchte entsetzt: »Efsun? Die hat mit dem ganzen Kram überhaupt nichts zu tun!« Zum ersten Mal stand Verzweiflung in seinem Blick. »Efsun hat nichts damit zu tun. Ihr hab ich zu verdanken, dass ich da raus bin …«

Er verstummte. Er erkannte seinen Fehler, doch es war zu spät.

»Du bist da raus«, echote Ali und stützte die Hände auf den Tisch. »Dann erzähl uns mal, Mister Ömer, wieso und wo bist du raus?«

»Nirgends. Also, Efsun hat mich verändert, sie hat mich zur Vernunft gebracht, wollte ich sagen.«

»Lüg doch nicht!« Ali schimpfte. »Und du sagst auch noch, du bist Muslim!«

»Ich bin Muslim, Allah sei Dank, aber ich hab niemanden umgebracht. Weder Onkel Mukadder noch den amerikanischen Major.«

Diese Auskunft ließ Ali kalt, er griff bereits wieder nach Ömers Kragen, als ich ihn stoppte. »Lass ihn! Wenn er unsere Hilfe nicht will, ist da nichts zu machen.« Ich machte Anstalten aufzustehen. Ömers schwarze, tief in den Höhlen liegende Augen beobachteten jede Bewegung von mir. »Dann möge Allah dir helfen, Ömer …« Ich erhob mich. Meinem Assistenten, der nicht genau wusste, wie er sich jetzt verhalten sollte, gab ich eine klare Anweisung: »Bring ihn zurück in die Zelle. Zu seinen Brüdern.«

Bevor er Ömer am Arm packte, fiel Ali scheinbar noch etwas Wichtiges ein.

»Alvin wollte, dass er in Einzelhaft kommt, Hauptkommissar. Er sollte zu niemandem Kontakt haben.«

Ich gab mich verärgert.

»Das geht wirklich zu weit, wir können ja wohl noch selbst entscheiden, wo wir Verdächtige unterbringen.«

Mein Assistent ließ wie beschämt den Kopf hängen.

»Da haben Sie recht, Hauptkommissar, gut, ich bringe ihn zu seinen Brüdern zurück.« Er zerrte den armen Jungen, der vor Anspannung zitterte, am Arm hoch. »Na los, Mister Ömer.«

»Moment, warten Sie, eine Sekunde!« Er ging uns in die Falle. »Hauptkommissar, bitte …«

»Hör zu, Ömer, wenn du uns hier weiter aufhältst …«

Er klappte die Augen, die ihm vom grellen Licht brannten, auf und zu.

»Ich halte Sie nicht auf, Hauptkommissar, bitte, setzen Sie sich.«

Ich blieb stehen und taxierte ihn mit argwöhnischen Blicken.

»Wenn ich auspacke«, fing er an zu feilschen, »wenn ich alles auspacke, helfen Sie mir dann?«

»Wenn du auspackst?« Scheinbar erstaunt sah ich ihm ins Gesicht. »Du hast uns also etwas verheimlicht?«

Ein Ausdruck zwischen Lächeln und Entschuldigung trat in seine Augen.

»Ich hab niemanden umgebracht, Hauptkommissar, aber ich war in Afghanistan. Okay, ich hab's geleugnet, weil ich Angst hatte. Darum hab ich Sie belogen. Aber die Amerikaner lügen auch, ich gehöre weder zu Al-Qaida noch zu den Taliban. Ja, ich wollte dazugehören. Um des Islams willen …« Sein Blick streifte Ali. »Weil ich Gottes Buch falsch gedeutet hatte, wollte ich zu den Waffen greifen. Denn in der Sure Al-Ma'ida heißt es in Vers 35: ›O die ihr glaubt, fürchtet Allah und suchet den Weg der Vereinigung mit Ihm und strebet auf Seinem Wege, auf dass ihr Erfolg habt.‹ Diesen Vers hatte ich missdeutet. Ich war dumm und bin vom rechten Weg abgekommen. Doch der Herrgott löschte meinen Zorn, weckte meine Barmherzigkeit und band mir die Hände. Gott sei Dank habe ich niemanden umgebracht.«

»Halt, halt!« Ich ließ mich zurück auf den Stuhl fallen. »Nicht so schnell. Erzähl von vorn. Aber alles, ich will alles wissen, bis ins kleinste Detail.« Ich streckte ihm den Zeigefinger entgegen. »Falls du lügst …«

Wieder schluckte er.

»Nein, ich lüge nicht. Kein Lügen mehr …«

Seine Kehle war trocken, er hatte Mühe zu sprechen.

Ich goss Wasser aus der Kunststoffflasche vor mir in einen Plastikbecher und reichte es ihm.

»Danke, Hauptkommissar.«

Er leerte den transparenten Becher in einem Zug.

»Noch mehr?«

»Nein.« Er setzte den Becher auf den Tisch. »Gott vergelt's Ihnen.«

»Statt Allahs tyrannischer Knecht zu sein, sei sein bescheidener Diener.«

»Gottes Prophet Mohammed, das Licht der Welt, hat in seiner Abschiedspredigt befohlen: ›Unterdrücket nicht, beugt euch aber auch nicht der Unterdrückung.‹«

Seine kohlschwarzen Augen wurden feucht, während er sprach, der spärliche Bart zitterte vor Aufregung. Ali hatte die Arme über der Brust verschränkt und lauschte scheinbar unbeteiligt den Worten, die unser junger Verdächtiger von sich gab. Ob Ali nun erschöpft war oder keine Lust mehr hatte, jedenfalls hatte er es aufgegeben zu stehen und sich auf den Stuhl zu meiner Linken niedergelassen, doch ließ er wie ein Raubvogel den Verdächtigen keine Sekunde lang aus den Augen. Ömer, der inzwischen kapiert haben dürfte, dass mein Assistent ihn nicht liebte, richtete sich ausschließlich an mich.

»Dabei gibt es auf der ganzen Welt Unterdrückung, Hauptkommissar. In Bosnien, in Afghanistan, im Irak, überall wird Blut von Muslimen vergossen.«

»Ist uns bekannt«, sagte Ali und löste die Arme aus der Verschränkung. »Erzähl uns, warum du nach Afghanistan gegangen bist.«

»Das will ich ja, aber ohne diese Dinge zu wissen …«

Unser Renitenzler fuhr auf, um Ömer anzuschnauzen.

»Schon gut, Ali«, stoppte ich ihn. »Lass ihn reden.«

Mein Assistent schnitt eine Grimasse.

»Ich hab nicht vor, es vor Ihnen zu verbergen«, sagte Ömer und kam auf sich selbst zu sprechen. »Ich bin im Orden groß geworden. Mein Vater war Kuddusi Zenbar Hodscha verbunden. Ich selbst habe den Hodscha nicht mehr erlebt. Er ging in Gottes Gnade ein, als ich noch klein war, aber sein Einfluss auf meinen Vater war von Dauer. Alle fünf Söhne erzog er nach den Vorgaben des Islam und tat, was er konnte, damit aus uns gute Muslime wurden. Koran, Gebet, Fasten, all das legte er uns ans Herz. Im Ramadan nahm er uns entweder in die Süleymaniye-Moschee mit oder in die von Sultanahmet oder Eyüp Sultan. Er wollte, dass wir da lernten, wo die besten Prediger tätig waren. Er selbst hielt alle Regeln unserer Religion ein. Doch war es noch genug, die fünf Säulen des Islam, die sechs Regeln des Glaubens umzusetzen, sich bis Mitternacht an Bittgebeten zu beteiligen, wenn in aller Welt Muslime leiden mussten? Darüber zerbrach ich mir den Kopf. War es richtig, dass wir uns mit Gebet, Fasten und anderen Arten des Gottesdienstes aufhielten, während man unsere Glaubensbrüder wegen ihrer Religion massakrierte? Dieser Gedanke fraß sich wie Feuer durch mein Hirn. An der Uni traf ich Maksut, auch sein Vater gehörte dem Orden an. Er war zwei Klassen über mir. Auch er war gläubiger Muslim, hatte aber Ansichten, die sich ziemlich von denen unserer Väter unterschieden. Er war kein stiller, ruhiger Mann wie mein Vater, der lieber für sich blieb. Seiner Überzeugung nach kann nur der Islam die Welt retten, und dazu müssen die Muslime zum Dschihad aufbrechen. ›Wenn wir keinen Dschihad durchführen, werden die Ungläubigen den Islam auf Erden ausradieren‹, war sein Reden. In den USA hätten sich Christen und Juden vereint, um gegen den Islam zu kämpfen. Ich werd es nie vergessen, nach einem Freitagsgebet saßen wir inmitten der von heiligen Versen aus dem Koran verzierten Wände der Süleymaniye-Moschee beisammen. Maksut deutete zur Kuppel und sagte: ›Unsere Vorfahren haben ihre Aufgabe erfüllt. Sie haben den Islam in der Welt etabliert. Sie hinterließen der Menschheit unsterbliche Werke. Aber wir heute verstecken uns in diesen göttlichen Bauten und beschränken uns aufs Beten. Dabei ist der größte Gottesdienst, sich gegen Unterdrückung zu wehren.‹ Sofort rief ich ihm die Worte unseres Propheten Mohammed, dem Herrn der Welten, ins Gedächtnis: ›Unser Prophet mahnt: Unterdrückt nicht, beugt euch aber auch nicht der Unterdrückung.‹ Er beugte sich zu mir, sah mir in die Augen. ›Genau das sage ich doch. Ich sage, was der Prophet, Gottes Segen und Frieden sei mit ihm, befohlen hat: Beugen wir uns der Unterdrückung nicht! Es ist keine Unterdrückung, gegen Unterdrückung zu kämpfen.‹ Daraufhin brachte ich die Worte im heiligen Vers 32 der Sure Al-Ma'ida zur Sprache. ›Aber im Koran heißt es auch: Wenn jemand einen Menschen tötet, so soll es sein, als hätte er die ganze Menschheit getötet; und wenn jemand einem Menschen das Leben erhält, so soll es sein, als hätte er der ganzen Menschheit das Leben erhalten.‹ Er blickte mich herablassend an. ›Du kennst nur die Hälfte, Bruder, das ist nicht der ganze Vers‹, sagte er und rezitierte erst den arabischen Vers und dann die türkische Übertragung. ›Aus diesem Grund haben wir den Kindern Israel vorgeschrieben, dass, wenn einer jemanden tötet, und zwar nicht etwa zur Rache für jemand anderen, der von diesem getötet worden ist, oder zur Strafe für Unheil, das er auf der Erde angerichtet hat, es so sein soll, als ob er die Menschen alle getötet hätte. Und wenn einer jemanden am Leben erhält, soll es so sein, als ob er die Menschen alle am Leben erhalten hätte. Und unsere Gesandten sind doch mit klaren Beweisen zu ihnen gekommen. Aber viele von ihnen gebärden sich nach alledem maßlos auf der Erde.‹ Ich staunte. Gab Maksut den Wortlaut richtig wieder, oder versuchte er, mich zu täuschen? Als er mich skeptisch sah, empfahl er selbstsicher: ›Nimm dir unser heiliges Buch vor, wenn du nach Hause gehst, und lies nach. Wenn du kein Arabisch kannst, frag Hodschas, die es können. Die werden dir meine Worte bestätigen. Aber wo schon einmal von der Sure Al-Ma'ida die Rede ist, der nächste Vers in dieser Sure lautet: ›Der Lohn derer, die gegen Allah und seinen Gesandten Krieg führen und im Land eifrig auf Unheil bedacht sind, soll darin bestehen, dass sie umgebracht oder gekreuzigt werden oder dass ihnen wechselweise Hand und Fuß abgehauen wird oder dass sie des Landes verwiesen werden. Das kommt ihnen als Schande im Diesseits zu. Und im Jenseits haben sie eine gewaltige Strafe zu erwarten.‹ Ich kannte den Vers nicht, den er zitierte, schlimmer noch, ich musste feststellen, dass ich keine Ahnung hatte, was tatsächlich im Koran steht. Doch ich tat cool. ›Gut, ich lese unser heiliges Buch noch einmal, dann reden wir weiter.‹ Ich stürmte geradezu nach Hause, schlug die türkische Koran-Übertragung auf und las nach. Da stand wortwörtlich das, was Maksut gesagt hatte. Mir schwirrte der Kopf sowieso schon von tausend Fragen, jetzt war ich erst recht verwirrt. Ich traf Maksut dann im Hinterhof der Yavuz-Sultan-Selim-Moschee und gestand ein, dass er recht hatte. Er brüstete sich nicht, sondern entgegnete total bescheiden: ›Nicht ich habe recht, sondern Allah der Herr und sein Prophet unser Herr. Wie glücklich können wir uns schätzen, wenn wir ihnen würdige Diener sind.‹ Unsere Unterhaltung fand vor der Türbe Sultan Selims statt. ›Wie können wir ihrer würdig sein?‹, fragte ich. ›Wie können wir gute Diener sein?‹ Seine Augen sprühten Funken. ›Indem wir uns der Unterdrückung nicht beugen‹, flüsterte er. ›Indem wir unsere unterdrückten Brüder befreien. Denn wer das Leben eines Menschen rettet, wird sein, als rette er alle Menschen.‹ Mir leuchtete ein, dass die Auslegung der Worte unseres Propheten auf diese Weise richtig war. Den Koran muss man auf diese Art verstehen, dachte ich. Von da an legte ich mehr Wert auf Maksuts Worte. Einmal saßen wir bei uns zu Hause in Eğrikapı. Er zeigte zur anderen Seite der Stadtmauern hinüber. ›Hast du die Türben der Gefährten des Propheten besucht?« Was sollte ich lügen, das hatte ich nicht. Ich wusste zwar, dass es sich bei den dort begrabenen Ehrwürdigen um Gefährten handelte, also um Leute, die die Ehre der persönlichen Bekanntschaft mit unserem Herrn Propheten hatten, doch weder wusste ich ihre Namen noch wer sie waren. ›Die musst du unbedingt besuchen‹, empfahl er. ›Vor allem die Türben von Ebu Eyyüp El Ensari und Ebu Şeybe El Hudri. Die kamen ganz hierhergeritten, um auf Geheiß unseres Herrn Propheten den Islam unter den Menschen zu verbreiten. Und um des Islam willen gaben sie Tausende Kilometer von ihrer Heimat entfernt bereitwillig ihr Leben hin. Geh zu ihren Mausoleen. Wasche dein Herz, deinen Glauben und deinen Mut im göttlichen Strom.‹ Das tat ich, ich ging zu den Türben der beiden Gefährten. Wie Maksut vorausgesagt hatte, wurde meine Seele erfüllt von Mut und guten Gefühlen. Mittlerweile sah ich Maksut fast täglich. Tag für Tag wirkten seine Worte stärker auf mich. Er war zu einer Art Scheich, zu einem Wegweiser geworden. Nun war mir klar, dass unsere Verrichtungen des Gottesdienstes nicht ausreichten. Rituelle Waschungen, Gebet, Fasten, Glaubensbekenntnis, die Koranverse, die wir lasen, all das bekäme erst Sinn, wenn wir für unsere muslimischen Brüder in den Dschihad gingen. Deshalb nahm ich Maksuts Vorschlag, nach Afghanistan zu gehen, freudig an.«

Hier unterbrach ich Ömer, um zu testen, wie ehrlich er war.

»Wolltet ihr in Afghanistan den Taliban medizinische Hilfe leisten?«

Das war eine Falle. Würde Ömer bejahen, was er ohne weiteres hätte tun können, denn er studierte Medizin, hätte ich an seiner Aufrichtigkeit gezweifelt, doch er tat es nicht.

»Nein, wir gingen nicht nach Afghanistan, um unseren muslimischen Brüdern Heilung zu bringen, sondern um gegen die bösen Kräfte des Teufels zu kämpfen. Ich hatte das Medizinstudium abgebrochen. Mein Ideal lautete nicht länger, einzelne Menschen zu heilen, sondern die gläubige Menschheit zu retten.«

Der Junge war ehrlich, doch mein Assistent, der seiner Erzählung missvergnügt gelauscht hatte, interpretierte sie auf seine Weise: »Dieser Maksut hat dich also verführt, er hat dich und andere dumme Jungen zum Terrorismus verführt.«

Verzweifelt darüber, nicht verstanden worden zu sein, schüttelte Ömer den Kopf.

»Er hat mich nicht verführt. Weder mich noch einen anderen gläubigen Bruder. Maksut kam nie mit einem Vorschlag für eine Aktion, die er nicht auch selbst durchgeführt hätte. Er rief nicht zu einem Dschihad auf, an dem er nicht selbst beteiligt war.«

Ich fragte mich, was aus Maksut geworden war.

»Wo ist er jetzt?«

Ömers Gesicht verzog sich schmerzlich.

»Er ist umgekommen. Kurz nach mir verließ auch er die Höhle. Er ging zu den Rebellen. Er schnallte sich zwanzig Kilo Sprengstoff um den Körper und lief in einen Konvoi auf einer der Hauptstraßen von Kabul. Es zerfetzte ihn. Nur sein Glauben blieb stets aufrecht.«

»Du wirkst, als würdest du seiner Tat zustimmen«, schnaubte Ali. »Wie viele Menschen hat er mit in den Tod gerissen?«

Ömers Gesicht verschattete sich.

»Neununddreißig … Neununddreißig Menschen kamen dabei um.«

»Wie viele davon waren Soldaten?«

Ömer wich seinen Blicken aus.

»Ich weiß es nicht. Ja, es waren Zivilisten darunter. Ich finde auch, dass falsch war, was er tat, aber nach Maksuts Überzeugung war es richtig. Deshalb starb er in dem Frieden, das für seinen Glauben Richtige zu tun.«

Seine Stimme zitterte, die Erinnerung an die Vergangenheit berührte ihn. Unser smarter Ali wollte das ausnutzen.

»Woher weißt du, dass er in Frieden gestorben ist? Warst du dabei?«

Ömer versank in Gedanken. Es ging ihm nicht darum, sich zu erinnern, vielmehr war ihm, als durchlebte er die damaligen Tage erneut, die sich vermutlich schwer verdauen ließen.

»Ich war nicht dabei«, gab er schließlich Auskunft. »Ich war schon in die Heimat zurückgekehrt.« Er richtete den Blick auf meinen Assistenten und betonte: »Als Maksut starb, saß ich in der Türkei im Knast.«

Er war so aufgewühlt, dass er außerstande war, noch zu lügen.

»Warum bist du aus Afghanistan zurückgekommen?«, mischte ich mich ein. »Hast du dort nicht gefunden, was du dir erhofft hattest?«

»Ich weiß nicht.« Er ließ den Kopf hängen. »Als ich heimkehrte, dachte ich, ich hätte Angst gehabt. Dachte, ich wäre nicht mutig gewesen. Ich schämte mich …«

Er verstummte. Als hätte er uns vergessen, schien er mit sich selbst abzurechnen.

»Und dann?«

Er hob den Kopf, senkte halb die Lider.

»Dann … dann kam Efsun …«

Mir fielen die dunkelblauen Augen Efsuns ein, die einen mitten ins Herz trafen.

»Bist du Efsun erst danach begegnet? Also kanntet ihr euch vorher gar nicht?«

»Wir hatten uns ein paarmal gesehen. Doch wir kamen uns erst näher, als ich aus Afghanistan zurück war. Das heißt, als ich aus dem Gefängnis entlassen wurde. Ich war extrem verschlossen damals. Ich ging nicht mehr zur Universität, vertrödelte die Zeit nur noch in unserer Metzgerei in Çarşamba. Eines Tages kam Efsun in den Laden, um Fleisch zu kaufen. Sie kam von der Uni, hatte Bücher unter dem Arm. Als ich Ibn Arabis *Füsus'ul Hikem* sah, fragte ich unwillkürlich: ›Ist das nicht das Buch, das auf Anordnung des Propheten geschrieben wurde?‹ Sie nickte lächelnd. ›Genau, so erzählt es Ibn Arabi. Eines Nachts träumte er von unserem Herrn Propheten, und der sagte zu ihm: O Sohn des Arabi, teile dem Volk die Wahrheit mit, die du kennst! Daraufhin setzte Ibn Arabi sich hin und schrieb dieses Buch. Wenn Sie es lesen wollen, kann ich es dalassen.‹ Ich nahm das Buch und versuchte, es zu lesen, brauchte aber jemanden, der es mir erläutern würde. Ich bat Efsun darum, und sie stimmte glücklicherweise zu. So fingen wir an, uns zu treffen. Dann geschah Gottes Wille, wir verliebten uns, und die Verlobung folgte.«

»Du hattest gesagt, dank Efsun bist du raus«, erinnerte ich ihn. »Aus welchem Fehlverhalten hat sie dich geholt?«

Bevor er sprach, deutete er auf die Plastikflasche.

»Kann ich noch Wasser haben?«

Ich füllte seinen Becher. Erst nachdem er ihn bis zum letzten Schluck geleert hatte, erzählte er weiter.

»Ich war mit großer Scham aus Afghanistan zurückgekehrt …«

»Wieso das?« Ungeduldig unterbrach Ali ihn. »Was ist in Afghanistan geschehen, dass du dich schämen müsstest?«

»Dieser amerikanische Major …«

Ich nannte meinen Assistenten gerne ungeduldig, aber jetzt fuhr ich dazwischen.

»Ted Nelson?«

»Ted Nelson … Also, als Ted Nelson umgebracht wurde, war ich dabei.«

Wir hatten geblufft und den Jackpot gewonnen, wie es schien. Mein Blick traf Alis, doch über unsere Lippen kam kein Wort, neugierig lauschten wir Ömer.

»Es war im Gebirge… Sie hatten den Major bei einem Gefecht gefangen genommen. Ein bulliger Kerl von eins neunzig. Es hieß, er sei für den Tod Hunderter muslimischer Brüder verantwortlich, ein gnadenloser Mörder. Der Mann, den ich sah, war aber ein Kriegsgefangener, und wie er da auf dem Felsen kauerte, wirkte er klein, trotz seiner protzigen Statur. Die grauen Augen hinter den blonden Wimpern flehten um Hilfe, er versuchte zu lächeln und sagte jedem, der in seine Nähe kam, in einem Gemisch aus Paschto und Englisch: ›Bitte, bitte, habt Mitleid, ich habe zwei Töchter.‹ Doch das Urteil war längst gefällt und unumstößlich, er sollte hingerichtet werden. Für die Vollstreckung wurde aber eine neue Offensive der Amerikaner abgewartet. Als Vergeltung sollte der Major getötet werden. Maksut kam zu mir, legte mir die Hände auf die Schultern und verkündete die frohe Botschaft: ›Glückwunsch, Bruder. Sie haben dich für diese ehrenhafte Aufgabe ausgewählt.‹ Kaum hatte er ›Aufgabe‹ gesagt, war mir klar, dass er die Vollstreckung meinte. Ebenso wusste ich, dass Vollstreckung hieß, dem Verurteilten mit dem Messer die Kehle durchzuschneiden. Erst mal fühlte ich gar nichts. Ich freute mich sogar. Die Mudschaheddin vertrauten mir! Und ich hatte ja auch die passende Erfahrung. Wenn ich das jetzt so sage, kriege ich eine Gänsehaut, aber ich hatte oft mit einem Messer Tiere geschlachtet. Dann kam der Augenblick. Die Amerikaner hatten bei Kabul dreiundsiebzig muslimische Rebellen in einen Hinterhalt gelockt, und obwohl einige sich ergaben, ließen sie keinen am Leben, sie erschossen alle dreiundsiebzig Kämpfer. Im Gegenzug würden wir den Major umbringen. Das Vollstreckungskomitee bestand aus sechs weiteren Mudschaheddin und mir. Vier würden ihn an Händen und Füßen fixieren, zwei würden seinen Kopf halten, und ich würde das Urteil vollstrecken.«

Als wären wir selbst in der Höhle dabei, hörten wir Ömer zu, ohne einen Pieps von uns zu geben.

»Kaum betraten wir die Höhle, da begriff der arme Mann, was geschehen würde. Panisch bekniete er uns. Er sprach nur noch Englisch. Stammelte, man habe ihn gezwungen, nach Afghanistan zu gehen, er selbst habe seine muslimischen Nachbarn in der Nähe von Fort Hood in Texas stets gut behandelt. Doch er bettelte vergebens. Es war Krieg, und er war Soldat, im Krieg interessieren die Tränen eines Soldaten nicht. Das heißt, so dachte ich, bis ich ihm in die Augen blickte. Zuerst gingen die vier Mudschaheddin ans Werk, er wehrte sich, aber die Mudschaheddin waren kräftig, sie hatten ihn schnell überwältigt, sie packten ihn an Armen und Beinen und legten ihn auf den Tisch in der Raummitte. Zwei Mudschaheddin hielten seinen Kopf fest. Jetzt war ich an der Reihe. Mit einem breiten scharfen Messer trat ich auf ihn zu. Die Mudschaheddin skandierten ›Allahu Akbar‹, sie brüllten nicht, riefen aber laut genug, um das Gejammer des Majors zu übertönen. Das war gut, denn sein Bitten und Betteln zerrte an meinen Nerven. Als ich am Tisch stand, traten die beiden Mudschaheddin, die seinen Kopf hielten, nach rechts, um mir Platz zu machen. Die Kameraden erfüllten ihre Aufgaben einwandfrei, der Körper des Majors lag regungslos auf dem Tisch. Die Adern am muskulösen Hals, den ich durchschneiden sollte, pulsierten vor Angst wie ein Herz. Ich hätte ihm nur das scharfe Messer auf die Kehle pressen müssen, genau so, wie ich es bei Opfertieren tat. Doch ich konnte es nicht. Ich sah seine Sommersprossen, sie wirkten wie Sprenkel auf einer reifen Aprikose, die zuckenden Wangen des armen Kerls bebten schwach. Ich versuchte, mich nicht ablenken zu lassen. Ich hob das Messer, um es dem Major in die Kehle zu stoßen, als mein Blick auf seine flehenden Augen traf. Zwei vor Entsetzen aufgerissene aschfarbene Kügelchen. Darin zwei rennende Kinder. Zwei Mädchen … Zwei bedauernswerte Unschuldige, die Tausende Kilometer entfernt im Garten spielten, ohne vom Tod des Vaters zu ahnen. Ich versuchte, seinem Blick auszuweichen, zwang meine sich verweigernden Hände zum Gehorsam. Vergebens, ich konnte den Blick nicht von seinen Augen lösen und ebenso wenig ihm das Messer in die Kehle stoßen. Die Mudschaheddin des Vollstreckungskomitees wollten mir Mut machen: ›Na los, für Allah, für den Dschihad, komm schon, für die Unterdrückten!‹ Doch nein, als fesselte mich eine göttliche Macht, war ich außerstande, die Hand mit dem Messer zu bewegen. Unmöglich, ich konnte den Job nicht tun, vor den entsetzten Blicken der sechs Mudschaheddin warf ich das Messer weg und rannte los. Diese Scham, heulend stürmte ich aus der Höhle. Es war Maksut, der mich aufhielt. Ich fiel ihm in die Arme und schluchzte, bis ich mich beruhigt hatte. Dann erzählte ich, was vorgefallen war. Nun verachtet er mich, beschimpft und beleidigt mich, dachte ich. Doch er hörte ganz ruhig zu. Als ich geendet hatte, sagte er nur: ›Du bist noch nicht bereit.‹ Seine Stimme klang gar nicht enttäuscht, gar nicht verächtlich. ›Wir haben dich zu früh hergebracht.‹ Damit ging er. Drei Tage lang kam niemand zu mir, drei Tage lang sprach niemand ein Wort mit mir. Dabei sind die Mudschaheddin warmherzige Leute. Türken mögen sie besonders. Vorher hatten sie sich mir gegenüber wahnsinnig freundschaftlich verhalten, teilten Essen, Kleidung, Munition, also alles, was sie hatten, um in den Bergen zu überleben. Doch nun hatte ich sie enttäuscht. Ich war in ihren Augen nicht länger der Kämpfer für Allah, sondern ein Feigling. Drei Tage lief ich mutterseelenallein unter dem breiten Himmel Afghanistans, drei Tage harrte ich im stillsten Winkel in den schroffen Felsen aus. Dann ließ mich der pakistanische Kommmandant der Mudschaheddin rufen. Er sagte, es wäre am besten für alle, wenn ich in die Türkei zurückkehrte. Im Grunde war ich froh. Denn ich konnte nicht länger unter diesen Menschen leben. Jeder betrachtete mich als Feigling. Ich konnte nicht mehr gemeinsam mit ihnen essen und ruhen, vor allem aber konnte ich nicht mehr mit ihnen ins Gefecht ziehen, denn niemand vertraute mir noch. Also stellte ich mich nicht quer.«

»Und der Major?«, fragte Ali. Der spielerische Unterton war aus seiner Stimme verschwunden. »Wie ging es mit ihm weiter?«

Ömers Augen vertieften sich traurig.

»Sie haben ihn umgebracht. Wozu ich nicht fähig war, erledigte ein afghanischer Mudschahed. Er hatte drei Söhne und seine Frau und seine alte Mutter bei einem amerikanischen Bombenangriff verloren. Elf Tage nach dieser Sache fanden die Amerikaner das Versteck der Mudschaheddin. Sie verbrannten alle und alles, was in der Höhle war, mit Napalm.«

Ali und ich hatten dauernd mit Mordfällen zu tun. Mit unglaublichen, brutalen Morden, mit Grausamkeiten, die bewiesen, dass die Menschheit durchgeknallt war. In gewisser Weise lebten wir zwischen Toten, doch was der Junge erzählte, berührte sogar uns, eine Weile saßen wir einfach stumm da.

»Ich war so froh, in mein Land heimzukehren«, nahm Ömer den Faden wieder auf. »Aber kaum hatte ich türkischen Boden unter den Füßen, krallte sich wieder die Scham in meine Seele wie ein übler Geruch an meiner Haut. Ich quälte mich mit einem riesengroßen Schuldgefühl herum. Dass ich gleich bei der Einreise festgenommen wurde, die Verhöre, die Prügel bei der Polizei, all das war nichts im Vergleich zu der Hölle, in die das Schuldgefühl mich versenkte. Bis ich Efsun traf und durch sie den Sufismus entdeckte. Denn Efsun rief mir in Erinnerung, dass unser

Prophet gesagt hatte: ›Statt Allahs tyrannischer Knecht zu sein, sei sein bescheidener Diener.‹ Efsun ließ mich begreifen, dass der Glaube nicht Gewalt und Zwang war, sondern Liebe. Durch sie verstand ich, dass Islam Frieden bedeutet und Hingabe.«

Er zögerte, richtete den Blick erst auf Ali, dann auf mich, bevor er den Schlusspunkt setzte.

»Deshalb können weder ich noch Efsun irgendjemanden umbringen. Weder Ted Nelson, der unser Gegner war, noch den seligen Onkel Mukadder. Statt Mörder sind wir lieber Opfer. Unser Feind sind nicht die Menschen, die unterdrücken, sondern die Unterdrückung. Und ein Glauben, der sich aus Unterdrückung speist, liegt uns fern, ist falsch und verboten. Denn in der Sure Al-Ghashiyah heißt es in Vers 22: ›Ermahne darum, denn du bist ein Ermahner. Du bist nicht Wächter über sie.‹ Der Mensch darf kein Leben nehmen, das darf nur Allah allein, der dieses Leben einst schuf.«

»Vielleicht liegen die Indizien zur Lösung des Falls in diesem Meer von Blut.«

»Leben darf nur Allah nehmen!«, brauste Ali auf. Er lümmelte auf dem Stuhl vor meinem Schreibtisch. Jetzt rächte er sich mit Gebrüll dafür, dass er bei Ömers Beichte geschwiegen hatte. »Sufismus, aha? Nicht die Übertragung des Heiligen Korans sei wichtig, sondern die Auslegung … Der lügt wie gedruckt!«

Eine halbe Stunde zuvor hatten wir Ömer wieder in die Zelle zu seinen Brüdern gesteckt. So enttäuscht Ali war, so angespannt war Ömer, als er das Vernehmungszimmer verließ. Er fürchtete weiterhin, wir würden ihn an den CIA-Agenten Alvin ausliefern. Ich war mir zwar nicht sicher, ob Ömer schuldig war, doch ich hatte zu diesem Ermittlungszeitpunkt weder vor, ihm eine beruhigende Erklärung zu geben, noch ihn freizulassen. So hartnäckig er auch darauf bestand, von mir bekam er bloß zu hören: »Wir werden eine Neueinschätzung des Falls vornehmen.« Meine Wortkargheit befriedigte auch Ali nicht. Ginge es nach ihm, hätten wir Ömer fertigmachen sollen. Sauer war er vor allem auf mich, aber da er seinen Ärger nicht an seinem Vorgesetzten auslassen konnte, hetzte er gegen Ömer. Irgendwann verlor er die Beherrschung und brachte die Rede doch auf mich.

»Wir hätten den nicht so einfach wieder in die Zelle stecken sollen, Hauptkommissar. Jetzt pennt der selig auf seinem Bettgestell. Genau wie die Kollegen beim Antiterror hätten wir ihn besser in die Mangel nehmen sollen. Wir haben ja mit dem geplaudert, als säßen wir im Café. Nicht mal Schiss hatte der Kerl.«

Vor Müdigkeit brannten mir die Augen. In der Hoffnung, es würde nützen, hob ich die Lider weit, um sie gleich darauf zu schließen.

»Angst einjagen hätte uns nicht weitergebracht, Ali. Sonst hätten die Antiterrorkollegen ja Erfolg gehabt. Die wissen besser als du und ich, wie man jemanden zum Reden bringt. Ömer hat sie links liegengelassen, sei dir sicher, das hätte er auch mit uns getan.« Der Schmerz in meinem Rücken machte mir zu schaffen. Vorsichtig lehnte ich mich zurück, während ich fortfuhr. »Außerdem kam er mir ehrlich vor. Es würde mich nicht wundern, wenn wir erfahren, dass er die Wahrheit gesagt hat.«

Unzufrieden schürzte Ali die verletzte Unterlippe.

»Glaub ich überhaupt nicht. Der hat versucht, uns auf den Arm zu nehmen. Sie haben doch gehört, wie bewundernd der von diesem Maksut redete. Er hat uns einen Terroristen, der nicht davor zurückschreckt, Menschen zu töten, als Helden hingestellt.« Er schnaubte wütend. »Nein, Hauptkommissar, Ömer hat uns Märchen erzählt. Vielleicht haben sie Mukadder Kınacı für den Orden umgebracht und verpulvern dessen Vermögen für ihre Aktionen. Ich kenne die Zusammenhänge nicht, aber auch der Tod der anderen Opfer könnte damit zu tun haben. Tut mir leid, Hauptkommissar, in dieser Sache kann ich Ihnen nicht zustimmen. Der Bengel hat uns was vorgespielt. Der hat uns verschaukelt.«

Er setzte seine Zweifel neben das von ihm selbst entworfene Szenario, komponierte neu und war jedes Mal aufs Neue von der eigenen Story begeistert. Das mochte kein schlechter Weg sein, um Fantasie zu trainieren, allerdings war es die falsche Methode, um einen Täter zu finden. Morgens gegen vier, bis auf den letzten Tropfen ausgelaugt, mit dem sich steigernden Schmerz im Rücken und beim grellweißen Licht der Neonröhre, das mir heftig in den Augen brannte, hatte ich aber nicht die Energie, das mit meinem Assistenten zu diskutieren. »Schön und gut, Ali«, versuchte ich es, vielleicht ließ er sich ja überzeugen. »Aber was er den Antiterrorleuten verschwieg, hat er uns gestanden.«

Da marschierte Zeynep herein. Im durchsichtigen Asservatenbeutel in ihrer Rechten steckte das blutige Schlachtermesser, das wir in der weißen Tüte unter dem Fahrersitz im Fleischtransporter gefunden hatten, in der Linken hielt sie einen kurzen Bericht. Ihr Kopf war aber bei dem Satz, den sie eben gehört hatte, als sie eintrat.

»Wer hat gestanden, Hauptkommissar?«

Ich mochte nicht länger über das Thema reden.

»Komm her, Zeynep.« Ich musterte ihr vor Erschöpfung bleiches Gesicht. »Wie sieht's aus? Hast du das Blut an dem Messer identifizieren können?«

»Jawoll, Hauptkommissar. Es handelt sich leider um Tierblut.«

Dieses Resultat wunderte mich nicht, doch Ali, der keinen Zweifel daran hegte, dass Ömer sich als der Mörder herausstellen würde, fragte enttäuscht nach: »Bist du sicher, hast du das genau geprüft?«

Zeynep reichte ihrem Kollegen den Bericht.

»Tut mir leid, Ali, der immunologische Test lügt nicht.«

Mein Assistent verstand zwar von Wissenschaftsjargon und Zahlen genauso wenig wie ich, stierte den Report aber eine Weile an.

»Vielleicht …«, er hob den Kopf von dem Computerausdruck, »vielleicht sollten wir uns den Laderaum des Fleischtransporters vornehmen. Wenn Ömer und seine Brüder die Mörder sind, dann haben sie die Leichen in dem Wagen transportiert.«

Er hatte recht, tatsächlich sollten wir uns das Wageninnere genauer ansehen. Nur so würden wir herausfinden, ob Ömer schuldig war. Dafür brauchten wir allerdings eine Erlaubnis vom Staatsanwalt. Eigentlich waren wir nicht einmal befugt, das Schlachtermesser zu untersuchen. Warteten wir aber in so ernsten Fällen den bürokratischen Gang ab, konnten uns wichtige Gelegenheiten entgehen. Deshalb hatten wir uns dafür entschieden, erst zu untersuchen und am Morgen dann die staatsanwaltliche Genehmigung nachzuholen. Die Untersuchung des Fleischtransporters war nichts, das Zeynep allein bewerkstelligen konnte, es galt, ein Spezialteam zusammenzustellen. Das wiederum bedeutete, die Ermittlungen auszuweiten, was ein geschicktes Vorgehen erschwerte. In den Kühlraum des Transporters würden wir frühestens am Morgen gelangen, mit der Erlaubnis des Staatsanwalts in Händen.

»Wo habt ihr den Wagen abgestellt?«, fragte ich Zeynep, die immer noch stand. »Da kann niemand ran, oder?«

»Da geht niemand ran, Hauptkommissar«, versicherte sie mit vor Müdigkeit belegter Stimme. »Der Wagen steht im Hof vom Revier. Die Schlüssel habe ich.«

»Gut, dann leg dieses Messer wieder dahin, woher wir es genommen haben, bevor jemand davon Wind kriegt.«

Ihre erschöpfte Miene erhellte sich.

»Geht klar, Hauptkommissar.«

»Und morgen früh holen wir uns als Erstes den Schrieb vom Staatsanwalt. Um das Messer und das Wageninnere zu inspizieren.«

»Wird erledigt. Sobald wir die Erlaubnis haben, macht sich das Team an die Arbeit.« Sie hielt inne und holte tief Luft. »Das wird aber ein Batzen Arbeit. Hinten ist der Wagen voller Blut. Vermutlich Blut vom Schlachtvieh. In dem Meer müssen wir nach Menschenblut suchen.«

Ich breitete die Arme aus und stand auf.

»Bleibt uns etwas anderes übrig, Zeynep? Vielleicht liegen die Indizien für die Lösung des Falls in diesem Meer verborgen.«

Ali schloss aus meinen Worten, dass ich nach wie vor für möglich hielt, Ömer sei der Mörder, und sein hoffnungsloses Gesicht erstrahlte. Ich instruierte Zeynep weiter. »Stell ein fähiges Team zusammen. Wenn nötig, nimmst du alle im Labor dazu. Ich akzeptiere keine Ausreden. Dieser Fall ist jetzt der wichtigste in der Mordkommission. Falls sich jemand widersetzt, notierst du den Namen, ich spreche dann mit den Kandidaten.«

Zeynep nickte bestimmt.

»Keine Sorge, Hauptkommissar. Wenn es menschliches Blut in dem Wagen gibt, und sei es ein einziger Tropfen, dann finden wir das heraus.«

»Nein, Zeynep, du nicht, du wirst das Blut nicht untersuchen. Damit soll sich das Spezialteam beschäftigen. Setz einen Verantwortlichen ein. Ich will, dass du in diesem Fall weiter oben stehst. Du bleibst bei mir. Denn es kann sich jeden Augenblick etwas tun.«

Langweiliger Ernst überzog ihr hübsches Gesicht.

»Ich verstehe, Hauptkommissar.«

Für den Moment verdrängte ich, wie sehr mir die Augen brannten und wie mir mit jeder Minute der Rücken höllischer schmerzte, und versuchte ein Lächeln.

»Gut. Dann gehen wir jetzt ein wenig schlafen. Bei mir ist der Akku fast leer. Ihr seht auch nicht besonders frisch aus. Wir müssen uns ausruhen, und sei es nur ein paar Stunden.«

Dieser Vorschlag gefiel Ali gar nicht. Ginge es nach ihm, würde er keine staatsanwaltliche Erlaubnis abwarten, sondern die Laboranten sofort auf den Fleischtransporter ansetzen. Auch er selbst würde sich keinen faulen Lenz machen, sondern sich wie ein Adler auf Ömer stürzen. Den Jungen würde er triezen, bis er eine Aussage hätte, die uns etwas nützte. Vielleicht würde er sogar ein echtes Geständnis bekommen, das wäre allerdings wertlos für uns. Es würde das Gericht kaum überzeugen, außerdem waren Beweise, die wir bei einer Durchsuchung ohne Genehmigung fänden, ebenfalls wertlos. Am schlimmsten wäre, dass wir nach so vielen Fehlern und so vieler Mühe wieder ganz am Anfang der Ermittlungen stünden – und zwar als schlechte Polizisten. Darum ließ mich kalt, was Ali denken mochte, ich griff nach meinem Mantel, als Zeynep ihre Ausgangsfrage wiederholte: »Was war das mit dem Geständnis? Wer hat gestanden?«

»Ömer«, sagte ich und schälte den Mantel vom Bügel. »Eine lange Geschichte. Ali erzählt sie dir, wenn er dich heimfährt.« Ich richtete den Blick auf ihre Mienen und ermahnte sie ernsthaft, nahezu drohend: »Hört zu, diesmal mach ich euch fertig. Kein Umweg wie heute Abend! Direkt nach Haus! Und da wird schön geschlafen. Morgen bei Tagesanbruch gibt es eine Menge zu tun.«

»Eine seelische Wunde lässt sich nicht nähen.«

Sonne auf meinem Gesicht weckte mich. Sie schickte ihre Strahlen durchs Fenster und tippte mir mit unsichtbaren Fingern sanft auf die Lider. Ich schlug die Augen auf. Hatte ich verschlafen? Hastig spähte ich nach dem Wecker. Nein, es war erst acht Uhr morgens. Erstaunlicherweise fühlte ich mich frisch, obwohl ich kaum ein paar Stunden geschlafen hatte. Wie ging es meinem Rücken? Vorsichtig setzte ich mich auf. Ja, der Schmerz machte sich gleich bemerkbar. Aber längst nicht mehr so schlimm. Anscheinend hatte die vor dem Schlafengehen aufgetragene Cortisonsalbe ihre Wirkung getan. Nach dem Duschen und Rasieren fühlte ich mich richtig gut.

Kaum aus dem Haus, schaute ich als Erstes bei Maître Arif vorbei. Ich dankte ihm für das wunderbare Mahl, das er mir und Evgenia ausgerichtet hatte, und beglich die Rechnung. Gastfreundlich wie immer ließ er mich nicht einfach gehen, sondern servierte mir ein herrliches Frühstück. Ich aß noch, als Barbier Ayhan hereinschaute. Er war todtraurig.

»Yanni Baba ist gestorben.« Er versuchte gar nicht erst, die Tränen zu verbergen. »Sie haben ihn in seinem Haus gefunden. Schon vor einer Woche muss er gestorben sein. Niemand hat es mitgekriegt. Es gibt keine Nachbarschaft mehr in dieser Scheißwelt und auch keine Freundschaft! Unsere Leichen liegen stinkend in unseren Häusern, und niemand merkt es, bei Gott!«

Maître Arif wischte die Tropfen, die der Tee in seinem kräftigen Schnauzer hinterlassen hatte, mit dem Handrücken ab und krauste die Stirn.

»Sag das nicht, Ayhan! Hier ist es noch gut. Doch es gibt Quartiere in Istanbul, da wissen die Leute nicht mal, wie ihre Nachbarn heißen. Yanni Baba hat allein gelebt, deshalb hat keiner gemerkt, dass er starb. Sonst hätten sie seinen Leichnam niemals im Haus liegenlassen.«

Ich kannte den alten Yanni. Bevor er in der Werft in Pendik anfing, hatte er eine Eisengießerei in Balat. Wir spielten gleich nebenan im Garten des Priesters Fußball. Wenn wir Durst hatten, liefen wir zum Wasserhahn in Yanni Babas Werkstatt. Er hatte nichts dagegen. Dutzende Jahre gingen wir so bei ihm ein und aus, er hat nie ein böses Wort gesagt.

Yanni Baba hatte nie geheiratet, man munkelte, er sei homosexuell, ob das stimmte, habe ich nie herausbekommen.

»Möge er in Frieden ruhen.« Ich berührte Ayhans Hand, um ihn zu trösten. »Er war ein guter Mann.«

Auch Maître Arif murmelte: »Allah sei seiner Seele gnädig. Er war ehrwürdiger als alle möglichen Lügner und Betrüger, die sich Muslime nennen. Ruhe er in Frieden.«

Ich ließ die beiden in ihrer Trauer und Auflehnung allein und beugte mich zur Tür meincs alten Wagens, da hörte ich eine wohlbekannte Stimme: »Guten Morgen, Nevzat! Was machst du denn hier?«

Als ich den Kopf drehte, stand Yekta vor mir. Er wirkte genauso müde wie ich. Offenbar hatte er mit Demir weitergetrunken, nachdem wir am Abend gegangen waren.

»Guten Morgen, Yekta. Ich war bei Maître Arif, da gab's Frühstück.«

Er zog die Brauen zusammen.

»Jetzt bin ich aber beleidigt.«

»Wieso, was ist los?«

»Na, hör mal, wir sind da, und du gehst zu Maître Arif frühstücken? Ich wohne nur zwei Schritte weiter.«

Ich lächelte und stupste ihn an der Schulter.

»Mann, wir waren doch den ganzen Abend beisammen.«

Die Kränkung in seiner Miene ebbte kein bisschen ab.

»Magst du es nicht mehr? Früher waren wir jeden Tag zusammen.«

Im Grunde freute mich sein Vorwurf, ich bedeutete ihm also noch etwas.

»Aber nein, hab ich das jemals gesagt? Ich will doch nicht zur Last fallen, wenn du …«

Er unterbrach mich scharf.

»Zur Last fallen! Hör dir das an! Die Entschuldigung ist ja schlimmer als der Fehler!«

Nun wusste ich nicht mehr, was ich sagen sollte, verlegen erwartete ich, ausgeschimpft zu werden, da lachte mein alter Freund tonlos.

»Den hast du dir aber reingezogen!«

»Hey, du bist mir ja einer!«

Er kicherte und deutete auf meinen Wagen.

»Komm, fahren wir!«

»Halt, stopp, wohin fahren wir? Ich hab zu tun.«

»Nun lass doch mal den Job Job sein. Die Welt geht schon nicht unter, wenn du eine Stunde später eintrudelst.« Er wurde ernst. »Nevzat, es war nicht alles Spaß, was ich gesagt habe. Ehrlich, warum kommst du nicht morgens zu uns zum Frühstück? Demir und ich sind zwei alleinstehende Männer, du doch auch …« Mich traf ein vielsagender Blick. »Das heißt, jetzt hast du ja Evgenia …«

»Nicht deshalb, Yekta. Was weiß ich, ich bin gar nicht auf die

Idee gekommen. Ich wusste nicht, dass ihr euch jeden Morgen zum Frühstück trefft.«

Nun stand echter Vorwurf in seinen Augen.

»Du hast auch nie gefragt.« Ohne auf meine Entgegnung zu warten, stieß er mich vorwärts. »Na los, steigen wir ein.«

Seine Hand traf die schmerzende Stelle meines Rückens.

»Au! Lass das, Yekta!«

»Wie? Was ist los?«

»Ach, nichts eigentlich, ich hab nur gestern Abend einen heftigen Schlag abgekriegt, genau da.«

Jetzt war er verlegen.

»Tut mir leid. Das wusste ich nicht.«

»Nicht so wichtig«, beruhigte ich ihn. »In ein paar Tagen ist es wieder gut.«

Er musterte mich argwöhnisch.

»Schön, aber wann soll das denn passiert sein? Ihr seid doch erst kurz vor Mitternacht bei uns aufgebrochen.«

»Gegen Morgen ...«

Neugierig blickte er mir ins Gesicht.

»Gegen Morgen? Warst du nachts noch im Dienst?«

»Was willst du machen, das ist eben unser Job.«

»Wieder ein Mordfall?«

Ich seufzte.

»Was sonst?« Er würde mir zuhören, wenn ich davon erzählte, aber was ich zu berichten hatte, waren hässliche Dinge. »Lassen wir das jetzt«, beendete ich das Thema. »Wohin fahren wir denn nun?«

»Na, wohin wohl?« Er steuerte die Beifahrertür an. »Zu Demir!«

Ein Blick auf die Uhr. Es ging gegen neun. Ich hätte längst im Revier sein sollen. Andererseits war ich neugierig auf das Resultat des gestrigen Essens, das heißt darauf, was meine Freunde von Evgenia hielten. Ohnehin würden Ali und Zeynep kaum so schnell schon alles organisiert haben. Wie früher, wenn wir die Schule schwänzten und Fußball spielen gingen, sagte ich aufgeregt wie ein ungehorsamer Junge: »Okidoki, Mann. Dann mal los!«

Demir pflegte früh aufzustehen, noch vor Tagesanbruch. Er arbeitete dann bis Mittag, legte sich nach dem Essen ein Stündchen aufs Ohr und ging erneut an die Arbeit. Er war der disziplinierteste Mensch der Welt. Nicht, weil er eine deutsche Ausbildung genossen hatte, er war schon als Kind so gewesen. Seine Bücher waren eingebunden, die Hefte peinlich sauber, die Schuluniform stets gebügelt, der Kragen gestärkt. Das hatte er von seiner Mutter Atiye. Die Selige war äußerst penibel. Leider überfiel die Ärmste schon in jungen Jahren die Alzheimer-Plage. Demirs Vater Bünyamin war streng. Demir fürchtete ihn. Doch als die Mutter krank wurde, pflegte der Vater sie bis zum Tod. Nie gab er die Hoffnung auf. Noch als sie sich an gar nichts mehr erinnerte, sprach er mit ihr und sagte ihr Liebesworte. Demir schien all das wenig beeindruckt zu haben. Die Krankheit der Mutter haute ihn nicht um, ebenso wenig bewunderte er die Aufopferung des Vaters. Seltsam gleichgültig schaute er nur zu. Doch war er tatsächlich indifferent, oder gab er sich nur so? Das ließ er sich nicht anmerken. Immer suchte er sich eine Beschäftigung, etwas, das ihn von Problemen ablenkte. Im Schuljahr war es der Unterricht, in den Ferien der Textilienhandel des Vaters. Nie trieb er sich müßig herum, außer mit uns. Dann vergaß dieser Junge mit stahlhartem Willen, der vor der Zeit erwachsen geworden war, alles und sich selbst und wurde zu einem freien, fröhlichen Wesen ohne jede Verantwortung. Wir jagten im Garten des Priesters dem Ball hinterher oder badeten im damals noch sauberen Wasser des Goldenen Horns. Unsere heiteren Stimmen klangen durch alle Gassen und Winkel von Balat. Bis er wieder zu Hause war. Damals hatte ich geglaubt, es sei Demirs Rettung gewesen, dass er nach Deutschland ging. Ich nahm an, aus dem Haus zu kommen, würde ihm die Türen zu einer ganz anderen Welt öffnen. Doch als Demir Jahre später zurückkehrte, konnte ich keinerlei Veränderung an ihm entdecken und erkannte, dass ich mich geirrt hatte. Demir war, was er immer gewesen war, einem unzähmbaren Wolfsjungen gleich würde er sich niemals ändern. Dabei hatte er es versucht. Irgendwann hörte ich, er sei nach Bosnien gegangen, während des Bürgerkriegs, als Sanitäter der Vereinten Nationen. Er hatte sich freiwillig gemeldet. »Warum?«, fragte ich ihn Jahre später. »Aus Dummheit, Nevzat«, sagte er halb im Ernst, halb im Spaß. Die Antwort befremdete mich. »Aber du bist sicher hingegangen, um etwas Gutes für die Menschen zu tun.« In seinen Blick schlich sich ein bitterer Ausdruck. »Die Menschen und Gutes … Das hängt so gar nicht miteinander zusammen.« Er schüttelte resigniert den Kopf. »Gut, es sei, wie du sagst, ich ging hin, um Menschen Gutes zu tun. Vor allem wollte ich mir selbst Gutes tun. Ich war in Deutschland. Das war langweilig und nervig, das Leben kam mir sinnlos vor. Ich glaubte, vielleicht erfahre ich, was der Sinn des Lebens ist, wenn ich dem Tod ins Auge schaue.« Er sprach über etwas ungeheuer Bedeutsames, aber wiederum mit einem Ausdruck von Gleichgültigkeit. »Und, hast du es erfahren?«, bedrängte ich ihn. »Was ist nun der Sinn des Lebens?« Ein bitteres Lächeln verzog seine Lippen. »So etwas gibt es nicht. Einen allgemeinen Sinn, wie ihn Religionen oder Ideologien behaupten, gibt es nicht. Sinn kann meines Erachtens nur jeder selbst herstellen.« Ich verstand kein Wort, das merkte Demir sofort. »Lass es sein, Nevzat. Philosophen zerbrechen sich seit Tausenden von Jahren darüber den Kopf und sind zu keinem Ergebnis gekommen.« So war Demir.

Was er wirklich dachte und fühlte, gab er nicht preis. Weil er es für kostbar hielt oder doch für unerheblich? Auch das war mir bis heute schleierhaft.

Im Grunde war Yekta ihm mittlerweile ähnlich. Mittlerweile, sage ich, denn zu Lebzeiten von Handan und seinem Sohn war er anders gewesen. Da gab es für ihn persönlich durchaus einen Sinn im Leben. Doch nach dem Tod seiner Familie war Yekta wie Demir geworden. Vermutlich hatten sie nach all den Jahren, nach allem, was geschehen war, aus diesem Grund wieder zueinander gefunden.

Als wir meinen altgedienten Wagen vor dem »Palast von Balat« geparkt hatten und durch das Gartentor eintraten, fanden wir Demir beim Vorbereiten des Frühstücks in der von Kastanienbäumen beschatteten Laube, in der wir gestern Abend gesessen hatten. Yekta rief schon von weitem: »Schau mal, wen ich dir mitbringe!«

Demir war überrascht, mich zu sehen.

»Wie sehr du mich vermisst hast«, neckte ich ihn. »Wie lange ist es her!«

Ein herzliches Lächeln vertrieb die Überraschung.

»Und wenn ich dich tagtäglich sähe, Nevzat, würd ich dich immer noch vermissen.« Er sprach unerwartet feinfühlig. »Du bist doch der, der uns nicht vermisst. Gäbe es da nicht diese Zufälle …«

»Na, hör mal, wir waren erst gestern Abend beisammen.«

»Wegen Evgenia. Sieh mich nicht so schief an, Nevzat, ich sage nur, wie es ist. Stimmt doch, Yekta, oder? Fragt die treulose Tomate jemals nach uns?«

»Täte er das, hätte ich ihn nicht am Arm herzerren müssen.«

»Was ihr zu kritteln habt!«, murrte ich. »Als würdet ihr viel nach mir fragen.«

»Wir haben dich so oft zum Fischessen eingeladen, und jedes Mal hast du uns versetzt.«

Das war nicht von der Hand zu weisen, mehrfach hatten sie mich eingeladen und nicht auf die Schnelle für den nächsten Tag, sondern Wochen vorher. Immer war etwas dazwischengekommen. Demir und Yekta hatten nie viel Aufhebens darum gemacht. Oder ich hatte es nicht mitgekriegt. Zum ersten Mal beschwerten sie sich offen. Seltsam, aber mir gefiel ihre Klage. Hatte ich mich in meinen Freunden getäuscht? Vielleicht hatten sie mich nie ausgeschlossen, nur ich hatte es so empfunden. Wahrscheinlich stimmte, was Evgenia vermutete, und ich war es, der mich von ihnen fernhielt. Ich konnte mich nicht erinnern, mich je um ihre Gemeinschaft bemüht zu haben. Im Nachhinein jammerte ich dann, sie bewiesen gar keine Nähe zu mir. Aus welcher Perspektive ich auch schaute, im Unrecht war ich selbst. Ich schob berufliche Zwänge vor, um mich reinzuwaschen.

»Sagt das nicht, Jungs«, begehrte ich auf. »Ihr kennt doch unseren Beruf. Da wird nicht nach Tag oder Nacht gefragt. Polizist ist ein schwerer Job.«

Die Verteidigung zog.

»Na, lassen wir's gut sein.« Demir zeigte auf den Stuhl, der zur Kastanie schaute. »Komm, setz dich hierher.«

Ich nahm Platz und redete weiter.

»Ich wäre wirklich gern mit euch zusammen, aber bei uns weiß man nie, was geschieht. Seit drei Tagen haben wir es mit Mördern zu tun. Gestern hatte ich mich so angestrengt und bin doch wieder zu spät gekommen.«

»Geht es um die Leiche an der Konstantinssäule, von der im Fernsehen berichtet wurde?«

»Die auch. Da sind noch andere. Ein schmutziger Job, aber er hat auch interessante Seiten. Ich habe die Direktorin vom

Topkapı-Museum kennengelernt. Und erfahre spannende Dinge aus der Geschichte von Istanbul. Wie auch immer, jedenfalls sind die Tage randvoll.«

Jetzt lassen sie mich in Ruhe, dachte ich, doch schon übernahm Yekta den Stab.

»So magst du's. Du bist übereifrig. Da beklagst du dich, wie schwer der Job ist, aber du lässt dich nicht pensionieren. Dabei haben sie dir so oft Unrecht getan. Ich an deiner Stelle hätte längst gekündigt.«

»Ganz so ist es nicht«, wandte ich ein, doch er hörte mir gar nicht zu.

»Nein, Nevzat, gib es zu, du liebst diesen Job, Junge.«

Das stimmte, ich liebte meine Arbeit. Obwohl ich nicht genau wusste, warum, konnte ich doch von meinem Beruf nicht lassen. Vielleicht weil es zu viel Leid auf der Welt gab oder weil es diesem Land so sehr an Gerechtigkeit mangelte, vielleicht auch weil ich glaubte, ich würde mich besser fühlen, wenn ich ein paar Mordfälle aufklären und die Mörder dingfest machen konnte. Oder einfach, weil ich den Job mochte. Oder weil ich nichts anderes konnte. Warum auch immer, ja, ich löste gern Mordfälle und hatte gern mit Mördern zu tun.

Demir fühlte sich von Yekta ermutigt. »Und du wirkst nicht gerade, als verspürtest du groß ein Bedürfnis nach uns.« Da schwang Ironie mit. »Du warst ziemlich glücklich an Evgenias Seite gestern Abend.«

»Glücklich? Also wirklich! Ich war tot vor Müdigkeit, Junge. Ich schlaf ja keine Nacht mehr als zwei Stunden.«

»Nanana, deine Mundwinkel gingen rauf bis zu den Ohren«, beharrte er. »Aber lassen wir das. Erzähl uns ein bisschen von Evgenia.«

Oha, jetzt hatten sie mich am Wickel.

»Ich hab doch schon von ihr erzählt. Und am Samstag seid ihr ja ins Tatavla eingeladen, da lernt ihr sie noch besser kennen.«

»O Mann, stimmt ja!« Yekta zögerte. »Sie hat uns eingeladen, aber …«

Er überlegte, ob die Einladung ernst gemeint oder nur eine Floskel war, und traute sich nicht, das auszusprechen.

»Ihr würdet sie wirklich kränken, wenn ihr nicht kommt. Sie sagt, was sie denkt und fühlt. Sie mochte euch, sonst hätte sie euch nicht eingeladen.«

»Wir kommen, klar kommen wir«, beruhigte mich Demir. »Was hast du für ein Glück, Mann! Evgenia scheint eine gute Frau zu sein.«

»Das ist sie«, sagte ich nur. Es wäre unpassend gewesen, meine neue Liebste zu rühmen, während die Erinnerung an die Frauen, die wir verloren hatten, noch unter uns lebte. Beide blickten mich liebevoll an, ohne jeden Neid. Vielleicht bedeutete ihr Leid mehr als mein Glück, war sättigender.

»Warum heiratest du sie nicht? Wenn sie doch eine Gute ist. Außerdem ziemlich hübsch.«

Yekta setzte noch eins drauf.

»Und dazu verliebt in dich.«

Foppten sie mich? Nein, sie meinten es ernst. Ihre Mienen nahmen sogar einen melancholischen Ausdruck an. Vielleicht hatten sie gar nicht an Handan gedacht. Auf einmal schämte ich mich dafür, dass Evgenia meine Liebste war. Schämen ist nicht das richtige Wort, ich fühlte mich mies. Ja, ich hatte mich von den beiden entfernt. Ich hatte mich wohl, was mir Evgenia unterstellte, an dem Punkt von meinen Freunden gelöst, als sie sich in Handan verliebten.

»Du liebst sie doch auch, oder?«

Schön und gut, warum bedrängte Demir mich? Eine Anspielung lag nicht in seinen Worten. Er verurteilte mich keineswegs, vielleicht wunderte er sich nur, dass man sich ein zweites Mal verlieben konnte, und wollte nun herausbekommen, wie das möglich war.

»Ich weiß es nicht, Demir. Eigentlich kann ich mich kaum daran erinnern, was für ein Gefühl das war, verliebt zu sein.«

Das Lächeln ringsum erlosch, die Stimmung wurde schwer. Eine innere Stimme mahnte: Beende das Thema, du machst sie nur traurig! Doch etwas drängte mich weiterzusprechen.

»Ich fühle mich gut in ihrer Gesellschaft. Evgenia tut mir gut. Natürlich nicht so wie früher. Nicht so, wie es mit Güzide war. Nie wieder wird es so sein. Denn ich kann Güzide und Aysun einfach nicht vergessen …«

Yektas Blick traf meinen. Auch er würde Handan niemals vergessen. Handan und seinen Sohn Umut. Und Demir? Hatte er Handan vergessen? Wohl kaum. Ich fuhr fort, mein Leid zu klagen.

»Die Wunde in meiner Seele wird nie ganz verheilen. Der Körper ist viel schneller wieder auf den Beinen. Solange das Herz schlägt, hat der Körper eine Chance auf Heilung, ist aber die Seele einmal angeschlagen, heilt die Wunde nicht. Sie blutet bis zuletzt. Andererseits geht das Leben weiter. Ich dachte, ich kann nie wieder von vorn anfangen, eine andere Frau gibt es nicht, ich kann keine andere lieben. Es geht anscheinend doch.«

Ihre Mienen bewölkten sich, die Augen verschatteten, in ihren Köpfen sammelten sich haufenweise Fragen. Ich wusste, weder Demir noch Yekta würden sich trauen, sie zu stellen. Trotzdem beantwortete ich sie.

»Manchmal schäme ich mich. Frage mich, was ich da mache. Meine Frau, meine Tochter sind tot, und ich genieße das Leben … Ja, das denke ich oft. Vielleicht wäre es am besten, selbst zu sterben. Nur so würde ich auf Augenhöhe kommen. Verschwinden wie sie. Doch der Verstand denkt weiter. Was würde das Güzide und Aysun nützen? Wäre es umgekehrt, wäre ich gestorben und sie hätten überlebt, hätte ich dann gewollt, dass auch sie nicht weiterleben? Wohl kaum. Sie haben keinen Nutzen davon, wenn ich das Leben aufgebe.«

Demir saß da, den Blick starr auf einen Punkt gerichtet. Vielleicht sinnierte er einmal mehr über den Sinn des Lebens. Konnte dieser Sinn die Liebe sein, die er vor vielen Jahren in diesem Viertel verloren hatte?

»Du hast Glück«, sagte Yekta. Sein Blick drückte Verständnis und Milde aus. »Vielleicht bist du auch stark. Du kannst eine andere lieben. Dafür musst du dich nicht schämen. Das ist das Leben. Aber wenn du unfähig bist, eine andere zu lieben, wenn du keinen Halt mehr im Leben findest, dann ist es schlimm. Das ist das Tor zur Hölle.«

Demir hockte weiter tief im Loch und grübelte.

»Da hast du recht«, wandte ich mich an Yekta. »Wahrscheinlich hatte ich Glück. Eine wie Evgenia trifft man nicht alle Tage, aber ich bin mir sicher, dass es Tausende Frauen wie sie auf der Welt gibt.«

Yekta verstand, was ich damit sagen wollte.

»Sicher …« Auf seine Lippen legte sich ein trauriges Lächeln. »Von Bedeutung sind ja nicht die da draußen, Nevzat. Wichtig sind wir. Was wir empfinden. Die da draußen sind Stimulanzien. Tut mir leid, auch Evgenia gehört dazu. Nenn es Lebensfreude, Wille oder wie auch immer, hättest du das nicht, Evgenia hätte noch so schön und gut sein können, sie hätte dich nicht beeindruckt. Ja, die seelische Wunde heilt nie. Zugleich ist die seelische Wunde viel effektiver als eine physische und schmerzhafter. So heftig ist dieser Schmerz, dass du dich gar nicht nach anderen Welten umschauen kannst, egal, ob du es willst.«

Endlich tauchte Demir wieder auf aus den Fluten, in die er versunken war.

»Setzen wir einen Punkt«, sagte er barsch. »Ohne Körper keine Seele. Ob sie nun leidet oder glücklich ist: Will man die Seele am Leben erhalten, muss man den Körper ernähren.« Wieder einmal verdrängte er das Thema. Um ein Lächeln bemüht, wandte er sich mir zu. »Nun, Hauptkommissar, irgendeinen besonderen Wunsch zum Frühstück?«

So war Demir. Im Grunde höchst sentimental, doch diese Seite zeigte er nur ungern. Wie bei der Krankheit seiner Mutter, wie bei der Nachricht, dass Handan und Yekta heirateten. Ich lehnte mich zurück und musterte die Freunde. Yekta hatte Demirs Vorschlag, das Thema zu beenden, nicht widersprochen. Vielleicht täuschte ich mich auch in Demir, vielleicht hatte er doch beschlossen, seinen Kummer zu teilen, aber nicht mit mir, nur mit Yekta. Vermutlich ließ auch Yekta nur ihn seine Wunde sehen. Womöglich lebten sie im Empfinden des gegenseitigen Leids, ganz ohne darüber zu reden. Denn ihre Toten, ihr Verlust, ihre Trauer war gemeinsam. Wieder fühlte ich mich ausgeschlossen. Als würde ich bestraft dafür, glücklich zu sein. Eine Art Gewissensbisse, eine Art Scham, sogar eine Art Wut stieg in mir auf. Es zog mich weg. Ohne auch nur Tschüss zu sagen. Doch ich beherrschte mich, verbarg meine Gefühle und versuchte gleich Demir ein Lächeln.

»Danke, ich bin satt. Ich kann wirklich nicht lange bleiben. Im Revier wartet ein Haufen Arbeit.«

»Die Münze in der Hand des Opfers ist die von Theodosius.«

Es war schon nach elf Uhr, als ich eintraf. Hektisch teilte mir der Beamte am Eingang mit, unser Direktor Mümtaz erwarte mich in seinem Büro. Es ging also los. Mümtaz wollte wissen, wie die Ermittlungen vorankamen. Vielleicht hatte jemand von oben angerufen. Und die Presse hielt natürlich auch nicht still. Der Mord von letzter Nacht prangte sicher auf den Titelseiten und in den Hauptnachrichten der Fernsehsender. Doch mir fiel es im Augenblick schwer, das Geschehen von Anfang an aufzurollen. Auch wäre es höchst unklug, mich vor den Direktor zu stellen, ohne die neuesten Entwicklungen zu kennen. Deshalb vertagte ich Mümtaz kurzerhand und ging in mein Büro. Als Erstes rief ich Ali und Zeynep. Keine fünf Minuten später saßen sie vor mir. Beide sahen ausgeruht aus, nur Alis Unterlippe war noch geschwollen.

»Der Lieferwagen wird untersucht, Hauptkommissar«, stieg Zeynep in den mündlichen Rapport ein. »Wir haben ein hervorragendes Team. Die Jungs sind mit Leib und Seele bei der Sache.«

»Gut.«

»Das Resultat wird aber nicht vor heute Abend da sein.«

Ich wandte mich meinem Assistenten zu, dem diese Informationen vermutlich lange vor mir zugegangen waren.

»Hast du gehört, Ali? Wir müssen die Frist für die Polizeihaft von der Staatsanwaltschaft verlängern lassen.«

Sein Gesicht strahlte wie das eines Lausbubs.

»Keine Sorge, Hauptkommissar. Ich habe Naci schon zur Staatsanwaltschaft geschickt.«

Ich kam nicht umhin, ebenfalls zu lächeln.

»Gut gemacht. Kommen wir zu Opfer Nummer drei, dem Journalisten.«

»Şadan Duruca. Ein etwas dubioser Mann …«

Welches unserer Opfer war das nicht?

»Er arbeitete für eine große Zeitung«, fuhr Ali fort. »Aber die Szene hält nicht besonders viel von ihm. Sein Name war vor drei Jahren in einen Prozess verwickelt, im Zusammenhang mit einem Hotelbau in der Schutzzone bei Topkapı. Duruca hatte in seiner Zeitung tagelang gelobhudelt, wie ungeheuer wichtig das Hotel für den Tourismus in unserem Land wäre. Die Architektenkammer ging dann aber vor Gericht, weil das Hotel den historisch-kulturellen Ressourcen schaden würde. Das Gericht urteilte im Sinne der Kammer und stoppte den Bau. Anschließend deckte eine linke Zeitung auf, dass die Baufirma Şadan Duruca gratis eine Wohnung zugeschanzt hatte. Tagelang war die Presse voll mit Kommentaren und Diskussionen darüber. Duruca gab die Wohnung nicht zurück, musste aber das Blatt, für das er geschrieben hatte, verlassen.« Er schüttelte den Kopf und verlieh seiner Stimme einen ironischen Ton. »Da es aber in unserem Land als Tugend gilt, Bestechungsgelder anzunehmen, fing er nur ein Jahr darauf bei einer noch größeren Zeitung an.«

Schon hatte Ali das Schlüsselwort genannt: Bestechung. Korruption, Mauschelei. Der allseits bekannte Rechtsverstoß. Alle drei Opfer hatten etwas mit illegalen Bauarbeiten im historischen Areal zu tun.

»Gibt es eine Verbindung von diesem Şadan Duruca zu den beiden anderen Opfern?«

Ungeachtet der Schwellung schürzte Ali die Unterlippe.

»Dazu konnte ich nichts herausfinden, Hauptkommissar.« Verlegen wich er meinem Blick aus. »Um ehrlich zu sein, habe ich dazu noch nicht recherchiert. Die Zeit reichte nicht.«

»Das sollten wir aber tun. Auch dieser Journalist könnte in Verbindung zu dem Tourismus-Tycoon Âdem Yezdan gestanden haben. Wann kommt der noch mal aus Moskau zurück?«

»Heute Nacht«, gab Zeynep Auskunft. »Wenn der Flieger keine Verspätung hat, landet er gegen null Uhr auf dem Atatürk-Flughafen.«

Eifrig sprang Ali darauf an.

»Holen wir ihn dort ab?«

Offenbar ließ auch er allmählich die fixe Idee, Ömer wäre der Mörder, fahren. Sich mit Âdem Yezdan zu beschäftigen, einem ehemaligen Grundherrn, von dem wir zudem wussten, dass er die Finger in schmutzigen Geschäften hatte, konnte spannender sein, als sich mit Ömer abzugeben, dem Mitglied einer radikalislamistischen Organisation. »Im Augenblick wäre eine Festnahme verfrüht.« Wie immer fiel es mir zu, der Stimme der Vernunft Gehör zu verschaffen. »Wir haben keinen Beweis für Âdem Yezdans Schuld. Solche Leute haben ihre Hunde auf den Fluren des Staats. Lassen wir uns nicht von vornherein die Hände binden. Statten wir dem Mann lieber einen Besuch an seinem Arbeitsplatz ab.« Ich richtete den Blick auf Zeynep. »Was ist mit der Münze? Stimmt deine Vermutung? Ist es eine von Theodosius?«

»Ganz genau, Hauptkommissar. Allerdings habe ich über diesen Theodosius nicht viel herausfinden können. Das heißt, im Internet steht kaum etwas zu ihm.« Ein Hauch von Rosa überzog Zeyneps Gesicht. »Entschuldigen Sie, Hauptkommissar, ich hatte noch nicht die Zeit, mich richtig darum zu kümmern.«

Ich hatte sie nicht kritisiert.

»Wenn Sie wollen, gehe ich sofort in die Recherche«, schob

Zeynep beflissen nach. »Wir können auch Leyla Barkın befragen.«

»Das werden wir tun, aber nicht jetzt. Wir müssen erst noch einmal nach Samatya. Zum Haus von Necdet Denizel. Leyla Barkın hatte seine Münzsammlung erwähnt. Ist die noch dort, oder hat jemand sie an sich genommen? Solche Münzen werden ja nicht auf dem Markt gehandelt. Die Mörder haben sie also vermutlich aus einer Sammlung oder einem Museum mitgehen lassen. Mitgehen lassen, sage ich, denn unsere Mörder dürften nicht so dumm sein, gekaufte Münzen zu verwenden und sich damit zu verraten. Wir müssen uns im Haus gründlich umsehen. Es hat mit dem Mord an Necdet begonnen, das erste Indiz, nach dem wir suchen, findet sich ...«

Das Schrillen des Telefons unterbrach mich. Ich vollendete den Satz, während ich den Hörer abnahm.

»Das erste Indiz sollte sich bei ihm im Haus finden.«

»Welches Indiz?«, fragte die Stimme am anderen Ende der Leitung. »Wo bleibst du denn, Nevzat? Hat man dir nicht ausgerichtet, dass ich dich erwarte?«

Direktor Mümtaz regte sich auf, weil ich nicht unverzüglich zu ihm geeilt war.

»Eine dringende Angelegenheit ist dazwischengekommen, Direktor. Ich muss die Kollegen darauf ansetzen. Sobald das erledigt ist, bin ich bei Ihnen.«

»Gut, beeil dich. Der Polizeipräsident, der Gouverneur, alle rufen an. Das ist der dritte Mord, Nevzat. Die Presse bauscht das auf, ich muss den Leuten Infos geben ...«

Er würde mich zutexten, wenn ich es zuließe.

»Alles klar, Direktor«, unterbrach ich ihn höflich. »In fünf Minuten.«

Ich legte auf und wandte mich wieder an meine Mitarbeiter.

»Ihr fahrt gleich los. Ja, ihr beide zusammen. Ich spreche mit dem Direktor, dann komme ich nach. Ach ja, Zeynep, ich will eine sorgfältige Abnahme von Fingerabdrücken im Haus. Nimm mit, was du an Ausrüstung hast. Ali, wir müssen diese Sammlung auftreiben. Zur Not krempelt ihr da alles um.«

»Wird erledigt, Hauptkommissar.« Mein Blick wanderte über ihre Gesichter. »Also, Leute, ein Fingerabdruck, ein Beweisstück, eine Spur, findet irgendetwas, was einen Hinweis auf die Mörder liefert. Sonst vergießen diese Spinner noch mehr Blut. Es dauert nicht lange, dann bin auch ich bei Necdets Haus.«

»Ist euer Logo etwa König Byzas?«

Die Schüsse hörte ich, als ich in die schmale Gasse einbog, in der Necdets Haus stand. Zwei Stunden nachdem ich Ali und Zeynep losgeschickt hatte und zu Direktor Mümtaz gegangen war. Hätte ich sie nur nicht allein gelassen! Beunruhigt gab ich Gas. Mümtaz hätte ich auch später Bericht erstatten können. Ohnehin wollte er bloß hören, wir hätten die Mörder so gut wie gefasst. Was hätte ich sagen sollen, mit Lügen wollte ich ihn nicht beruhigen. Ich berichtete ihm vom ersten Opfer Necdet Denizel bis hin zur Vernehmung von Ömer Ekinli am Vorabend alles weitgehend wahrheitsgetreu, erweckte sogar ein wenig den Anschein von Aussichtslosigkeit. Damit er uns vorrangig behandeln würde, wenn wir seine Unterstützung brauchten. Außerdem wollte ich nicht sinnlos Optimismus verbreiten, woraufhin er sich Hoffnungen gemacht hätte. Dann hätte er mich alle zwei Tage einbestellt und mir in den Ohren gelegen, warum der Fall immer noch nicht gelöst sei. Ich hatte nun wirklich Besseres zu tun, als ihm Bericht zu erstatten. Genau wie jetzt geschehen, möglicherweise hatte ich um des Rapports bei Mümtaz Bey willen das Leben meiner Leute riskiert. Mümtaz war ein anständiger Vorgesetzter, aber der schwerfälligste Mensch auf der Welt. Er wälzte und wendete jedes Wort und kam partout nicht zum Kern der Sache. Fasste ich unser Gespräch zusammen, kamen höchstens zehn Minuten dabei heraus, doch mit Tee und Kaffee konnte ich mich erst nach anderthalb Stunden mühsam loseisen.

Bis ich am Haus war, hatte ich mich schier zerfleischt. Als ich mit gezückter Waffe aus dem Wagen sprang und in den Vorgarten stürmte, fand ich meine Leute gesund und munter und beruhigte mich ein wenig. Ich sage, ein wenig, denn mir bot sich folgendes Bild: Ein bulliger Verdächtiger, sein Nasenhöcker verziert mit einem blauen Fleck von einem Schlag, lag gleich hinter dem Gartentor, Ali drückte dem Mann das Knie in den Rücken und legte ihm Handschellen an. Bei jedem Atemzug quollen dem Mann Blutklumpen aus der Nase und verteilten sich auf seiner Oberlippe. Mir fiel der mit Metall verkleidete Griff einer Pistole rechts in Alis Gürtel auf, die vermutlich dem Mann gehörte. Zeynep hielt mit beiden Händen ihre Beretta auf einen zweiten Hünen gerichtet, der neben dem Tor stand. Ein blutiges Rinnsal aus seiner Braue malte seine rechte Gesichtshälfte rot. Waren das Alis Taten? Oder hatte auch Zeynep angefangen, sich zu schlagen? Als unser Herumtreiber mich sah, strahlte er.

»Das Spektakel haben Sie verpasst, Hauptkommissar. Nur eine halbe Stunde früher hätten Sie Ihren Spaß gehabt.«

Er war in Stimmung, er liebte Raufereien. Ich steckte die Pistole ins Holster und gab mich autoritär.

»Was ist hier los? Wer sind diese Burschen?«

»Genau das versuchen wir gerade herauszukriegen, Hauptkommissar.« Der Mann unter ihm bewegte sich und bekam einen Stupser von Alis Handrücken an den Kopf. »Die Spackos wollten sich vom Acker machen, kaum dass sie uns sahen.«

Der Mann, den Ali Spacko geschimpft hatte, hatte große schwarze Augen, die Wimpern wie geschminkt und so lang, dass man, hätte nicht ein Dreitagebart sein Gesicht gerahmt, fast meinte, eine Frau anzusehen.

»Wir haben nichts getan, Hauptkommissar. Als wir hörten, dass sie Polizisten sind, wollten wir weg«, sagte er mit grässlichem Akzent. »Wir wollten keine Schießerei.«

Ali gab dem Mann erneut eine Kopfnuss.

»Und was, wenn wir keine Polizisten gewesen wären? Ihr seid mit gezogenen Pistolen ins Haus eingedrungen. Hättet ihr uns erschossen, wenn wir einfache Bürger gewesen wären?«

Das Gesicht des Mannes stieß auf den Boden.

»Au«, stöhnte er auf, ließ es sich aber nicht nehmen, weiter Auskunft zu geben: »Die Waffen haben wir zur Selbstverteidigung.«

»Hört euch das an! Zur Selbstverteidigung, ja? Als wären sie staatliche bewaffnete Sicherheitskräfte!«

»Ja, genau das sind wir, wir sind private Sicherheitskräfte. Wir arbeiten für einen Wachdienst.«

Das ließ Ali kalt.

»Ah ja, und dann zieht ihr gegen jeden, der euch in die Quere kommt, die Waffe, oder wie?«

Der Mann versuchte, den Kopf zu heben und zu erklären.

»Nein, das haben Sie falsch verstanden, Ali Bey.«

Unser Strolch presste dem Mann heftig das Knie in den Rücken.

»Der Bey ist dein Baba! Rede anständig!«

»Au! Aua! Alles klar, Ali Abi.«

»Was fällt dir ein, mich Abi zu nennen! Bin ich etwa dein Partner beim Okey-Spiel?«

Verzweifelt grummelte der Mann.

»Okay, okay, aber wie soll ich Sie denn anreden?«

»Kommissar Ali, sagst du! Kein Abi, kein Bey! Verstanden?«

»Verstanden, Kommissar Ali, verstanden. Also, was ich sagen wollte, wir sind ausgebildet. Wir haben die Gesetze gelernt. Wir würden niemals gegen normale Leute die Waffe ziehen.«

Der Mann war weiter um seine Verteidigung bemüht, da spürte ich einen Blick auf mir. Als ich den Kopf drehte, sah ich ein Mädchen im Alter meiner Aysun uns mit Entsetzen beobachten. Und nicht nur sie, die halbe Nachbarschaft war aufgrund der Schüsse herbeigelaufen. Noch ein Weilchen, und ganz Samatya wäre hier versammelt. Ich zeigte auf die Männer und fragte Ali: »Braucht jemand erste Hilfe?«

»Nein.« Gleichgültig taxierte er die Männer. »Sehen Sie nicht, Hauptkommissar, die sind robust!«

»Gut, dann kommt mal hoch, wir gehen alle rein.«

Als Ali von seinem Rücken stieg, schüttelte der Mann sich wie ein in die Knie gezwungenes Kamel und stand auf, ich hatte mich geirrt, der eigentliche Hüne war er. Den anderen überragte er um mindestens eine Kopflänge. Wären sie im Nahkampf aneinandergeraten, hätte ich mir Alis Lage nicht einmal vorstellen mögen. Doch meine Leute hatten die Männer derart eingeschüchtert, dass sie jetzt brav vor ihnen her in Necdets Haus trotteten.

Wir durchquerten die dunkle Diele und strebten auf das helle Wohnzimmer zu. Kaum betraten wir den Raum mit den sieben Istanbul-Stichen, erklang erneut die absonderliche Stimme.

»Guten Tag … Ich bin König Byzas … Willkommen in meinem Palast …«

Wieder begrüßte uns Necdets leutseliger, sich für einen Menschen haltender Graupapagei mit freundlichen Worten. Doch sein alter Freund Ali würdigte ihn dieses Mal kaum eines Blicks, sagte nur: »Hi Byzas« und kontrollierte nicht einmal, ob das Futter, das er ihm bei unserem letzten Besuch hingestreut hatte, nachgefüllt werden musste. Seine Gedanken waren bei den ertappten Männern. Wir setzten sie auf das Sofa unter die Stiche von Hagia Sophia und Fatih-Moschee. Ich nahm den Sessel vor dem Topkapı-Stich ihnen gegenüber. Als Zeynep hinausging, berichtete Ali, was sich zugetragen hatte.

»Zeynep und ich waren dabei, das Haus zu durchsuchen,

wie Sie es uns aufgetragen hatten, Hauptkommissar. Da hörten wir Geräusche am Türschloss. Sofort stellten wir uns an der Tür auf, Zeynep links, ich rechts. Der bulligere von diesen beiden Waldschraten ...« Er zeigte auf den mit der blutigen Nase. »Der Ochse da schlich sich mit gezogener Pistole ins Haus. Als wir riefen: ›Halt! Polizei!‹, drehte er um und türmte. Wir ihm nach. Als er durch den Garten wollte, brüllte ich wieder: ›Halt!‹ Doch er blieb nicht stehen, also schoss ich zweimal in die Luft. Als sie die Schüsse hörten, überfiel die beiden Hünen Panik, und sie stolperten. Der kleine Ochse hier flog auf die Schnauze, das Kamel da polierte sein hübsches Gesicht am Stamm des Feigenbaums.« Mein Assistent amüsierte sich prächtig, schmunzelnd wandte er sich mir zu. »Die Verletzungen sind also gar nicht meine Leistung, Hauptkommissar. Fragen Sie Kommissarin Zeynep, wenn Sie mir nicht glauben. Ich hätte die Kerle gern verdroschen, aber die beiden Deppen besorgten das schon ganz allein ...«

Zeynep kam mit Watte, Kolonya, dem türkischen Kölnisch Wasser, und Pflaster. Verwundert, als traute er seinen Augen nicht, starrte Ali seine Kollegin an. In aller Ruhe träufelte Zeynep Kolonya auf die Watte. Schwerer Duft von Zitrone breitete sich im Raum aus. Ali verzog das Gesicht, nicht weil er Zitronenduft nicht mochte, sondern weil Zeynep die Männer verarztete. Vielleicht auch aus Eifersucht. Wäre ich nicht dabei, hätte er erneut dumm herumgeredet und Streit vom Zaun gebrochen. Zeynep war sich seiner Blicke wohl bewusst, kümmerte sich aber nicht darum. Ruhig wischte sie den Männern das Blut ab und versorgte ihre Wunden mit Pflastern. Ali schwankte wie ein aus dem Takt geratenes Uhrenpendel, es war wenig ratsam, seine Geduld weiter zu strapazieren. Ich sah den Wachmann mit den langen dunklen Wimpern an.

»So, und nun erzählt mal, wer ihr seid.«

»Ich heiße Fettah, Hauptkommissar.« Die gefesselten Hände auf dem Rücken hinderten ihn daran, bequem auf dem Sofa zu sitzen. »Und das ist Sıddık. Wir arbeiten für die Security-Firma Ayyıldız.«

Der Firmenname schien ein Scherz zu sein: Mond und Stern! Logischerweise dachten wir drei sofort an die Münze mit Halbmond und Stern, die wir gefunden hatten, und warfen uns verblüffte Blicke zu.

»Und euer Logo ist König Byzas?«

An Fettahs Stelle gab der Papagei Ali Antwort.

»Guten Tag ... Ich bin König Byzas ... Willkommen in meinem Palast ... Ich bin König Byzas ...«

So ging das nicht, genervt nahm Ali seinen Freund Byzas samt Käfig und verfrachtete ihn ins Nebenzimmer. Dann wiederholte er die Frage an Fettah, als wäre nichts dazwischengekommen.

»Ist euer Logo etwa König Byzas?«

Entweder verstand Fettah ihn nicht, oder er tat so.

»Nicht König Boyzas.« Er hatte Mühe, den Namen des Gründers dieser Stadt auszusprechen. »Der Stern im Halbmond. Wie auf der türkischen Fahne ...«

Mein Assistent brauste auf.

»Gehört ja auch eurem Daddy! Benutzt ruhig die türkische Fahne für kommerzielle Zwecke!«

»Nein, Kommissar, das ist ein Missverständnis. Also, wir haben das Logo aus Respekt gewählt.«

»Halt die Klappe, Mann, und red nicht von Respekt!«

»Ist schon gut«, stoppte ich Ali, der erneut auf den Mann losging. »Was hattet ihr hier zu suchen?«

Aus Angst vor der Wut unseres Hitzkopfs hatte Fettah sich an seinen Kollegen gedrängt, jetzt kam er zaghaft wieder hoch.

»Wir … Wir sind Leute von Âdem Bey, Hauptkommissar. Von Âdem Yezdan.«

Da hatten wir es also ein weiteres Mal mit Âdem Yezdan zu tun. Aber Fettah hatte noch Interessanteres zu berichten.

»Âdem Bey und Necdet waren Kompagnons.« Als er uns drei staunen sah, bekräftigte er: »Das ist wirklich wahr. Allah lasse ihn in Frieden ruhen, Necdet Denizel war mit Âdem Bey im Antikenhandel. Âdem Bey setzte großes Vertrauen in den Verstorbenen …«

»Ist dieser Âdem etwa Antiquitätenhändler, Mann?«, fuhr Ali dazwischen. »Wo ist sein Laden?«

»Âdem Bey hat eine ganze Reihe Geschäfte. Nach welchem fragen Sie? Antiquitätenhandel in Nişantaşı, Teppichgeschäft im Großen Basar, Ferienanlage in Bodrum, Hotel in Antalya … Und jetzt baut er ein großes Center in Sultanahmet. Das größte in Europa soll es werden. Er ist nicht irgendwer, Âdem Bey ist richtig reich …«

»Ist dieser Âdem euer Clanführer, Mann?«

»Âdem Bey«, korrigierte Fettah. »Er ist unser Abi, unser Bey, unser Agha, unser alles.«

Da lag keine Furcht mehr in seiner Stimme, sein Blick wirkte jetzt herausfordernd. Dass mein Assistent den Mann herunterputzte, verhinderte Zeynep mit ihrer Frage: »Und dieses Security-Unternehmen?«

Sie hatte die Gesichter der Männer fertig verarztet und stand bei uns.

»Ich hab's doch gesagt, Kommissarin Zeynep. Âdem Bey hat eine ganze Reihe Firmen. Statt andere Sicherheitsdienste zu bezahlen, hat er selbst einen gegründet. Unser Chef ist ein ehemaliger Polizist. Ercan Abi. Vielleicht kennen Sie ihn, Ercan Sungur.«

»Ercan Abi hat uns auch hierhergeschickt«, bestätigte Sıddık, der, seit wir uns begegnet waren, zum ersten Mal den Mund auftat. Beim Reden entblößte er Hasenzähne. Offenbar ein Pechvogel, Gott hatte ihn kompakt geschaffen, aber wie er Fettah mit den weiblichen Augen einen Fluch aufgeladen hatte, hatte er diesem Mann zwei große Hasenzähne gegeben, die der bulligen Erscheinung jeden potenziellen Schrecken nahmen.

»Und wozu hat Ercan euch hergeschickt?« Zeynep wollte, ganz in meinem Sinne, endlich zur Sache kommen. »Was habt ihr hier gesucht?«

»Wir wollten das Geld holen«, gab Fettah freimütig zu. »Mit Geld meine ich altes Geld. Also, wie das in den Museen, so aus Gold, Silber, Eisen ...«

Endlich kamen wir voran. Ich unterdrückte meine Aufregung und fragte nach.

»Du meinst Münzen?«

»Genau, Hauptkommissar«, bestätigte er erleichtert. »Münzen. Eine Münz- ...« Er konnte sich nicht entsinnen. »Ein Münzendings ...«

»Eine Münzkollektion?«

»Ja, danke, genau das. Eine Münzkolle- ...« Er lachte kindisch, als er es wieder nicht über die Lippen brachte. »Na das, was Sie sagen, Hauptkommissar.«

Sıddık mischte sich ein.

»Und den Papagei sollten wir mitnehmen. Das war ein Geschenk von Âdem Bey an Necdet Abi. Jetzt kümmert sich niemand um ihn, der kommt vor Hunger um, den bringt ihr auch mit, hat Ercan Abi gesagt.«

Fettah warf dem Kollegen einen bösen Blick zu, wie um zu sagen: Was hast du ungefragt zu reden! Verlegen senkte der hasenzähnige Hüne den Kopf.

»Vor allem wollten wir aber die Münzen holen. Wir waren natürlich auf der Hut, weil Necdet Abi ja ermordet worden ist. Deshalb sind wir mit gezogener Waffe rein. Also um uns zu verteidigen. Das ist doch kein Kinderspiel, Hauptkommissar, immerhin geht es um Leben und Tod. Als wir rein sind, haben wir die Kommissare Ali und Zeynep gesehen. Und als Kommissar Ali ›Polizei!‹ gerufen hat, sind wir weg, weil wir keine Schießerei wollten …«

»Und wie weg!« Ali setzte weiter auf Hohn. »Wie die Windhunde.« Sein Blick fiel auf den Bulligen. »Nein, nein, wie die Kamele!«

»Hätten Sie nichts von Polizei gesagt«, entgegnete Fettah ernst, »wären wir nicht abgehauen. Wir sind weg, damit es nicht zu einer Schießerei kommt.« Ali runzelte bedrohlich die Brauen, Fettah straffte sich sofort. »Verstehen Sie das nicht falsch, wir hätten nicht auf Sie geschossen. Wir sind weg, weil wir Angst hatten, dass Sie uns für die Mörder halten und auf uns schießen.«

»Und warum wolltet ihr Necdets Münzkollektion holen?«

Er verstand meine Frage nicht sogleich.

»Wie, warum?«, fragte er verdattert.

»Ich meine, was geht euch Necdets Münzsammlung an?«

Erstaunt riss er seine Schafsaugen auf.

»Aber die Münzen gehören ja gar nicht Necdet Bey, Hauptkommissar, sie gehören Âdem Bey. Das hat Ercan Abi gesagt. Und der hat es von Âdem Bey.«

Als er sah, dass wir drei ihn mit dumpfem Blick fixierten, hob er den Kopf und fragte enttäuscht: »Gehören die etwa nicht Âdem Bey?«

Ali beugte sich zu Fettah herunter, seine Miene zeigte weder Wut noch Hass, dafür etwas viel Erschreckenderes: Ungewissheit.

»Hör zu, Fettah Efendi, erzähl uns keine Märchen. Raus mit der Sprache: Wo ist die Münzsammlung?«

Das hieß, auch meine Leute hatten die Taler nicht gefunden.

Fettah war unschlüssig. Verriet er es, wäre das ein Vergehen gegen seinen Âdem Bey, schwieg er, bekäme er es mit dem durchgeknallten Polizisten zu tun.

»Hast du nicht gehört?« Ali stieß Fettah an der Schulter an. »Wo sind die Münzen, frag ich dich.«

Mit Blicken suchte der Mann die Wände ab.

»Was?«, fauchte Ali. »Was guckst du dich groß um?«

»Die … die Bilder«, stammelte der Wachmann mit den hübschen Augen. »In den Rahmen.«

Ali stutzte, dann schlug er sich mit der rechten Hand gegen die Stirn. »O Mann, dass wir da nicht draufgekommen sind!« Beschämt sah er mich an. »Hinter die Stiche haben wir nie geschaut, Hauptkommissar. Dass die Münzen in den Rahmen stecken könnten, ist uns nicht eingefallen.«

Schon hatte Zeynep den Rahmen des Stichs mit der Fatih-Moschee abgenommen und auf den Tisch gelegt. Der Holzrahmen wirkte ungewöhnlich breit. Als sie mit dem Rahmen nicht weiterkam, fuhr sie Fettah an: »Wie geht das auf?«

Ali sah Fettah unschlüssig gucken und ermahnte ihn höflich: »Raus mit der Sprache, Kerl!«

Fettah blinzelte verzweifelt, dann zeigte er mit der rechten Hand, die dem massiven Ruder eines Fischerbootes ähnelte, auf die Ecke.

»Da … an der Ecke … da müssen zwei Knöpfe sein. Wenn Sie die drücken, schnappt das Schloss auf. Das hat Ercan Abi gesagt.«

Zeynep tastete die Ecke ab.

»Stimmt«, sagte sie munter. »Zwei Knöpfe.«

Sie drückte darauf, zweimal klickte es kurz, Zeynep hob nun mühelos den Rahmen ab. Darunter fand sich in gleicher Länge und Breite wie der Rahmen eine mit schwarzem Samt verkleidete Schachtel.

»Ja, hier sind sie.«

Sie klappte den Deckel auf. In der Hoffnung, die antiken Münzen zu sehen zu bekommen, hielten wir alle den Atem an. »Leer, absolut leer«, murmelte Zeynep enttäuscht. Sie drehte uns die Schachtel zu. »Die hat schon jemand rausgeholt.«

In der Tat war das zum Münzversteck umfunktionierte Teil leer. Zeynep langte nach dem Rahmen mit der Hagia Sophia, die gleich neben dem Stich von der Fatih-Moschee hing. Auf dieselbe Weise drang sie auch hier zur Schachtel vor, doch leider kam auch hier kein einziger Metalltaler zum Vorschein. Um uns zu vergewissern, nahmen wir die sieben Rahmen aller sieben Stiche auseinander und begutachteten alle sieben Münzschachteln. Nicht Bronze, nicht Silber, nicht Gold, in keiner der sieben Samtschachteln fand sich eine einzige Münze.

»Wer auch immer Sie sind, Sie müssen sich an die Gesetze halten.«

Als wir bei Necdet im Haus die Münzen nicht fanden, schleppten wir Fettah und Sıddık aufs Revier. Zeynep hatten wir dagelassen. Denn in Necdets Haus fanden sich eine ganze Reihe unterschiedlicher Fingerabdrücke. Sie würde Muster ziehen, vor allem von denen an den Bilderrahmen. Um Fettah und Sıddık kümmerte Ali sich. Sie hatten zwar bereits offene Geständnisse abgelegt, doch ihre Aussagen mussten protokolliert werden. Auch mussten wir feststellen, ob Genehmigungen für ihre Waffen vorlagen, vor allem aber, ob sie befugt waren, die Pistolen außerhalb des Arbeitsplatzes zu tragen. Ich nutzte die Unterbrechung, um kurz essen zu gehen. Nachdem ich mich in der Garküche von Cavit Usta, wo die Portionen reichlich waren, gleich unten an der Ecke der Gasse, in der sich das Revier befand, an weißem Bohneneintopf mit Pilaw gestärkt hatte und in mein Büro zurückkehrte, wartete Ali schon dringlich auf mich. Er schnaubte. Enttäuscht wie jemand, an dem Verrat verübt worden war, fragte er: »Hauptkommissar, was für ein Mann ist eigentlich dieser Direktor Mümtaz?«

Wovon redete der Junge? Wie kam er denn jetzt auf unseren Chef?

»Er ist in Ordnung. Warum?«

»Also, der hat mich ziemlich durcheinandergebracht. Er benimmt sich schon komisch.«

»Ali, rede nicht drum herum. Setz dich hin und erzähl, okay?«

Er fläzte sich auf den Stuhl, den ich ihm anwies, und sprudelte los, ohne zu warten, bis er sich beruhigt hatte.

»Der Anwalt von Fettah und Sıddık ist unten aufgetaucht.«

»Das ist sein gutes Recht. Na und?«

»Aber Ercan Sungur war auch dabei, der Leiter von diesem Security-Unternehmen Ayyıldız.«

»Ein ehemaliger Polizist, nicht?«

»Genau. Er soll Polizeichef gewesen sein. Jetzt verlangt er, mit Fettah zu sprechen. Ich sagte: ›Kommt gar nicht in Frage, Sie sind einer der Verdächtigen. Sie haben die Jungs ja wohl zu Necdets Haus geschickt. Eigentlich müssten wir Ihre Aussage aufnehmen!‹ Da grinste er schmutzig. ›Du weißt wohl nicht, wer ich bin.‹ Ich konterte: ›Wer auch immer Sie sind, Sie müssen sich an die Gesetze halten.‹«

Ich bezweifelte, dass Ali seine Erwiderung so höflich vorgebracht hatte, doch mit dem geschilderten Verhalten war er im Recht.

»Das war genau richtig von dir. Und dann?«

»Ercan stellte sich stur. ›Ich bin Polizeichef a.D.‹, sagte er doch glatt. Ich unterbrach ihn: ›Und wenn Sie der ehemalige Innenminister wären, würde das keinen Unterschied machen, werter Herr, ich muss Sie festnehmen.‹«

Zweifellos hatte er die Worte »werter Herr« und »Ich muss Sie festnehmen« so nicht benutzt. Vielleicht hatte er den Mann nicht, wie er es bei Fettah und Sıddık getan hatte, einen Ochsen genannt, aber ich hätte gewettet, dass er Ercan reichlich grob angefasst hatte. Vor allem, nachdem er erfahren hatte, der sei bei der Polizei gewesen. Gleich mir konnte Ali Kollegen nicht ausstehen, die sich die Finger schmutzig machten.

»Schon bröckelte sein Selbstvertrauen. Ich wollte ihn gerade ins Verhör nehmen, da tauchte Direktor Mümtaz auf. Als er ihn erblickte, rief er: ›Oh, mein lieber Ercan!‹ und fiel ihm um den Hals. Der Mann blieb stehen und erwiderte die Umarmung. ›Gut, dass du gerade hier bist, mein lieber Mümtaz!‹ Vor meinen Augen machten sie einen auf dicke Kumpel.«

Wie ich das hasste! Du reißt dir den Arsch auf, um einen komplizierten Mord aufzuklären, da kommt dein Chef und stellt sich hinter einen der Verdächtigen. Der war dann entweder ein Verwandter oder ein enger Freund. Sie banden dir die Hände und versuchten bei jeder Gelegenheit, dich zu behindern. Soll man sich darüber ärgern, dass man kaum Land sieht oder dass der Chef ein Schuft ist? Und tust du nicht, was er will, bringst du dich in Schwierigkeiten, und er hat dich auf dem Kieker. Bei der ersten Gelegenheit versucht er, dich abzusägen. Die Welt ist voller Verbrecher. Selbst wenn du auf Seiten des Gesetzes stehst, kannst du nicht verhindern, dass du Spritzer von der Dreckbrühe abbekommst. Andererseits war ebenso denkbar, dass Ali die Sache völlig falsch einschätzte. Vielleicht hatte Direktor Mümtaz gar nicht vor, in die Ermittlungen einzugreifen. Vielleicht hatte er sich einem alten Freund gegenüber locker gegeben, weil ihm die Lage nicht bewusst war. Trotz dieser Gedanken bemühte ich mich, beruhigend auf meinen Assistenten einzuwirken, statt Öl ins Feuer zu gießen.

»Das kann schon sein.« Ich tat, als nähme ich die Sache auf die leichte Schulter. »Sie sind wohl alte Freunde, was regst du dich darüber auf?«

Nein, so leicht war Ali nicht zu beruhigen.

»Das dachte ich auch, Hauptkommissar. Ercan ist pensionierter Polizist, also kennen sie sich von früher, sagte ich mir. Ercan zog unseren Direktor beiseite und flüsterte ihm etwas ins Ohr. Direktor Mümtaz hörte aufmerksam zu, was sein alter Freund ihm zu erzählen hatte. Dann wandte er sich scharf an mich: ›Kommissar Ali, Direktor Ercan und sein Anwalt sind bei mir im Büro, bring die beiden Verdächtigen hoch. Da werden sie mit dem Anwalt reden.‹ Ich wollte mich wehren: ›Aber, Herr Direktor …‹, doch er kanzelte mich ab: ›Du tust, was ich sage!‹«

Genau wie ich befürchtet hatte, versuchte wieder einer von oben die Nase in unsere Ermittlungen zu stecken.

»Was hast du gemacht?« Die aufsteigende Wut ließ sich kaum unterdrücken.

»Was sollte ich schon tun, Hauptkommissar. Ich bin zu Ihnen gekommen. Sie sind mein Vorgesetzter, ich tu, was Sie mir sagen.«

Das war unser Ali. Obwohl er mich oft mit seiner Grobheit und mangelnden Sensibilität auf die Palme brachte, hatte er ein furchtloses Herz. Er scheute sich nicht, für seine Überzeugungen bis zuletzt zu kämpfen, egal, wer sich ihm in den Weg stellte. Doch es galt, ihn aus diesem Streit herauszuhalten, er war noch jung, eine Versetzung hätte seine Laufbahn schnell zerstört. Wenn etwas brennen sollte, dann ich, mir reichte es ohnehin seit langem. Wie Evgenia gesagt hatte: Ich würde kündigen und fertig.

»Alles klar, Ali«, sagte ich und schützte Gelassenheit vor. »Du hast getan, was du tun musstest. Geh zu den Verdächtigen runter. Ohne Anweisung von mir lässt du sie mit niemandem reden.«

Seine Augen funkelten kühn.

»Und wenn der Anwalt kommt?«

»Auch nicht mit dem. Egal wer, jeder hat zu warten, bis ich da bin. Falls jemand sich widersetzt, sagst du, es besteht Terrorverdacht, die Ermittlungen sind geheim. Wir haben das Recht, Verdächtige vierundzwanzig Stunden unter Kontaktsperre zu stellen.«

»Keine Sorge, Hauptkommissar.« Er strahlte vor Freude, als er hinausging. »Nicht mal die Engel persönlich werden mit den beiden Eseln reden.«

Auch ich ging los, da klingelte mein Handy. Es war Leyla Barkın.

»Hallo, Leyla Hanım. Wie geht es Ihnen?«

»Hallo, Nevzat Bey. Danke schön, mir geht es gut, aber ich hörte in den Nachrichten, dass wieder jemand umgebracht wurde.«

Ihre Stimme schwamm in Neugier. Reines Berufsinteresse? Oder der Versuch, in Erfahrung zu bringen, was die Polizei über die Morde wusste, in die sie verwickelt war?

»So ist es leider.« Mein Misstrauen behielt ich vorerst für mich. »Und den Leichnam haben sie an einem Ort abgelegt, mit dem wir nicht gerechnet hatten.«

»Ja, das habe ich gehört. Beim Kerker von Yedikule, nicht wahr?«

»Genauer gesagt, am Goldenen Tor.«

»Beim Goldenen Tor?« Kurz herrschte Stille. »Porta Aurea. Das prunkvollste Tor der Landmauern. Was ist mit der Münze? Haben sie wieder eine Münze hinterlassen?«

»Ja, scheint von Theodosius zu stammen.«

»Theodosius? Oder Theodosius II.? Der hat das Goldene Tor bauen lassen.«

»Kann sein. Vielleicht ist es Theodosius II. Gut möglich, dass wir uns verlesen haben.«

»Kann ich die Münze sehen?«

Auch mir lag daran, Leyla Barkın zu treffen. Zumindest wüsste ich dann, für welchen Kaiser die Münze geprägt worden war. Ich würde erfahren, warum die Mörder, wo wir doch eben noch bei König Byzas und Konstantin waren, nun Theodosius oder Theodosius den weiß ich wievielten ausgewählt hatten, und damit möglicherweise eine Idee bekommen, wo das nächste Opfer abgelegt werden könnte.

»Gern, wann Sie wollen.«

»Treffen wir uns gegen fünf in der Basilika-Zisterne?«

»In der Yerebatan-Zisterne?«

»Ja, um vier haben wir dort eine Versammlung. Ich könnte mich dann gleich da mit Ihnen treffen.«

Wieder einmal klang ihre Stimme autoritär, als spräche sie mit einem ihr unterstellten Beamten. Als sie merkte, dass ich zögerte, glaubte sie, ich sei beleidigt.

»Das heißt, wenn Sie nichts dagegen haben …«

»Was sollte ich dagegen haben, Leyla Hanım«, rief ich fröhlich, um zu zeigen, dass ich nicht beleidigt war. »Um fünf bin ich da.«

Als ich auflegte, beschäftigte mich noch die Möglichkeit, Leyla Barkın könnte die Mörderin sein, doch im Augenblick gab es anderes zu lösen. Ich beschleunigte die Schritte und eilte, um nicht noch mehr Zeit zu verlieren, zum Büro von Mümtaz, dem Polizeidirektor zweiten Grades.

»MÜNZSCHMUGGEL?«

Mümtaz' Büro war verglichen mit meinem mindestens doppelt so groß und so hell. Als ich eintrat, war das Gespräch in schönstem Gange. Mümtaz saß nicht hinter seinem Schreibtisch, sondern hatte, wie er es tat, wenn der Gouverneur oder einer der höheren Polizeidirektoren ihn besuchen kamen, in einem Sessel seinen Gästen gegenüber Platz genommen. Ercan war ein feingliedriger, hochgewachsener Mann mit Dreitagebart und grauem Haar, der Anwalt neben ihm musste Mitte dreißig sein, mittelgroß, das schwarze Haar mit Brillantine nach hinten gekämmt, sodass es feucht wirkte wie frisch aus dem Bad. Mümtaz sah mich hereinkommen, während er an seinem Kaffee nippte, war aber weder erstaunt noch verärgert. Im Gegenteil, er lächelte, als freute er sich.

»Komm, Nevzat, ich mache euch gleich bekannt. Ich war mit Ercan zusammen auf der Akademie. Er ist eine der Legenden vom Antiterror. Vielleicht hast du seinen Namen schon gehört. Ercan Sungur. Und der Kamerad hier …«

»Hakan Yamalı«, stellte sich der brillantinierte Anwalt vor. »Ich bin Rechtsberater des Unternehmens.«

Hakan Yamalı ließ ich links liegen und ging auf den ehemaligen Polizeichef zu. Als grübe ich in meiner Erinnerung, murmelte ich: »Ercan Sungur. Ercan Sungur … Ja …« Nun stand ich vor dem ehemaligen Polizisten. »Sie arbeiten doch für Âdem Yezdan, stimmt's?«

Ercan spürte sofort, dass etwas nicht glattlief, überspielte das aber.

»Richtig. Ich leite das Sicherheitsunternehmen Ayyıldız.«

Mein argwöhnischer Blick lag auf seinem Gesicht.

»Das haben uns die Verdächtigen auch gesagt. Fettah und Sıddık. Sie kennen die beiden doch, oder?«

»Ja, sicher«, sagte er zuversichtlich. »Sie sind Angestellte unserer Firma.«

»Schön, dass Sie es gleich zugeben.« Ich rieb mir die Hände. »Das erleichtert uns die Arbeit.«

Die Sache kippte, Ercan legte die Höflichkeit ab.

»Was gebe ich zu?« Er zog es vor, mit offenen Karten zu spielen.

»Sie haben die beiden, also Fettah und Sıddık, angestiftet.«

Ich gab ihm weder die Gelegenheit, etwas zu erklären, noch sich zu verteidigen, sondern wandte mich unverzüglich an Mümtaz.

»Zwei Verdächtige, die wir im Haus von Necdet Denizel stellen konnten, sagten aus, Ercan Bey habe sie dorthin geschickt.«

Mümtaz gefror das Lächeln auf den Lippen. Machte ich einen Elefanten aus einer Mücke? Oder war die Lage ernst?

»Ich verstehe nicht«, brachte er schließlich heraus. Erst wandte er sich an seinen alten Freund Ercan in einer Geste von: Erklär mir das doch mal einer. Dann bemerkte er seinen Fehler und richtete den Blick auf mich, die Person, die er eigentlich um Auskunft bitten sollte: »Wie? Was haben die Männer getan?«

Sehr ruhig zählte ich auf: »Diebstahl, Verschleierung von Beweisen, Widerstand gegen die Polizei, vielleicht auch Mord … Möglicherweise ist einer von ihnen der Mörder, den sie überall den Schlächter von Istanbul nennen.«

Unser Polizeichef, der so viel auf alte Freundschaften hielt, war bestürzt.

»Schlächter von Istanbul?«

»Lesen Sie die Zeitungen nicht, Direktor? Den Spitznamen

›Schlächter von Istanbul‹ hat die Presse dem Täter verpasst, der die drei Morde begangen hat. Er schlitzt seinen Opfern ja die Kehle auf.«

Auf einmal herrschte Grabesstille im Büro des Direktors. So tief, dass das Knistern des Funkgeräts aus dem Nebenraum zu hören war.

»Moment, Moment«, versuchte Ercan, der merkte, dass ihm die Kontrolle entglitt, zu widersprechen. »Sie machen hier einen großen Fehler. Fettah und Sıddık haben mit den Morden nicht das Geringste zu schaffen. Richtig, ich habe sie zu Necdet ins Haus geschickt.«

Ich tat, als traute ich meinen Ohren nicht.

»Die Verdächtigen sagen also die Wahrheit? Sie stecken da auch mit drin?«

Ercans ohnehin dunkler Teint wurde unter dem Dreitagebart noch finsterer.

»Ich stecke nirgends mit drin. Das heißt, ich habe mit den Morden nichts zu tun. Genauso wenig wie Fettah und Sıddık. Wir haben nichts damit zu tun. Hör zu, Mümtaz …«

Doch Mümtaz' Blick auf den alten Freund hatte sich verändert, er war hochgradig verwirrt. Sobald er gespürt hatte, dass sein Freund in fragwürdige Angelegenheiten verwickelt sein könnte, suchte er nach einem Weg, aus der Sache wieder herauszukommen. Ercan merkte gleich, dass von dieser Seite keine Unterstützung mehr zu erwarten war, und wandte sich erneut an mich. »Hören Sie, Hauptkommissar, Sie machen hier wirklich einen großen Fehler, das versuche ich Ihnen gerade zu erklären.«

Ich gab nichts auf seine Worte, wiederholte nur vergnügt, was ich schon wusste.

»Ich verstehe das ja, Ercan Bey, aber eines ist doch seltsam.

Korrigieren Sie mich, wenn ich mich irre. Die Männer, die wir gestellt haben, sagen, Sie hätten sie dorthin geschickt.«

Der Polizist a.D. sah seine Felle davonschwimmen und druckste herum.

»Ja, ich habe sie zu Necdets Haus geschickt«, gab er zu, kaum dass ich verstummte. »Aber nicht, um etwas zu stehlen. Es liegt keine Straftat vor.«

Ich riss die Augen auf wie empört.

»Was heißt, keine Straftat? Hören Sie, ich sage es noch einmal: Wir haben Ihre Männer im Haus des Mordopfers Necdet Denizel ertappt, sie hatten schussbereite Waffen in den Händen und leugneten nicht einmal, zu einem Raubzug gekommen zu sein.«

Mehr noch als den pensionierten Polizeichef beeindruckten meine Worte den amtierenden Polizeidirektor. Mümtaz sprang auf, als brenne plötzlich sein Sessel. Es standen so viele Anschuldigungen gegen seinen alten Kumpel im Raum, dass er nicht länger in dessen Nähe sitzen mochte. Um seine Panik zu verbergen, sagte er: »Warum stehst du noch, Nevzat«, er zeigte auf den Sessel, aus dem er soeben hochgeschossen war. »Komm, setz dich auf meinen Platz.«

»Bitte keine Mühe, Direktor, ich stehe hier ganz bequem. Bleiben Sie doch nur bei Ihren Freunden.«

Entweder verstand er die Ironie nicht, oder er überhörte sie.

»Nein, nein«, sagte er und ging zu seinem Schreibtisch. »Das klingt nach einer komplizierten Angelegenheit, setz dich, damit wir in Ruhe reden können.«

Nun war die Wahrheit also in seinem dicken Schädel angekommen. Kaum begriff er, dass die Ermittlungen auf einen kritischen Punkt zusteuerten, änderte er abrupt seine Haltung nach dem Motto: »Das Hemd ist mir näher als die Hose«. Diese Wandlung verdarb seinen Gästen die Freude. Das Strahlen auf dem Gesicht des jungen Anwalts im dunkelblauen Anzug schwand zusehends hinter Sorgenwolken, und Ercans Mund, der sich zunächst breit von Ohr zu Ohr gezogen hatte, war mächtig geschrumpft. Doch es wäre falsch zu glauben, er sei geschlagen. Soweit ich sehen konnte, gehörte der Polizeichef a.D. nicht zu denen, die rasch aufstecken. »Mein lieber Mümtaz, lass mich das erklären.« Er gab sich unbeirrt. »Was Hauptkommissar Nevzat sagt, stimmt, aber es ist nicht so, wie ihr denkt.« Erneut richtete er den Blick auf mich. »Glauben Sie mir, Hauptkommissar, der Anschein täuscht.«

»Ich bitte Sie, Ercan Bey, auch wir wollen ja, dass sich alles aufklärt. Wie Sie aus Ihrem früheren Berufsleben wohl wissen, schätzen wir offene Geständnisse immer.«

Kaum hörte er das Wort Geständnis, runzelte er erneut die Stirn und wollte widersprechen, doch Mümtaz ließ ihn nicht zum Zug kommen.

»Ja, Ercan, es wäre gut, wenn du dich erklärst«, mischte er sich ein. Hinter sich das Atatürk-Porträt, rechts die türkische Flagge, links das Polizeifähnchen, war er im Handumdrehen wieder der gestrenge Direktor. »Du hattest mir die Sache anders dargestellt. Da liegt ja nun in der Tat ein Verdachtsfall vor. Nun erzähl schon.«

»Mensch, Mümtaz, sag das doch nicht, es handelt sich nicht um einen Verdachtsfall.«

»Ach, nicht?« Der tapfere Direktor klang scharf wie bei einem Rüffel. »Zwei deiner bewaffneten Männer dringen in das Haus des Mordopfers ein und geben auch noch zu, zum Stehlen gekommen zu sein!«

»Dann ist da noch Widerstand gegen die Polizei, Direktor«, ergänzte ich grimmig. »Um Haaresbreite hätte es eine Schießerei mit meinen Leuten gegeben.«

Nun war Mümtaz auf hundertachtzig und nicht mehr zu stoppen.

»Und da sagst du, es liegt kein Verdachtsfall vor, Ercan!«, fauchte er seinen alten Freund an. »Was denn noch?! Hätten wir die Männer vielleicht mit dem Schlachtermesser an der Kehle der Opfer erwischen sollen?«

Gequält, weil er falsch verstanden worden war, fing Ercan zu schwitzen an.

»Was redest du da, Mümtaz? Was für Messer, was für Morde? Kennst du mich nicht?«

Der Direktor, auf der Suche nach Recht und Gesetz, verschränkte die Hände auf der ledernen Schreibunterlage und beugte sich vor.

»Doch, Ercan, ich kenne dich, nur haben wir leider im Augenblick drei Tote im Leichenschauhaus. Und zwei Verdächtige an der Hand. Zwei Männer, die für deine Firma arbeiten …«

»Aber«, mischte sich der junge Anwalt ein, der bislang schweigend dagesessen hatte. »Aber für beide Pistolen liegen Waffenscheine vor. Beide sind auf das Unternehmen Ayyıldız zugelassen.«

Noch bevor ich es konnte, knallte Mümtaz dem Anwalt die notwendige Frage ins glänzende Gesicht.

»Haben die Leute die Genehmigung, die Waffen außerhalb der Firma zu tragen?«

Der glattrasierte Anwalt wusste nicht, wie ihm geschah.

»Äh … Wenn sich in der Firma kein geeigneter Platz dafür findet … Also dann können sie die Waffen mit nach Hause nehmen …«

»Wohnen sie an derselben Adresse wie Necdet Denizel?«

Der Anwalt merkte, dass er mit jedem Wort tiefer in den Sumpf geriet.

»Nein, natürlich nicht.«

»Dann bemühen Sie sich nicht weiter. Was Ihre Männer da getan haben, ist eine Straftat.«

»Aber …« Der junge Anwalt wollte sich wehren, doch Ercan hieß ihn nervös schweigen. »Ist gut, Hakan. Ich erkläre es.« Er lächelte uns freundlich an. »Wir sind doch Polizisten, nicht wahr? Wir verstehen einander besser. Direktor Mümtaz, Hauptkommissar Nevzat, erlauben Sie mir, wenige Minuten zu reden, ich will Ihnen gern alles erklären.«

Weder Mümtaz noch ich widersprachen. Im Grunde war ich höchst gespannt darauf, was Ercan sagen würde. Wer war dieser Âdem Yezdan tatsächlich? Was genau hatte Necdet für ihn getan?

»Âdem Yezdan ist der älteste Sohn eines Clans aus Hakkari«, fing er an, als hätte er meine Gedanken gelesen. »Neun Dörfer gehören ihm. Vielleicht haben Sie das schon recherchiert. Gut, vor Âdem Bey war die Familie in manche schmutzige Geschäfte verwickelt …«

»Was für schmutzige Geschäfte?«, fuhr Mümtaz nervös dazwischen. Ich hatte mein Ziel erreicht, inzwischen traute er seinem alten Kumpel kaum noch über den Weg. Angespannt verzog er die schmalen Brauen. »Hatten die etwas mit Terrorismus zu tun?«

»Aber nicht doch Terrorismus, mein lieber Mümtaz. Der Yezdan-Clan steht seit eh und je auf Seiten des Staats. Terroristen konnten nie in die Dörfer der Yezdans einsickern. Hunderte von Dorfschützern hat der Clan dem Staat gestellt. Mit schmutzigen Geschäften meine ich Viehschmuggel und solche Dinge. Das ist Grenzgebiet da unten, auf der einen Seite Iran, auf der anderen Irak. Unter uns, der Staat drückt da ein Auge zu. Wie auch immer, vor fünfzehn Jahren sind sie nach Istanbul gekommen. Das Finanzministerium gab ja damals ein Gesetz heraus, um Gelder aus dem Sparstrumpf offenzulegen. Sie nutzten die Amnestie und investierten ihre Gelder in legale Geschäfte.«

Er zog die Sache in die Länge, ich ging dazwischen.

»Das wissen wir alles. Erzählen Sie uns doch von der Verbindung zwischen Âdem Yezdan und Necdet Denizel.«

»Ich bin dabei, Hauptkommissar. Âdem Bey will im Areal Sultanahmet das größte Gewerbecenter des Balkans aufmachen. Ein Komplex, der die Architektur und Kultur der zweitausendsiebenhundertjährigen Geschichte der historischen Halbinsel integriert. Gassen, Geschäfte, Restaurants, Parks werden angelegt, inspiriert von all diesen unterschiedlichen Kulturen. Ich habe das Modell gesehen, einfach fantastisch! Griechische Zeit, römische Zeit, osmanische Ära und Gründerjahre der türkischen Republik. Nichts wurde vergessen. Nur ist dieses Areal Schutzgebiet ersten Grades. Âdem Bey ist ein gebildeter, kultivierter Mann, er respektiert Geschichte, Kultur und vor allem das Gesetz. Um keinen falschen Schritt zu unternehmen, hat er sich Necdet Denizel als Berater geholt. Necdet Bey gab Âdem Bey Auskunft darüber, was in diesem Areal machbar ist und was nicht.«

Beziehungsweise er unterrichtete ihn, wie die Hülle beschaffen sein musste, mit der er unbemerkt das Minarett fortschaffen würde, dachte ich, aber vorerst behielt ich meine Gedanken für mich. »Und die Münzkollektion?«, fragte ich lediglich. »Wieso interessierte Âdem Yezdan Necdets Münzkollektion?«

Verzagt wie ein Unschuldslamm wand er sich in seinem Sessel.

»Darauf wollte ich gerade zu sprechen kommen. Die Münzsammlung gehörte Necdet Denizel gar nicht. Das heißt, eigentlich gibt es zwei Münzsammlungen.«

Sagte er die Wahrheit?

»Es gibt zwei?«

»Das versuche ich ja die ganze Zeit zu erklären. Necdet Denizel interessierte sich für römische und oströmische Münzen. Âdem Bey dagegen für osmanische und republikanisch-türkische.«

»Genau«, ergriff der junge Anwalt erneut das Wort. »Sehen Sie, ich kann Ihnen den Münzkatalog und den Nachweis über die Herren als Münzsammler zeigen.«

Er hob das teure schwarze Lederköfferchen, das zu seinen Füßen stand, hoch, schob den Kaffee, halb getrunken und mit meinem Eintritt für ihn zu Gift mutiert, beiseite und legte es auf den Beistelltisch. Er ließ den Verschluss aufschnappen und zog zwei Dokumente und zwei Bücher heraus.

»Das ist die Urkunde, die Âdem Yezdan als Sammler ausweist, und das ist der Katalog. Dann die Liste der osmanischen Münzen und Metallmünzen aus der Republikzeit, die ihm gehören. Sehen Sie, hier sind die in den Epochen von Mehmed Fatih, Süleyman dem Prächtigen, Selim, Ahmed III., Atatürk und Inönü geprägten Münzen aufgelistet.«

Ich nahm die Papiere entgegen. Wie er gesagt hatte, waren sie auf den Namen Âdem Yezdan ausgestellt.

»Und hier sind die Sammlerurkunde von Necdet Denizel und sein Katalog.« Er reichte mir die Unterlagen. »Bitte, Hauptkommissar, schauen Sie selbst.«

Ich reichte Mümtaz weiter, was ich in der Hand hielt, und nahm, was der Anwalt mir hinstreckte. Er sagte die Wahrheit, die Unterlagen gehörten Necdet Denizel. Ich schaute im Katalog nach, ob er die Münze enthielt, die wir zwischen den Händen des ersten Opfers gefunden hatten. Ja, ich fand einen Eintrag, der nach dieser Münze aussah. »Halbmond-Stern-Münze«, daneben Buchstaben und Zahlen, die mir nichts sagten. Mein Blick suchte den Eintrag der Konstantinsmünze. Auch sie war verzeichnet: »Münze Konstantins des Großen«. Falls es sich tatsächlich um die Münzen handelte, die den Opfern beigegeben worden waren, befand sich die Münzkollektion in den Händen der Mörder. Um aber sicher zu sein, musste ich die Kataloge und die Münzen

Leyla Barkın zeigen. Wie würde sie darauf reagieren? Das wäre interessant. Selbstverständlich ließ ich nichts davon verlauten.

»Warum befindet sich Necdets Katalog bei Ihnen?« Ich hob den Blick von dem Register. »Und was hat Yezdans Kollektion in Necdets Haus zu suchen?«

Ein kurzer Blickwechsel zwischen den beiden, dann entschied der Anwalt zu antworten.

»Es gab einen Prozess gegen Necdet Bey.«

»Wegen Münzschmuggels?«

»Das war der Grund, warum der Prozess eröffnet worden war, aber zu Unrecht. Die Verleumdung eines Schatzsuchers. Wir haben den Prozess ja auch gewonnen. Ich habe ihn da vertreten. Deshalb ist der Katalog noch bei mir. Was die Sache mit Âdem Beys Kollektion in Necdets Haus betrifft…«

»Lassen Sie mich das erläutern«, unterbrach Ercan den Anwalt zum zweiten Mal. »Eine Ausstellung war geplant. In Paris, in der Antikenabteilung des Louvre. Necdet hatte Âdem Beys Münzen an sich genommen, um sie den Experten aus Frankreich vorzuführen. Necdet Bey führte die Korrespondenz mit den Franzosen.«

Mir fielen die sieben Münzschachteln ein, versteckt in den Rahmen der sieben Stiche.

»Necdet bewahrte seine sämtlichen Münzen in Geheimfächern in den Rahmen der Stiche auf. Waren auch die von Âdem Yezdan dort versteckt?«

»Ja.« Ercan lächelte. »Das war seine Vorsichtsmaßnahme. Er als Wissenschaftler dachte eben gar nicht daran, dass Diebe zuerst dort suchen würden. Doch Gott sei Dank ist den Münzen bis zum heutigen Tag ja nichts zugestoßen.«

Entweder wusste er nicht, dass die Münzen verschwunden waren, oder er redete so, weil er sie persönlich an sich genommen hatte.

»Bis zum heutigen Tag? Woher wissen Sie, dass die Münzen heute gestohlen wurden?«

Sein Gesicht zeigte die nötige Bestürzung, er riss die Augen auf wie erforderlich, starrte mich an und stellte die Frage, die zum Szenario gehörte.

»Gestohlen? Sie sagen, die Münzen wurden gestohlen?«

»Und zwar alle, der Dieb oder die Diebe ließen keine einzige in den Geheimfächern zurück.«

Der ehemalige Polizist Ercan und der junge Anwalt Hakan sahen einander an. Ich hatte die Nase voll davon, abzuschätzen, ob ihr Verhalten echt oder abgekartet war.

»Lassen wir jetzt das Thema Diebstahl beiseite. Sie haben immer noch nicht gesagt, warum Sie Ihre Männer zu Necdet ins Haus geschickt haben.«

Als hätte er meine Frage gar nicht gehört, fuhr Ercan auf: »Haben die Mörder die Münzen gestohlen?«

»Kann sein. Oder Beutejäger, die in der Ermordung Necdets eine Chance witterten.«

Die Anspielung entging ihm nicht.

»Es war nicht meine Idee, die Münzen zu holen. Ich hatte weder vor, die Münzen zu holen noch den Papagei. Es war Anweisung von Âdem Bey.«

»Woher wusste Âdem Bey denn von Necdets Ermordung?«

»Ich habe ihn informiert. Âdem Bey ist in Moskau.«

Ercan bestätigte unsere Erkenntnisse. Andererseits konnte es auch Teil eines wohldurchdachten Plans sein, dass Âdem sich in Moskau aufhielt. Der Chef ist im Ausland, seine Leute begehen einen Mord, und Âdem würde sich verteidigen: »Aber ich war doch in Moskau. Wie hätte ich den Mord begehen sollen?« Nun, es würde sich ohnehin bald herausstellen.

»Hatten Sie Feinde?«, bohrte ich weiter. »Das heißt, hat Âdem

Bey Feinde und dementsprechend auch Necdet? Sie haben ja kooperiert. Wer waren ihre Feinde?«

Verblüfft starrte er mich an.

»Feinde? Soweit ich weiß, keine. Das Unternehmen bewegt sich mit allen Tätigkeiten im Rahmen der Legalität. Darauf achtet Âdem Bey sehr.« Er schien tatsächlich nachzudenken, kratzte sich am Dreitagebart, als versuchte er krampfhaft, sich ihrer Feinde zu entsinnen. »Wir haben Konkurrenten, aber das sind ehrbare Geschäftsleute. Geschäftsführer von Holdings, Besitzer großer Hotels, Tourismusunternehmer …«

Ich stellte die Frage anders.

»Und Necdet Denizel? Da er umgebracht wurde, muss er Feinde gehabt haben, nicht wahr? Wer fällt Ihnen da ein? Vielleicht hat er jemanden erwähnt?«

Ercans Augen leuchteten auf.

»Ja, richtig. Ein Arzt, das heißt ein Chirurg. Der Freund von Necdets Exfrau. Sein Name ist …«

»Namık. Namık Karaman.«

»Sie kennen ihn also. Ein ehemaliger Terrorist, er hat zwei Polizisten verletzt. Einmal ist er Necdet Bey an die Gurgel gegangen. Hätten die Umstehenden nicht eingegriffen, hätte er den Armen umgebracht. Außerdem hat der Mann einen Verein. Die schützen angeblich die historischen Werte von Istanbul. Alles Ausreden, es geht um schädliche Umtriebe, Sie kennen das. Der Mann ist ja nun Mediziner, da schiebt er diesen Verein vor, damit er weiter seinen Anarchismus betreiben kann.«

Er sah uns still zuhören und kam in Schwung, hieb auf den ehemaligen Linken ein, weil er dachte, für alle Anwesenden gäbe es keinen besseren gemeinsamen Feind. Als ich nachhakte: »Wann war dieser Streit?«, verstand er mich zunächst gar nicht.

»Wie bitte?«

»Wann ist Namık denn Necdet an die Gurgel gegangen?«

»Das muss zwei Monate her sein. Denn als ich davon hörte, bot ich Necdet an, einmal mit diesem Namık zu reden. Doch das wollte er nicht. Er fürchtete, das könnte seine Exfrau Leyla gegen ihn aufbringen. Hauptkommissar, ich denke, diesen Namık sollten Sie genau unter die Lupe nehmen. Der hasste Necdet. Und in dem Verein sitzt ein Haufen junger Leute, die Namık blind ergeben sind. Die könnte er bei solchen Taten einsetzen.«

Ercans Worte brachten Bewegung in Mümtaz, der seit einer Weile regungslos dagesessen hatte.

»Das ist eine wichtige Information.« Er legte den Münzkatalog auf den Tisch. »Mir kommen aber auch die separatistischen Terroristen aus der Region in den Sinn. Könnten die nicht diese Morde begangen haben? Um sich an Âdem Yezdan zu rächen.« Er deutete auf mich. »Nevzat hat heute Morgen davon berichtet. Die Morde sehen nach organisiertem Verbrechen aus. Das könnte durchaus das Werk einer Terrorgruppe sein.«

So denkbar das schien – die Wahrscheinlichkeit, dass Âdem Yezdan, Ercan Sungur, der Chirurg Namık, Leyla Barkın oder selbst dieser brillantinierte Anwalt die Mörder waren, lag erheblich höher. Kein Indiz, keine Spur wies darauf hin, dass die Morde von Terroristen verübt wurden. Außerdem hätte eine Organisation, falls denn eine dahintersteckte, irgendwo ihr Markenzeichen, das heißt ihre Unterschrift, hinterlassen. Oder zum Telefon gegriffen, sich bekannt und erklärt, sie hätten das für ihre Ehre getan. Doch aus unerfindlichen Gründen erwärmte sich Expolizist Ercan über die Maßen für Mümtaz' Mutmaßung.

»Warum haben wir nicht längst daran gedacht? Ja, bis vor zwei Jahren erhielt Âdem Bey Drohbriefe. Und wie oft wurden seine Dörfer unter Beschuss genommen. Womöglich haben kurdische

Terroristen die Sache mit dem linken Chirurgen gemeinsam ausbaldowert.«

Mein Misstrauen Namık gegenüber war noch längst nicht vom Tisch, doch eine solche Annahme fand ich noch alberner als die von Mümtaz. Es mochte ihnen so passen, die Ermittlungen in diese Richtung zu lenken, doch für mich bedeutete das nichts als Zeitverschwendung.

»Mukadder Kınacı«, sagte ich, um das Thema zu wechseln. »Kennen Sie den Namen?«

Ercan und der brillantinierte Anwalt hüllten sich in Schweigen. Unbehagliches Schweigen. Sie konnten nicht rundheraus verneinen. Beide wichen meinem Blick aus, beide kannten den Mann, aber sie logen.

»Mukadder Kınacı? Nein, nie gehört.«

»Ich auch nicht. Wer soll das ein?«

»Das zweite Mordopfer. Vorige Nacht fanden wir ihn.« Ich wusste, sie würden es nicht zugeben, aber ich wollte sie ein wenig in die Enge treiben. »Er arbeitete als Stadtplaner. Und war unter anderem Gutachter, genau wie Necdet Denizel. Âdem Yezdan könnte bei seinen Umtrieben in Sultanahmet auch ihn beschäftigt haben, deshalb frage ich.«

»Nein, das glaube ich nicht«, wehrte Ercan ab, doch sein Blick glitt zum Anwalt. »Ist dir so etwas zu Ohren gekommen, Hakan?«

»Nein. Falls Âdem Bey uns nichts davon gesagt haben sollte, ist das eine andere Sache, aber den Namen Mukadder Kınacı kenne ich nicht.«

Ich nannte den Namen des dritten Opfers.

»Und Şadan Duruca?«

Wieder die argwöhnische Miene bei beiden.

»Dieser Journalist?«, fragte Ercan. »Ich habe ein paar Artikel von ihm gelesen.«

»Hat Âdem Bey ihn gekannt?«

Er schüttelte resolut den Kopf.

»Nein.«

»Sind Sie sicher?«

»Natürlich bin ich mir sicher.«

Zweimal hatte Ercan geblinzelt. Blinzelte dieser Mann immer, wenn er log?

»Sie müssen Ihre Aussage zu Protokoll geben.« Keine Sekunde ließ ich sie aus den Augen. »Es wird nötig sein, dass Sie nach unten kommen und das, was Sie hier erzählt haben, schriftlich festgehalten wird.«

Ercan sah zu seinem alten Kumpel hinüber, begriff aber schnell, dass unser Direktor ihm nicht zur Seite stehen würde, also wandte er sich dem brillantinierten Anwalt zu, von dem allerdings auch nichts Gutes zu erwarten war. »Aber bei der Vernehmung bin ich dabei«, sagte er couragiert.

Als kennten wir uns seit Jahren, bekräftigte ich freundschaftlich: »Selbstverständlich, Hakan Bey! Wie sollte es ohne Sie gehen!«

Ihm entging mein Spott nicht, doch da er bei der Vernehmung anwesend sein würde, also seinem aus Moskau heimkehrenden Chef Âdem Yezdan würde sagen können, er sei an Ort und Stelle gewesen, machte er sich frohgemut daran, sein Köfferchen zu packen.

»Dann kommen Sie bitte.« Ich stand auf und zeigte zur Tür. »Kommissar Ali erwartet uns unten für die schriftlichen Aussagen.«

Als sie den Namen Kommissar Ali hörten, wurden alle drei nervös. Der Expolizist und der junge Anwalt erhoben sich mulmig, doch Mümtaz machte keinerlei Anstalten aufzustehen. Sie hatten alle ihr Fett weg, aber mir schien, etwas fehlte noch. Ein paar Worte an Mümtaz. Ich sah den Polizeichef an, der vor einer halben Stunde bester Freund gespielt hatte, jetzt aber voller Argwohn steckte. »Möchten Sie mitkommen, Herr Direktor?«

»Wozu?«, grummelte er befremdet. »Wozu sollte ich mitkommen? Ich habe ja gehört, was er zu sagen hat.«

Ich gab mich so natürlich wie möglich.

»Ich dachte, weil Ercan Bey doch Ihr alter Freund ist, wollen Sie vielleicht bei ihm sein, Herr Direktor.«

Mümtaz warf mir einen schrägen Blick zu, doch er insistierte nicht weiter, weil er sehr wohl wusste, dass er hereingefallen war.

»Nein, mich braucht es da nicht.« Er wich meinem Blick aus. »Ali und du, ihr macht das schon mit der schriftlichen Aussage.«

»Vielleicht trug er alle Geheimnisse dieser Stadt in den Augen.«

Nachdem ich mich von Ali verabschiedet hatte, schlängelte ich mich durch das lärmende Leben auf dem von schillernden Touristenmengen wogenden Sultanahmet-Platz und stieg die Steinstufen, die im Dämmerlicht unter die Erde führten, wie um sich einer Märchenwelt zu öffnen, in die Basilika-Zisterne hinab, den vielleicht geheimnisvollsten Ort dieser Stadt, doch in Gedanken war ich noch auf dem Revier. Ali und ich hatten, wie »der Herr« Mümtaz angeordnet hatte, die Aussagen von Ercan und seinen Männern protokolliert. Neues hatten sie nicht erzählt, nur das Bisherige wiederholt, sie vergaßen sogar zu erwähnen, dass sie zusammen mit der Münzkollektion aus Necdets Haus auch den Papagei Byzas holen sollten, daran mussten wir sie erst erinnern. Wir vernahmen sie einzeln, doch Widersprüche ergaben sich nicht. Sie schienen ehrlich zu sein, vor allem Fettah und Sıddık beantworteten aufrichtig alle unsere Fragen. Bei der Vernehmung von Ercan hatte ich nicht denselben Eindruck. Zwar gab es keinen Beweis, doch ich war sicher, dass er uns Informationen vorenthielt. Wir mussten aber, nennen wir es einen schlechten Scherz des Rechtswesens, den verdächtigen Expolizeichef laufen lassen, Fettah und Sıddık dagegen, die ehrliche Aussagen gemacht hatten, dem Staatsanwalt vorführen.

Zeynep war noch nicht wieder auf dem Revier, offenbar recherchierte sie noch in Necdet Denizels Haus. Auch die Spurensuche im Fleischtransporter von Ömer und seinen Leuten war noch nicht abgeschlossen. Bevor ich mich zur versunkenen

Zisterne aufmachte, schickte ich Ali zu der Zeitung, für die das letzte Mordopfer tätig gewesen war. Denn der Journalist Şadan Duruca, der dreimal verheiratet und dreimal geschieden war, hatte in Istanbul keinerlei Angehörige. Sein einziger Sohn aus erster Ehe studierte in London. Vielleicht konnte uns ein Arbeitskollege Auskunft geben, wichtiger noch, vielleicht kamen wir so an die Korrespondenz auf seinem Computer. Anschließend würde Ali zur Behörde fahren, um von Niyazi, dem Arbeitskollegen von Mukadder Kınacı, die Namensliste der Mitglieder in der Expertenkommission zu bekommen. Nach der Ermordung eines Journalisten wie Şadan Duruca war es zwar eher unwahrscheinlich, dass die Mörder nun wieder jemanden von der Liste töten würden, aber vielleicht lieferte sie uns einen gemeinsamen Nenner der Opfer oder machte uns auf einen Punkt aufmerksam, der uns bisher entgangen war. So hatte ich Ali ermahnt, nur ja kein einziges Detail außer Acht zu lassen.

Als ich, die Ledermappe mit den Münzkatalogen und den bei den Opfern gefundenen Metalltalern in der Hand, die Steintreppe in die Basilika-Zisterne hinunterstieg, hatte ich alles Nötige veranlasst, fühlte mich aber dennoch nicht wohl. Wie auch, wir hatten es mit einem Mörder oder einer Bande von Mördern zu tun, die seit drei Tagen jede Nacht ein Verbrechen beging und Katz und Maus mit uns spielte. Seit dem ersten Mord hatten sie weder ihren Stil verändert noch eine Pause eingelegt oder irgendeine Spur hinterlassen. Sie fürchteten uns kein bisschen, sie trieben geradezu ihren Spott mit uns. Aber wir durften uns nicht aufregen, denn sobald wir unsere Gelassenheit aufgaben, würden wir Fehler machen. Allerdings war es ziemlich schwierig, gelassen zu bleiben, wenn Tag für Tag ein Mensch Istanbul zum Opfer gebracht wurde. In den drei Tagen hatten wir kein handfestes Indiz, keine Spur, nicht mal einen Hinweis gefunden. Ich glaubte nicht, dass Ömer Ekinli und seine Brüder hinter der Sache steckten. Diese Verbrechen waren einfach nicht ihr Stil. Âdem Yezdan konnte es sein oder Namık Karaman, auch Leyla Barkın blieb verdächtig. Zwar war nicht völlig ausgeschlossen, dass Ömer, der sein Dasein in der Mystik fand, die Morde begangen hatte, es war aber doch ziemlich abwegig.

Als die steinerne Treppe, die mich Stufe um Stufe in die Tiefe führte, einen Bogen nach links machte, schnitt der Anblick, der sich mir bot, abrupt meinen Gedankenfluss ab. Bei diesem Panorama vergaß ich die Morde, Leyla Barkıns Liebsten, ja sogar, den nächsten Schritt zu setzen. Vor meinen Füßen lag ein zauberhafter, schummerig beleuchteter See, aus dessen Wassern Reihe für Reihe, nebeneinander, hintereinander Hunderte von Säulen mit faszinierenden Kapitellen wuchsen, als wären sie Bäume mit mächtigen Stämmen. Ich besuchte den Yerebatan-Palast beziehungsweise die Basilika-Zisterne, wie sie eigentlich hieß, nicht zum ersten Mal, doch bei jedem Besuch stellte sich dasselbe Empfinden ein. Eine Art Zeitreise. Mehr noch, der Verlust des Zeitgefühls. Von allen historischen Orten, die ich, nicht nur in Istanbul, sah und besuchte, schrieb sich zweifellos dieser am nachhaltigsten ins Gedächtnis ein. Normalerweise verlor sich meine Verbindung zum Heute nie. Was ich besuchte, mochte es ein vor vielen tausend Jahren errichteter Palast, eine Medrese, eine Kirche, ein Tempel, eine Festung sein, während ich dort herumspazierte, hatte ich nie das Gefühl, in der Vergangenheit zu sein, stets war ich in der Gegenwart und wusste, sobald ich hinausginge, befand ich mich wieder in der Welt, in der wir lebten. Doch jedes Mal, wenn ich hier die feuchte Luft der Zisterne einatmete und den Säulenwald betrat, fiel ich weit aus dem heutigen Leben heraus, das doch kaum ein paar Schritte entfernt dahinfloss, und mir war, als wäre ich in eine andere Zeit, eine andere Dimension versetzt. Auch jetzt wieder unterbrach die Atmosphäre meine Gedanken, und ihr Zauber umfing meinen Verstand. Vermutlich aus diesem Grund vergaß ich auf dem Weg zu der Plattform über dem mit klarem Wasser voller Fische bedeckten Boden, warum ich hergekommen war, und schritt, als riefe mich eine geheimnisvolle Kraft, selbstverloren durch die steinernen Reihen. Ich schlich lautlos über die schmale Plattform, den Blick auf die Säulen gerichtet, die alle Last der Außenwelt geschultert hatten. Im Grunde war das Ziel meiner Schritte, die mich wie von selbst vorwärtstrugen, klar: die beiden Sockel mit den Medusenköpfen in dem Winkel dort drüben. Ja, meines Erachtens waren die beiden Medusenhäupter die faszinierendste Stelle hier unten. Als wäre die gesamte Zisterne allein um des Mysteriums der in zwei Sockel gehauenen Medusenhäupter willen erbaut worden, das wir nicht lösen konnten. Seit Jahrhunderten bewahrten die Medusen ihr Schweigen, vielleicht standen in ihren pupillenlosen, weit aufgerissenen Augen sämtliche Geheimnisse dieser Stadt. Angesichts eines solchen Geheimnisses verlor jede logische Erklärung an Bedeutung, auch die, die Zisterne sei als Wasserspeicher für die Hagia-Sophia-Kirche nebenan erbaut worden. Mein Blick ruhte auf den mittlerweile grünstichigen Augen der Medusa, da vernahm ich Leyla Barkıns Stimme.

»Nevzat Bey! Nevzat Bey!«

Der Moment, als ich mich von den Augen Medusas, deren Weiß algengrün angemalt war, löste und in Leylas honigbraune, im Schummer kastanienfarben wirkende Augen schaute, versetzte mich zugleich aus dem Traum in die Realität zurück.

»Sie schienen in einer anderen Welt zu sein.« Sie lächelte. »Ich sah Sie herunterkommen, da winkte ich, aber Sie haben es gar nicht bemerkt. Historische Stätten beeindrucken Sie offenbar enorm.«

Auch ich versuchte ein Lächeln.

»Besonders diese.« Meine Blicke wanderten durch den Säulenwald. »Es ist ein verzauberter Ort.«

»Das stimmt. Aber ich traf Sie auch gestern so selbstvergessen an.«

Ich verstand nicht.

»Erinnern Sie sich, gestern Abend, vor dem Obelisken?«

Sie hatte recht, auch da war sie lautlos an mich herangetreten, ohne dass ich ihr Kommen bemerkt hatte. Vielleicht hatte sie mich eine Weile aus der Ferne beobachtet.

Sie warf mir einen Blick zu, als wollte sie sagen: Versuchen Sie es nur nicht zu leugnen!

»Nevzat Bey, Sie lieben die Geschichte.«

»Jeder, der in dieser Stadt lebt, sollte die Geschichte lieben«, erwiderte ich. »Andernfalls lernen wir den Wert Istanbuls niemals zu schätzen.«

Sie musterte mich vielsagend.

»Ich glaube, demnächst tragen wir Sie als VVI-Mitglied ein.«

Ich nahm sie beim Wort.

»Warum nicht? Ich tu alles, solange es Istanbul nützt.«

Sie schob leicht den Kopf zurück, schaute mich an, wollte es genau wissen.

»Alles?«

Ihre Stimme klang ironisch, als triebe sie ein Spiel. Ihre Frage zielte darauf ab, ob ich auch einen Mord begehen würde. Ich machte keinen Rückzieher.

»Ja, alles. Es ist einc einzigartige Stadt. Und es lässt sich wohl kaum sagen, dass wir dieser Stadt würdig sind.«

»Da haben Sie allerdings recht.« Das Spiel war aus, ihre Stimme klang bekümmert. Wie kurz zuvor meine schweiften nun ihre Blicke über die Säulen. »Selbst diese Stätte haben wir spät entdeckt. Erst 1987 gab es eine Rundumrestaurierung der Zisterne. Vierundsechzig Jahre nach Gründung unseres Staates.«

»Wussten auch die Osmanen nicht um diesen Ort?«

»Natürlich! Jahrelang gossen sie die Rosen im Palastgarten mit dem sich hier sammelnden Wasser. Die Osmanen bevorzugten fließendes Wasser zum Trinken. Die Zisternen sind Werke der Römer. Die Osmanen dagegen bauten überall in der Stadt Laufbrunnen statt Zisternen. Die Römer legten diese Zisternen vor allem deshalb an, um Wasserknappheit bei Belagerungen der Stadt zu vermeiden. Berücksichtigen wir, wie oft die Stadt belagert wurde, verstehen wir, dass die Leute damals richtig handelten.«

Möglicherweise hatte ich es einmal gelernt, doch ich konnte mich im Augenblick nicht daran erinnern, also fragte ich: »Wer hat diese Zisterne erbaut? Konstantin?«

Sie schüttelte den Kopf.

»Nein, Justinian. Ein anderer Kaiser, der sich ebenso verdient um diese Stadt machte wie Konstantin. Es war Justinian, der der Hagia Sophia ihre letzte und prächtigste Form gab. Es heißt, diese Zisterne sollte vor allem den Wasserbedarf der Hagia Sophia decken.«

Ich zeigte auf das Medusenhaupt unter Wasser.

»Haben die etwas zu bedeuten? Sie unterscheiden sich von den anderen Sockeln.«

Ihr Gesicht nahm einen verträumten Blick an.

»Es wäre schön, wenn es eine Bedeutung gäbe. Dann wäre diese Stätte um einiges attraktiver, doch es gibt keinen geheimnisvollen Sinn. Vermutlich sind es zwei aus einem Pagan-Tempel entnommene Postamente. Zur Christianisierung des Landes ging Justinian gnadenlos gegen Pantheisten vor. Er verbot, Ungläubige beim Staat anzustellen und in Schulen auszubilden. Aus diesem Grund soll auch die Akademie von Athen, das intellektuelle Zentrum der Epoche, geschlossen worden sein. Der Kaiser führte also eine Art Krieg gegen den Paganismus. Da wollte man wohl auch Figuren wie die Medusa, die als Symbole für Vielgötterei standen, nicht länger vor Augen haben. Aus pragmatischen Gründen hat man sie dann beim Bau dieser unterirdischen Zisterne verwendet.« Sie senkte die Stimme, als fürchtete sie, die stehenden Wasser zu unseren Füßen könnten ihre Worte dem Kaiser, der Jahrhunderte vor uns gelebt hatte, zutragen. »Oder einer der römischen Baumeister, der noch dem Paganglauben anhing, brachte diese beiden Sockel hierher, um seiner verbotenen Religion zu huldigen.«

Es war Zeit, zum Thema zu kommen.

»Ein interessanter Herrscher, dieser Justinian. Aber im Augenblick interessiert uns Theodosius, der Erbauer des Goldenen Tors. Beziehungsweise Theodosius II. Welcher nun unser Mann ist, das müssen Sie uns sagen.«

Sie lachte kurz auf.

»Warum lachen Sie?«

»Sie reden über einen Kaiser wie über einen Verdächtigen.«

Sie machte mich verlegen, doch das wollte ich mir nicht anmerken lassen.

»Was soll ich tun, Leyla Hanım, unser Thema ist ja nicht die Geschichtsstunde, sondern eine Mordfallermittlung.«

»Seien Sie nicht gleich beleidigt. Ihr Ansatz gefällt mir. Nun, wie auch immer, haben Sie die Münze dabei?«

»Ja.« Ich sah mich um. Auf der nicht besonders breiten Plattform befanden sich lediglich drei Spanisch sprechende Touristen, zwei Frauen und ein Mann. Diese Leute, deren Augen vom Stein gewordenen Blick der Medusen eingefroren waren, würden uns nicht sehen, doch selbst wenn es Ausländer waren, mochte ich nicht vor anderen von Ermittlungen sprechen. »Wollen Sie hier einen Blick darauf werfen? Ich habe nämlich auch die Münzregister dabei.«

»Necdets Münzkatalog?« Sie kniff misstrauisch die Augen zusammen. »Wo haben Sie den denn her?«

»Âdem Yezdans Anwalt gab ihn mir. Er vertrat Necdet in dem Prozess gegen ihn.«

Meine Worte schienen sie überzeugt zu haben, sie war erleichtert.

»Verstehe. Kann ich ihn sehen?«

»Selbstverständlich.« Wieder sah ich mich um. »Gibt es hier kein Café oder etwas in der Art? Da hätten wir mehr Ruhe.«

Sie deutete mit der Hand in die Finsternis hinter uns.

»Unter der Treppe am Ausgang ist ein Café, aber dort ist es dunkel. Da kann ich weder die Münze erkennen noch die Schrift im Katalog lesen.« Mit dem Kopf wies sie auf eine Bank, die unter einer Lampe nur wenige Meter entfernt stand. »Da können wir uns hinsetzen. Die meisten Besucher wollen die Medusenköpfe sehen. Dort stört uns niemand. Und das Licht sollte auch reichen.«

»Also der Mädchenstein in Fatih.«

Das rote Licht der Lampe genügte, wir nahmen auf der Holzbank Platz, ich zog den Münzkatalog aus der Tasche und reichte ihn Leyla. Als sie ihn auf den Schoß zog und zu blättern begann, sah ich ihre Augen schwimmen, aber im Augenblick fehlte mir jede Motivation, Leyla Hanıms komplizierte Gefühle für ihren verstorbenen Exmann zu analysieren.

»Haben Sie den Katalog je gesehen?«, fragte ich, um zu verhindern, dass die Situation ins Sentimentale abglitt.

Sie hörte auf zu blättern und schüttelte energisch den Kopf.

»Nein, den sehe ich zum ersten Mal.«

Gut möglich. Falls Necdet erst nach der Trennung begonnen hatte, Münzen zu sammeln, konnte es sein, dass Leyla von diesem Buch nichts wusste. Ich kramte die Münzen von Byzantion und Konstantin aus der Tasche. Theodosius sparte ich bewusst für später auf.

»Die haben Sie gestern schon gesehen.« Ich reichte ihr die Münzen. »Bitte schauen Sie doch einmal, ob diese Metalltaler im Katalog eingetragen sind. Ich habe schon gespickt, fürchte aber, etwas falsch einzuschätzen. Wenn Sie das bitte kontrollieren könnten.«

»Gern.« Sie nahm die Münzen entgegen, schaute sich die Byzantion-Münze genau an, dann blätterte sie im Katalog. »Byzantion … Byzantion … Hier ist es.« Sie las, was im Katalog stand, und verglich es mit der Prägung der Münze in ihrer Hand. »Hmmm … Mond-Stern-Münze … Vorderseite: Büste der Mondgöttin Hekate … Ja, das stimmt … Schauen wir uns die Rückseite an. Schriftzug Byzantion. Mondsichel und Stern. AE 18 mm, 3,85 g.« Sie hob den Kopf und sah mich an. »Kein Zweifel, das ist diese Münze hier.« Dann kehrte sie zum Katalog zurück. »Schauen wir nach Konstantin. Auch der ist da. Münze von Konstantin dem Großen. Vorderseite: Büste Konstantins.« Sie hielt den Konstantinstaler gegen das Licht. »Ja, die Vorderseite stimmt, jetzt die Rückseite. Auf der Rückseite sitzt Victoria nach rechts, auf dem Schild auf ihren Knien steht VOT XXX … Im Abschnitt das Zeichen der Münzstätte …« Erneut beäugte sie den Metalltaler, dann murmelte sie aufgeregt: »Sie haben recht, Nevzat Bey, beide Münzen befinden sich in Necdets Kollektion.«

Nun war es an der Zeit, ihr auch den letzten Taler zu zeigen.

»Und das ist die Münze, die zwischen den Händen des dritten Opfers hinterlassen wurde.«

Sie nahm die Münze in dem durchsichtigen Tütchen entgegen.

»Hm, solidus«, sagte sie, hielt den Taler ins rötliche Licht der Lampe in unserem Rücken, studierte sie und erläuterte: »Sie ist aus Gold wie die Konstantinsmünze.« Erregt fuhr sie fort: »Theodosius II., genau das hatte ich vermutet, die Münze stammt nicht von Theodosius dem Großen, sondern von seinem Enkel Theodosius II.«

Großvater Theodosius, Enkel Theodosius II. Ich hatte nicht die geringste Ahnung von diesen Kaisern und ihren Taten. Was hätte ich sagen sollen, also wartete ich geduldig auf die Erklärungen unserer Museumsdirektorin. Wieder blätterte sie durch die Seiten.

»Ja, hier. Auf der Vorderseite ist die Büste von Theodosius II. abgebildet.« Sie musterte die Münze in ihrer Hand. Gedankenverloren bestätigte sie: »Auch diese Münze findet sich in Necdets Kollektion.«

Die Münzsammlung von Necdet und Âdem Yezdan befand sich also in den Händen der Mörder. Hoffentlich haben die Mörder nicht vor, für jedes Stück jemanden umzubringen, dachte ich. Als spräche sie zu sich selbst, kam ihre Stimme im Flüsterton: »Merkwürdig, dass sie nach Konstantin Theodosius II. auswählten.« Dann wandte sie sich wieder mir zu, reichte mir die Münze und erklärte lauter: »Theodosius II. war in der römischen Geschichte kein sonderlich bedeutender Kaiser.«

Bevor ich die Münze wieder in meiner Mappe verstaute, fragte ich nach: »War der zeitliche Abstand zwischen Konstantin und Theodosius sehr groß?«

»Theodosius II.«, korrigierte sie mich unverzüglich. »Im Gegensatz zu seinem Enkel war Theodosius ein bedeutender Kaiser. Aus diesem Grund wurde er Theodosius der Große genannt. Er war der letzte Herrscher vor der Teilung Roms. Die Spaltung in Ost und West wurde im Jahre 395 mit seinem Tod vollzogen.«

Ihre Ausführungen hatten keinerlei Bedeutung für mich. Erst nachdem ich meine Mappe zugeklappt hatte, kam die Antwort auf den Punkt, der mich interessierte.

»Ja, zwischen Konstantin dem Großen und Theodosius II. lag ein erheblicher zeitlicher Abstand. Konstantin starb 337, Theodosius II. wurde erst 401 geboren.« Sie hob den Blick zum Ziegelgewölbe der Zisterne und rechnete. »Was macht das? Wohl vierundsechzig Jahre. Dazwischen regierten andere Kaiser.« Sie blickte mir ins Gesicht, als wüsste ich, was nun käme. »Die Abstammung Theodosius II. war illegitim.«

»Wie meinen Sie das?«

»Verzeihung«, sagte sie mit schelmischem Grinsen. »Also, es heißt, Theodosius II. sei ein uneheliches Kind. Nach allgemeiner Auffassung war seine Mutter Eudoxia ein leichtes Mädchen und betrog ihren Gatten Arcadius mit einem hübschen Palastdiener. Nun, das tut ja nichts zur Sache. Wichtig aber ist, dass Theodosius II. keine Fortune hatte. Daran war der frühe Tod seines Vaters Arcadius nicht ganz unschuldig. Er war erst sieben Jahre alt, als er zum Kaiser gekrönt wurde.«

»Sieben Jahre?«, fragte ich verblüfft.

Mein Ausruf rutschte mir derart laut heraus, dass eine freundlich wirkende ältere Dame, Nachzüglerin einer Gruppe Touristen, die an uns vorüberzog, sich umdrehte und mir einen strafenden Blick zuwarf. Leyla Barkın nahm die Frau gar nicht wahr.

»Ja, sieben Jahre. Doch Theodosius II. herrschte nie wirklich allein. Es war sein Vormund Anthemius, der das Land regierte. Auch nach dem Tod des Regenten bekam Theodosius II. die Zügel nicht in die Hand. Nun übernahm seine ältere Schwester Pulcheria die Regierung. Pulcheria, eine außerordentlich hässliche Frau, gelobte Jungfräulichkeit und Jesus-Gefolgschaft. Sie behauptete zwar, kein Auge für weltliche Dinge zu haben, sondern nur auf Heiligkeit aus zu sein, war aber extrem ambitioniert. Das blieb auch so. Als ihr armer kleiner Bruder Theodosius II. bei der Jagd vom Pferd stürzte und starb, verlor sich ihre Machtgier nicht. Sie strengte Intrigen im Palast an, bis sie das Zeitliche segnete.«

Ich deutete mit dem Kopf auf meine Tasche.

»Sie sagen also, der Herr war ein Marionettenkaiser?«

Ihre schön geschwungenen Brauen hoben sich.

»Das kann man so nicht sagen. Auch Theodosius II. leistete Großes. Aber er lebte stets im Schatten anderer.«

»Was sind das für Großtaten?«

»Zum Beispiel gründete er die erste Hochschule in modernem Sinn in dieser Stadt. Ja, diese 425 eingerichtete Hochschule verfügte über einunddreißig Lehrstühle. Unterrichtssprachen waren Latein und Griechisch.« Sie verstummte und senkte den Blick auf den Boden der Plattform, doch nicht lange, dann kehrte sie zurück, als hätte sie eine wichtige Entdeckung gemacht. »Die Leiche wurde vor dem Goldenen Tor gefunden?«

»Genau, am Tor zum Kerker von Yedikule, der nicht mehr in Gebrauch ist.«

Sie hörte meiner Schilderung gar nicht zu.

»Die Landmauern …« Wieder schien sie mehr zu sich selbst zu sprechen. »Natürlich! Sein größtes Werk sind die Landmauern. Die prachtvollen Mauern, die sich in zwei Reihen vom Goldenen Horn bis hinüber zum Marmarameer erstrecken. Der prunkvollste Durchlass ist das Goldene Tor, Porta Aurea mit lateinischem Namen. Also das Tor, durch das vom Feldzug heimkehrende Kaiser nach Konstantinopel Einzug hielten.« Sie richtete ihre vor Aufregung funkelnden Augen auf mich. »Ich nehme mein Urteil zurück, Nevzat Bey. So unwichtig Theodosius II. auch gewesen sein mag, allein dass er die Landmauern errichten ließ, ist Grund genug, an seinen Namen zu erinnern. Diese Mauern haben die Stadt jahrhundertelang geschützt.«

Mir war schnuppe, ob Theodosius wichtig oder unwichtig war. Für mich zählte nur die Frage, warum die Mörder das dritte Opfer vor dem Goldenen Tor abgelegt hatten.

»Hat es Ihrer Meinung nach eine Bedeutung, dass das Opfer am Goldenen Tor drapiert wurde?«, brachte ich meine Gedanken unmittelbar zur Sprache. »Was wollen uns die Mörder damit sagen?«

Ihre honigfarbenen Augen standen still wie das Wasser im Schummer unter der Plattform, auf der wir saßen.

»Viel wichtiger ist meiner Meinung nach«, flüsterte sie, »ob die Mörder eine Botschaft in Bezug auf die Stadt oder auf die Herrscher geben wollen. Ja, Nevzat Bey, wenn wir die Antwort auf diese Frage finden, können wir das nächste Opfer …« Sie wandte sich mir zu, als hätte sie etwas Falsches gesagt und bäte mich um

Hilfe. »Hoffentlich gibt es keins, aber falls es ein nächstes Opfer geben sollte …«

»Daran besteht kein Zweifel«, bestätigte ich kaltblütig. »Wenn wir die Mörder nicht finden, wird es weitere Opfer geben. Bitte sprechen Sie weiter.«

»Dann könnten wir voraussehen, wo die Mörder ihr nächstes Opfer hinlegen. Wichtig ist zu entscheiden, ob die Morde im Zusammenhang mit der Stadt oder mit den Herrschern stehen.«

Ihre Überlegungen klangen schlüssig.

»Soweit ich weiß, war König Byzas kein Römer«, betonte ich, um daran zu erinnern, dass die erste der Münzen in den Händen der Opfer aus dem Rahmen fiel. »Er war aus Griechenland eingewandert.«

»Das stimmt. Er war kein Römer. Er war auch kein Kaiser, Byzas war lediglich König.«

»Aber zwischen den Händen des ersten Opfers fanden wir den Taler der von ihm gegründeten Stadt. Also keine Münze von Rom, sondern von Byzantion.«

Den rechten Zeigefinger leicht erhoben, wandte sie ein: »Die Münze stammte nicht aus der Epoche von Byzantion, sondern aus römischer Zeit. Erinnern Sie sich, ich hatte sie Ihnen im Münzkatalog gezeigt, als Sie bei mir zu Hause waren.«

Ich erinnerte mich daran, wollte aber sichergehen.

»Ist das eine verlässliche Information?«

»Unbedingt. Diese Münze prägte Byzantion, als es bereits unter römischer Souveränität stand. Zu Zeiten von Augustus oder Tiberius. Kurz nach Christus. Die Stadt war noch nicht zur Hauptstadt des römischen Reiches gekürt worden. Also lange vor Konstantinopel.«

All diese Herrscher, Daten und alten Namen von Istanbul verwirrten mich.

»Das heißt«, versuchte ich die Sache zu vereinfachen, »Sie denken, die Morde stehen in Verbindung zu den Herrschern?«

Ihre Miene spiegelte Unschlüssigkeit, als stünde sie einer äußerst schwierigen Situation gegenüber. Statt meine Frage zu beantworten, stand sie auf.

»Laufen wir ein Stück?«

Nolens volens folgte ich ihr. Mittlerweile herrschte Gedränge auf der Plattform. Offensichtlich war eine neue Gruppe Touristen eingetroffen. Nachdem wir uns durch die Englisch sprechende Menge geschlängelt hatten, blieb Leyla Barkın stehen. »Ich bin mir nicht sicher«, sagte sie, als hätte ich gerade erst gefragt. »Vielleicht haben die Morde auch mit der Stadt zu tun. Wenn Sie mich fragen, dann neige ich doch zu den Herrschern. Denn die Mörder verweisen stets auf Herrscher.«

Ich fühlte mich zu einem Einwand genötigt.

»Aber sie tun das nur mit den Münzen. Die Stätte, an der das erste Opfer abgelegt wurde, könnte einer der von König Byzas errichteten Tempel sein. Beispielsweise der Poseidon-Tempel. Sie hatten gesagt, dort habe ein solcher Tempel gestanden. Necdet Denizel hatte Ihnen doch dort sogar seinen ersten Heiratsantrag gemacht.«

»Richtig.« Ihr bitteres Lächeln, als sie den Namen ihres Exmanns hörte, war Sekunden darauf bereits wieder verschwunden. »Aber wollen wir bei der Einschätzung auf die Orte schauen, an denen die Opfer abgelegt wurden, oder auf die Münzen?«

»Auf beides. Auch darauf, wie die Morde begangen wurden. Und die Ausrichtung der Opfer.«

Leyla Barkıns Augen funkelten neugierig.

»Die Ausrichtung der Opfer?«

Es war sinnlos, dieses Detail länger zu verschweigen, ich berichtete ausführlich, auch um ihre Reaktion zu sehen.

»Bei allen drei Opfern waren die Hände über dem Kopf zum

Pfeil zusammengelegt. Die Beine dagegen waren gespreizt wie der hintere Teil des Pfeils, der in den Bogen gespannt wird. Die Fingerspitzen der Opfer wiesen auf den Ort, wo das nächste Opfer abgelegt wurde.«

Misstrauen schlich sich in ihre Miene.

»Warum haben Sie das nicht vorher gesagt?«

Ich schob es beiseite, als hätte es keine Bedeutung.

»Habe ich das nicht? Wahrscheinlich dachte ich, das interessiert Sie nicht. Egal …«

Doch Leyla Barkın ließ nicht locker.

»Moment, Nevzat Bey.« Sie klang gekränkt. »Vertrauen Sie mir nicht?«

»Wie kommen Sie denn darauf?«

»Weil Sie mir Informationen vorenthalten. Falls Sie mich verdächtigen, sagen Sie mir das bitte offen.«

»Sie schmollen grundlos.« Die ich weiß nicht wievielte meinem Beruf geschuldete Lüge kam mir glatt über die Lippen. »Würde ich mit Ihnen kooperieren, wenn ich Ihnen nicht vertrauen würde?«

Sie wirkte beruhigt, ließ es sich aber nicht nehmen, mich zu tadeln.

»Dann verheimlichen Sie mir bitte keine Informationen. Denn wenn ich die Einzelheiten nicht kenne, könnte ich Sie in die Irre führen. Dafür übernehme ich keine Verantwortung.«

Mir fiel nicht ein, mich zu verteidigen.

»Dann sind wir uns ja einig. Dass ich dieses Detail nicht erwähnt habe, heißt nicht, ich würde Ihnen misstrauen. Ich habe so vieles im Kopf, ich habe einfach nicht daran gedacht. Allerdings müssen auch Sie uns alles erzählen.«

Ihr Gesicht verschattete sich argwöhnisch, sie unterdrückte die Anspannung und sagte selbstsicher: »Das tue ich ohnehin.«

»Sie ließen allerdings unerwähnt, dass Namık Bey Necdet Denizel attackiert hat.«

Sie kniff leicht die Augen zusammen und wartete darauf, dass ich weitersprach.

»Ja, wir haben heute mit einem von Âdem Yezdans Männern gesprochen. Mit einem wichtigen Mann. Der sagte, Namık Bey sei Necdet Denizel an die Gurgel gegangen. Hätten die Umstehenden nicht eingegriffen, hätte er den Mann umgebracht …«

»Er lügt!«, fuhr sie dazwischen. »Niemand hätte jemanden umgebracht!«

»Es gab also einen solchen Vorfall nicht?«

Sie schwieg, ihr Blick glitt über das Geländer der Plattform zu den Fischen mit silbrigen Rücken, die ruhig über den von Besuchern als Glücksbringer ins Wasser geworfenen Münzen umherschwammen.

»Doch«, gab sie zu und holte den Blick zurück. »Es war nicht richtig, wie Namık reagierte, aber Necdet hatte es verdient.« Nun sah sie mir wieder ins Gesicht. »Es war vor rund einem Jahr. Wir kamen von einem Seminar, wo über die Umwandlung des Sultanahmet-Areals in eine Museumsinsel gesprochen worden war. Es gab einen kleinen Empfang. Necdet hatte an dem Seminar nicht teilgenommen, er war nur zum Empfang gekommen. Er war angetrunken. Er stürmte auf uns los, Namık und ich standen nebeneinander. Necdet zeigte mit dem Finger auf Namık und beleidigte ihn: ›Was findest du an diesem Primitivling?‹ Statt zu antworten, sagte ich zu Namık: ›Komm, gehen wir.‹ Namık blieb gelassen. ›Gehen ist eine gute Idee.‹ Aber Necdet ließ uns nicht gehen. ›Diese Typen sind out, die waren früher mal wer. Begreifst du das nicht, linke Gesinnung, Umweltschutz, das ist passé!‹ Er packte meine Schulter. ›Lass mich los!‹, wehrte ich mich. Als er stur blieb: ›Ich lass nicht los, weder deine Schulter noch dich!‹, drehte Namık sich um, ganz ruhig schob er Necdets rechte Hand von meiner Schulter und ermahnte ihn höflich: ›Du bist ja betrunken, reiß dich zusammen!‹ Doch diese Worte brachten Necdet erst recht in Rage. ›Lass meine Hand los! Wer bist du, dass du mich anfasst!‹ Damit versetzte er Namık einen Faustschlag. Namık war vorbereitet, er trat beiseite, und mit dem Schwung seiner Faust verlor Necdet das Gleichgewicht und wäre beinahe gestürzt. Namık fing ihn auf. Doch Necdet, der das gar nicht realisierte, nutzte die Gelegenheit, um Namık eine Ohrfeige zu verpassen. Und die war dann zu viel. Namık geriet außer sich und fuhr Necdet wutschnaubend an die Kehle. Andere befreiten ihn nur mit Mühe. So trug sich die Sache damals zu.«

Als gäbe ich ihr recht, nickte ich.

»Namık war also irgendwann gezwungen, sich zu verteidigen.«

»Sich und mich«, ergänzte sie. »Ich sagte es ja bereits, Namık ist ein friedfertiger Mensch. Auch Necdet begriff seinen Fehler. Am nächsten Tag rief er mich an, sagte, er sei betrunken gewesen, und bat mich um Entschuldigung. Ich sagte, er müsse sich bei Namık entschuldigen, und legte auf. Der meldet sich garantiert nicht, dachte ich, doch er rief Namık an, sagte, er habe sich falsch verhalten und bitte um Entschuldigung. Als Necdet sich so vor ihm wand, hat Namık ihm verziehen. Anschließend lud Necdet uns zum Essen ein. Er wollte den Ärger vergessen machen. Wir stimmten zu, und so sahen wir uns, redeten und legten die Sache bei.«

Wozu sie weiter bedrängen?

»Ich verstehe. Dann war die Sache erledigt. Kehren wir zu unseren Ermittlungen zurück. Wo waren wir doch gleich?«

»Sie waren am Erzählen«, sagte sie und ging weiter. »Sie sagten, die wie Pfeilspitzen zusammengelegten Hände der Opfer deuteten in eine bestimmte Richtung. Ja, wohin zeigten sie denn?«

Nacheinander tauchten die Bilder der drei Opfer vor meinen Augen auf.

»Necdets Hände zeigten nach Çemberlitaş in Richtung Konstantinssäule. Die von Mukadder Kınacı, den wir an der Konstantinssäule fanden, wiesen zu den Kerkern von Yedikule. Und die Finger von Şadan Duruca, den wir gestern Nacht unmittelbar vor der Stadtmauer fanden, zum Goldenen Tor. Oder besser hinter das Goldene Tor.«

»Mese«, flüsterte sie. »Die Hauptstraße, das Rückgrat der Stadt. Ein Kaiser, der durch das Goldene Tor in Konstantinopel einzog, folgte dieser Straße bis zu seinem Palast. Gesäumt ist sie von zahlreichen Monumenten. Das heißt, die meisten existieren heute nicht mehr.«

»Dann müssen wir uns um die kümmern, die noch stehen. Wie Sie wissen, wurden die letzten beiden Opfer an historischen Stätten abgelegt, die von der Vergangenheit in unsere Gegenwart weisen. Nur das erste Opfer fanden wir in Sarayburnu an einer Stelle, wo vermutlich einmal ein Tempel stand. Wir dürfen uns also nicht auf die Mese allein konzentrieren. Auch eines der Monumente im Umfeld der Straße könnte es sein.«

»Das klingt logisch«, sagte sie und entwickelte den Gedankengang weiter. »Aber auf der Strecke liegen eine Menge Kirchen, Paläste, Foren, Monumente, Häfen und Basiliken. Wir reden hier von der Hauptstadt eines großen Reichs. Auf Anhieb fallen mir ein: Studion-Kloster, Bavis-Forum, Arcadius-Forum, Tauri-Forum, Konstantin-Forum, Tausendsäulen-Zisterne, Augusteion-Platz, Milion-Stein, Hippodrom, Hagia Sophia, der große Palast, selbst diese Zisterne hier, alle könnten mit dem Zeichen der Mörder gemeint sein.«

Das stimmte zwar, doch wir konnten ja schlecht tatenlos dastehen und auf neue Morde warten.

»Sie haben recht, aber die Mörder gehen offenbar nach einer bestimmten Logik vor, wobei wir die noch nicht verstanden haben. Außerdem verfolgen sie eine bestimmte Chronologie, wenn auch nicht ganz regelmäßig. König Byzas, Konstantin, Theodosius II. Es liegen größere Zeitabstände dazwischen, doch sie führen von der Vergangenheit ins Heute …«

»Ich verstehe, was Sie sagen wollen«, fiel sie mir ins Wort. »Wir müssen Monumente oder wichtige Gebäude ausmachen, die nach Theodosius II. in dieser Stadt errichtet wurden.«

»Genau das meinte ich. Und Voraussetzung ist, dass das Monument oder die Bauten nach wie vor existieren. Die Mörder präsentieren ihre Opfer gern bei einem antiken Werk.«

»Das ist wahr«, stimmte sie zu. »Genau genommen zählt auch das Atatürk-Denkmal, bei dem Necdet gefunden wurde, zu den historischen Stätten.«

Mir war nicht ganz klar, wovon sie redete, also erläuterte sie: »Die Statue war das erste für Atatürk errichtete Denkmal in der Türkei. Der Österreicher Heinrich Krippel hatte es gestaltet. 1926 wurde es auf den Sockel in Sarayburnu gesetzt.«

»Interessant. Aber wir wissen mittlerweile, dass die Täter, die Necdet Denizel ermordeten, uns nicht auf Mustafa Kemal Atatürk hinweisen wollten, sondern auf König Byzas. Was wir nicht wissen, ist, wo die Mörder ihr viertes Opfer platzieren. Und in dieser Sache kann niemand außer Ihnen weiterhelfen. Sie müssen uns ein Monument, ein Werk nennen, das nach Theodosius II. erbaut wurde.«

Sie bemerkte meinen ungeduldig auf ihr ruhenden Blick und wurde nervös.

»Das verlangen Sie aber nicht jetzt gleich, oder?«

Ich nahm den Blick keine Sekunde von ihrem Gesicht.

»Doch. Sofort. Jede Minute, die verstreicht, arbeitet gegen uns.«

»Jetzt so auf die Schnelle könnte ich etwas Falsches sagen.«

»Egal, versuchen Sie es.«

Sie unterdrückte ihre Aufregung. »Welche Herrscher kamen nach Theodosius II.?« Sie richtete den Blick erneut auf das Ziegelgewölbe der Zisterne. »Markian … Leo I. … Leo II. …« Sie zögerte. »Nein, nein, Markian, es könnte Markian sein, der Schwager von Theodosius II. Die in seinem Namen errichtete Säule steht noch heute.« Im Dämmerlicht strahlten ihre Augen deutlich. »Natürlich, die Markianssäule. Der Platz, auf dem sie steht, hieß Forum Amastrianon. Die Todesurteile wurden damals auf dem Amastrianon vollstreckt. Die Toten wurden dann zur Abschreckung für das Volk auf dem Platz ausgestellt.« Aufgeregt wandte sie sich mir zu. »Ja, Nevzat Bey, ich glaube, die Stelle, wo die Mörder ihr Opfer hinlegen, ist die Markianssäule.«

»Wo steht diese Säule?«

»In Fatih.« Sie taxierte mich, als wollte sie sagen: Wie kann es sein, dass Sie das nicht wissen? »Mensch, der Mädchenstein«, klärte sie mich endlich auf. »Der Mädchenstein in Fatih.«

»Wir hatten es mit einer hochgradig organisierten Mörderbande zu tun.«

Wir saßen in meinem alten Wagen an der oberen Ecke der von der Fatih-Straße steil zum Mädchenstein hinunterführenden Gasse und warteten. Jedes Viertel, jede Straße, jede Sackgasse, jede Handbreit freies Gelände meines bedauernswerten Istanbuls war von Autos belagert, so auch diese kleine, zu einem historischen Monument führende Gasse. Um ehrlich zu sein, kam uns die Verkehrsdichte im Augenblick höchst gelegen, denn sie schützte uns hier in der Straße, die zu dieser Nachtzeit menschenleer war, vor den scharfen Augen mutmaßlicher Besucher, die am Monument ihr Opfer präsentieren wollten.

Im Auto saßen nur Ali und ich, in der Straße, die von dem kleinen Platz aus, auf dem das Monument stand, zum Park hinunterführte, war zudem ein Dreierteam mit Ekrem an der Spitze stationiert. Die Stelle, wo ich meinen Wagen geparkt hatte, lag erhöht, hier war die jahrhundertealte Markianssäule, auch Mädchenstein genannt, gut zu sehen. Sie behauptete sich, obwohl die Plastik auf der Spitze längst verfallen und die meisten Reliefs auf dem Postament kaum noch zu erkennen waren.

»Warum wird diese Säule Mädchenstein genannt, Hauptkommissar?« Alis Frage verscheuchte die Stille. Sein Blick ruhte auf der Säule. »Hat man die für Mädchen hier aufgestellt?«

Das hatte auch ich Leyla Barkın gefragt, als wir die Basilika-Zisterne verließen. Unwillkürlich hatte sie gelächelt.

»Die Säule wurde vom damaligen Präfekten für Kaiser Markian errichtet. Sie verstehen, er wollte sich einschmeicheln. Die

Statue von Markian ist nicht mehr da, aber früher stand sie oben auf dem Kapitell. Man sagt, wenn junge Mädchen vorübergingen, wisperte der Kaiser: ›Du bist Jungfrau‹ oder ›Du bist keine Jungfrau mehr‹. Als sich unter den Leuten verbreitete, dass Frauen dort auf diese Weise belästigt wurden, trauten sich junge Mädchen, die ihre Jungfräulichkeit verloren hatten, nicht mehr in die Nähe der Säule. Das ging so, bis die junge Schwester der Ehefrau eines späteren Kaisers dort vorüberkam. Als die Statue auch zu ihr sagte: ›Du bist keine Jungfrau mehr‹, brach die Hölle los. In Tränen aufgelöst eilte die junge Schwägerin in den Palast und protestierte. Da ließ der Kaiser, der seiner Frau nichts abschlagen konnte, die Skulptur herunterholen, um die Ehre seiner Schwägerin zu schützen.« Leyla Barkın zwinkerte vergnügt. »Natürlich ist das alles Legende. Der tatsächliche Grund dafür, dass die Markianssäule als Mädchenstein bezeichnet wird, dürfte in zwei Darstellungen der Siegesgöttin Nike auf dem Postament liegen. Angesichts dieser Reliefs verpasste die osmanische Bevölkerung der Säule den Namen Mädchenstein.«

Was ich von Leyla gehört hatte, gab ich meinem interessiert lauschenden Assistenten Wort für Wort wieder.

»Wie amüsant!«, befand Ali fröhlich und schmiegte sich in seine Lederjacke. »Irgendein Präfekt stellt eine Säule auf, um dem Kaiser Honig um den Bart zu schmieren, und die Leute hängen ihr eine Legende an.«

Doch den Blick konnte auch er nicht von der Säule lassen. Möglicherweise betrachtete er sie gar nicht mehr, vielmehr hingen seine Augen aufgrund der Erschöpfung der letzten Tage einfach starr an einem Punkt. Mir ging es nicht anders. Ließe ich mich gehen, schliefe ich selbst auf dem unbequemen Sitz meines altgedienten Wagens ein. Um uns wachzuhalten, fragte ich nach dem dritten Mordopfer.

»Şadan Duruca war also auch unter seinen Kollegen nicht sonderlich beliebt?«

»Huch …« Ali rappelte sich auf. Er war in der Tat beinahe eingedöst. Doch im Nu hatte er sich gefangen. »Richtig, bei der Zeitung herrschte nicht gerade tiefe Trauer. Niemand sagte ›gut so‹ oder etwas Ähnliches, aber ich traf auch keinen, der um den Kollegen eine Träne vergossen hätte. Ich bekam nur Plattitüden zu hören. Anscheinend wollte keiner schlecht über ihn reden. Zeyneps Recherche scheint sich zu bewahrheiten. Dieser Şadan muss ein schmutziger Schreiberling gewesen sein.«

»Genau wie die anderen Opfer.«

Ali erzählte weiter, als hätte er meinen Einwurf nicht gehört.

»Dann habe ich den Computer und das Notizbuch vom Tisch des Mannes eingesammelt und zu uns ins Labor gebracht. Im Heft fand sich nichts Brauchbares. Notizen zu Meldungen, Gekritzel, Telefonnummern von zwei Leuten, die er anrufen wollte, solche Sachen. Den Computer gab Zeynep den IT-Jungs. Was sich darauf findet, erfahren wir morgen.«

Es gab so vieles, das wir am nächsten Tag zu erfahren hofften. Das Wichtigste davon war, wem die Fingerabdrücke gehörten, die sich auf den Rahmen der Stiche im Haus Necdet Denizels fanden, aber separiert werden mussten, weil sie einander überlagerten. Zeynep war erst gegen zehn Uhr abends ins Revier zurückgekehrt, kurz bevor wir uns am Mädchenstein auf die Lauer legten. Sie hatte auch Papagei Byzas nicht vergessen. Auf Alis spezielle Anweisung hin hatte sie den freundlichen Papagei vorübergehend einem zuverlässigen Vogelfreund übergeben, damit er nicht verhungerte. Spaß beiseite, Zeynep hatte im Haus des ersten Opfers gründlich gearbeitet. Doch als sie die Daten in den Rechner eingab, war sie auf dermaßen viele einander überlagernde Fingerabdrücke gestoßen, dass sie bis zum Morgen zu tun haben würde, um sie voneinander zu trennen. Auch die Spurensuche in Ömers Fleischtransporter wäre wohl nicht vor dem nächsten Tag beendet. Ebenso war eine weitere wichtige Information, die Gutachterliste, die Ali von der Behörde bekommen sollte, auf morgen verschoben worden, weil man dort das EDV-Problem noch immer nicht behoben hatte. Am schlimmsten aber war, dass wir morgen, wenn wir all die Erkenntnisse in Händen hätten, womöglich nach wie vor ohne Ergebnis, ach was, selbst ohne den kleinsten Hinweis dastehen würden. Gequält wechselte ich die Sitzposition. Gleich meldete sich der Schmerz an meinem Schulterblatt zurück. Ömers großer Bruder hatte mir also unvermutet heftig den Knüppel über den Rücken gezogen. Doch Schmerz war gut, er würde mich wachhalten. Als kramte ich in meiner Erinnerung, fragte ich weiter.

»Was hattest du gesagt, wann war Şadan Duruca zuletzt in der Redaktion gewesen?«

»Dienstagabend. Am Mittwoch tauchte er nicht auf. Da seine Artikel samstags erschienen, bemerkte keiner seine Abwesenheit. Und da ihn niemand in der Redaktion mochte, fragte auch niemand nach ihm …«

Während Ali erzählte, fragte ich mich nach der Vorgehensweise der Mörder. Drei Opfer in drei Tagen. Wenn sie jeden Tag jemanden entführten … Nein, dem Zufall überließen diese Männer nichts. Şadan Duruca hatten sie vermutlich am Dienstagabend entführt, als er von der Zeitung kam. Sie brachten ihn um, warteten aber eine Weile, ehe sie ihn zum Goldenen Tor transportierten. Denn vorher mussten sie das zweite Opfer, Mukadder Kınacı, an der Konstantinssäule ablegen. Zeynep hatte ermittelt, dass der Todeszeitpunkt bei Mukadder Kınacı am Dienstag vor zehn Uhr morgens, bei Necdet Denizel am Montag vor zwei Uhr nachmittags liegen musste. Die Mörder hatten also, noch bevor sie ihre Opfer ausstellten, bereits das nächste Mordopfer einkassiert. Wir hatten es mit einer hochgradig organisierten Mörderbande zu tun. Außerordentlich schlau, äußerst geschickt, gnadenlos und entschlossen. Ein Team wie Ömer und seine Brüder? Eher nicht. Auch wenn wir die Untersuchungsergebnisse aus dem Fleischtransporter noch nicht hatten, war ich mir absolut sicher, Ömer würde sich als unschuldig herausstellen. Âdem Yezdan und seine Leute passten schon besser in unser Täterprofil. Doch warum sollte Âdem Yezdan Personen umbringen wollen, mit denen er kooperierte? Vielleicht weil sie ein schwerwiegendes Geheimnis kannten, eines, das ihn ins Gefängnis bringen konnte. Warum nicht? Sowohl Âdem Yezdan als auch die drei Opfer waren keine Engel. Andererseits galt es, auch Namık Karaman und den VVI nicht aus den Augen zu verlieren. War es der Hauptzweck der Mörder, Menschen zu beseitigen, die der Stadt Schaden zufügten, dann lag die Wahrscheinlichkeit, dass die Verdächtigen dieser zweiten Gruppe schuldig waren, höher.

»Hauptkommissar! Sehen Sie den?«

Ich drehte den Kopf und erblickte einen großen schlanken Mann, der seine dunkle Schiebermütze weit ins Gesicht gezogen hatte, wie um es zu verbergen, und mühsam einen zweirädrigen Müllsammlerkarren durch die verlassene Straße vor sich herschob. Er passte haargenau zu der Beschreibung, die uns die Obdachlosen an der Konstantinssäule geliefert hatten. Groß und hager wie ein Hecht, so hatten sie ihn geschildert. Sein Gesicht hatten sie nicht erkennen können, denn die Schiebermütze auf seinem Kopf war, genau wie bei diesem hier, tief ins Gesicht gezogen. Mein Blick fiel auf den großen Sack auf dem Handkarren. Steckte ein Leichnam darin? Aufgeregt straffte ich mich. Lautlos ließen wir den Mann passieren. Als er etwa zehn Meter weiter war, flüsterte ich Ali zu: »Sag Ekrem Bescheid, sie sollen sich bereithalten.« Ich zog die Pistole aus dem Holster und entsicherte.

Wenige Minuten später waren wir ausgestiegen und verfolgten den Verdächtigen zwischen den Autos. Wie erwartet hielt er auf den Mädchenstein zu. War das möglich? Hatten wir endlich den Mörder gefunden? Ich spürte, dass mir der Mund trocken wurde, sah meine Hand mit der Waffe leicht zittern. Als ich den Kopf hob, traf ich Alis Blick. Ihm ging es ähnlich. Mit der Zunge fuhr er sich über die trockenen Lippen, doch ich war mir sicher, dass seine Hand nicht zitterte. Die aus jahrelanger Zusammenarbeit erwachsene Gewohnheit erlaubte es, uns wortlos zu verständigen, wir beschleunigten die Schritte. Auch Ekrems Team musste da sein. Sollte der Verdächtige die Straße hinunter zu flüchten versuchen, würden sie ihn schnappen. Als der Mann mit der Schiebermütze am Mädchenstein ankam, schaute er sich zu beiden Seiten um, als fürchtete er, beobachtet zu werden. Hoffentlich bemerkt er Ekrems Leute nicht, dachte ich, da drehte er sich unvermittelt um. Hätten wir uns nicht im letzten Augenblick hinter einen altmodischen Mercedes geworfen, hätte er uns entdeckt. Als er überzeugt war, unbeobachtet zu sein, schaute er wieder zum Mädchenstein. Jetzt holt er die Leiche aus dem Sack, dachte ich. Er trat seelenruhig an die Säule. Noch einmal blickte er sich um, dann öffnete er den Hosenstall und pinkelte ans Postament des wer weiß wie viele Jahrhunderte alten historischen Monuments. Weil unsere große Erwartung ins Leere gelaufen war oder wegen der Flegelei, die das Vieh sich erlaubte, vielleicht auch unter dem erschütternden Eindruck von beidem zusammen, verlor ich die Beherrschung und brüllte los.

»Was tust du da, Mann?«

Unser Verdächtiger hielt seinen Strahl zurück und knöpfte panisch den Hosenschlitz zu, da war Ekrem schon bei ihm. Er richtete die Waffe auf den Schiebermützenmann. Auch die beiden Zivilbeamten wenige Schritte hinter ihm nahmen den Verdächtigen ins Visier.

»Runter, runter mit dir, runter!«

Der Mann sah sich plötzlich von Bewaffneten umringt, und ohne die Hose zu Ende geknöpft zu haben, riss er ängstlich die Arme hoch.

»Schon gut, bitte nicht!«, rief er und warf sich panisch auf den Boden, wo sein Urin eine Lache bildete.

Ali schien die Hoffnung noch nicht aufgegeben zu haben und huschte zu dem Sack auf dem Handkarren. Er steckte die Waffe in den Gürtel und öffnete den Sack, fuhr mit der Hand hinein, wühlte und fetzte Altpapierpacken, Blechdosen, Bierflaschen, Plastikbehälter heraus. Kein toter und auch kein lebender Mensch befand sich in dem Sack. Die Enttäuschung auf seinem Gesicht war trotz der nächtlichen Finsternis zu erkennen. »Wo ist sie, Mann?«, brüllte er und stürzte sich auf den am Boden liegenden Mann. »Wo ist die Leiche?«

Den Müllsammler am Boden, die Hände über dem Kopf, packte ihn die Angst.

»Was … was für 'ne Leiche? Ich hab doch nur gepisst.«

Ali schäumte, er presste dem Müllsammler den rechten Fuß auf den Kopf. Das Gesicht des Mannes grub sich in den vom eigenen Urin dreckigen Boden.

»Lüg nicht! Du hast Schmiere gestanden! Du hast aufgepasst! Wo ist dein Kumpel? Wo habt ihr den Minibus abgestellt?«

»Was für ein Minibus, wieso Schmiere? Ich hab doch nur gepisst …«

Ali packte den Mann am Kragen und zerrte ihn hoch.

»Du kommst mir nicht davon, Junge.« Er schüttelte ihn. »Spuck's aus, wo ist dein Kumpel?«

Da klingelte mein Handy.

»Hallo, Hauptkommissar…«

Kaum vernahm ich Zeyneps Stimme, dachte ich: O Gott! Und als mein Blick auf das begriffsstutzige verdreckte Gesicht des Müllsammlers fiel, war ich mir sicher, dass wir den falschen Mann gestellt hatten. Doch ich wollte es hören.

»Ja, Zeynep, was ist?«

Verzagt eröffnete sie mir die bereits vermutete Nachricht.

»Es wurde wieder eine Leiche gefunden, Hauptkommissar.«

Geschlagen fragte ich zurück: »Wo?«

»An der Hagia Sophia… In der Gasse neben der Kirche.«

Eine Stadt aufersteht aus der Asche
Justinians Konstantinopel

Der Kaiser blickte auf die Hagia Sophia. Auf das prächtigste Gotteshaus der Welt. Auf den Tempel, der Konstantinopel vor dem Bösen behütete wie eine heilige Wolke am Himmel. Auf das magische Monument, das sein Strahlen Gott verdankte. Auf das wundersame Bauwerk, dessen Würde und Weihe es nicht allein einzigartig machte, sondern die Stadt, in der es sich erhob, mit ihm. Auf die himmlische Stätte, die der Vereinigung von Menschenverstand mit Menschenseele entsprang. Auf das größte, das geräumigste, das höchste, das lichteste aller bis dahin erbauten Gotteshäuser …

Kaiser Justinian blickte auf die Hagia Sophia. Auf die Einheit des Heiligen mit der Weisheit. Auf die Schönheit, die allein gläubige Seelen zu schaffen imstande waren. Auf den Bau, der bewies, dass Konstantinopel, übersät mit Tempeln von Göttern, die ihre Herrschaft eingebüßt hatten, jetzt einzig dem Christengott gehörte. Auf das erhabenste Gotteshaus, das diese Stadt, die Gott erwählt hatte, Gott darbot. Auf das prunkvollste der Gebäude, die das römische Antlitz Konstantinopels mit der Berührung durch die neue Religion in eine einzigartige Gestalt verwandelten. Auf das Gotteshaus, das Macht, Eleganz, Pracht und Reichtum des Reiches vor aller Augen ausbreitete.

Justinian blickte auf das Haus Gottes. Gott hatte ihm stets seine Gunst erwiesen. Hatte ihm, der nicht von edler Herkunft war, den Weg in den Palast geebnet. Hatte ihn, noch bevor er zum Kaiser gekrönt war, zu einem Mann gemacht, der das Schicksal Roms bestimmte. Justinian war die geheime Macht hinter seinem Onkel

Kaiser Justin. Er war der wahre Kopf, das wahre Herz, die wahre Kühnheit und das wahre Gewissen des Reiches. Gott war stets gut zu ihm gewesen. Noch in Augenblicken der Furcht hatte er Großzügigkeit erfahren von Gott, obwohl Gott Feiglinge nicht schätzte. Noch bei seinen größten Fehlern hatte Gott ihn nicht fallen gelassen, obwohl Gott Toren nicht schätzte. Noch bei seinen unmoralischsten Taten hatte Gott ihm nicht gezürnt, obwohl Gott Schurken nicht schätzte. Die kostbarste Gabe aber, die Gott ihm dargereicht hatte, war zweifellos Theodora.

Justinian, Theodora an seiner Seite, blickte auf den Tempel, den er Gott weihte. War dieses Gotteshaus ein Zeichen der Dankbarkeit, die er Gott gegenüber empfand, so war ein zweites Zeichen Theodora, die gleich einer hohen schlanken Zypresse an seiner Seite stand. War das Reich ein köstlicher blutroter Apfel, war seine eine Hälfte Justinian, die andere Theodora. Das hatte Gott persönlich Justinian eingeflüstert. So hütete Justinian dieses weibliche Geschenk Gottes wie eine heilige Leihgabe. Dabei stammte Theodora gar nicht aus Jerusalem. Der Ort ihrer Herkunft lag weit entfernt von aller Heiligkeit. Bevor sie Kaiserin von Rom wurde, war Theodora Kaiserin der Bordelle Roms. Schwindelerregende Tänzerin der Bühnen Roms. Die ungekrönte Königin der Spelunken Roms.

Theodora stand an Justinians Seite. Der glücklichste Tag des Winters in Konstantinopel. Der Tempel war vollendet. Die fünfjährigen Bauarbeiten waren abgeschlossen, fünf Jahre Ehrgeiz, Verstand und Arbeit hatten sich in einer funkelnagelneuen Kirche inmitten dieser uralten Stadt verdichtet. Kaiser und Kaiserin blickten auf die Träume von fünf Jahren. Die beiden einander wahnsinnig Liebenden, die beiden einander leidenschaftlich verbundenen Menschen, die beiden einander vertrauenden Lebensgefährten. Theodoras Hand lag in Justinians. Wie ein Vöglein, das sich zum Schutz vor den Widrigkeiten der Welt in die kraftvolle Hand des Kaisers geflüchtet hatte. Ungewiss war allerdings, wer bei wem Zuflucht nahm. Theodora kam von der Straße. So vieles, das die hohe Bildung des römischen Staates einen Kaiser nicht lehren konnte, hatte sie ihn gelehrt. Ohne Theodora war Justinian undenkbar. Ohne Justinian hätte Rom weder ein neues goldenes Zeitalter erlebt, noch wäre Konstantinopel aus der Asche auferstanden.

An Justinians Seite blickte Theodora auf die Hagia Sophia. In den Bordellen Roms hatte sie erfahren, wie gemein der Mensch war, in den Zelten römischer Soldaten, wie unfassbar gnadenlos, und in den Betten römischer Adliger, wie heuchlerisch. So regte sie sich kein bisschen auf, als das Volk von Konstantinopel rebellierte. Wunderte sich nicht, als die römischen Adligen sich ihnen anschlossen. Fürchtete sich nicht, als das Volk Konstantinopel in Brand setzte. Bangte nicht einmal, als Justinian fliehen wollte. Sie nahm den Kaiser unbeirrt bei der Hand. Blickte dem Gatten in die Augen, wie sie ihrem Sohn in die Augen schaute. Sagte mild, doch resolut: »Du bist der Kaiser, der Tod hebt dich höher als die Flucht. Aber es gibt einen besseren Weg als sterben: töten.«

An Justinians Seite ließ Theodora ihren Blick auf dem mächtigsten Gotteshaus auf Erden ruhen gleich einem zweiten Herrscher. Grenzenloser Stolz in ihrem schmalen Gesicht, Mut, der gestandene Krieger hätte erblassen lassen, in ihren kalten Augen, Zorn scharf wie ein Messer auf ihren Lippen. In das Schwert der Legionäre verwandelt, hatte dieser Zorn dreißigtausend Aufständische das Leben gekostet, darunter Frauen und Kinder. Dieser Zorn hatte Justinian aus der Hand der von Rebellion berauschten Massen gerettet. Denn sie war die Ehrgeizigste unter den Frauen, die Gnadenloseste, die Unerschrockenste. Denn sie war eine Gabe Gottes an den Kaiser.

An Theodoras Seite blickte Justinian auf die Hagia Sophia. An der Seite der Frau, die seinem Herzen die Angst, seinem Verstand die Unentschlossenheit genommen hatte. An der Seite seiner Liebsten, die ihm die kostbarste Treue darbot, während ihn ringsum Verrat umgab. An der Seite der Göttin, die ihn von den Fesseln befreite, als die Verzweiflung ihm Hand und Fuß band. Gott hatte sie dem Kaiser gesandt. Auch der Aufstand war zweifellos Gottes Tat, ebenso das Niederbrennen Konstantinopels. Wie hätte Justinian die Stadt sonst aus ihrer Asche neu erschaffen sollen?

Der Kaiser blickte auf die Hagia Sophia. Er stand an der Seite seiner Kaiserin. Gott widmete er dieses Gebetshaus, für all die Gunst, die Er ihm erwiesen hatte. Denn Inhaber der wahren Herrschaft war der himmlische König. Was bedeutete ein Kaiserreich auf Erden schon angesichts des grenzenlosen Königreichs Gottes? Doch beim Anblick der betörenden Schönheit, der grandiosen Harmonie, des wie am Himmel schwebenden prachtvollen Gotteshauses, vergaß er sich für einen Augenblick, der Stolz machte ihn Gott und Sein himmlisches Königreich vergessen. Und er rief Salomon an, den Propheten und König der Juden, der den ersten Tempel auf Erden errichtet hatte: »Schau her, o Salomon, ich habe dich übertroffen.«

»Die Stätte, auf die die Mörder verwiesen, war das Topkapi-Serail.«

Der Leichnam war in der Gasse neben der Hagia Sophia abgelegt worden, mitten auf der Straße, in Form eines Kreuzes. Es war ruhig ringsum. Weder Şefik noch die Spezialisten von der Spurensicherung in ihrem seltsamen Aufzug waren bislang eingetroffen. Zeynep, die vor uns allen am Tatort angelangt war, hatte mit Hilfe zweier Polizisten den Bereich bereits gesichert.

Wie die vorangegangenen drei Opfer lag der Ermordete auch dieses Mal wieder auf dem Rücken, das Haar bewegte leicht ein mit Regen durchsetzter Wind, die Augen dagegen waren starr auf den Mond am Himmel gerichtet. Ja, da stand er wieder, der geheimnisvolle Mond, der mich seit Tagen verfolgte. Wieder unmittelbar über uns. Wieder war er ein wenig voller, und bald schon, in ein, zwei Tagen hätte er seinen perfekten Kreis erreicht, würde uns als riesige Pupille aus dem Dunkeln mustern. Plötzlich dachte ich, es könnte eine Verbindung geben zwischen den Morden und diesem ungebetenen Gast, der uns beobachtete. Mich schauderte, die Haare sträubten sich mir, doch nichts belegte die Richtigkeit meiner These. Rasch verscheuchte ich den unsinnigen Gedanken. Ich löste den Blick von unserem uralten Zeugen oben am Himmelszelt und kehrte zum Ermordeten unten am Boden zurück. Er wirkte älter als die vorherigen Opfer. Ich schätzte ihn auf mindestens sechzig. Er trug ein graues Tweedjackett und eine rauchfarbene Samthose, das Hemd von gleicher Farbe ließ die Kehle frei, sie war wie bei seinen Vorgängern über die ganze Breite aufgeschlitzt. Wieder fand sich kein Blut am Boden. Unmittelbar aber stach ins Auge, dass das Opfer diesmal anders präsentiert dalag.

»Sie haben ihn nicht pfeilförmig ausgerichtet.« Zeynep sprach es aus. »Sehen Sie, seine Hände sind auch nicht zusammengebunden.«

In der Tat waren die langen Arme des Opfers ausgebreitet, als wiesen sie in zwei verschiedene Richtungen. Die rechte Hand zeigte zur Cafer-Ağa-Medrese am Ende der gewunden abfallenden Sackgasse, die linke Hand deutete auf den Garten neben der Hagia Sophia.

»Ein Kreuz … Sieht das nicht aus wie ein Kreuz?«

Ali bemerkte etwas, das Zeynep und mir entgangen war. Er zeichnete über den armen Teufel am Boden ein unsichtbares Kreuz und wiederholte aufgeregt: »Sie haben den Mann in Kreuzform hingelegt.«

Dieser Befund haute Zeynep nicht gerade vom Hocker.

»Sieht so aus.« Sie kniete sich hin, um den Leichnam zu untersuchen. »Ich glaube aber eher nicht, dass es von Bedeutung ist.«

»Warum sagst du das?« Auch Ali trat näher, als könnte er so einen Hinweis zur Unterstützung seiner These aufspüren. »Diese Leiche in Kreuzform muss eine Bedeutung haben. Einen religiösen Sinn.« Offenbar lieferten die im Licht des fast vollen Mondes funkelnden Augen des armen Tropfes ihm keinen Beweis, weshalb er sich zu mir umdrehte. »Oder etwa nicht, Hauptkommissar?«

Im Grunde maß auch ich der Kreuzsache keine große Bedeutung bei, doch ich wollte die Idee nicht wegfegen wie Zeynep.

»Das könnte natürlich sein, aber es kann auch eine architektonische Bedeutung haben. Etwas, das nicht auf die Religion, sondern auf die Stadt hinweist. Die Hagia Sophia ist eines der Wahrzeichen von Istanbul.«

»Das sag ich ja, Hauptkommissar«, insistierte Ali. »Das Symbol für das christliche Istanbul. Könnten sie nicht deshalb die Leiche in Form eines Kreuzes hier hingelegt haben?«

»Warum sollten sie das tun?« Der Einwand kam von Zeynep. Ohne die rechte Hand des Ermordeten abzulegen, warf sie ihrem Kollegen einen Blick zu. »Das ist ohnehin eine der bedeutendsten Kirchen der christlichen Welt. Wozu dann noch den Körper des Opfers zum Kreuz formen?« Die Entgegnung war dermaßen überzeugend, dass Ali nicht länger beharrte, und unsere hübsche Kriminologin war auch schon beim nächsten Gedanken. »Vielleicht haben die Mörder die Methode geändert. Vielleicht zeigen sie nicht länger an, wohin sie das nächste Opfer bringen.«

Dieser Gedanke erschien nun wiederum mir höchst unwahrscheinlich.

»Das glaube ich nicht, Zeynep. Die Täter gehen seit dem ersten Mord nach einer Regel vor. Sie entführen die Opfer, schneiden ihnen die Kehle durch, legen sie an Stätten ab, die für die Geschichte dieser Stadt von Bedeutung sind, geben allen eine Münze aus der Zeit mit, auf die sie aufmerksam machen wollen, und jedes Opfer zeigt die Stelle an, an der das nächste präsentiert wird. Und dabei lassen sie sich nicht auf die Schliche kommen. Warum sollten sie, solange alles reibungslos läuft, solange ihr Sclbstvertrauen also auf dem Höhepunkt ist, ihre Methode ändern?«

»Das stimmt schon, Hauptkommissar, doch vielleicht sind wir dabei, sie in die Enge zu treiben, ohne uns dessen bewusst zu sein.«

»Sie?« Ich sah ihr fragend ins Gesicht. »Du meinst die Verdächtigen, die wir haben? Ömer und seine Brüder? Aber die sitzen. Wie sollen die diesen Mord begangen haben?«

Ihre Miene spiegelte das Unbehagen, eine schlechte Nachricht übermitteln zu müssen.

»Ich hatte noch nicht die Gelegenheit, es Ihnen zu sagen. Der Fleischtransporter ist sauber. Es konnte kein menschliches Blut nachgewiesen werden.«

Das überraschte mich nicht.

»Dann meinst du mit ›sie‹ also den Verein zur Verteidigung Istanbuls und die Firma Dersaadet-Tourismus. Sprich Namık Karaman und Âdem Yezdan?«

»Vergessen wir Leyla Barkın nicht, Hauptkommissar«, warf Ali ein. »Außerdem trifft sich die Frau mit Ihnen, sie weiß, was wir denken.«

»Schön und gut, doch wir haben sie alle nicht bezichtigt. Namık haben wir nicht einmal verhört. Auch Leyla nicht. Selbst wenn sie zu den Verdächtigen gehören, wir haben keinen Druck ausgeübt. Nicht anders bei Âdem Yezdan. Seine Leute haben wir vernommen, aber ihn selbst haben wir noch nicht einmal persönlich gesprochen. Warum sollten sie also ihre Methode ändern?«

Vielleicht hätte Zeynep ihre These weiter verteidigt, doch ihr Fund war wichtiger als unsere Diskussion.

»Die Münze haben sie ihm in die rechte Hand gelegt.«

Obwohl sie nicht sonderlich laut gesprochen hatte, waren ihre Worte effektiv genug, um Alis und meine Aufmerksamkeit zu fesseln.

»Vorn ist eine Büste darauf. Wird wohl ein Kaiser sein.« Sie hielt die Münze ins Licht der Straßenlaterne, um die Schrift zu entziffern. »Ein Buchstabe, der aussieht wie ein I, dann V, S, T, I, N, I … Was mag das heißen?«

Sie stand auf und reichte mir den Metalltaler. Bevor ich ihn entgegennahm, setzte ich die Lesebrille auf. Dann studierte ich die Münze. Die Büste auf der Vorderseite trug einen Helm und auf dem vom Körper sichtbaren Teil einen Harnisch. Ganz oben fiel ein erhabener Schriftzug auf. Ich drehte den Taler um. Ein geflügeltes Geschöpf, es erinnerte an einen Engel, hielt ein Kreuz wie einen Stab. Unten stand CONOB zu lesen. Mir war schleierhaft, was das bedeuten sollte. Ich drehte die Münze wieder auf die Vorderseite und richtete den Blick auf die Buchstaben, die Zeynep eben schon vorgelesen hatte.

»Ivstini… Wir nennen ihn Justinian.« Ich drehte den Kopf und schaute zu dem ewiglichen Gotteshaus hinüber, das in seiner ganzen Pracht unmittelbar neben uns stand. »Kaiser Justinian ließ die Hagia Sophia erbauen.«

Auch Alis Blick ruhte auf dem heutigen Hagia-Sophia-Museum, das einst die größte Kirche der Welt war.

»Hagia heißt sankt, stimmt's, Hauptkommissar?«

»Richtig, aber hier passt wohl eher das Wort heilig.«

»Dann heißt die also Heilige Sophia?«

»So ungefähr. Sophia heißt Weisheit. Hagia Sophia bedeutet heilige Weisheit. Die Kirche wurde nicht für irgendeinen Heiligen errichtet. Aus diesem Grund ließ Mehmed Fatih nach der Eroberung der Stadt die Kirche ohne Namensänderung in eine Moschee umwandeln. Fast eintausend Jahre war der mächtige Bau als Kirche verwendet worden, dann rund fünfhundert als Moschee, und nach Gründung der türkischen Republik wurde sie auf persönliche Anordnung Atatürks zum Museum.«

Ali hörte aufmerksam zu, er bestaunte die prachtvolle Kuppel.

»Wie riesig die ist!« Er schien den Leichnam zu unseren Füßen vergessen zu haben. »Wie haben die Leute die nur gebaut, Mann!«

»Vier Engel tragen die Kuppel.«

Er warf mir einen ungläubigen Blick zu.

»Das stimmt wirklich. Unter der Kuppel stehen vier Engel.«

Auch Zeynep, mit der Untersuchung des Leichnams beschäftigt, schenkte meinen Worten keinen Glauben.

»Gabriel, Michael, Israfil und Azrael?«, neckte sie. »Ich dachte, die hätten anderes zu tun.«

»Das sind auch nicht die Engel unter der Kuppel der Hagia Sophia. Es sind vier Seraphim, also Schutzengel. Ihre Aufgabe ist es, den Thron Gottes zu schützen. Und wo ist Gottes Thron?«

Beide starrten mir neugierig ins Gesicht. Ich hob den Finger und deutete in die vom Mondlicht durchdrungene Finsternis.

»Wo denn wohl, Kinder, im Himmel. Ja, der Himmel. Die Kuppel der Kirche repräsentiert den Himmel.«

Ali glaubte mir sofort, aber unser skeptisches Mädchen war noch nicht überzeugt.

»Woher wissen Sie das alles, Hauptkommissar?«

Ich nickte wie bei einer schönen Erinnerung.

»Von meiner Mutter, liebe Zeynep. Die Hagia Sophia war das Spezialgebiet meiner Mutter. Mindestens zehn Mal war ich in diesem Museum. Als Kind natürlich. Das meiste habe ich vergessen. Aber die Engel, die ganz Flügel sind, dann die Jesus-Mosaiken und die Fresken sind unvergesslich. Allerdings erzählte heute auch Leyla Barkın einiges. Zum Beispiel hatte ich zwar mal gehört, dass Justinian die Hagia Sophia erbaut hatte, aber mir war nicht klar, welche Bedeutung er hatte. Nach Leyla Hanıms Worten war er ein ebenso bedeutender Kaiser wie Konstantin.«

Kaum hörte Ali den Namen Leyla, verzog er das Gesicht.

»Vertrauen Sie dieser Frau immer noch, Hauptkommissar?«

Seine Skepsis war nicht unbegründet, hatte sie uns doch heute Nacht vergebens am Mädchenstein ausharren lassen. Schlimmer noch, während wir uns dort die Zeit vertrieben, hatten die Mörder in aller Ruhe ihr Opfer hier abgelegt und waren über alle Berge. Andererseits gab es weder einen Beleg dafür noch einen Hinweis darauf, dass Leyla Barkın das bewusst so eingefädelt haben könnte. Obendrein hatte ich sie regelrecht gedrängt, mir ihre Vermutung anzuvertrauen. Da hatte sie ohne groß nachzudenken gesagt, was ihr als Erstes in den Sinn kam. Und die Stelle, die sie genannt hatte, entsprach ihrer Logik. Wie sollte die Frau wissen, was in den Köpfen der Mörder vorging? Spräche ich das aus, würde Ali womöglich erneut eine Debatte vom Zaun brechen.

»Ich habe Leyla Barkın nie vertraut«, erwiderte ich. »Aber sie hat uns bei den Ermittlungen ziemlich geholfen. Ohne sie hätten wir kaum so viel über Necdet Denizel erfahren. Weiter hat sie eine Menge über die Istanbuler Geschichte erzählt. Und die Münzen …«

Wieder unterbrach Zeynep uns.

»Der Mann war Architekt.« Während wir uns mit unserem kleinen Disput aufhielten, hatte sie den Personalausweis in der Brieftasche des Mordopfers studiert. »Architekt, Teoman Akkan. Geburtsort Istanbul.«

»Alle Opfer haben etwas mit Bauwesen zu tun«, grummelte Ali. Argwöhnisch beäugte er den Leichnam. »Man soll nicht schlecht über Tote reden, aber ich schätze, dass auch der hier in Mauscheleien verwickelt war.«

Ich teilte seine Meinung, morgen wüssten wir mehr, vermutlich würde sich auch dieser Teoman Akkan als nicht ganz sauber erweisen. Von Zeynep kam kein Widerspruch, sie stimmte uns also zu. Keineswegs im Klaren waren wir uns allerdings darüber, was die Täter mit der Ermordung dieser Leute bezweckten. Mir fiel ein, was Leyla Barkın heute gesagt hatte: »Wichtig ist zu entscheiden, ob die Morde im Zusammenhang mit der Stadt oder mit den Herrschern stehen.« Um unsere Aufmerksamkeit auf Byzantion zu lenken, hatten die Mörder ihr erstes Opfer in Sarayburnu abgelegt. Den römischen Kaiser, der Byzantion eroberte, ließen sie außer Acht und legten ihr zweites Opfer an der

Säule des Konstantin ab, der die Stadt zu seiner Hauptstadt gemacht hatte. Dann gab es zwar einen großen Kaiser wie Theodosius, doch sie platzierten ihr drittes Opfer am Goldenen Tor, dem prunkvollsten Eingang der Landmauern, die im Zusammenhang mit seinem Enkel Theodosius II. standen, der als Herrscher nicht sonderlich erfolgreich war. Und das vierte Opfer präsentierten sie nun vor dem prächtigsten Gotteshaus seiner Zeit, das dieser Stadt einst sakrosankte Bedeutung verliehen hatte. Vermutlich hatte ich die Antwort auf Leyla Barkıns Frage gefunden: Die Mörder konzentrierten sich weniger auf die Herrscher als vielmehr auf die Stadt. Darum war auch der Körper des armen Kerls, der vor uns lag, nicht explizit zu einem Kreuz geformt, nein, die Mörder lenkten uns sehr wohl weiterhin zu ihren nächsten Taten.

Ich nahm die Lesebrille ab und blickte in die Richtung, die uns die linke Hand des Mordopfers wies. Sie zeigte zum Garten neben der Hagia Sophia, doch das war unlogisch. Der Hagia Sophia war bereits ein Opfer gewidmet, ein zweites wäre eine unsinnige Wiederholung. Sie mussten eine Stelle dahinter meinen. Was lag hinter diesem prächtigen Gotteshaus? Eine Gasse. Eine historische Gasse. Vielleicht die schönste von ganz Sultanahmet. Die Soğuk-Çeşme-Gasse, die sich vom prunkvollen Eingang des Gülhane-Parks bis hin zum äußersten Tor des Topkapı-Palastes, genannt Bab-ı Hümayun, also Sultanstor, oder auch Porta Augusta, erstreckte und zur Linken von wunderschönen hölzernen Villen gesäumt war. Çelik Gülersoy, einer der redlichsten Söhne dieser Stadt, hatte sie restaurieren lassen, und selbst mir, der in diesen Dingen wenig bewandert war, war sie ein Begriff. Wollten die Mörder auf diese Gasse hinweisen? Ich hob den Kopf und spähte hinüber. Die Fenster der Holzvillen, die heute zum Hotelkomplex Ayasofya Konakları gehörten, waren dunkel. Nein, ihr nächstes Opfer würden die Täter nicht in einer bewohnten Gegend ablegen. Mein Blick glitt hoch zu den Dächern der Holzvillen, da fielen mir die vom silbrigen Mondlicht beschienenen, wer weiß wie viele Jahrhunderte alten Mauern auf, zu denen das Opfer hinüberstarrte, die Außenmauern des Topkapı-Serails. Die Mauern? Wollten sie das nächste Opfer etwa auf die Mauern legen? Unmöglich, selbst wenn das ihre Absicht sein sollte. Die würden sie kaum erklettern, ganz zu schweigen davon, einen Leichnam dort hinaufzubekommen. Dann verstand ich: nicht die Mauern, der Topkapı-Palast! Ja, die Stätte, auf die die Mörder verwiesen, war das Topkapı-Serail selbst. Vorgelagert stand allerdings noch eine weitere geweihte Stätte. Die Hagia Irene. Mein Blick glitt zu dem Prachtbau der Hagia Sophia. Sogleich ließ ich den Gedanken wieder fallen. Nach einem derart bombastischen Gotteshaus konnte keine andere Kirche an die Reihe kommen. Ja, Ziel der Mörder war eindeutig der Palast der Osmanen. Als ich den Kopf drehte, traf ich Alis neugierigen Blick.

»Das Topkapı-Serail.« Ich deutete mit der Hand auf den ungefähren Ort des Palastes hinter den Mauern. »Dahin legen sie das nächste Opfer.«

Offenbar war er noch mit den eigenen Mutmaßungen beschäftigt, denn er verstand nicht sogleich. Ich wies auf den Ermordeten.

»Wenn die Mörder die Arme des Opfers so ausbreiten, geben sie eine Richtung an.« Auch Zeynep hob den Kopf und hörte zu. »Seht mal, wenn wir die Linie von der linken Hand des Mannes aus weiterziehen, kommen wir zum Topkapı-Palast.«

»Also die Epoche von Sultan Mehmed Fatih?« Nicht die Frage, aber sein Tonfall verriet, dass Ali dies für unwahrscheinlich hielt. »Schön und gut, Hauptkommissar, diese Möglichkeit hatten wir schon einmal im Visier, aber es kam nichts dabei heraus. Ekrem und seine Teams observierten umsonst die ganze Nacht die Umgebung von Fatih-Moschee und Topkapı-Palast.«

»Vielleicht waren wir zu früh. Die Mörder drapieren ihre Opfer nach einer bestimmten Regel. Beim letzten Mal ging es ihnen offenbar noch nicht um Fatih. Aber jetzt …«

»Okay, Hauptkommissar, wie viel Zeit liegt zwischen diesem Justinian und unserem Fatih? Das müssen Jahrhunderte sein.«

»Wenn nicht mehr, ich weiß es auch nicht genau, aber die Hagia Sophia wurde im sechsten Jahrhundert erbaut.«

»Genau das meine ich. Grob gerechnet trennen unseren Fatih und diesen Justinian tausend Jahre. Gab es in der Zwischenzeit keinen anderen Herrscher, kein anderes Bauwerk, das sie errichtet hätten?«

»Sicher, aber ich glaube eher nicht, dass es sich um Herrscher handelte, die mächtig genug waren, das Schicksal der Stadt zu verändern.« Ich wandte mich an Zeynep. »Du hattest es doch ausgerechnet, wie groß war noch der Abstand zwischen Byzas und Konstantin?«

»Ungefähr tausend Jahre«, kam die Antwort sofort.

»Hörst du, mein lieber Ali? Wenn die Mörder von Byzas, dem König der Einwanderer von Megara, zum römischen Kaiser Konstantin springen können, warum sollten sie dann nicht von Justinian, der die Hagia Sophia erbaute, zu Mehmed Fatih springen, dem osmanischen Sultan, der diese Stadt wiederaufbaute?«

Ali schwieg. Zeynep allerdings stellte eine schwierige Frage.

»Sagen wir, die linke Hand des Opfers zeigt zum Topkapı-Palast.« Mit dem Kopf deutete sie auf den anderen Arm des Ermordeten. »Wohin zeigt dann seine rechte Hand?«

Die Frage war plausibel und zugleich eine Herausforderung. Die erste Idee kam von Ali, der die Aufschrift auf dem Schild an der Ecke entdeckt hatte.

»Zur Cafer-Ağa-Medrese. Da steht es. Und die Erklärung gleich dazu. Erbaut von Baumeister Sinan auf Geheiß des Cafer Ağa, Gebieter über das Bab-üs Saade, die Pforte zum Harem. Die 1559 vollendete Medrese besteht aus sechzehn Räumen und einem Hof…«

Während Ali vorlas, glitt mein Blick zu der historischen Eingangstür der Medrese am Ende der krummen Gasse. Sie war verschlossen, und nichts deutete darauf hin, dass in der Medrese Leben war. Nachforschungen würden wir erst am nächsten Morgen anstellen können, doch mir erschien es höchst unwahrscheinlich, dass die Mörder ein Opfer bei dieser Medrese ablegten.

»Morgen schauen wir sie uns an«, sagte Zeynep. Bevor sie sich erneut dem Opfer widmete, neckte sie Ali. »Sollte da eine andere Leiche drinliegen, finden wir sie. Vielleicht schnappen wir sogar die Mörder, falls die bis dahin nicht getürmt sind…«

»Ich… Ich hab sie gesehen…« Als wir uns umdrehten, trafen wir auf den traurigen Blick eines Wachmanns. Im Gegensatz zu seiner pompösen Uniform wirkte er resigniert. »Wie hätte ich ahnen sollen, dass es Mörder sind?«

Nach einer kurzen Überraschungspause hoffte ich, uns lachte endlich das Glück. »Moment, Moment«, beruhigte ich unseren Augenzeugen. »Immer mit der Ruhe. Erzähl alles schön der Reihe nach.«

»Gut, okay…« Er holte tief Luft. »Okay, Chef. Ein weißer Minibus. Zwei Personen saßen darin. Eine Frau im Tschador, der andere war ein Mann, er trug eine Schiebermütze.«

»Wann hast du den Minibus gesehen?«

Verlegen wich er meinem Blick aus.

»Als er hier stand.« Um Verständnis bittend blickte er mich an. »Woher hätte ich denn wissen sollen, dass die eine Leiche auf die Straße legen, Chef?«

Genervt davon, dass der Mann sich wiederholte, blaffte Ali ihn an: »Was hattest du hier zu suchen?«

»Ich ... Ich bin Wachmann. Ich heiße Cezmi. Cezmi Bahtıaçık.« Er deutete zum Ende der Gasse. »Ich bin beim Hotel Ayasofya Konakları angestellt, gleich da vorne. Mein Platz ist das Häuschen an der Ecke. Von da aus habe ich auch den Minibus gesehen. Ich hielt ihn für einen Touristenbus. Tag und Nacht wuseln hier Touristen herum. Wozu sollten Touristen nachts um eins herkommen, werden Sie fragen. Das kann man nie wissen. Irgendein Fremdenführer meint: Schauen Sie sich die Hagia Sophia bei Nacht an und bringt sie her. Wieder so einer, dachte ich, als ich den weißen Minibus in der Gasse sah. Ich konnte nicht sehen, was sie hinter dem Wagen taten. Da haben die Schufte eine Leiche ausgeladen!«

»Wie lange hat der Minibus gehalten?«

»Nur ein paar Minuten. Das heißt, ich glaube es. Denn Murat von der Rezeption rief mich, er stand mit dem Tablett vor dem Hoteleingang. ›Komm, hol dir deinen Tee‹, rief er. Ich bin hin, und als ich ins Wärterhäuschen zurücklief, kam mir der Minibus entgegen. Die müssen mich gesehen haben. Der Fahrer schaltete sofort das Fernlicht ein, das blendete mich. Was für ein Idiot, dachte ich. Dabei wollten sie nur nicht, dass ich sie sah.«

»Trotzdem hast du sie gesehen. Es waren zwei, hast du gesagt.« Zur Sicherheit fragte Ali präzise nach: »Du hast sie doch gesehen, oder?«

»Ja, natürlich, von der Seite. Direkt vor meinem Häuschen bogen sie nach links in die Gasse ab, die zum Gülhane-Park runterführt. Und da, als sie an mir vorbeifuhren, hab ich hingeschaut. Zuerst fiel mir die Frau im Tschador auf.«

»Kannst du uns ihr Gesicht beschreiben?«, bat Zeynep. »Wie waren ihre Brauen, ihre Augen, die Nase, die Lippen ...«

Der Mann schluckte, die Augen blickten hilflos.

»Nein, sie verhüllte das Gesicht, als sie an mir vorüberfuhren.«

»Und der Fahrer?«, hakte Ali, der seine Erwartungen zunehmend enttäuscht sah, mit letzter Hoffnung nach. »Der Mann, der den Wagen fuhr, kannst du den beschreiben?«

»Ich hab nur die Schiebermütze auf seinem Kopf gesehen, sein Gesicht lag im Schatten darunter, das konnte ich nicht deutlich erkennen.«

In derselben Verfassung fragte nun ich: »Das Nummernschild des Minibusses?«

Reuig wiederholte er sich.

»Ich hab nicht hingeschaut. Weder auf das Kennzeichen noch auf die Marke des Wagens hab ich geachtet. Wie sollte ich denn ahnen, dass die Leute Mörder sind? Ich hielt sie für neugierige Touristen, die die Hagia Sophia bei Nacht sehen wollen.«

»Die Engel hatten die Hoffnung auf mich aufgegeben.«

Sie wartete an der Ecke gegenüber der Hagia Sophia auf mich. Leyla Barkın stand vor dem Milion-Stein. Als sähe sie ihn zum ersten Mal, beäugte sie das über tausend Jahre alte Monument. Sie trug ein bis auf die Knöchel fallendes Kleid in hellem Beige, fast weiß. Um den Hals hatte sie ein purpurfarbenes Tuch geschlungen, eine Spange gleicher Farbe hielt ihr Haar am Hinterkopf, ihre Gesichtszüge traten deutlich zutage. Sie wirkte blass und kränklich. Doch die Blässe verlieh ihrem Gesicht eine geheimnisvolle Schönheit.

»Sie sind spät dran«, krittelte sie, als sie mich sah, hielt sich aber nicht bei dem Thema auf, sondern wendete sich erneut dem Milion-Stein zu. »Die Römer maßen die Grenzen ihres Reichs von diesem Stein aus. Von Britannien bis Ägypten wurden die Territorien der Länder gemäß ihrer Entfernung zu diesem Stein berechnet. Damals stand der Stein hier natürlich nicht allein, er hatte Statuen von Göttin und Kaiser zur Zier.« Sie sah mich wenig beeindruckt. »Kannten Sie die Stätte schon?«

»Mit meiner Mutter war ich oft hier.« Ich zeigte die Straße hinunter. »Gegenüber der Basilika-Zisterne war das Alemdar-Kino. Mutter versprach immer, wenn ich mit ihr in die Hagia Sophia oder ins Topkapı-Museum käme, ginge sie mit mir ins Kino. Zuerst besuchten wir die historischen Stätten, anschließend sahen wir im großen, nach Sesamkringeln und Brause riechenden Saal des Alemdar-Kinos die neuesten Filme.«

»Sie hatten eine wunderbare Mutter«, sagte sie nur. »Gehen wir ein Stück?«

Wir spazierten los. Das rund tausendfünfhundert Jahre alte Gotteshaus lag in seiner ganzen Pracht im Licht der frühen Morgensonne. Merkwürdig, der Vorplatz war leer. Keine langen Busschlangen, kein Menschengewühl. Als hätte ein plötzlicher Wind sie fortgeweht. Leyla schien meine Gedanken zu lesen.

»Heute ist unser Tag. Heute öffnet die Hagia Sophia ihre Pforten nur für uns.«

Tatsächlich schwang das Tor zum Hof der Hagia Sophia von selbst auf, als wir dort ankamen. Wir traten ein. Der herrliche Brunnen, den meine Mutter so bewundert hatte, begrüßte uns.

»Die Osmanen sagten: Dieses prächtige Gotteshaus stammt nicht von uns, dann stellen wir wenigstens eine schöne Brunnenanlage dazu«, dozierte Leyla. »Belächeln wir das nicht, sie leisteten einen Beitrag. Wichtiger aber sind die von Baumeister Sinan errichteten Streben.«

Immer wenn ich diesen Hof betrat, sprang mein Blick zu den Mausoleen, die an steinerne Zelte erinnerten. Meine Gedanken gingen zu den Toten in diesen Mausoleen, den Sultanen, deren Herrschaft niederging, ihren Gattinnen, die jede ihre eigene Geschichte hatte, den Prinzen, die ihr Leben nicht ausleben konnten. Hinter der Brunnenanlage tauchte der Rumpf der Hagia Sophia auf. Wir liefen den Weg zwischen Kirche und den sich gleich gestutzten Bäumen reihenden römischen Säulen entlang und waren bald auf Höhe der Cafer-Ağa-Medrese, wo die Mörder gestern Nacht ihr Opfer abgelegt hatten. Zu unserer Rechten lag der Eingang zum Gotteshaus. Drei einzelne Bögen. Am Ende der drei Bögen drei in Marmor gerahmte Türen. Wir schritten durch die mittlere und gelangten in einen breiten Gang, die Mauern mit hellroten Backsteinen verkleidet.

»Hier versammelte sich das Volk.« Leyla deutete den langen Korridor hinauf. »Weiter vor durfte man nicht.«

Mir traten arme Römer vor Augen, die sich hier beugten, barfuß auf dem Boden kniend. Ihr flehentlich an Gott gerichtetes Gemurmel tönte durch die Jahrhunderte an meine Ohren. Im Herzen empfand ich ihre Verzweiflung. Und als ich den Blick auf den Teil der Kirche richtete, der ihnen verboten war, zeigten sich mir fünf Pforten. Fünf mächtige Tore. Wir schritten wiederum durch das mittlere, in osmanischer Zeit hatte man die Seitenarme des Kreuzes darüber entfernt, nun existierte nur noch eine Art Pfeil.

»Hier betraten der Kaiser und sein Gefolge die Kirche«, erläuterte meine Führerin.

Auch ohne ihre Erklärung war das unschwer zu erkennen, der Unterschied zwischen dem Korridor und diesem Ort fiel sogleich ins Auge. Die Mauern des von Öllampen beleuchteten Gangs waren mit Marmor in Dunkelgrün, Rauchgrau und Weiß verkleidet. An der goldgelben Decke bestachen Mosaiken von einzigartiger Schönheit. Als ich den Kopf hob, traf ich den Blick des Propheten Jesus. Aus einem riesigen Mosaik heraus blickte er mich an. Zu seiner Rechten Maria, zur Linken Gabriel. Ihm zu Füßen lag ein Kaiser, der ihn um Verzeihung bat, doch es ließ sich kaum sagen, dass der Prophet ihn erhörte, sein Blick ruhte auf uns, schien uns zu fragen: Was habt ihr hier zu suchen?

»Wissen Sie, was auf der Tafel in seinem Schoß steht?«

Leyla wartete meine Antwort nicht ab, sondern las mit geheimnisvoller Stimme vor: »Ich bin das Licht der Welt. Friede sei mit euch.«

Doch Frieden war nie mit uns gewesen und würde es, wenn es so weiterginge, auch nicht sein. Seit es Menschen gab, töteten sie, in Massen oder einzeln. Nie hatten sie ihr Mordgeschäft aufgegeben. An dieser Tatsache, die ich in meinen ersten Berufsjahren erkannt hatte, war nichts Interessantes mehr. Dennoch fand ich es bemerkenswert, dass die Mörder, nach denen wir suchten, ihr Opfer auf der Gasse direkt außerhalb des Hofes, den wir soeben durchschritten hatten, abgelegt hatten, als verhöhnten sie Jesu Worte. Wollten die Täter etwa doch, wie Ali vermutet hatte, auf das Christentum oder auf Jesus verweisen? Mit dieser Frage beschäftigt, stellte ich plötzlich fest, dass Leyla Barkın verschwunden war. Ich spähte umher, doch sie war nirgends zu sehen.

»Leyla Hanım!«, rief ich. »Leyla Hanım!«

Marmor, Mosaiken und Bronzetüren warfen meine Stimme zurück. Leyla blieb verschwunden. Vielleicht ist sie in den Hauptraum gegangen, dachte ich und wandte mich zu der Reihe von Türen vor mir. Durch neun Türen bestand Zugang zum Mittelschiff der Kirche. Ich wählte die mittlere unter dem Jesus-Mosaik. Sogleich fand ich mich in einem honigfarbenen Lichtermeer wieder. Durch die Fenster fielen Sonnenstrahlen ein und tauchten den Saal in heiliges Licht. Säulen, Fresken, Mosaiken, Fayencen, Gebetsnische, Koranverse, Kalligraphien, Kanzel, Galerie, einfach alles, was aus Marmor, Stein, Holz, Glas, Gold, Silber, Kupfer und Eisen gemacht war, gewann Leben vor meinen Augen, als wären all die Objekte lebendige Wesen. Das Licht weckte das Gefühl, in eine andere Dimension versetzt zu sein. Da vernahm ich Flügelschlag. Mir fuhr ein heftiger Luftzug ins Gesicht wie von den Schwingen eines riesigen Adlers. Ich hob den Kopf. Keinen gewaltigen Adler bekam ich zu sehen, sondern Leyla Barkın. Sie stand im zweiten Stock in der Loge, von der aus einst die Kaiserin die Krönungszeremonie beobachtet hatte. Ihr Blick ruhte auf mir, ihre rechte Hand wies auf den Boden unter meinen Füßen. Ich folgte ihrer Geste und sah, dass ich in einem von roten, gelben, grünen, orangenen und grauen Ringen umgebenen Kreis stand. Das Zentrum der Welt. Mutter hatte davon erzählt. An dieser Stelle setzte der Kaiser die Krone auf. Gut, doch was wollte Leyla Barkın damit sagen? Als ich wieder zu ihr hochsah, hatte sie ihr Gesicht verborgen. Warum nur? Ich schaute genau hin. Sie hob den Kopf, und mir stockte das Blut in den Adern. Es war Güzide, meine Frau, die ich vor fünf Jahren bei der Explosion verloren hatte, aus Leyla Barkıns weißem Kleid heraus schaute sie mich an. »Güzide«, wisperten meine Lippen von selbst. »Güzide.« Als meine Stimme im Vakuum unter der gewaltigen Kuppel widerhallte, tauchte rechts neben meiner Frau eine kleines Mädchen auf. Auch sie trug ein weißes Kleid. Ja, es war Aysun, meine Tochter. »Aysun!«, rief ich verzweifelt, ich fürchtete mich noch vor der Hoffnung, sie wiederzuhaben. »Aysun!« Beide blickten mich an. Doch ihre Gesichter spiegelten keinerlei Gefühl, ob nun Freude, Traurigkeit, Sehnsucht oder Tadel. Sie schauten, als sähen sie ein fremdes Wesen an, so distanziert, so kalt, so fremd. Das konnte ich nicht hinnehmen. Ich musste zu ihnen, musste mit ihnen reden, musste mich ihnen erklären. Hastig blickte ich mich um, suchte nach einem Aufstieg. Ich fand ihn endlich am Ende des prachtvollen Kaiserkorridors. Ich lief hin, erreichte nach genau sieben Umrundungen auf der mit größeren und kleineren Steinen gepflasterten Rampe mit roten Ziegelmauern das dritte Geschoss. Da standen sie. Güzide und Aysun: meine Frau und meine Tochter. Sie waren nicht aufgeregt, mich zu sehen, sondern entfernten sich schnell. Sie liefen nicht, nein, ihre Füße schienen den Boden gar nicht zu berühren, es war, als schwebten sie eine Handbreit über dem Marmorboden eiligst davon. Ich konnte sie nicht gehen lassen, ich stürzte ihnen hinterher. Weiter vorn tauchten zwei Türen auf. Zwei aus je einem Marmorblock gehauene heilige Pforten versperrten ihnen den Weg. Ich freute mich, ich würde sie einholen, doch als meine Frau und Tochter vor der Marmorwand ankamen, schwang die rechte Pforte einen Spalt auf. Ohne einen Blick zurück, ohne die geringste Sorge um mich schwebten beide hinein. Auch ich wollte hindurch, wollte mit ihnen hinein, doch das marmorne Tor gestattete es nicht. Vor meiner Nase sprang es zu. Ich hämmerte mit Fäusten dagegen, stieß mit den Händen, drückte mit den Schultern. Keinen Millimeter bewegte es sich. Verzweifelt sah ich mich um, da bemerkte ich einen Spalt in der anderen Tür. Ohne nachzudenken, hechtete ich darauf zu. Leyla Barkın verstellte mir den Weg.

»Was tun Sie hier?«

»Ich muss mit ihnen reden!«, rief ich erregt. »Ich muss es ihnen erklären.«

Sie deutete auf die nun weiter geöffnete marmorne Tür.

»Aber diese Pforte führt in die Hölle. Da können Sie nicht hinein.«

»O doch!« Ich erlaubte ihr nicht, mich aufzuhalten. »Ich muss mit ihnen reden …«

Die Sorge, die ihren Blick flutete, schob ich beiseite und schlüpfte durch die verbotene Tür. Rot fiel über mich her. Ich fand mich mitten in Blutröte wieder, Schatten malten schwarze Flecken. Eine Flammenwoge leckte mir durchs Gesicht. Ich spürte, wie mir die Wimpern wegbrannten. Es scherte mich nicht, ich suchte weiter nach ihnen. Doch es war ungeheuer schwierig, meine Frau und Tochter in dem Rot, über das dunkle Schatten huschten, ausfindig zu machen. Meine Hoffnung schwand, da vernahm ich erneut den Flügelschlag, den Hauch, der mich schwindeln ließ. Ich wandte mich der Richtung zu, aus der es heranwehte. Da waren sie, über dem marmornen Geländer. Ihre Kleider waren nun blendend weiß, rein, ohne jeden Flecken. Nein, es waren nicht ihre Kleider, die weiß strahlten, es war ihre Haut. Da bemerkte ich die riesigen Flügel an ihren Schultern. Sie bewegten sich sanft. Wieder hörte ich das Geräusch, sie sorgten für angenehme Kühle an diesem blutroten Ort. Doch ich wusste, die Kühle war nur ein Schemen, flüchtig wie sie selbst. Ich wusste, gleich einem schönen Traum würden sie den unsichtbaren Grenzen meines Gedächtnisses entschweben.

»Geht nicht fort«, flehte ich. »Verlasst mich nicht!«

Sie drehten sich zu mir um. Ihre Blicke waren nicht länger gefühllos. Tiefe Sehnsucht, ewige Trauer, endlich angenommener Schmerz stand in ihren Augen, zugleich auch Entschlossenheit. Es war klar, die Entscheidung war längst gefallen. Es gab kein Zurück, sie würden gehen. Obwohl ich wusste, dass sie entschwinden würden, flehte ich erneut: »Geht nicht fort! Verlasst mich nicht!«

Der Flügelschlag zerteilte das Dämmerlicht, die Kühle wischte mir durchs Gesicht. Welche Bedeutung hatten schon die Worte eines Sterblichen? Da gingen sie hin. Nein, ich konnte sie nicht gehen lassen. Ich sprang auf das steinerne Geländer, doch sie schwebten schon durch die Luft. Vor mir gähnte die ungeheure Leere der Kirche gleich einem schwarzrandigen Vulkan, in dem es brodelte. Ohne mit der Wimper zu zucken, stürzte ich mich ins Rot. Bei jedem Flügelschlag stiegen meine Frau und Tochter weiter auf, flogen über den silbrigen Streifen, an dem die Dämmerung endete und das Licht erschien. Als sie sich den heiligen Seraphim anschlossen, die in der gewaltigen Kuppel der Hagia Sophia warteten, war ich auf dem Weg hinunter zur tiefsten Hölle. In den Brunnen aus Feuer im schwarzen Auge des dunklen Vulkans. Schon hatte das Höllenfeuer mir Verstand und Leib beinah bis auf das letzte Quäntchen geraubt, da vernahm ich den Flügelschlag erneut. Noch einmal löschte der süße Hauch die unerträgliche Gluthitze. Zwei starke Hände hoben mich empor, zogen mich aus dem Feuerbrunnen im schwarzen Auge des dunklen Vulkans. Wir flogen aus der mentalen Welt in die materielle Welt, aus der Welt drüben in die hiesige Welt herüber.

Als meine Füße auf dem Boden aufsetzten, drehte sich mein Kopf, mir wurde schwarz vor Augen. Als ich sie wieder öffnete, fand ich mich erneut in dem herrlichen Gotteshaus wieder, stand in genau demselben Kreis. Ich hob den Kopf zu den vier die Kuppel hütenden Seraphim, in der Hoffnung, meine Frau und meine Tochter dort zu sehen. Doch die Engel versagten es mir, ihre mächtigen Schwingen verbargen ihre Gesichter. In diesem Augenblick hörte ich das Kind weinen. Gleichzeitig zerriss hastiges Flügelschlagen die Stille. Wenige Meter hinter mir erhoben sich zwei mächtige Engel und flogen zur Apsis. Es waren also nicht meine Frau und Tochter gewesen, die mich gerettet hatten. Ich spähte in die Richtung, in die sie davonflogen, da sah ich das weinende Kind. Es war Jesus, Jesus als Kind, auf dem Schoß der heiligen Maria. Ja, ich hatte sie auch vorher schon gesehen, in diesem Mosaik, in dieser Kirche. Sagte ich Maria? Ich kannte dieses Gesicht. Ich tat wenige Schritte. Nein, das war nicht Maria, nicht die Mutter Jesu, es war unsere Handan. Das Mädchen, mit dem ich in Balat aufgewachsen war, unsere Nachbarin, meine Schulkameradin, meine erste Liebe. Die vor drei Jahren mit ihrem Sohn Umut gestorben war. Umut. Mein Blick sprang zu dem Kind, das ich für Jesus gehalten hatte. Es war genau in dem Alter, in dem Umut gestorben war. Nicht nur das Alter stimmte, auch das Gesicht ähnelte ihm. Was heißt ähneln, dieser kleine Junge war Umut! Ja, er war nicht Jesus, er war Handans Kind, Yektas einziger Sohn. Umut, die Hoffnung der beiden. Während ich sie betrachtete, ließen sich rechts und links von ihnen die zwei Engel nieder, die mich kurz zuvor aus der Hölle befreit hatten. Auch diese Engel kannte ich, zur Rechten stand Gabriel, zur Linken Michael. Was mochten sie mit Handan und Umut zu tun haben, überlegte ich, als mein Blick auf Gabriels Gesicht fiel. Ich taumelte. Nein, dieses geflügelte Wesen war nicht der Erzengel, es war Demir, mein Jugendfreund Demir. Und auf der anderen Seite stand Yekta. Sie waren gekommen, um Handan und Umut zu beschützen. Warum nur? Und vor wem? Und warum war ich nicht bei ihnen? Wo doch auch Güzide und Aysun hier waren. Mitten in dem riesigen Gotteshaus fühlte ich mich wie ein verlassenes Kind, mutterseelenallein und hilflos wie ein Mensch, den es auf einen unbekannten Planeten verschlagen hatte. Ich richtete den Blick auf sie, streckte die Hände nach ihnen aus, damit sie mich zu sich holten. Sie beachteten meine Geste gar nicht. »Nehmt mich zu euch!«, wollte ich schreien, doch als wäre mir die Kehle zugeschnürt, kam mir kein Laut über die Lippen. Ich versuchte es erneut – vergeblich. Nein, ich konnte nicht aufgeben, ich musste sie dazu bringen, meine Stimme zu hören, mich zu bemerken und mich zu sich zu holen. Ich klappte meinen Mund mit aller Macht auf und zu, das gelang auch, doch statt Worten kam mir nur ein »Ach« über die Lippen. Wie mächtig aber war dieses magere »Ach«, Hunderte Flügel begannen zu schlagen. So stark schlugen sie, dass ich mir die Ohren zuhalten musste, um nicht taub zu werden. Doch auch das würde mich nicht retten, denn der durch die Flügel verursachte Luftzug schleuderte mich hoch. Wie in einem Wirbelwind drehte ich mich immer schneller, während ich aufstieg. Ohne Halt ging es zu den die Kuppel hütenden Seraphim hinauf. Mein Blick fiel auf die Sure Nur, die in himmlischer Schrift in der Kuppel geschrieben stand. Die vergoldete Kalligraphie betörte mir Augen und Verstand. Hätte ich nicht erneut den Flügelschlag vernommen, wäre ich bis in alle Ewigkeit in den Anblick der Buchstaben versunken geblieben, ohne mich darum zu kümmern, dass ich schwebte. Doch das unablässige Flügelschlagen lenkte meinen Blick wieder auf die sechsflügeligen Seraphim. Noch immer waren ihre Gesichter von den Schwingen verborgen. Welche von ihnen sind wohl meine Frau und meine

Tochter, überlegte ich, als sich bei einem die Flügel öffneten und das schmale Gesicht meiner Aysun auftauchte. Sie sah mich aus nächster Nähe an, selbst die gelben Lichtreflexe in ihren Augen konnte ich erkennen.

»Papa«, wisperte sie. »Mein lieber Papa …«

Ihre Worte brachten alle anderen Geräusche im Gotteshaus zum Verstummen. Die Engel schlossen sanft ihre Flügel, zogen sich in ihre heiligen Winkel zurück, und der Windhauch legte sich, wie er gekommen war. Als der Wirbel, der mich in die Höhe gehoben hatte, gleich einem fliegenden Teppich unter meinen Füßen entschwand, hing ich einen Moment unter der gewaltigen Kuppel im Leeren. Mein Blick griff nach den Augen meiner Tochter wie nach einem Ast um Halt, doch ihre Schwingen waren bereits geschlossen, ich sah nichts außer ihren glänzenden Federn. Ich hielt nach Güzide Ausschau. Ich fand sie nicht, nur glänzende Federn. Die Engel hatten die Hoffnung in mich aufgegeben. Als diese Vision mir in den Geist drang, fiel ich plötzlich wie ein Stein. So schnell, dass ich die Objekte um mich herum nicht erkennen konnte. Säulen, Fresken, Mosaiken, Fayencen, Gebetsnische, Koranverse, Kalligraphien, Kanzel, Galerie, alles, was diesen Tempel zum Gotteshaus machte, verschmolz und verwandelte sich in undeutliche Farben, formlose Objekte, seltsames Licht, in das Gespenst eines Tempels. Ich wusste, zu meiner Rettung würden weder Engel kommen noch meine Frau und Tochter noch meine Freunde. Ich wusste nun, niemand würde mir helfen. Ich wusste, ich träfe auf den Tod, wo die Luft auf den Marmor traf. All das raste mir durch den Kopf. Schon zeichnete sich mein Schatten auf dem Boden ab, schon erkannte ich die Adern im Marmor, schon war ich bereit für den Tod, da wachte ich auf. Der Marmorboden der Hagia Sophia wich der dotterfarbenen Decke meines Schlafzimmers. Ich hielt es für ein Wunder, doch es war keins. Ich war aus dem magischen Raum der Hagia Sophia in mein Bett gefallen. War aus einem intensiven Traum zu einem normalen Morgen erwacht. Aschfarbenes Tageslicht hatte mich aus einem schillernden Alptraum befreit.

»Ja, trotz allem waren es schöne Zeiten.«

Ich saß auf meinem Bett und schaute in den aschfarbenen Morgen hinaus. Die Hagia Sophia ging mir durch den Kopf, nicht das wundervolle Gotteshaus aus meinem Traum, sondern das Museum, in dessen Nebengasse die Mörder ihr viertes Opfer platziert hatten. Ich dachte an alle vier Opfer gleichzeitig. An die Münzen in ihren Händen. An die vier Herrscher, zu denen die Münzen gehörten. Die einzige Erkenntnis, die wir nach den vier Morden über die Täter mit Sicherheit gewonnen hatten: Sie fuhren einen weißen Minibus. Bei den Mördern handelte es sich zweifellos um gebildete Leute. Gebildet und gut organisiert. Dann dachte ich über uns nach. Wie wir seit Tagen herumwirbelten. Und noch immer keinen vernünftigen Hinweis in Händen hielten. Ich saß auf meinem Bett und grübelte, als es an der Tür klingelte.

O nein, das musste Ali sein. Wir wollten frühmorgens zu Âdem Yezdan fahren. Ich hatte den Wecker gestellt, aber offenbar den Alarm überhört. Was für eine Blamage, dachte ich, sprang aus dem Bett und riss das Fenster auf. Es war merklich abgekühlt. Ein frischer Wind schlug mir ins Gesicht, ich schauderte und wurde jetzt erst richtig wach. Ich beugte mich hinaus. Das war nicht Ali, vor der Tür stand in seiner Bärengestalt Demir. Als er das Fenster aufgehen hörte, hob er den Kopf.

»Nevzat, mach die Tür auf, Junge!«

»Ja, ja, ich komme.«

Kurz darauf stand ich unten und bat meinen Freund, der mit einer Tüte in der Hand vor der Tür stand, herein.

»Ich komme gar nicht erst rein«, sagte er. »Was bist du für ein Langschläfer! Dein Handy ist nicht zu erreichen, ans Haustelefon gehst du nicht, ich dachte schon, du hättest einen Herzinfarkt.«

Mühsam unterdrückte ich ein Gähnen.

»Ich kann dir sagen, Demir, seit drei Nächten habe ich nicht richtig geschlafen. Gestern Nacht bin ich schier bewusstlos ins Bett gefallen.«

Er musterte mich besorgt.

»Arbeite nicht so viel, Nevzat. Du bist längst über die besten Jahre hinaus, du musst auf dich achtgeben.«

Das wusste ich selbst, doch wie sollte das gehen, wenn ein paar Psychopathen jede Nacht jemanden massakrierten?

»Egal, lassen wir das, erzähl du. Auf welchem Berg ist ein Wolf umgekommen? Du stehst ja nicht gerade oft bei mir vor der Tür.«

Seine Miene spiegelte künstliche Empörung.

»Du bist es, der nicht oft vorbeischaut! Immer müssen wir nach dir fragen.«

Mensch, ich hab gerade eben von dir geträumt, konnte ich natürlich nicht sagen.

»Ich war erst vorgestern Abend bei euch.«

»Weil wir dich eingeladen hatten.«

»Das ist nicht gerecht«, beschwerte ich mich freundschaftlich. »Wäre Bahtiyar nicht unter ein Auto geraten und hätte ich ihn nicht zu dir gebracht, wäre ich euch wohl kaum in den Sinn gekommen. Auch früher habe immer ich angerufen …«

»Was für ein Undank! Hast du es wirklich vergessen? Auf dem Weg zur Schule habe ich zuerst dich abgeholt und erst anschließend Handan und Yekta.«

So war es, Demir war stets früher auf den Beinen als wir anderen. Denn er musste sehr früh wach sein, um ein Auge auf seine an Alzheimer leidende Mutter zu haben. Man wusste nie, wann sie schlief und wann sie erwachte. Wenn es ihr einfiel, ging sie aus dem Haus. Man fand sie mal in Fener Kerzen für christliche Heilige anzünden, mal in Eyüp zu islamischen Heiligen beten. Demirs Kindheit war schlimmer als unsere, doch er ließ es sich nie anmerken. Der Grund dafür, dass er, kaum erschien die Haushaltshilfe, das Haus verließ, mochte auch sein Wunsch gewesen sein, der unguten Atmosphäre zu entfliehen. Es überraschte mich nicht wirklich, dass der selbstsichere Koloss vor meiner Haustür mein wortkarger Jugendfreund war. Ich weiß nicht, welches Trauma tief in seiner Seele steckte, doch im Grunde zeigte sich schon früh: Aus Demir, der in so jungen Jahren nicht zerbrochen war, ja, der niemals auch nur geklagt hatte, würde trotz allem Unglück ein starker und selbstbeherrschter Mann werden. Mich freute außerordentlich, dass es tatsächlich so gekommen war.

»Und sonntags holte ich dich zu Hause ab«, neckte ich den alten Freund. »Dein Vater erlaubte dir nie, Fußball zu spielen. War nicht ich es, der mit der Ausrede, wir würden zusammen lernen, dich herausholte?«

Sein Blick ging in die Ferne, seine Miene heiterte sich auf.

»Stimmt, das hast du getan. Und einmal hat er uns erwischt. Erinnerst du dich? Am Montag schreiben wir eine Mathearbeit, wir müssen lernen, lautete unsere Ausrede für meinen Vater. Im nächsten Augenblick waren wir im Garten des Priesters, um mit Jungs aus Fener zu bolzen. Aber mein Vater misstraute uns und schlich uns hinterher. Kaum hatte das Spiel begonnen, zog er uns an den Ohren vom Platz.«

Daran erinnerte ich mich gut, zwei Tage lang brannte mir das Ohr. Als reichte es nicht, dass er uns die Ohren langzog, lieferte er mich auch noch zu Hause bei meinem Vater ab. Der bedankte sich nett und putzte anschließend mich herunter, weil ich gelogen hatte.

»Es waren schöne Zeiten«, murmelte ich. »Trotz allem war es schön.«

Ein Hauch von Traurigkeit überzog sein breites Gesicht.

»Ja, trotz allem waren es schöne Zeiten.« Kaum hatte er das gesagt, fürchtete er wohl, sentimental geworden zu sein, denn er wechselte abrupt das Thema. »Gehen wir!«

»Wohin?«

Er hob die prall gefüllte Tüte.

»Na, frühstücken natürlich! Als Yekta erzählte, dass du gestern Morgen bei Maître Arif gefrühstückt hast, konnten wir es nicht länger mit ansehen, lassen wir den alten Bullen nicht allein, sagten wir uns.« Er grinste breit. »Spaß beiseite, hauen wir uns kräftig den Magen voll. Yekta hat längst Tee aufgesetzt.«

Ich freute mich ehrlich über die Einladung, aber ich konnte sie nicht annehmen.

»Danke, Demir, wirklich. Das wäre klasse, aber wir müssen noch heute früh einen Besuch machen. Gleich kommt Ali und holt mich ab.«

»Wer ist Ali?«

Da hupte es, und unsere Köpfe flogen herum. Unser Räuber bremste scharf und hielt neben dem Gehsteig.

»Mein Assistent, der eines Tages noch meinen Tod verursachen wird.«

Demir lachte nicht, kühl taxierte er Ali, der uns aus dem Wagen heraus fröhlich zuwinkte. Dann wandte er sich erneut mir zu.

»Na gut, vielleicht ein anderes Mal. Aber warte nicht auf eine Einladung. Wir sind doch keine Fremden! Ein Anruf genügt.«

»Okay, ich ruf an. Versprochen.«

Er drehte sich schon zum Gehen, als ich ihn aufhielt. »Du hast gar nicht von Bahtiyar erzählt. Wie geht es dem armen Kerl?«

»Gut, gut, der Herumtreiber fängt schon an, nach Hündinnen zu schnuppern. Du wirst es sehen, wenn du kommst. Tschüss dann …«

Plötzlich fiel mir die Einladung für den nächsten Abend ein.

»Demir, warte, warte eine Minute. Wir sehen uns doch morgen Abend, nicht?«

Verständnislos starrte er mich an.

»Sag nicht, du hast es vergessen! Wir wollten zu Evgenias Taverne.«

Panik flog ihn an.

»Mensch, ja, wir wollten ins Tatavla. Das haben wir der Frau versprochen.«

»Genau, ihr habt es versprochen. Ich bitte euch wirklich, Demir. Keine Ausrede. Wenn ihr nicht kommt, krieg ich den Ärger.«

Er lächelte spöttisch.

»Stell dich nicht so unter den Pantoffel.«

»Klar, ein Junggeselle weiß, wie man sich scheiden lässt. Du hattest ja nie eine Liebste …« Kaum war der Satz heraus, ging mir auf, was für einen Bock ich da geschossen hatte. »Ach Mann, komm schon, ihr habt es versprochen, jetzt haltet euch dran«, versuchte ich es vergeblich zu überspielen. Demirs Ausdruck war schlagartig verändert. Doch er tat, als wäre nichts geschehen.

»Schon gut, Nevzat«, sagte er hastig. »Keine Sorge, wir kommen.«

Rasch drehte er den Kopf weg, um die in Traurigkeit schwimmenden Augen zu verbergen. Wieder einmal war mir, als beobachtete uns von irgendwoher Handans Gespenst.

»Justinian war der mächtigste Kaiser Ostroms.«

Der dreistöckige Steinbau der Firma Dersaadet Tourismus prunkte wie ein falscher römischer Palazzo auf dem Rücken des Stadtviertels Cankurtaran. Hinter dem Portikus, getragen von sechs im Abstand mehrerer Meter aufgereihten Marmorsäulen, gelangte man über breite Stufen zu der Eingangstür aus Massivholz. Als Ali den Wagen vorfuhr, klatschten die ersten Tropfen auf die Windschutzscheibe. Zunächst ein Trippeln, dann heftiges, wütendes Trommeln. Sturmböen. Donner nach Blitzen, die weiter unten über das Marmarameer zuckten. Doch uns kümmerten weder die schwarzen Wolken noch die den Himmel zerfetzenden Blitze oder der Sturzregen. Wir fürchteten, Âdem Yezdan verpasst zu haben.

»Er wollte auf uns warten, oder?«, fragte ich Ali, während er den Wagen direkt vor die Treppe lenkte. »Es ist schon fast elf.«

»Er wird wohl warten, Hauptkommissar.« Sein Ton klang wenig hoffnungsvoll. »Ich hatte diesem Typ, diesem Ercan gesagt, wir sind um halb elf da, aber …«

Nicht nur mich, auch ihn hatte der Schlaf übermannt, genau wie sein Hauptkommissar hatte er den Wecker am Morgen überhört. Hätte Zeynep nicht hartnäckig das Telefon klingeln lassen, wäre er womöglich erst gegen Mittag aufgewacht. Deshalb fühlte er sich schuldig.

»Mach dir nichts draus, Ali«, versuchte ich ihn zu trösten. »Würden sie nicht warten, hätten sie angerufen und gefragt, wo wir bleiben. Ich glaube kaum, dass Ercan riskiert, es sich mit uns zu verscherzen.«

Das sagte ich zwar, war mir aber selbst nicht sicher, wie man uns empfangen würde. Doch kurz darauf erkannten wir, dass unsere Sorge unbegründet war. Unser Wagen war kaum vorgefahren, noch hatte Ali den Motor nicht ausgeschaltet, da standen zwei Riesenkerle mit gewaltigen Regenschirmen neben unseren Türen. Sie hatten allerdings keinerlei Ähnlichkeit mit den ungeschlachten jungen Hünen vom Clan, die wir in Necdets Haus gestellt hatten. In ihren schwarzen Anzügen, mit breiten Schultern, einer Größe von mindestens eins achtzig und den Flat-Top-Frisuren erinnerten sie weniger an Objektschützer als vielmehr an erstklassige Polizisten im Personenschutz von Staatspräsidenten. So reserviert wie höflich öffneten sie unsere Türen.

»Kommen Sie.« Sie hielten die Schirme über die Türen. »Bitte kommen Sie.«

Wo sind wir denn da gelandet, sagten die Blicke, die mein Assistent und ich grinsend wechselten.

»Wir kommen, du Recke.« Ali sprang aus dem Wagen. Kaum stand er und hatte den Securitymann, der ihn um mindestens eine Kopflänge überragte, von oben bis unten gemustert, konnte er es sich nicht verkneifen zu spotten: »Da sind wir. Sag mal, so dieselbe Größe, dieselbe Figur, aus welcher Baumschule stammt ihr denn?«

Der junge Wachmann verstand kein Wort.

»Bitte?«

»Ach, lass es.« Ali winkte ab und marschierte los. »Ich frage besser den Mann, der euch züchtet.«

Der Mann, der sie züchtete, stand vor der auf alt getrimmten Massivholztür und lächelte uns selbstgefällig entgegen wie ein römischer Kampftrainer, der sich seiner Gladiatoren rühmt. Ercan. Der ehemalige Polizist Ercan Sungur. Als er meinen Blick auffing, winkte er, als wären wir beste Freunde.

»Hallo, Hauptkommissar!« Ungeachtet des prasselnden Regens kam er ein paar Treppenstufen herunter, um uns zu begrüßen. »Herzlich willkommen!«

»Danke schön.« Ich sprang hinauf, damit Ercan nicht nass wurde, nahm zwei Stufen auf einmal. »Wir sind spät dran, entschuldigen Sie.«

Freundschaftlich drückte er die Hand, die ich ihm entgegenstreckte.

»Ach was, mein Lieber! Ich bin auch eben erst zur Tür gegangen.« Meinen finster dreinblickenden Assistenten begrüßte er mit einem Kopfnicken. »Guten Tag, Kommissar Ali. Auch Sie sind willkommen!«

Ali grummelte nur. Er hatte nicht vergessen, dass Ercan ihn im Revier übergangen hatte. Dabei war unser Exkollege geneigt, die Ärgernisse beiseitezuschieben.

»Sie sind doch nicht zu spät.« Nun stapfte er mit uns gemeinsam die Stufen empor. »Wir sind sowieso immer hier.« Er schenkte meinem Assistenten ein Lächeln. »Seit dem Anruf von Kommissar Ali erwarten wir Sie. Âdem Bey ist Frühaufsteher. Obwohl er erst heute Nacht aus Moskau zurückkam, war er heute Morgen noch vor uns in der Firma.«

Das war eine gute Nachricht. Endlich würden wir diesem berühmt-berüchtigten Âdem Yezdan gegenüberstehen. Gerade wollten wir durch den geöffneten Türflügel eintreten, da klingelte mein Handy, das mich scheinbar nie in Ruhe ließ. Ausgerechnet. War es Evgenia? Seit gestern hatten wir nicht miteinander geredet, wahrscheinlich machte sie sich Sorgen. Vielleicht wollte sie mich auch an die morgige Einladung erinnern. Doch es war nicht Evgenia, es war eine andere Frau, eine Frau, die ich dieser Tage öfter sah als meine Liebste, Leyla Barkın, die seltsamerweise nach jedem neuen Mord anrief.

»Geht schon mal rein, ich bin gleich bei euch«, sagte ich zu Ercan gewandt, bevor ich das Gespräch annahm.

Doch Ali wollte nicht.

»Nein, Hauptkommissar, ich warte auf Sie.«

War der Junge durch irgendetwas beunruhigt? Ich taxierte Ercan und seine beiden Wachleute. Sie wirkten nicht besorgniserregend. Ich verstand, Ali wollte einfach mit diesen Männern, die er nicht leiden konnte, nicht allein sein.

Der Chef von Alis Hassobjekten sagte: »Dann warten wir auch.« Ercan gab sich vertraut, als wäre er mein zweiter Assistent. »Macht ja nichts, Hauptkommissar. Führen Sie Ihr Gespräch, anschließend gehen wir rein.«

»Gut, ich fasse mich kurz.« Rasch strebte ich in die Ecke des breiten Portikus, der uns alle vor dem Regenguss schützte. Als ich weit genug entfernt war, nahm ich das Gespräch an.

»Guten Morgen, Leyla Hanım. Wie geht es Ihnen?«

»Gut, gut, Nevzat Bey. Mir geht es gut, aber es wurde schon wieder eine Leiche gefunden.«

Die Enttäuschung in ihrer Stimme war unüberhörbar, oder sie sprach bewusst in diesem gekränkten Ton, damit ich sie heraushörte.

»So ist es leider. Und zwar nicht am Mädchenstein, sondern an einem völlig unerwarteten Ort, an der Hagia Sophia.«

Sie zögerte kurz, dann begann sie, sich zu verteidigen. »Sie geben mir doch keine Schuld daran, oder? Sie wollten, und zwar sofort, dass ich Ihnen ein Monument nenne, das nach Theodosius II. errichtet wurde. Ich weigerte mich sogar zunächst, aber Sie drängten mich. Der Geschichtsabschnitt, den ich bedenken sollte, war einfach zu groß, in dem Zeitraum wurden unendlich viele Bauwerke erstellt… Wie hätte ich ahnen sollen, dass die Mörder sechs Kaiser überspringen und auf die

Hagia Sophia verweisen würden, die rund achtzig Jahre später erbaut wurde?«

All das sprudelte sie geradezu hervor. Sie hatte durchaus recht. Das hinderte mich nicht daran, sie zu beargwöhnen, allerdings war es viel zu früh, ihr das zu offenbaren oder sie zu bezichtigen.

»Ich bitte Sie, es gibt überhaupt keinen Grund, gekränkt zu sein. Ich gebe Ihnen doch keine Schuld.«

»Aber ...«

»Nein, bitte denken Sie so etwas nicht. Wir sind ein Team. Wenn ich jemandem Schuld gebe, dann mir. Wie Sie sagen, ich war es, der Sie zu Ihrer Vermutung gedrängt hat. Nein, dafür suche ich keinen Schuldigen. Wie können wir unsere Vermutung für das nächste Mal fokussieren, darüber denke ich nach.«

»Sie meinen also, die Morde gehen weiter?«

»Was denken Sie denn?« Als sie schwieg, drang ich in sie. »Glauben Sie etwa, das war's?«

Statt eine klare Antwort zu geben, fing sie an auszubreiten, was ihr durch den Kopf ging, als würde sie laut denken.

»Die Hagia Sophia ist das prächtigste religiöse Monument Ostroms. Ein prunkvolleres Bauwerk wurde nie wieder in Konstantinopel errichtet. Und Justinian war der mächtigste Kaiser von Ostrom. Nach Justinian verlor Ostrom seine alte Macht. Wenn die Botschaft der Mörder sich auf die Prachtzeit Roms bezog, ist anzunehmen, dass die Morde ein Ende haben.«

»Und wenn nicht?«

Sie schwieg, sekundenlang.

»Ich weiß es nicht, Nevzat Bey«, gestand sie endlich. »Das ist nichts, worüber sich am Telefon reden lässt. Ich habe nicht allzu viel zu tun heute, aber ich muss im Museum bleiben. Können Sie herkommen? Dann reden wir.«

Aus dem Augenwinkel blickte ich zu meinem Assistenten hinüber, der ruhig zwischen den beiden Wachleuten und dem Expolizisten Ercan stand. Auch er sollte ein Auge auf Leyla Barkın werfen. Falls die Frau vor mir etwas verbarg, würde es Alis jungen Augen nicht entgehen.

»Gut, wir kommen, das heißt, ich komme zusammen mit Kommissar Ali. Sie haben ihn ja schon kennengelernt.«

Leyla erfasste die subtile Bitte sofort.

»Natürlich, bringen Sie ihn gern mit«, stimmte sie höflich zu. »Das bringt dann ein wenig Leben in unser Gespräch.«

Fast hätte ich losgeprustet, ich beherrschte mich mühsam.

»In Ordnung, Leyla Hanım, wir sehen uns.«

»Alle Morde haben mit der Geschichte dieser Stadt zu tun, Âdem Bey.«

Innen war der Unternehmenssitz, in dem Âdem Bey uns empfing, nichts anderes als ein Palast. Hinter der Massivholztür mit den ausladenden Flügeln erwartete uns eine Diele mit zwei steinernen Säulen, auf denen doppelköpfige byzantinische Adler hockten. Im Hintergrund führten sechs Marmorstufen in einen weitläufigen Saal hinunter. In der breiten Wand links drei massive Holztüren. Die Wand rechts erstreckte sich bis zur gegenüberliegenden Fensterfront, die aus einer einzigen Scheibe bestand. Hinter dem Glas wogte das Marmarameer.

Als wir die Stufen zum Saal hinunterschritten, fielen mir die Öllampen auf, die im Abstand von je einem Meter die Wand rechts zierten. Darunter standen Ottomanen, wie man sie in antiken römischen Palästen fand. Darauf pflegten sich die römischen Adligen auszustrecken, Wein zu trinken, Obst zu verzehren und zu plaudern. Zweifellos würde sich heutzutage niemand mehr auf diese Sofas legen, doch Âdem Yezdan, der jedes Detail bedachte, damit seine Gäste sich in den Palazzo eines betuchten edlen Römers oder eines großen Heerführers versetzt fühlten, hatte auch auf diese wichtigen Stücke nicht verzichtet. Das war längst nicht alles, zwischen den Ottomanen standen in gleichmäßigen Abständen Marmorbüsten. Vermutlich handelte es sich um Skulpturen römischer Kaiser. Es mochten keine Originale sein, den Bildhauern war es aber gelungen, sie echt wirken zu lassen.

»Was ist das denn?« Wenige Meter entfernt hielt Ali inne und zeigte auf ein im Boden eingelassenes Glasfenster. »Ist das die Altstadt?«

»Sehr gut, Kommissar!«, lobte Ercan. »Auf den ersten Blick erkannt. Die meisten Fremdenführer gucken und gucken und erkennen es doch nicht.«

»Hagia Sophia, Blaue Moschee, Topkapı-Serail.« Ali trat ein paar Schritte zurück. »Sieht tatsächlich wie ein Adlerkopf aus, Hauptkommissar.«

Unter dem dicken Glas lag ein Modell von etwa drei Metern Länge und zwei Metern Breite. Der Fußboden war mindestens einen halben Meter tief ausgehöhlt worden, um das Modell einzubauen. Auf den ersten Blick erkannte ich, worauf Alis Bemerkung abzielte. Der Adlerkopf, den Zeynep uns vor wenigen Tagen am Computer gezeigt hatte. Im Unterschied zu der Zeichnung auf dem Bildschirm zeigte dieses von blauer Farbe gerahmte Modell auch die historischen Bauten. Und zwar auch solche, die zerstört worden und der Vergangenheit anheimgefallen waren. Mir fiel ein Bauwerk an der Spitze der Halbinsel in Sarayburnu auf. Es erinnerte an einen Tempel. Genau dort, wo wir den Leichnam von Necdet Denizel gefunden hatten. Dort, wo heute das Atatürk-Denkmal stand. Auf dem Boden befand sich kaum lesbar ein Schriftzug. Ich setzte die Lesebrille auf und entzifferte: Poseidon-Tempel. Der Tempel, von dem Leyla Barkın gesprochen hatte. Wo Necdet Denizel ihr den Heiratsantrag gemacht hatte. Ich nahm die Brille ab und zog eine gedachte Linie vom Poseidon-Tempel zur Konstantinssäule, die der Kaiser zur Erinnerung an die Ausrufung der Metropole zur Hauptstadt des Römischen Reiches errichtet hatte. Ja, dort stand das Modell der Konstantinssäule. Dort hatten wir den Leichnam von Mukadder Kınacı gefunden. Ringsum befanden sich weitere Monumente. Bauten sowohl aus römischer wie auch aus osmanischer Zeit. Gleich hinter der Säule lag die Atik-Ali-Moschee, an der Ecke gegenüber die Köprülü-Mehmed-Pascha-Moschee. Auf dem Platz mit der Säule wieder Buchstaben. Ich konnte sie lesen, als ich genauer hinschaute. Konstantin-Forum. Nun zog ich die gedachte Linie in die Richtung weiter, in die Mukadder Kınacıs Hände gewiesen hatten. Über die Straße, auf der »Mese« stand, erreichte ich zunächst den heutigen Beyazıt-Platz, der mit »Tauri-Forum« beschriftet war. Wieder römische Bauten, weiter die Beyazıt-Moschee, der erste Palast, den Mehmed Fatih hatte erbauen lassen, dort, wo heute die Universität Istanbul residierte. Anschließend bog ich nach unten ab, auf dem Grund entzifferte ich die Buchstaben »Bovis-Forum« und kam bei dem Komplex heraus, der heute vermutlich Aksaray war. Als ich dann noch die als Arkadius-Forum beschriftete Gebäudeansammlung passierte, wo eine Säule gleichen Namens stand, gelangte ich zu dem Platz, an dem die Stadtmauern endeten, wo das dritte Opfer, der Journalist Şadan Duruca, platziert worden war. Ich hielt mir vor Augen, in welche Richtung die aneinandergefesselten Hände des Opfers wiesen, und verfolgte nun den Weg, den ich hergekommen war, wieder zurück. Da fand ich mich bei der Hagia Sophia wieder, wo wir unser letztes Opfer gefunden hatten, den Architekten Teoman Akkan. Den Leichnam positionierte ich in der Gasse oberhalb des prächtigen Gotteshauses, also nicht weit entfernt vom Eingang zur heutigen Cafer-Ağa-Medrese. Dann breitete ich zu beiden Seiten seine Arme aus und zerbrach mir erneut den Kopf darüber, worauf die Mörder uns hinweisen wollten. Die linke Hand zeigte klar zum Topkapı-Serail, die rechte Richtung Beyazıt, Fatih und Yavuz-Selim-Moschee. Oder auf andere römische oder osmanische Bauten, an die wir gar nicht gedacht hatten. Gequält glitt mein Blick auf die Plastik vor dem Modell der Hagia Sophia. Um sie zu betrachten, musste ich mich hinhocken.

Es war das Denkmal eines Mannes auf einem Pferd. Vermutlich ein Kaiser.

»Justinian«, sagte eine kräftige Stimme. »Bei dem Reiter handelt es sich um Justinian den Großen. Der Mann, der die Hagia Sophia, wie wir sie heute kennen, bauen ließ. Sein Denkmal aber verfiel bereits vor langer Zeit.«

Noch immer in der Hocke drehte ich den Kopf. Vor mir stand ein Mann in hellbraunem kragenlosen Anzug, in der Rechten einen mit Schnitzereien verzierten hölzernen Spazierstock, der Knauf war aus Elfenbein. Ich stand auf. Er war von untersetzter, kräftiger Statur mit breiten Schultern. Die Haare geschoren, wohl deshalb stachen seine braunen Brauen hervor, die erdfarbenen, von langen Wimpern beschatteten Augen wirkten beeindruckend. Den dünnen, graumelierten Schnurrbart über den Lippen rundete ein schmaler Kinnbart ab.

»Guten Tag.« Sein Lächeln konnte mich von seiner Aufrichtigkeit nicht recht überzeugen. Er streckte mir die Hand entgegen. »Ich bin Âdem Yezdan. Und Sie …«

»Nevzat.« Ich griff nach seiner Hand. »Hauptkommissar Nevzat.« Mit dem Kopf deutete ich auf meinen Assistenten. »Und das ist Ali, Kommissar Ali.«

»Guten Tag, Kommissar Ali. Herzlich willkommen.« Er wartete nicht ab, was Ali sagen würde, sondern richtete den Blick auf die Skulptur vor der Hagia Sophia und sprach weiter: »Wir heutigen Bewohner von Istanbul sind uns dessen kaum bewusst, doch Justinian gehört zu den Herrschern, die dieser Stadt einen ungeheuer großen Gefallen taten. Er baute die beim Nika-Aufstand zerstörte, in Ruinen liegende Stadt neu auf. Ich rede nicht allein vom Bau der Hagia Sophia. Er ließ den Großen Palast, das Zeuxippos-Hamam, alle Bauten am Forum und den Senat restaurieren. Justinian ist höchstens unserem Sultan Süleyman dem

Prächtigen vergleichbar. Beide lebten in den herrlichsten Jahren ihrer jeweiligen Reiche.«

Verblüfft hörte ich Âdem Yezdan zu. Mein Gegenüber war kein Sklave seiner Profitgier, sondern wie Leyla Barkın ein Mensch, der sich in der Geschichte dieser Stadt auskannte und Istanbul offenbar leidenschaftlich liebte. Obendrein redete er akzentfrei und ohne jede sprachliche Unsicherheit. Er beherrschte Türkisch so ausgezeichnet, dass mancher geborene Istanbuler ihn beneidet hätte. Mit dem Stock deutete er auf den berittenen Kaiser.

»Justinian und Sultan Süleyman hatten sogar ein ähnliches Liebesleben.« Ein anzügliches Schmunzeln lag auf seinen Lippen. »Jeweils einer Frau kam eine wichtige Rolle zu. Kaiserin Theodora bei dem einen, Hürrem Sultan bei dem anderen. Manche mögen sagen, diese Frauen führten sie in die Irre, doch diese beiden großen Herrscher gaben ihre geliebten Frauen niemals auf. Und beiden starb die Liebste, bevor sie selbst das Zeitliche segneten.« Als fürchtete er, wir könnten ihn missverstehen, hob er den Zeigefinger der stocklosen Hand. »Doch die Ähnlichkeiten beschränken sich nicht darauf. Obwohl beide für eine ganze Reihe bedeutender Bauten in dieser Stadt sorgten, denkt man heute vor allem aufgrund zweier Gotteshäuser an sie. Hagia Sophia und Süleymaniye-Moschee. Die ewiglichen Tempel dieser Stadt.« Stolz ergänzte er: »Ach ja, unser Sultan Süleyman war dann doch überlegen. Ein ausgezeichneter Dichter. Sie kennen seine Zeilen: ›Nichts schätzt das Volk so hoch wie das Glück / Wie ein gesunder Atem auf Erden ist das Glück.‹« Als wir nicht reagierten, legte sich ein generöses Lächeln auf seine dicken Lippen. »Ich bereite Ihnen Kopfschmerzen, nicht wahr? Tut mir leid, wenn die Rede auf Geschichte kommt, kann ich mich nicht beherrschen. Dabei sind Sie ja wegen viel wichtigerer Dinge hier.«

Ich breitete die Arme aus.

»Unsere Ermittlungen sind nicht losgelöst von der Geschichte.« Ich zeigte auf das Modell. »Besser gesagt, von der Geschichte Istanbuls.«

Er schien nicht zu verstehen, worauf ich hinauswollte.

»Alle Morde haben mit der Geschichte dieser Stadt zu tun, Âdem Bey.«

Neugier huschte über sein Gesicht, dann glitt sein Blick zu den beiden wie geklont einander gleichenden Wachleuten, die wenige Schritte hinter uns standen.

»Einen Augenblick, Hauptkommissar.« Er wandte sich an unseren Exkollegen, der mit verschränkten Armen dastand. »Ercan, schick doch die Jungs weg.«

Mit flinken Schritten war Ercan bei den Wachleuten und flüsterte ihnen etwas ins Ohr. Wie zwei Legionäre, die dem Befehl ihres Kohortenführers nachkommen, verließen sie durch die erste Tür links wortlos den Saal.

»Sie sagen, die Morde haben mit Istanbul zu tun?« Nachdenklich kratzte Âdem Yezdan sich den Bart. »Wie kommen Sie darauf?«

Es war an der Zeit, die Karten auf den Tisch zu legen.

»Die Mörder präsentieren ihre Opfer an historischen Stätten. An Orten, die eine Bedeutung für diese Stadt haben.«

Er schloss beide Hände um den Stock.

»Sieht ganz danach aus. Ercan hat es mir erzählt.«

»Hat er auch erzählt, dass sie den Opfern Münzen in die Hände legen?«

Das war eine Falle. Wir hatten weder Ercan noch der Presse etwas von den Münzen gesagt. Von den Metalltalern wussten nur wir und die Mörder. Ich richtete den Blick auf unseren ehemaligen Kollegen. Wie würde er reagieren? Doch Ercan tappte nicht in die Falle oder wusste tatsächlich nichts von den Münzen.

»Ach … Sie geben ihnen Münzen?«

Gleich Ercan riss auch Âdem Yezdan die Augen auf, mehr noch, er ließ verblüfft das Kinn hängen.

»Etwa meine Münzen?«

Waren das schiefe Gesicht, die zitternde Stimme echt, oder handelte es sich um Mimik und Verhalten in einem Szenario, das ein Verdächtiger, der etwas zu verbergen trachtete, genauestens einzuhalten hatte? Das war schwer zu entscheiden. Ich gab mich vollkommen arglos.

»Ihre sind noch nicht an der Reihe. Ihre Münzen stammen ja aus der Zeit der Osmanen und der türkischen Republik. Das hat zumindest Ercan Bey gesagt.«

»Richtig.« Er nickte mir zu. »Ja, ich sammle osmanische und türkische Münzen.«

»Die Mörder dagegen benutzten Münzen, die in den vorangegangenen Epochen geprägt wurden. Münzen von Byzas, Konstantin, Theodosius II. und Justinian. Also welche aus Necdet Denizels Kollektion.«

Erst riss er die Augen weit auf, dann senkte er rasch die Lider.

»Vier Herrscher. Sie nennen vier Herrscher. Also vier Münzen. Aber wurden nicht drei Morde begangen?«

Er wusste also noch nichts von dem Opfer, das wir letzte Nacht gefunden hatten, oder wollte uns das glauben machen.

»Das vierte Opfer wurde heute Nacht in einer Nebengasse der Hagia Sophia abgelegt. In die rechte Hand hatte man ihm eine Münze von Justinian gesteckt.«

Âdem Yezdan schluckte, als hätte er Durst.

»Wer? Wer ist das vierte Opfer?«

Ich trat einen Schritt auf ihn zu, bevor ich Auskunft gab.

»Teoman Akkan.« Ich blickte ihm in die hellbraunen Augen. »Er war Architekt.«

Er hatte keine Chance, die Sorge in seinen größer werdenden Augen zu verbergen.

»Kannten Sie ihn?«, drängte ich. »Alle Opfer haben etwas mit dem Baugeschäft zu tun.«

»Auch wir bauen. In Istanbul zu bauen ist schwieriger, als ein Kamel zum Sprung über einen Graben zu bewegen. Aus genau diesem Grund habe ich ja auch Necdet eingestellt. Gott hab ihn selig, er war ein kenntnisreicher, wertvoller Mensch, der sein Gebiet beherrschte. Auch mit Mukadder Bey war ich im Gespräch. Der Selige war in der Stadtverwaltung tätig, wir hatten notgedrungen wegen Genehmigungen und Unterlagen Kontakt. Gut möglich, dass mir auch die beiden anderen Verstorbenen unterkamen. Im Tourismussektor haben Sie mit vielen Menschen zu tun. Notgedrungen machen Sie da Bekanntschaften.«

»Ist das Wort ›bauen‹ nicht ein wenig zu harmlos?«, grummelte Ali. »Es geht ja nicht um ein Haus, Sie haben doch ein riesiges Projekt vor.« Er deutete auf Ercan. »Das hat unser ehemaliger Kollege gesagt.«

»Richtig.« Seinem Mann gönnte er keinen Blick. »Ein Megaprojekt. Ein Komplex, der der Altstadt auf der historischen Halbinsel würdig ist. Sowohl modern als auch im Einklang mit der Vergangenheit. Womöglich das größte Bauvorhaben dieses Jahrhunderts. Es wird nicht allein für die Türkei von enormer Bedeutung sein, sondern für den Tourismus in der ganzen Welt. Wir wollen symbolisch auf alle wichtigen Bauwerke der historischen Halbinsel hinweisen. Auf Bauten wie Hagia Sophia, Süleymaniye-Moschee und Topkapı-Serail, die heute noch existieren, aber ebenso auf jene, die längst verfallen und Geschichte sind.« Er deutete mit dem Stock im Modell auf Sarayburnu, wo wir das erste Opfer gefunden hatten. »Zum Beispiel auf den Poseidon-Tempel, von dem keine Spur mehr vorhanden ist, oder auf den in Ruinen liegenden Bukoleon-Palast.« Die Spitze seines Stocks schwebte über der Konstantinssäule. »Und auf die Bauten auf dem Konstantin-Forum.« Der Stock glitt weiter nach oben, gelangte zum Palast am Ende der Landmauern, die sich bis zum Goldenen Horn hinzogen. »Auch auf den Tekfur-Palast, das einzige Überbleibsel des Blachernen-Palastes, werden wir mit unserem Projekt hinweisen. Die meisten Leute haben keine Ahnung von diesen Monumenten. Wir wollen also mit dem Bau des großen Einkaufs- und Vergnügungszentrums den Menschen unsere Vergangenheit nahebringen …«

Beim Sprechen begeisterte Âdem Yezdan sich zunehmend, und mit der Euphorie zeigten seine Mimik und jedes Funkeln in seinen Augen, wie stark sein Glauben an das Projekt war. Unseren Ali schien all das kaltzulassen. »Das sagen Sie, aber es gibt auch Leute, die Ihr Projekt für äußerst fragwürdig halten«, schnitt er dem Mann das Wort ab. »Sie sagen, es zerstöre das historische Geflecht.« Er beugte sich zum Modell hinunter. »Es heißt, das Projekt könnte negative Auswirkungen auf die noch vorhandene historische Bausubstanz haben.«

Âdem Yezdan runzelte die Stirn, war aber klug genug, sich nicht provozieren zu lassen. Falls er sich ärgerte, gelang es ihm doch, es hinter einem kalten Lächeln zu verbergen.

»Das ist ganz falsch gedacht. Das sind altmodische Ideen. Der Hauptkommissar wird sich erinnern. Dieselben Einwände wurden auch gegen den Bau der ersten Bosporus-Brücke vorgebracht. Es hieß damals, Istanbuls Geflecht wird zerstört, die Schönheit geht verloren. Und heute reden wir davon, weitere Brücken über den Bosporus zu bauen. Die Methode, historische Stätten zu schützen, besteht darin, sie ins Alltagsleben zu integrieren.«

Das ging mir dann doch zu weit.

»Auch um den Preis, historische Bauwerke zu zerstören?«

Er war pikiert, schob den Stock in die andere Hand.

»Die Bauwerke werden sowieso zerstört. Seit das Areal zum Schutzgebiet erklärt wurde, sind derart viele Monumente verfallen. Der Denkmalschutz erlaubt nicht, einen einzigen Nagel einzuschlagen, und weil nicht restauriert werden kann, verschwinden die Bauten. Unser Ziel ist es dagegen, mit den neuen Gebäuden, die wir neben die historischen Bauwerke setzen, die Vergangenheit in die Gegenwart herüberzuretten. Antiquierte Akademiker und linke Gesinnung, die bei jeder Gelegenheit nur auf Miesmacherei aus ist, begreifen das natürlich nicht …«

»Ist das da ein Palast?«

Alis Frage unterbrach Âdem Yezdans erregte Rede. Mein Assistent zeigte auf das weitläufige Areal direkt unterhalb der Blauen Moschee. Durch eine schmale Mauer stach das Gebiet besonders hervor. Auf dem Grund stand »Großer Palast«.

»Der Große Palast«, bestätigte der Unternehmer. »Das Magnum Palatium des Römischen Reiches. Unter Konstantin wurde mit dem Bau begonnen, doch im Laufe der Jahrhunderte wurde er durch immer neue Gebäude erweitert. Schauen Sie, hier ist der Haupteingang, genannt Halke, hier das Gebäude für die Garde, der Saal, wo der Beraterstab des Kaisers tagte, das Gebäude dort ist der Audienzsaal, diese Freifläche hier der Platz für die Spiele. Großartig, nicht wahr?« Mit dem Stock zog er eine Linie von Sultanahmet zur blauen Fläche nach unten. »Stellen Sie sich ein Rechteck vor, das längs vom Hippodrom bis zum Marmarameer reicht und quer vom Hinterhof der Sultanahmet-Moschee bis zur hinteren Mauer der Hagia Sophia: Diesen gesamten Raum nahm der Große Palast ein.«

Wie mit einer schwierigen Aufgabe konfrontiert, hob Ali die Hand unters Kinn.

»Dieses Gebäude hier, in dem wir uns jetzt befinden, steht dann auch innerhalb der alten Palastgrenzen, ja?«

Der Fuchs von Geschäftsmann ahnte, worauf es hinauslief, und setzte zur Verteidigung an.

»Aber nicht doch, Kommissar Ali, kein einziges Gebäude in diesem Gebiet gehört uns.«

Den Blick starr auf das Palastmodell gerichtet, murmelte Ali: »Wenn Ihnen doch nur ein einziges Gebäude gehören würde!« Er wandte sich erneut Âdem zu, ein Funken blitzte in seinen Augen auf. »Und stünde Ihre Firma doch nicht ausgerechnet hier!« Er zeigte auf den Palast. »Wenn doch dieses Areal, genau wie im Modell, nur aus historischen Bauten bestehen würde! Das wäre dann das Tourismusereignis des Jahrhunderts.«

Âdem Yezdan wusste nicht, was er dazu sagen sollte. Um ehrlich zu sein, war auch ich erstaunt. Offenbar tat ich dem Jungen Unrecht, indem ich seinen gesunden Menschenverstand und seine Intelligenz belächelt hatte. Der geschichtsinteressierte Tourismus-Tycoon fing sich schneller als ich.

»Aber das ist unmöglich, Kommissar Ali, der Große Palast wurde vor über eintausend Jahren aufgegeben.« Er zeigte mit dem Stock auf die Ottomanen in dem Saal. »Doch sehen Sie, was wir tun. Im Großen Palast gab es einen Zeremoniensaal, in dem Staatsmänner empfangen wurden. Den Akkubita-Saal. Darin standen neunzehn Ottomanen. Die haben wir in die Gegenwart transferiert.« Er ging ein paar Schritte, berührte eine der Ottomanen. »Hier stehen genau neunzehn Stück davon. Wie im Speisesaal des Großen Palastes. Das ist, was wir tun können. Ihn im Ganzen wieder aufleben zu lassen, ist ein Ding der Unmöglichkeit. Wo er einst stand, sind heute unzählige Wohnhäuser, Läden und Werkstätten. Die Gegend hier wurde ja vor Jahrhunderten bereits zur Besiedlung freigegeben.«

Die Argumente interessierten Ali nicht, weder seine Argumente noch der Mann, der ihm Erläuterungen bot.

»Wäre das nur nie geschehen. Hätten sich doch nie die Aasgeier auf diese ungeheuren Schätze gestürzt!«

Das kam einer harschen Beleidigung gleich, aber Âdem Yezdan regte sich nicht auf oder unterdrückte seinen Ärger außerordentlich geschickt. An seiner Stelle bleckte unser ehemaliger Kollege die Zähne.

»Das geht zu weit, Kommissar Ali. Das grenzt an Beleidigung. Hör mal, Âdem Bey ist so höflich …«

»Bitte, Ercan!«, unterbrach sein Boss ihn scharf. »Ich verstehe Kommissar Ali. Er liebt seine Stadt.« Verständnisvoll richtete er den Blick seiner hellbraunen Augen auf meinen Assistenten. »Glauben Sie mir, auch mir tut das im Herzen weh. Auch ich sage, genau wie Sie, wäre das nur nie geschehen. Es ist leider zu spät. Sie haben recht, es gibt viele Leute, die sich im Tourismusgeschäft tummeln, ohne den Hauch einer Ahnung von der Geschichte dieser Stadt zu haben. Gegen die bin auch ich. Aber ohne Investitionen, ohne neue Hotels und Zentren zu bauen, sind wir nicht in der Lage, diese Stadt der Welt zu präsentieren. Da hilft keine Sentimentalität, Kommissar Ali. Geschichte und Tourismus sind nicht ganz einfach …«

Jetzt fährt Ali ihn an, dachte ich, doch das tat er nicht, er versenkte den zornigen Blick im Modell des Großen Palastes, als wollte er sagen: Gott strafe euch. Âdem Yezdan nutzte die Gelegenheit und wandte sich an mich.

»Gehen wir ins Nebenzimmer, Hauptkommissar.« Er deutete auf die mittlere der drei Türen rechts. »Da ist es still, da können wir in aller Ruhe reden.«

»Geschichte wird mit Blut geschrieben.«

Mag sein, dass sich hier in Ruhe reden ließ, doch still war es in diesem Zimmer keineswegs. Kaum betraten wir den hellen Raum mit großem Mahagonitisch, Ledersesseln und handgeknüpftem Wollteppich auf dem Boden, da begrüßte uns eine Stimme: »Guten Tag... Ich bin Theodora... Willkommen in meinem Palast.«

Er hockte in einem großen Käfig vor dem champagnerfarbenen Samtvorhang. Als er uns sah, regte er sich, schwang auf seiner Stange vor und zurück und krähte wieder und wieder seinen Satz.

»Willkommen in meinem Palast.«

Es war nahezu der gleiche Papagei wie König Byzas im Haus von Necdet Denizel. Der Körper aschgrau, rot der Schweif, Knopfaugen, die einen interessiert betrachteten. Bei Alis Anblick wurde er aufgekratzt, drehte den Kopf und stolzierte im Käfig auf meinen Assistenten zu.

»Guten Tag... Ich bin Theodora... Willkommen in meinem Palast.«

Ein wenig, um das Eis zu brechen, schmeichelte Âdem: »Theodora mag Sie, Kommissar Ali.« Er lächelte. »Sie begrüßt nicht jeden so freundlich.«

Mir war es nur recht, dass die Spannung sich löste, also setzte ich das Gespräch über den Papagei fort.

»Auch König Byzas mochte Ali sehr.« Vorsichtig tippte ich mit dem Zeigefinger gegen den Käfig. »Ist das eine Schwester von dem Papagei bei Necdet Denizel? Sie sieht ihm ähnlich.«

Âdem schenkte dem Graupapagei im Käfig einen liebevollen Blick. Er wurde sentimental, als handelte es sich um sein Kind.

»Sagen wir Verwandte. König Byzas ist zweiunddreißig Jahre alt. Diese Dame dagegen erst neunzehn.«

»Werden diese Vögel so alt?«

Ich sah eine Schwade von Traurigkeit über seine Miene ziehen.

»Manche werden achtzig. Sie gehören zu den Jako-Papageien. Lateinischer Name Psittacus Erithacus. Sehr gelehrige Tiere. Sie können sich rund eintausend Wörter merken. Aber sie sind auch sehr sensibel. Ist einer krank, gehen sie einer nach dem anderen ein.« Er seufzte tief. »Ich hatte vier Paare, acht Papageien. Eine Viruserkrankung hat die Hälfte dahingerafft. Jeden Morgen musste ich einen vom Käfigboden holen. Stürzen sie einmal zu Boden, sind sie nicht mehr zu retten. Gott sei Dank fand ich einen guten Tierarzt. Er hat die infizierten Tiere sofort separiert. Und ein Pärchen ganz entfernt. Das schickte ich dem seligen Necdet. König Byzas und sein Weibchen Hekate.«

»Die Mondgöttin Hekate?«

Übertrieben angetan taxierte er mich.

»Oho, Hauptkommissar, Sie verstehen sich anscheinend auf Mythologie.« Er zögerte kurz. »Warum stehen Sie da, bitte nehmen Sie doch Platz.« Er zeigte auf die Ledersessel vor dem Mahagonitisch. »Bitte schön, kommen Sie.«

Ali und ich setzten uns einander gegenüber in die bequemen Sessel. Vermutlich wegen der von dem Geplänkel kurz zuvor verursachten Spannung blieb Ercan lieber stehen, doch Âdem nötigte auch ihn.

»Setz dich dazu, das gehört sich doch nicht vor unseren Gästen.«

Unbehaglich, weil er sich missverstanden glaubte, entschuldigte sich der Expolizeichef. »Pardon, das war nicht meine Absicht.« Er fühlte sich zu einer Erklärung genötigt. »Sie sind doch ehemalige Kollegen. Wie könnte ich meine Kollegen kränken! Ein Polizist bleibt auch als Pensionär Polizist, Âdem Bey. Stimmt's, Hauptkommissar?«

Ich ignorierte Alis Grimasse und stimmte unserem früheren Kollegen zu.

»Sicher, ein Polizist ist immer Polizist.«

Weder Ercans Bestreben, sich freundschaftlich zu geben, noch meine verständnisvolle Haltung änderte Âdems Resolutheit.

»Nun setz dich schon«, wies er seinen Mann an, blieb aber selbst auf den Beinen wie ein überschwänglicher Hausherr, der rührend um das Wohl seiner Gäste besorgt war. Ich erwartete die Frage, was wir trinken wollten, stattdessen setzte er das kurz zuvor unterbrochene Gespräch fort.

»Die Mondgöttin Hekate war die Schutzgöttin der Stadt Byzantion, Hauptkommissar. Doch unsere Papageiendame Hekate konnte sich in ihrem neuen Heim nicht eingewöhnen, sie lebte nicht lange. Und ich hatte nur noch ein Pärchen, Justinian und Theodora. Justinian ging letzten Monat von uns.« Er gab seinem Ton eine besondere Note, als wollte er ein wichtiges Detail unterstreichen. »Deshalb dachte ich, kaum dass ich von Necdets Tod erfuhr, an Byzas. Denn aus der Papageienfamilie waren nur noch er und meine Theodora am Leben.«

Wieder warf er dem Papagei einen liebevollen Blick zu, doch mich interessierte nicht die Theodora im Käfig, sondern die historische Theodora.

»Sagt man nicht, Kaiserin Theodora sei eine Hure gewesen?«

Ungehalten löste er die Augen vom Papagei und setzte zu einer Antwort an, ohne mich eines Blickes zu würdigen.

»Das ist strittig. Die Frau war Schauspielerin.« Er ging zu der kleinen Büchervitrine gegenüber des Tisches und entnahm dem dritten Bord zwei Bücher. Als er sich zu uns umdrehte, wedelte er mit den Büchern. »Beide hat ein Staatsbeamter namens Prokopios verfasst. Er war Sekretär und Rechtsbeistand. Eine hochinteressante Persönlichkeit. Prokop zufolge war Theodora eine Hure ohne Moral, eine unersättliche Sexbesessene. Doch die Bücher schildern extrem Widersprüchliches.« Er trat an den Tisch und zeigte mir das Deckblatt des in Leder gebundenen Buches. Vorn auf dem dunkelroten Einband stand *Prokopios*, unmittelbar darunter der Titel *Die Bauten Istanbuls in der Epoche des Justinian*.

»Dieses Werk bejubelt Justinian und Theodora.« Er wog das Buch in der Hand, als wollte er seinen Wert abschätzen. »Prokop rühmt Kaiser und Kaiserin über den grünen Klee.« Nun legte er das andere Buch obenauf. »Bei diesem Werk dagegen spricht schon der Titel für sich: *Byzanzens Geheimgeschichte*. Jetzt verdammt Prokop Kaiser und Kaiserin in Grund und Boden. Hier ist die Kaiserin eine der Leidenschaft verfallene, vom Sex besessene gefährliche Hexe, der Kaiser ein blutrünstiger Mörder, ein Spielzeug in den Händen seiner Frau. Dieses Buch war natürlich eine Geheimschrift und fand nur unter der Hand Verbreitung.«

Âdem Yezdan setzte mich weiterhin mit seinen Geschichtskenntnissen in Erstaunen, doch zugegeben, die Behauptungen Prokops waren interessant.

»Stimmt es denn, was er da schrieb?«

»Nun, Hauptkommissar, das ist unklar. Beide, Justinian und Theodora, waren Leute aus dem Volk. Wohl deshalb hatten die Aristokraten von Konstantinopel wenig für sie übrig. Prokop war gebildet. Er gehörte zu den Gelehrten, den Intellektuellen seiner Zeit. Ein Mann mit Nähe zur Aristokratie. Vermutlich verabscheute auch er Kaiser und Kaiserin, die aus der Unterschicht stammten. Dieser Widerwille dürfte der Grund für seine gehässige Schrift sein. Andererseits sagt man ja, ohne Feuer kein

Rauch. Wie auch immer, bekannt ist die Tatsache, dass Theodora eine außerordentlich kühne, resolute und gnadenlose Kaiserin war.«

Mit den Büchern ging er zu seinem Schreibtisch und setzte sich in den ausladenden Sessel, der erheblich größer war als die, in denen wir saßen.

»Haben Sie je vom Nika-Aufstand gehört?«

Als jede Reaktion ausblieb, nahm er das nicht gebundene der beiden Bücher, die er mittlerweile auf den Tisch gelegt hatte, und blätterte durch die Seiten.

»Es ist dieser Aufstand, der Justinian zum wahren Kaiser machte. So etwas nennt man einen glücklichen Ausgang einer unglücklichen Sache. Und, wichtiger noch, es war der Augenblick, in dem eine leichtlebige Frau von der Straße sich als Kaiserin bewies.«

Offenbar fand er nicht das, was er in den Seiten gesucht hatte, denn er richtete den Blick erneut auf mich und berichtete aus dem Gedächtnis.

»Der Nika-Aufstand entzündete sich an der Verhaftung von sieben Personen der Grünen und der Blauen durch den damaligen Präfekten von Konstantinopel. Die Grünen und die Blauen stellten die beiden damals bedeutenden sozialen Gruppen dar. Einige Mitglieder dieser Gruppen hatten während der Zirkusspiele im Hippodrom gewalttätige Ausschreitungen angezettelt. Der Präfekt ordnete die Hinrichtung von sieben von ihnen an. Doch zwei, ein Blauer und ein Grüner, wurden auf wundersame Weise vor dem Tod bewahrt. Die Geretteten flüchteten sich in ein Kloster. Bei den Spielen, die wenige Tage später im Hippodrom abgehalten wurden, riefen beide Parteien, sowohl die Blauen wie auch die Grünen, Justinian zur Begnadigung der Klosterasylanten auf. Doch der Kaiser ließ sich nicht erweichen. Da vereinten sich die bis dahin rivalisierenden Gruppen und erhoben sich gegen den Kaiser. Durch das Hippodrom schallte der Ruf: ›Nika! Nika!‹ Das Volk war dermaßen aufgebracht, dass Justinian sich in seinen Palast zurückziehen musste. Als die Aufständischen den Kaiser auf dem Rückzug sahen, trugen sie die Erhebung aus dem Hippodrom hinaus. Im Grunde hätte der Aufstand ohne weiteres niedergeschlagen werden können, doch als sich die Aristokraten, denen die harte Steuerpolitik Justinians nicht passte, auf die Seite der Rowdys stellten, geriet die Sache außer Kontrolle. Die Rebellen stürmten das Gefängnis und befreiten die Gefangenen, dann setzten sie Hagia Sophia, Patriarchat, Senat, Hagia Irene, Basilika Stoa, die Zeuxippos-Bäder und die Gebäude an der Mese in Brand. Das Herz der Stadt brannte lichterloh.«

Selbst Ali, der zunächst nichts auf die Erzählung gegeben hatte, lauschte nun gebannt. Das entging dem cleveren Geschäftsmann natürlich nicht.

»Ja, Kommissar Ali, stellen Sie sich das einmal vor. Entsetzlich! Ganz Sultanahmet, mehr noch, alle bedeutenden Gebäude entlang der Mese, der Hauptstraße, die sich bis Aksaray hinzieht, stand in Flammen! Am zweiten Tag fühlten sich die Rebellen erst recht ermutigt. Sie versammelten sich im Hippodrom und verlangten die Absetzung der Verwalter des Reiches, allen voran des Präfekten von Konstantinopel. Justinian erkannte, dass ihn die Sache teuer zu stehen kam, und gab der Forderung nach. Doch die Erhebung ebbte nicht ab. Am Ende des fünften Tages begab sich Justinian mit letzter Hoffnung ins Hippodrom und hielt eine Rede vor den Rebellen. Niemand würde bestraft, wenn sie jetzt den Aufstand beilegten, sagte er. Doch die Menge hörte ihm gar nicht zu. Sie hatten nur noch ein Ziel: den Kaiser absetzen! Als Justinian sich kläglich scheitern sah, zog er sich überstürzt in den Palast zurück. Die Aufständischen suchten nach einem neuen Kaiser, und Justinian ließ sein Schiff klarmachen, da er glaubte, es sei das Beste, sich für eine Weile aus Konstantinopel zu entfernen. Der Kaiser war schon so gut wie zur Flucht bereit, da erschien Theodora im Thronsaal. Aufrecht, mit selbstsicherem Blick, schritt sie zum Thron. ›Tut das nicht, Hoheit‹, sagte sie resolut. ›Flieht nicht! Selbst wenn es der einzige Ausweg sein mag, tut es nicht! Wir alle müssen eines Tages sterben. Wichtig ist nicht der Tod, sondern ruhmreich in Erinnerung zu bleiben. Eure Flucht wird euch nicht den Tod bringen, aber ebenso wenig Ruhm und Ehre. Geht nicht. Was mich betrifft, ich kann mir kein schöneres Totenhemd denken als meine purpurne Pelerine.‹ Diese Worte Theodoras, der Liebe seines Lebens, beeindruckten Justinian. Vielleicht beschämten sie ihn auch. Die Flucht gab er auf und ließ stattdessen seine beiden besten Befehlshaber in den Palast rufen, Belisarius und Mundus. Er ordnete an, den Aufstand niederzuschlagen. Am selben Tag versammelten sich die Aufrührer erneut im Hippodrom, um neue Forderungen zu stellen. Die beiden gnadenlosen Heerführer ließen das Hippodrom durch zwei Tore stürmen, also den heutigen Sultanahmet-Platz, sämtliche Ausgänge verschließen und rund dreißigtausend Aufständische samt Frauen und Kindern niedermetzeln. Am Ende der Nacht war den Rebellen eine Lehre erteilt und der Nika-Aufstand niedergeschlagen. Justinian konnte seinen Plan zum Wiederaufbau von Konstantinopel in Angriff nehmen.«

»Sie scheinen das Massaker gutzuheißen.« Wutverzerrt war Alis Miene, als hätte er die Schreie der niedergemetzelten Opfer im Hippodrom mit eigenen Ohren gehört, das Blut mit eigenen Augen gesehen. »Eine ehrgeizige Frau gab, nur um ihre Macht nicht zu verlieren, den Anstoß für den Tod von dreißigtausend Menschen. Entsetzlich! Und Sie erzählen das auch noch lang und breit. Ich sehe nicht, was daran richtig gewesen sein soll.«

Er zeigte auf den Papagei. »Und den Namen dieser bestialischen Frau haben Sie dem armen Vogel gegeben!«

»Gegeben!«, wiederholte der Papagei, als hätte er verstanden, dass die Rede von ihm war. »Dem armen Vogel gegeben!«

Âdem versteckte sich erneut hinter einem freundlichen Lächeln.

»Die Logik der Geschichte ist sonderbar, Kommissar Ali. Selbstverständlich ist das alles nicht fair. Aber erwägen Sie einmal Folgendes: Hätte Justinian den Nika-Aufstand nicht auf Veranlassung Theodoras niedergeschlagen, hätte es in Konstantinopel keine so großen Veränderungen gegeben. Die Hagia Sophia in ihrer heutigen Form etwa wäre nie entstanden.« Da er sehr wohl bemerkt hatte, dass mich diese Themen interessierten, wandte er sich mir zu. »Wussten Sie, dass die heutige Hagia Sophia der dritte Bau ist, Hauptkommissar? Ja, zuerst entstand eine Kirche, etwa zweihundert Jahre vor der endgültigen Gestalt. Ein Gotteshaus mit hölzernem Dach. Sie wurde Große Kirche genannt. Als das Gebäude gut fünfzig Jahre später niederbrannte, wurde unter Theodosius II., dem Kaiser, der die Landmauern errichtete, die zweite Basilika errichtet. Und als diese beim Nika-Aufstand in Flammen aufging, ließ Justinian die herrliche Hagia Sophia bauen, die wir heute kennen.« Des Effekts seiner Worte sicher, glitt sein Blick erneut zu Ali. »Der Bau dauerte volle fünf Jahre. Wissenschaftler waren damit ebenso beschäftigt wie Architekten. Zum Beispiel der Mathematiker Anthemios von Tralleis, der Geometer Isidor von Milet. Rund zehntausend Arbeiter schufteten Tag und Nacht auf der Baustelle. Im Jahre 537 war die Basilika fertig. Mit der größten Kuppel, die je ein Bauwerk besaß. Selbst eintausend Jahre später gelang es unserem großen Sinan beim Bau der Süleymaniye-Moschee und der Selimiye nicht, eine Kuppel von diesen Ausmaßen zu konstruieren. Nur drei Bauwerke vermochten später die Hagia Sophia zu übertreffen. Die St.-Pauls-Kathedrale in London, der Petersdom in Rom und der Mailänder Dom.«

Kurz herrschte Schweigen im Raum. Damit ist das Thema durch, dachte er wohl, doch für Ali war die Diskussion längst nicht beendet. »Gotteshäuser werden für Menschen gebaut«, hielt er dagegen. »Damit Menschen Frieden darin finden, sich gut fühlen, in Gottes Nähe sind, dafür gibt es Gebetsräume. Hast du deine Hände mit dem Blut von dreißigtausend Menschen besudelt, wird das nicht bereinigt durch einen Tempel, den du erbaust. Auch nicht, wenn es sich dabei um das prächtigste Bauwerk, das heiligste Gebäude auf Erden handelt. Marmor, Stein, Holz, Kupfer, Eisen, selbst Gold sind nicht kostbarer als das Blut von Menschen.«

Wieder gab Âdem sich gelassen. Ruhig verschränkte er die Hände.

»Aber die Geschichte wird mit Blut geschrieben, Kommissar Ali. Auch als Sultan Mehmed Fatih Konstantinopel eroberte, erlaubte er seinen Soldaten, die Stadt drei Tage lang zu plündern. In diesen drei Tagen verteilten Fatihs Soldaten keine Blumen an die Bevölkerung. Ja, wenn Sie Tatsachen wollen, dann reden wir offen. Sie vergossen Blut, nahmen hübsche Frauen, junge Männer und Kinder gefangen. Wollen wir nun sagen, Fatih sei böse, weil er das zuließ?«

Ali wirkte unschlüssig. Auch ich war neugierig darauf, wie er reagieren würde. Âdem und sein Getreuer Ercan schwiegen. In dem geräumigen Zimmer war nur das Grollen des abziehenden Gewitters zu hören, das noch immer die Fenster beben ließ, allerdings nicht mehr so stark wie vorhin.

»Wenn Fatih das getan hat, war das falsch«, brauste Ali schließlich auf. »Egal wer das Volk unterdrückt, er macht einen Fehler.

Ob Fatih oder Justinian, wer unschuldige Menschen unterdrückt, ist im Unrecht.«

Âdem lachte auf. Doch ich sah an seinem unruhigen Blick, dass er sich inzwischen doch ärgerte.

»Sie denken sentimental, Kommissar Ali. Sie sind ein romantischer Mensch.«

Diese Worte hätten Zeynep vielleicht gefallen, doch bei Ali lösten sie das Gegenteil aus. Er rutschte auf die Vorderkante des Sessels und hob den Kopf.

»Sie irren, Âdem Bey. Ich bin kein Romantiker. Und ich mag auch keine Romantiker. Aber Gott sei Dank habe ich ein Gewissen. Für mich ist richtig, was mein Gewissen sagt. Und deshalb mag ich weder Leute, die ihre Macht mit Gewalt erlangen und erhalten, noch solche, die das richtig finden.«

Der Zorn in seinem Blick war vermutlich effektiver als seine Worte, denn es gelang ihm nun doch, Âdem die Ruhe zu rauben. Dem verschlug es zunächst die Sprache, wie um Hilfe bittend blickte er zu mir, gab es aber auf, als er mich gleichgültig sah, und setzte auf Ercan, doch der Expolizeichef war mindestens so perplex wie er selbst.

»So nicht, Kommissar!« Mit nunmehr unverhohlenem Abscheu starrte er Ali an. »Jetzt reden Sie wie Necdets Mörder.«

Obwohl ich nicht davon ausging, dass Ali so etwas hatte provozieren wollen, war Âdem da, wo wir ihn haben wollten.

»Warum sagen Sie das?«, mischte ich mich ein. »Was wollen Sie damit sagen?«

»Was ich damit sagen will, Hauptkommissar, auch der Mann, der Necdet auf dem Gewissen hat, bringt immer, wenn wir einander begegnen, diesen Unsinn vor. Geschichte werde von Siegern geschrieben, Geschichte bestehe aus dem Notizbuch der Niederträchtigen.«

Mich interessierte nicht, was er sagte, doch ich brauchte die Identität des Mannes, auf den er anspielte.

»Wer soll dieser Mann sein?«

Er warf mir einen verwunderten Blick zu, als wollte er sagen: Wieso wissen Sie das nicht?

»Na, wer schon, Namık, dieser ehemalige Linke, der sich Doktor nennt. Der Vorsitzende von diesem Unruhestifterverein.«

Seine Stimme bebte, und auch seine Hände, mit denen er beim Reden heftig gestikulierte, zitterten. Die Gelassenheit, die bisher solide wirkte wie die Mauern zum Schutz von Konstantinopel, hatte Ali mit seiner bissigen Rede zum Einsturz gebracht.

»Wer denn sonst? So ist er den Mann los, der ihm die Geliebte nahm, hat sich an mir gerächt und obendrein noch seiner idiotischen Ideologie entsprochen.«

»Moment, Moment!«, fuhr ich ihm über den Mund. »Wer hat wem die Geliebte genommen?«

Er stöhnte auf, bemüht, die Fassung zu wahren, so schwer es ihm fiel. Er versuchte es dennoch, verschränkte die Hände auf dem Tisch und gab Auskunft.

»Leyla Barkın war Necdet in letzter Zeit wieder nähergekommen.«

Wie interessant! Er erzählte genau das Gegenteil von dem, was die Museumsdirektorin sagte.

»Vor zwei Monaten hatte der Spinner Krach mit Leyla.«

»So nicht!«, rief nun Ali. »Nennen Sie einen Verstorbenen nicht Spinner!«

Âdem war mit seiner Geduld am Ende, doch er nahm den Vorwurf an.

»Pardon. Necdet war mir wie ein leiblicher Bruder. Als ich von der Sache hörte, wollte ich gleich heimreisen, aber die Geschäfte … Ursprünglich wollten meine Frau und ich nach London, zu unserer Tochter. Nun habe ich sie von Moskau aus allein hingeschickt. Nur damit diese Morde aufgeklärt werden, damit Necdets Mörder ins Gefängnis kommt, bin ich zurückgekehrt. Damit dieser Schuft Namık die verdiente Strafe kassiert.«

Ich setzte eine argwöhnische Miene auf.

»Wie sicher Sie sich sind, dass Namık der Mörder ist.«

»Das bin ich, denn Leyla wollte ihn verlassen. Und dafür hat er Necdet verantwortlich gemacht.«

»Warum sollte Leyla Namık verlassen?«

»Warum wohl: wegen der starren Ansichten dieses anarchistischen Doktors. Vor sechs Monaten wurde im Topkapı-Museum eine neue Leitung eingesetzt. Mit diesen Leuten hat Leyla Barkın Probleme. Dieser Namık wollte, dass sie den Job kündigt. Leyla, ohnehin am Arbeitsplatz unter Druck, sagte, dräng mich nicht – da gab es Streit. Doch wenn Sie mich fragen, ertrug Leyla den Mann einfach nicht mehr. Und in der Zeit kamen sie und Necdet sich wieder näher. Leyla Hanım verbrachte sogar eine Nacht bei ihm. Männerlüge, das kann Necdet sehr wohl erfunden haben, werden Sie sagen, aber ich habe es mit eigenen Augen gesehen. Ich war früh bei ihm vorbeigefahren, und die Tür öffnete Leyla in Necdets Pyjama. Er machte sich große Hoffnungen. Es ist ja kein Geheimnis, er liebte seine Exfrau noch immer. Ja, er träumte sogar von der Zukunft, sagte, wir holen Leyla zu uns ins Team. Doch was auch immer geschah, Leyla kehrte Hals über Kopf zu ihrem Exterroristen zurück.«

Als er das Wort Terrorist aussprach, warf er Ali einen verstohlenen Blick zu, doch als die Reaktion ausblieb, redete er sich weiter in Rage.

»Necdet war tagelang hinter Leyla her. Jedes Mal tauchte Namık auf. Und schließlich hat der den armen Tropf dann umgebracht.«

»Alles schön und gut, doch warum hätte er das tun sollen?« Ich schmiegte mich in den Sessel und blickte Âdem starr in die Augen. »Sagen Sie, aus Eifersucht? Nun, Leyla war sowieso zu ihm zurückgekehrt. Und nach den Aussagen Leyla Hanıms war es nicht Namık, der zu weit ging, sondern Necdet. Leyla Barkın hat unschöne Dinge über ihren seligen Exmann erzählt.«

»Sie hat Angst!«, rief er. »Wäre sie nicht zu Namık zurückgekehrt, hätte der Mann sie womöglich auch umgebracht.«

Ich dachte an den Arzt und ehemaligen Linken. An den engagierten Mann, der dem Tod ins Auge gesehen hatte, sich damals vielleicht auch gefürchtet hatte, aber seine Lebensbahn nicht nachhaltig veränderte. Den Menschen, der Werte hatte, dessen Selbstvertrauen groß genug war, an gegebener Stelle selbst uns zu verhöhnen. Nein, Namık war niemand, der die geliebte Frau umbringen würde, er würde ihr nicht einmal Schaden zufügen. Ich kannte solche Leute. Sie mochten über viele Dinge falsch denken, nicht tolerant genug sein, nur die eigenen Ideen für richtig halten, doch sie schädigten niemanden, der ihnen etwas bedeutete. Nein, das glaubte ich nicht. Und selbst wenn er es getan haben sollte, warum hätte er die anderen drei Opfer töten sollen? Diesen Gedanken wollte ich gerade zur Sprache bringen, als mein Handy klingelte. Zeynep.

»Entschuldigung«, sagte ich und stand auf. Erneut entfernte ich mich so weit wie möglich von den neugierigen Blicken der Anwesenden und kam bis zur Büchervitrine. Als ich das Gespräch annahm, fiel mir zuerst Zeyneps Erregung auf.

»Hauptkommissar, wir haben einen wichtigen Befund.«

»Ah ja? Was denn?«

»Die Fingerabdrücke sind separiert. Wir haben welche von Namık Karaman und Leyla Barkın gefunden.«

Ich verstand nicht gleich.

»Wo habt ihr die gefunden?«

»Auf den Rahmen. Auf den Rahmen der Stiche an den Wänden im Haus von Necdet Denizel. Da waren doch Fingerabdrücke, wir konnten nur nicht gleich feststellen, von wem, weil sie sich überlagerten.«

»Richtig.«

»Nun, zwei davon gehören Namık und Leyla.«

Ich drehte mich um und sah zu Âdem hinüber. Angespannt saß er an seinem Schreibtisch. War doch etwas dran an dem, was er über Namık gesagt hatte? Ich konzentrierte mich wieder auf das Telefonat.

»Du bist sicher, oder? Wir machen da keinen Fehler?«

»Nein, Hauptkommissar. Die Fingerabdrücke an den Rahmen gehören zu diesen Personen.«

Wäre sie nicht sicher, spräche sie nicht dermaßen überzeugt.

»Es geht noch weiter«, fuhr sie fort. »Auf Namık Karaman ist ein weißer Minibus der Marke Volkswagen zugelassen. Sie nutzen ihn für den VVI. Damit transportieren sie Material für ihre Aktionen. Die Polizei hat den Wagen Dutzende Male konfisziert.«

Mein Blick glitt zu der trüben Scheibe hinter dem champagnerfarbenen Vorhang. Die gegen das Glas klatschenden Regentropfen zerbarsten und rannen als schmale Bäche nach unten. Der Regen hatte an Wucht verloren, doch das Prasseln der Tropfen war immer noch zu hören, auch hier drinnen. Zeyneps Worte konnten den Verlauf der Ermittlungen gründlich verändern. Standen wir wieder ganz am Anfang? Es galt, nichts zu überstürzen. Das mit Leyla vereinbarte Treffen hatte noch an Bedeutung gewonnen.

»Ich verstehe, Zeynep«, sagte ich abschließend. »Wir sind heute Nachmittag im Revier. Mach du bitte weiter. Wenn wir da sind, reden wir.«

Ich beendete das Gespräch und kehrte in meinen Sessel zurück. Alis Blick ruhte auf mir. Mein veränderter Gesichtsausdruck dürfte ihm verraten haben, dass ich eine wichtige Nachricht erhalten hatte. Obwohl mir der Kopf mittlerweile schwirrte, wollte ich etwas Positives sagen.

»Es hört auf zu regnen, Ali. Noch vor Mittag kommt die Sonne durch.«

Da hüpfte Theodora bis zur Spitze ihres Käfigs und wiederholte munter: »Noch vor Mittag kommt die Sonne durch.«

»Dieser alte Palast diente den Osmanen rund vier Jahrhunderte lang.«

Als wir das Bab-ı Hümayun, das Sultanstor, die Porta Augusta, also das Außentor des Topkapı-Serails erreichten, von dem aus die Welt über Jahrhunderte regiert worden war, lächelte eine strahlende Sonne zwischen den finsteren Wolken hindurch.

Erst fünfzehn Minuten zuvor waren wir bei Âdem Yezdan aufgebrochen. Wieder und wieder hatte er Namık einen Mörder genannt. Was er sagte, war nicht aus der Luft gegriffen, er fand gute Gründe und führte uns logische Verbindungen vor, die auf den Chirurgen hinwiesen. Ohne die Information, die Zeynep mir am Telefon eröffnet hatte, hätte ich seine Worte links liegengelassen. Doch so hörte ich dem Geschäftsmann mit doppelter Aufmerksamkeit zu. Ganz abgesehen von mir, auch mein Assistent, der während des Gesprächs nur auf eine Gelegenheit zum Zank gewartet hatte, widersprach ihm nicht mehr. Kaum aus dem Haus, hatte ich Ali berichtet, was Zeynep herausgefunden hatte. Er war äußerst verwirrt. Wen sollten wir noch verdächtigen? Jeder Weg, den wir einschlugen, erwies sich als Sackgasse, jede Spur, die wir verfolgten, verlief im Sande. In dieser Verfassung gelangten wir zum Topkapı-Serail, wo Leyla Barkın arbeitete.

Wir stellten den Wagen auf dem öffentlichen Parkplatz ab, unterhalb des Brunnens von Sultan Ahmet III., hinreißend mit einzigartigen Kalligraphien, Fayencen mit Tulpen-, Hyazinthen- und Rosenmotiven, fein ziselierten Marmorgravuren und Blattgold verziert, und strebten auf das Sultanstor zu. Am Brunnen geriet Ali, ohne es zu bemerken, einer jungen Touristin vor die Kamera, die das historische Monument im Visier hatte. Sie regte sich nicht auf, sondern betrachtete, wenn meine müden Augen mich nicht trogen, unseren Räuber sogar mit Wohlgefallen. Als er merkte, dass er im Bild stand, sprang er zurück. »Sorry!«

Er entschuldigte sich, sein Englisch war gar nicht schlecht, doch die Brauen, verkeilt gleich zwei Flügeln einer Tür, die sich niemals öffnen würde, ließen seinen Ausdruck nicht sehr höflich wirken. Die junge Frau störte das zum Glück nicht, sie lächelte.

»Don't worry. I can take another one.«

Als unser Wilder keinerlei Anstalten machte, freundlicher zu schauen, gab die Frau ihm den Weg frei.

»You go ahead.«

»Thanks«, murmelte mein grober Assistent kaum hörbar und ging flott seines Weges zwischen der osmanischen Brunnenanlage und der hübschen jungen Frau. Und ich beobachtete ihn. Ein paar Schritte weiter bemerkte er meinen vielsagenden Blick. Erschrocken blickte er sich um.

»Was? Was ist, Hauptkommissar?«

Mensch, man lächelt doch mal zurück, wollte ich sagen, als mein Handy klingelte. Evgenia. Seit gestern hatten wir nicht miteinander gesprochen. Eigentlich rief sie täglich an, nun hatte offenbar auch sie die Nase voll. Ich hatte nicht einmal daran gedacht, sie anzurufen.

»Hallo Evgenia!« Als Ali meinen Schrecken sah, grinste er. Ich wiederholte: »Hallo Evgenia. Ich wollte dich auch gerade anrufen.«

»Schwindler!« Leichter Vorwurf schwang in ihrer Stimme mit. »Du hast keinen einzigen Gedanken an mich verschwendet.«

»Doch, wirklich, noch heute Morgen hab ich mit Demir gesprochen …«

»Worüber?«

»Ich habe ihn an unsere Verabredung für morgen Abend erinnert. Kommt bitte nicht zu spät, das würde Evgenia sehr übelnehmen, habe ich gesagt.«

»Und du?«

»Was, ich?«

»Wann wirst du kommen?«

Ich konnte nicht sagen: keine Ahnung, je nachdem, wie die Ermittlungen laufen, wenn es neue Erkenntnisse über die Mörder gibt, vielleicht gar nicht.

»Natürlich«, sagte ich energisch. »Natürlich komme ich. Keine Sorge, ich bin frühzeitig bei dir.«

»Ja, bitte, Nevzat.« Ihr Ton klang flehentlich. »Ich rufe dich extra einen Tag vorher an. Bitte komm nicht spät morgen Abend. Du bist quasi der Gastgeber. Das wäre wirklich peinlich.«

»Alles klar. Fehlt noch etwas? Soll ich etwas mitbringen?«

»Hauptsache, du kommst.«

Es schwang kein Vorwurf und keine Bitte mit. Ich fühlte mich glücklich. Anscheinend liebte ich diese Frau wirklich.

»Ich werde vor allen anderen da sein.«

Als ich den Kopf hob, sah ich unseren Strolch mit demselben vergnügten Blick mich weiter beobachten. Zeit, das Gespräch zu beenden.

»Gut dann, bis morgen Abend.«

»Schön. Pass auf dich auf, Nevzat. Sei vorsichtig, ja?«

»Natürlich, Evgenia, meine Liebe. Gib du auch auf dich acht.«

Kaum hatte ich das Handy in die Tasche gesteckt, fiel Ali mit der Tür ins Haus.

»Evgenia Hanım ist ein wunderbarer Mensch. Wie gut sie uns bewirtet hat, letztes Mal im Tatavla. Sie mag Sie sehr. So … Als wäre sie Ihre Frau …«

Nanu, nach Demir und Yekta auch der noch. Wütend drehte

ich mich zu ihm, wollte ihn daran erinnern, dass er sich da nicht einzumischen hatte, doch die Herzlichkeit in seinen dunklen Augen stoppte mich. Nein, er beabsichtigte nicht, zu lästern oder den Schlaumeier zu spielen.

»Ja«, bestätigte ich und unterdrückte meinen Ärger. »Sie ist ein wunderbarer Mensch.«

Meine Antwort kam ungewollt barsch.

»Verzeihen Sie, wenn ich etwas Falsches gesagt habe, Hauptkommissar.« Nein, er war nicht beleidigt, nur verlegen. »Das war wohl ein wenig vorlaut.«

Ich legte ihm die Hand auf die Schulter.

»Nein, Ali, das war nicht vorlaut. Ich weiß, dass du nett sein wolltest. Aber es ist ein bisschen schwierig.«

Als steckte nicht ich in der Klemme, sondern er, seufzte er. »Diese Dinge sind immer ein bisschen schwierig.«

»Na, so schlimm ist es nun auch wieder nicht, Ali. Wir machen sie uns ein bisschen schwer.« Er verstand nicht. »Ja, wir machen sie uns schwer.« Zum Beispiel du und Zeynep, wollte ich sagen, schwieg aber. »Es wäre besser, wenn wir das nicht täten, trotzdem tun wir es. Na, egal. Das kommt schon in Ordnung. Gehen wir und reden mit dieser Frau.«

Wir eilten durch das Sultanstor auf den Zeremonien-Hof. Kaum hatten wir diesen ersten Hof betreten, wurden wir ausgebremst. Der Weg zum zweiten Tor war gerammelt voll, wir schlängelten uns durch die Menschen aus aller Welt, Spanier, Deutsche, Amerikaner, Japaner. Ihnen allen gemeinsam war die Kamera vor dem Bauch oder in der Hand. Am auffälligsten waren zweifellos die Fremdenführer. Sie hielten die Nationalfahne ihres jeweiligen Trupps hoch, drehten sich immer wieder um, bemüht, die ihnen Anvertrauten nicht zu verlieren, wie Hähne, die im Hühnerhof ihre Hennen um sich scharten. Allerdings verriet der Überdruss in ihren Mienen, dass ihnen diese Aufgabe mehr schlecht als recht gelang.

Mein Blick fiel linker Hand auf die Hagia Irene. Ein Lieferwagen stand davor. Vier Männer waren dabei, mit Hilfe einer Hebevorrichtung einen großen Flügel abzuladen. Hier fand also bald ein Konzert statt. Wenige Schritte weiter blies uns von rechts ein kühler Wind ins Gesicht. Eine Brise vom Schwarzen Meer her. Sie trug die Spuren des Sturmes, der noch vor einer Stunde gewütet und gewittert hatte. Aus den Zweigen der zu beiden Seiten des Wegs aufragenden Platanen fielen uns Tropfen auf den Kopf. Mir fielen die ausländischen Gesandten ein, die zu osmanischen Zeiten hier ihre Pferde stehenlassen und zu Fuß weitergehen mussten. Ich dachte an das Osmanische Reich. Auf diesem Platz hatte sich fast vierhundert Jahre lang das Abenteuer des großen Staates zugetragen, ihn zu betreten, weckte gemischte Gefühle. Irgendwo hatte ich gelesen, hier versammelten sich einst fünfundzwanzigtausend Menschen, um Sultan Mehmet Fatih auf seine letzte Reise zu verabschieden. Das Dröhnen auf dem weitläufigen Platz, die uralten Bäume, deren Kronen am Himmel ineinandergriffen, die Jahrhunderte zählenden Mauern, die das Palastgelände umarmten … Eine gar nicht freundliche Stimme riss mich aus der Vorstellungswelt.

»Moment mal, Bruder!«

Als ich den Kopf drehte, sah ich einen krummnasigen Wachmann meinen Assistenten anhalten. Er zeigte auf die Beretta im Holster unter Alis offener Lederjacke.

»Mit Waffe dürfen Sie hier nicht rein.«

Vernünftig, wie ich es von ihm nicht erwartet hätte, sagte Ali: »Polizei. Wir sind Polizisten.«

Doch dem Wachmann gefielen wohl unsere Nasen nicht, er hakte nach.

»Die Ausweise. Kann ich Ihre Ausweise sehen?«

Ali warf mir einen Blick zu, als wollte er fragen: Soll ich den jetzt in seine Grenzen weisen? Ich zog den Ausweis und hielt ihn dem Wachmann hin.

»Nevzat, Hauptkommissar Nevzat.«

Ali nahm mein Verhalten zum Vorbild und streckte seinerseits dem Mann seinen Ausweis unter die krumme Nase. Der Wachmann beruhigte sich, gab sich aber weiter diensteifrig.

»Gut. Und was machen Sie hier?«

Mein Assistent war kurz davor, aus der Haut zu fahren, doch ungerührt gab ich Auskunft: »Wir wollen mit der Direktion sprechen.«

»Mit welcher?«

Entweder war der Mann mit dem linken Fuß zuerst aufgestanden, oder er suchte Streit. Ali war nicht länger zu halten.

»Was soll das heißen, mit welcher? Wie viele Direktoren gibt es hier denn?«

Doch der Wachmann schien keiner zu sein, der rasch einlenkte.

»Es gibt drei.« Seine Stimme ertönte mindestens so laut wie die meines Assistenten. »Welchen wollen Sie sprechen?«

Schrecklich, angesichts unserer sich türmenden Arbeit mit einem übereifrigen Wachmann Zeit zu verlieren.

»Leyla Hanım. Wir wollen zu Leyla Barkın.«

»In Ordnung.« Er zeigte auf das große Eingangstor zwischen den beiden Türmen. »Dann gehen Sie durch das Bab-üs Selam.«

Ich drehte mich zum Gehen, doch Ali hatte entweder nicht verstanden oder tat nur so.

»Bitte?«

»Bab-üs Selam.«

Jetzt witterte er offenbar die Chance, dem Mann die Leviten zu lesen.

»Was redest du da von Bas und Büs«, tönte er. »Ist das hier Arabien? Red Türkisch, Mann!«

Der Mann lief rot an, hielt aber stand.

»So heißt es nun mal.«

Der Wachmann hatte recht, doch Ali hatte sich in den Kopf gesetzt, den Mann zur Schnecke zu machen.

»Verfluchter Name! Gibt es keinen türkischen Namen dafür?«

Der Mann schluckte, fing zu stottern an.

»Äh, also, es wird auch Mitteltor genannt.«

»Dann sag gleich Mitteltor. Was schwätzt du uns Arabisch, Persisch daher.«

»Nein, nur damit Sie es nicht falsch verstehen ...«

»Wir verstehen gar nichts falsch, sprich du gefälligst Türkisch!«

»Jedenfalls dort entlang. Da ist das Mitteltor, gehen Sie da durch, dann kommen Sie auf den zweiten Hof. Folgen Sie dem Weg mit den Bäumen, durch das Bab-üs Saa ...«

Als Alis Brauen sich hoben, ruderte der Mann sofort zurück.

»Äh, ich meine das Tor der Glückseligkeit, auch Audienzpforte genannt. Da gehen Sie durch und kommen in den inneren Hof. Fragen Sie nach dem Direktionsbüro, man wird es Ihnen zeigen.«

»Danke, Junge«, sagte Ali und strich dem Mann flüchtig über die Uniform. »Danke dir, und sieh dich vor, wenn du mit Polizisten sprichst. Ich bin ja verträglich, aber wenn du mal einem Verqueren begegnest, richtet der dir die schiefe Nase!«

Es war nicht mehr lustig.

»Komm jetzt, Ali«, mahnte ich. »Komm, Leyla Hanım erwartet uns.«

Unser Hitzkopf voran, marschierten wir auf den prunkvollen Palast der Osmanen zu, der Wachmann starrte uns hinterdrein.

Vor dem Bab-üs Selam, die gusseisernen Flügeltüren weit offen zwischen den beiden gleich mächtigen Lanzen in den Himmel ragenden Türmen, herrschte enormer Andrang. Zunächst galt es, die scheinbar undurchdringliche Menge von Menschen unterschiedlicher Nationen und Religionen, die in allen möglichen Sprachen durcheinanderschnatterten, zu überwinden. Wie zu vermuten, gelang es Ali viel schneller als mir, schon stand er vor dem ersten Museumswärter an den Drehkreuzen. Ich dagegen kämpfte mich durch die wogende internationale Menge, schlüpfte zwischen einem rotbärtigen englischen Gentleman und einer vollverschleierten arabischen Dame hindurch und gelangte, wenn auch um den Preis, einem älteren Japaner den Tropenschlapphut vom Kopf zu fegen, endlich ebenfalls an die Drehkreuze. »Was ist das denn?«, schimpfte ich schweißtriefend. »Ist das hier jeden Tag so?«

Der Wärter, bei dem der Verdruss sich dauerhaft in die Gesichtszüge gegraben hatte, zeigte auf die Detektoren.

»Seit die kaputt sind, ist hier vor dem Eingang die Hölle los. Ein technischer Fehler, heißt es, keine Ahnung, aber seit gestern wurden die nicht repariert.« Er hob seinen Handdetektor. »Mit denen tasten wir jeden einzeln ab. Das dauert natürlich. Und die Schlange wird immer länger. Ist jeden Tag hier so. Nur dienstags können wir durchatmen. Wenn das Museum geschlossen ist. Die Massen sind zu viel für den Palast. Schade für die Besucher, auch schade um uns, aber vor allem schade um den Palast. Die Museumsleitung muss eine Lösung dafür finden.«

Wir ließen den armen Wärter mit der schwer zu zügelnden Touristenmenge stehen und liefen durch das Selam-Tor in den Mittleren Hof. Dieser zweite Hof machte den freundlichen Eindruck von Weitläufigkeit, ringsum standen Bäume, hauptsächlich Zypressen. Linker Hand lagen die herrschaftlichen Stallungen, der Diwan mit dem Turm der Gerechtigkeit und die Haremsgebäude, rechter Hand der Küchentrakt mit den Ausstellungen von

Palastsilber und kostbaren Porzellansammlungen. Neben dem Mitteltor, das wir hinter uns ließen, befanden sich der Fuhrpark auf der einen und die Edelsteinausstellung auf der anderen Seite. Ali sah fünf Wege vor uns liegen und war eine Sekunde lang unschlüssig, ich wollte ihn schon lenken, da wählte er von selbst den richtigen.

»Bravo, Ali, auf den ersten Schritt hast du den Weg des Sultans gefunden.«

»Den Weg des Sultans?«

»Genau, der Sultansweg führt vom Bab-üs Selam bis zum Bab-üs Saade.« Ich grinste. »Oder soll ich lieber sagen: von der Audienzpforte bis zur Pforte der Glückseligkeit? Also, falls wir Türkisch reden sollen …«

Er lachte.

»Ach was, Hauptkommissar, geben Sie nichts auf mein Gerede mit dem Vollidioten, ich wollte den nur zurechtstutzen. Selbstverständlich benutzen wir die Namen, die unsere Vorfahren festgelegt haben. Aber man muss auch wissen, wie sie auf Türkisch heißen, ich kann kein Arabisch.« Er hielt inne, kratzte sich am Kopf. »Woher wissen Sie das eigentlich alles?«

Beim Gang über den von Zypressen gesäumten Weg erklärte ich es ihm.

»Meine Mutter. Wenn ich mich ein klein wenig für Geschichte interessiere, dann habe ich ihr das zu verdanken.«

»War Ihre Mutter Historikerin, Hauptkommissar?«

»So etwas in der Art, sie war Lehrerin, Geschichtslehrerin. Mein Vater war Lehrer für Literatur, wie du weißt. Sie hatten sich in der Schule kennengelernt. Mutter tat nicht einfach blind ihre Pflicht. Sie war eine Lehrerin mit Idealen. Ihr Beruf war ihr Ein und Alles. Bücher, Zeitschriften, Vorträge, sie bemühte sich nach Kräften, ihren Schülern Geschichte nahezubringen. Und dabei vergaß sie natürlich auch mich nicht. Schon in frühester Kindheit zog sie mit mir durch alle Istanbuler Museen. Auch hier waren wir oft. Dann im Dolmabahçe-Palast, im Beylerbeyi-Palast, in der Hagia Sophia, der Basilika-Zisterne, im Tekfur-Palast, im Yedikule-Gefängnis, im Kariye-Museum …«

Ich war längst nicht fertig, als Ali die Nase rümpfte.

»War das nicht stinklangweilig, Hauptkommissar?«

»Todlangweilig. Jeder Ausflug war die reinste Folter. Aber das konnte ich meiner seligen Mutter nicht beibringen. Sie war eine republikanische Frau. Mir, ihrem einzigen Sohn, wollte sie die beste Bildung zukommen lassen. Bei uns zu Hause gab es drei Pflichtübungen: lesen, ins Theater gehen und Museen besuchen. Bücher las ich gern, wie du dir denken kannst, vor allem Krimis. Theater war auch nicht schlecht, ich mochte Komödien, aber Museen waren furchtbar. Dieser schwere Geruch, der einem da entgegenschlägt, mir drehte sich der Magen um, ich musste immer würgen.«

Er wartete nicht ab, bis ich fertig war.

»Später mochten Sie es dann doch. Sonst hätten Sie sich all diese Dinge wohl kaum gemerkt.«

»Da hast du recht.« Ich seufzte. »Später gefiel es mir, aber viel zu spät. Nachdem ich meiner lieben Mutter die Museumsbesuche verleidet hatte.«

Neugierig glitt sein Blick über mein Gesicht.

»Ja, Ali, uns ist da etwas Böses passiert. Ich muss etwa acht gewesen sein. Wir waren im Dolmabahçe-Museum. Eine amerikanische Delegation verstopfte alles, es war viel voller als hier. Und in dem Gedränge verlor ich meine Mutter. Der Menschenstrom trug mich fort. Als mir einfiel, mich umzusehen, war meine Mutter weg. Du kannst dir vorstellen, was das für ein Schreck war, ich geriet in Panik, ich fing an zu heulen, aber mich hörte keiner. Ringsum Erwachsene, ich kriegte keine Luft mehr und bin dann irgendwann umgefallen. Als ich zu mir kam, versuchte mir jemand im Palastgarten Wasser einzuflößen. Meine arme Mutter hielt meine Hand und starrte mir besorgt ins Gesicht. Sie war leichenblass und zitterte. Danach hat sie mich nie wieder ins Museum mitgenommen. Nach ihrem Tod fand ich ihr Tagebuch. Da hatte sie ihre Enttäuschung aufgeschrieben. ›Ich möchte, dass aus Nevzat ein gebildeter, aufgeklärter Mensch wird. Denn dieses arme Land braucht Menschen mit Bildung und Kultur. Aber daraus wird wohl nichts, leider ist unser Sohn ein unruhiges Kind. Ein Querkopf. Ich habe mich bemüht, ihn zu fördern, doch vergebens. Wenn wir ihn drängen, wird es nur schlimmer. Nun, nicht jeder Wunsch geht in Erfüllung. Obwohl Nevzat unser Sohn ist, interessiert er sich weder für Geschichte wie ich noch für Literatur wie sein Vater. So hatten wir uns das nicht vorgestellt, aber vielleicht liegt der Fehler ja bei uns. Vielleicht ist es falsch, solche Erwartungen in ihn zu setzen. Nevzat muss uns ja nicht ähnlich sein, er ist ein eigenständiger Mensch, eine unabhängige Persönlichkeit. So hehr dein Ziel auch sein mag, zwingen kannst du dein eigenes Kind zu gar nichts.‹ Als ich das las, hatte ich gerade erst bei der Polizei angefangen. Ich war ein Draufgänger, der glaubte, es allein mit allem Unheil der Welt aufnehmen zu können.« Ich sah Ali an. »Also genau wie du …«

»Wie ich?«, murmelte mein Assistent verblüfft.

Das bestätigte ich mit der Liebenswürdigkeit eines Mannes, der viele Jahre später seiner eigenen Jugend gegenübersteht.

»Genau wie du. Einer, der erst draufhaut und dann nachfragt. Der in die Sache hineinspringt, bevor er zugehört und verstanden hat. Der sich auf Verbrecher stürzt, ohne auf sein Team zu warten. Der glaubt, noch die kompliziertesten Mordfälle im Handumdrehen aufklären zu können. Der deshalb oft Prügel bezieht und ständig am ganzen Körper Verletzungen und blaue Flecken hat.«

Mein Assistent prustete los.

»Lach nicht, Ali, lach nicht, Junge, das ist keine große Leistung. Ich hatte Glück und bin klug geworden, bevor ich an einer kritischen Stelle eine Kugel abkriegte, doch wer weiß, wie es bei dir läuft.«

Mit seinem unerschütterlichen Selbstvertrauen sagte er wieder einmal: »Keine Sorge, mit Gottes Segen stößt mir nichts zu.«

»Statt die Sache Gott zu überlassen, solltest du dich ein bisschen ändern …«

»Nun, Hauptkommissar«, schnitt der Räuber mir doch glatt das Wort ab. »Wir sprachen von Ihnen, ich bin wirklich neugierig, wie ging es dann weiter?«

»Nachdem ich meine Mutter verloren hatte, machte ich mir Gedanken. Offenbar war von dem Dreck, der sich Hirn nennt, doch noch ein Rest in meinem Kopf vorhanden, sodass ihr Tagebuch mich beeindruckte. Ich hatte Gewissensbisse. Sei's drum. Nachdem ich ihr Tagebuch gelesen hatte, machte ich mich allein zu den Museen auf. Zuerst tat ich es nur zu ihrem Andenken. Wie sie stellte ich mich vor die Skulpturen, Ikonen, Fayencen, Holzschnitzereien, Manuskripte, Kalligraphien aus Meisterhand, Bilder, Miniaturen, Marmorierungen und betrachtete sie minutenlang, obwohl ich nichts verstand. Dann fing ich allmählich zu lernen an, nicht so tiefgehend, eher oberflächlich, amateurhaft. Komisch, Ali, ich hätte nie geglaubt, dass das möglich wäre, aber das Lernen gefiel mir. Ich mochte sogar den Geruch der Museen, den ich früher so verabscheut hatte. Später holte ich mir Bücher und las, abonnierte wie meine Mutter Fachzeitschriften für Geschichte, schloss mich Führungen an, ging sogar ein paarmal zu Vorträgen. Heute komme ich kaum noch dazu, doch sobald ich in Rente bin, nehme ich mir wieder mehr Zeit dafür.«

Ein Schatten der Melancholie huschte über Alis Gesicht.

»Wäre schön, wenn Ihre Mutter das wüsste. Wer weiß, wie sehr sie sich gefreut hätte.«

»Das hätte sie sicher, nun, man kann nicht alles wiedergutmachen. Aber ich würde dir doch empfehlen, ins Museum zu gehen, und wenn es nur ein einziges Mal ist. Fang mit dem Archäologischen Museum an. Gleich oberhalb vom Gülhane-Park. Du wirst dich wie auf einer Reise durch die Geschichte fühlen.«

Seine Miene strahlte auf, hoffnungsfroh fragte ich: »Oder warst du da schon?«

Das Strahlen erlosch auf der Stelle.

»Nein, Hauptkommissar, wie denn auch? Sie wissen es doch, jeden Tag passiert etwas Neues, jeden Tag ein neuer Mord.«

Wozu ihn weiter beschämen?

»Ich weiß, aber geh wirklich mal hin. Es wird dir gefallen. Im Grunde macht es gar keinen Sinn, ins Topkapı-Serail zu kommen, wenn man vorher nicht im Archäologischen Museum war.« Ich zögerte. »Noch besser wäre, wenn du zuallererst die Hagia Sophia besuchst. Eins ist die Fortsetzung des anderen. Hör zu, geh da wirklich mal hin.«

»Wird erledigt, Hauptkommissar«, murmelte er. »Dann gehen wir da mal hin.«

»Tu's nicht mir zuliebe, Junge. Ich ordne das nicht an, einen solchen Besuch kann man nicht befehlen. Ich empfehle es nur. Du wirst mir später dafür danken.«

Nein, Ali hatte nicht die Absicht, ins Museum zu gehen.

»Das hier ist das dritte Tor, nicht wahr, Hauptkommissar?« Mit Blick auf die Pforte der Glückseligkeit wechselte er das Thema. »Durch zwei Tore sind wir doch schon hindurch, oder?«

Wenn er es so wollte, blieb mir nichts anderes übrig, als seinen Willen zu akzeptieren. Ich machte mich daran, nach bestem Wissen die Palasttore abzuzählen.

»Ja, Ali, zwei Tore haben wir hinter uns, das hier ist das dritte. Das erste war das Bab-ı Hümayun, das Sultanstor oder die Porta Augusta, das Tor in der Sultansmauer. Das Tor ist nach persischer beziehungsweise iranischer Art gestaltet. Das zweite war das Bab-üs Selam, die Audienzpforte, durch die wir gerade kamen, die wurde à la franga gebaut, also nach europäischer Art. Vor uns liegt das Bab-üs Saade, diese Pforte der Glückseligkeit entspricht türkischer Art. Die drei Tore sagen uns, dass der Palast aus der Vereinigung der drei Hauptzivilisationen seiner Zeit, also der persischen, europäischen und türkischen architektonischen Kultur besteht. Zugleich verweisen sie darauf, dass das Osmanische Reich ein mächtiger Weltstaat war, der alle Kulturen umfasste, die auf seinem Territorium lagen. Jeder Raum, jeder Saal, jeder Garten, jeder Baum, jeder Brunnen hier hat eine Bedeutung, ob religiös, politisch oder sozial. Jeder Winkel der Gebäude hier birgt Hunderte Erinnerungen, die meisten leidvoller Natur, und erzählt Hunderte Geschichten, vor allem von entsetzlichen Ereignissen.«

Er hörte interessiert zu, nun lag Ernst in seiner Miene, die nach Respekt und Bedauern aussah. »Komm, gehen wir weiter«, sagte ich, sonst wären wir ewig vor der nach dem Vorbild der Kriegszelte türkischer Khagane gestalteten Pforte der Glückseligkeit stehengeblieben, vor der einst die Thronbesteigung der Sultane stattgefunden hatte und religiöse Feste gefeiert worden waren.

Mein Assistent, noch immer gefesselt von diesem Tor, schloss rasch zu mir auf. Unter einem breiten Portikus, der auf sechs einander gegenüberstehenden weißen und grünen Marmorsäulen lag, von wo aus der Sultan auf einem juwelenverzierten goldenen Thron einst Zeremonien beiwohnte, traten wir durch die Pforte der Glückseligkeit ein. Damit standen wir endlich in den privaten Räumen der osmanischen Dynastie, wo zu Zeiten, als hier noch Sultane residierten, im Gegensatz zum Tumult von heute absolute Stille geherrscht hatte. Ali bestaunte den Audienzsaal gegenüber. Das war die Stätte, an der der Sultan ausländische Gesandte empfing, in den Krieg ziehenden Heerführern Anweisungen erteilte und mit den Palastdienern sprach. Doch mir war jetzt nicht danach, meinen Assistenten durch den Audienzsaal zu führen. Eine der Verdächtigen eines Mordfalls war möglicherweise unter den drei Direktoren zu finden, die diesen alten Palast leiteten, der rund vierhundert Jahre lang den Osmanen gedient hatte.

»Gott allein hat das Recht zu töten.«

Leyla Barkıns Büro lag in den Räumen der Köche, die unter der Verantwortung des Oberküchenmeisters einst die Speisen für die osmanischen Sultane zuzubereiten und die Tafel zu decken hatten. Sie erwartete uns an der Tür. Offenbar hatte sie uns durch das auf den inneren Hof hinausschauende Fenster kommen sehen. Obwohl uns nur noch wenige Meter von ihr trennten, merkte mein Assistent an: »Na, so was, die Frau strahlt ja über beide Backen. Die haben Sie aber gut konditioniert, Hauptkommissar.«

Während ich der Museumsdirektorin zulächelte, ermahnte ich Ali, der jeden Augenblick eine Ungehörigkeit vom Stapel lassen konnte, flüsternd: »Rede nur noch lauter, und unsere gesamten Anstrengungen gehen den Bach runter!«

Auf der Stelle riss sich der Renitenzler zusammen. »Entschuldigen Sie, Hauptkommissar.«

Als wir näher kamen, streckte ich der Frau, die möglicherweise unter Tatverdacht für vier Morde stand, freundschaftlich meine Hand entgegen.

»Guten Tag, Leyla Hanım.«

Sie drückte mir die Hand kräftig wie ein Mann.

»Herzlich willkommen, Nevzat Bey.« Dann wandte sie sich mit demselben selbstgewissen Blick, derselben energischen Haltung meinem Assistenten zu. »Hallo, Kommissar Ali. Wie geht es Ihnen?«

Ali setzte sein Grinsen auf, das ihn in einen niedlichen kleinen Jungen verwandelte.

»Danke schön. Wenn ich Sie sehe, geht es mir gut.«

Als in Leylas Augen ein reservierter Blick auftauchte, weil sie nicht wusste, wie sie seine Worte interpretieren sollte, fühlte er sich zu einer Erklärung genötigt.

»Das heißt, ich hoffe sehr, Sie haben etwas Nützliches für uns.«

Das Strahlen in ihrem Gesicht erlosch.

»Das wäre schön, Kommissar Ali.« Ihre Stimme klang hoffnungslos. »Alle Gedanken, die Nevzat Bey und ich uns gemacht haben, erwiesen sich als haltlos. Als wüssten die Mörder darüber Bescheid, führten sie uns jedes Mal an der Nase herum.«

Sie sprach genau das aus, was uns durch den Kopf ging, nur dass sie sich aus der Liste der Verdächtigen ausnahm.

»Leyla Hanım …« Ein hochgewachsener Mann mit grauem Haar und schmalem Gesicht trat mit einer dicken Akte in den Händen zwischen uns. Einer von diesen Leuten, die seit Jahrzehnten Beamter sind und ihren Beruf gleich einer zweiten Haut tragen. »Wir wollten über die Kalligraphien sprechen, die zur Ausstellung geschickt werden sollen. Das Amt für Kultur drängt zur Eile …«

Leyla unterbrach ihn abrupt.

»Später, Edip Bey. Der Kulturdirektor kann warten. Ich komme zu Ihnen, sobald ich hier fertig bin.«

Edip Bey fühlte keine Veranlassung, seine Enttäuschung zu verhehlen. »Gut, wie Sie wollen«, murrte er und trippelte davon. Seine Direktorin blickte ihm ärgerlich hinterdrein.

»Manchmal weiß ich nicht, ob wir hier ein Museum sind oder ein Finanzarchiv.« Als sie sah, dass wir sie interessiert ansahen, klagte sie: »Bei all dem Arbeitsaufwand haben wir auch noch mit solchen Leuten zu tun. Jede überflüssige Sache legen sie mir vor. Nun, bleiben wir nicht hier stehen.« Sie schob die Tür hinter sich auf. »Wir gehen in mein Büro.«

Ihr Büro war schlicht. Links neben der Tür eine kleine Bibliothek aus Metallregalen an der Wand, gegenüber ein großer Holztisch, darauf ein Computer, links davon ein großformatiges Buch, aufgeschlagen, eine beiseitegeschobene Kaffeetasse, Stifthalter, ein Notizbuch. Rechts vom Computer eine blaue Vase, darin lilafarbene Hyazinthen, wie Ali sie kürzlich Zeynep mitgebracht hatte. Ob diese wohl von Namık stammten? Sollte ich fragen? Dadurch ließe sich herausbekommen, wie es um ihre Beziehung stand. Vielleicht erfuhren wir auch, warum sie bei Necdet übernachtet hatte, aber unsere Fragen könnten sie empören. Ich schwieg. Mein Blick fiel auf einen größeren Stich an der Wand. Der Künstler hatte den zweiten Hof dargestellt, vom Mitteltor, also dem Bab-üs Selam aus betrachtet. Auf dem Platz, den wir soeben überquert hatten, fand eine Prozession statt. Janitscharen mit unkenntlichen Gesichtern, Palastdiener, Personen, deren Kleider sie als ausländische Staatsmänner auswiesen, bei einem wichtigen Ereignis.

»Ein Empfang ausländischer Gesandter«, erklärte Leyla, die meinen Blick auf den Stich bemerkt hatte. Sie legte den Finger auf die Hügel hinter dem Palast, jenseits des Gewässers. »Sehen Sie, das sind die Hügel von Beyoğlu, so abgelegen und unbesiedelt, nicht wahr? Keine Spur von der plumpen, planlosen, wie aufgestapelt wirkenden hässlichen Bebauung unserer Tage.« Ihre honigfarbenen Augen, vom durch das Fenster einfallenden Licht leicht ins Grüne changierend, wurden träumerisch. »Ich hätte gern im damaligen Istanbul gelebt. Heute sehen wir jene Zeiten nur noch auf Stichen.« Als sie uns weiter stehen sah, zeigte sie auf die beiden Stühle vor ihrem bescheidenen Schreibtisch. »Bitte, nehmen Sie doch Platz.«

Ich setzte mich und fragte: »Dieses Serail hat Mehmed Fatih erbaut, nicht wahr?«

»Richtig.« Sie ließ sich hinter ihrem Tisch nieder. »Es war Fatih, der die Errichtung dieses Palastes beschloss. Beschloss, sage ich, weil der Bau, damals wurde er übrigens neues herrschaftliches Serail genannt, viele Jahre dauerte, genau wie beim Palatium Magnum, dem Großen Palast von Byzanz. Jeder neue Herrscher ließ erweitern, ganz wie seine jeweilige Zeit es erforderte. Noch unter Fatihs Nachfolgern Bayezid II., Selim dem Gestrengen, Süleyman dem Prächtigen, Selim II. und Murad III. dauerte der Bau an, tagein, tagaus erweiterten diese Sultane die Schaltzentrale des Reiches.«

Mir fiel der Große Palast von Byzanz ein, den wir im Modell bei Âdem Yezdan gesehen hatten. Er erstreckte sich von Sultanahmet bis ans Meer hinunter.

»Warum wählte Sultan Mehmed Fatih für den Palastbau ausgerechnet diese Stelle aus? Weil sie sicherer war?«

»Das mag auch eine Rolle gespielt haben. Vor allem aber war die Gegend hier damals die Akropolis.«

Offenbar verrieten ihr unsere Mienen, dass weder Ali noch ich etwas mit dem Begriff Akropolis anfangen konnten, so erläuterte sie: »Eine Art religiöses und militärisches Zentrum. Die Griechen suchten sich zentrale Hügel aus, auf die sie die wichtigsten Bauten der Stadt setzten. Falls Sie einmal in Athen waren, haben Sie es dort gesehen. Dort steht eine der ältesten Akropolen. Zur Zeit von Byzantion lag hier die Akropolis. Als die Römer die Stadt übernahmen, rührten sie das Areal der Tempel nicht an. Doch Fatih befahl, wenn auch erst Jahre nach der Eroberung der Stadt, an dieser Stelle den Palast zu erbauen. Jahre später, sage ich, weil der erste Palast, den die Osmanen in der Stadt errichteten, dort lag, wo heute die Istanbuler Universität steht.«

Als sie uns aufmerksam zuhören sah, verschränkte sie die Hände auf dem Tisch und erging sich in Einzelheiten.

»Die Reiche der Römer und der Osmanen hatten einiges gemeinsam. Schauen wir auf die Epoche von Byzanz, sehen wir, dass Hagia Sophia und Großer Palast sehr nah beieinanderlagen. Es heißt sogar, es habe Verbindungen zwischen Palast und Gotteshaus gegeben. Die gleiche Situation beim Topkapı-Serail und der mittlerweile in eine Moschee verwandelten Hagia Sophia. In beiden Reichen wollten die Herrscher über das Leben im Diesseits hinaus auch über den Glauben ihrer Untertanen bestimmen. Denn sie waren darauf angewiesen, die Staatsmacht mit moralischen Werten zu untermauern. Deshalb standen politische Herrschaftszentralen wie Paläste und Glaubenszentren wie Tempel in unmittelbarer Nähe zueinander.«

Leyla Hanıms Ausführungen waren interessant, doch ein Punkt war mir schleierhaft.

»Wenn er schon die Hagia Sophia in eine Moschee verwandelt hatte, warum ließ Fatih dann noch die Fatih-Moschee erbauen?«

»Als Symbol der Eroberung. Sie repräsentierte den Lebensstil der neuen Besitzer der Stadt. Die Fatih-Moschee ist ja nicht nur ein Gotteshaus, sie ist ein Komplex. Eine Lebensform. Sie sollte diese zweitausendjährige kosmopolitische Metropole mit den Farben der türkisch-islamischen Kultur prägen.« Sie schenkte uns ein herzliches Lächeln. »Schön, dass es Sie interessiert. Wären doch alle so!«

Ich murmelte etwas wie: »Na ja, im Grunde hält sich auch bei uns das Interesse in Grenzen.« Ali gab keinen Laut von sich, er langweilte sich.

»Nun gut.« Leyla Barkın langte zum Telefon. »Was darf ich Ihnen anbieten? Tee?«

Den ersten Tee hatten wir am Morgen bei Âdem Yezdan getrunken. Der freigiebige Geschäftsmann hatte auch Gebäck dazu servieren lassen. Gebäck heißt, der Tisch wurde mit Plätzchen und Teilchen, nach salzig und süß sortiert, aus den besten Konditoreien Sultanahmets überhäuft. Damit hatten wir uns gestärkt, sodass nun Zeit für einen Kaffee war.

»Wenn es keine Umstände macht, nehme ich einen Mokka mit wenig Zucker.«

»Und ich Nescafé.« Ali lümmelte breitbeinig auf seinem Stuhl. »Schwarz, bitte, weder Milch noch Zucker.«

Wie es sich für unseren harten Polizisten gehörte.

Als Leyla telefonisch unsere Getränkewünsche durchgab, fiel Alis Blick auf die Hyazinthen.

»Was für schöne Blumen ...«

Leyla legte auf, sie verstand nicht gleich.

»Wie bitte? Ach so, die Hyazinthen.« Wohlgefällig musterte sie die Blumen. »Sie duften herrlich, nicht wahr?«

Alis Absicht war mir sofort klar, und damit er die Frau nicht fragen konnte, ob die Blumen von ihrem Freund stammten, schlug ich rasch vor: »Kommen wir doch auf unser Anliegen zu sprechen, wenn es Ihnen recht ist. Wir haben nicht viel Zeit.«

Leyla verschränkte die Arme vor der Brust und lehnte sich zurück.

»Das wäre gut, Nevzat Bey, auch ich habe Fragen. Wir konnten ja am Telefon nicht in Ruhe sprechen. Haben Sie in der Hand des Opfers gestern Abend wieder eine Münze gefunden?«

»Das haben wir.«

»Die von Justinian?«

Ich nickte.

»Die von Justinian, genau, aber dieses Mal waren die Hände des Mordopfers nicht pfeilförmig angeordnet. Die Arme waren gespreizt. Die Münze lag in seiner rechten Hand.«

Die veränderte Lage des Opfers interessierte sie nicht.

»Haben Sie die Münze dabei?«

»Leider nicht. Ich wusste ja nicht, dass wir uns sehen würden.«

»Aber Sie haben sie gesehen, oder?«

Worauf wollte sie hinaus?

»Sie würden die Münze also erkennen? Wenn Sie eine Abbildung davon sehen, meine ich.«

Ohne meine Antwort abzuwarten, griff sie nach dem großformatigen Buch, das bereits aufgeschlagen vor ihr lag. Als sie es hochnahm, erkannte ich es, es war dasselbe, das wir neulich bei ihr zu Hause gesehen hatten. Hatte sie es hergebracht, weil sie davon ausgegangen war, dass wir kommen würden? Oder lag das Buch zufällig hier? Diese Fragen verschob ich in die Reihe der weiteren Verdachtsmomente und schaute in das Buch, das sie vor uns durchblätterte, Seite für Seite. »Hier«, sie deutete auf die Abbildung eines Goldtalers. »Schauen Sie genau hin, Nevzat Bey, ist das die Münze, die Sie gestern Abend gefunden haben?«

Ich hielt mir das Buch vor die Nase, der Metalltaler tauchte in allen Einzelheiten vor meinen Augen auf.

»Ja, auf der Vorderseite die Büste von Justinian. Mit Helm auf dem Kopf und Harnisch auf der Brust. Der Schriftzug IVSTINI …« Ich drehte die Münze um. »Hm, ein geflügeltes Wesen wie ein Engel, das ein Kreuz wie einen Stab hält …«

»Victoria«, korrigierte sie mich. »So hieß die Siegesgöttin der Griechen in der römischen Zeit. Aber Sie liegen gar nicht falsch, unter dem Einfluss des Christentums wurde diese Göttin später zum Engel.« Sie legte den Finger auf die Buchstaben CONOB. »Stand auch dieses Wort auf der Münze, die Sie gesehen haben?«

Ich erinnerte mich sofort.

»Ja. Was bedeutet das?«

»CONOB belegt, dass die Münze in Konstantinopel geprägt wurde. CON ist die Abkürzung von Constantinopolis, OB für

Obryzum, also reines Gold.« Sie zog das Buch zu sich hinüber und sinnierte: »Die Mörder wollten auf Justinian hinweisen.«

Da war ich mir nicht so sicher.

»Auf Justinian oder auf die Hagia Sophia?«

Die rechte Hand unter dem Kinn, blickte sie mich tiefsinnig an.

»Richtig, darüber hatten wir ja schon diskutiert, nicht wahr?«

Um sie ein wenig in die Ecke zu drängen, verriet ich, zu welchem Ergebnis ich gekommen war.

»Meines Erachtens beziehen sich die Morde auf die Stadt. Die Mörder wollen unsere Aufmerksamkeit nicht auf die Herrscher, sondern auf bedeutende Monumente in der Stadt lenken.«

Ihr war sofort klar, dass meine Worte indirekt den VVI beschuldigten oder doch ihren Verein in die Riege der Verdächtigen einreihten.

»Im Grunde läuft beides auf dasselbe hinaus. Nur mächtige Herrscher trugen dazu bei, dass die Stadt wuchs und schöner wurde.«

»Dass Theodosius II. kein mächtiger Herrscher war, haben Sie gesagt.«

»Aber sein Umfeld war außerordentlich mächtig. Regent Anthemius, der über das Land herrschte, als Theodosius noch ein kleiner Junge war, war ein großer Staatsmann. Auch ließ seine Schwester, die kluge und ehrgeizige Pulcheria, den Kaiser nie allein.«

Nein, das reichte mir nicht.

»Gut, sagen wir mal, so war es. Dennoch muss es einen Sinn haben, dass die Opfer vor historischen Stätten abgelegt werden. Nehmen wir beispielsweise Justinian. Nach dem Nika-Aufstand baute er diese Stadt völlig neu auf.«

Sie warf mir einen ebenso erstaunten wie anerkennenden Blick zu.

»Der Nika-Aufstand also. Ich sehe, Sie kennen sich auch in der Geschichte Ostroms aus, Nevzat Bey. Schön, schön.«

»Ach was, das ist nur oberflächliches Wissen. Warum die Hagia Sophia? Die Mörder hätten ebenso gut die Basilika-Zisterne wählen können. Denn auch die hat Justinian erbaut. Oder warum die Konstantinssäule? Um auf Konstantin zu verweisen, hätten sie sich auch das Hippodrom aussuchen können. Soweit ich weiß, hat Konstantin das Hippodrom vollenden lassen.«

»Oder der Große Palast«, murmelte sie versonnen.

»Genau das meine ich. Warum haben sie das zweite Opfer nicht dort abgelegt?«

Schweigen machte sich breit.

»Meiner Meinung nach«, fuhr ich fort, »wollten sie darauf hinweisen, dass diese Stadt die Hauptstadt Roms war. Denn zu diesem Zweck wurde die Konstantinssäule aufgestellt. Stimmt doch, oder?«

Sie nickte bedächtig.

»Sie mögen recht haben. Wenn wir den Poseidon-Tempel nicht mitzählen, obwohl auch der zu Zeiten Byzantions vermutlich ein bedeutsames Monument war. Konstantinssäule, Landmauern und Hagia Sophia sind tatsächlich Bauten von symbolischer Bedeutung für die Stadt.« Ich glaubte sie schon überzeugt, da schob sie die Haarsträhnen, die ihr ins Gesicht gefallen waren, zurück und setzte zur Verteidigung an. »Aber diese Monumente sollten zugleich die Macht der Herrscher demonstrieren. Nehmen wir die Hagia Sophia. Justinian sagte, er baue diesen Tempel für die christliche Welt. Aber war das tatsächlich so? Ich glaube kaum. Tempel bescheren weniger Gott Ruhm als vielmehr dem Herrscher, der sie errichten lässt. Sie erinnern daran, dass auf Erden der Herrscher teilhat an der Macht, die allein Gott zukommt. Wie Tempel den Namen ihres Erbauers verewigen, erhöhen sie auch die Achtung für ihn in den Augen seines Volkes. Und das, obwohl für den Bau der Tempel dem Volk der Lebensunterhalt beschnitten wurde. Im Grunde festigen also die Erbauer solcher Tempel unter Ausnutzung der Religion ihre Macht. Hätte Justinian sonst zwei Genies wie Isidor von Milet und Anthemios von Tralleis geholt und zehntausend Männer volle fünf Jahre lang für diesen Bau eingestellt?« Ihre Augen funkelten, als fiele ihr noch ein hübsches Detail ein. »Aber Justinian hatte einen besonderen Grund, die Hagia Sophia zu erbauen. Er wollte seine Liebe verewigen. Nein, ich rede nicht von seiner Verbundenheit zu Jesus, ich meine seine Leidenschaft für seine Gattin Theodora. Auf den Kapitellen der einzigartigen Säulen dort stehen die Monogramme von Justinian und seiner Gattin Theodora. Wie heute die Logos großer Unternehmen. Sosehr die Hagia Sophia also ein Gotteshaus ist, sosehr ist sie auch ein riesiges Monument, das ein leidenschaftlicher Kaiser der geliebten Frau gesetzt hat.«

Viele hätten diese Worte für romantisch gehalten, doch Ali reagierte mit heftiger Ablehnung.

»Ehrloser Schurke! Lass dreißigtausend Männer, Frauen und Kinder über die Klinge springen und stell dann, ohne dich um das Blut an deinen Händen zu kümmern, deiner Frau als Beweis deiner Liebe einen Tempel hin!«

Die Worte meines Assistenten gefielen Leyla Barkın, doch die Historikerin in ihr gewann die Oberhand, sie bemühte sich, die Wogen zu glätten.

»Seien Sie nicht so unerbittlich. Natürlich spielte auch sein Glaube an Gott eine Rolle dabei.«

»Vielleicht ließen sie das Gotteshaus auch aus Angst vor der Strafe für die dreißigtausend Toten bauen«, warf ich ein. »Da sie fromm waren, fürchteten sie Gott doch vermutlich.«

»Das liegt im Rahmen der Möglichkeiten. Aber die Macht auf

Erden ist unvereinbar mit dem Gedanken an Gott. Es heißt, Konstantin habe sich aus diesem Grund noch auf dem Totenbett taufen lassen. Wie jeder Herrscher scheute auch er sich nicht, Blut zu vergießen wo nötig. Dabei hat Gott allein das Recht zu töten. Es soll osmanische Prinzen gegeben haben, die nicht Sultan werden wollten, weil sich das nicht mit ihrem Glauben vereinbaren ließ.«

»Mensch, ich hab da mal eine Frage.« Ali setzte sich auf und fuhr sich mit der rechten Hand durch die Igelfrisur. Grimmig richtete er den Blick auf Leyla. »Man sagt, Sultan Mehmed Fatih hat drei Tage Plünderung angeordnet nach der Eroberung von Istanbul. Stimmt das?«

Auf den Zügen der Direktorin erschien der freundliche Ausdruck einer Lehrerin, die einer naiven Schülerfrage mit Verständnis begegnet.

»So steht es in den Geschichtsbüchern.«

Als sie sah, wie Alis Miene sich verfinsterte, fühlte sie sich gemüßigt, ihn zu trösten, als hätte sie selbst die dreitägige Plünderung angeordnet.

»Bei der Belagerung der Stadt hatte er Kaiser Konstantin XI. allerdings zugesichert, dass niemandem ein Haar gekrümmt werde, wenn sie sich ergeben.«

Die Miene meines Assistenten hellte sich auf.

»Der Kaiser ergab sich nicht, oder?«

»Nein. Hätten Sie das an seiner Stelle getan? Hätten Sie das vieltausendjährige Vaterland kampflos eigenhändig übergeben?«

»Wohl kaum«, gestand unser aufrichtiger Ali. »Auch ich hätte gekämpft.«

»Kaiser Konstantin XI. kämpfte. Und zwar bis zuletzt. Und weil sie kämpften, dauerte die Einnahme der Stadt dreiundfünfzig Tage lang. Das osmanische Heer erlitt Verluste. Und Sultan Mehmed ließ nach der Eroberung plündern. Es war aber nicht

Fatih, der dieser Stadt den größten Schaden zufügte, Kommissar Ali, es waren die Lateiner. Der vierte Kreuzzug. Als sie Konstantinopel, in das sie im Jahre 1204 eingezogen waren, im Jahre 1261 wieder verließen, lag die Stadt in Ruinen. All die Monumente, die Konstantin der Große und Justinian errichtet hatten und deren Bau die Bevölkerung dieser schönen Stadt, die so viel über sich ergehen lassen musste, engagiert mitgetragen hatte, wurden von den Kreuzfahrern in ihrer Gier nach Gold, Silber und Edelsteinen zerstört, zerschlagen, niedergebrannt …«

Wie weit waren wir vom Thema abgekommen! Ich schnitt ihr das Wort ab: »Die Vergangenheit steckt voller Gewalt und Brutalität. Wir können nichts mehr für sie tun, aber die Brutalität von heute können wir stoppen. Soweit wir sehen, hören die Mörder nicht auf. Ja, Leyla Hanım, was meinen Sie, was wird das nächste Ziel der Mörder sein?«

Sie straffte sich.

»Ich weiß wirklich nichts mehr zu sagen, Nevzat Bey.« Ihr Blick schien um Verzeihung zu bitten. »Vielleicht sollten Sie dazu nicht mich befragen.« Sie hielt inne, weil es dreimal an der Tür klopfte. »Das muss unser Kaffee sein.«

Doch durch den Türspalt schlüpfte kein Angestellter mit Tablett in der Hand, sondern ein junger Mann mit einem Pappkarton unter dem Arm. Auf seiner Mütze prangte das Logo eines Paketdienstes. Sein Blick ging zu der Frau am Tisch.

»Ich suche die Direktion. Ein Paket für das Museum.«

Leyla Barkın taxierte den Zusteller unwirsch.

»Okay, okay, bringen Sie es her.« Uns murmelte sie gequält zu: »Mit solchen Routinelappalien geben wir uns ab.«

Der junge Paketzusteller machte sich nichts aus dem Genörgel der Frau Direktorin. Unbeteiligt wie jemand, der seine übliche Pflicht tut, trat er näher und stellte den Pappkarton auf den

Schreibtisch. Er fingerte einen Zettel, vermutlich eine Quittung, aus der Jackentasche.

»Hier müssen Sie unterschreiben.«

Leyla nahm den Zettel unwidersprochen entgegen, doch ihr Blick hing an dem Karton.

»Wer schickt das?«

Genervt las der Zusteller den Namen des Absenders vom Paket ab.

»Mehmet Ikinci.«

»Mehmet Ikinci?« Ihre Überraschung wuchs. »Nein, ich kenne keinen Mehmet Ikinci.« Sie reichte die unterschriebene Quittung dem jungen Mann zurück, dann glitt ihr Blick erneut zum Paket. »Ob das eine Spende ist?« Sie wandte sich an uns. »Manchmal kommen Spenden von Leuten, die anonym bleiben möchten. Schätze, die zuvor aus dem Palast entwendet worden waren. Dann fürchtet man, Ärger zu bekommen, und schickt sie per Post zurück.« Sie registrierte, dass der Paketzusteller noch immer vor ihr stand. »Ja, bitte?«

Der Mann, der das Paket anstarrte, als wäre er neugierig auf den Inhalt, erschrak wie auf frischer Tat ertappt.

»Alles okay. Schönen Tag noch.«

Nachdem er gegangen war, wollte Leyla da wieder ansetzen, wo sie unterbrochen worden war.

»Vielleicht sollten Sie mir diese Frage gar nicht mehr stellen. Meine Mutmaßungen haben sich nie als richtig erwiesen.« Ihr Blick lag auf mir, sie sprach über die Orte, an denen die Opfer präsentiert worden waren, doch ihr Kopf war bei dem Karton, den der Zusteller gebracht hatte, bei seinem Inhalt. »Ich fürchte, Sie erneut in die Irre zu führen. Obwohl ich natürlich gern helfen möchte.« Mittlerweile war auch ihr Blick zu dem Paket gewandert.

»Kümmern Sie sich gern zuerst um Ihr Paket«, sah ich mich gezwungen zu sagen. »Offenbar sind Sie sehr neugierig.«

Leichte Röte überzog ihre Wangen.

»Verzeihen Sie bitte, ja, Sie haben recht.«

»Warum machen Sie es nicht auf?« Scheute sie sich, es in unserer Gegenwart zu öffnen? »Wir können auch rausgehen.«

»Nein, nein.« Sie hob die Hände, als wären wir schon aufgestanden, und bat uns sitzenzubleiben. »Sie brauchen nicht rauszugehen. Das ist ja kein Staatsgeheimnis, höchstens ein Antikenschatz.« Sie beugte sich nach rechts und zog die unterste Schreibtischschublade auf. Daraus entnahm sie ein Taschenmesser. »Manchmal kommen aus solchen Paketen auch völlig wertlose Teile zum Vorschein. Die Teekanne einer verstorbenen Großmutter oder eine billige Öllampe, die man für antik hält.« Mit dem Taschenmesser durchschnitt sie das rings um den Karton gewickelte durchsichtige Klebeband. »Einmal schickte jemand vier Kacheln. Dem Paket lag eine Notiz bei. Der Schreiber erklärte, sein Großvater habe die Fayencen aus dem Bagdad-Pavillon gestohlen, er bitte uns und den Erbauer des Pavillons, Sultan Murat, um Entschuldigung. Das Spannende daran war, dass die Kacheln überhaupt nichts mit dem Pavillon zu tun hatten, es handelte sich vielmehr um billige Allerweltsware, wie man sie in jedem Baumarkt bekommt.« Das Klebeband war nun zerschnitten. Jetzt hebt sie den Deckel ab, dachte ich, doch sie schob noch eine Erklärung für uns hinterher. »Das sage ich, damit Sie nicht enttäuscht sind, wenn auch hier nur irgendwelcher Unsinn drin sein sollte.«

»Keine Sorge«, wandte Ali hastig ein. Das Geheimnis des Kartons schien ihn erfasst zu haben. »Machen Sie es doch bitte auf.«

Leyla legte das Taschenmesser beiseite und hob den Pappdeckel ab.

»Muss etwas Zerbrechliches sein, ist in Watte gepackt.« Sie

räumte die Wattebäusche heraus. »Hoffentlich hat sich der Aufwand nachher gelohnt.« Eine Handvoll, zwei Handvoll, sie stapelte die Wattebäusche vor dem Paket auf dem Tisch, bei der dritten Handvoll hielt sie inne, ihre hübschen Brauen zuckten. »Was ist das denn?« Sie zögerte nicht lange, wollte erneut die ergriffene Watte aus dem Karton graben, aber das, was sie nun sah, hinderte sie daran. »Hiiih!« Schockiert riss sie den Kopf zurück. Beeindruckender als ihr Schrei war die Explosion des Entsetzens in ihren Augen. Ihr Gesicht war kalkweiß. Die ergriffenen Wattebäusche in der Hand, die Augen schockiert aufgerissen, erstarrte sie. Außerstande zu sprechen oder sich zu regen. Ich sah, wie ihr Körper zitterte, ihre Finger lösten sich von selbst, die Wattebäusche segelten zu Boden. Doch Leyla nahm nichts mehr wahr, langsam senkten sich ihre Augenlider. Kaum durchfuhr mich der Gedanke, gleich falle sie in Ohnmacht, sprang ich hinzu und schlang ihr den Arm um die Taille.

»Tief einatmen«, empfahl ich, während ich sie auf ihren Stuhl setzte.

Sie schien meine Worte gar nicht zu hören, wies nur mit der zitternden Hand auf den Karton.

»Da … Da drin …«

Ich näherte mich dem Karton, doch mein ungeduldiger Assistent war schneller. Was immer darin stecken mochte, kaum hatte er es erblickt, fuhr auch er mit gerümpfter Nase zurück, als hätte er einen heftigen Schlag erhalten.

»Verfluchte Scheiße!«

Als Alis Körper die Sicht freigab, erkannte ich Locken in einer durchsichtigen Tüte, rabenschwarze, glänzende Locken fielen auf eine vorspringende Stirn und eine lange Nase. Ich hatte so etwas schon gesehen, dennoch spürte ich, wie sich mein Magen verkrampfte, ich wäre wohl nicht umgefallen, trotzdem hielt ich mich unwillkürlich an der Tischplatte fest. Ja, da steckte ein menschlicher Kopf im Pappkarton. Der Kopf eines Menschen in einer Plastiktüte, in Watte verpackt und in einem Pappkarton an Leyla Barkın geschickt. Er war zwar bleich, aber so frisch, dass er nicht als antiker Schatz gelten konnte.

»Sie töten der Reihe nach alle, die Istanbul Schaden zufügen.«

Der Kopf eines frischen Leichnams, dessen Todeszeitpunkt schätzungsweise maximal achtundvierzig Stunden zurücklag, war zweifellos das jüngste Werk unserer Mörder. Sie hatten uns überrumpelt, auf einen Schlag ihre Strategie geändert und die Zeremonie der Platzierung des Opfers von Mitternacht auf den helllichten Tag verschoben. Hatte das eine Bedeutung, oder wollten sie uns verwirren?

Nachdem ich Ali dem Paketzusteller auf die Fersen gesetzt hatte, wandte ich mich Leyla zu, die damit beschäftigt war, den Schock zu verarbeiten, sie möge bitte den Teeservice anrufen und den Kaffee stornieren. Das tat sie sofort. Ich erbat den Schlüssel ihres Büros, sie reichte ihn mir, ohne nach dem Grund zu fragen. Von innen schloss ich ab. Uns wäre nicht damit gedient, wenn die Sache sich herumsprach und die Museumsangestellten herbeigelaufen kämen. Die Museumsdirektorin berappelte sich allmählich, im Grunde steckte sie den Schock schneller weg, als ich gedacht hätte. Plötzlich kam mir der Gedanke, das alles könnten Teile eines ausgeklügelten Plans sein. Der Wachmann am Mitteltor hatte gesagt, die Detektoren seien seit dem Vortag gestört. Wären die Apparate nicht außer Gefecht gewesen, hätten die Wachleute am Audienztor gesehen, dass im Karton ein abgeschnittener Menschenkopf steckte, und das Paket wäre gar nicht in die Hände der Direktorin gelangt, bei der wir in ebendiesem Moment saßen. Sollten die Mörder beabsichtigt haben, dass die Museumsdirektorin den Karton in unserer Gegenwart öffnet und vor unseren Augen den Schock erleidet, mussten sie von den defekten Detektoren erfahren haben. Das bedeutete, sie kannten die Vorgänge im Museum. Die gesuchten Verbrecher konnten also ebenso gut Museumsangestellte sein wie auch die mir gegenübersitzende Direktorin selbst. Zudem gab es nur eine Person, die wusste, dass ich um diese Zeit im Museum sein würde: Leyla Barkın. Sie hatte mich am Morgen angerufen und persönlich hergebeten. Andererseits, warum sollte Leyla das tun? Die Antwort erforderte kein großes Kopfzerbrechen. Falls, wie Âdem Yezdan behauptete, Namık der Mörder war und darüber hinaus Leyla seine Komplizin, hieß das, sie bemerkten, dass sich der Kreis um sie allmählich schloss. Zumindest wussten sie, dass der Wärter vom Hotel Ayasofya Konakları sie gestern Nacht im weißen Minibus gesehen hatte. Andererseits konnten sie sich denken, dass wir mit Âdem Yezdan reden würden. Ebenso, was der raffinierte Tourismustycoon uns über sie erzählen würde. Um all die Zweifel auszulöschen, mussten sie einen so mutigen wie frappierenden Vorstoß wagen. Wie den, Leyla Hanım einen abgeschnittenen Kopf in einem Pappkarton zu schicken, als wäre es eine Drohbotschaft. Und das unter unseren Augen. Der Ohnmachtsanfall der Direktorin konnte also sehr wohl vorgetäuscht sein. Ich starrte ihr ins Gesicht, als wollte ich genau das herausbekommen. Sie missverstand mich oder setzte ihr Schauspiel fort.

»Keine Sorge, Nevzat Bey, es geht mir gut. Wirklich, ich bin okay.«

Mein Part war es, ihr scheinbar zu glauben.

»Ja, Sie sehen schon besser aus. Ich bin froh, dass Sie okay sind.« Ich lenkte den Blick zum Pappkarton. »Ich muss Sie um etwas bitten, das nicht ganz einfach sein wird.«

»Was denn?«

»Bitte sehen Sie sich den Kopf im Karton an …«

Sie schluckte, wie eine Inszenierung es erfordert hätte, und setzte auch die dazu nötige erschrockene Miene auf. Ich würde ihr nicht erlauben, sich zu entziehen.

»Wenn Sie ihn identifizieren, erleichtert das unsere Arbeit ungemein. Dann können wir feststellen, ob es eine Verbindung zu den anderen Opfern gibt.«

Zurückhaltend, als könnte sie es nicht glauben, stammelte sie: »Das … das heißt, dieser Kopf … Also der ist die Fortsetzung der anderen Morde?«

Statt meine eigenen Gedanken abzuwägen, wollte ich ihre in Erfahrung bringen.

»Ich weiß es nicht. Doch es muss eine Bedeutung haben, dass er Ihnen geschickt wurde. Oder nicht? Was meinen Sie?«

Sie wich meinem Blick aus und musterte stattdessen verstohlen den Karton.

»Ich weiß es auch nicht.« Eine Weile klebten ihre Blicke unschlüssig an dem unheilvollen Paket. »Wenn ich ihn identifiziere …«

»Dann haben wir viel schneller ein Ergebnis«, ermunterte ich sie. »Zumindest wird klar, ob der arme Kerl hier im Karton etwas mit unseren Ermittlungen zu tun hat.«

Sie war noch immer unentschlossen, holte aber tief Luft, als müsse sie Kraft sammeln, und stand auf.

»Gut, ich mache es. Bleiben Sie bitte an meiner Seite.«

»Selbstverständlich.« Lächelnd deutete ich auf die Tür, um sie zu beruhigen. »Ich kann ja gar nicht weg. Aber ernsthaft: Versuchen Sie, sich den Kopf nicht als Teil eines Menschen vorzustellen, sondern als Gegenstand. So machen es Mediziner bei der Obduktion.«

»Leicht gesagt«, wandte sie ein, trat aber an den Pappkarton heran, was sie offensichtlich keine größeren Anstrengungen kostete.

Nun war ich an der Reihe. Ich schnappte mir das Taschenmesser vom Tisch und schnitt den Karton auf, wobei ich ihn so wenig wie möglich berührte. Als die Vorderfront fiel, erschien der Kopf in all seiner Pracht. Nur war die durchsichtige Plastiktüte leicht beschlagen, das Gesicht nicht klar zu erkennen. Also schnitt ich die Plastikhülle von oben nach unten auf. Ich griff nach den Zipfeln und zog sie auseinander, erst kam die lange Nase hervor, dann die breite Stirn und zuletzt das Lockenhaar des Opfers. Wie bei den bisherigen Leichnamen gab es kein Blut. Der Kopf war längere Zeit nach dem Mord abgetrennt worden. Ein Job für einen Chirurgen, dachte ich, doch selbstverständlich hielt ich den Mund. Der arme Kopf wirkte gar nicht so entsetzlich. Der Mann musste Mitte vierzig sein. Selbst der starre Blick, der die dunklen Augen unter den kräftigen Brauen okkupiert hatte, tat seinem guten Aussehen keinen Abbruch. Das dreiste Lächeln auf seinen Lippen gab dem Gesicht einen schelmischen Ausdruck, als verhöhnte es den Betrachter.

»Das… das ist Fazlı Bey«, sagte Leyla an meiner Seite. Die Scheu hatte sie inzwischen abgelegt. Sie beäugte ihn wie ein bekanntes Gesicht, dem man in der Menge begegnet. »Fazlı Gümüş.«

Den Namen hörte ich zum ersten Mal, trat aber etwas zurück und musterte das Gesicht, als müsste auch ich mich erinnern.

»Wer ist dieser Fazlı Gümüş?«

»Stellvertretender Bürgermeister.« Wieso kennen Sie den nicht, schien sie zu fragen. »Das heißt, Stellvertreter des ehemaligen Bürgermeisters. Wir hatten viel mit ihm zu tun.«

»Was war er für einer?«

»Wie meinen Sie das?«

In Gegenwart des uns mit spöttischem Blick beobachtenden

Kopfes darüber zu sprechen, kam mir schon komisch vor, doch ich musste es erklären.

»Ich meine, war er in Korruption verwickelt? Keines unserer Opfer war ein Unschuldslamm.«

Sie runzelte die makellose weiße Stirn.

»Ja …« Sie fixierte nicht länger den rumpflosen Kopf des Ex-Vizebürgermeisters. »Leider steckte auch er in Korruptionsaffären. Er war sogar in denselben Prozess wie Âdem Yezdan involviert.«

Wieder tauchte Âdem Yezdan auf. Ginge es nach Leyla, brauchten wir die Mörder nicht mehr zu suchen, verantwortlich war ohnehin jener gierige Unternehmer, der geschichtsfeindliche Tourismustycoon.

»Welcher Prozess war das?«

»Sie werden sich erinnern, ich erzählte kürzlich davon. Es ging um den Einsturz der Mauer einer Zisterne aus byzantinischer Zeit. Fünf Personen starben dabei, darunter auch Bauarbeiter. Das Gericht erließ Freisprüche, allgemein werden aber Âdem Yezdan und Fazlı Gümüş, der ihm zugearbeitet hatte, dafür verantwortlich gemacht. Der Mauereinsturz war kein Unfall, es handelte sich um einen Sabotageakt Âdem Yezdans, der sein Megaprojekt umsetzen will. Doch wir sind hier ja in der Türkei: Zeugen änderten ihre Aussagen, man redete mit Staatsanwälten und Richtern und schwups plädierte das Gericht auf Freispruch. Unser VVI ging den Rechtsweg bis zum Ende. Drei Jahre waren wir mit diesem Prozess beschäftigt. Schließlich kassierte das Revisionsgericht die Freisprüche. Der Prozess wird neu aufgerollt, der VVI als Nicht-Regierungsorganisation ist sowohl Kläger wie Nebenkläger.«

»Könnten auch die vorherigen Opfer etwas mit diesem Prozess zu tun gehabt haben?«

»Das weiß ich nicht. Aber wenn Sie sich die Expertenkommission dieses Prozesses anschauen, finden Sie da vielleicht Antworten auf Ihre Fragen.«

Nun hatte sie also die Katze aus dem Sack gelassen. Ich weiß nicht, sagte sie, scheute sich aber nicht, unterschwellig einen Tipp zu geben.

»Das schauen wir uns an, Leyla Hanım. Nötigenfalls vernehmen wir alle, die etwas mit diesem Prozess zu tun haben.«

Ihr Gesicht wirkte zufrieden, als hätte sie ihr Ziel erreicht. Erneut richtete sie die honigfarbenen Augen auf den Kopf des Ex-Vizebürgermeisters.

»Wo mag sich der Körper des armen Kerls befinden?«

Mein Handy unterbrach das Gespräch. Auf dem Display sah ich Zeyneps Namen. Offenbar wieder eine verhängnisvolle Nachricht, ihre Stimme schwamm in Anspannung.

»Wieder eine Leiche, Hauptkommissar. Im Hof der Fatih-Moschee. Eine Leiche ohne Kopf.«

Natürlich war ich wenig überrascht, ich verdeckte das Mikrofon und sagte zu Leyla: »Sie haben den Körper von dem armen Teufel gefunden bei der Fatih-Moschee.«

Auch Leyla zeigte kaum Verwunderung. »Oh«, entfuhr es ihr lediglich.

Erneut widmete ich mich dem Handy.

»Auf dem Ausweis in der Jackentasche steht Fazlı Gümüş.« Unsere beunruhigte Kriminologin setzte ihren Bericht fort. »Da der Kopf fehlt, sind wir uns aber nicht sicher, ob es sich bei der Person auf dem Foto tatsächlich um das Mordopfer handelt.«

»Es stimmt, Zeynep, das Opfer heißt Fazlı Gümüş. Stellvertreter des ehemaligen Bürgermeisters. Vermutlich der Vorgesetzte von Mukadder Kınacı.«

»Woher wissen Sie das denn, Hauptkommissar?«

Die Überraschung, die auf unserer Seite nicht gegriffen hatte, packte Zeynep sofort.

»Weil der Kopf des Opfers hier ist.«

»Was? Wo?«

»Im Topkapı-Museum. Auf dem Schreibtisch der Direktorin. Er kam mit der Post.«

Kurz legte sich Stille über die unsichtbare Distanz zwischen uns.

»Verstanden«, sagte sie dann mit ruhiger Stimme. »Fatih-Moschee und Topkapı-Serail. Die Mörder wollten also auf zwei verschiedene Orte verweisen.«

»Zwei verschiedene Orte, aber ein und derselbe Herrscher. Sultan Mehmed Fatih.«

»Ja, sind wir also schließlich bei Fatih gelandet. Da ist noch etwas, Hauptkommissar. Beide Hände des Opfers sind an den Handgelenken abgetrennt.«

»Die Hände haben sie abgetrennt?«, wiederholte ich aufgeregt. »Wie das?«

»Ganz ordentlich, Hauptkommissar. Sieht nach der Arbeit eines Meisterchirurgen aus. Die Hände haben sie im Sarg dazugelegt.«

»Die Hände sind abgeschnitten?« Leyla, die unser Gespräch mithörte, erfasste genau wie mich eine neue Welle der Erregung.

»Ja, an den Handgelenken.«

»Atik Sinan …« Blutleer zitterten ihre Lippen. »Genau wie bei Atik Sinan. Zuerst wurden die Hände, dann der Kopf abgeschnitten.«

Von wem sprach diese Frau?

»Okay«, fertigte ich Zeynep am anderen Ende nun hastig ab. »Bleib du bei der Moschee, ich bin auch bald da.«

»Wird gemacht, Hauptkommissar.«

Als ich auflegte, sah ich Leyla, die sich nicht länger für unser Telefonat interessierte, die Adresse auf dem Paket lesen.

»Na klar!« Sie schlug sich mit der Hand gegen den Kopf. »Mehmet Ikinci! Also Fatih Sultan Mehmed!«

Wie kam sie von der Adresse auf den Sultan? Ich verstand nur Bahnhof. Sie sah mich irritiert an.

»Mehmed II. Das Paket wurde in seinem Namen geschickt. Albernerweise haben sie den Absender Mehmet Ikinci genannt, ikinci bedeutet ja: der Zweite!«

Endlich fiel bei mir der Groschen.

»Mehmet Ikinci«, wiederholte ich. »Richtig, Sultan Mehmed Fatih, das ist ein Hinweis auf den Eroberer.« Mir war nicht im Traum eingefallen, den Namen Mehmet Ikinci mit Sultan Mehmed II. in Verbindung zu bringen. Die Mörder waren nicht nur schlau, sie hatten auch noch Sinn für Humor. Und möglicherweise war einer derer, die sich das alles ausgedacht hatten, unsere Museumsdirektorin höchstselbst, die im Augenblick die Überrumpelte spielte. Deshalb brachte ich die Rede auf Sinan, dem erst die Hände, dann der Kopf abgetrennt worden waren.

»Dieser Sinan, von dem Sie sprachen, ist das der Baumeister Sinan?«

»Nein, Atik Sinan wurde noch vor der Geburt des Baumeisters Sinan umgebracht. Der Arme hatte die Fatih-Moschee erbaut. Der Überlieferung zufolge gefiel die Moschee Sultan Mehmed nicht, es heißt auch, er sei verärgert gewesen, weil die Moschee nicht so groß wie die Hagia Sophia war. Einer anderen Meinung nach habe der Sultan spitzgekriegt, dass sein Baumeister Atik auf der Baustelle lange Finger machte und sich mittels einer auf seinen Namen gegründeten Stiftung in die eigene Tasche wirtschaftete, woraufhin er ihm zuerst die Hände abtrennen und dann voller Wut ihn auch noch köpfen ließ.«

»Die Mörder neigen also offenbar zu dieser zweiten Meinung«, sagte ich mit einem Blick auf den vom Rumpf getrennten Kopf des früheren zweiten Bürgermeisters, der den spöttischen Ausdruck nicht verlieren würde, bis er verwest war. »Und diese Bestrafung nahmen sie Jahrhunderte später für ihren eigenen Mord zum Vorbild.«

»Wahnsinnig gnadenlos, extrem wirr.« Ihre Stimme klang verzweifelt. Oder sie ließ sie so klingen. »Was wollen die nur?«

Womöglich war ich gezwungen, ihr die eigene Absicht darzulegen.

»Ich glaube, sie wollen Gerechtigkeit herstellen. Es ist eine Art Rache. Vergeltung im Namen der Stadt. Sie töten der Reihe nach alle, die der Stadt schaden. Und das verkünden sie. Genau wie die Aktionen, die Ihr Verein zur Verteidigung Istanbuls durchführt.«

Sie fuhr auf bei meinen Worten, doch das kümmerte mich nicht.

»Entschuldigen Sie den Vergleich, niemand soll sich getroffen fühlen. Aber genau wie Ihr Verein setzen auch die Mörder sich auf ihre Weise für die Stadt ein. Nur sind ihre Methoden andere. Sie halten so etwas wie einen Darbietungsgottesdienst ab, könnte man sagen. Sie wissen es besser als ich, früher wurden Opfer den Göttern geweiht, die Mörder nun weihen ihre Opfer ebendieser Stadt. Und die Personen, die sie dafür auswählen, sind keineswegs unschuldig. Sie wollen, dass die Öffentlichkeit die Morde wahrnimmt, sie übermitteln den Einwohnern Istanbuls eine Botschaft: Wer dieser Stadt schadet, dem schaden auch wir. Vielleicht rufen sie auch: Nehmt euch eurer Stadt an! So ähnlich wie die Parolen auf Ihren Transparenten. Wir könnten es eine Art Geschichtsstunde nennen. Und deshalb krönen sie ihre Morde mit den Münzen der Herrscher, die diese Stadt aufbauten, und den von ihnen errichteten Monumenten. König Byzas, der die Stadt gründete, Konstantin der Große, der sie zur Hauptstadt des Römischen Reiches machte, Theodosius II., der die unbezwingbaren Landmauern errichten ließ, Justinian, der Konstantinopel ganz neu aufbaute …«

Als sie meinen Satz ergänzte, betonte sie jedes Wort, wie um eine bekannte Tatsache zu unterstreichen: »Und Sultan Mehmed Fatih, der eine marode, veraltete, ringsum belagerte mittelalterliche Stadt in die Residenz der Osmanen verwandelte.«

Ich war schon nahezu überzeugt, dass sie meine Gedanken teilte, da fuhr sie fort. »Aber«, fing sie mit unverhohlener Raffinesse in den honigfarbenen Augen an. »Aber was, wenn die Mörder nur wollen, dass wir so denken? Wenn ihre eigentliche Absicht doch bloß ist, die Menschen, die ihnen schaden, zu vernichten? Wenn sie dabei, um zwei Fliegen mit einer Klappe zu schlagen, den Opfern jeweils eine Münze beigeben und sie an bedeutenden Monumenten präsentieren, um die Menschen, die sich für die Stadt einsetzen, in Verdacht zu bringen?«

Ihre Pfeile hatte sie also erneut auf Âdem Yezdan gerichtet. Dabei war Leyla selbst mindestens so verdächtig wie er. Doch es wäre höchst unklug, das auszusprechen.

»Wie auch immer«, ich näherte mich erneut dem abgetrennten Kopf, um das Paket zu schließen. »Was sich in beiden Fällen nicht ändert, ist, dass es sich bei dem Herrscher, auf den die Mörder dieses Mal hinweisen, um Sultan Mehmed Fatih handelt.«

Kostantiniyye
Sultan Mehmed Fatihs Rosengarten

Der Sultan hob Gott die Hände entgegen. Rechts Gabriel, links Michael und in der Mitte das Jesuskind auf dem Schoß seiner Mutter. Vom Himmel fielen Lichtstrahlen und flüsterten ihm eine der ältesten Geschichten der Welt ins Ohr. Doch der junge Sultan hörte sie nicht. Unter der von vier Seraphim getragenen mächtigen Kuppel war sein Gesicht nach Mekka gerichtet. Nicht nach Jerusalem, sondern zum Pol seines eigenen Glaubens. Seine Lippen beteten zu seinem eigenen Allah in Justinians tausendjährigem Tempel. Vergessen wollte er den Kanonendonner, den Geruch von Blut, die Schreie der Menschen. Die stolze Stirn hatte er zum Gebet gesenkt, um den vom Krieg gemeuchelten Frieden auferstehen zu lassen vor Allahs Sitz.

Der Sultan hob Allah die Hände entgegen in diesem Gotteshaus, wo die römischen Kaiser gekrönt worden waren, da ihm die Ehre zuteil war, die römischen Kaiser besiegt zu haben. Es war der Tag der Danksagung, die Zeit der Hingabe, der Moment des Gebets. Aus den Ländern des Sonnenaufgangs waren seine Ahnen hergekommen. Vor Jahrhunderten. Indem sie Eisen geschmolzen, Gebirge überwunden, Felsen in Wege verwandelt hatten. Durch kältestarrende Nächte und höllische Tage. Mit gesprungenen Lippen und verwundeten Leibern. Durstig und ohne Brot. Auf den Rücken ihrer sattellosen Pferde. Die Köpfe unbedeckt, die Körper bloß. Gehüllt allein in ihre Kühnheit und ihren Verstand. Um zu überleben. Um den Preis, überall, wo sie den Fuß hinsetzten, vertrieben zu werden. Im Vertriebenwerden lernend, wie man andere vertreibt.

Um den Preis, überall, wo sie auftauchten, ermordet zu werden. Im Ermordetwerden lernen, wie man andere mordet. Und mit Hilfe von Schwert und Glauben und Hoffnung und Hunger. Die alten Götter zurücklassend auf dem alten Boden.

Der Sultan hob Allah die Hände entgegen. Da Er ihn nie verlassen hatte. Auch nicht, als die eigenen Untertanen ihn geringschätzten. Als alle ihn nicht an seinem Verstand maßen, sondern an seinem Alter. Als seine eigenen Wesire ihm nicht trauten. Als selbst sein Vater unschlüssig war. Als dieses Meer als unüberwindbar, diese Mauern als unbezwingbar, diese Stadt als uneinnehmbar, dieser Traum als unerfüllbar galten. Allah hatte stets an den jungen Herrscher geglaubt. An seine kühnen Ideen. Denn Allah liebte die Kühnen. Weil sie den Mut bewiesen, den Hunnen, Avaren, Araber, Perser, Lateiner nicht aufgebracht hatten. Weil er das unüberwindbar geheißene Meer überwunden, die unbezwingbar geheißenen Mauern bezwungen, die uneinnehmbar genannte Stadt eingenommen hatte.

Der Sultan hob Allah die Hände entgegen. Weil Er die dreiundfünfzig Tage Belagerung nicht in Entmutigung verkehrt, seine aufrechten Fahnen nicht niedergezwungen, seine Tage nicht zur Niederlage, seine Nächte nicht zum Alptraum, seinen Feldzug nicht zur Qual gemacht hatte. Weil Er diesen Sultan, der gerade einmal einundzwanzig Jahre zählte, zu einem seiner Vorväter würdigen Herrscher erhoben hatte, der sich gleich Osman nicht beugte, der souverän wie Orhan und kämpferisch wie sein Vater Murad war. Weil Er dafür gesorgt hatte, dass er die von den Ahnen übernommene Fahne der Osmanen auf die höchste Festung der schönsten Stadt der Welt pflanzte, weil Er ihm den Namen neuer Kaiser Roms, Herrscher über zwei Kontinente und zwei Meere verliehen hatte.

Der Sultan hob Allah die Hände entgegen. Im Herzen der Stadt, deren Wunden noch bluteten. Im heiligen Tempel der Stadt, deren

Bevölkerung noch vor Angst zitterte. Am mächtigen Tor des heiligen Gotteshauses. Beim ersten Schritt auf den Boden vor dem mächtigen Tor. Beim Aufnehmen der Erde, die er sich über den Kopf streute. Der Herrscher, vor dem alle bebten in Angst und Ehrfurcht, wollte allen zeigen, er sei so gering wie die Erde, die er verstreute. Er wusste, er war nur ein Diener in Gestalt eines Sultans, Instrument für Allahs Wunsch, dass er diese von aller Welt begehrte Stadt vor aller Augen zur Hauptstadt der Welt machen würde.

Der Sultan hob Allah die Hände entgegen. Kostantiniyye war ein Anfang. Nur das Erwachen einer uralten Idee. Wie Alexander vom Land des Sonnenuntergangs aufgebrochen war zum Land des Sonnenaufgangs. So würde auch er der Sonne folgen. Damit ihr Licht niemals untergehe. Damit sie ewig strahle über einem Reich ohne Grenzen. Türken, Perser, Franken, alle Nationen der Welt … Weiße, Gelbe, Schwarze, alle Rassen der Welt … Juden, Christen, Muslime, Schamanen, alle Religionen der Welt … Alle würden unter seiner Herrschaft vereint. Alle würden leben wie eine einzige Nation. Und deren Herz würde in Kostantiniyye schlagen.

Der Sultan hob Allah die Hände entgegen. Weil Er ihm Verstand, Mut, Ehrgeiz und Geduld verliehen hatte. Nur unter der Souveränität eines Herrschers wie ihm konnte die Welt eins werden. Er spürte die Welt in sich gleich dem Tempel, in dem er hier betete. Die Kehle wurde ihm eng, höher noch hob er die bebenden Hände. In seinen Augen stand Triumph, auf seiner Stirn Stolz, in seinem Herzen Freude. Kein Zweifel, der Befehlshaber war er höchstpersönlich. Kein Zweifel, die Ehre würde stets ihm gebühren. Das Wort des Propheten hallte durch die Kuppel der Hagia Sophia: »Wahrlich, Kostantiniyye wird erobert. Welch prächtiger Heerführer, der sie erobert, welch prächtige Armee, die sie einnimmt.«

»Sultan Mehmed, Sohn des Murad Han, gesegnet sei sein Triumph.«

»Wahrlich, Kostantiniyye wird erobert. Welch prächtiger Heerführer, der sie erobert, welch prächtige Armee, die sie einnimmt«, übersetzte der Mann, der neben Zeynep stand. Beider Blicke waren auf den arabischen Schriftzug auf der Tafel über dem Eingang zu dem Bereich gerichtet, wo sich grüne Zypressen und weißsteinige Gräber reihten, auch das Mausoleum Sultan Mehmed Fatihs befand sich hier.

»Derselbe Prophetenausspruch steht auch in der Türbe«, setzte er seine Rede fort, dann bemerkte er mich, der hinter ihnen stand. Barsch drehte er sich um. Doch Zeynep kam ihm zuvor.

»Hallo, Hauptkommissar.«

Die Entrüstung verschwand aus dem Blick des Mannes.

»Hauptkommissar Nevzat«, stellte Zeynep mich vor. »Cevaz Efendi ist Hauptimam der Fatih-Moschee.«

Bei Hauptimam denke man nicht an einen betagten Mann mit Rauschebart bis auf die Brust, ganz im Gegenteil, der Herr war Mitte vierzig und trug weder Voll- noch Schnurrbart.

»Guten Tag, Cevaz Efendi.« Ich reichte ihm die Hand. »Wie geht es Ihnen?«

Er schüttelte mir freundschaftlich die Hand.

»Gott sei's gedankt, gut, Hauptkommissar, wir beten für Ihre Gesundheit.«

»Cevaz Efendi war uns sehr behilflich, Hauptkommissar.« Zeynep machte sich daran, das Geschehen in allen Einzelheiten zu schildern. Ich hörte ihr zu und spähte zugleich in den weitläufigen Hof dieser historischen Moschee. Ewig war ich nicht hier gewesen.

Alles begann mit dem Anruf Cevaz Efendis bei uns. Der Hauptimam hatte am Telefon gesagt, auf der Steinbank zur Aufbahrung der Toten im Hof der Moschee sei ein Leichnam ohne Kopf, die Hände an den Handgelenken abgetrennt und auf die Brust gelegt, gefunden worden. Als die Gemeinde nach dem Gebet die Moschee verließ, habe sie den Sarg auf der Steinbank gesehen und sich zum Totengebet versammelt, doch als der städtische Hodscha nicht erschien, rief man den Hauptimam. Cevaz Efendi, überzeugt, dass es zur religiösen Pflicht gehöre, das Totengebet abzuhalten, sei ohne zu zögern sogleich herbeigeeilt. Die Merkwürdigkeiten blieben aber nicht darauf beschränkt, dass der städtische Hodscha nicht auftauchte, bald stellte sich heraus, dass im Hof auch keine Angehörigen anwesend waren. Cevaz Efendi merkte, dass hier etwas verquer lief, und sah sich bemüßigt, in den Sarg zu schauen, und so habe er den Leichnam gefunden, dem die Hände an den Handgelenken abgetrennt und dazugelegt und dessen Kopf an Leyla Barkın geschickt worden war. Auch hatte Cevaz Efendi erfahren, wie der Sarg zur Moschee gelangt war. Vier Personen bestätigten, der Sarg sei in einem weißen Minibus gebracht worden. Im Minibus saßen ein bärtiger Mann mit Sonnenbrille und eine Frau in Schwarz, voll verschleiert. Also dieselben Verdächtigen, die gestern Nacht der Wachmann des Hotels Ayasofya Konakları beschrieben hatte. Sie seien vom Haupteingang der Moschee hergekommen. Als der bebrillte bärtige Fahrer rief: »Nehmt doch für Gotteslohn diesen Verstorbenen auf!«, hoben die vier Männer den Sarg auf die Schultern und trugen ihn her. Einer von ihnen hatte noch den Bärtigen gefragt: »Warum bringt ihr den Seligen nicht mit dem städtischen Leichenwagen?«

Da hatte der seelenruhig geantwortet: »Heute sind viele Menschen in Gottes Gnade eingegangen. Es ist allein Allahs Ratschluss. Die Stadt konnte uns keinen Leichenwagen stellen. Selbst den Hodscha schicken sie erst später.«

Niemand hatte Verdacht geschöpft, deshalb war es niemandem eingefallen, sich das Kennzeichen des weißen Minibusses zu notieren. Die vier selbstlosen Männer hatten Glaubensbrüdern helfen wollen und den Sarg auf die Aufbahrungsbank der Moschee gestellt. Da stand er auch noch, als ich eintraf. Auf dem ersten von vier nebeneinanderstehenden Aufbahrungssteinen rechts der Tür, die zum Mausoleum führte.

Als wir drei an den Sarg herantraten, fiel mir ein Detail ein, das Zeynep nicht erwähnt hatte.

»Die Münze? War keine Münze bei dem Opfer?«

»Hatte ich das nicht gesagt, Hauptkommissar? Natürlich war eine da.« Sie schob ihre Tasche auf den Bauch und fischte den in einem transparenten Asservatenbeutel verstauten Goldtaler heraus. Ich nahm ihn entgegen. Sogleich fielen die arabischen Buchstaben ins Auge, vermutlich Osmanisch. Ich reichte die Münze an Cevaz Efendi weiter.

»Können Sie das lesen?«

Er nahm das Tütchen entgegen.

»Selbstverständlich. Schauen wir einmal.« Er warf einen Blick darauf. »Kein Zweifel, die wurde im Namen Sultan Mehmed Han Fatihs geprägt. Nun denn …« Er hielt den Metalltaler dicht vor die Augen. »Auf dieser Seite steht: ›Daribün nadri sahibül izzi vennasri filberri velbahr.‹ Das heißt, die Person, die diese Goldmünze prägen ließ, genießt zu Lande und zu Wasser die Unterstützung Allahs und ist ein wertgeschätzter Mann.« Nun drehte er die Münze um. »Und hier steht: ›Sultan Mehmed bin Murad Han azze nasrühü Kostantiniyye duribe fi 882.‹ Übersetzt bedeutet das: ›Sultan Mehmed, Sohn Sultan Murad Hans, sein Sieg sei gesegnet. Geprägt zu Kostantiniyye im Jahr 882.‹ Das Jahr bezieht sich auf die Zeitrechnung nach der Hidschra, umgerechnet in unseren heutigen Kalender ist das 1477 nach Christus. Im vierundzwanzigsten Jahr nach der Eroberung. Vier Jahre vor dem Tod Sultan Mehmed Hans.«

Wieder eine Münze, wieder der Herrscher einer Epoche, wieder eine historische Stätte dieser Epoche. Nein, die Mörder hatten ihre Methode keineswegs geändert. Geändert hatte sich nur die Zeit, zu der sie ihr Opfer präsentierten. Die Mitternacht hatten sie auf den Tag verlegt, nichts weiter. Schön, aber warum? Um uns zu narren. Vielleicht auch, weil sie dachten, wir errieten bereits die Orte, wo sie ihre Opfer deponieren würden. Obwohl wir mit unseren Mutmaßungen bös versagt hatten, lagen wir doch darin richtig, uns auf dieses Thema zu konzentrieren. Für die Mörder wie für uns lautete die entscheidende Frage: Wohin kommt das nächste Opfer? Als ich das Leyla Barkın fragte, stellte uns der Paketzusteller den Kopf des armen Kerls hier im Sarg auf den Tisch. Mein Blick glitt zu dem Imam in seinem schlichten Aufzug. Vielleicht hatte Cevaz Efendi einen Tipp. Waren wir nun in der osmanischen Zeit angekommen, könnte die nächste Stätte durchaus erneut die Moschee eines Herrschers sein. Doch bevor ich dieses Thema ansprach, musste ich noch den unangenehmen Teil des Jobs erledigen, nämlich das Mordopfer beschauen.

Mit Hilfe Cevaz Efendis hob ich den Sargdeckel ab. Der Leichnam war, wie ich ihn mir vorgestellt hatte, als Zeynep ihn am Telefon beschrieb. Die Gelenke der beiden abgetrennten Hände deuteten Richtung Edirnekapı, die zum Pfeil aneinandergelegten Hände dagegen nach Şehzadebaşı. Eine Leerstelle, wo der Kopf hingehörte. Der Anblick war weniger entsetzlich als traurig. Wie ein an den Ästen beschnittener Baumstamm ruhte er im Sarg.

»Wo haben die wohl den Sarg her?« Meine Frage richtete sich an den Hauptimam. »Ist es leicht, einen Sarg zu besorgen?«

»Das ist einfach, Hauptkommissar. Warum sollte es schwierig sein? Wenn Sie sagen, bei uns ist jemand verstorben, helfen alle.« Mit traurigem Blick musterte er den zerteilten Leichnam. »Wer so brutal ist, wird sich kaum scheuen zu lügen.«

Er schaute ohne Furcht in den Sarg, nicht einmal ein Schauder überlief ihn.

»Tote anzuschauen, beeindruckt Sie gar nicht«, stellte ich fest, bemüht, den Sarg wieder zu verschließen. »Sind Sie an Leichname gewöhnt?«

Er hob den Deckel am anderen Ende hoch. Bevor er ihn einsetzte, deutete er auf den Kopflosen.

»Tote bringen niemandem Schaden, Hauptkommissar. Böses tun die Lebenden, vom Weg abgekommene Gotteskinder.«

Nachdem wir den Rumpf des Ex-Vizebürgermeisters wieder bedeckt hatten, fragte ich weiter: »Und wenn der Tote ein Verbrecher war? Wenn die, die ihm schaden, im Recht sind? Sie haben ihm die Hände an den Gelenken abgetrennt. Das muss doch etwas zu bedeuten haben.«

»Inhaber allen Besitzes ist Gott der Herr. Nur Er weiß, wer richtigliegt und wer falsch. Doch was auch immer einer tun mag, es fällt Allah allein zu, das Leben eines Seiner Diener zu nehmen.« Er rümpfte die Nase. »Und dann so grausam! Nein, welche Sünde dieser Bedauernswerte auch begangen haben mag, das hat er nicht verdient.«

»Was ist mit dem, was Sultan Mehmed Fatih getan hat?« Ich hatte nicht vor, den großen Herrscher in Frage zu stellen, wollte aber wissen, inwieweit es den Tatsachen entsprach, was Leyla Barkın über den Erbauer dieser Moschee gesagt hatte. Das war wichtig, um herauszubekommen, ob die Mörder sich den damaligen Mord zum Vorbild genommen hatten. Doch der Hauptimam sah mich nur verwundert an. Ich zeigte auf den Sarg.

»Wer diesen Mann so zugerichtet hat, hat sich den Eroberer zum Vorbild genommen.« Noch immer ging ihm nicht auf, was ich meinte. »Ich rede von Atik Sinan. Dem Architekten, der diese Moschee erbaut hat. Fatih hat ihm erst die Hände abschneiden und ihn anschließend töten lassen.«

Im Gegensatz zu den weißen Steinen im Hof, blank geleckt von den Strahlen der nach dem Regen zum Vorschein kommenden Maisonne, verdüsterte sich sein Gesicht.

»Das sind Gerüchte. Wer weiß, wie sich ein Ereignis vor über fünfhundert Jahren tatsächlich zugetragen hat? Zudem steht es uns Normalbürgern nicht zu, einen Herrscher, den unser Herr Prophet in seinem Ausspruch segnete, anzuzweifeln.«

Ich beabsichtigte keineswegs, Cevaz Efendi, von dem ich mir wichtige Informationen erhoffte, zu verärgern.

»Verstehen Sie mich nicht falsch, ich will niemanden kritisieren. Ich möchte nur wissen, ob es diese Gerüchte tatsächlich gibt.«

»Und wenn schon«, wandte der verträgliche Mann scharf ein. »Hätte der große Herrscher diese Moschee nicht erbauen lassen, stünde hier heute womöglich eine Kathedrale. Die Kirche der Apostel. Mit dem Bau ebnete Fatih der Islamisierung der Stadt den Weg. Denn Sie können eine Stadt zwar mit dem Schwert erobern, doch der Weg, sie wahrhaftig zu gewinnen, führt über die Eroberung der Herzen. Und der Weg zu den Herzen liegt darin, Istanbul in einen Rosengarten zu verwandeln. Zu diesem Zweck wurden diese prachtvollen Moscheen und Komplexe errichtet. Ja, Hauptkommissar Nevzat, wir haben es nicht allein mit einer Moschee zu tun. Fatih gründete hier mit Medresen, Knabenschule, Hospital, Herberge, Volksküche, Bibliothek, Karawanserei und Hamam eine kleine Stadt. Er legte den Grundstein für eine völlig neue islamische Stadt.«

»Ich verstehe«, versuchte ich Cevaz Efendi zu schmeicheln, doch ich hatte mich nun einmal in die Nesseln gesetzt, er hörte mich nicht einmal.

»Darüber hinaus war es gar nicht Atik Sinan, der dieser Moschee ihre letzte Gestalt gab.«

»Nicht?« Die Frage kam mir eifrig wie einem wissbegierigen Schüler über die Lippen. »Wer denn?«

»Das war Baumeister Mehmed Tahir Ağa.«

Jetzt interessierte es mich wirklich. Ungeachtet Zeyneps Gestik und Mimik, ob sie mich loseisen solle, fragte ich weiter: »Hat Atik Sinan seinen Moscheebau nicht vollendet?«

Sein Blick schleuderte mir meine mangelnde Bildung ins Gesicht.

»Doch, selbstverständlich. Aber rund dreihundert Jahre später wurde die Moschee bei einem Erdbeben ruiniert. Der damalige Sultan Mustafa III. ordnete die Restaurierung durch Mehmed Tahir Ağa an. Der Schaden war derart immens, dass Mehmed Tahir Ağa die Moschee praktisch neu erbaute.«

Ich lenkte meinen Blick auf die Moschee, musterte die hohen Minarette, zu denen die uralten Platanen für ihr Leben gern hinaufgereicht hätten, die Kuppeln, wie Knospen kurz vor dem Aufblühen, die steinernen Mauern, die holzgerahmten Fenster.

»Auch nehme man ja nicht an, Sultan Mehmed Han Fatih sei auf und davon. Nein, er hat uns nie verlassen. Seine heilige Seele ist in diesem Gotteshaus stets bei uns.« Mir fiel auf, dass seine Stimme vor Glaubenseifer vibrierte. Seine Augen waren feucht, die Unterlippe rutschte ihm leicht nach rechts. »Der nach Rosen duftende Atemhauch dieses großen Mannes ist stets in unserem Nacken, sein Schatten liegt stets auf uns. Viele unserer Muezzine, die morgens vom Minarett zum Gebet rufen, haben oftmals seine Silhouette zwischen den Zypressen aufsteigen stehen.«

Offenbar war es mir nicht gelungen, meinen Gesichtsausdruck unter Kontrolle zu halten, denn er bedauerte mich: »Sie glauben das nicht, stimmt's? Das verübele ich Ihnen nicht, und hätte ich ihn nicht mit eigenen Augen gesehen, würde auch ich es nicht glauben. Doch ja, ich habe ihn mit eigenen Augen gesehen. So wahrhaftig, wie ich jetzt Sie sehe. An einem Tag im Monat Ramadan erschien mir der herrliche Sultan in eigener Gestalt ...«

Er schwindelte nicht. Vielleicht hatte er eine Halluzination, die er für wahr hielt. Wie auch immer, er hatte mich derart beeindruckt, dass ich ihm zuhörte. Ich warf Zeynep einen Blick zu, die einen Schritt hinter dem Mann stand, auch auf ihrem hübschen Gesicht lag ein Hauch von Interesse. Kaum nahm er die Wirkung seiner Worte wahr, löste er sich aus der Reserve, in die er sich kurz zuvor zurückgezogen hatte, und machte sich mit noch einmal so viel Eifer ans Erzählen.

»Es war vor dem Morgengebet, die Moschee war noch menschenleer. Ich war früh gekommen, um das Tahajjud-Gebet zu verrichten. Nach dem Gebet stand ich auf, wollte hinausgehen, um die rituelle Waschung zu erneuern, da sah ich ein Licht in der Moschee. Das Licht war so stark, dass ich erst wie geblendet war. Wenige Sekunden später hatten meine Augen sich daran gewöhnt. Ich sah inmitten des Lichts eine Person sitzen. Als ich genauer hinschaute, erkannte ich ihn, es war Allahs geliebter Diener, Sultan Mehmed Han Fatih. Unmittelbar vor der Kanzel. Die Adlernase, der schüttere Bart, die selbstbewusste Miene. Er kniete auf einem seidenen Gebetsteppich, der etwa einen Meter über dem Boden schwebte. Ich stand wie gebannt. Endlich schlich ich mich hinaus, um diesen heiligen Geist nicht zu stören. Lange sprach ich zu niemandem ein Wort davon. Später ging ich zu Sadık Hodscha, der damals hier Hauptimam war. Ihm berichtete ich alles. Doch ich war skeptisch, glaubte, er würde mich tadeln, würde höhnen, du hattest nicht ausgeschlafen, du hast mit offenen Augen geträumt. Doch das tat er nicht. ›Wo genau hast du den Herrscher gesehen?‹, fragte er aufgeregt und zog mich in die Moschee. Ich zeigte ihm die Stelle. ›Bist du sicher? Bist du sicher, dass du ihn genau vor der Kanzel gesehen hast?‹ Ich war sicher, ich schwor es. Und er glaubte mir. ›Das Grab des Sultans liegt unter der Kanzel‹, flüsterte er mir zu. ›Wenn wir Sterblichen uns zurückziehen, betet er also zu seinem Allah.‹ Doch soweit ich wusste, lag das Grab des großen Herrschers dort draußen im Mausoleum, einige Meter entfernt von der Moschee. ›Nicht dass Sie sich irren, Hodscha‹, sagte ich, ›das Mausoleum ist draußen, die Kanzel aber in der Moschee.‹ Da erzählte er mir folgende Geschichte, die er im Roman eines Schriftstellers namens Ekrem Koçu gelesen hatte: ›Zu Zeiten Abdulhamids II. wurde der Stadtteil Fatih eines Tages überflutet. Ob es übermäßig geregnet hatte oder Rohre geplatzt waren, warum auch immer, Häuser, Geschäfte, Moscheen, Gassen, alles stand unter Wasser. Einigen Bewohnern des Viertels erschien des Nachts Sultan Mehmed Fatih im Traum. In den Träumen dieser ganz unterschiedlichen Menschen rief der große Herrscher um Hilfe: Ich ertrinke, rettet mich! Die Träumer erzählten in den Kaffeehäusern und auf den Märkten davon, und es dauerte nicht lange, da kam das Gerede auch Sultan Abdulhamid Han zu Ohren. Der Sultan ließ heimlich Mehmet Pascha, den Feuerwehrhauptmann von Fatih, zu sich rufen und wies ihn an, die Grabstätte seines Ahnherrn zu kontrollieren. Mehmet Pascha wählte verschwiegene Männer aus und begab sich mit ihnen ins Mausoleum. Sie nahmen den Grabüberbau ab und begannen das Grab auszuheben. Doch sie gruben Meter um Meter in die Tiefe, ohne die Überreste des Sultans zu finden. Endlich stießen sie auf eine eiserne Klappe. Als sie die öffneten, lag eine Steintreppe vor ihnen. Sie stiegen die Stufen hinab. Unten erwartete sie eine geräumige Gruft. Da fiel ihnen ein, dass hier früher die Kirche der Apostel stand. Weil sie gehört hatten, hier lägen Kaiser wie Konstantin und Justinian begraben, bekamen sie es mit der Angst zu tun. Doch sie standen bei Sultan Abdulhamid im Wort, unterdrückten also die Furcht und taten sich in der Gruft um. Schließlich entdeckten sie einen mächtigen marmornen Sockel. Darauf stand Fatihs Sarkophag. Als sie ihn öffneten, fanden sie den geheiligten Leib Sultan Mehmed Fatihs ohne jedes Anzeichen von Verwesung vor.‹ Das erzählte mir Sadık Hodscha. Auch wenn manche die Tatsache, dass die sterblichen Überreste des Sultans und von Eyüp El Ensari zum Beispiel nicht verrottet sind, darauf zurückführen, dass Fatih einbalsamiert wurde, war das, was die Männer laut unserem Sadık Hodscha fanden, der unangetastete Leib des Sultans. Ebendarum verschlossen sie hastig Gruft, Treppe und Grabstätte wieder, berichtete er. Sultan Abdulhamid beschwor den Feuerwehrhauptmann Mehmet Pascha, niemandem ein Sterbenswörtchen zu verraten. Doch der Mensch hatte ein loses Mundwerk, in einer Runde von Freunden plauderte Mehmet Pascha die Sache aus. So wurde die Sache ruchbar und fand später Eingang in die Geschichtsschreibung. Natürlich glaubten manche daran, andere hielten es für ein Gerücht. Das Seltsame aber ist, dass die Stelle, wo sie den Sarkophag gefunden haben wollten, genau unter unserer Kanzel liegt. Als Sadık Hodscha das erzählte, rief ich: ›Lieber Hodscha, nicht dass du dich täuschst?‹, um mich zu vergewissern. ›Nicht dass wir einer Legende aufsitzen und uns narren lassen!‹ Er legte seine Hand auf meine und sah mir tief in die Augen. ›Auch ich war zunächst skeptisch, wenn auch nur ein wenig‹, wisperte er. ›Aber du hast doch gesagt, du hast ihn vor der Kanzel im Gebet gesehen, und jetzt bin ich felsenfest überzeugt.‹ Sadık Hodscha hatte es Schritt für Schritt nachgerechnet, der Sarkophag des großen Herrschers lag genau unter der Stelle, wo ich ihn gesehen hatte.«

Beim Erzählen war das Nass in seinen Augen zu zwei Tränen geworden und ihm über die Wangen gelaufen. Um ihn nicht zu kränken, behielt ich meine Zweifel für mich.

»Das ist wirklich interessant«, sagte ich zum Ausdruck meiner Verwunderung. Doch was mich viel mehr interessierte, war, wo die Mörder wohl ihr nächstes Opfer platzieren würden. »Cevaz Efendi, in dieser Art Moscheen …«, fing ich an, als er mir sofort ins Wort fiel.

»Was für Moscheen? Meinen Sie die Selatin-Moscheen?«

Selatin. Dieses Wort hatte ich schon einmal gehört, wusste aber nicht, was es bedeutete.

»Selatin ist der arabische Plural von Sultan. Die Selatin-Moscheen sind auf Geheiß von Sultanen und ihren Gattinnen errichtete Moscheen. Alle haben mindestens zwei Minarette. Zudem sind alle Selatin-Moscheen als Komplexe angelegt. Dies hier ist die erste, das Gotteshaus Fatihs. Die Selatin-Moscheen sind rund um die Uhr geöffnet. Die meisten wurden mit den Schätzen erbaut, die man auf Feldzügen erbeutet hatte. Doch obwohl Sultan Ahmed I. keinen einzigen Feldzug durchführte, fand er nichts dabei, die Sultanahmet-Moschee, also die Blaue Moschee zu errichten.«

Auch diese Details über die osmanischen Gotteshäuser waren höchst interessant, wir aber wollten erfahren, bei welcher Moschee die Mörder ihr nächstes Opfer ablegen würden.

»Welche Sultansmoschee wurde nach dieser erbaut?«

Die Antwort kam wie aus der Pistole geschossen.

»Die Beyazıt-Moschee. Das Gotteshaus, das Fatihs Sohn,

Beyazıt II., erbauen ließ. Auch dazu gibt es eine größere Anlage. Sie wissen doch, wo sie liegt, nicht wahr? Auf dem Beyazıt-Platz.«

Die abgetrennten Hände des Opfers wiesen in Richtung Beyazıt-Moschee. Als Cevaz Efendi mich in Gedanken versunken sah, zog er daraus einen falschen Schluss.

»Aber wenn Sie fragen, welches die schönste der Selatin-Moscheen in dieser Stadt ist, nenne ich selbstverständlich die Süleymaniye.«

»Und wenn die Mörder ihr Opfer auf diese Hügel legen?«

Mit dem langen Lineal tippte Zeynep auf die Süleymaniye-Moschee, die vom prächtigsten Hügel am Goldenen Horn über die Stadt blickte. In der Moschee hatte sie ihr Haar zusammengesteckt getragen, jetzt fiel es offen, und augenscheinlich hatte sie sich auch leicht geschminkt. Weil sie wusste, dass Ali an der Sitzung teilnehmen würde? Selbst wenn dem so sein sollte, gab sie es mit keiner Geste zu erkennen. Während sie mit ernster Miene sprach, betrachtete sie die riesige bebilderte Landkarte der historischen Altstadt, die an der fensterlosen Wand des Labors aufgehängt war. Auf der Landkarte waren die Paläste, Kirchen, Zisternen, Moscheen mit ihren Komplexen, Medresen, Brunnen, Mausoleen, also sämtliche Monumente von Bedeutung aus römischer, byzantinischer und osmanischer Zeit, als kleine bunte Zeichnungen dargestellt. Auf die Orte, an denen die Mörder ihre Opfer abgelegt hatten, hatte Zeynep rote Punkte geklebt. In den von eins bis fünf nummerierten roten Kreisen fielen kleine Notizen ins Auge, die leicht zu lesen waren, wenn man ein bisschen näher heranging: 1 Sarayburnu: Poseidon-Tempel, Necdet Denizel (Archäologe, Kunsthistoriker), König-Byzas-Münze. 2 Çemberlitaş-Platz: Konstantinssäule, Mukadder Kınacı (Stadtplaner), Konstantinsmünze. 3 Yedikule: Goldenes Tor, Şadan Duruca (Journalist), Theodosius II.-Münze. 4 Hagia Sophia: Hagia-Sophia-Museum, Teoman Akkan (Architekt), Justiniansmünze. Dann ein Opfer, aber zwei Orte: 5 Fatih-Moschee und Topkapı-Palast: Fazlı Gümüş (Stellv. Ex-Bürgermeister), Sultan-Mehmed-Fatih-Münze.

Jetzt begutachteten wir die historischen Stätten auf der Landkarte und diskutierten, wo das sechste Opfer platziert werden würde.

»Ich gehe mit Cevaz Efendi konform«, fuhr Zeynep fort, das Lineal nach wie vor auf die Süleymaniye-Moschee gerichtet. »Sie werden ihr nächstes Opfer bei dem glanzvollsten Gotteshaus ablegen, das der nach Fatih mächtigste Herrscher erbauen ließ. Sprich, bei der Süleymaniye.«

»Aber zwischen Fatih und Sultan Süleyman gab es zwei weitere starke Herrscher.« Ich saß vorgebeugt auf dem Stuhl, um meinen immer noch schmerzenden Rücken zu entlasten. »Fatihs Sohn Beyazıt II. und seinen Enkel Sultan Selim den Gestrengen. Auch sie ließen Moscheekomplexe bauen. Da die Hände von Fazlı Gümüş, also dem letzten Opfer, als Pfeil in die Gegenrichtung zeigten, können wir die Yavuz-Sultan-Selim-Moschee außen vor lassen, aber es ist durchaus möglich, dass die Mörder ihr Opfer im Beyazıt-Komplex ablegen.«

Dagegen konnte Zeynep nichts einwenden. Wie auch, die Mörder waren innerhalb weniger Tage vorwärtsgestürmt von Byzantion, der Gründung von König Byzas, zu Kostantiniyye, der von Sultan Mehmed Fatih ausgerufenen Hauptstadt. Grob gerechnet, hatten sie uns mit fünf Opfern in vier Tagen eine zweitausendjährige Reise durch die Geschichte machen lassen. Es war völlig ungewiss, wie es weiterging.

»Mir fällt noch etwas anderes ein«, warf Ali aufgeregt ein. »Etwas, woran wir noch gar nicht gedacht haben.«

Während Zeynep und ich recherchierten, wer den kopflosen Rumpf des Ex-Vizebürgermeisters zur Fatih-Moschee gebracht hatte, war Ali zum Paketdienst gefahren und hatte ermittelt, wer den rumpflosen Kopf aufgegeben hatte. Die Personenbeschreibung, die er bekam, entsprach dem, was man auch uns erzählt hatte: ein bärtiger Mann mit Brille und eine verschleierte Frau. Der Bärtige hatte sogar seinen Ausweis vorgelegt: Mukadder Kınacı, unser zweites Opfer.

»Etwas, woran wir noch gar nicht gedacht haben«, sagte Ali und schritt vom Fenster, wo er schon einige Zeit gestanden hatte, zur Karte. »Was, wenn wir uns irren? Wenn die Mörder gar nicht nach der Geschichte Istanbuls vorgehen, sondern nach seiner Geographie?«

Was meinte der Junge?

»Liegt Istanbul nicht auf sieben Hügeln?«

Er setzte den Finger auf den Schnabel des ins Meer ragenden Adlerkopfes.

»Der wievielte Hügel ist Sarayburnu?«

»Der erste. Aber natürlich nicht allein Sarayburnu, auch das Topkapı-Serail, die Hagia Sophia und Sultanahmet liegen dort.«

Mein Einwand irritierte ihn kurz, löschte aber seinen Eifer nicht.

»Richtig, der erste Hügel.« Er tippte auf die Konstantinssäule. »Und Çemberlitaş?«

»Das ist der zweite Hügel.«

Er holte tief Luft, sein dunkles Gesicht strahlte hübsch auf.

»Der zweite, nicht wahr, Hauptkommissar, wunderbar.«

Wie Zeynep starrte auch ich ihn an, neugierig darauf zu erfahren, worauf er hinauswollte, gleichzeitig ließ ich unablässig meine Schultern kreisen, um den Schmerz im Rücken zu beherrschen.

»Und die Süleymaniye?«

Ich stand auf, vielleicht tat der Rücken im Stehen weniger weh.

»Nicht nur die Süleymaniye, Ali, auch der Beyazıt-Platz liegt dort, das ist der dritte Hügel.« Und ohne dass er fragte, ergänzte ich: »Die Fatih-Moschee wurde auf dem vierten Hügel errichtet.«

»Genau das will ich sagen. Was, wenn die Mörder ihre Opfer

auf den Hügeln platzieren? Wenn die Herrscher und die Münzen gar keine Rolle spielen? Wenn sie sie nur benutzen, um uns in die Irre zu führen?«

Wäre es doch bloß so, wie er vermutete, dann wüssten wir zumindest, wann die Mordserie ein Ende hätte, und, noch besser, beim nächsten Opfer würden wir die Mörder erwischen. Leider strotzte die These meines Assistenten von Ungereimtheiten.

»Schön und gut, mein lieber Ali, aber das Goldene Tor liegt auf keinem dieser Hügel.«

In seinen Augen blitzte der Absturz eines Wissenschaftlers auf, dessen Erkenntnis, von der er fest überzeugt war, sich als unhaltbar erwies.

»Nicht?«

»Nein.« Ich nahm Zeynep das Lineal aus der Hand und zeigte damit auf die Yavuz-Selim-Moschee. »Der fünfte Hügel liegt zum Beispiel hier.« Nun fuhr ich weiter nach oben zur Mihrümah-Sultan-Moschee in Edirnekapı. »Und hier ist der sechste Hügel, der höchste von den sieben.« Auf dem Weg abwärts stoppte ich noch vor Samatya bei Cerrahpaşa. »Das hier ist der siebte Hügel.«

Ich schwieg, um ihm Zeit zu geben, die Realität zu verarbeiten.

»Angesichts deiner Idee wäre es unlogisch, wenn die Mörder drei Leichname auf einen Hügel legen. Aber das taten sie, in Sarayburnu, bei der Hagia Sophia und in Topkapı, also auf den ersten Hügel platzierten sie drei Opfer. Damit nicht genug. Es widerspricht deiner These auch, einen Leichnam auf zwei Hügel zu verteilen. Doch auch das taten sie. Den Körper des Ex-Vizebürgermeisters schickten sie nach Fatih, also auf den vierten Hügel, den Kopf dagegen auf den ersten. Viel wichtiger aber, wie gesagt: Sie legten das vierte Opfer vor dem Goldenen Tor ab.«

Meine Worte waren ihm zwar plausibel, brachten aber nichts weiter als eine neue Welle der Entmutigung. Doch Verzweiflung galt nicht, erneut richteten wir unsere Augen auf die Komplexe der Moscheen Beyazıt und Süleymaniye und forschten weiter.

»Warum nehmen wir diesen Chirurgen nicht fest?« Alis Stimme hallte durchs Labor, mein ungestümer Assistent verlor allmählich die Nerven. »Machen wir eine Razzia in ihrem Verein, konfiszieren wir den VW-Bus!«

»Und wenn wir keine Beweise finden?« Im Gegensatz zu ihrem Kollegen wirkte Zeynep gleichmütig. Auch ihre Laune musste im Keller sein, doch es gelang ihr, Gelassenheit zu bewahren. »Wenn auch ihr VW-Bus sich als sauber erweist, genau wie der Fleischtransporter von Ömer und seinen Leuten?«

Richtig, die Muslimbrüder im Metzgerhandwerk hatte ich vergessen.

»Was ist denn aus Ömer und seinen Brüdern geworden?«

»Sie wurden heute Morgen dem Staatsanwalt vorgeführt, Hauptkommissar. Der Staatsanwalt nahm ihre Aussagen auf und ließ sie laufen.«

Dasselbe könnte uns auch bei Namık Karaman und seinen Freunden blühen. Falls das VVI-Team die Morde beging, würden sie im Verein und im Minibus keinerlei Indizien hinterlassen, da war ich mir sicher.

»Also«, ich versuchte ein Fazit, »der Chirurg Namık und seine Freunde scheinen im Augenblick unsere wichtigsten Verdächtigen zu sein. Doch wir müssen sichergehen. Sonst kriegen wir Ärger mit der Staatsanwaltschaft. Dann bekommen wir nie wieder die Genehmigung für eine Durchsuchung. Deshalb darf uns nicht die kleinste Bewegung von Namık und seinem Team entgehen. Wenn sie die Mörder sind, lassen sie uns ganz sicher nicht aus den Augen.«

»Selbst wenn, zur Not stopft Leyla Barkın die Lücken«, grummelte Ali. »Ist es Ihnen auch aufgefallen, Hauptkommissar? Den

Schock durch den Anblick des abgetrennten Kopfes steckte sie im Handumdrehen weg.«

»Mehr noch, sie erkannte es überhaupt nicht als Gefahr, dass man den Kopf zu ihren Händen geschickt hatte.«

»Genau, daran hatte ich noch gar nicht gedacht. Richtig, sie hätte sich fürchten müssen. Die senden mir eine Art Drohbotschaft? Beschützt mich!, hätte sie sagen müssen.«

»Und deshalb müssen wir es diesmal schlau angehen, Ali. Wir müssen auf alles vorbereitet sein, dürfen die Sache nicht dem Zufall überlassen. Wenn nicht heute Nacht, spätestens morgen werden die wieder aktiv sein. Vielleicht sind sie es schon. Vielleicht haben sie ihr nächstes Opfer bereits entführt und getötet. So oder so, sie werden den Leichnam irgendwo hinlegen.« Ich deutete auf die beiden Selatin-Moscheen auf den Hügeln am Goldenen Horn. »Vermutlich in der Umgebung einer dieser Sultansmoscheen.«

Beide lauschten mir schweigend.

»Darum müssen wir als weitere Maßnahme heute Nacht einen engen Sicherheitskordon um die Moscheen Beyazıt und Süleymaniye ziehen. Einen Kreis, der von außen nicht wahrnehmbar ist.« Ich sah Zeynep an. »Doch das reicht nicht. Wir könnten uns in Sachen Namık auch täuschen. Leyla Barkın erzählte, Âdem Yezdan und der Ex-Vizebürgermeister Fazlı Gümüş hätten im selben Prozess vor Gericht gestanden.«

Eine rosa Welle schwappte über Zeyneps Gesicht.

»Davon steht nichts in Âdem Yezdans Akte. Wäre es denkbar, dass die Frau schwindelt, Hauptkommissar?«

»Auch das ist möglich, aber recherchier das noch mal. Sollte es diesen Prozess geben, will ich die Liste der Gutachter haben. Nach Leylas Worten gab es eine Expertenkommission.«

»Ich kümmere mich sofort darum, Hauptkommissar.« Dann

fiel ihr etwas ein. »Ach ja, Ali, dieser Mann in der Behörde. Du warst doch bei dem …«

»Niyazi? Der Kollege von Mukadder Kınacı?«

»Er hat dir einen Umschlag geschickt. Du warst nicht in deinem Büro, da haben sie den Boten zu mir gebracht. Niyazi habe ihn strikt angewiesen, den Umschlag unbedingt Kommissar Ali persönlich auszuhändigen. War gar nicht einfach, ihn trotzdem zu bekommen.«

»Das muss die Liste mit den Leuten in der Expertenkommission sein«, murmelte Ali eifrig. Die Verzweiflung war verflogen, eine Woge neuer Hoffnung ließ seine dunklen Augen funkeln.

»Richtig, die Liste.« Zeyneps Stimme klang nicht halb so aufgeregt wie Alis. »Aber da stehen so viele Namen drauf, es sind so viele Leute, Hauptkommissar. Ich bin zu keinem Ergebnis gekommen.«

»Ist keins von den Opfern dabei?«

»Doch, Necdet Denizel, als Vertreter der Stadt auch Mukadder Kınacı und der Architekt vor der Hagia Sophia, Teoman Akkan. Ich bin nicht ganz sicher, aber der ehemalige zweite Bürgermeister steht wohl auch auf der Liste. Sie waren allerdings nicht in ein und derselben Expertenkommission tätig.«

»Gut, gab es denn unter den Opfern jemanden, der beim Projekt von Âdem Yezdan als Gutachter dabei war?«

»Darauf hab ich besonders geachtet, Hauptkommissar. Leider saß keins der Opfer in der Expertenkommission für Âdem Yezdans Projekt.«

Vielleicht war Âdem Yezdan tatsächlich unschuldig. Es mochte der Stadt schaden, was der Tourismusunternehmer tat, aber das machte ihn noch lange nicht zum Mörder. Außerdem war er ein völlig anderer Mensch, als ich gedacht hatte. Sei es drum, nun schien es sinnvoll, uns ganz auf Leylas Freund, den Chirurgen, zu konzentrieren.

Ich sank erneut auf den Stuhl, die Rückenschmerzen wollten einfach nicht nachlassen. Ali deutete meinen unwirschen Gesichtsausdruck falsch.

»Ärgern Sie sich nicht, Hauptkommissar.« Seine Stimme machte Hoffnung. »Diese Expertenkommission bei dem Prozess, von dem Leyla sprach: Vielleicht saßen ja sämtliche Opfer darin.«

Ich lächelte, nicht über das Glück, das uns so schmählich im Stich ließ, sondern über die extrem sprunghafte Laune meines Assistenten. Auch das missverstand er.

»Ja, Hauptkommissar, vielleicht wird das alles gar nicht nötig sein. Vielleicht ertappen wir diesen Altlinken Namık heute Nacht auf frischer Tat …«

Das war nicht unmöglich, doch nach den Niederlagen der letzten vier Tage fürchtete ich mich vor Optimismus. Aber ich hatte kein Recht dazu, mein Team zu entmutigen.

»Hoffen wir es, Ali.« Ich setzte ein stures Lächeln auf. »Ich hoffe, wir erwischen die Mörder heute Nacht.«

»Âdem Yezdan, Hände weg von Sultanahmet!«

Die Mörder würden heute Nacht wohl kaum in Aktion treten. Keine zwölf Stunden nach der Platzierung von Teoman Akkan in der Gasse neben der Hagia Sophia hatten sie den Körper von Fazlı Gümüş zur Fatih-Moschee und seinen Kopf ins Topkapı-Serail geschickt. Außerdem wussten sie, dass wir mittlerweile Beschreibungen von ihnen und ihrem Wagen hatten. Um jede böse Überraschung auszuschließen, trafen wir dennoch alle besprochenen Maßnahmen. Unser Direktor Mümtaz, dem die Pressemeldungen arg zusetzten, gestand mir alles zu, was ich verlangte. Hauptsache, die Mordserie nähme endlich ein Ende. Wir stationierten zwei Teams mit insgesamt achtzehn Leuten so, dass rings um die Moscheen Beyazıt und Süleymaniye jeweils neun Beamte in Zivil zum Einsatz kamen. Namık würden wir höchstpersönlich beschatten.

Alis Wagen stand zwischen den unmittelbar an der Bahnlinie aufgereihten Autos auf dem leeren Grundstück neben der Moschee Kleine Hagia Sophia, die noch ein paar Jahre älter war als die eigentliche Hagia Sophia. Von hier aus hatten wir das Haus von Namık und Leyla gut im Blick, in allen Zimmern mit Fenstern zur Gasse brannte Licht. Während der drei Stunden, die Namık und Leyla mittlerweile zu Hause waren, hatten wir nicht die kleinste Regung bemerkt. Niemand war hineingegangen, niemand herausgekommen, kein verdächtiger Zwischenfall geschehen. Die einzige Bewegung in der Gasse war die Erschütterung durch den Vorortzug, der alle zwanzig Minuten vorbeiratterte.

Laut den Teams, die an den beiden Sultansmoscheen auf der Lauer lagen, herrschte auch dort Stille. Ich hatte den Sitz zurückgeklappt, um die vorläufige Ruhe zu genießen, dankte im Stillen Zeynep, die mir eine schmerzstillende Tablette gegeben hatte, und strengte mich an, die Augen offenzuhalten, da ließen Alis Worte mich aufschrecken: »Auch hier gibt es einen abgetrennten Kopf, Hauptkommissar.« Er zeigte zum Mausoleum im Hof der Moschee. »Auch dem Mann, der da in der Türbe liegt, wurde der Kopf abgeschnitten.«

Wovon redete er? Ich stellte den Sitz gerade und spähte zum Mausoleum hinüber.

»Welchem Mann?«

»Einem Pechvogel namens Hüseyin. Der Mann war Ağa und damit Chef der Hüter eines dieser drei Tore im Topkapı-Palast. Nachdem sie ihn geköpft hatten, wurde er als Hüseyin Ağa mit dem abgeschlagenen Kopf bekannt. Er war es auch, der die Kirche in eine Moschee hatte umwandeln lassen.«

Verdattert musterte ich meinen Assistenten. Das einzig Gute an diesen Ermittlungen war, dass meine Leute Dinge über Istanbul lernten, von denen sie andernfalls niemals erfahren hätten.

»Woher weißt du das denn?«

Hätte er gesagt, ich war neugierig darauf und habe es recherchiert, hätte ich ihm nicht geglaubt, doch treuherzig wie stets gab Ali Auskunft.

»Zeynep hat es erzählt, heute Abend, als Sie bei Direktor Mümtaz waren.« Sein Blick glitt erneut zur Türbe. »Dieser Türhüter-Ağa Hüseyin hat sich etwas zu Schulden kommen lassen. Er ließ sich bestechen oder steckte Steuergelder ein. Eine schwere Schuld jedenfalls. Im Palast gab es diesen Irgendwaskommandeur … Also der für Hinrichtungen zuständig war …«

»Den Kommandeur der Leibgarde?«

»Ja. Der Leibgardenkommandeur setzte mit seinen Leuten dem Hüseyin Ağa nach. Sie erwischten ihn genau am Eingang zur Moschee. Als Hüseyin Ağa den Leibgardenkommandeur erkannte, er wusste ja, was er verbockt hatte, versuchte er wegzulaufen, aber wie sollte er entkommen? Die Henker waren mit drei Schritten bei ihm. Und trennten dem armen Mann mit einem Schwertschlag den Kopf vom Körper ab. Durch die Wucht des Hiebs wurde der Kopf so weit vorwärtsgeschleudert, dass er dem Mann, der immer noch rannte, in den Arm fiel. Mit seinem Kopf im Arm rannte Hüseyin Ağa noch ein paar Meter, dann brach er zusammen. Und seitdem wird er Hüseyin Ağa mit dem abgeschlagenen Kopf genannt.« Ali konnte den Blick nicht von dem rot erleuchteten Mausoleum nehmen. »Was ich nicht verstehe: Wieso haben die eine Türbe für einen geköpften Mann gebaut?«

»Der Mann hat sein Verbrechen mit dem Leben bezahlt. Mit der Verwandlung der Kirche in eine Moschee hatte er für die islamische Gemeinde doch etwas Gutes getan, zum Lohn dafür wurde er im Hof des Gotteshauses, das er in Dienst gestellt hatte, begraben. Damit gab es nichts mehr zu nehmen und nichts mehr zu geben.«

»Stimmt eigentlich, es gab nichts mehr zu nehmen und nichts mehr zu geben.« Er lachte tonlos und sah mich an. »Unsere Osmanen waren schon irre Leute.« Plötzlich fuhr er auf und starrte auf die Straße. »Sehen Sie, sehen Sie doch, Hauptkommissar!«

Aus Richtung Çatladıkapı bog ein weißer Minibus in die Gasse ein und tuckerte bis vor das Haus. Sollte ich mich getäuscht haben, beabsichtigten die Mörder doch, auch heute Nacht zuzuschlagen? Da ging ein Fenster im Haus auf. Jemand lehnte sich heraus, das Gesicht konnten wir nicht erkennen, weil das Licht von hinten auf die Person fiel. Als die Person am Fenster den

Minibus erblickte, gab sie ein Handzeichen und zog sich ins Zimmer zurück.

»Was passiert da?« Mein Assistent war ebenso hellwach wie ich. »Das nächste Opfer?«

»Warte, Ali, handeln wir nicht vorschnell. Schauen wir mal, was der Minibus macht.«

Der Minibus hielt vor dem Haus, im selben Moment erloschen die Lichter im Wohnzimmer. Die Tür vom Minibus ging auf. Heraus sprang der junge Rothaarige, den wir beim Besuch im VVI gesehen hatten. Misstrauisch, als täte er etwas Heimliches, spähte er die Straße hinauf und hinunter. Nachdem er sich vergewissert hatte, dass alles ruhig war, richtete er die Aufmerksamkeit auf die Haustür. Kurz darauf öffnete sie sich. Zunächst erkannten wir eine kleine Gruppe, eine Handvoll Leute wie aneinandergeklebt. Als sie die Treppenstufen hinunterstiegen, wurde das Bild deutlicher. Es waren drei Personen, die etwas trugen. Die Treppe lag im Schatten, sodass wir noch immer keine Einzelheiten ausmachen konnten.

»Was ist das bloß?« Ali rückte dicht an die Windschutzscheibe vor. »Sieht wie ein Teppich aus.«

Oder wie ein langes aufgerolltes Tuch. Doch wohin brachten so viele Leute mitten in der Nacht einen Teppich? Und was sollten wir von der Nervosität des Fahrers, diesem rothaarigen Jungen, halten?

»Anscheinend haben sie den Mann in einen Teppich gewickelt.« Wie von selbst schoss Alis Hand zur Waffe. »Was meinen Sie, Hauptkommissar, schnappen wir sie uns?«

»Noch nicht. Wir müssen sicher sein. Wenn wir sie in flagranti wollen, müssen wir bis zum Schluss warten.«

Die Gruppe aus dem Haus war mittlerweile unten auf der Gasse angelangt. Im Licht der Lampen, die zur Beleuchtung der

Kleinen-Hagia-Sophia-Moschee aufgestellt waren, sahen wir sie nun deutlicher. Drei Männer, die etwas trugen, ganz vorn Namık, die beiden Stämmigen hinter ihm hatten wir noch nie gesehen. Vermutlich weitere Vereinsmitglieder, die bei unserem Besuch gefehlt hatten. Vielleicht gehörten sie auch gar nicht zum Verein und waren nur an den Morden beteiligt.

»Vor der Tür steht noch jemand«, wisperte Ali. »Der ist nicht runtergegangen. Ich kann es nicht genau erkennen, scheint aber eine Frau zu sein.«

War das Leyla Barkın? Trotz all meiner Bemühungen wusste ich nach wie vor nicht, wer sie wirklich war.

Der Rothaarige stand schon bereit und öffnete die Hintertür des Wagens, als er seine Kumpane die Stufen herunterkommen sah. Gemeinsam schoben sie die mysteriöse Fracht in den Minibus. Anschließend stiegen alle ein. Die Silhouette stand weiter vor der Haustür und schaute ihnen zu. Der Minibus fuhr langsam an.

»Starte den Motor, Ali.« Mein Blick lag weiter auf dem Schemen vor der Tür. Vermutlich wollte die Person den Abfahrenden hinterherschauen. Da trat sie ins Licht der Lampe. Ja, es war Leyla Barkın. Auf einmal stutzte sie. Sie drehte sich um und spähte in unsere Richtung, als hätte sie bemerkt, dass wir sie beobachteten. Eine Weile horchte sie, doch als sie nichts Verdächtiges wahrnahm, ging sie durch die Tür zurück ins Haus.

»Los, Ali, verlieren wir die Männer nicht.«

»Keine Sorge, Hauptkommissar.« Ali trat aufs Gas. »Selbst wenn sie Vögel wären, würden sie uns nicht mehr entwischen.«

Genau wie der weiße Minibus fuhren auch wir die Gasse vor dem Haus hinauf und bogen rechts auf die Straße nach Cankurtaran ab. Tagsüber waren hier häufig Touristengruppen anzutreffen, doch zu dieser Nachtzeit war die Straße ruhig. Wäre uns nur nicht der Müllwagen in die Quere gekommen! Erst als wir das Ungetüm überholten, das alle paar Schritte anhielt und wartete, bis der Müll aufgeladen war, konnten wir wieder beschleunigen. Wir haben sie verloren, dachte ich, doch Ali gab Entwarnung: »Da sind sie! Sehen Sie, sie passieren gerade das Hotel.«

Richtig, auch ich hatte sie entdeckt, rund fünfzig Meter vor uns fuhren sie mit normaler Geschwindigkeit. Zwischen uns setzte sich ein weiterer Wagen, ein schwarzer Landrover. Einer von den ganz großen, ganz teuren, die Scheiben so dunkel wie die Karosserie. Eine Weile fuhren wir gleichsam in Kolonne. Der Jeep wich dem Minibus komischerweise nicht von den Fersen, hielt sogar die Distanz zu ihm. Auch unserem Ali war dieses Überraschungsfahrzeug nicht entgangen.

»Ob die dazugehören?«

Undenkbar war das nicht. Wir kannten den VVI als legalen Verein – was, wenn es sich tatsächlich um einen Tarnverein für eine Terrororganisation handelte? Gut möglich, dass weitere Kumpane und Logistiker mit von der Partie waren.

»Das wird sich zeigen, Ali, geh ein bisschen auf Abstand, nicht dass die uns bemerken.«

Mein Assistent nahm den Fuß vom Gas, wir fielen zurück, ein aschfarbener Chevrolet und ein weinroter Opel schoben sich dazwischen. Ein paar Querstraßen weiter parkte der Chevrolet am rechten Straßenrand, und als der Minibus an der nächsten Kreuzung Richtung Meer weiterfuhr, bog der Opel Richtung Sultanahmet ab. Wieder lagen nur die Rücklichter des Jeeps vor uns.

»Die fahren anscheinend nach Cankurtaran, Hauptkommissar. Das ist die Straße, auf der wir heute Morgen unterwegs waren. Auf dem Weg zu Âdem Yezdan.«

Der Gedanke verursachte mir Gänsehaut: War die Reihe nun an unserem Tourismustycoon? Was hatte es dann mit der in Tuch gewickelten Fracht auf sich? Brachten sie den Teppich oder die Stoffrolle oder was es auch sein mochte, mit, um ihr sechstes Opfer darin zu transportieren? Sicher war nur eins, Ali lag mit seiner Vermutung richtig. Der weiße Minibus und der Jeep, der ihm im Abstand von zwanzig, dreißig Metern folgte, hatten mittlerweile die Bezirksgrenze von Cankurtaran passiert. Als wir uns der Gasse näherten, in der die Firma Dersaadet-Tourismus ihren Sitz hatte, drosselte der Jeep das Tempo, und wir passten uns an, der Minibus aber machte keine Anstalten dazu. Gleich einem auf sein Ziel fixierten Geschoss sauste er mit unverminderter Geschwindigkeit in die Gasse hinein, in der Âdem Yezdan residierte. Als die Leute im Jeep den Minibus abbiegen sahen, traten sie wieder aufs Gas, wie um keine Chance zu verpassen. Was mochten sie vorhaben? Was taten diese Leute? Natürlich beschleunigten wir ebenfalls. Doch vor der Ecke der Gasse, in der sich das Gebäude befand, stoppte ich Ali, der immer ungeduldiger wurde. »Wir halten hier. Die Firma ist gleich um die Ecke. Ohne Auto sind wir sicherer.«

Bevor wir ausstiegen, schalteten wir die Funkgeräte ein, meldeten einen Notruf, luden die Pistolen durch und entsicherten. Durch die Dämmerung schlichen wir zur Ecke der Gasse mit der Firma Dersaadet-Tourismus. Gerade wollten wir einbiegen, als Geschrei die Stille der Nacht zerriss.

»Ahh!«

»Passt auf, die haben Knüppel!«

»Au! Hör auf zu schlagen, du Schwein!«

»Das Schwein bist du!«

»Ahh!«

»Hättest du dir mal überlegen sollen, bevor du herkamst, Pisser!«

Als wir mit gezogener Waffe in die Gasse stürmten, sahen wir ein Menschenknäuel und Knüppel schwingen. Die beiden Bodyguard-Klone, die uns am Morgen am Eingang der Firma in Empfang genommen hatten, und den Expolizisten Ercan erkannten wir zuerst. Mit Baseballschlägern prügelten sie gnadenlos auf Namık und seine Freunde ein. Den ersten Schlag schien der junge Rothaarige abgekriegt zu haben, der den Minibus gefahren hatte, der Ärmste krümmte sich halb von Sinnen am Boden. Die beiden anderen VVI'ler versuchten sich mit Händen und Armen der heftigen Hiebe zu erwehren und wichen Schritt für Schritt zurück. Kaum sah Ali Kampf und Radau, wollte er sich hineinstürzen. Meine Hand hielt ihn zurück. Gleichzeitig fiel unser Blick auf Namık, der sich mit Ercan schlug. Der Doktor hatte die Hand des Expolizisten, die den Knüppel hielt, am Gelenk gepackt. Ercan kämpfte, doch er kam nicht los. Nach einem kurzen Gerangel tat der Chirurg etwas völlig Unerwartetes: Wie ein geübter Kämpfer stellte er sich auf die Zehenspitzen, warf den Kopf zurück und nahm Schwung.

»Oha«, rief Ali munter. »Das war's für Ercans Nase.«

Namık pflanzte seine Stirn unserem ehemaligen Kollegen mitten in die Fratze. Und als Ercan nach hinten flog, schnappte er sich den Knüppel und hieb ihn dem Mann auf die Brust. Ercan blieb die Luft weg, wie ein hohler Baum stürzte er auf die Treppen, die zu Dersaadet-Tourismus hinaufführten. So viel ich von der Sache verstand, würde er mindestens zehn Minuten hübsch liegenbleiben. Das wusste offenbar auch Namık, denn er wandte sich dem Bodyguard zu, der rechts von ihm seinen Kumpel verdrosch. Mit beiden Händen packte er den Knüppel, um ihn dem Wachmann über den Schädel zu ziehen, als ich drei Schüsse abgab. Der Platz, an dem einst der Große Palast von Byzanz gestanden hatte, hallte wider von den drei Pistolenschüssen. Prügelnde wie Geprügelte drehten sich wie auf Kommando zu mir um.

»Knüppel auf den Boden, Hände hoch!«

Namık hatte den Schock des Angriffs, dem er kurz zuvor ausgesetzt war, offenbar noch nicht recht verwunden und starrte uns nur an.

»Los, ich sag's nicht noch einmal. Knüppel auf die Erde!«

Die Wachleute gehorchten meinem Befehl unverzüglich, Namık war unschlüssig. Er vermutete eine Verbindung zwischen uns und Âdems Schakalen.

»Wirf den Knüppel weg!«, brüllte Ali ihn an. »Oder soll ich ihn dir abnehmen?«

Statt der Aufforderung nachzukommen, zeigte der Chirurg auf die Männer.

»Die sind auf uns losgegangen. Ohne jede Vorwarnung.«

Ich richtete die Pistole auf Namık.

»Was passiert ist, erzählst du später. Wirf erst den Knüppel weg!«

Die Sache war aussichtslos, er hatte keine Chance, also ließ er den Knüppel fallen, schimpfte aber: »Wenn Sie gesehen haben, was passiert ist, wissen Sie die Wahrheit schon selbst!«

Der junge Rothaarige, der sich auf dem Boden krümmte, und Ercan, der wie erschlagen auf der Treppe lag, sahen nicht gut aus.

»Du solltest besser eine Ambulanz rufen, Ali.« Während mein Assistent den Notruf durchgab, wandte ich mich den Streithähnen zu. »Je einer von euch kümmert sich um die Verwundeten.«

Alle stürzten zu den Verletzten.

»Jeweils einer!«, blaffte ich. »Ist das so schwer zu verstehen? Von jeder Seite nur einer!«

Das saß. Ich wandte mich an Namık.

»Was haben Sie hier zu suchen?«

Statt zu antworten, guckte er schief.

»Herr Doktor, ich habe Sie gefragt, was Sie mitten in der Nacht vor dieser Firma zu suchen haben.«

Nervös glitt sein Blick zu der Stoffrolle, die aus der offenen Tür des Minibusses herausragte.

»Was ist das?«

Er schwieg beharrlich. Steckte etwa doch Âdem Yezdans Leichnam in dem Tuch? Waren Ercan und seine Männer durchgedreht, als sie ihren toten Chef erblickt hatten? Also rief ich meinem Assistenten zu: »Mach das doch mal auf. Schauen wir, was darin steckt.«

Ali war im Nu an der Hintertür des Kleinbusses und zerrte den Stoffballen heraus. Er hielt einen Zipfel fest und rollte den Ballen auf. Bei jeder Umdrehung erschienen mehr Buchstaben und Zeichnungen. Nein, ein Leichnam oder etwas Ähnliches steckte nicht in der Rolle, stattdessen ein überdimensionales Bild. Auf den ersten Blick erkannte ich Âdem Yezdans kahlen Kopf. Seine Augen hatten einen bedrohlichen Ausdruck, der silberne Spazierstock mit Elfenbeinknauf in seiner rechten Hand steckte gleich einer Lanze in der historischen Halbinsel unter seinen Füßen. Auf der unteren Hälfte des mindestens drei mal zehn Meter großen Transparents stand in riesigen roten Lettern zu lesen: »Âdem Yezdan, Hände weg von Sultanahmet!«

Namık, der unsere Enttäuschung angesichts des Transparents sah, begriff endlich, was Sache war.

»Was hatten Sie denn erwartet, etwa eine Leiche im Tuch?«

»Weil die Mörder dasselbe Ziel verfolgen wie Ihr Verein!«

Obwohl der Stoffballen keinen Leichnam enthüllt hatte, hieß das noch lange nicht, dass Namık und die Leute vom VVI unschuldig waren, doch wir hatten sie observiert, und das bewies, wir dachten nicht besonders positiv von ihnen. Am Ende dieser Nacht waren wir in unseren Ermittlungen keinen Zentimeter vorangekommen, hatten uns aber eine Blöße gegeben. Falls tatsächlich dieses Team die Morde beging, mussten sie vermuten, dass wir sie von Anfang an verdächtigt hatten, nun aber waren sie sicher, dass wir bereits so weit waren, sie zu beschatten. Und diesen Fakt sprach Namık mit vielsagender Miene an, als er fragte: »Was hatten Sie denn erwartet, etwa eine Leiche im Tuch?« Das war mir Grund genug, den Chirurgen nicht im Vernehmungszimmer unten im Revier wie einen Verdächtigen zu verhören, sondern mit ihm oben in meinem Büro wie mit einem Freund zu plaudern. Denn trotz allem hatte ich noch immer die Hoffnung, die Lage zu retten. Darüber hinaus musste ich Leyla Barkın, die in wenigen Stunden von der Sache erfahren würde, etwas erklären. Damit die Stimmung nicht kippte, ließ ich Ali außen vor. Er moserte, zog aber sämtliche Einwände zurück, als ich ihm die beiden einander aufs Haar gleichenden Securityleute übertrug. Er liebte es, sich mit Männern nach seiner Façon abzugeben.

Namık begegnete mir zunächst misstrauisch. Als jemand, der in seiner Jugend häufig auf Polizeirevieren zu Gast gewesen war, erkannte er beim ersten Schritt in mein Büro, dass hier nicht die normale Prozedur ablief.

»Warum bin ich hier?«, fragte er, bevor er sich auf den angebotenen Stuhl setzte. »Was wollen Sie von mir?«

Ich gab mich erstaunt.

»Was soll ich wollen, Namık Bey, ich will reden. Was hatten Sie mitten in der Nacht vor Âdem Yezdans Firma zu suchen? «

Er legte die rechte Hand auf die Lehne des Stuhls, auf dem er nach wie vor nicht Platz nahm.

»Als ob Sie das nicht wüssten!«

»Gut, wir haben das Transparent gesehen, es sollte eine Aktion geben. Aber war das alles?«

Seine Skepsis war noch nicht verflogen. Als er mich weiter ungläubig anstarrte, redete ich weiter: »Wie soll ich das wissen? Ich bin doch nicht Mitglied in Ihrem Verein.«

Das fand er komisch. »Stimmt, das sind Sie nicht.« Zum ersten Mal lächelte er. »Vielleicht werden Sie es eines Tages. Leyla macht sich da Hoffnungen. Sie sagt, Sie lieben diese Stadt sehr.«

Offenbar hatten wir einen gemeinsamen Nenner gefunden.

»Ob ich es riskieren würde, mitten in der Nacht zu gefährlichen Aktionen aufzubrechen, das weiß ich nicht, aber es stimmt, ich liebe diese Stadt. Ich bin in Balat geboren, am Ufer des Goldenen Horns. Dort liegen auch meine Angehörigen begraben. Meine besten Freunde leben in dieser Stadt, meine schönsten Erinnerungen gehören hierher, und, wie Sie sehen, ich arbeite auch hier. Und wenn das Schicksal es gut mit mir meint, möchte ich auch in dieser Stadt sterben. Ganz wie Leyla Hanım sagt, ich liebe Istanbul.« Erneut deutete ich auf den Stuhl vor meinem Schreibtisch. »Warum setzen Sie sich nicht?«

Endlich schien er beruhigt und war zu einem vorläufigen Waffenstillstand bereit.

»Entschuldigen Sie«, sagte er, als er Platz nahm. »So gute Behandlung auf Polizeirevieren bin ich nicht gewohnt.«

»Die Welt ändert sich. Auch wir ändern uns natürlich. Haben Sie sich nicht verändert?«

Ein Schatten von Misstrauen legte sich über seine dunklen Augen.

»Doch, doch, nur fürchte ich, Sie glauben uns das nicht. Würden Sie es glauben, hätten Sie nicht Ihre kostbare Zeit darauf verschwendet, uns zu beschatten.«

Gekränkt wie jemand, der sich missverstanden glaubt, stöhnte ich auf.

»Wie stark Vorurteile doch sind ...«

Das Misstrauen in seinem Blick wich Verunsicherung.

»Sehen Sie mich nicht so an, Namık Bey«, setzte ich das Spielchen fort. »Sie wissen es doch selbst: Der größte Feind von Veränderung ist das Vorurteil.«

Seine Verunsicherung wuchs und setzte sich als gewaltiges Fragezeichen auf seine Miene. Was wollte ich damit sagen?

»Ich meine, Sie begegnen uns mit Vorurteilen. Ja, vielleicht haben Sie gute Gründe dafür. Ich habe Ihre Akte gelesen, Sie haben schlechte Erfahrungen mit der Polizei gemacht. Aber das ist lange her.«

»Und warum haben Sie uns dann observiert?«

Die Ausrede hatte ich parat.

»Sie haben wir gar nicht observiert.«

Er glaubte mir kein Wort.

»Nicht? Und was hatten Sie dann nachts vor Dersaadet-Tourismus zu suchen? Sagen Sie mir bitte nicht, Sie hätten die geschlossene Firma beschützt.«

»Warum sollten wir das Unternehmen von Âdem Yezdan beschützen? Wir versuchen, für Leyla Hanıms Sicherheit zu sorgen.«

»Leylas Sicherheit?« Seine Augen wurden rund. »Unsere Leyla?«

Auf diese emotionale Basis konnte ich meine Geschichte bauen.

»Wer denn sonst? Hat Leyla Hanım Ihnen nicht erzählt, was heute passiert ist?«

»Sie meinen diese Geschichte mit dem abgetrennten Kopf?«

»Geschichte? Namık Bey, da tötet jemand einen Menschen und schickt den Kopf Leyla Hanım ins Büro. Begreifen Sie nicht den Ernst der Lage?«

In seinen Zügen stand die Panik eines Mannes, der gerade erst erkennt, welche Katastrophe blüht.

»Sie meinen … Also der abgetrennte Kopf war eine Drohung? Aber auf dem Karton stand doch gar nicht Leylas Name. Der wurde an die Direktion vom Topkapı-Museum geschickt.«

Wie können Sie nur so naiv sein, schien mein Blick zu fragen.

»Beruhigt uns das? Fünf Menschen wurden getötet. Fünf Personen in vier Tagen. Einer davon war Leyla Hanıms Exmann. Wenn nun auf dem Paket nicht Leyla Barkın stand, sondern Direktion, sollen wir das dann nicht als Bedrohung auffassen? Ich weiß nicht, wie Sie es sehen, aber wir können so etwas nicht riskieren.«

Allmählich überzeugte ich ihn.

»Sie waren also dabei, für Leylas Sicherheit zu sorgen.«

Ich lehnte mich in aller Ruhe zurück.

»Freut mich, dass Sie endlich verstehen.«

Auch er lehnte sich an.

»Und warum haben Sie dann Leyla allein gelassen und sind uns gefolgt?«

Ich hatte mich getauscht, so schnell gab er nicht auf.

»Wer sagt denn, dass wir Leyla Hanım allein gelassen haben? Glauben Sie, im Umfeld des Hauses war nur ein Team stationiert?«

Jede neue Information löste einen Schock bei ihm aus.

»Es gab noch ein Team?«

Ich beugte mich erneut vor und stützte die Ellbogen auf den Tisch. »Ein Team reicht nicht! Das ist kein Spiel, Namık Bey. Es sind noch sechs Leute vor Ort, zwei Teams mit je drei Mann.«

Er hob die Hand an die Stirn. Vermutlich überlegte er, wen er heute Nacht vor dem Haus gesehen, aber nicht beargwöhnt hatte. Sich an jemanden zu erinnern, der gar nicht da war, dürfte allerdings unmöglich sein.

»Vielleicht ist Ihnen jemand aufgefallen, doch Sie konnten ihn nirgendwo hinstecken, unsere Leute verstehen ihren Job.«

»Ich kann mich nicht erinnern. Die Tarnung muss perfekt gewesen sein.«

»Lassen wir das. Was trinken Sie? Was kann ich Ihnen anbieten?«

Er bedankte sich nicht, sagte auch nicht, er möchte nichts, er wischte die Höflichkeit vom Tisch, als hätte er meine Frage gar nicht gehört, und sprach aus, was ihm das Hirn zermarterte.

»Haben Sie uns nie verdächtigt, Nevzat Bey?«

»O doch. Das hätten Sie an meiner Stelle auch getan.«

Er ließ mich keine Sekunde aus den Augen.

»Warum?«

»Weil die Mörder dasselbe Ziel verfolgen wie Ihr Verein. Nun gucken Sie nicht so, als wunderte Sie das. Leyla Hanım hat es sicher erwähnt, fast alle Opfer hatten etwas mit den Bauvorhaben auf der historischen Halbinsel zu tun. Fast alle saßen in der Expertenkommission. Nur das dritte Opfer, Şadan Duruca, war außen vor.«

Er rümpfte angeekelt die Nase.

»Şadan Duruca war Âdems Mann. Sein Vollstrecker in der Presse. Der einzige Journalist, der die Korruptionsfälle offen rühmte. Als Gegenleistung dafür kassierte er einen Haufen Geld von Âdem.«

»Sehen Sie, auch Sie hassen den Mann, ich bin mir sicher, die anderen Opfer mochten Sie ebenfalls nicht besonders. Zum Beispiel das letzte, Fazlı Gümüş.«

Wieder fauchte er hasserfüllt.

»Richtig, ein Schuft. Die Altstadt wurde während seiner Regierungszeit am schlimmsten ausgeplündert. Wegen der Baugenehmigungen, die er erteilt hat, verloren fünf Menschen ihr Leben. In dem Prozess dazu stand dieser Fazlı gemeinsam mit Âdem Yezdans Firma vor Gericht. Mit allen möglichen Trickserejen gelang es ihnen, Einfluss auf das Gericht zu nehmen. Die Richter sprachen sie frei. Doch wir gaben nicht auf, wir brachten die Sache vor den Kassationshof. Der hob das Urteil auf, jetzt müssen sie wieder vor Gericht. Das war auch der Grund dafür, das Plakat heute Nacht aufzuhängen, der Prozess wird neu aufgerollt. Diesmal werden wir Âdem Yezdan nicht erlauben, sein schmutziges Gesicht zu verbergen.«

Wir mussten unbedingt erfahren, worum es in diesem Prozess ging, den auch Leyla Barkın heute erwähnt hatte.

»Genau das meinte ich.« Ich wollte die Sache vertiefen. »Fast alle Opfer waren Männer, die am Ausverkauf der Stadt beteiligt waren. Und Ihr Verein setzt sich gegen den Raubbau und gegen die Leute ein, die dafür verantwortlich sind.«

Er kniff die Augen zusammen und nagte an den hängenden Schnurrbartspitzen.

»Und wenn jemand versucht, die Morde uns in die Schuhe zu schieben?«

»Nicht doch! Ist Ihr Verein denn so wichtig?«

Na sicher, würde er sagen und sich über mich aufregen, dachte ich, aber weit gefehlt.

»Sie haben recht, noch haben wir nicht so viel Einfluss.« Wieder blieb sein ruheloser Blick an meinem Gesicht hängen. »Könnte es nicht so sein: Jemand, der in der Sache drinsteckt, ist gar nicht glücklich über den neuen Prozess. Denn er hat große Angst davor, dass die Beteiligten die Wahrheit sagen.«

»Meinen Sie Âdem Yezdan?«

Energisch bestätigte er.

»Von diesem Kerl rede ich. Von diesem Mann, der zu jeder Schandtat bereit ist, um seinen Hals aus der Schlinge zu ziehen.«

Genau wie der Tourismustycoon im Handumdrehen Namık zum Mörder erklärt hatte, tat dieser dasselbe mit ihm.

»Schön und gut, was hätte Âdem Yezdan zu befürchten, wenn der Prozess wieder aufgerollt wird?«

»Wenn er den Prozess verliert, landen nicht nur seine Neffen im Gefängnis, er selbst würde Milliarden einbüßen.«

So allmählich kam Licht ins Dunkel, oder Namık versuchte einfach nur, den Verdacht von sich auf Âdem Yezdan zu lenken.

»Wieso seine Neffen?«

»Weil Dersaadet eine Aktiengesellschaft ist. Âdem Yezdan ist der Mann im Hintergrund. Gesetzlich trägt er keinerlei Verantwortung. Wenn das Gericht die Firma Dersaadet für schuldig befindet, wandern seine jungen Neffen aus Hakkari, deren größte Tugend in der Treue zu ihrem Onkel besteht, ins Gefängnis.«

Dersaadet war also eine Aktiengesellschaft! Darum war Zeynep dieser Prozess entgangen. Sie hatte Âdem Yezdan recherchiert, nicht Dersaadet-Tourismus, der Prozess war aber gegen die Firmeninhaber eröffnet worden.

»Und deshalb bringt jemand die Leute, die an diesem Prozess beteiligt sind, einen nach dem anderen um.«

Wir verloren den Faden.

»Moment, Moment. Wollen Sie sagen, alle Opfer waren an diesem Prozess beteiligt?«

»Das haben Sie gesagt.«

»Nein, das habe ich nicht gesagt. Ich habe nur gesagt, die Opfer hätten alle mit den Bauvorhaben in Sultanahmet zu tun.« Argwöhnisch musterte ich Namık. »Wenn Sie etwas wissen, enthalten Sie uns das bitte nicht vor.«

Sein Eifer schwand.

»Ich enthalte Ihnen keine Informationen vor. Ich bin mir nicht sicher, ob es sich bei den Opfern um Beteiligte in diesem Prozess handelt. Es würde mich aber nicht wundern. Und das versuche ich gerade, Ihnen klarzumachen. Wenn diese fünf Personen am Prozess beteiligt sein sollten und ihre Aussagen wichtig sind, könnte Âdem Yezdan geplant haben, diese Leute zu beseitigen und uns das in die Schuhe zu schieben. Die Herrscher, die Münzen, die historischen Monumente: vielleicht nur vorgeschobene Rituale, um die Aufmerksamkeit auf uns zu lenken.«

Das war eine Option, über die nachzudenken sich lohnen würde, doch das zuzugeben, passte mir nicht in den Kram. Ich lachte tonlos.

»Warum lachen Sie?«

Ich tat, als könnte ich mich nicht beherrschen.

»Entschuldigen Sie, Entschuldigung.«

»Ich verstehe nicht, habe ich etwas sehr Komisches gesagt?«

»Nein, nicht das, was Sie sagen.« Endlich hatte ich mein Lachen scheinbar im Griff. »Âdem Yezdan sagte genau dieselben Dinge über Sie. Natürlich nicht wörtlich. Aber er ist felsenfest davon überzeugt, dass Sie der Mörder sind.«

»Gemeiner Schuft!«, schäumte Namık. »Der wahre Mörder ist er!«

»Im Grunde sind seine Thesen ganz interessant.« Die Kaltblütigkeit in meiner Stimme überraschte mich selbst. »Er meint, dass Sie diese Morde begehen, hat nichts mit der Geschichte dieser Stadt zu tun …«

»Ich habe keinen Mord begangen!«

»Âdem Yezdan meint das, sage ich doch. Diese Morde hätten Sie aus Eifersucht begangen.«

Seine Gesichtszüge entglitten.

»Aus Eifersucht?«

»Das sagt er. Leyla Hanım wolle sich angeblich von Ihnen trennen. Sie hätte vorgehabt, sich wieder mit Necdet zusammenzutun.«

»Hundsgemeiner, verlogener Schurke!« Er schäumte wieder.

»Sie habe sogar ein paar Tage bei Necdet gewohnt. ›Eines Morgens hab ich sie mit eigenen Augen gesehen‹, sagte er. Da trug sie angeblich Necdets Pyjama.«

Namıks Gesicht war wutverzerrt, die Ader an seiner Stirn pulsierte.

»Ehrloser Halunke, wie der das verdreht!«

»Was verdreht er?«

»Es stimmt, dass wir uns gestritten haben. Aber nicht, weil Leyla mich verlassen wollte.« Er stöhnte und schüttelte wütend den Kopf. »Das sind eigentlich keine Dinge, über die man spricht. Die Schurken greifen auch noch nach unserem Privatleben.«

»Verzeihen Sie, ich hätte Ihr Privatleben nie angetastet, aber wegen der Ermittlungen …«

»Ich weiß, ich weiß«, fiel er mir ins Wort. »Also, Nevzat Bey, in unserer Beziehung war Leyla von Anfang an die treibende Kraft. Nicht weil ich sie weniger lieben würde, so ein Maßstab wäre ja unsinnig, aber sie war es zum Beispiel, die den ersten Schritt machte. Und sie hat ständig ein Auge auf mich. Manchmal nervt das. Und deshalb gab es Streit. Als Necdet sie mit ihrer jungen

Assistentin betrog, hat das bei Leyla eine Art Trauma ausgelöst. Ein Misstrauen allen Männern gegenüber. Sie ist permanent eifersüchtig. Sosehr ich mich auch bemühte, ich konnte sie nicht davon abbringen. Eines Abends war ich bis spät mit einer jungen Lehrerin im Verein. Jeder beschäftigte sich mit seinen eigenen Angelegenheiten, irgendwann setzten wir Tee auf und fingen ein Gespräch an …«

Offenbar hatte er meinen vielsagenden Blick bemerkt. »Gucken Sie nicht so, Nevzat Bey. Glauben Sie mir, ich habe Leyla nie betrogen. Eine gedemütigte Frau kann ich unmöglich erneut demütigen. Als Leyla spät an jenem Abend kam, um mich abzuholen, fand sie mich im Gespräch mit der jungen Frau und drehte durch. Ohne irgendetwas zu verstehen, ohne mir zuzuhören, machte sie mir schwere Vorwürfe. Es ging gegen Mitternacht, ich war müde und hatte wenig Geduld, da reagierte auch ich ein bisschen heftig: ›Das musst du gerade sagen!‹ Sie schnappte sich ihre Tasche und stürzte aus dem Haus. Ich war sauer und lief ihr nicht nach. Denn wie sie sich aufführte, war kindisch. Sie muss halb im Wahn durch die Straßen getigert sein, es gibt eine Bar in Beyoğlu, wo ihre Freunde von der Universität sich treffen, da ist sie hin. Und Necdet war auch da. Als er Leyla so am Boden zerstört sah, hat sich der Geier über sie hergemacht. Sie war psychisch ziemlich lädiert. Was genau geschah, hat sie mir nicht erzählt, aber sie lehnte Necdets Angebot, gemeinsam etwas zu trinken, nicht ab. Irgendwann war sie nicht mehr in der Lage, sich auf den Beinen zu halten, und Necdet nahm sie mit zu sich nach Hause. Das steckt hinter der Geschichte, die der Schuft Âdem Yezdan verdreht, er habe sie morgens im Pyjama gesehen. Auch Leyla hat ihn gesehen. Und ihren Fehler sofort erkannt. Noch vor dem Frühstück ist sie weg. Als Erstes kam sie zu mir, hat alles erzählt und sich entschuldigt. Weil sie natürlich genau wusste, dass die Schurken reden würden. Sie sehen ja, was sie Ihnen erzählt haben.«

Die Geschichte klang überzeugend, doch wer weiß, inwieweit sie der Wahrheit entsprach. Da die Karten nun einmal auf dem Tisch lagen, sprang ich zum zweiten Thema, das mir durch den Kopf ging. Vorher stand ich auf und öffnete das Fenster. Frische Kühle strömte herein. Eine Brise mit Rosenduft, wer weiß, woher.

»Draußen ist wunderschönes Wetter.«

Er atmete die frische Luft ein wie ein jahrelang eingesperrter Gefangener.

»Es duftet herrlich. In der Nähe muss ein Garten sein.«

Er wirkte gelöst. Ich ging zum Tisch zurück und stellte meine Frage.

»Waren Sie mal bei Necdet zu Hause?«

Er rutschte auf dem Stuhl hin und her.

»Ja«, gestand er reuig. »Wäre es nach mir gegangen, hätte ich da nie einen Fuß über die Schwelle gesetzt. Aber ich hatte keine Wahl. Bei einer Versammlung waren Necdet und ich aneinandergeraten. Dann entschuldigte er sich. Und lud uns anschließend zum Essen ein. Ich wollte nicht, aber Leyla bestand darauf, sie meinte, es wäre sonst unhöflich. Ich wollte sie nicht verletzen, also gingen wir zu ihm.«

Diese Worte erklärten noch nicht die Fingerabdrücke auf den Bilderrahmen.

»Haben Sie die Stiche an den Wänden im Haus gesehen?«

»Ja, und da gab es gleich wieder Streit. Necdet sagte, zwei davon seien Originale. Die mit der Hagia Sophia und der Süleymaniye. Ich verstehe auch ein wenig davon. Es waren keine Originale. Als ich das sagte, war Necdet beleidigt. Was verstehst du denn davon, brauste er auf. Wäre Leyla nicht dazwischengegangen, wären wir wieder aneinandergeraten.«

Wie jeder gewiefte Mörder, der wusste, was er tat, der abschätzen konnte, was die Polizei dachte und wie sie sich verhalten würde, hatte unser Chirurg auf jede Frage eine logische, vernünftig klingende Antwort parat. Doch ich piesackte ihn weiter.

»Gut, dass Sie nicht aufeinander losgingen. Wäre schade um Necdet. Ich habe gesehen, wie Sie heute Abend Ercan abgefertigt haben, und der hatte einen Knüppel in der Hand.«

Sein dunkles Gesicht überzog ein Anflug von Röte.

»Ich schlage mich nicht gern.« Er lächelte sogar kurz, scheu, als flunkerte er und wüsste genau, dass ich es bemerkte. »Okay, in der Jugend hauten wir häufig mal drauf. Da ist man übermütig. Aber später hatte ich mit Gewalt nichts mehr am Hut.«

»War das, nachdem Sie auf den Polizisten geschossen hatten? Oder nachdem er auf Sie schoss?«

Ein eisiger Hauch fuhr durch den Raum.

»Sie haben natürlich meine Akte gelesen.« Nanu, seine Stimme klang kein bisschen zornig. »Sie haben recht, es war nach der Sache damals. Aber, hören Sie, das Einzige, wofür ich bei der Sache dankbar bin, ist, dass ich den Polizisten nicht umgebracht habe. Mit den Gewissensbissen hätte ich nicht weiterleben mögen.«

Seine Miene, sein Blick, seine Stimme wirkten ehrlich.

»Gaben Sie danach bewaffnete Aktionen auf?«

Ich lieferte ihm eine Steilvorlage.

»Nein.« Er nahm sie nicht an. »So persönlich war die ganze Sache nicht. Die Welt hatte sich verändert, die Organisation, zu der ich gehörte, löste sich auf. Und dann das, was ich mitgemacht hatte. Als das alles zusammenkam, schlug ich einen neuen Weg ein.« Seine Augen strahlten einen Frieden aus, der bedeutete, er habe das Richtige getan. »Und ich bin glücklich damit.«

Halb im Ernst, halb im Spaß frotzelte ich: »Aber sicher sind Sie glücklich damit, Ihr Leben ist doch heute mindestens so bewegt wie früher. Die Vereinstätigkeit, nächtliche Aktionen, Rangeleien. Ihr Heute steht Ihrem Gestern in nichts nach.«

Er zuckte lausbübisch die Schultern, als wäre er wieder ein junger Draufgänger.

»Was sollen wir machen, man lässt uns ja keine andere Chance zur Verteidigung dieser Stadt.«

Es war sinnlos, ihn weiter zu bedrängen. Ich machte mich daran, das Gespräch zu beenden, da setzte er von sich aus erneut an.

»Ich habe das Gefühl, Sie verdächtigen uns noch immer.« Er klang gekränkt wie jemand, dem man Unrecht tut. »Aber Sie täuschen sich. Wir haben niemanden getötet. Wer für Aufbau eintritt, reißt nicht ab, Nevzat Bey, und wer gegen den Mord an einer Stadt kämpft, bringt die Menschen, die in dieser Stadt leben, nicht um. Wer auf das Leben setzt, erhofft sich keine Lösung vom Tod.« Seine Augen sprühten Flammen. »Mit ein wenig Empathie würden auch Sie das erkennen. Verzeihen Sie, aber die Vorurteile haben auch Ihnen den Verstand geraubt. Sie halten uns für Terroristen, weil wir Transparente aufhängen, Demonstrationen veranstalten, einen Verein gegründet haben. Sie sehen in uns Mörder mit blutigen Händen, zu jeder Untat fähig. Dabei ist das, wofür wir eintreten, auch Ihre Stadt. Schauen Sie, Sie sind in Balat geboren, Ihre nächsten Angehörigen liegen auf den Friedhöfen dieser Stadt begraben, Ihre schönsten Erinnerungen stehen im Zusammenhang mit dieser Stadt. Wir treten auch für Ihr Leben ein. Nein, Hauptkommissar, wir haben niemanden umgebracht. Denn wer den Tod zum Gefährten wählt, hat nichts zu gewinnen als den Tod.«

»Hinter ihrer Sorge schien mir grosse Verunsicherung zu stecken.«

Da hatte Namık schön gesprochen, und das Bittere an der Sache war, dass wir es waren, die den Tod zum Gefährten gewählt hatten. Morde bestimmten unseren Weg, durchgeknallte Killer, Verzweifelte, die ihre Hoffnung darauf setzten, jemanden umzubringen, Seelen, die sich dem Mysterium des Grauens verschrieben hatten. Die jagten wir, indem wir den Blutspuren ihrer Opfer folgten. Indem wir versuchten zu verstehen, warum und wie sie getötet hatten. Wo wir hinkamen, herrschte nicht Gerechtigkeit, sondern Enttäuschung. Nicht Seelenfrieden, sondern Leid. Selbst wenn wir die Mörder dingfest machten, wussten wir, dass andere Mörder anderen Menschen das Leben nehmen würden. Die Gesichter der Mörder und der Opfer änderten sich von Tag zu Tag, von Moment zu Moment – was sich nicht veränderte, war, dass Menschen fortfuhren, Menschen zu töten. Wozu nützte es dann, Mörder zu schnappen und Verbrecher zu bestrafen? Und bei den aktuellen Ermittlungen hatten wir diesen Punkt noch nicht mal erreicht.

Nachdem ich Namık in die Gewahrsamszelle gesteckt hatte, wählte ich Leyla Barkıns Nummer. Es war drei Uhr nachts, sie schläft wohl, dachte ich, da nahm sie das Gespräch mit gereiztem Ton an.

»Hallo, Nevzat Bey?«

»Entschuldigen Sie bitte die Störung.«

Die Gereiztheit wich der Sorge.

»Ist etwas passiert?«

»Äh … Namık wurde festgenommen.«

Ich schwieg, wartete ihre Reaktion ab. Auch sie schwieg. Entweder hatte ihr der Schock die Sprache verschlagen, oder sie erwartete eine Erklärung. Doch lange hielt sie nicht durch.

»Was ist los, Nevzat Bey? Bitte sagen Sie es mir, ist etwas Schlimmes passiert?«

»Vielleicht wissen Sie davon«, fing ich kaltblütig an. »Ihre Leute hatten eine Aktion geplant. Sie wollten ein Transparent bei Âdem Yezdans Firma aufhängen. Und als die Wachleute von Dersaadet einschritten, kam es zur Schlägerei.«

»Schlägerei?« Die Furcht in ihrer Stimme war nicht zu überhören. »Namık … Wie geht es Namık?«

»Gut, er ist bester Laune.«

»Nevzat Bey«, setzte sie gequält nach. »Die behandeln Namık da doch nicht schlecht, oder?«

Meine Antwort sollte beruhigend klingen.

»Nein, nein, ich kümmere mich darum.«

»Wann kommt er raus?«

»Wenn alles glattläuft, führen wir ihn morgen früh dem Staatsanwalt vor. Das Weitere muss der entscheiden.«

Meine Offenheit schien sie zu erleichtern. Dennoch fragte sie nach.

»Braucht er etwas? Essen, Getränke?«

»Wir sorgen für alles. Seien Sie unbesorgt.«

Mit diesen Worten beendete ich das Gespräch, dabei gab es allerhand Grund zur Sorge für sie. Der Polizist, dem Leyla blind vertraute, zerbrach sich den Kopf darüber, wie er dem Doktor etwas anhängen konnte. Leylas Situation unterschied sich nicht so sehr von meiner. Hatte ihre Stimme schockiert geklungen? War es Sorge, die sie überfiel, als sie hörte, ihr Liebster sei in Polizeigewahrsam? Vielleicht hatte sie, als ich sagte, wir hätten Namık festgenommen, auch den Atem angehalten und gefürchtet, ich würde gleich sagen, er sei in der Mordserie verdächtigt.

Ali trat ein. Das Verhör der Bodyguards war beendet. Zunächst hatten beide darauf beharrt, sie seien in der Firma gewesen und hätten sich verteidigt, als die VVI-Leute eindringen wollten. Doch mit seinen eigenen Überzeugungsmethoden hatte Ali den beiden harten Jungs die Würmer der Wahrheit aus der Nase gezogen. Fakt war, unser Fuchs Ercan hatte einen Denunzianten in den VVI eingeschleust. Âdem Yezdan nahm also den Verein wichtiger, als wir gedacht hatten. So hatten sie im Vorfeld von der geplanten Aktion erfahren, den Jeep in der einzigen Zufahrtsstraße nach Cankurtaran stationiert und auf den VW-Bus von Namıks Leuten gewartet. Ihre Absicht war, den VVI-Leuten, die ihnen seit eh und je verhasst waren, einen gehörigen Denkzettel zu verpassen. Dermaßen in ihre Wut hineingesteigert, war ihnen entgangen, dass wir ihnen folgten.

Kamen zu diesen Aussagen noch unsere hinzu, würde der Staatsanwalt Namık und seine Freunde am nächsten Morgen freilassen. Das war allerdings nicht in unserem Sinn. Um herauszufinden, ob sich im weißen Minibus Fussel von der Kleidung der Opfer, Fußspuren, Fingerabdrücke, Blutproben fanden, also irgendein hilfreiches Indiz, benötigten wir mindestens vierundzwanzig Stunden. Außerdem wollten wir jetzt, da die beiden hauptverdächtigen Gruppen in unseren Händen waren, sehen, ob dennoch ein neuer Mord geschah, und sowohl die Leute vom VVI als auch die Angestellten von Dersaadet mindestens vierundzwanzig Stunden festhalten. Das konnte ich mit dem Staatsanwalt besprechen, in einem solchen Fall würde er uns keine Steine in den Weg legen.

Ali schickte ich zum Ausruhen in sein Büro, ich stellte zwei Sessel zusammen und baute mir ein praktisches Bett, mit dem

Mantel deckte ich mich zu. Bald war ich eingedöst. Namık betritt Evgenias Taverne. Er setzt sich an den Tisch, an dem ich immer sitze, und wirft der Frau, die ich liebe, bewundernde Blicke zu. Der Kerl ist nämlich gar nicht in Leyla Barkın verliebt, sondern in meine Evgenia. Dann ein anderer Traum. Leyla kommt in den Garten von unserem Demir, sie hat ein Kind dabei. Ich rufe, sie hören mich nicht. Ich laufe ihnen hinterher, laut spreche ich Leyla Hanım an, doch nur das Kind dreht sich um. Ich erkenne es sofort. Es ist Umut, Yektas Sohn. Als ich verdutzt stehenbleibe, dreht auch Leyla den Kopf zu mir. Sie lächelt. »Hallo, Nevzat Bey. Kommen Sie, ich mache Sie mit meinem Sohn bekannt.« Umut, der vor drei Jahren starb, reicht mir mit einem seltsamen Gesichtsausdruck die Hand. Ich will sie drücken, kann es aber nicht. Meine Hand greift ins Leere. Als ich den Kopf hebe, schaut mir aus Leylas Augen Handan ins Gesicht. »Was tust du da, Nevzat? Hast du es vergessen? Wir kamen vor drei Jahren ums Leben!«

Ich schrak hoch. Draußen ging die Sonne auf. Ich quälte mich aus den Sesseln. Mein Rücken meldete sich wieder. Mit dem abgestandenen Rest Wasser im Glas schluckte ich die Ersatztablette von Zeynep. Ich ging auf die Toilette, wusch mir das Gesicht. Etwas quälte mich. Weil ich nicht richtig geschlafen hatte? Weil ich noch nicht richtig wach war? Vielleicht würde frische Luft helfen. Ich musste raus aus diesem Raum, der die schwere Luft der langen Nacht bunkerte, raus aus diesen Fluren, aus dem Revier. Ich schaute bei Ali vorbei. Er war nicht da. Wo war der Junge hin? Ich fragte die Aufsicht im Erdgeschoss nach ihm.

»Er ist zu den Gewahrsamszellen runter, Hauptkommissar.«

War er etwa wieder in die Vernehmungen eingestiegen, ohne dass ich davon wusste?

»Was macht er da?«

»Er pennt.« Der Mann strahlte vergnügt. »Er konnte nicht

schlafen. In der Zelle links vom Eingang steht eine leere Pritsche, auf der hat er sich ausgestreckt.«

»Im Ernst?« Mit einem kurzen Lacher stieg ich die Treppen hinab. Die Aufsicht unten sprang auf die Füße. Er glaubte, ich wäre sauer, und verpetzte unseren Mann prompt.

»Es ist nicht meine Schuld, Hauptkommissar. Das geht nicht, das sind Gewahrsamszellen, hab ich gesagt, aber Kommissar Ali hat gar nicht auf mich gehört.«

»Wo ist er?«

»In der Zelle da links.«

Die Tür stand einen Spalt breit offen, ich schlich hinein. Ali lag auf dem Holzgestell gemütlich wie auf einem Daunenbett und schlummerte selig. Ich mochte den Schlingel nicht wecken. Aus der Tasche seiner Lederjacke, mit der er sich zugedeckt hatte, fingerte ich den Autoschlüssel.

Ich setzte mich in Alis Wagen und fuhr über die Umgehungsstraße Richtung Edirnekapı, zum höchsten der sieben Hügel. Jede Minute, jede Sekunde wurde der Verkehr dichter, spätestens in einer halben Stunde wäre hier Stau. Mit eigenen Augen wollte ich unsere zivilen Einsatzkommandos sehen. Bei Edirnekapı fuhr ich durch die zerfallene Stadtmauer, die wirkte, als hätten Sultan Mehmed Fatihs Kanonen sie erst gestern zertrümmert, in die Altstadt hinein. Im langsamen Verkehrsfluss steuerte ich nach Vezneciler.

Soeben passierte ich das Istanbuler Rathaus, da klingelte mein Handy. Die Direktorin vom Topkapı-Museum war dran. Unser nächtliches Telefonat schien ihre Zweifel nicht vertrieben zu haben.

»Guten Morgen, Leyla Hanım.«

»Guten Morgen, Nevzat Bey. Entschuldigen Sie, dass ich so früh störe. Aber ich sorge mich sehr um Namık.«

»Nicht doch, Leyla Hanım. Sie grämen sich ganz ohne Grund. Ich habe es doch gesagt, Namık Bey geht es gut.«

Nein, sie war nicht überzeugt.

»Ich bitte Sie sehr darum: Darf ich mit ihm sprechen?«

Das konnte ich ihr nicht gewähren.

»Unmöglich, das erlauben die Gesetze nicht. Nur sein Anwalt hat Zugang.«

»Sein Anwalt darf ihn sehen, ja? Gut, dann schicke ich befreundete Anwälte hin.«

Doch nicht genug damit. Hinter ihrer Sorge schien mir große Verunsicherung zu stecken. Die mochte von den Erfahrungen herrühren, die Namık in der Vergangenheit mit der Polizei gemacht hatte. Möglicherweise aber auch von einer viel größeren Sache. Vielleicht steckte sie mit Namık bei einem derart ungeheuren Verbrechen – zum Beispiel der Ermordung von fünf Menschen – unter einer Decke, dass sie ihre Anspannung nicht ablegen konnte, auch wenn ihr Schatz wegen einer Lappalie in Gewahrsam saß.

»Äh, Nevzat Bey, könnte ich Sie denn sehen?«

Rundheraus zu fragen, worum es ging, wäre grob gewesen.

»Natürlich«, sah ich mich aus Achtung für die Beziehungen, die in den vergangenen Tagen entstanden waren, gezwungen zu sagen. »Allerdings bin ich jetzt nicht im Revier. Ich bin in Süleymaniye.«

»Umso besser, ich gehe auch gerade aus dem Haus. In höchstens zehn Minuten bin ich bei Ihnen.«

Die Uhr zeigte zehn nach sieben, als wir das Gespräch beendeten. Gut, ich hatte Zeit. Leyla persönlich zu treffen, konnte sinnvoll sein, um festzustellen, in welchem Gemütszustand sie sich befand. Wer weiß, vielleicht hatte sie auch neue Informationen für mich. Ich fuhr weiter nach Şehzadebaşı, dem einstigen Vergnügungsviertel des Istanbuler Mittelstands, mein Vater hatte ausgiebig davon berichtet. Die Meile wurde auch Direklerarası genannt, Zwischen-den-Säulen. Den Namen verdankte sie ihrem Überdauern als einzige beidseitig von Marmorsäulen gesäumte Straße aus byzantinischer Zeit. Über die Meile, deren Säulen schon lange nicht mehr standen, steuerte ich den Beyazıt-Platz an.

Kommissar Necati, zuständig für das Team bei der Beyazıt-Moschee, traf ich in einem Frühaufstehercafé. Er war ein wenig schwerfällig, aber fleißig. Im Laufe der Nacht hatten sie fünf Müllsammler und einen weißen Minibus angehalten. Ein Müllsammler hatte sich als Deserteur herausgestellt, eine Person im Minibus entpuppte sich als ein wegen Wechselfälschung gesuchter Geschäftsmann. Die anderen waren sauber. Ich bat ihn, vor Ort zu bleiben, bis die morgendliche Ablösung käme, und machte mich erneut auf den Weg.

Nun steuerte ich den Wagen vom Hof des Polizeireviers Beyazıt, wo ich geparkt hatte, in die historischen Gassen im Umfeld der Süleymaniye-Moschee. Ringsum verfiel die alte Holzbebauung. Bald erreichte ich den langgestreckten lichten Platz hinter der Universität. Ich stellte den Wagen unmittelbar vor dem quadratischen Brunnen mit Spitzdach ab. Keiner unserer Beamten in Zivil, auch niemand sonst fragte, wie ich dazu käme, mein Auto hier zu parken. Die Läden gegenüber der Moschee hatten bereits geöffnet, für die Mengen neugieriger Touristen aber war es noch zu früh. An der Süleymaniye-Moschee, vor dem Tor zum Mausoleum Sultan Süleymans des Prächtigen und seiner großen Liebe Hürrem Sultan, zog ich das Handy heraus, um unseren Teamchef Ekrem zu fragen, wo er steckte, als ich ihn schon entdeckte: An einem der Tische in dem für seinen Weiße-Bohnen-Eintopf berühmten Ausschank an der Ecke stillte er seinen Hunger.

»Wohl bekomm's.« Ich setzte mich neben ihn. »Was guckst du so erstaunt, bestell mir lieber auch eine Suppe.«

Nach der ersten Überraschung legte er Brot und Löffel beiseite und erstattete Bericht. Auch rings um die Süleymaniye war die Nacht ruhig verlaufen. Acht Müllsammler hatten sie kontrolliert, Verdachtsmomente fanden sich bei keinem. Diese Mitbürger, die meisten von ihnen Roma, hatten nichts anderes im Sinn, als ihr Brot mit dem Müllsammeln zu verdienen. Was ein verdächtiges Fahrzeug betraf, hatten sie nicht einen einzigen schwarzen, blauen, roten Minibus gesehen, ganz zu schweigen von einem weißen. Das war nicht zu ändern, wir machten uns über die Suppen her.

»Die Süleymaniye symbolisiert die Pracht der Osmanen.«

Die Bohnensuppe war köstlich. Darauf ein wenig Zitrone und Paprika und dazu Baguette, fertig war ein herrliches Frühstück. Ich beobachtete vergnügt, wie der stämmige junge Ekrem, dem ein Teller nicht genügte, sich auch die zweite Portion schmecken ließ, schickte ihn dann auf seinen Posten zurück und fing gerade an, die Maisonne zu genießen, da fiel ein Schatten auf mich und ließ mich hochfahren. Leyla Barkın. Sie war blass, die Augen lagen tief in den Höhlen. Derart zerschlagen sah ich sie zum ersten Mal. Als wäre sie über Nacht gealtert.

»Kommen Sie, Leyla Hanım.« Ich stand auf. »Setzen Sie sich hierher.«

Fahrig hockte sie sich auf den Stuhl. Zweifellos war etwas Wichtiges geschehen, oder sie wollte es mich glauben machen.

»Haben Sie Hunger? Bestellen wir etwas für Sie.«

Sie verzog die Brauen, als hätte ich etwas völlig Unpassendes von mir gegeben.

»Nein, Nevzat Bey, ich kann jetzt nichts essen. Erzählen Sie von Namık. Geht es ihm gut?«

»Wie bereits am Telefon gesagt, es geht ihm prächtig.«

»Sie verheimlichen mir doch etwas, stimmt's?«

Ihr Misstrauen wollte nicht weichen.

»Aber nein, es geht Namık Bey tatsächlich sehr gut.«

»Schlägerei, sagten Sie. Er ist nicht verwundet, oder?«

»Keine Schramme hat er. Bei seinem Gegner Ercan sieht das allerdings anders aus.«

Sie schien meine Worte gar nicht vernommen zu haben.

»Geben Sie nichts darauf, dass Namık so heldenhaft redet. Er ist ein Fantast und fähig, sich für Che Guevara zu halten. Deshalb bricht er ja noch immer mit den jungen Leuten aus dem Verein zu solchen Aktionen bei Nacht und Nebel auf. Aber eigentlich ist er Gandhi ähnlicher als Che.«

»Wenn Gandhi sich wie Namık geschlagen hätte«, wandte ich ironisch ein, »dann wären in Indien zahllose englische Offiziere mit gebrochener Nase herumspaziert.«

Sie lächelte nicht einmal, die Sorge hatte ihren Verstand fest im Griff.

»Er hat sich sicher bloß verteidigt, er krümmt doch keiner Ameise ein Haar.«

Ich mochte die Sache nicht ausweiten.

»Sie kennen ihn besser als ich, es wird wohl stimmen.«

Mein Blick sagte: Ist das alles, war nur das der Grund dafür, dass Sie unbedingt gleich mit mir reden wollten? Die Frau war klug, sie verstand sofort, was ich meinte.

»Eines habe ich Ihnen vergessen zu sagen. Vielleicht ist es nicht so wichtig, aber ich denke doch, Sie sollten es wissen.«

»Ach ja? Was denn?«

Sie stützte die Arme auf den Tisch und beugte sich zu mir herüber.

»Ich habe die ganze Nacht nicht geschlafen. Ich habe nur dagesessen und über alles nachgedacht. Gestern dieses entsetzliche Paket. Dass der arme Fazlı Gümüş umgebracht wurde, könnte im Zusammenhang mit Necdets Tod stehen, dachte ich. Denn Necdet kannte Fazlı. Sie hatten ja gesagt, auch Necdet und Mukadder Kınacı kannten sich. Dann fiel mir mein letztes Essen mit Necdet ein. Das heißt die Haltung, die Necdet an den Tag legte. Gleich als wir uns trafen, fragte er mich, ob ich bei dem

Prozess dabei sein würde, den der VVI gegen Dersaadet anstrengt. Ich überging es, weil ich ihm keine Informationen geben wollte. Und er hakte nicht nach. Doch dann tat er etwas, womit ich überhaupt nicht gerechnet hatte. Er sagte: Lass uns wieder zusammenkommen.«

»Ja, davon hatten Sie erzählt.«

Sie sah mich starr an.

»Aber ich hatte nicht gesagt, dass ich nicht damit gerechnet hatte. Dabei hat mich das total überrumpelt. Denn mir wäre nicht im Traum eingefallen, dass Necdet mich liebte und gern wieder mit mir zusammen wäre.«

»Nun, er wollte es offenbar, wenn er es doch vorschlug.«

»Nein, er wollte das nicht.«

»Wie können Sie sich da so sicher sein?«

»Frauen wissen so etwas, Nevzat Bey. Aber da war noch mehr. Lange vor dem Essen …« Sie lehnte sich zurück. »Ich neige zur Eifersucht. Eines Abends stritt ich mit Namık, der Anlass war nichtig, jedenfalls lief ich mitten in der Nacht aus dem Haus, in eine Bar, wo sich Freunde aus Uni-Zeiten treffen. Necdet war auch da. Es tat ihm leid, mich so zu sehen. Er wollte mir helfen, das war ehrlich gemeint. Ich war furchtbar aufgewühlt und betrank mich. Normalerweise trinke ich nicht viel, deshalb war ich nach wenigen Gläsern schon stark berauscht. Necdet nahm mich mit nach Hause. Wenn er gewollt hätte …« Leichte Röte überzog ihr bleiches Gesicht. »Wenn er gewollt hätte, hätte er alles Mögliche anstellen können. Doch er war sehr höflich. Ganz zu schweigen von Belästigung. Als ich am nächsten Morgen aufwachte, war er schon zur Arbeit gegangen. Es klingelte, ich zog rasch seinen Pyjama über und ging an die Tür. Da stand dieser Âdem Yezdan vor mir. Wahrscheinlich hat er sonst was gedacht. Doch die Realität sah völlig anders aus. Ich bin gleich nach Hause zurück und habe mich bei Namık entschuldigt. Komischerweise hat Necdet die Sache nicht benutzt. Ein Mann, der mich zurückwollte, erst recht ein Sturkopf wie Necdet, hätte sich so eine Gelegenheit kaum entgehen lassen. Das heißt, als Necdet bei dem Essen sagte, er wolle wieder mit mir zusammen sein, wollte er das nicht wirklich. Er wollte, dass ich für Âdem Yezdan arbeite. An dem Abend sagte er: ›Gib deinen Job im Museum auf. Âdem Bey braucht Leute. Wir stellen dich ein.‹ Ich hielt das immer für Geschwätz. Doch als ich heute Nacht noch einmal darüber nachdachte, wurde mir klar, dass weder sein Vorschlag, wieder zusammenzukommen, noch dieses Gerede über den Job Zufall war. Âdem Yezdan hatte Panik, weil sein Prozess wieder aufgerollt werden sollte. Er wollte die Strategie des VVI in Erfahrung bringen, der ja als Kläger und Nebenkläger vor Gericht auftreten würde. Da sie auch von meinem Streit mit Namık wussten, glaubten sie wohl, ich wäre sauer auf meinen Freund und würde mich auf ihre Seite stellen, um mich zu rächen.«

Sie hatte weit ausgeholt, doch was sie sagte, steckte voller Ungereimtheiten.

»Nun gut, aber Sie waren so lange mit Necdet zusammen. Kannte er Sie denn gar nicht? Wusste er nicht, dass Sie so ein Angebot ablehnen würden?«

Als hätte sie nur auf meine Frage gewartet, sprang sie sofort darauf an.

»Gerade das versuche ich ja zu erklären. Necdets Angebot kam nicht von Herzen. Als er am Museum vorfuhr, um mich abzuholen, stieg er mit Mühe aus dem Wagen und hielt sich mit einer Hand die Rippen. Beim Beugen schnitt er eine heftige Grimasse, augenscheinlich hatte er starke Schmerzen. Ich fragte ihn, was los sei. Ein Unfall, winkte er ab. Als ich nachhakte, sagte er etwas anderes: ›Ich bin unterwegs mit einem Idioten aneinandergeraten.

Der hat mir die Spitze seines Spazierstocks ein paarmal gegen die Brust geknallt.‹«

Ich erinnerte mich an die münzgroßen Flecken an Necdet Denizels Rumpf, die bei der Obduktion aufgefallen waren. Ich hatte es Leyla gegenüber nicht erwähnt. Interessant, dass sie nun selbst darauf zu sprechen kam. Stammten die Schlagspuren tatsächlich von Âdem Yezdan? Vielleicht verdrehte sie die Sache auch, und die Flecken stammten von ihrem Schatz Namık, und nun wollte sie seine Tat Âdem Yezdan in die Schuhe schieben?

»Aber Necdet verschwieg die Wahrheit, Nevzat Bey«, spann sie den Faden eifrig weiter. »Falls Sie Âdem Yezdan begegnet sein sollten, haben Sie gesehen, dass er mit einem Spazierstock mit Elfenbeinknauf herumläuft. Der Mann, der ihn mit dem Stock bearbeitet hatte, war meines Erachtens kein Fremder irgendwo auf der Straße, sondern sein Chef höchstpersönlich.«

»Warum sollte der so etwas tun?«

»Weil er von Necdet verlangte, mich auf seine Seite zu ziehen. Necdet kannte mich, er hat vermutlich gesagt, das sei unmöglich, und da hat er Gewalt angewendet. Sonst hätte Necdet mir im Leben nicht so einen Job angeboten. Er wusste, dass ich ablehnen würde.« Sie hielt inne, blinzelte, als wollte sie noch einmal betrachten, was am Sonntagabend geschehen war. »Necdet war ungewohnt aufgewühlt. Erst jetzt beim Nachdenken fiel mir das auf. Er versuchte, gelassen zu wirken, aber er war es nicht. Ebendarum hat er sich am Ende des Abends auch mit mir gestritten. Es war der heftigste Streit in all den Jahren, die wir zusammen waren. Seine angegriffenen Nerven hielten dem Stress nicht länger stand.«

Was sie erzählte, stimmte eins zu eins mit den Aussagen Namıks überein. Âdem Yezdan, in Panik wegen des neuen Prozesses, ließ jeden, der etwas über seine illegalen Tätigkeiten wusste, umbringen. Und um die Schuld dem VVI zuzuschieben, steckten seine Leute den Opfern Münzen in die Hände und legten sie an historischen Stätten ab. Das erste Opfer war Necdet selbst. Natürlich hatte Leyla nichts davon gesagt, doch es war nicht undenkbar, dass das Paar zuvor gemeinsam dieses Szenario ausgebrütet hatte. Was sie nicht offen ausgesprochen hatte, erfragte ich unverfroren.

»Ihrer Meinung nach hat also Âdem, der Necdet bedrohte, ihn dann später auch umbringen lassen?«

»Ich weiß nicht. Ich wollte nur mit Ihnen teilen, was mir in der Nacht dazu eingefallen ist. Vielleicht kann es die Ermittlungen unterstützen.«

»Vielen Dank, das sind in der Tat wichtige Informationen, auch wenn sie für sich noch nicht viel besagen. Sobald wir die übrigen Teile vom Bild zusammenhaben, werden sie uns von Nutzen sein.«

Sie wirkte enttäuscht, gleich beschwert sie sich, dachte ich, doch sie schwieg. Sie richtete den Blick auf die vielleicht schönste Moschee unter den prächtigen Gotteshäusern, die die osmanische Silhouette dieser Stadt ausmachten, als sähe sie sie zum ersten Mal. Zärtlich, wie in Sorge darauf bedacht, sie ja nicht zu verletzen, musterte sie die größeren und kleineren silbernen Kuppeln, die steinernen Türmchen, die eleganten Bögen, die Minarette, allesamt Wunder feinsten Handwerks, die Fenster, die den Steinmauern zu atmen erlaubten. Unvermittelt drehte sie sich zu mir um, mit einem sonderbaren Leuchten in den Augen.

»Sie sind vermutlich nicht auf einen Spaziergang hergekommen?«

»Nein.« Ich rang mir ein Lächeln ab. »Sie hatten es zwar nicht vermutet, aber wir dachten, das sechste Opfer könnte bei der Süleymaniye präsentiert werden.«

»Ich wollte weder Sie noch mich selbst erneut enttäuschen«, murmelte sie verlegen. »Aber auch ich glaubte, das letzte Opfer könnte hier seinen Platz finden. Es gibt drei Alternativen: die Süleymaniye, Beyazıt oder die Şehzade-Moschee.«

»Die Şehzade-Moschee?« Die war uns gar nicht in den Sinn gekommen. Womöglich hatten die Mörder in aller Ruhe ihr Opfer dort platziert, während wir unseren Kordon um die beiden anderen Moscheekomplexe gezogen hatten. »Ist die Şehzade-Moschee denn ein bedeutender Bau?«, fragte ich aufgeregt.

»Selbstverständlich!« Ihre Stimme klang verächtlich. »Sinan nannte die Moschee zwar seine Lehrlingsarbeit, aber sie gehört zu seinen Hauptwerken. Sie wurde für Şehzade Mehmed errichtet, den früh verstorbenen Sohn Süleymans des Prächtigen. Mit dem Bau der Anlage hatte man bereits vor dem Tod des Prinzen begonnen. Vermutlich baute Sinan den Komplex für Sultan Süleyman. Als der Prinz zuerst starb, widmete er das Bauwerk dem Sohn.«

»Aber wohl doch nicht so bedeutend wie die Süleymaniye.« Ich war verärgert, meine Stimme klang etwas zu laut. »Wenn selbst Architekt Sinan sie eine Lehrlingsarbeit genannt hat.«

Sie merkte selbst, dass sie grob gewesen war.

»Die Süleymaniye ist natürlich etwas ganz anderes.« Auch wenn sie ihrer Stimme einen weicheren Klang gab, hatte das Oberlehrerhafte sie noch im Griff. »Obwohl Sinan auch diesen einzigartigen Bau als Gesellenstück bezeichnete. Nun, ich wollte bloß sagen, lassen Sie die Şehzade-Moschee nicht außer Acht.«

Das würden wir nicht tun, doch für heute war es zu spät. Uns blieb nur noch zu beten, dass die Mörder nicht gestern Abend bereits ans Werk gegangen waren.

»Sie haben recht, die Süleymaniye ist wirklich außergewöhnlich.« Anscheinend führte sie meine Gedankenverlorenheit darauf zurück, dass ihre Worte mich beleidigt hatten, jetzt wollte sie gut Wetter machen. Sie zeigte auf Sinans herrliches Werk. »Das ist tatsächlich ein Wunder der Bau- und Ingenieurskunst. Die Süleymaniye symbolisiert die Pracht der Osmanen. Sie wissen es doch, nicht wahr? Die vier Minarette im Hof stehen dafür, dass Sultan Süleyman der vierte Herrscher war, der in Istanbul im Wohlstand regierte.« Sie neigte den Kopf und bewunderte die schlanken Minarette, die sich ins Himmelsblau erstreckten. »Sehen Sie? Die Minarette haben insgesamt zehn Galerien. Die an der Moschee je drei, die im Hof je zwei.« Ihr bewundernder Blick ruhte eine Weile auf den Minaretten. »Es handelt sich hier nicht allein um eine Moschee, sondern um ein lebendiges Herz, mit Anlagen wie Medrese, Bibliothek, Knabenschule, Hospital, Volksküche und Herberge. Komplexe wie die Süleymaniye waren architektonische Inseln, sie machten die osmanische Stadt aus. Die Stadt bildete sich rings um sie herum. Zugleich verkörpern die Komplexe die Weltanschauung der Osmanen. So gibt es zwar innerhalb der Anlagen eine geordnete Bebauung mit der Moschee im Zentrum, doch die Umgebung blieb ungestaltet. Der Architekt war lediglich für die Gebäude innerhalb der Anlage zuständig.«

Einiges hatte ich bereits von Cevaz Efendi zu hören bekommen, doch ihre letzten Ausführungen waren interessant.

»Dabei hätten die osmanischen Baumeister ohne weiteres auch einen Plan für die Umgebung erstellen können. Das verhinderte aber die Gesellschaft, in der sie lebten, mit ihrem Glauben, ihren Sitten und Gebräuchen. Das Leben der Osmanen war nach innen gekehrt. Die Menschen schauten von den Moscheen und ihren Komplexen aus in die Welt. Breite Straßen, große Plätze, Parks hielt man für überflüssig.«

Ich dachte an die Plätze der römischen Zeit.

»Aber Konstantinopel war nicht so angelegt.«

Ihr Blick drückte Wertschätzung aus.

»Sie lernen schnell, Nevzat Bey.«

Sie hatte die um ihren Liebsten besorgte Frau abgelegt und war in die Rolle der selbstbewussten Wissenschaftlerin geschlüpft.

»Stimmt, Konstantinopel war anders. Auf dem Beyazıt-Platz hinter uns befand sich beispielsweise das Tauri-Forum. Eine gerade Straße, die Mese, verband diesen Platz im Osten mit dem Konstantinsforum, also dem heutigen Çemberlitaş, und im Westen mit dem Bovus-Forum, dem heutigen Aksaray. Wo heute Vezneciler ist, lag das Philadelphion-Forum, und im Gebiet von Saraçhane das Amastrianon. Und in dem Areal, das wir heute Sultanahmet nennen, lagen ein riesiges Hippodrom und ein weitläufiger, vom Volk genutzter Platz, das Augustaion. Im osmanischen Istanbul dagegen gab es keine ausstaffierten Boulevards, Plätze mit Theatern und Foren voller Skulpturen. Das Volk versammelte sich in großen Moscheen wie der Süleymaniye. Eine introvertierte Gesellschaft kam an Orten zusammen, die sich auf das eigene Innere konzentrierten.«

Das akademische Wissen verwirrte mich.

»Aber hatten Sie nicht erzählt, dass Sultan Mehmed Fatih diese Stadt neu aufgebaut hat? Dass Konstantin und Fatih sich in gewisser Weise sogar ähnelten?«

Betrübt, missverstanden zu sein, lächelte sie. »Ich habe mich wohl nicht ganz richtig ausgedrückt. Tatsächlich hat Fatih diese Stadt neu aufgebaut. Denn als die Osmanen Konstantinopel einnahmen, war es in grauenhaftem Zustand. Genau wie Konstantin machte Fatih gleichsam mobil, um die geplünderte Stadt in eine Herrscherresidenz zu verwandeln. Er ließ Handwerksmeister und Kriegsgefangene aus dem gesamten Reich herbringen. Aus Trabzon mussten beispielsweise fünftausend Familien kommen.

Aus Edirne, Bursa, Gallipoli und Plowdiw holte man griechische Kunsthandwerker. Türken, Slawen, Juden, Armenier wurden genötigt, in die Hauptstadt umzusiedeln. Jede Stadt wurde verpflichtet, mindestens einhundert Handwerker und wohlhabende Familien nach Kostantiniyye zu entsenden. Es gab natürlich auch Unwillige, doch niemand konnte sich Fatihs Befehl widersetzen. Eine große Aufbautätigkeit setzte ein. Und aus der alten abgewrackten, verzweifelten Hauptstadt Ostroms wurde eine nagelneue osmanische Residenz. Nach Fatih verfolgten sein Sohn Beyazıt und sein Enkel Selim der Gestrenge die Sache weiter. Die glänzendste Periode erlebte Kostantiniyye aber unter Süleyman dem Prächtigen.« Ihr Blick glitt erneut zur Moschee. »Und zweifellos ist die Süleymaniye das herrlichste Monument jener Epoche.« Sich ihrer selbst und ihrer Worte sicher, wandte sie sich erneut mir zu. »Deshalb ging ich davon aus, dass die Mörder ihr sechstes Opfer hier platzieren würden.«

»Das taten sie nicht«, sagte ich gequält. »Vielleicht ist es ihnen nicht gelungen.«

»Warum nicht? Haben sie die Überwachung bemerkt?«

»Möglicherweise.« Ich lenkte meine erschöpften Blicke auf ihre übermüdete Miene. »Falls sie nicht ihr Opfer ohnehin bei der Şehzade-Moschee abgelegt haben. Danke für den Hinweis.«

»Ein zum Töten fähiger Sohn des Clans«

Die Mörder hatten ihr Opfer nicht bei der Şehzade-Moschee abgelegt. Ekrem mit zwei seiner Männer und ich an ihrer Spitze durchkämmten im Komplex des unglücklichen Prinzen die Moschee, die Mausoleen, jede Ecke des weitläufigen Hofs, das dahinter liegende Vefa-Gymnasium, den Park nebenan und darin die kleine Burmalı-Mescit-Moschee mit dem geringelten Minarett, fanden aber weder ein Opfer noch irgendeine verdächtige Person. Ich atmete erleichtert auf und bestieg meinen Wagen, da wurde mir klar, dass ein Gespräch mit Âdem Yezdan unausweichlich war. Zwei Wege gab es dafür: Entweder nahmen wir den Mann fest, oder wir statteten ihm wie bereits am Vortag erneut einen freundschaftlichen Besuch ab. Ali würde natürlich sagen, schnappen wir uns den Kerl und verhören ihn. Doch das wäre unklug. Sofort stünden sämtliche stiernackigen Anwälte Istanbuls im Revier. Und der Abgeordnete des Clans im Parlament von Ankara riefe unverzüglich den Innenminister an, um zu fragen, was denn eine solche Polizeischikane dem geachteten Unternehmer gegenüber, der kein anderes Ziel habe, als seinem Land und seiner Nation zu dienen, zu bedeuten habe. Der Innenminister würde den Polizeipräsidenten von Istanbul bedrängen. Der wiederum gäbe gleich Mümtaz Anweisung, diese Unverschämtheit auf der Stelle zu stoppen. In der Folge würde Âdem Yezdan unbekümmert in seine Firma zurückkehren. Und nie wieder mit uns reden. Da ich schon einmal in der Nähe war, wäre es vielleicht das Beste, ich besuchte Âdem allein. Doch heute war Samstag. Ob Âdem in der Firma war? Ich hatte seine Telefonnummer nicht. Also rief ich Ali an, in der Hoffnung, er sei schon wach. Beim zweiten Klingeln ging er ran, seine Stimme klang rau und verriet Unausgeschlafenheit. Doch als ich nach Âdem Yezdans Telefonnummer fragte, legte er aufgekratzt los.

»Ich bringe sie gleich rüber, Hauptkommissar.«

»Das geht nicht, Ali, ich bin draußen. Ruf ihn doch eben an, ob er in der Firma ist. Wenn nicht, finde heraus, wo er steckt. Ich muss gleich mit ihm reden.«

»Wird erledigt, Hauptkommissar.«

Ich beendete das Gespräch und lenkte den Wagen Richtung Yenikapı. Auf der Straße zum Meer hinunter hatte der Morgenverkehr eingesetzt. Es ging nur im Schritttempo voran, da klingelte mein Handy. Es war Ali, seine Stimme war jetzt klar, er hatte die Schlaftrunkenheit abgeschüttelt.

»Âdem ist unterwegs zu Dersaadet, Hauptkommissar. Er sagte, Nevzat Bey soll nur kommen, ich erwarte ihn in zehn Minuten.«

»Gut, Ali, danke dir.«

»Äh, Hauptkommissar, wo sind Sie denn? Wollen Sie etwa allein zu dem Pferdegesicht?«

»Ja, ich fahre allein hin.« Mein Ton war bestimmt. »Du fährst zur Familie von Fazlı Gümüş, dem letzten Opfer. Versuch vor allem herauszukriegen, was er mit Âdem Yezdan zu tun hatte. Klar? Ach ja, ich habe mir deinen Wagen genommen. Besorg dir einen anderen. Am Nachmittag treffen wir uns im Revier.«

Sicher fühlte er sich ausgeschlossen, doch er insistierte nicht weiter, da er glaubte, es verdient zu haben, weil er verschlafen hatte.

Auf der Küstenstraße war es nun ruhiger und weniger beengt. Als ich das Fenster einen Spalt breit herunterdrehte, schlug mir eine Brise ins Gesicht, feucht und nach Meer duftend. Zu meiner

Linken die Seemauern, zum Teil verfallen, zum Teil völlig verschwunden, zu meiner Rechten die tiefe Bläue des Marmarameeres, glitt ich über den schwarzen Asphalt dahin. Plötzlich überkam mich ein seltsames Gefühl. Mir war, als bewegte ich mich nicht heute in einem Auto voran, sondern vor Tausenden von Jahren in einem Boot auf dem leise bewegten Wasser. Die Autos, die Gebäude verschwanden. Um mich herum glitten kleine Segelboote, bunte Kähne, Galeeren, Galeonen dahin. Am Rand der Stadt erstreckten sich undurchlässige Mauern gleich Festungen. Alle paar Kilometer Stadttore. Kumkapı, Hafentor von Kadırga, Kleine-Hagia-Sophia-Moschee, Çatladıkapı, Bukoleon-Palast, Ahırkapı, an den Toren entlang fuhr ich in einer Fantasiewelt. Vor Ahırkapı erinnerte mich eine rote Ampel daran, in welchem Zeitalter ich lebte. Als ich bremste, verflog die Fantasie, die Realwelt nahm mich wieder auf. In der langen Autoschlange wartete ich auf Grün. Dann bog ich links ab und fuhr durch eines der alten Tore in die Stadt hinein. Über den heute von hässlichen Wohnhäusern und unproportionierten Bauten besetzten Grund des Großen Palastes von Byzanz, durch planlos entstandene Gassen erreichte ich endlich Âdem Yezdans Firma.

Vor der zweiflügeligen Massivholztür hinter dem Portikus mit seinen sechs Marmorsäulen nahm mich ein jüngerer blonder Mann in Empfang.

»Kommen Sie!« Höflich öffnete er mir die Tür. »Âdem Bey erwartet Sie.«

In der Diele wandte ich mich den mit dem byzantinischen Doppelkopfadler verzierten Säulen zu, doch der junge Mann deutete auf einen in die Wand integrierten Aufzug: »Hier entlang, Hauptkommissar. Âdem Bey ist in seinem Arbeitszimmer.«

Ein hochmoderner Lift, ohne jeden Bezug zum antiken Dekor des Gebäudes, beförderte uns in den ersten Stock hinauf. Vor dem Fahrstuhl oben standen, genau wie unten, zwei steinerne Säulen. Doch auf diesen fand sich nicht der doppelköpfige Adler von Byzanz, sondern Reliefs mit dem osmanischen Wappen, vermutlich aus Gips gegossen und anschließend sorgfältig bemalt. Gleich fiel mir die Tughra in der Sonne auf, darunter ein Schild mit Sternen im Kreis, obenauf ein Turban mit Federbusch, zu beiden Seiten wehten Fahnen, eine grün, die andere rot. Ein Bajonett, eine Lanze mit zweischneidiger Axt, eine mit einschneidiger Axt, ein Trommelrevolver, eine Waage, zwei aufeinanderliegende Bücher, Medaillen, ein Zepter, ein Anker, ein Bogen, ein Horn, ein Schwert, Kanonenkugeln, Speere … Es waren noch weit mehr Motive, doch ich identifizierte vorerst diese.

»Es stammt aus der Zeit Abdulmecids.« Âdem Yezdans Stimme riss mich aus meinem Spaziergang über das osmanische Wappen. Auch gestern war die Begegnung ähnlich verlaufen, er war eingetreten, als ich das Justiniansdenkmal betrachtete. Allerdings trug er den Spazierstock mit elfenbeinernem Griff heute nicht bei sich. »Schön, dass Sie da sind, Hauptkommissar.« Während er mir die Hand schüttelte, sprach er weiter: »Die Tughra in der Sonne ist allerdings das Sultanssiegel Abdulhamids. Bei den Osmanen gab es keine Wappentradition. Einige Historiker meinen, der Krimkrieg veranlasste sie, ein Wappen in Auftrag zu geben. Damals verlieh die französische Regierung, die sich mit den Osmanen gutstellen wollte, Sultan Abdulmecid den Legionärsorden. Als England die Geste der Franzosen sah, wollte man keinesfalls zurückstehen und handelte unverzüglich. Königin Victoria verlieh Abdulmecid den Hosenbandorden. Nun gab es ein Problem. Nach der Tradition des Hosenbandordens müssen damit ausgezeichnete Herrscher ihr Wappen in der St.-George-Kirche präsentieren. Der osmanische Sultan hatte aber kein Wappen. Daraufhin entsandte Königin Victoria Charles Young nach Istanbul, um ein Wappen für die Osmanen zu entwerfen. Der britische Designer erarbeitete dann das Wappen, das wir hier sehen. Erst unter Sultan Abdulhamid erhielt es seine endgültige Fassung, da wurden das Sultanssiegel Abdulhamids, die Waage und die Pistolen ergänzt.«

Ich heuchelte übertriebene Bewunderung.

»Sie kennen sich ja nicht nur im Römischen Reich aus, sondern auch bei den Osmanen.«

»Ich wollte, es wäre so.« Er schien aufrichtig betrübt. »Was habe ich mich abgemüht, Osmanisch zu lernen, doch vergebens. Ebenso Latein und Griechisch. Entweder ist man sprachbegabt, oder man muss von klein auf damit anfangen. Irgendwann weigert sich der Verstand zu lernen.« Er merkte, dass wir immer noch standen. »O Gott, jetzt bin ich wieder ins Schwatzen gekommen. Und habe Sie stehen lassen.«

»Nein, nein, nur keine Umstände, Âdem Bey. Ich lerne immer gern.«

Er hielt inne, als hätte ich etwas sehr Bedeutendes gesagt.

»Tatsächlich?« Den Ausdruck auf seinem Gesicht sah ich zum ersten Mal. In seinen Augen lag der kalte Glanz von Menschen, die sich für extrem mächtig halten, wenn sie über das Schicksal anderer entscheiden. »Wir holen Sie zu Dersaadet, wenn Sie in Pension gehen. Bei uns lernen Sie pausenlos.«

In mir machte sich das Vorgefühl breit, es heute mit einem völlig anderen Âdem Yezdan zu tun zu haben.

»Warum nicht?« Ich gab mich willfährig. »Falls ich bis zur Pensionierung am Leben bleibe.«

Er legte Widerspruch ein, als stünde sein eigenes Leben zur Debatte.

»Was soll das heißen, Hauptkommissar, selbstverständlich bleiben wir am Leben. Dieses Land braucht Leute wie Sie, wie mich.« Er wies auf die mit Schnitzereien verzierte Holztür hinter den Säulen. »Kommen Sie, gehen wir in mein Zimmer.«

Bevor er seine Schritte zur Tür lenkte, wandte er sich an den jungen Blonden, der immer noch ehrerbietig neben dem Aufzug stand.

»Bring uns etwas zu essen und zu trinken, Salih. Hauptkommissar, was trinken Sie? Tee, Kaffee?«

»Kaffee wäre nett. Ein Mokka mit wenig Zucker. Was das Essen betrifft, vielen Dank, aber ich bin satt.«

»Dann auch für mich nur einen Mokka, schwarz.«

Als ich den Raum betrat, den Âdem »mein Zimmer« genannt hatte, wurden meine Augen von Glanz, Prunk und Protz geblendet. Rottöne herrschten vor, ein Rot mit hohem Gelbanteil. In der Mitte des riesigen Raums, eigentlich ein langer Saal, hing ein gewaltiger Kristalllüster. Als Âdem meinen Blick bemerkte, erläuterte er großspurig: »Im Untergeschoss habe ich mir das Römische Reich zum Vorbild genommen, hier die Osmanen.«

Die Endphase der Osmanen, dachte ich, denn ich fühlte mich wie im Audienzsaal des Dolmabahçe-Palastes. Mattes Tageslicht drang durch die Fenster, die von Atlasvorhängen in hellem Rot, die Ränder goldgelb bestickt, gerahmt waren, und erhellte die von großzügigen Ornamentalreliefs überzogenen beigefarbenen Wände. Vergoldete Sultanssiegel, fein gezeichnete Miniaturen, blattgoldene Rahmen mit Kalligraphien von Meisterhand wetteiferten an den Wänden miteinander. Auf dem Boden ein überdimensionierter Perserteppich aus reiner Seide, wiederum hauptsächlich in Rot gehalten. An der Wand hinter dem schmalfüßigen verschnörkelten Schreibtisch fiel eine als Mosaik gearbeitete Sultans-Tughra ins Auge.

»Das Siegel Abdulmecids«, gab Âdem Auskunft. »Das Original hängt im Eingang des Hagia-Sophia-Museums. Sultan Abdulmecid fühlte sich von den Kaiser-Mosaiken inspiriert. Um seinen Namen wie sie zu verewigen, ließ er seine Tughra als byzantinisches Mosaik fertigen. Die Religionsgelehrten seiner Zeit missbilligten das, doch den Sultan scherte das wenig.«

In dieser Stadt hatte es stets außergewöhnliche Herrscher gegeben, ihr ungewohntes Verhalten und die frappierenden Geschichten dieses Benehmens hatten stets Aufmerksamkeit erregt und den Verstand verführt.

»Bitte, nehmen Sie doch hier Platz. Der Blick ist herrlich.«

Er bot mir den französischen Sessel links neben dem Schreibtisch an. Als ich mich setzte, dehnte sich vor mir ein leicht bewegtes Meer von Kadıköy bis hin zur unseligen Insel Sivriada aus.

»Wirklich wunderschön.« Ich konnte meinen Blick gar nicht losreißen von der sonnenbeschienenen blauen Weite. »Da geht einem richtig das Herz auf.«

Er trat hinter seinen Louis-ich-weiß-nicht-der-Wievielte-Schreibtisch.

»Wenn Sie erst das Panorama von der Terrasse aus sehen!« Er setzte sich nicht, sondern nahm den am Tisch lehnenden, mit Elfenbein besetzten Spazierstock an sich. Wie bei Leuten, die es sich zur Gewohnheit gemacht hatten, ständig eine Gebetskette durch die Finger gleiten zu lassen, fühlte Âdem Yezdan sich offenbar unbehaglich, wenn er seinen Spazierstock nicht in der Hand hielt. Als er zu mir zurückkehrte, sprach er weiter: »Der Blick von der Terrasse zeigt das Meer noch einmal so schön. Vom Leuchtturm Cankurtaran bis nach Yalova liegt Ihnen das ganze Marmarameer zu Füßen.« Mit dem Stock deutete er auf den Sessel mir gegenüber. »Versperre ich Ihnen die Sicht, wenn ich mich dorthin setze?«

»Nein, ich bitte Sie, nehmen Sie Platz. Die Sache, die wir besprechen müssen, ist wichtiger als die Aussicht.«

»Gut, aber in knapp einer Stunde muss ich los.« Seine Augen funkelten vor Freude. »Unser Veterinär hat ein neues Papageienpärchen für mich aufgetan. Gleich hole ich die beiden ab.«

»Keine Sorge, es dauert nicht lange, ich habe nur ein paar Fragen.« Mein Blick fiel auf die mit Eisen beschlagene Spitze des Spazierstocks in Âdems Händen. Konnten die Spuren an Necdets Körper von diesem Stock stammen, wie Leyla behauptet hatte? Nicht meine Blicke, aber meine Worte ließen ihn ernst werden.

»Unsere Jungs haben es wohl etwas übertrieben gestern Abend.« Er verharmloste den Vorfall, als redete er von einem Tumult beim Fußballmatch unter Freunden. »Sie haben die Typen vom Verteidigerverein ein bisschen vermöbelt, weil sie dieses Plakat aufhängen wollten.«

»So einfach ist das nicht.« Ich ließ Meer Meer und blau blau sein und sah Âdem in die erdfarbenen Augen. »Ercan und zwei Ihrer Bodyguards sind mit Baseballschlägern auf die Männer losgegangen.«

Mir schien, auch Âdem bemerkte, dass er nun mit einem anderen Nevzat sprach als dem versöhnlichen, zur Kooperation bereiten Hauptkommissar vom Vortag. Gequält schob er den Knauf seines Stocks von der rechten in die linke Hand. »Was sollten sie denn tun?« Er versuchte es mit Verteidigung. »Die Männer kamen her, um uns ein Transparent vor die Tür zu hängen. Womöglich hätten sie auch noch die Firma verwüstet. Da haben unsere Leute sich eben gewehrt.«

»Leider war es nicht ganz so, Âdem Bey.«

Sein Gesicht wurde finster, trotzdem fuhr ich im selben strengen Ton fort:

»Ihre Männer haben den Minibus der VVI-Leute bewusst verfolgt. Lange bevor die VVI'ler bei Dersaadet ankamen. Sie hätten sie auch attackiert, wenn sie gar nicht zu Ihrer Firma gefahren wären.«

Die Flitterwochen waren vorüber, er verzog die Brauen.

»Woher wollen Sie das wissen?« Sein Blick wirkte bedrohlich. »Ich hoffe, Sie sind nicht durch die Verleumdung von diesem Exlinken Namık darauf gekommen.«

Âdems Gelassenheit war wie weggeblasen. Er wollte es sich zwar nicht anmerken lassen, doch der abendliche Vorfall war nicht spurlos an ihm vorübergegangen.

»Mit Namık hat das nichts zu tun«, sagte ich ruhig und lehnte mich zurück. »Im Grunde haben Sie dafür gesorgt, dass ich diese Informationen bekam.«

Verblüfft riss er die Augen auf.

»Ich?«

»Ja, Sie. Das, was Sie über Namık Karaman erzählt haben. Wegen Ihrer Informationen setzte ich den VVI ganz oben auf die Liste der Verdächtigen. Seit gestern Abend observieren wir jeden Schritt dieser Leute. Doch dann geschah etwas Merkwürdiges: Bei der Verfolgung des Minibusses vom VVI trafen wir auf Ihre Männer.«

»Aber …«

»Da gibt es kein Aber, Âdem Bey. Alles spielte sich vor unseren Augen ab. Außerdem haben Ihre Leute gestanden. Sie haben einen Spion beim VVI eingeschleust. Angeblich lassen Sie Namık und sein Team beobachten.« Ich schüttelte verärgert den Kopf. »Darf ich Sie darauf aufmerksam machen, dass es eine Straftat ist, sich Aufgaben der Polizei anzumaßen?«

Sein vom schmalen Bart gerahmtes Kinn bebte.

»Wo-… Wovon reden Sie, ich verstehe nicht? Was für ein Spion, wer soll den wo eingeschleust haben?«

Mit starrem Blick in seine Augen gab ich Auskunft.

»Wir haben Name und Adresse von dem Mann. Ich kann sie Ihnen geben. Ercan persönlich hat ihn geführt. Wäre es möglich, dass er so etwas ohne Ihr Wissen tut?«

Sein Gesicht spiegelte ein Fiasko.

»Ach, Ercan, ach!« Er grummelte. »Ich versichere Ihnen, Hauptkommissar, ich weiß von alledem nichts. Da hat Ercan Mist gebaut.«

Endlich legte er die Höflichkeit ab.

»Glauben Sie mir, das hätte ich niemals zugelassen. Wir sind doch hier nicht in den Bergen! Was würde uns dann noch von diesem Namık Karaman unterscheiden!«

Subtil setzte er seine Attacken gegen den Chirurgen fort.

»Ich werfe sie raus, Sie werden es sehen, ich setze Ercan genau wie die beiden Pseudobodyguards vor die Tür.« Nervös schwenkte er den elfenbeinernen Knauf seines Stocks. »Das war ein Fehler, Hauptkommissar. Da habe ich mir aus heiterem Himmel Probleme ins Haus geholt. Ich hätte mir die Sache mit der Securityfirma nie aufhalsen sollen. Ich bin Tourismusunternehmer, was verstehe ich denn von Sicherheit und Security. Und jetzt muss ich mich mit Leuten wie Ercan herumschlagen.«

So einfach ließ ich ihn nicht davonkommen.

»Und was ist mit den Flecken an Necdet Denizels Rumpf?« Während ich die Frage stellte, warf ich einen bedeutsamen Blick auf seinen Spazierstock. »Im Obduktionsbefund steht, an Brust und Bauch des Ermordeten befanden sich blaue Flecken in Größe der Metallspitze Ihres Spazierstocks.«

Er wurde kreidebleich, in diesem kunterbunten Zimmer voller Prunk und Protz war der farbloseste Fleck wohl Âdems Gesicht.

»Was sagen Sie da, Hauptkommissar?« Sein Blick schwamm wie seine Stimme in Enttäuschung. »Soll ich etwa Necdet …?«

Beschwichtigend hob ich beide Hände und korrigierte mich.

»Verstehen Sie mich nicht falsch, ich sage nicht, Sie hätten ihn getötet. Doch ob Ercan sich da vielleicht in der Pflicht gefühlt …«

Er schnellte aus dem Sessel, als hätte er sich verbrannt.

»Nein! Auf keinen Fall! Ercan ist pflichteifrig, aber er würde sich niemals erdreisten, so etwas zu tun. Das ist etwas völlig anderes, als unverschämte Scharlatane einzuschüchtern. Wir reden von Mord, Hauptkommissar, das ist kein Scherz, wir reden davon, jemandem das Leben zu nehmen. Nein, Ercan weiß, dass ich eine solch grausame Tat niemals gutheißen würde.«

Âdem war genau in der richtigen Stimmung für ein Verhör.

»Und wie war das bei der Sache vor drei Jahren …«

Ich hatte noch kaum drei Worte gesagt, da wusste er schon, worauf ich hinauswollte.

»Das war ein Unfall.« Er schluckte. »Ein unglücklicher Unfall. Für alle Umgekommenen haben wir zur Genüge Entschädigung gezahlt. Niemand hat sich über uns beschwert. Nur dieser VVI …«

»Der Fall soll neu aufgerollt werden.«

Seine Nervosität wich Zorn.

»Sollen sie nur!« Sein Kahlkopf war knallrot. »Wir gewinnen auch diesmal. Schweinerei vom VVI. Die sind gegen das Kapital. Sie wollen sinnvolle Arbeiten in diesem Land verhindern. Miesmacher. Die haben kein Gewissen. Wir haben Milliarden Dollar in den Boden investiert, seit drei Jahren stecken die nun schon da fest.«

Das Grundstück, das er einen von den Römern, von den Osmanen geerbten historischen Schatz nannte, war jetzt zu einem wertlosen Stück Boden geworden, in das er sein Geld versenkt hatte.

»Um ehrlich zu sein, mich interessiert die Neuauflage des Gerichtsprozesses gar nicht.« Ich musterte ihn mit ausdruckslosem

Blick. »Es liegt auch außerhalb meiner Ermittlungskompetenzen, wer da im Recht ist und wer im Unrecht. Doch wenn die Ermordeten etwas mit diesem Prozess zu tun haben … Also wenn sie als Gutachter bei Ihrem Prozess tätig gewesen sein sollten …«

»Wer hat Ihnen so etwas gesagt?« Er brauste auf. »Der Schurke Namık, stimmt's? Oder diese Intellektuellenhexe, Leyla Barkın? Habe ich nichts anderes zu tun, als die Expertenkommission des Prozesses zu beseitigen? Hätte ich das vor, hätte ich zuallererst diesen niederträchtigen Chirurgen umbringen lassen …«

Da war er in die Falle getappt.

»Sie hätten ihn umbringen lassen …«

Er bemerkte seinen Fehler, doch es war zu spät.

»Das war nur dahergeredet.«

Es klopfte an der Tür. Salih trat ein, mit unserem Kaffee auf einem Tablett. Die Gelegenheit für Âdem, das Thema zu wechseln.

»Wie köstlich das duftet!« Gern hätte er seinen Zügen einen netten Ausdruck, seiner Stimme einen milden Klang gegeben, doch dafür war er zu angespannt. Er steckte aber nicht auf. »Es geht nichts über einen Mokka am Morgen.«

Ich lächelte eisig.

»Da stimme ich Ihnen zu, auch ich liebe morgendlichen Mokka.«

Für sein Alter unvermutet flink sprang Âdem auf, schnappte sich eines der perlmuttverzierten Tischchen, die in den Atlas-Vorhängen bereitstanden, und platzierte es zwischen uns.

»Hierher, Salih, stell sie hierher.«

Der junge Blonde tat wie geheißen. Âdem gönnte ihm einen wohlwollenden Blick.

»Salih ist mein Neffe. Bei uns herrscht kein Mangel an Neffen. Aber Salih ist etwas Besonderes. Er schließt dieses Jahr sein Jurastudium ab. Dann wird er Rechtsbeistand von Dersaadet. Und ich werde die dummen Leute los.« Er wandte sich dem jungen Hoffnungsträger zu und fragte gequält: »Hast du immer noch keine Nachricht von diesem Hakan?«

Er meinte vermutlich den brillantinierten Anwalt, der mit Ercan auf dem Revier erschienen war.

»Nein, Onkel.« Der junge Mann fürchtete augenscheinlich, sich Âdems Zorn zuzuziehen. »Er scheint nicht in der Stadt zu sein. Auch sein Handy ist nicht zu erreichen.«

»Sie sehen es, Hauptkommissar, wir zahlen den Leuten einen Batzen Geld, aber wenn man sie braucht, sind sie nicht da.«

Als ich desinteressiert nach meinem Mokka langte, wandte er sich erneut dem Neffen zu.

»Bleib weiter dran, ruf ihn alle halbe Stunde an. Den drei anderen Anwälten vertraue ich nicht. Wir müssen Hakan unbedingt auftreiben. Und sei es mit zwei blutigen Händen, ich erwarte ihn unverzüglich in der Firma.«

Der hübsche Junge bewahrte seine respektvolle Haltung. »Wird gemacht, Onkel«, sagte er im Hinausgehen, und ich fragte: »Haben Sie denn noch keinen Anwalt zum Revier geschickt?«

Mein Interesse deutete Âdem als Versöhnungsangebot.

»Doch, doch, Hauptkommissar«, schwätzte er wieder los. »Gott sei Dank haben wir Anwälte in rauen Mengen. Aber dieser Hakan ist außerordentlich talentiert, lassen Sie sich nicht von seinem jugendlichen Aussehen täuschen, er ist sehr agil. Es gibt doch diesen Spruch: Der holt einen noch vom Galgen. Aber heute ist er wie vom Erdboden verschluckt. Der Schakal hat eine kleine russische Freundin, vielleicht unternimmt er mit ihr einen Ausflug, wer weiß.«

Im Grunde interessierte mich der Geschmack des Mokkas viel mehr als Hakans Verschwinden.

»Der Mokka ist gut. Dank an den, der ihn gebraut hat.«

Er lächelte glücklich. Das Eis zwischen uns schien zu schmelzen. Sein kahler Kopf strahlte wie eine Glühbirne.

»Nazife Hanım. Sie bereitet wunderbaren Kaffee zu. Wäre er nicht von ihrer Hand, hätte ich Ihnen gar keinen Mokka angeboten.« Er nahm hastig einen Schluck. Doch er war nicht in der Lage, jetzt den Kaffee zu genießen. »Ja, wo waren wir noch gleich …«

»Sie sagten: Ich hätte ihn umbringen lassen.« Wieder setzte ich mir das eisige Lächeln auf die Lippen. »Diesen linken Chirurgen …«

Es lohnte sich zu sehen, wie Panik ihn erfasste, zuerst die erdbraunen Augen, dann den ganzen Körper.

»Das … da habe ich mich falsch ausgedrückt«, stotterte er. Vergeblich versuchte er ein Lächeln. »Sie verstehen schon, Hauptkommissar.«

»Nein.« Ich schüttelte den Kopf. »Woher soll ich wissen, was Sie sagen wollten? Sie haben klar gesagt: Ich hätte ihn umbringen lassen.«

Er war beleidigt. Zu guter Letzt hatte er begriffen, dass all die Nettigkeiten und Anstrengungen, sich positiv darzustellen, ihm nichts nützten. Als ziehe er Kraft daraus, klammerte er sich an den Knauf seines Spazierstocks.

»Hören Sie, Nevzat Bey.« Seine Stirn war gerunzelt, die Miene übellaunig. »Ich stamme aus einem großen Clan. Ich bin Sohn eines Clans, der zu töten versteht. Der Name meines Urgroßvaters lautete Seyfo der Blutige. Es mag eine Übertreibung sein, doch man sagt, er wusch sich im Blut der Männer, die er umgebracht hatte. Er soll ein entsetzlicher Mann gewesen sein. Wen er beseitigen wollte, lud er mit der ganzen Familie in sein Dorf zum Essen ein, dann erdrosselte er alle, ob jung oder alt, und riss sich dessen Frau und Boden unter den Nagel. Auf diese Weise bekam er hektarweise Grund und Dutzende Dörfer in die Hand. Damit rühmt man sich nicht, dafür schämt man sich. Die absolute Barbarei. Ich rede so offen, damit Sie verstehen. Nach Seyfo dem Blutigen übernahm mein Großvater Bekir der Humpelnde den Clan. Mein Großvater soll ein friedfertiger Mann gewesen sein, doch um den Clan zu verteidigen nach all dem, was sein eigener Vater getan hatte, musste er das Töten lernen. Und das tat er. Er scheute sich nicht, für eigene Interessen und für den Clan zu töten, und nahm auch selbst den Tod in Kauf. Mein Vater, der anschließend seine Position übernahm, war ein kluger Mann. Ein Mann, der sah, dass die Welt sich wandelte. Ein Mann, der begriff, dass man mit Waffen und Gewalt nicht weiterkommt. ›Wir müssen diesen Boden loswerden, mein Sohn‹, sagte er zu mir, ›uns von Grund und Boden befreien und in die Stadt gehen.‹ Als es Gefechte in der Region gab, stellte er sich sofort auf die Seite des Staates. Damit brachte er dem Clan große Vorteile ein, zog aber den Hass der Leute in den Bergen auf die Familie. Viele sind gefallen. Zwei meiner Onkel, drei Cousins, ein Schwager, zwei Neffen und mein älterer Bruder Reşit, wir verloren sie bei einem nächtlichen Überfall. Ich sagte ja schon, mein Vater war klug, er hat sich immer bemüht, mich aus diesen Sachen herauszuhalten. Zum einen wollte er, dass ich durchkomme, zum anderen die Familie in die Stadt bringen, wenn auch nicht den ganzen Clan. Kaum hatte ich die Grundschuljahre hinter mir, schickte er mich nach Istanbul. Als er mich in den Bus setzte, sagte er: ›All meine Hoffnung setze ich auf dich, Âdem. Du bist der rechte Mann, um die Familie in die Großstadt zu bringen und uns aus dieser Sackgasse herauszuholen.‹ Damals verstand ich nicht, was er meinte. In Istanbul kam ich bei Onkel Samuel aus Midyat unter, der zusammen mit Vater beim Militär gewesen war. Doch Onkel Samuel war nicht nur sein Kamerad, sondern auch Komplize bei einer Reihe schmutziger Geschäfte. Wenn Sie fragen, welche Art schmutzige Geschäfte, sag ich Ihnen das gern, warum sollte ich es verbergen? Kleinere Schmuggelgeschäfte waren das vor vierzig Jahren. Wie auch immer, ich kam zu Onkel Samuel ins Haus, ein zweigeschossiger Holzbau in den Gassen von Kocamustafapaşa. Seine Frau Zelga nahm mich wie einen eigenen Sohn auf. Den Grund dafür erfuhr ich später. Keines ihrer Kinder hatte seinen ersten Geburtstag erlebt. Sie empfand mich als ein von Gott gesandtes Geschenk. Da liegen übrigens die Wurzeln meiner Liebe zu Papageien: Die Eltern von Theodora, die wir unten sahen, stammen aus diesem Haus. Ich wuchs bei dem Juwelier Samuel und bei Mutter Zelga auf, dem liebevollsten Menschen der Welt, sie schickten mich auf die weiterführende Schule, von ihnen lernte ich das Leben, bei ihnen wurde ich zu Âdem Yezdan. Sie kümmerten sich mehr um mich als meine leiblichen Eltern. In den Sommerferien arbeitete ich bei Onkel Samuel in seinem Juweliergeschäft im Großen Basar. Da lernte ich alles über den Handel, was keine Wirtschaftsschule je lehren könnte. Selbstverständlich brach ich auch die Verbindung nach Hakkari nie ab. Ich wuchs zwar nun in einer völlig anderen Kultur heran, doch die Beziehungen zu meiner Familie waren immer herzlich. Mein erstes Geschäft machte ich im Großen Basar auf. Das überschrieb mir ein Armenier, der die Türkei verlassen wollte. Ein zweites folgte in Sultanahmet, und so ging es weiter. Das Vermögen unserer Familie setzte ich im Handel und im Tourismussektor ein. Heute lebt ein großer Teil des Clans in Istanbul. Mittlerweile verfügen wir über ein beträchtliches Kapital. Meine Tochter studiert in London, mein Sohn macht seinen Master in Boston. Und heute verstehe ich die Worte, die Vater mir damals am Bus mit auf den Weg gab, viel besser. Als er sagte: Du bist der rechte Mann, um die Familie in die Großstadt zu bringen und uns aus dieser Sackgasse herauszuholen, da wollte er sagen: Du bist der Mann, der unsere Familie vor Gewalt, Blut und Totschlag bewahrt.« Er verstummte und starrte mich ohne einen Wimpernschlag aus seinen erdfarbenen Augen an. »Und jetzt sagen Sie selbst, Hauptkommissar: Würde ich das Universum, das ich mit so viel Arbeit, Mühe und Schmerz aufgebaut habe, in Gefahr bringen? Würde ich das Vermächtnis meines Vaters verraten? Würde ein vor der Gewalt geflohener Mann selbst Gewalt anwenden?«

»Die Gesellschaft ist verkommen, wo du anpackst, ein Haufen Mist.«

Selbstverständlich konnte jemand, der vor Gewalt geflüchtet war, seinerseits Gewalt anwenden. Selbstverständlich war er fähig, wenn das von ihm mit viel Arbeit, Mühe und Schmerz aufgebaute Universum bedroht war, mit Hilfe der Neigung zur Gewalt, die seiner Kultur ohnehin innewohnte, Menschen zu töten. Und selbstverständlich behielt ich meine Meinung für mich. Es wäre eine offene Anschuldigung gewesen, doch die Daten, die wir bisher in Händen hatten, gaben uns noch nicht die Gelegenheit, ihn festzusetzen. Dersaadet, die Firma, die im Obergeschoss die osmanische Zeit, im Parterre die römische und mit der Gasse, in der sie lag, die Zeit der türkischen Republik verkörperte, verließ ich mit dem frisch gewonnenen Eindruck, dass Âdem Yezdan uns wichtige Informationen vorenthielt. Standen die verheimlichten Informationen im Zusammenhang mit den fünf Morden, deren Täter wir noch immer nicht gefunden hatten, oder mit Mauscheleien seiner Firma? Das war schwierig zu beurteilen. Sicher war nur eines: Sowohl die Mörder als auch die Mauscheleien Âdem Yezdans hatten etwas mit dem Unfall zu tun, der vor drei Jahren fünf Menschen das Leben gekostet hatte.

Im Revier fand ich Zeynep auf der Bank unter dem alten Pflaumenbaum vor, träge fiel das Licht der Frühlingssonne durch die Blätter, während sie ihr Sandwich verspeiste. Sie sprang auf, als sie mich erblickte.

»Bleib sitzen«, sagte ich und hockte mich neben sie. »Schön

ist es hier.« Der milde Maiwind duftete nach frischem Brot, Käse und Tomaten. »Was isst du da?«

»Mögen Sie ein Stück, Hauptkommissar? Käsesandwich mit Tomaten und Gurke.«

Tatsächlich bekam ich richtig Appetit.

»Gerne, aber nicht so viel.«

Sie brach mir fast die Hälfte ab, das großzügige Mädel.

»Was machst du denn, Zeynep!«

Ein bescheidenes Lächeln zierte ihr Gesicht.

»Essen Sie nur, Hauptkommissar. Mir war das eh zu mächtig.«

Ich nahm das Brot und fragte: »Wie kommst du voran? Hast du die Akten vom Prozess einsehen können? Ich meine den gegen Dersaadet.«

Rasch zerkaute sie den Bissen in ihrem Mund.

»Gestern kamen wir zu spät, Hauptkommissar. Es war schon Nachmittag, als Sie mir den Auftrag gaben. Aber am Montag haben wir alles da. Infos über die Ermittlungen konnte ich der Presse entnehmen. Soweit da etwas drinstand. Die Kläger, also die Leute vom VVI, machten geltend, es habe sich nicht um einen Unfall, sondern um Sabotage gehandelt. Sie sagten, Âdem Yezdan habe seine Leute die Zisternenmauer, die schon ziemlich verfallen war, einreißen lassen, um das Recht zu bekommen, das Areal nach eigenen Wünschen zu bebauen. Es gab aber auch gegenteilige Auffassungen. Angeführt wurden die von dem dritten Opfer, dem Journalisten Şadan Duruca. Der präsentierte sich regelrecht als Sprecher der Firma Dersaadet.«

Wir hatten bereits erfahren, dass der unsaubere Journalist eine Wohnung geschenkt bekommen hatte, weil er sich für den illegalen Bau eines Bauunternehmens eingesetzt hatte.

»Und Âdem Yezdan hat ihm eine Wohnung überschrieben«, fauchte ich wütend. »Das Land geht vor die Hunde, Zeynep. Der

Journalist ist ein Schuft, der Tourismusunternehmer genauso, auch der Architekt, der Mann in der Stadtverwaltung nicht minder. Und was sollen wir von unserem ehemaligen Kollegen Ercan halten? Um seinem Boss zu gefallen, treibt der sich nachts als Bandit herum. Was ist nur los? Die Gesellschaft ist verkommen, wo du auch anpackst, ein Haufen Mist.«

»Da sagen Sie was, Hauptkommissar. Die Menschen sind schlecht geworden. Aber diesen Şadan Duruca übertrifft wohl keiner. Mir wurde richtig übel bei seinen Artikeln. Nicht unterschwellig oder versteckt, nein, ganz offen rühmt er die Leute. Er malt die Arbeiten von Dersaadet in so wundervollen Farben, dass man glauben muss, sie seien die größten Tourismushelden. Und die Kläger nimmt er hart unter Beschuss. Allen voran die Leitung des VVI. Und natürlich Namık Karaman, den er als Exterroristen diskreditiert. Das seien alles Vaterlandsverräter, die sich verkauft hätten, und Feinde von Nation und Kapital.«

Bei unseren Ermittlungen gab es einen sonderbaren Punkt. Fast alle Opfer hatten ihre Finger in schmutzigen Geschäften stecken oder doch zumindest die Augen bei Mauscheleien zugedrückt. Wenn stimmte, was der VVI behauptete, waren auch vor drei Jahren die fünf Menschen bei dem Unfall umgekommen, weil andere die Augen zugedrückt hatten. Wir hatten zwei Gruppen von Verdächtigen. Einmal jene, die sich, wenn auch nach eigenem Gutdünken, für die Geschichte der Stadt einsetzten, und auf der anderen Seite ein Tourismusunternehmen, das sich das historische Geflecht zunutze machen, nötigenfalls auch ausschlachten wollte, um einen Reibach zu machen. Um ehrlich zu sein, hätte ich äußerst ungern gesehen, dass Namık und Leyla sich als Mörder herausstellten. Auch wenn wir ansonsten nicht viel gemein hatten, ich mochte sie, vermutlich wegen ihres Engagements für Istanbul. Dagegen glaubte ich kaum, dass es mich sonderlich betrüben würde, wenn Âdem Yezdan sich als der Schuldige erwiese. Andererseits konnte ich es unmöglich gutheißen, wenn jemand Morde beging, um seine Ziele zu erreichen, ganz egal, welche das sein mochten. Ein Mord brachte keine Toten zurück, sondern huldigte nur dem Tod.

»Und die Opfer?«, fragte ich bekümmert. »Bei der Sache vor drei Jahren kamen fünf Menschen ums Leben. Was sagen die Familien dazu? Waren die am Prozess beteiligt?«

»Offenbar nicht. Hätten die Dersaadet beschuldigt, hätten die Journalisten sich eine solche Nachricht sicher nicht entgehen lassen. Hätten die Hinterbliebenen über Dersaadet oder Âdem Yezdan geredet, wäre das für alle Zeitungen ein dreispaltiger Aufmacher gewesen. Allerdings wird der Prozess jetzt neu aufgerollt, vielleicht haben auch die Angehörigen ihre Haltung geändert.« Ihr Blick fiel auf das Sandwich in meiner Hand. »Essen Sie doch, Hauptkommissar, Sie haben es ja noch in der Hand.«

Ich biss ab und kaute langsam.

»Wir sind bisher nicht an die Namensliste der Expertenkommission vom Prozess gekommen, oder?«

»Leider nicht. In den Zeitungen steht nichts darüber. Aber am Montag bringen uns die Prozessakten in dieser Sache weiter.«

Wir waren also keinen Millimeter vorangekommen, der Brocken in meinem Mund wuchs.

»Ich hab auch Cola da, Hauptkommissar.«

Sie wusste, dass ich das Gesöff nicht mochte, doch als sie sah, dass ich den Bissen im Mund herumwälzte, bot sie mir eine an. Ich nahm eine der beiden Dosen aus der Tüte, die Zeynep neben sich stehen hatte, und setzte sie an die Lippen. Die eklige Zuckerbrühe brannte mir am Gaumen. Aber sie half doch, den Bissen herunterzuschlucken. Da fiel mein Blick auf die zweite Dose, die sah ganz anders aus als meine.

»Was ist das denn, Zeynep?«

Zunächst wirkte sie verlegen, wie frisch ertappt.

»Energydrink, Hauptkommissar. Der hält meinen Geist fit.«

Ich hielt mir die Dose vor die Augen, der Koffeingehalt war extrem hoch.

»Lass das doch, Zeynep, das ist nicht wie Cola, das ist dreimal so schädlich.«

Sie zuckte unbekümmert die Schultern.

»Macht nichts, Hauptkommissar. Außerdem bin ich ja nicht süchtig danach. Wenn die Ermittlungen vorbei sind und die Tage wieder ruhiger werden, dann schluck ich keinen Tropfen mehr davon.«

Es hatte keinen Sinn, das weiter zu vertiefen.

»Das wäre gut«, sagte ich lediglich. »Was ist mit dem VVI-Minibus?«

Gelassen, ohne das geringste Anzeichen von Aufregung, gab sie Auskunft.

»Wir haben den Zeugen den Minibus vorgeführt. Dem Wachmann vom Hotel Ayasofya Konakları und den Männern bei der Fatih-Moschee. Sie waren sich nicht sicher, sie hatten ja nicht so genau hingeguckt. Aber auf dem Kunststoffboden hinten fanden wir einen Blutfleck. Vielleicht fünf Tage alt. Es gab Übereinstimmung mit der Blutgruppe von Necdet Denizel. Jetzt wird ein DNA-Test durchgeführt. Es kann aber zwei Tage dauern, bis wir das Ergebnis haben.«

Wenn auch die DNA übereinstimmte, wäre der Fall gelöst, aber Zeynep wirkte wenig ambitioniert.

»Du hast wohl nicht viel Hoffnung? Meinst du, es kommt nichts dabei heraus?«

»Für eine konkrete Aussage ist es zu früh, Hauptkommissar.« Verzagt ließ sie den Blick über den Hof schweifen. »Wir haben es mit einer Tätergruppe zu tun, die in fünf Tagen fünf Morde verübt hat. Dabei haben wir nicht die geringste Spur gefunden. Falls tatsächlich die VVI'ler die Mörder sein sollten, glaube ich kaum, dass sie einen Blutfleck eines ihrer Opfer im eigenen Minibus übersehen.«

Das klang logisch, doch es liegt ja nicht allein an Geschick, Mut und Kaltblütigkeit des Täters, bei einem Mord kein Indiz, keine Spur, keine Zeugen zu hinterlassen. Ein unvermutetes Geschehen, zum Beispiel ein unerwartet am Tatort auftauchender Zeuge, ein Loch in einer Tüte, wodurch Blut des Opfers auf den Boden tropft, ein unbeholfener Komplize können die klügsten Pläne über den Haufen werfen und noch den gewieftesten Mörder verraten. Im Laufe meines Berufslebens war mir die Aufklärung zahlreicher Taten dank solcher Trottel gelungen, die das Leben den Mördern in letzter Minute reingewürgt hatte. Der Blutfleck im weißen Minibus konnte eine wichtige Blöße sein, die die Mörder sich ungewollt gaben.

»Auch wenn du es nicht denkst, kann der Blutfleck doch mit der DNA von Necdet Denizel übereinstimmen«, mahnte ich. »Noch das geringste Indiz ist wertvoller als unsere Spekulationen, Zeynep.«

»Die Kollegen von der Gerichtsmedizin sind mit der gesamten Mannschaft am Ball.«

Erst biss ich erneut ins Sandwich, dann stellte ich die nächste Frage.

»Dieses Pro … Wie hieß das gleich noch? Dieser Stoff, der verrät, ob ein Opfer vor der Ermordung betäubt wurde.«

»Propofol?«

»Ja, genau. Du hattest gesagt, die Gerichtsmediziner wollten sich auch darum kümmern.«

Wieder überzog ein Schatten ihr Gesicht.

»Es tut mir leid, Hauptkommissar, heute habe ich gar keine guten Nachrichten für Sie. Leider wurden fast alle Obduktionen später als achtundvierzig Stunden nach Eintritt des Todes vorgenommen. In dieser Zeit hat sich der Stoff längst verflüchtigt. Bei den Mordopfern konnte kein Propofol nachgewiesen werden.«

Ihre müden Augen verschatteten sich noch tiefer, sie ließ die Schultern hängen.

»Quäl dich nicht, Zeynep. Mörder hinterlassen unter Garantie eine Spur, das ist immer so.«

Meine Worte nützten nichts. Am besten wechselte ich das Thema. Erneut fiel mein Blick auf die Dose mit dem Energydrink.

»Trinkt Ali das auch?«

Was sollte sie darauf sagen? Ein Ja käme einer Denunziation des Freundes gleich, ein Nein wäre eine Lüge mir gegenüber. Sie kniff die Augen zusammen und nagte an der Unterlippe. Eigentlich hatte ich die Frage gestellt, um die Stimmung aufzulockern. Hätte ich das bloß nicht getan, dachte ich. Doch da strahlten Zeyneps Augen auf.

»Fragen Sie ihn doch selbst, Hauptkommissar«, sagte sie erleichtert. »Da kommt er.«

Ich drehte den Kopf und sah unseren Strolch vor sich hin grinsend herbeischlendern. Als er bemerkte, dass wir ihm entgegenblickten, wurde er neugierig.

»Was? Was ist passiert, Hauptkommissar?«

»Ich hab dein Geheimnis gelüftet, Ali«, neckte ich ihn. »Jetzt weiß ich, wie du es ohne Schlaf aushältst!«

Mit zusammengekniffenen Augen musterte der arme Kerl einmal Zeynep, einmal mich, um zu verstehen, worauf ich anspielte.

»Mich brauchst du gar nicht anzugucken«, kicherte unsere

Kriminologin. Mit Romeos Auftauchen hatte sich ihre Stimmung schlagartig gebessert. »Ich hab nichts gesagt, ehrlich.«

Nun wurde Ali erst recht unruhig.

»Was denn bloß? Was ist denn hier los?«

Ich deutete auf den Energydrink.

»Das ist los. Du stopfst dich mit Koffein voll und hüpfst wie ein junger Dschinn durch die Gegend. Kein Schlaf, keine Erschöpfung. Wir dagegen fühlen uns schuldig, weil wir alt geworden sind.«

Der Spitzbube grinste.

»Warum nehmen Sie es nicht auch, Hauptkommissar? Das schadet keinem.«

»Sei dir da nicht so sicher, Ali.« Nicht ich, Zeynep legte Widerspruch ein. Doch ihre Stimme verriet, dass sie es ironisch meinte. »Allzu viel Koffein ist gar nicht gut.«

»Das musst du gerade sagen«, er wandte sich ihr zu. »Als würdest du's nicht selber trinken.«

Halb im Ernst, halb im Spaß klagte er: »Und was sollen wir machen, Hauptkommissar, sollen wir etwa vor dem Computer einpennen?«

»Na, darüber sprechen wir später. Konntest du mit der Familie des Mordopfers reden?«

»Das habe ich.« Er setzte sich neben Zeynep. So nah, dass ihre Körper einander fast berührten. Er würde wohl demnächst bei Zeyneps aus Bulgarien stammendem Vater um ihre Hand anhalten. Ohne meine netten Gedanken auch nur zu ahnen, lieferte unser künftiger Bräutigam in der Haltung des harten Polizisten seinen Bericht ab. »Nicht mit seiner Frau, aber mit seinem Sohn habe ich gesprochen. Die arme Frau hat angeblich immer noch Ohnmachtsanfälle. Der Junge ist frisch vom Militärdienst zurück. Timur heißt er. In einigen Jahren wollte der Vater ihm den Job übertragen. Mit dem Job ist kein Laden gemeint, wie Sie sich denken können. Es geht ums Baugeschäft, Kauf und Verkauf von Grund und Boden, Großbaustellen und so weiter. Motto: In Istanbul liegt das Gold auf der Straße, schnappen wir uns unseren Teil davon. Mir wurde nicht ganz klar, ob der Tod seines Vaters Timur froh oder traurig gestimmt hat. Er wirkte eher überrascht als betroffen. Plötzlich fiel ihm ein beträchtliches Kapital in den Schoß. Er hat interessante Dinge erzählt. Vor zehn Tagen trafen sich Necdet, Mukadder und sein Vater bei ihnen in der Firma. Er hat zwar nicht gehört, worüber sie sprachen, weiß aber, dass es unter anderem um Âdem Yezdan ging. Denn Fazlı hatte sich im Vorfeld bei seinem Sohn beklagt: ›Wir müssen uns diesen Mann vom Hals schaffen. Der geht unter und versucht, uns mit reinzureißen.‹ Genaueres habe er allerdings nicht erzählt. ›Alle drei hatten Angst vor Âdem Yezdan‹, sagte Timur. Warum denn, fragte ich nach. Er wusste es nicht, er sei ja erst vor vierzehn Tagen vom Militär heimgekommen. Er nahm aber an, sie seien zu viert in ein Geschäft eingestiegen, das Geld dazu stammte von Âdem Yezdan. Doch die Sache ging schief, und das Gericht stoppte das Geschäft. Da die Baustelle nun ruht, habe der Mann Unsummen verloren. ›Wäre es denkbar, dass er deinen Vater umgebracht hat?‹, fragte ich ihn ganz offen. Auf die Idee war er nicht gekommen. Er überlegte eine Weile. Dann sagte er wie zu sich selbst: ›Ich weiß nicht, würde der die Stirn dazu haben?‹ Dann fragte er mich: ›Was glauben Sie denn, Kommissar, hat Âdem Yezdan meinen Vater umgebracht?‹ Was sollte ich sagen? ›Nein, zu diesem Ergebnis sind wir bislang nicht gekommen, es gibt da noch andere Verdächtige‹, wiegelte ich ab. Aber nun saß die Idee einmal bei ihm im Kopf. ›Ob ich mal hingehe und mit diesem Âdem rede?‹, machte er das Thema wieder auf. ›Bloß nicht, red mit niemandem darüber‹, warnte ich ihn. ›Wir finden den Mörder deines Vaters auf jeden Fall.‹ Ich denke, ich konnte ihn überzeugen.« Ali hob den Kopf und sah mich an. »Und was sagt Âdem Yezdan, Hauptkommissar?«

Meine Kehle war trocken, notgedrungen nippte ich wieder an der Cola.

»Er erzählte Dinge, die bestätigen, was dieser Timur gesagt hat. Er hat angeblich bei der wegen des Prozesses gestoppten Baustelle Unsummen in den Sand gesetzt. Natürlich lehnt er jede Verbindung zu den Morden ab. Er bezichtigt weiter Namık Karaman und die VVI'ler. Und die anderen sagen, Âdem Yezdan steckt dahinter.«

Ali kam ebenso wenig wie ich zu einem Urteil, er fuhr sich mit den Fingern durch die Mähne und kratzte sich frustriert am Kopf.

»Âdem Yezdan und seine Leute oder Namık Karaman mit seinen Vereinskollegen? Wer hat diese Menschen umgebracht?«

»Warum beschränken wir uns auf die beiden Gruppen?« Zeynep sprach etwas an, was auch mir hin und wieder durch den Kopf gegangen war. »Vielleicht gibt es noch eine andere Gruppe, die uns bisher entgangen ist. Eine Gruppe, die versucht, die Morde Âdem Yezdan oder Namık Karaman zur Last zu legen. Oder auch eine Gruppe, die gar nichts mit diesen Leuten zu tun hat, sondern eine eigene Rechnung mit den Opfern begleichen will. Jemand von der Grundstücksmafia zum Beispiel. Oder Antikenschmuggler ...«

Mitten in Zeyneps Überlegungen hinein platzte mein Handy. Unser Dichter Yekta rief an. Sicher wegen des Essens heute Abend. Ich erhob mich von der Bank und nahm das Gespräch an.

»Hallo, Yekta, wie geht's?«

»Gut, Nevzat«, erklang die vertraute Stimmte meines Freundes. »Was machen wir heute Abend?«

War er etwa unschlüssig?

»Was wir machen? Wir gehen ins Tatavla. Ihr habt euch doch nicht etwa anders entschieden?«

So fragte ich, doch falls ein weiteres Opfer auftauchte, wäre ich derjenige, der absagen müsste.

»Natürlich nicht.« Yekta klang vertrauenerweckend. »Wir haben es Evgenia versprochen, Junge.«

»Danke, Mann. Sie wünscht es sich sehr. Und wenn ihr sonst nichts vorhabt, kommt nicht allzu spät. Das Wetter ist so schön. Wir können im Garten sitzen, da ist es angenehm.«

»Moment, ich frage gleich Demir, bei dem weiß man ja nie.« Nach kurzer Stille hörte ich den Dichter wieder. »Geht klar, uns passt es. Sagen wir, um sechs?«

»Ist das nicht ein bisschen früh?«

»Früh?« In seiner Stimme schwang ein leicht ungnädiger Ton mit. »Wir wollen noch vor Tagesanbruch angeln gehen. Wenn wir früh kommen, können wir früh wieder los.«

Mich lud er nicht einmal ein, sie zum Angeln zu begleiten, doch ich hakte nicht nach. Im Grunde war es auch mir recht. Umso eher könnte ich mich zu den Jungs gesellen, die bei den Moscheekomplexen Wache hielten.

»Wunderbar, dann treffen wir uns um sechs. Warte, ich geb dir die Adresse durch.«

»Nicht nötig, wir fahren zum Kurtuluş-Platz, da fragen wir. Es ist doch in der Nähe des Platzes, nicht?«

»Ja, gleich in der Gasse dahinter.«

»Gut, dann bis heute Abend.«

»Bis später, verspätet euch nicht.«

»Am Horizont sind wir des Abends ohne Wiederkehr.«

Nein, diesmal kam ich nicht zu spät. Als ich die lange, schummrige Diele durchquerte, wo ein Jugendfoto von Evgenias seligem Vater Yorgo hing mit schmalem Schnurrbart, wie der Schauspieler Sadri Alışık ihn getragen hatte, und den geräumigen Saal des Tatavla betrat, waren meine Freunde noch nicht da.

In den vier Nachmittagsstunden hatte ich neben bürokratischen Aufgaben wie der Berichterstattung bei unserem Direktor Mümtaz und der Bitte an den Staatsanwalt, die Gewahrsamsfrist für die Verdächtigen bis Montag zu verlängern, auch noch persönliche Erledigungen untergebracht: nach Hause fahren, duschen, rasieren, umziehen. Rasur und sich in Schale werfen waren keine Kleinigkeiten, Evgenia nahm so etwas wichtig. Vor allem, wenn man zum Abendessen ausging. Aufmachung und Aussehen seien ein Zeichen der Achtung für die Personen, mit denen man essen geht. Hätte ich es nicht nach Hause geschafft, wäre ich gezwungen gewesen, mich kurzerhand neu einzukleiden und, schlimmer noch, mir bei einem Barbier das Gesicht polieren zu lassen. Doch ich hatte Glück. Auf den letzten Drücker sprang ich in meinen alten Wagen und machte mich auf den Weg zum Tatavla. Ich fand sogar Zeit, am Taksim vorbeizufahren und Blumen zu kaufen. Die Mörder hatten sich noch nicht an die Arbeit gemacht. Ich wünschte, sie pausierten das gesamte Wochenende, doch das bliebe wohl ein frommer Wunsch. Für alle Fälle instruierte ich Ali, ich ließe mein Handy eingeschaltet, tue sich etwas, solle er mich unverzüglich anrufen.

In der dürftig von der Abendsonne beleuchteten Taverne traf ich zunächst niemanden an, keinen Kunden, keinen Kellner, keinen Küchenjungen. Lediglich eine traurige Melodie wanderte zwischen den Tischen umher.

»Am Horizont sind wir des Abends ohne Wiederkehr, längst zu spät. / Das ist der letzte Akt, mein Leben, nimm deinen Lauf, vergeh.«

Die Worte stammten von Yahya Kemal Beyatlı, Münir Nurettin Selçuk hatte sie vertont, und Müzeyyen Senar sang. Das Lied schien vom Schicksal des Tages zu singen, der sich draußen neigte. Evgenia liebte rührselige Lieder. Schön und gut, doch wo war sie? Vielleicht hatte sie ihre Leute versammelt und schwang drinnen Reden. Als ich mich zur Küchentür wandte, sah ich jemanden vor dem Fenster zum Garten sitzen. Die Abendsonne blendete, ich konnte nicht erkennen, wer es war. Eine Frau, sie trug ein braunes, leicht grün, fast khaki schimmerndes Kleid. Offen fiel ihr das brünette Haar über die Schultern. Eine Mitarbeiterin oder ein früher Gast? Schließlich spürte sie meine Blicke und wandte den Kopf um, da erkannte ich sie, natürlich war es Evgenia. Meine leidgeprüfte Liebste, der einzige Mensch, der mich in diesem Leben ertrug, eine der schönsten Frauen meines vieltausendjährigen Istanbuls, die von den Römern ererbte Geliebte, meine Evgenia.

»Schön, dass du da bist, Nevzat.« Sie stand auf. Ihre Lippen zierte ein Lächeln so mild wie die Abendsonne. »Ich hatte es nicht geglaubt, als du sagtest, du kommst früh. Herzlich willkommen.«

Ihr Kleid umschmeichelte ihre attraktive Figur und unterstrich die Farbe ihrer grünen Augen. Das bernsteinfarbene Halskettchen und Ohrringe in derselben Farbe setzten Akzente auf ihrer noch von keiner Falte heimgesuchten Haut und machten ihre Schönheit vollkommen. Ich reichte ihr die Rosen, rot und frisch, so unschuldig, dass sie im Betrachter unwillkürlich Lebensfreude auslösten.

»Wie immer hast du die schönsten für mich ausgesucht.«

»Ich habe sie von der Roma-Frau am Taksim-Platz. Du weißt schon, die Blumenfrau, der die Tochter mit den hübschen Augen zur Hand geht.«

Sie hörte mir gar nicht richtig zu, war ganz in meinen Anblick versunken. Ihr Blick war so rein, so gläubig, so ehrlich, dass ich sie in den Arm nehmen musste.

»Ich habe dich vermisst…« Mit Mühe rettete sie die Rosen davor, zerdrückt zu werden. »Wie viele Tage haben wir uns nicht gesehen!«

Lavendelduft von Evgenias Haut, die großen Mairosen, die letzten Strahlen der untergehenden Sonne, dazu noch Müzeyyen Senars Stimme, die sang: »Das ist der letzte Akt, mein Leben, nimm deinen Lauf, vergeh.« Alles ringsum schien sich verabredet zu haben, mir zuzurufen: Außerhalb deiner gnadenlosen Welt der Brutalität und Verbrechen gibt es eine schönere, bessere, sinnvollere!

»Sehr lange«, murmelte Evgenia. Ihre Stimme kam heiser aus der Tiefe. »Ich habe dich auch vermisst.«

Sie legte den Kopf in den Nacken, ich sah ihr in die Augen, mir war, als tauchte ich in einen unendlichen grünen Wald ein. Durch Lavendel, Rosen und blasse Abendsonne beugte ich mich zu ihren rot betonten Lippen zum Kuss…

»Oho, Nevzat ist schon da!« Demir riss den Traum entzwei. Er hatte uns erblickt, tat aber so, als hätte er gar nichts gemerkt. »Und wir dachten, wir sind zu früh.«

Ich riss mich von Evgenia los oder sie sich von mir? Zwar stand sie noch neben mir mit ihren grünen Augen, dem schwindelerregenden Duft und ihrem Wesen, das Hoffnung auf ein anderes

Leben verhieß, doch der magische Moment war verflogen. Und ich konnte meinen Freunden, die uns getrennt hatten, nicht einmal zürnen. Was heißt zürnen, ich musste lächeln! Ich pflanzte mir ein Grinsen auf die Lippen, an dessen Aufrichtigkeit niemand zweifeln konnte. »Ich bin auch gerade erst eingetrudelt.« Ich trat auf die Freunde zu. »Seid herzlich willkommen!«

Erst umarmte ich Yekta, dann Demir. Ich weiß gar nicht, warum, aber mein Dichterfreund stand mir immer schon näher als mein Veterinärsfreund. Vermutlich, da ich Demir stets als Rivalen empfunden hatte. Wer weiß, wie Demir mich sah.

»Danke«, sagte mein stämmiger Freund, ohne zu ahnen, was mir durch den Kopf ging. Mit einem Blick auf Evgenia fuhr er fort: »Mensch, ihr seid ja richtig populär. Niemand im Viertel, der euch nicht kennt! Gleich der Erste, den wir fragten, beschrieb uns haarklein den Weg hierher.«

Was war denn in unseren stoischen Demir gefahren? Neugierig musterte ich ihn, seine Miene wirkte geradezu fröhlich. Mir war zwar nicht ganz klar, ob das ehrlich war, doch ich spürte, dass er sich leicht fühlte, als hätte er eine wichtige Sache erledigt. Vielleicht hatte er eine schwierige Operation vollbracht oder ein Problem gelöst.

»Danke schön.« Evgenia nahm Demirs Komplimente verlegen entgegen. »Freut mich, dass ihr problemlos hergefunden habt.«

»Und die Taverne ist grandios!«, sagte Yekta, der irgendwie bekümmert wirkte. War er traurig, quälten ihn Sorgen oder etwas anderes? Was auch immer ihn plagte, er versuchte es zu verbergen und schaute sich weiter im Tatavla um, interessiert musterte er Wände, Bilder, Kronleuchter, Fenster und Dekor. Vielleicht erwachte allmählich doch der Architekt in ihm, als der er nie tätig gewesen war. »Eine echte griechische Taverne. So etwas gibt es sonst nirgends mehr. Genial, dass du den Urzustand bewahrt hast!«

»Danke schön«, wiederholte Evgenia. »Es war die Idee meines seligen Vaters. Ich setze nur sein Vermächtnis um.«

Yekta betrachtete die Gästefotos an den Wänden. »Das Geheimnis einer echten Taverne …« Sein Blick umwölkte sich. Wer weiß, welche Erinnerung ihm vor Augen trat. »In jeder Aufnahme steckt ein Gedicht. Ein begabter Schriftsteller könnte aus einem einzigen Blick der Menschen auf den Fotos einen Roman entwickeln. Kennst du sie alle persönlich, Evgenia?«

»Wie das? Die meisten Bilder entstanden, als ich noch gar nicht geboren war.« Ihr Blick fiel auf die bunten Feldblumen in der Hand unseres Dichterfreundes, was Yekta nicht entging. Höflich überreichte er ihr den Strauß. »Die sind für dich. Mit Nevzats Rosen können sie natürlich nicht mithalten, aber …«

»Ich bitte dich!« Evgenia spielte die Rolle der galanten Gastgeberin. »Die sind wunderschön! Ich liebe Feldblumen. Wie schön, dass ihr so früh gekommen seid!« Sie war vor Freude aus dem Häuschen wie ein kleines Mädchen. »Wohin setzen wir uns, hierher oder in den Garten?«

»In den Garten.« Yektas melancholischer Blick fiel auf die Akazien im Garten. Er schaute voller Sehnsucht hinaus, als entbehrte er seit langem die Heimat und vermisste ihren Frühling, ihren Sommer, ihre Erde, ihre Bäume. »Zu dieser Jahreszeit sind die Nächte herrlich. Kommt, genießen wir das Wetter.«

Plötzlich stutzte er, erst jetzt wurde er sich Müzeyyen Senars Stimme bewusst.

»In diesen letzten Gärten vor dem Sonnenuntergang / geh an Lust und Liebe zugrunde, Herz, oder an der Leidenschaft / Tulpen sollen blühen in unserer Brust und Rosen / Am Horizont sind wir des Abends ohne Wiederkehr, längst zu spät.«

Die Traurigkeit in seinen Augen vervielfachte sich.

»Am Horizont sind wir des Abends ohne Wiederkehr, längst zu

spät«, kam ihm mit einer verwundeten, brüchigen Stimme über die Lippen. Er legte mir die Hand auf die Schulter, sprach, als wäre schon alles egal. »Es ist tatsächlich längst zu spät, Nevzat.«

Was war nur los mit ihm heute Abend?

»Wieso soll es zu spät sein?«, erwiderte ich. »Noch nicht einmal die Sonne ist untergegangen. Lass doch den Pessimismus, gehen wir in den Garten.«

Das taten wir und setzten uns an den hintersten der drei Holztische vor der rosaroten Kletterrosenhecke. Im dichten Heckenlaub zwitscherte eine Sperlingsfamilie, in den Zweigen der Akazie, unter der wir saßen, machte ein Täuberich seiner Taube den Hof, auf den Balkonen des Wohnhauses nebenan zankten zwei Nachbarinnen lautstark darüber, ob nun gefülltes Gemüse eingelegt in Olivenöl am leckersten sei oder doch mit Fleischgarnitur. Die Blumen im Arm eilte Evgenia in die Küche. Kurz darauf kam Koch Ihsan mit seinem stets lachenden Gesicht und zwei mit Tabletts beladenen jungen Kellnern zu uns. Im Nu hatten sie den Tisch mit Schafskäse, Honigmelone, gemischtem Tomatensalat, eingelegtem Thunfisch, gepökelten Sardellen, Quellersalat, Löwenzahn und Topik-Klößchen eingedeckt. Als noch Wasser, Rakı und Brot hinzukamen, waren wir richtig eingestimmt, da tauchte auch Evgenia wieder auf, die Blumen in einer Vase in ihren Armen. Mir ging auf, dass vor allem sie gefehlt hatte am Tisch. Wir drei erhoben uns von den Plätzen. Ihre Augen strahlten.

»Danke, wie freundlich ihr seid!« Sie gab der Vase eine stille Stelle auf dem Tisch. Als sie sich mir gegenübersetzte, schob mein Geist mir wieder ein Bild aus der Vergangenheit vor die Augen.

Die letzten Tage auf dem Gymnasium, der Absolventen-Tee, großes Gedränge im Saal. Wir drei am selben Tisch, doch wir sitzen nicht, wir stehen. Handan tritt ein, ihr Kleid ist nicht khakifarben, sondern hellrosa. Ein Mädchen wie Wasser, wie eine Blume, wie der Wind. Alle drei straffen wir uns, als wir sie erblicken. Neben ihr der Tisch und die leeren Stühle. Handan lässt sich auf den Stuhl am rechten Tischende nieder. Ich warte. Demir oder Yekta, einer von ihnen soll sich ihr gegenübersetzen. Doch auch sie setzen sich nicht, keiner will den Anschein erwecken, er nutze die Gelegenheit aus. Handan bleibt nichts anderes übrig, als den Jungen selbst zu bestimmen, der ihr gegenübersitzen soll. Und die nicht Erwählten werden ihre Entscheidung gelassen akzeptieren – obwohl niemand eine solche Haltung von ihnen in diesem Alter erwarten würde. Handan lächelt mich an.

»Setz dich, Nevzat!« Sie deutet auf den Stuhl ihr gegenüber. »Was stehst du herum?« Dann wendet sie sich mit verschleiertem Blick den beiden anderen Freunden zu. »Demir, Yekta, setzt euch doch bitte auch.«

Eigenartige Gefühle überschwemmen mich, ich bin glücklich, weil sie mich wählt, andererseits bin ich gar nicht froh, weil meine Freunde gekränkt sind.

»Setz dich, Nevzat.« Evgenias Stimme holte mich vom Absolventen-Tee ins Tatavla zurück. »Setz dich, Nevzat.« Genau wie Handan vor all den Jahren wiederholte sie die Aufforderung. »Was stehst du herum?«

Plötzlich merkte ich, alle saßen schon, nur ich war noch auf den Beinen. Ich musste meinen von Erinnerungen überwältigten Verstand zusammennehmen.

»Ich wollte euch Rakı einschenken«, wich ich aus und langte nach der Karaffe. »Reicht doch bitte eure Gläser herüber.«

Während ich die vier Gläser nebeneinander aufreihte, setzte Demir seine Komplimentenarie fort: »Die Meze sehen köstlich aus!« Unser stoischer Freund übertraf sich heute selbst. »Wie lange ist es her, dass ich Topik gegessen habe, Kichererbsenklößchen!«

Die gastfreundliche Taverneninhaberin mahnte höflich: »Esst euch bitte nicht an den Vorspeisen satt, gleich kommt die Stint-Pfanne, dann der Steinbutt.«

»Sag doch gleich, wir kriegen wieder Fisch satt.« Demir lächelte und hatte offenbar mächtig Appetit. »Ich liebe Stinte!«

Die Gläser füllte ich, ohne mich zu erkundigen, wie viel jeder gern hätte. Mit allen dreien hatte ich schon so oft zusammen getrunken, dass ich ihr persönliches Maß kannte. Strenger Anisduft breitete sich im Garten aus, wo die Schatten länger wurden. Wir drei Männer färbten unseren Rakı mit Wasser weiß, nur in Evgenias Glas blieb er transparent. Sie hob ihr Glas, in dem die klare Flüssigkeit sanft schaukelte.

»So, ihr Lieben, herzlich willkommen!«

Demir war schneller als wir.

»Danke, wir freuen uns, hier zu sein.«

Yektas Kümmernis war noch nicht verflogen, doch auch er schloss sich der Zeremonie an.

»Auf die Freundschaft!« Er hob sein Glas. »Auf Freundschaft, die ewig währt!«

Auch Evgenia mochte aufgefallen sein, dass unser Dichter bedrückt klang. Vermutlich um zu verscheuchen, was ihn quälte, legte sie nach: »Und auf das Leben! Möge es uns stets zulächeln.«

Die Reaktion kam nicht vom Dichter, sondern vom Tierarzt. Seine Miene war verändert, die eben noch vor Freude funkelnden Augen schienen matt vor Kummer. Bescheiden wie ein Mann, der sich mit seiner Niederlage abgefunden hat, betonte er jede Silbe einzeln, als er bekräftigte: »Auf das Leben! Auf das Leben, das weitergeht, auch wenn wir uns aus dem Staub machen …«

Was war nur mit den Jungs los?

»Auf das Leben«, wiederholte ich trotzig, aber hoffnungsfroh. »Trotz allem ist es lebenswert. Genießen wir es, bevor wir uns aus dem Staub machen.«

Zugegeben, das klang theatralisch, Evgenia prustete gleich los, dann lachte auch Demir, und zuletzt stimmte sogar Yekta ein, endlich lachten wir alle. Gemeinsam nippten wir an den Gläsern. Selbst Yektas freudlose Augen wirkten belebt.

»Die sind immer so«, wandte er sich mit dem Glas in der Hand an Evgenia, die ihm schräg gegenübersaß. »Auch als sie jung waren, zofften sie sich unbedingt. Streithähne sind sie alle beide. Sie brennen darauf, sich zu beweisen.«

»Und du?« Evgenia legte Schafskäse auf unsere Teller. »Hast du dich nie gestritten?«

Mein Freund sollte sich endlich aus seiner deprimierten Stimmung lösen.

»Na sicher hat er das!«, neckte ich. »Gib nichts darauf, dass er so ein kleiner Kerl ist, er kann gehässig sein wie ein Kamel. Ein Unrecht, eine Gemeinheit vergisst er nie.«

»Aber er ist geduldig.« Wieder klang Demir verändert. »Er wartet bis ganz zum Schluss, dann nutzt er die Gelegenheit und rächt sich erbarmungslos.«

Yektas Augen waren nach wie vor von Melancholie gezeichnet, aber er ließ es sich nicht nehmen mitzukabbeln.

»Gemein, jetzt habt ihr mich zu einem erbarmungslosen Rächer gemacht!«

»Weißt du noch«, warf ich ein, »was du mit dem Jungen aus Karagümrük gemacht hast?«

»Was soll ich mit ihm gemacht haben?«

»Was hat er denn gemacht?«, stieg Evgenia neugierig mit ein, als wäre auch sie wieder ein Kind.

»Na, er hat dem Bengel einen Stein auf den Kopf gehauen.«

Evgenia schnitt eine Grimasse, und ich versuchte, den Vorfall abzumildern. »Der Bengel war aber auch eine rechte Krawallbürste, ein Ganove, der ständig Streit suchte. Noch dazu war er bestimmt zweimal so groß wie Yekta.«

Demir stimmte mir aufgeregt zu.

»Stimmt genau, ein kleiner Bär war das. Selbst mich hat er ordentlich vermöbelt.«

»Deinetwegen hab ich ihm ja auch den Stein übergezogen«, gab unser Dichter schließlich zu. »Weißt du noch, der Typ hatte dich in die Ecke gedrängt und drückte dir die Kehle zu.« Damit sie nur ja keinen falschen Eindruck bekam, erläuterte er zwischendurch für Evgenia: »Und deiner hockte auf einem anderen und bearbeitete ihn mit Fäusten.«

Evgenia schüttelte in gespielter Missbilligung den Kopf.

»Sei nicht böse, Evgenia, wir waren Kinder.« Yekta meinte, mich verteidigen zu müssen. Offenbar hatte er die schwarze Wolke endlich aus seinem Gemüt verscheucht. »Na, dieser Rambo bedrängte Demir und war drauf und dran, ihn zu erwürgen. Ich schnappte mir einen Stein und schlug ihn dem Kerl auf die Birne.«

»Und der ist an Ort und Stelle zu Boden gegangen«, übernahm Demir das Wort. »Erst war ich froh, ihn los zu sein, aber als ich sah, dass er reglos dalag, geriet ich doch in Panik.«

»Frag mich mal! Kaum hatte er den Stein abgekriegt, fiel der um wie tot. O Gott, dachte ich, wir haben ihn umgebracht. Als die anderen Jungs sahen, dass ihr Anführer fiel, machten sie sich in die Hosen. Gott sei Dank half uns der Eisengießer Yanni Baba. Kolonya, Wasser, so kam der Junge wieder zu Bewusstsein. Wir schleppten ihn zur Gesundheitsstation eine Gasse weiter. Da haben sie ihm den Kopf mit fünf Stichen genäht. Ja, sag mal, Nevzat, wieso haben die uns eigentlich nicht zur Polizei gebracht?« Daran konnte er sich nicht mehr erinnern.

Es war lange her, auch ich wusste es nicht mehr genau.

»Was weiß ich, waren wir denn nicht auf der Wache?«

»Nein«, bestätigte Demir mit seinem Elefantengedächtnis. »Der Bengel hatte mächtig Schiss vor seinem Vater. Er sagte, wenn der hört, dass ich mich geprügelt hab, krieg ich zu Hause noch eins mit dem Stock drüber. Er verzichtete darauf, uns anzuzeigen.«

Mir waren nur noch Fragmente präsent, alles lag wie unter Nebelschwaden.

»Sagt mal, warum prügelten wir uns eigentlich mit den Jungs damals?«

Kurzes Schweigen, dann sagte Demir: »Bandenkrieg. Wir waren Kinder.«

Manchmal packt mich Dummheit, dies war offenbar so ein Moment.

»Schön und gut, Bandenkrieg, aber woran hatte der sich entzündet? Konnten wir uns nicht über den Garten des Priesters einigen, wo wir gebolzt haben?«

»Komm, lass gut sein.« Demir griff nach seinem Glas. »Trinken wir.«

Wir tranken, Yekta war wieder in sich gekehrt, ich hätte es begreifen müssen, doch denkt man an seine Jugend zurück, benimmt man sich wohl oft wie ein Trampel.

»Ach was«, ich ließ nicht locker. »Es ging nicht ums Bolzen. Wir hatten das junge Monster bedroht. Genau, und der hatte seine Bande zusammengetrommelt und war nach Balat gekommen. Bloß warum hatten wir ihn bedroht?«

»Wegen Handan.« Yektas Worte knallten mitten auf den Tisch. Jetzt erkannte ich meinen Fauxpas, aber es war zu spät. Doch Yekta schien unbekümmert, seine blauen Augen schauten, als wollten sie sagen: Ich bin bereit, mich dem Kummer zu stellen.

»Der Typ hatte Handan belästigt. Du selbst hast ihm gedroht, Nevzat, hast du das vergessen? Ich schlag dir die Fresse ein, wenn ich dich hier noch einmal sehe, hast du gesagt.«

Das hatte ich gesagt. Einen Schritt hinter mir stand Demir und Yekta neben ihm. Jetzt fiel es mir wieder ein, aber es war zu spät. Es war dieselbe Erinnerung, von der wir sprachen, aber die Kinder waren auf einen Schlag erwachsen. Die süße Laune der Vergangenheit war einer Schwere voller Gram und Leid gewichen. Ich verfluchte mich dafür und hockte reglos da. Ich hoffte, Evgenia würde etwas sagen, etwas tun, uns aus dieser Lage befreien. Doch es war Yekta, der erneut das Wort ergriff.

»Merkwürdig, dass wir gerade auf diese Sache gekommen sind.« Er war unglücklich, doch in seinen Augen stand überraschende Zähigkeit. »Weißt du, Nevzat, morgen jährt sich Handans Todestag.« Jetzt war das Geheimnis gelüftet, dessen Schmerz Yekta im Griff hielt. »Handans und Umuts ...«, murmelte er. Er wandte sich an Evgenia, Tränen standen ihm in den Augen. »Ich hatte einen Sohn, Evgenia. Er hieß Umut. Er war neun, er ging in die dritte Klasse. Seine Augen glichen denen seiner Mutter, sein Lächeln meinem.« Er holte tief Luft. »Handan ... Handan war unsere ...« Mit dem Kopf deutete er auf Demir und mich. »Also sie war die Freundin von uns dreien. Nevzat und Demir überließen sie mir. Dann sind sie getürmt aus Balat ...« Er versuchte vergebens zu lächeln. »Vielleicht war ich auch ein Schuft und nahm sie mir einfach.«

Demir hatte den Kopf gesenkt, ich sah sein Gesicht nicht, konnte nicht erkennen, was er dachte.

»Denn«, fuhr Yekta fort, sein Herz auszuschütten, »denn Handan war tabu. Wir hatten nie darüber gesprochen, aber es war wie ein geheimer Schwur. Und den hab ich wohl gebrochen.« Er schien weniger uns als vielmehr Evgenia überzeugen zu wollen. »Nur wir beide blieben in Balat zurück: Handan und ich. Unsere beiden Freunde ließen uns damals im Stich. Selbst wenn mir bewusst war, wie unfair ich mich verhielt, konnte ich nicht die Augen davor verschließen, dass sie sonst einen anderen heiraten würde.« Jetzt blickte er wieder zu uns. »Ob an meiner Stelle Nevzat und Demir dasselbe getan hätten, ich weiß es nicht, aber ich tat es. Und so wurde Handan meine Frau.« Ein bitteres Lächeln legte sich auf sein bleiches Gesicht. »Und morgen jährt sich der Todestag meiner Frau und meines Sohnes.« Er verstummte. Mit ihm verstummte alles ringsum, das Zwitschern der Sperlinge in der Hecke, das Gurren der turtelnden Tauben in der Akazie, das Geschwätz der Nachbarinnen auf den Balkonen nebenan. Tiefe, dunkle Traurigkeit verurteilte den Garten zum Schweigen. Niemand wagte, sich zu regen, niemand öffnete den Mund, niemand sagte ein Wort, und hätte mein Handy nicht geklingelt, wären wir vielleicht außerstande gewesen, das Schweigen je wieder zu brechen. Darum klammerte ich mich an mein Telefon wie an einen Retter. Leyla Barkın war dran. Ich hätte mich vom Tisch entfernen müssen, doch ich blieb. Vielleicht stand ich bewusst nicht auf, damit sich die dichte Traurigkeit, die sich über uns gelegt hatte, zerstreute, und wir die tiefe Trauer, in die wir gestürzt waren, überwanden.

»Hallo?«

»Hallo, Nevzat Bey.« Ihre Stimme klang erzürnt. »Sie wollen Namık nicht gehen lassen.«

»Wie bitte?«, fragte ich, um mich zu sammeln. Es war nicht leicht, aus der Gefühlswelt in die Berufsrealität zurückzufinden. »Was wollen sie nicht?«

»Sie wollen ihn nicht gehen lassen. Namık, meine ich. Bis Montag muss er auf dem Revier bleiben, sagen die Anwälte. Stimmt das?«

Das klingelnde Handy hatte seinen Dienst getan, nicht nur Evgenia, auch Demir und Yekta hoben den Kopf aus dem Kummerloch und sahen mich an. Ich deutete auf das Telefon, gestikulierte, sie mögen mich entschuldigen, und gab Leyla Auskunft.

»Ja, das stimmt leider, Leyla Hanım. Hinten im Minibus wurde ein Blutfleck gefunden.«

Beim Wort Blutfleck spitzten die Freunde am Tisch die Ohren.

»Einer der Jungs hatte Nasenbluten oder sich geschnitten.«

»Zweifellos war es so«, versuchte ich zu beschwichtigen. »Aber wir haben es mit fünf Leichnamen zu tun. Wenn Sie erlauben, müssen wir den Blutfleck untersuchen. Seien Sie unbesorgt, ich werde Dampf machen. In ein, zwei Tagen haben wir das Ergebnis. Und am Montag ist Namık Bey wieder frei.«

Die Freunde lauschten gebannt, ich war froh, dass sie die gedrückte Stimmung abgelegt hatten, doch für Leyla am anderen Ende der Leitung traf das gar nicht zu.

»Soll das heißen, er muss zwei Nächte auf dem Revier verbringen?«

»Eine andere Möglichkeit gibt es nicht. Wenn ich etwas tun könnte …«

»Wo schlafen sie denn nachts?«

»Es wird nicht sehr bequem sein, aber wir sorgen dafür, dass sie sich hinlegen können.«

»Die werden doch nicht hungern, oder?«

»Nein, nein. Und um Namık Bey kümmere ich mich persönlich.«

Was sollte sie tun, am Ende war sie überzeugt.

»Ich vertraue auf Sie, Nevzat Bey. Ich gebe Namık in Ihre Obhut.«

»Keine Sorge, er wird keinen Schaden nehmen.«

Leyla bedankte sich und legte auf.

»Fünf Morde?« Evgenia war entsetzt. »Fünf Menschen wurden umgebracht?«

Zu einem anderen Zeitpunkt hätte ich auf keinen Fall darüber gesprochen, oder ich hätte versucht, die Sache auszubügeln, doch da bei der Erwähnung von Mord meine Freunde ihren Schmerz, ihre Traurigkeit vergaßen und gebannt auf meine Lippen starrten, fing ich an zu erzählen, was zum großen Teil ohnehin bereits in den Zeitungen gestanden hatte.

»Einer der interessantesten Fälle meiner Berufslaufbahn. Jemand bringt die Leute, die er ausgesucht hat, um und legt sie an historischen Stätten dieser Stadt ab.«

»Aha.« Demir stützte die Ellbogen auf den Tisch. »Sie legen sie bei Monumenten aus osmanischer Zeit ab?«

»Sie gehen noch viel weiter zurück, Demir, mein Lieber, sie verweisen selbst auf Bauten aus den Zeiten Byzantions.«

»Byzantion?«

»Der erste Name dieser Stadt«, erläuterte Yekta, sich aus seiner Trauer lösend. »Aus der Zeit noch vor dem Römischen Reich.«

Wie froh war ich, dass er sich am Gespräch beteiligte.

»Mensch, bravo, Yekta!«, ermutigte ich ihn. »Es gibt nichts, was du nicht weißt.«

»Ich habe so viel über die Geschichte der Stadt gelesen, da sollte ich das ja wohl wissen. Bei welcher historischen Stätte haben sie denn den Leichnam für Byzantion hingelegt?«

»Da, wo heute kein Bauwerk mehr steht. In Sarayburnu, an der Spitze der Landzunge, wo vor Tausenden von Jahren der Poseidon-Tempel war.«

»Und wie habt ihr herausgefunden, dass das Opfer am Poseidon-Tempel liegen sollte? Du sagst ja selbst, da steht heute kein Tempel mehr.«

»Aufgrund der Münze.« Sie starrten mich konsterniert an.

»Das Opfer hatte einen Metalltaler in den Händen, der zum Gedenken an die Stadt Byzantion geprägt worden war. Auch bei den weiteren Opfern fanden wir welche. Konstantin, Theodosius II., Justinian …«

»Römische Kaiser, stimmt's?« Evgenias Augen weiteten sich gespannt. »Sind es immer Münzen von denen?«

»Nein, auch eine von Sultan Mehmed Fatih war dabei. Der Rumpf des Leichnams, den wir gestern fanden, lag vor der Fatih-Moschee, sein Kopf war zum Topkapı-Museum geschickt worden.«

Evgenia verzerrte entsetzt das Gesicht.

»Grausig! Wie kann man so etwas tun?«

»Ja, das ist grausig, und es sieht so aus, als würde das Morden weitergehen. Wir versuchen herauszukriegen, wo die Mörder ihr nächstes Opfer hinlegen.«

Mein Blick fiel auf Yekta, er war schon wieder in Gedanken, war erneut kurz davor, im Sumpf zu versinken.

»Mensch, Yekta, du hast doch Architektur studiert. Was glaubst du, wo legen die Mörder ihr nächstes Opfer ab?«

Auf so eine Frage war er nicht gefasst.

»Woher soll ich das denn wissen?«

»Welcher Sultan könnte es nach Fatih sein? Welches Bauwerk, das dieser Sultan erbauen ließ?«

Er ballte die braunen Brauen zusammen, runzelte die Stirn.

»Also nach Fatih, das weißt du doch, kommt sein Sohn Beyazıt II.«, erläuterte er. »Seine Moschee mit dem ganzen Komplex steht am Beyazıt-Platz. Und dann ist da Selim der Gestrenge, dessen Komplex liegt in Çarşamba. Und Sultan Süleyman der Prächtige …« Seine blauen Augen vertieften sich. »Bei Süleyman wird es verzwickt. Da begann ja die Epoche von Baumeister Sinan. Wenn die Mörder auf die Zeit Süleymans verweisen wollen, kämen für die Auswahl eine Menge Hauptwerke des großen Sinan in Frage. Der Haseki-Komplex, die Şehzade-Moschee, die Mihrümah-Sultan-Moschee, die Süleymaniye …«

»Wofür würdest du dich entscheiden?«

Er warf mir einen vorwurfsvollen Blick zu.

»Du glaubst, dein Freund könnte planen, jemanden zu ermorden?«

Nun war er beleidigt, dachte ich und versuchte zu beschwichtigen.

»Mensch, ich sag doch nur zum Beispiel.« Mit vielsagender Miene ergänzte ich: »Wir sind bei diesen Ermittlungen gar nicht sicher, ob es sich bei den Mördern um schlechte Menschen handelt. Es muss unter uns bleiben, aber alle Opfer hatten ihre Finger in schmutzigen Geschäften. Es waren Leute, die für Geld die Stadt verrieten und verkauften.«

»Das heißt doch nicht, dass jemand den Tod verdient hat«, widersprach Evgenia. »Selbst wenn sie im Recht sein sollten, man darf die Mörder nicht idealisieren.«

Nun saß ich zwischen zwei Fronten.

»Genau das denke ich auch, Evgenia. Ich habe das nur gesagt, um zu schildern, wie sich die Lage darstellt.«

Die Atmosphäre entspannte sich, wir kehren zu unserem unterbrochenen Gespräch mit Yekta zurück, hoffte ich, als Demir sich dem Kritikerchor anschloss: »Das denkst du doch gar nicht, Nevzat. Nein, du brauchst mich gar nicht so schief anzusehen. Du hast es selbst gesagt. Und Yekta ist Zeuge.«

»Wofür bin ich Zeuge?«

»Erinnerst du dich nicht? Das letzte Mal, als Nevzat mit auf der Agora war …«

Yekta hatte offenbar immer noch nicht kapiert, wovon die Rede war, er stierte uns verständnislos an, da fragte Evgenia nach, sie hatte das Wort Agora aufgeschnappt: »Agora? Die Taverne in Balat?«

»Nein, unser Boot«, setzte Demir sie ins Licht. »Mein seliger Vater liebte Tavernenatmosphäre. Er war Stammgast im Agora gleich bei uns um die Ecke. Deshalb nannte er sein Boot Agora.« Er richtete den Blick erneut auf mich. »Denk doch mal an unsere letzte Tour auf dem Boot. Im Herbst …«

Welke Schemen, verblasste Bilder schwammen durch mein Gedächtnis.

»Über dem Meer lag Nebel«, fuhr Demir beharrlich fort. »Kein Boot, keine Möwe, kein Sturmvogel … Kein einziges Lebewesen war auf dem Meer unterwegs.«

»Ja, ja«, murmelte Yekta, »jetzt erinnere ich mich wieder. Was war das für ein Anblick! Nebel stieg über dem Meer auf. Die hässlichen Bauten am Ufer gegenüber waren völlig eingehüllt. Von Sultanahmet waren nur die Spitzen der Minarette zu sehen, die Kuppeln der Hagia Sophia, die Türme vom Topkapı-Serail. Als bewegten wir uns auf eine schwebende Märchenstadt zu.«

Das kleine Boot im Nebel stieß durch die dunklen Schatten meines Gedächtnisses ins Tageslicht vor.

»Ja, ich erinnere mich auch. Stimmt, es herrschte unglaublicher Nebel. Man sah die Hand nicht vor Augen. Ganz Istanbul schien in einer weißen Staubwolke versunken.«

»Ein eigenartiger Morgen war das«, wisperte Demir. »Wir sahen nichts außer uns selbst. Das Meer lag da wie von außerirdischen Wesen erobert.«

Mir widerstrebte es, dass unser Tierarzt, der Verstandesmensch unter uns, sich einer mysteriösen Stimmung derart hingab.

»Niemand hat gar nichts erobert. Es herrschte einfach dichter Nebel. Es war ein glückloser Tag. Seit dem frühen Morgen waren wir unterwegs und hatten nicht einen Fisch gefangen.«

»Wie auch immer«, Demir straffte sich. »Wir waren ziemlich blau. Du bist aufgestanden, Nevzat. ›Seht ihr, wie wunderschön das ist!‹, hast du wütend gerufen. ›Und die Leute zerstören die ganze Schönheit‹, hast du geklagt. ›Sie rauben und plündern die Stadt aus. Und wir können überhaupt nichts tun!‹«

Daran konnte ich mich nicht erinnern.

»Hab ich das gesagt?«

»Wortwörtlich«, bestätigte Yekta. »Genau das. Ich hatte dich noch nie so in Rage gesehen. Du warst voller Hass. ›Man müsste alle umlegen, die diese Stadt ausrauben‹, hast du gesagt.«

»Ach, so was sag ich doch nicht.«

Auf Demirs breites Gesicht legte sich eine Unschuldsmiene.

»Das hast du gesagt, Nevzat. Wir haben sogar darüber gestritten. Ich sagte, es sei falsch, Leute umzubringen. ›Ich weiß, dass es falsch ist‹, sagtest du. ›Aber wir schnappen sie und müssen sie wieder laufen lassen. Die Justiz greift nur bis zu einem gewissen Punkt. Gerechtigkeit setzt sich einfach nicht durch. Mörder, Diebe, Betrüger rennen frei herum. Da müsste man seine Waffe ziehen …‹«

In meinem Kopf glimmte kein Fünkchen Erinnerung.

»Nicht dass ihr euch irrt, Jungs. Ich würde nie gutheißen, dass Menschen getötet werden. Egal aus welchem Grund.«

»Du warst betrunken. Vielleicht hat sich da mal der Nevzat ohne Uniform gezeigt.«

Dagegen musste ich mich zur Wehr setzen.

»Das glaube ich kaum.« Doch warum sollten meine Freunde schwindeln? »Da muss ich schon extrem viel getrunken haben. So viel, dass ich nicht mehr bei Sinnen war.«

»Ja, du hattest gut gebechert, genug, um den gesunden Menschenverstand zu verlieren.«

»Dann hab ich wohl falsche Dinge von mir gegeben.« Ich griff nach meinem Glas. »Es mag hier in der Stadt zwar Hunderte

Schurken geben, die den Tod verdient hätten, aber wenn ich gesagt hab, bringen wir sie um, dann war das falsch.« Ich hob das Glas. »Trinken wir!«

Evgenia stieß als Erste mit mir an.

»Nicht auf den Tod, auf das Leben!«

Die Freunde ließen uns nicht im Stich.

»Auf das Leben!«

Doch wir sprachen weiter über die Mörder, als die Gläser wieder standen. Das heißt, ich brachte erneut die Rede darauf.

»Also, Yekta, der Ort, wo das nächste Opfer abgelegt wird. Sag doch mal, welche Stelle wählen sie deiner Meinung nach?«

Diesmal spielte unser Dichter nicht den Beleidigten.

»Ich hab keine Ahnung, wie solche Mörder ticken, aber wenn du mich fragst, würde ich sagen: Süleymaniye. Das prunkvollste Gotteshaus aus der Zeit des Prächtigen. Der Gipfel des Osmanischen Reiches. Und unter den Hunderten Bauwerken von Baumeister Sinan meines Erachtens tatsächlich ein Meisterwerk.«

»Hunderte Bauwerke?« Evgenia fand die Zahl übertrieben. »Hat er wirklich so viel gebaut?«

»Vierhundert«, sagte Yekta mit Nachdruck. »Die genaue Anzahl lässt sich kaum bestimmen, aber die Historiker gehen von vierhundert aus. Nicht allein in Istanbul, seine Bauten stehen auf dem Territorium des ganzen Reiches, von Edirne bis Damaskus. Die Selimiye, die er selbst als sein Meisterwerk bezeichnete, steht bekanntermaßen in Edirne. Moscheen, Medresen, Mausoleen, Volksküchen, Spitäler, Bäder, Herbergen, Karawansereien, Gewerbehöfe, Aquädukte, Brücken, Pavillons, Paläste … Ja, Sinan pferchte unendlich viele Bauwerke in ein einziges Leben.«

»Sein Leben war ja auch lang.« Ich schob von Mutter abgelauschtes Wissen zwischen Yektas Worte. »Er hat fast einhundert Jahre gelebt.«

»Hätte er die Zähne zusammengebissen, hätte er die hundert geschafft, aber selbst für ein Leben von hundert Jahren sind derart viele Bauwerke allerhand.«

»Vergessen wir nicht, dass er ein Riesenreich hinter sich hatte«, sinnierte Evgenia. »Darüber hinaus war es die glänzendste Periode der Osmanen, wo der Wohlstand am größten war.«

»Klar, ohne den ganzen Reichtum hätte er nie so viel Erfolg gehabt. Richtig, er war ein Reichsbaumeister. Mit Unterstützung des Staates war er imstande, diese prächtigen Werke zu schaffen. Aber wenn ihr mich fragt, ist das eigentliche Hauptwerk von Baumeister Sinan diese Stadt hier. In jeder Ecke von Istanbul findet sich seine Handschrift. Nicht nur in der Altstadt auf der historischen Halbinsel, auch darüber hinaus begegnet Sinan uns überall. Selbst bei uns in Balat baute er eine Moschee. Dann die Ferruh-Kethüda-Moschee in Ayvansaray.«

»Vergessen wir die Moschee im Draman-Viertel nicht«, mahnte ich. »Wie hieß sie gleich …«

»Yunus-Bey-Moschee.«

Demir fiel eine weitere ein: »Da war doch noch eine in Eğrikapı, die Moschee auf den Anemas-Kerkern …«

»Die Ivaz-Efendi-Moschee. Und nicht nur die. Da sind zum Beispiel auch die Karaahmet-Pascha-Moschee in Topkapı, die Zal-Mahmut-Pascha-Moschee in Eyüp, die Sinan-Pascha-Moschee in Beşiktaş, die mit dem Bau einer Straße mitten durch ihren Hof ruiniert wurde, das Barbaros-Hayrettin-Pascha-Mausoleum im Park gleich gegenüber, auf dem asiatischen Ufer drüben auf dem Üsküdar-Platz die für Mihrümah Sultan erbaute Moschee. Und ebenfalls in Üsküdar die elegante Şemsi-Ahmet-Pascha-Moschee direkt am Meer. Die Molla-Çelebi-Moschee in Fındıklı, die Kılıç-Ali-Pascha-Moschee, ein kleines Abbild der Hagia Sophia in Salı Pazarı … Wusstet ihr, dass beim Bau dieser Moschee Cervantes, der Autor des ›Don Quijote‹, als Tagelöhner beschäftigt war? Wie dem auch sei, ich will sagen, Sinans Bauwerke kann man gar nicht alle aufzählen. Das Mausoleum von Sultan Selim II. im Garten der Hagia Sophia, zwei Minarette und Stützpfeiler für die Hagia Sophia, der Pavillon Murads II. im Topkapı-Serail …« Yekta erhob die Stimme, als wäre er wütend. »Seht nur, mir fällt es schon schwer, all die Namen zu nennen, aber der große Architekt hat jedes einzelne Detail an all diesen Werken genauestens bedacht: Kuppeln, Bögen, Minarette, Minarettspitzen, Kamine, Gewölbegänge, Säulenkapitelle, Portale, Brunnenanlagen, Tore, Fenster, Sonnenuhren, Sanduhren, Gebetsnischen, Kanzeln, Fayencen, Verzierungen, Kalligraphien, bunte Bleiverglasungen … Beim Bau des Süleymaniye-Komplexes hätte ihn seine Detailverliebtheit beinah um Kopf und Kragen gebracht. Gegner verbreiteten das Gerücht, er bekäme die Moschee nicht zum vereinbarten Zeitpunkt fertig. Als Sultan Süleyman das hörte, sprang er auf sein Pferd und sprengte zum Bauplatz. ›Hey, Baumeister‹, donnerte er. ›Was verschwendest du deine Zeit auf Kinkerlitzchen, statt dich um meine Moschee zu kümmern?‹ Er ging sogar noch weiter und drohte ihm mit dem Schicksal des armen Atik Sinan, dem Erbauer der Fatih-Moschee. ›Ist dir der Architekt meines Ahnherrn Sultan Mehmed Han kein Beispiel?‹ Der große Sinan stand vor dem wutschnaubenden Sultan und zitterte. Er bekam den Mund nicht auf und kein Wort heraus. Der Sultan wütete weiter: ›Wann ist dieser Bau vollendet, sag's, sonst garantiere ich für nichts.‹ Baumeister Sinan traute sich nicht, den Kopf zu heben. ›Erlauchte Exzellenz, inschallah, ist sie in zwei Monden vollendet.‹ Der Sultan glaubte, Sinan rede wirr vor lauter Angst, und wandte sich an die Offiziere in seiner Begleitung. ›Fragt einmal ihr den Mann, wann der Bau vollendet ist.‹ Die Offiziere entsprachen dem Wunsch sogleich. ›Baumeister, hörst du, was unser Erlauchter Sultan sagt? Wann schließt sich das Tor dieses Bauwerks zu seiner Vollendung?‹ In aller Bescheidenheit gab Sinan erneut Auskunft: ›Wenn zwei Monde voll sind, wird auch dieser Bau vollendet sein.‹ Daraufhin berief Sultan Süleyman seine Begleiter zu Zeugen. ›Baumeister, wenn zwei Monde voll sind, das Bauwerk aber nicht vollendet, dann sprechen wir uns wieder.‹ Das sagte er, doch bei der Rückkehr in den Palast überdachte er die Sache. Er rief die obersten Palastdiener und sagte: ›Der Baumeister ist offensichtlich verrückt. Wie könnte eine Arbeit von mehreren Jahren in zwei Monaten vollendet sein? Vor Angst um seinen Kopf hat er den Verstand verloren. Ruft ihn gleich und fragt ihn selbst. Hört, was er euch antwortet. Verwirrt sich seine Rede, wird der Bau vertrackt.‹ Daraufhin ließen die Palastdiener Sinan rufen und befragten ihn erneut: ›Wann ist der Bau vollendet?‹ Selbstsicher wiederholte Sinan seine Auskunft: ›Ich gab Seiner Exzellenz, dem Sultan, mein Wort, in zwei Monden ist er vollendet. So Gott will, inschallah, wird der Bau in zwei Monden fertig, auf dass ich meinen Namen in die Geschichte einschreibe und wer davon hört, meiner mit Wohlgefallen gedenke.‹ Die Palastdiener eilten zu Sultan Süleyman und berichteten: ›Erlauchter Sultan, der Mann ist entschlossen. Es steht zu hoffen, dass Euch gar bald vergönnt sein wird, in Eurer Moschee das Gebet zu verrichten.‹ Sinan hielt Wort und übergab die Moschee zwei Monate später. Der Sultan, der das für unmöglich gehalten hatte, reichte Sinan den Schlüssel, möglicherweise um sich für seine Grobheit zu entschuldigen, und sagte: ›Das Haus Allahs, das du erbaut hast, sollst mit reinem Herzen und Gebet du selbst eröffnen.‹ Ein solches Genie war Sinan. Keines seiner Werke gleicht dem anderen. Er hat sich niemals wiederholt.«

Ich glaubte Yekta am Ende seiner Rede, aber seine Augen funkelten teuflisch.

»Darum, Nevzat«, seine Stimme klang bedeutungsschwanger, »würde ich anstelle der Mörder nicht auf einen griechischen, römischen, osmanischen oder auf sonst einen Herrscher verweisen, sondern unmittelbar auf die Werke Sinans. Denn kein König, kein Kaiser, kein Sultan, kein Staatsmann hat im Laufe der Geschichte dieser Stadt so viele Werke geschenkt wie Baumeister Sinan.«

Die Stadt Baumeister Sinans
Residenz Sultan Süleymans
des Prächtigen

Sinan blickte auf das Haus Gottes. Auf die Hauptkuppel, die unter dem Himmel zu schweben schien. Auf die kleineren Kuppeln, wie Planeten um die sonnengleiche Hauptkuppel gesetzt. Auf die vier in der Bläue schwimmenden Minarette. Auf die Ornament um Ornament um die Minarette herumgeflochtenen Galerien. Auf die Spitzen der Minarette, die als ihre Zeichen am Himmel galten. Auf die an nie verblassende Halbmonde erinnernden Bögen. Auf die Gewölbegänge, in denen sich ein ganzes Leben verbringen ließe. Auf den Brunnen, in dem das Wasser des Lebens floss. Auf die wie Teppiche geknüpften Wände. Auf die bunt verzierten Fenster. Auf die Pforten, die Flügel fest verschlossen, als läge dahinter verborgen das Paradies.

Sinan blickte auf das Haus Gottes. Auf das prächtigste Bauwerk, das er je errichtet hatte. Auf die göttliche Gestalt, die das Erscheinungsbild der Stadt bestimmte. Verstand hatte sich mit Herz vereint, Handwerksarbeit mit Glauben vermengt, Zirkel sich an Poesie geschmiegt, wieder einmal hatte sich das Antlitz der Stadt verwandelt. Marmor war seidig verwoben, Eisen war Scharte um Scharte gegossen, Holz war Schnitzer um Schnitzer bearbeitet worden. Wie Geister und Dschinnen sich dem Propheten Salomon unterworfen hatten, hatten sich hier alle Wesen über und unter der Erde Sultan Süleymans Oberbaumeister Sinan gebeugt.

Sinan blickte auf das Haus Gottes. Seine Augen liebkosten jedes Detail, sein Verstand legte unterdessen Rechenschaft über vergangene Zeiten ab. Häuser aus Lehmziegeln erschienen auf dem gewal-

tigen Rumpf der Moschee. Ein Dorfjunge läuft durch die schlammigen Gassen zwischen den Lehmhäusern. Ein kahlköpfiger barfüßiger Junge wird von seiner Familie getrennt, noch bevor er fünfzehn Lenze zählt. Ein Menschensohn, ungeachtet seiner Tränen fortgeschleppt. Ein Sonderling unter den Rekruten. Ein stiller Junge, der mit Zimmermannsarbeit das Heimweh zu mildern versucht.

Sinan blickte auf das Haus Gottes. Als Zimmermann hatte er zu bauen begonnen. Zunächst erlernte er das Geheimnis des Holzes, wie fein, wie schwierig, wie schön es war. Bald beherrschte er die Sprache des Baumes. Dann begann er mit dem Stein zu reden, mit der Erde, dem Eisen, dem Glas. Wäre er des Holzes nicht Herr geworden, hätte er auch den Stein nicht bezwungen, nicht das harte Eisen, nicht das zerbrechliche Glas. Hätte er das Zimmermannshandwerk nicht gelernt, wäre es ihm unmöglich gewesen, dieses herrliche Gotteshaus zu erbauen. Wieder vernahm er den Geruch, der ihm in die Nase gestiegen war, als er sein erstes Brett bearbeitet hatte. Der harzige Duft der Kiefer. Er sog den Duft in seine Lunge, doch nicht die Kiefer, es war das unendliche Meer, das sich in ihm ausdehnte.

Sinan blickte auf das Haus Gottes, einen Schritt vor ihm Sultan Süleyman der Gesetzgeber, der Prächtige. Seine Ahnherren hatten einen Baum in die Steppe gepflanzt. Der Baum hatte Zweige und Äste getrieben und breitete nun seinen Schatten über drei Kontinente aus. Ihm fiel es zu, den Baum weiter wachsen zu lassen, in seinen Schatten die ganze Welt aufzunehmen. Seine Ahnherren hatten diese Stadt aufgetan und in einen Rosengarten verwandelt. Ihm fiel es zu, den Rosengarten erblühen zu lassen, in Schönheit, in Poesie, Musik, Miniaturmalerei, Kalligraphie und Architektur. Auf der Scheide des Schwerts wuchsen keine Rosen, doch ein den Rosen fernstehender Sultan ermangelte des Geistes und des Verstandes. Ein Sultan ohne Geist und Verstand vermochte kein Herrscher über die Welt zu sein.

Der Sultan blickte auf das Haus Gottes, einen Schritt hinter ihm sein Oberbaumeister Sinan. Jener Sultan, der Schatten Gottes auf Erden. Jener Sultan, Besitzer dreier Kontinente, Gebieter der Osmanen, Weltherrscher, einziger Sohn Sultan Selims des Gestrengen, Sultan Süleyman der Gesetzgeber, der Prächtige. Jener Sultan, der sein Reich Meile um Meile ausgedehnt, der sich Ruhm erworben hatte in aller Welt. Jener Sultan, der Sinan zum Oberbaumeister gemacht, der ihm sämtliche Tore des Reiches geöffnet hatte. Schätze hatte er ihm gegeben, Bauwerke verlangt. Kompetenzen übertragen, die Stadt neu aufzubauen gefordert. Es verstand sich von selbst, dass Sinan einen Schritt hinter ihm stand, ehrerbietig die Hände gefaltet, den Kopf gesenkt.

Sultan Süleyman der Gesetzgeber blickte auf das Haus Gottes. Seine Augen funkelten wie der Diamant auf seinem Turban. Stolz hob er die Stirn, blickte mit Hochachtung auf die gewaltige Kuppel, die dastand als Symbol des Propheten des Islam. Beim Anblick der vier Minarette, die aufragten für die vier Kalifen, stieg Dank in ihm auf. Allah hatte ihm ein Gotteshaus geschenkt wie seinem Ahnherrn Sultan Mehmed Han Fatih, seinem Großvater Sultan Beyazıt Han, seinem Vater Sultan Selim Han dem Gestrengen. Sein Kummer erlosch. Sein Herz weitete sich. Die Zweifel verflogen. Nun wusste er, wie sein Reich würde auch sein Name mit dieser Moschee fortleben.

Sultan Süleyman der Gesetzgeber, der Prächtige blickte auf das Haus Gottes, einen Schritt hinter ihm stand Oberbaumeister Sinan. Der hielt den Atem an, wartete darauf, was der Sultan der Welt kundtun würde, innerlich aber bebte er. Wie ein wogendes Meer, wie ein Garten im Wind, wie der Himmel, wenn Regen aufzog. Wie im ersten Moment, da er dem Hacı-Bektaş-Konvent seine Ehrerbietung erwies. Wie am ersten Tag, da er als Janitschare ins Feld zog. Wie in der nicht vergehen wollenden Zeit, als sie drei Galee-

ren zu Wasser ließen, um den Van-See zu überqueren. Wie bei der schmerzlichen Erinnerung an seine verstorbene Mutter, als er Jahre später ins Dorf zurückkam.

Süleyman blickte auf das Haus Gottes. Auf den herrlichen Tempel, der seinen Namen trug. Auf das heilige Bauwerk, das dastand wie in den Himmel gemalt. Auf das einzigartige Symbol seiner Dynastie und seiner Herrschaft. Auf die Pforte des Gotteshauses blickte der Sultan. Auf ihre perlmuttverzierten Flügel, fest verschlossen, als läge dahinter verborgen das Paradies. Er blickte auf den Schlüssel, der die Flügel öffnen würde. Gleich einer Taube, die frohe Kunde glücklicher Tage brachte, hockte er auf seiner Handfläche. Der Sultan blickte auf Baumeister Sinan. Den Kopf gesenkt, den Blick zu Boden gerichtet, ehrerbietig die Hände gefaltet, stand der Architekt einen Schritt hinter dem Sultan.

Süleyman blickte auf Sinan. Auf den Mann, der das herrliche Gotteshaus in sieben Jahren vollendet hatte, wie Allah sieben Himmel geschaffen, wie Gott das Leben in sieben Tagen erschaffen hatte. Süleyman blickte auf Sinan. Auf den Diener, dessen Schicksal das Sultanat bestimmte wie auch ihn. Auf den Architekten, der seiner geliebten Gattin einen Moscheekomplex, seinem verstorbenen Sohn ein Mausoleum, seiner Tochter Moscheen erbaut hatte. Auf den genialen Geist, der überall in der Stadt paradiesische Bauten errichtete. Der Sultan sprach zu Sinan: »Komm, Oberbaumeister, dies ist dein Schlüssel. Das Haus Allahs, das du erbaut hast, sollst mit reinem Herzen und Gebet du selbst eröffnen.«

»Der schattige Garten im Reich der Toten«

»Das prunkvollste Gotteshaus aus der Zeit des Prächtigen«, hatte Yekta gesagt. Nun stand ich wieder vor der Süleymaniye. Hinter schmalen Gassen, dominiert von schäbigen Holzbauten und hässlichen Wohnblöcken, war sie wie ein Wunder aufgetaucht. Und unser einziger Zeuge am Himmel, auch er erwartete mich wieder. Ein silberner Vollmond, die linke Seite wie von einem Zimmerermeister leicht abgehobelt, hing als eine riesige Lampe neben der Spitze des vierten Minaretts und strahlte durch die Finsternis. Da war mir plötzlich klar, dass wir es in dieser Nacht mit einem weiteren Opfer zu tun bekommen würden. Ich weiß nicht, ob es ein beruflich bedingtes Vorgefühl war oder die mysteriöse Assoziation des Vollmonds, doch ich war überzeugt, wir fänden einen weiteren Leichnam. Allerdings wollte ich mich dem Gedanken nicht ganz in die Arme werfen. Ich ließ den Blick über das freie Gelände vor der Moschee schweifen. Niemand war da, kein Mensch, kein Straßenköter, keine unbehauste Katze, vielleicht hockten in den Zweigen der Platanen schlafende Vögel, die aber konnte ich nicht sehen.

Nachdem wir die ganze Nacht über Baumeister Sinan und die Süleymaniye geredet hatten, ergriff mich in der Stille eine seltsame Empfindung. Mehr als der Anblick der rot beleuchteten herrlichen Moschee, die seit dem Tag ihrer Vollendung vor über fünfhundert Jahren nichts von ihrer Pracht eingebüßt hatte, weckte eine in meinem Gedächtnis aufschimmernde Erinnerung dieses Gefühl. Das erste Mal war ich mit meinem Vater in der Süleymaniye gewesen, am Morgen eines Feiertags. Es war so voll, dass keine Stecknadel auf den Boden hätte fallen können. Es hatte Mühe gekostet, in einer mit türkisen Fayencen verkleideten Ecke einen Platz zu finden. Nicht allein das Gebet hatte uns von Balat hergeführt, ein Gedicht war nicht unschuldig daran. Mein lyrikbegeisterter Vater liebte von Yahya Kemal ganz besonders das Gedicht »Festtagsmorgen in der Süleymaniye«. Noch heute weiß ich einige Zeilen auswendig: »Seit dem Augenblick, da die Nacht sich dem Ende neigt, / Erklingen am Himmel Flügelschlag, am Boden Schritte. / Ein Kommen ist! … Welch gesegnete, welch sonderbare Welt! / Die Luft allüberall von Geistern erfüllt. / Das Kommen von allen Horizonten ist von alten Heerzügen; / Von all den Orten her, die Heerzüge aufgetan. / Vermählen sich in der Stille Dunkelheit und Licht / Schreiten voran, unaufhörlich, Mensch und Geist miteinander; / Manche vom Himmel, manche von Erden bestürmen die Pforten, / Strömen hinein, in den göttlichen Bau.«

Der Vollmond am Himmel trat deutlich hervor, als ich in tiefster Nacht leise eintrat durch die Tür, an der weder Menschen noch Geister zu sehen waren. An den Schatten der hohen Grabsteine jahrhundertealter Toter vorüber, zwischen den Mausoleen Sultan Süleymans und seiner großen Liebe Hürrem Sultan hindurch erreichte ich den kleinen Hof.

Bevor ich zur Süleymaniye gefahren war, hatte ich mit den Leitern der Teams gesprochen, die rings um die Şehzade- und die Beyazıt-Moschee stationiert waren. Sie hatten zwar die Nacht über ein Dutzend Personen kontrolliert und eine Handvoll weißer Minibusse angehalten, waren aber nicht auf Verdächtige gestoßen, die unserem Profil entsprachen. Das Team hier führte Ali persönlich. Auch ihn hatte ich angerufen, als ich das Tatavla verließ. Keinerlei Vorkommnisse, meldete er. »Ich bin bei der

Türbe, Hauptkommissar«, sagte er spöttisch. »Im schattigen Garten der Welt der Toten. Das ist der unauffälligste Flecken an der Moschee.«

Ich fand ihn an Ort und Stelle. Der Lausbub hatte keinen Krümel Müdigkeit im Gesicht, obwohl er seit dem frühen Morgen auf den Beinen war. Als er mich bemerkte, zeigte er seine selbst im Schummer deutlich erkennbare weiße Zahnreihe und lächelte.

»Kommen Sie, Hauptkommissar, kommen Sie hierher. Es duftet unglaublich schön.«

Er hatte recht, in der hellen Nacht duftete es im Garten bei den Mausoleen, die verzauberten steinernen Zelten glichen, intensiv nach Rosen.

»Mensch, Ali, davon wird einem ja richtig schwindelig.«

»So ist es, Hauptkommissar, hier wird man besoffen, ohne einen Tropfen Alkohol getrunken zu haben.«

Mir ging es noch schlimmer, ich hatte zwar nicht übermäßig getrunken, kam aber vom Rakı-Tisch, und jetzt der Rosenduft. Betrunken fühlte ich mich keineswegs. Wegen Yekta hatte ich den ganzen Abend wie auf Kohlen gesessen und weder die Speisen noch den Rakı anständig genießen können. Meine Gedanken waren ohnehin bei den Jungs, die im Umkreis der Moscheen patrouillierten. Jeden Moment konnte mein Handy klingeln und die Nachricht von einem neuen Opfer eintrudeln. Dennoch war es kein schlechter Abend gewesen, gegen Ende war auch Yekta aufgetaut und hatte fröhlich mitgesungen. Evgenia war glücklich, nur dass unsere Freunde noch vor elf Uhr gingen, trübte ihr Lächeln. Und dass ich, nachdem ich sie daheim abgesetzt hatte, noch um diese Nachtzeit in den Dienst zurückkehrte.

»Was ich nicht begreife …« Alis verträumte Stimme holte mich zurück. Seine im Mondlicht kohlenschwarzen Augen ruhten auf dem Mausoleum von Hürrem Sultan. »Wenn Hürrem Sultan und

Sultan Süleyman wahnsinnig ineinander verliebt waren, wieso liegen sie dann in zwei verschiedenen Türben?«

»Keine Ahnung, vielleicht um Pracht und Ruhm des Sultanats doppelt zu unterstreichen.« Ich schaute zum Mausoleum des mächtigsten Herrschers des Reiches hinüber, das ein marmorner Säulengang umgab. »Soweit ich weiß, liegen direkt beim Sultan aber auch Angehörige von ihm. Das Grab seiner Tochter Mihrümah Sultan befindet sich neben dem ihres Vaters.«

Er musterte mich mit einem Blick, in dem sich Überraschung und Anerkennung mischten.

»Es gibt nichts, das Sie nicht wüssten, Hauptkommissar.«

Tatsächlich hatte das kurz zuvor mein Dichterfreund bei Tisch erzählt. Ich hatte ihn mit Fragen bombardiert, damit er bloß nicht wieder in Trauerstimmung verfiel. Deshalb redete heute Abend Yekta am meisten. Wir baten ihn nicht einmal, ein Gedicht zu rezitieren. Ich wusste, trug er erst Lyrik vor, ginge er im Strudel der Traurigkeit unter. Auch Evgenia hatte den Ernst der Lage erkannt und nicht auf Poesie bestanden. So drehte sich das Gespräch hauptsächlich um die Süleymaniye, vor deren Mauern wir jetzt standen, und um ihren Erbauer. Yekta hatte eine so wundervolle Liebesgeschichte zwischen Sinan und Süleymans Tochter Mihrümah Sultan erzählt, dass selbst Evgenia hingerissen war von der Legende. Yekta selbst war skeptisch, was ihren Wahrheitsgehalt betrifft, deshalb nenne ich sie Legende.

»Es gibt eine spannende Geschichte von dieser Mihrümah Sultan.« Ich trat näher an das Mausoleum Süleymans heran, und Ali folgte mir. Ich stieg die wenigen Stufen hinauf und schaute durch das Fenster an der Rückseite des Portikus ins Innere. Die Türbe lag im Dunkeln, so waren die Grabaufbauten drinnen nicht zu erkennen. Ich wandte mich meinem neugierigen Assistenten zu, der sich gleich neben mir aufgebaut hatte, und gab die von Yekta gehörte Geschichte wieder: »Manche sagen, Sinan sei in Mihrümah Sultan, die hier neben ihrem Vater ruht, verliebt gewesen. Doch es war ein Unding, dass ein Baumeister sein Herz an eine Sultanstochter verlor. So vergrub der Arme seine Liebe in seinem Herzen und bemühte sich, das heimlich brennende Feuer vor allen geheim zu halten. Sultan Süleyman verheiratete unterdessen die geliebte Tochter an Rüstem Pascha. Nun hockte dem Ehemann der Glücksvogel auf der Schulter, er wurde Großwesir. Damit hatte er plötzlich viel mehr zu tun. Wie konnte er bei all der Arbeit noch Zeit für seine Frau aufbringen? Er vernachlässigte sie also, und wem sollte Mihrümah Sultan ihr Leid klagen? Sie widmete sich fortan der Wohltätigkeit. Sie war zur Stelle für Menschen, die niemanden hatten, sie half den Armen, sie bemühte sich um den Aufbau der Stadt. Und da bekam Baumeister Sinan die Chance, seiner Liebe Ausdruck zu verleihen. Denn Mihrümah Sultan bat ihn, eine Moschee zu erbauen. Und Sinan zeigte all sein Können und baute dem Anleger Üsküdar unmittelbar gegenüber eine Moschee, doch damit nicht genug, die hübsche Sultanin wünschte eine zweite Moschee. Daraufhin erbaute Sinan die zweite Mihrümah-Sultan-Moschee in Edirnekapı. Diese beiden Moscheen haben eine Eigenschaft, die auf Mihrümahs Namen verweist. Mihr heißt Sonne und Mah Mond, der Name der Sultanin bedeutet also Sonne und Mond. Indem Sinan eine Moschee an die Stelle setzte, wo die Sonne untergeht, und eine weitere dorthin, wo der Mond aufgeht, erklärte er der Sultanin seine Liebe auf höchst anschauliche Weise. Und einmal im Jahr, so heißt es, habe Mihrümah Sultan beobachtet, wie am Abend die Sonne hinter dem Minarett der Moschee in Edirnekapı versank und der Mond zwischen den Minaretten der Moschee in Üsküdar aufging.«

»Was für eine Liebe!« Ali wühlte in seiner rebellischen Mähne.

Wer weiß, ob er dabei an Zeynep dachte oder einfach nur daherredete. »Der Mann hat ja regelrecht in Stein gedichtet!«

»Ja, und derselben Legende zufolge soll Sinan sein eigenes Mausoleum auch hierhergestellt haben, weil Mihrümah Sultan in der Süleymaniye begraben liegt.«

Als hätte er ein wichtiges Detail übersehen, ließ Ali den Blick über die Gräber auf dem Moscheefriedhof wandern.

»Baumeister Sinan liegt auch hier?«

Ich zeigte auf die andere Seite des Hinterhofs.

»Nicht direkt hier, aber gleich dort drüben in der Nebengasse.«

»Das war mir entgangen, Hauptkommissar«, bedauerte er. Unser schüchterner Romeo legte nun, nachdem er von dessen Liebesgeschichte gehört hatte, plötzlich Wert auf den Baumeister. Jetzt durchfuhr mich ein Schreck: Die Straße, an der Sinans Türbe lag, gehörte zu den Hauptverkehrsadern um die Moschee herum.

»Auch da wird patrouilliert, oder?«, fragte ich alarmiert. »Wir haben doch auch bei Sinans Mausoleum Leute stationiert?«

Meine Aufregung sprang im Nu auf Ali über. Liebe und Romantik waren vergessen, Panik flog ihn an.

»Wo war noch gleich diese Türbe, sagten Sie, Hauptkommissar?«

»In der Straße unterhalb des Gartens. Auf der Karte hatten wir das markiert. An der Mimar-Sinan-Straße …«

Er atmete erleichtert auf.

»Ah, okay, Hauptkommissar, Anfang und Ende der Straße haben wir im Blick.«

Trotz seiner Worte zappelte er nervös. Ich wollte ihn nicht bedrängen, aber was, wenn das Ende der Straße doch unbewacht war?

»Komm, schauen wir einmal nach.« Ich strebte dem Tor zu,

durch das ich kurz zuvor eingetreten war. »Dann werfen wir auch gleich einen Blick auf Sinans Mausoleum.«

Wir verließen die Süleymaniye, ließen links den Tiryakiler Çarşısı liegen, den Markt der Süchtigen, bestehend aus aneinandergereihten Läden, zu denen auch das Lokal gehörte, in dem ich morgens Suppe gegessen hatte, und steuerten auf das Zentrum des Komplexes zu. Begleitet vom fahlen Licht des Vollmonds, der uns durch die Zweige der mächtigen Platanen im Moscheegarten beobachtete, bogen wir in die Şifa-Gasse ein, die ihren Namen dem ehemaligen Hospital Darüşşifa verdankte. Sinans Türbe befand sich am Ende dieser historischen Gasse, eine Seite bildeten die Mauern der Moschee, die andere säumten zum Komplex gehörige Bauten. Am Ende der Gasse zeigte ich auf das bescheidene Mausoleum aus weißem Marmor auf der kleinen Insel an der Mimar-Sinan-Straße, die zu unserer Rechten verlief.

»Da ist Sinans Grab.«

Mein Assistent schien enttäuscht. Er taxierte erst die hübsche, schmucklose Türbe, dann die protzige Süleymaniye-Moschee.

»Ist die nicht ein bisschen klein?«

Ein Gefühl von Bitterkeit flog mich an.

»Ja«, bestätigte ich. »Klein, aber schön.«

Ali zuckte zusammen, sein stumm geschaltetes Handy vibrierte.

»Unsere Jungs«, verkündete er. »Ob sich etwas getan hat?«

Das hätte mich nicht gewundert, neugierig ruhte mein Blick auf ihm, er hielt den Atem an, als er ranging.

»Hallo, Tekin … Ja, ich höre …«, flüsterte er.

»Was?« Er kicherte. »Nein, Mann! Wir sind das, wir, hast du uns nicht erkannt? Hauptkommissar Nevzat und ich. Okay, okay, Mann, bleibt wachsam.«

Er schob das Handy in die Tasche und sagte mit heimlichem

Stolz: »Sie haben uns gesehen, Hauptkommissar. In der Dunkelheit haben sie uns nicht erkannt. Zwei Männer sind in die Straße eingebogen, hat er gemeldet.«

Sehr gut! Beruhigt ging ich auf Sinans Mausoleum zu, wie der Vollmond am Himmel folgte auch mein Assistent mir auf Schritt und Tritt.

»Genau auf die Ecke gesetzt«, sagte er, als wir vor dem für Sinan aus massivem Marmor gehauenen Brunnen standen. Mit der einen Hand wies Ali auf die Mimar-Sinan-Straße, mit der anderen zum Fetva-Weg unten. »Da, wo die beiden Straßen sich schneiden.«

Wir bogen in die obere Straße ein, hier lag die Türbe, und gingen die mit Marmorplatten verkleidete Mauer entlang. Vor uns tauchte ein in Stein gerahmtes Fenster auf, dann erreichten wir die Eisengitter, hinter denen Sinans Sarkophag stand. Der Sarkophag war in Form eines steinernen Grabüberbaus gestaltet, gekrönt von einer Grabstele mit Turban. Bedeckt wurde der Sarkophag von einer kleinen Kuppel auf sechs Säulen, ringsum offen. Der große Meister hat sein Grab eigenhändig errichtet, Yektas Stimme klang mir in den Ohren. Von den Zeilen auf dem Metallschild unterhalb der Turbanstele konnte ich nur sieben Zeilen lesen. »Erbaute über vierhundert große Moscheen / Stellte Freitagsmoscheen an achtzig Stätten / Verstarb nach einem Leben von rund hundert / Seine Ruhestätte mache Gott zum Garten der Welt / Das Datum seiner letzten Reise schrieb Sa'i, der für ihn betet, hier ein / 996 verließ Meister Sinan diese Welt / Alt und Jung bete für seine Seele.«

»Allah gebe ihm Frieden«, murmelte Ali, der nun um Sinans Wert wusste. »Das war ein großer Mann, Hauptkommissar. Und dazu noch weitherzig.«

Was blieb Sinan anderes übrig, als weitherzig zu sein? Er lebte in der Zeit despotischer Sultane. Sein Leben hing von den Worten ab, die ein Sultan sprach. Jeden Augenblick stand sein Kopf auf dem Spiel. Dennoch muss er mit sich im Reinen gewesen sein. Yekta hatte gesagt, er habe vier Sultane überlebt. Sultan Selim den Gestrengen, Süleyman den Prächtigen, Selim II. und Murad III. Möglicherweise lachte er sich ins Fäustchen, wenn er ihre Befehle ausführte, und dachte: Von euch bleibt später nur ein Name, aber meine Werke werden Jahrtausende im Dienst der Menschen überdauern.

»Was ist das denn für ein Geruch?«

Mein zwanghafter Assistent hatte es heute Nacht offenbar mit Gerüchen.

»Was denn, Ali? Ich rieche nichts.«

»Es stinkt nach Aas, Hauptkommissar.« Er rümpfte die Nase. »Es kommt von drinnen, hinter den Gitterstäben.«

Ali stand auf Höhe des Turbans auf Sinans Sarkophag. Ich trat zu ihm, da leckte mir ein Hauch durchs Gesicht, im selben Augenblick roch ich es auch. Er hatte recht: widerwärtig, vermutlich Aas. Kam der Geruch aus dem Mausoleum? Wohl ein Katzen- oder Hundekadaver, vielleicht war auch eine Möwe mit gebrochenem Flügel hineingestürzt und verendet. Uns beide verstörte, dass es bei Sinans Grab dermaßen stank. Um die Ursache auszumachen, spähten wir durch das vergitterte Fenster. Doch der Boden der Türbe lag im Schatten. Vielleicht befand sich das Aas nah am Sarkophag. Wir gingen um die Anlage herum auf die Straße, an den Anfang vom Fetva-Weg. Ein paar Schritte weiter war der Gestank kaum noch auszuhalten.

»Ekelhaft«, schimpfte Ali und hielt sich mit der rechten Hand die Nase zu. »Als würden wir zwischen frischen offenen Gräbern herumlaufen.«

Kaum hatte er seinen Satz beendet, sah ich ihn fünf Meter weiter am Anfang der rechts abzweigenden Gasse.

»Ali, guck mal!«, raunte ich. Mein Assistent folgte dem Zeichen meiner Hand. »Der weiße Minibus.« Ich zog die Pistole aus dem Holster und lud durch.

Sein Körper spannte sich wie ein Flitzbogen, er hatte die Waffe schon gezogen, bevor ich ihn dazu aufforderte. Um lautlos vorzugehen, huschten wir ohne Nachricht an unsere Jungs zum Minibus. Der Gestank wurde grässlicher, je näher wir kamen. An der Ecke gaben wir uns gegenseitig Deckung und bogen in die Gasse ein, doch da war niemand. Wir richteten die Läufe unserer Pistolen auf den Minibus und schlichen zur hinteren Tür des Wagens. Ich bedeutete Ali, sie zu öffnen. Er drehte den Knauf, mit einem metallischen Klicken sprang der Türflügel uns entgegen. Unerträglicher Gestank schlug uns ins Gesicht. Beim Öffnen der Tür flammte die Innenbeleuchtung von selbst auf. Der Wagen war leer bis auf den am Boden liegenden Leichnam.

»Ist etwa Âdem Yezdan der Nächste?«

Beim Blick in das Gesicht des Leichnams erwartete uns eine zweite Überraschung. Dieses Mal war den Mördern ein Bekannter unter ihr scharfes Messer gekommen: der vielversprechende Anwalt Hakan Yamalı, nach dem Âdem Yezdan seit zwei Tagen vergeblich suchte. Kaum hatten wir die Spurensicherung gerufen, zwängten wir uns in den Minibus, um den Leichnam zu beschauen. Wie bei den vorangegangenen Opfern war auch ihm die Kehle durchschnitten worden, doch statt auf dem Rücken lag er auf der Seite. Die Arme wiesen nicht über den Kopf, sondern waren auf Brusthöhe nach vorn ausgestreckt, allerdings erneut in Pfeilform an den Handgelenken gefesselt. Ohne dass wir die vorherigen hätten lösen können, gaben die Mörder uns ein neues Rätsel auf, ein neues Geheimnis. Ich grübelte, was sich in Pfeilrichtung befand. Mir fiel Yeni Cami ein, die Neue Moschee, die für ihre Tauben berühmt war und als Wahrzeichen auf dem Eminönü-Platz stand, ich liebte ihren alten Namen Valide-Sultan-Moschee. Dieses Gebetshaus war das prächtigste Bauwerk, das ich in der von den Händen des Opfers gewiesenen Richtung kannte.

»Ist Âdem Yezdan damit raus?« Alis belegte Stimme verscheuchte meine Gedanken. Noch immer hielt er sich die Nase zu. »Was meinen Sie, Hauptkommissar? Ist der Tourismusunternehmer jetzt entlastet, weil einer seiner engsten Vertrauten dran glauben musste?«

Nach dem von angenehmen Lüften durchwehten Rosengarten

fiel in diesem scheußlich stinkenden engen Wagen das Atmen schwer.

»Sei dir da nicht so sicher.« Ich hielt die Luft an. »Niemand ist entlastet.«

»Lässt der Kerl etwa seinen eigenen Rechtsberater umlegen?«

Warum nicht? Falls Âdem Yezdan diese Morde beging beziehungsweise begehen ließ, warum sollte der Mann, der fünf Geschäftspartner, ohne mit der Wimper zu zucken, hatte beseitigen lassen, jetzt nicht den sechsten umgebracht haben? Hakan Yamalı war kein Angehöriger, er war wie auch die anderen Opfer lediglich ein Mann, mit dem er kooperiert hatte. Hatte er mir nicht erst am Morgen gesagt, er sei dabei, seinen Neffen zum Rechtsberater seines Unternehmens auszubilden? Allerdings bräuchte es einen triftigen Grund, den eigenen Anwalt zu töten. Genau wie bei den fünf vorangegangenen Opfern. Ob auch der Anwalt etwas mit der eingestürzten Zisterne zu tun hatte? Natürlich! Der brillantinierte Anwalt musste einer der Hauptakteure in diesem Prozess gewesen sein. Wir hatten ihn bei unserem ersten Besuch bei Âdem Yezdan nicht angetroffen. Hatte er Hakan Yamalı etwa gleich, nachdem er aus Moskau zurück war … Nein, es war viel zu früh für ein solches Urteil. Womöglich verhielt es sich genau umgekehrt, und jemand beseitigte der Reihe nach alle, die mit Âdem Yezdan zusammenarbeiteten. Sollte das der Fall sein, war es durchaus wahrscheinlich, dass der dubiose Unternehmer selbst das nächste Opfer wäre.

»Könnte schon sein, dass er seinen eigenen Mann hat umbringen lassen«, gab ich meinem neugierigen Assistenten zur Antwort. »Aber er könnte ebenso gut unschuldig sein. In beiden Fällen müssen wir ihn sofort sprechen. Hast du seine Wohnanschrift dabei?«

»Ich habe seine Telefonnummer, Hauptkommissar. Heute

Morgen hatte ich ja mit ihm gesprochen. Ich rufe ihn gleich an und lass mir die Adresse geben.«

Der Gestank war unerträglich, zudem war es im Minibus zu beengt, um mit zwei Leuten darin zu recherchieren, wir rempelten uns ständig an, deshalb stieg ich aus. Draußen nahm mich eine laue Frühlingsnacht in Empfang und eine feuchte, vom Meer her wehende Brise. Die duftete zwar nicht so herrlich wie der Rosengarten, doch ich sog die feuchte Luft begierig ein. Als ich den Kopf hob, begegnete ich dem Blick des Vollmonds, der funkelte wie zur Bestätigung: Ich hatte es ja gesagt, heute Nacht findet ihr wieder eine Leiche. Rasch senkte ich den Kopf. Wie dieser dreiste Vollmond über meinem Kopf stand und uns neugierig beäugte, um sich nicht das Geringste entgehen zu lassen, richtete ich meine Augen auf meinen bedauernswerten Assistenten, der bei dem bestialischen Gestank seine Arbeit tat. »Schau in den Händen des Opfers nach, Ali, ist wieder eine Münze da?«

Er hockte sich hin, riss aber gleich den Kopf zurück und stand auf.

»Je näher man dran ist, umso ätzender wird der Gestank. Es war auch warm heute, Türen und Fenster vom Minibus waren geschlossen, da hat die Leiche unter der Sonne bös zu stinken begonnen. Der muss da seit heute Mittag stehen, vielleicht schon seit dem Morgen. Weil wir uns auf die Straße oben konzentriert haben, ist uns der Weg hier entgangen. Baumeister Sinan ist uns nicht eingefallen, um ehrlich zu sein.« Er drehte den Kopf zu mir, offenbar war ihm etwas Wichtiges in den Sinn gekommen. »Diese Leyla Barkın hat Sinan auch nicht erwähnt, oder?«

»Doch, aber sie hat nicht gesagt, dass die Mörder das Opfer im Umfeld seines Mausoleums ablegen könnten. Wie hätte sie so etwas ahnen sollen?«

Um sich nicht wieder der Leiche zuwenden zu müssen oder warum auch immer, dehnte Ali das Gespräch aus.

»Das sagen Sie, Hauptkommissar, aber keine einzige Vermutung der Frau hat sich bisher als richtig erwiesen.«

»Das stimmt. Aber die VVI-Leute sitzen hinter Gittern. Falls sie die ersten Morde begangen haben, wer hat dann den Anwalt umgebracht?«

Er kratzte sich am Kopf.

»Vielleicht haben die noch mehr Kumpel. Vielleicht ist dieser VVI, wie Âdem Yezdan gesagt hat, nur ein Tarnverein, hinter dem eine Geheimorganisation agiert. Könnte doch sein, oder?«

Mir kam das mittlerweile wenig glaubwürdig vor.

»Kaum, Ali. Du hast die Vereinsmitglieder gesehen, mit solchen Leuten baust du keine illegale Organisation auf. Außerdem hat das, was der VVI vorhat, nichts mit Zerstörung oder Sabotage zu tun. Ganz im Gegenteil, sie kämpfen gegen alle, die die Geschichte dieser Stadt schröpfen und vernichten wollen.«

»Also, ich meine, falls sie nicht die Wahrheit sagen, Hauptkommissar.«

»Wir haben aber keinen Hinweis auf eine Lüge gefunden.«

Als ihm klar wurde, dass er seinen Hauptkommissar nicht überzeugen konnte, wechselte er das Thema.

»Von wem haben Sie eigentlich die Informationen über diesen Baumeister Sinan?«

»Von einem Architektenfreund, von unserem Yekta. Den hast du, glaube ich, bisher nicht kennengelernt.«

»Der Mann, dem ich vor ein paar Tagen bei Ihnen vor dem Haus begegnet bin? Dieser stattliche Herr mit dem strengen Blick?«

Wie schön er Demir beschrieb!

»Streng hat er geguckt, was? Nein, das Kraftpaket ist Demir, er ist Tierarzt. Der Architekt ist Yekta. Er hat von Sinan erzählt.« Ich zögerte. »Seltsamerweise hat er etwas gesagt wie: Wäre ich der Mörder, würde ich das Opfer beim Grab von Baumeister Sinan ablegen.«

Yektas zweckdienlicher Hinweis kam Ali gar nicht so seltsam vor wie mir.

»Hätten wir den bloß von Anfang an gefragt. Das hätte uns mehr genützt als alle Spekulationen dieser Historikerin.«

Möglicherweise, doch ich hatte keineswegs vor, meine Freunde in Mordsachen hineinzuziehen.

»Wie dem auch sei, Ali, guck mal in den Händen des Opfers nach. Wenn du's nicht kannst, überlass es mir.«

Da straffte sich unser Heißsporn sofort, auf seine Männlichkeit ließ er kein Wort kommen.

»Ich bitte Sie, Hauptkommissar!« Wieder hockte er sich hin. »Ich schau nach. Ich wollte nur warten, bis Sie zu Ende gesprochen hatten.«

Er versuchte, den Gestank zu ignorieren, was schier unmöglich war. Sein Gesicht verzog sich wie von selbst. Der Arme lugte zwischen die aneinandergefesselten Hände des Leichnams.

»Es ist zu dunkel, Hauptkommissar, man erkennt gar nichts.«

Er zog die steif gewordenen Hände ins Licht.

»Moment, da ist etwas …«

Aus der Tasche seiner Lederjacke fummelte er einen Kugelschreiber und steckte ihn dem Mordopfer zwischen die Hände. Durch den Schlitz fiel der Metalltaler heraus. Ali nahm die Münze zwischen zwei Finger und hielt sie ins Licht.

»Sieht nach Gold aus … Da steht was Arabisches drauf.« Er konnte nichts entziffern, also reichte er mir den Taler. »Für wen mag der geprägt sein, was meinen Sie?«

Ich brauchte kein Prophet zu sein, um das zu weissagen.

»Na, für Sultan Süleyman. Dass die Dynastie der Osmanen eine Münze für Baumeister Sinan geprägt hat, ist wohl kaum anzunehmen.«

Als ich den historischen Taler in die Hand nahm, mahnte Ali: »Passen Sie bloß auf, Hauptkommissar, wenn wir Spuren verwischen, bringt Zeynep uns um.«

Ich hielt den Münzrand zwischen den Fingerspitzen.

»Ja, wo ist denn Zeynep überhaupt? Der müssen wir auch Bescheid sagen.«

Als verstünde ich etwas davon, setzte ich die Lesebrille auf und starrte die wie ein Ameisengebet ineinander verschlungenen arabischen Buchstaben auf der Münze an.

»Zehn Minuten bevor Sie kamen, habe ich mit ihr gesprochen«, gab mein Assistent Auskunft. »Da war sie bei dem Team, das den Blutfleck im VVI-Minibus untersuchte. Aber sie wollte gleich zu Necdets Haus.«

Sonderbar. Was hatte das Mädchen mitten in der Nacht in Necdets Haus verloren?

»Wozu?« Ich hob den Blick von der Münze.

»Irgendwas mit den Stichen. Was denn, hab ich gefragt, aber sie war sich nicht sicher und wollte nichts sagen, damit ich mich nicht über sie lustig mache, falls nichts dahintersteckt. Ich würd's schon erfahren, wenn es so ist, wie sie denkt.«

Ich hatte genug von ihren Zänkereien.

»Du rufst Zeynep auf der Stelle an.« Da sprach der strenge Hauptkommissar. »Wo auch immer sie ist, sie soll sofort herkommen. Und du kletterst da raus. Den Rest erledigt die Spurensicherung.«

Was war Ali froh! Er sprang förmlich aus dem Wagen, lief ein paar Schritte und atmete tief die frische Luft ein.

»O Mann, das tut gut!«

Allzu sehr konnte Ali das Guttun nicht genießen, im Nu hatte er das Handy in der Hand und wählte Zeyneps Nummer. Es klingelte und klingelte, doch sie ging nicht ran. War ihr etwas zugestoßen? Aber welche Bedrohung konnte es in Necdets Haus geben? Auch auf Alis Gesicht spiegelten sich schlimme Vorahnungen.

»Sie hört das Telefon wohl nicht, weil sie ihre Tasche im anderen Zimmer stehen hat.« Sagte ich das zum Trost für ihn oder für mich selbst? »Sie ruft sicher gleich zurück. Wir bleiben dran. Versuch es doch mal bei Âdem Yezdan.«

Wieder drückte Ali auf die Tasten. In der Stille der Nacht vernahm sogar ich die Ansage am anderen Ende der Leitung. »Der Teilnehmer ist vorübergehend nicht erreichbar… Sie können nach dem Signalton eine Nachricht hinterlassen.«

Schlief Âdem? Hatte er das Telefon ausgeschaltet, um nicht gestört zu werden? Oder war er entführt worden? Nein, jede Aufregung wäre verfrüht. Mein Assistent blickte mich fragend an: Sollte er eine Nachricht hinterlassen? Ich wusste nicht, was ich ihm sagen sollte. Es konnte zu spät sein, wenn wir bis zum Morgen warteten. Am Freitag hatten die Mörder uns zwei Opfer auf einmal serviert. Das Klingeln meines eigenen Handys setzte meinem Zaudern ein Ende. Zeyneps Name stand auf dem Display.

»Leg auf«, sagte ich zu Ali, bevor ich ranging. »Das ist Zeynep. Âdem rufen wir später an.« Alis Miene entspannte sich, aber Zeyneps Stimme klang nervös.

»Hallo, Hauptkommissar, hat sich etwas getan? Ali rief gerade an, aber ich sitze am Steuer.« Das Mädel befolgte wirklich jede Regel. »Ich hab angehalten und gleich zurückgerufen«, fuhr sie aufgeregt fort. »Aber dann war bei ihm besetzt.«

»Er hat versucht, Âdem Yezdan zu erreichen. Das jüngste Opfer ist sein Anwalt…«

»Eine weitere Leiche?«

»Ja. Wo bist du?«

»Auf der Küstenstraße. Ich fahre nach Samatya, zu Necdet Denizels Haus.«

»Was hast du da zu suchen?«

Ungewollt klang ich schon wieder streng.

»Es geht um die Stiche, Hauptkommissar. Erinnern Sie sich an die Orte, die auf den Stichen dargestellt sind?«

»Wieso, was ist damit?«

»Wenn mich mein Gedächtnis nicht täuscht, handelt es sich bei den historischen Bauten, an denen die Opfer präsentiert wurden, um die Stätten, die auch auf den Stichen dargestellt sind.«

Vor meinem geistigen Auge versuchte ich, die Orte aufzurufen. Ich entsann mich einer Prozession vor dem Sultanspavillon in Sarayburnu. Auf einer anderen Abbildung muss die Konstantinssäule gewesen sein. An die anderen konnte ich mich zwar nicht erinnern, doch die Hagia Sophia mit silhouettenhaften Menschen im Park und die Süleymaniye mit ihren vier Minaretten, die sich vom Hof wie menschliche Hände in den Himmel reckten, waren mir noch gegenwärtig. Und wenn Zeynep recht hatte, hätten wir jeden Augenblick auch den Ort heraus, an dem das nächste Opfer zu liegen käme.

»Bist du sicher?«, fragte ich, außerstande, meine Aufregung zu unterdrücken. »Sind es bestimmt dieselben Stätten?«

»Ich bin mir nicht ganz sicher, Hauptkommissar. Darum wollte ich mir die Stiche ja noch einmal anschauen. Aber die Mörder haben die Münzen, die sie den Opfern in die Hände geben, aus diesem Haus. Da wäre es gut möglich, dass sie auch die Orte für die Präsentation der Opfer anhand der Stiche auswählen.«

Das klang logisch, doch wir hatten in dieser Ermittlung bisher so viele höchst logische Mutmaßungen in den Mülleimer geworfen, dass jede neue Hoffnung zu einer neuen Enttäuschung führen konnte. Um das zu vermeiden, gab es nur einen Weg: das tun, was Zeynep gerade unternahm. Zu dem Haus fahren und sich die Stiche erneut anschauen.

»Gut, Zeynep, mach du da weiter. Und sag uns sofort Bescheid, wenn du ein Ergebnis hast. Es geht offenbar um die Zahl sieben …«

»Wie Sie wollen, Hauptkommissar. Ach ja, bevor ich es vergesse. Die Festnetznummer von Âdem Yezdans Zuhause habe ich hier. Bei der Recherche habe ich sämtliche Informationen von ihm abgespeichert. Ich meine, falls Sie ihn nicht erreicht haben …«

Wir hatten ihn nicht erreicht. Ich wählte die Nummer, die Zeynep mir durchgab. Beim vierten Klingeln ging jemand ran. Die schlaftrunkene Stimme am anderen Ende hatte ich schon mal gehört.

»Hallo?«

»Hallo, ich bin Hauptkommissar Nevzat. Kann ich mit Âdem Bey sprechen?«

»Guten Tag, Nevzat Bey.« Die Stimme klang wacher. »Ich bin Salih. Wir sind uns gestern Morgen bei Dersaadet begegnet.«

Der Neffe, dem Âdem Yezdan so sehr vertraute, der junge blonde Anwalt in spe.

»Hallo, Salih. Tut mir leid, dass ich mitten in der Nacht störe, aber wir müssen deinen Onkel finden.«

»Nanu, ist etwas passiert?«

»Hakan … Hakan Yamalı wurde umgebracht.«

»Umgebracht?« Nach kurzem Schweigen fragte er verhalten nach: »Wer? Wer hat ihn umgebracht?«

»Das weiß ich nicht, aber wir müssen dringend deinen Onkel sprechen.«

»Mein Onkel«, seine Stimme klang nervös, »ist noch nicht heimgekommen.«

»Wo könnte er denn stecken?«

»Das weiß ich wirklich nicht. Er ist gleich nach Ihnen los. Abends wollte er mit jemandem essen gehen.«

»Wer ist dieser Jemand?«

Salihs heisere Stimme verriet Panik.

»Was … Was ist los, Hauptkommissar? Ist mein Onkel in Gefahr?«

»Ich bin nicht sicher. Kann sein. Mit wem wollte er essen gehen?«

»Keine Ahnung«, sagte er verzweifelt. »Aber es steht sicher in seinem Organizer. Der ist in der Firma. In dem Büro, wo Sie gestern waren. Da auf dem Tisch. Da liegt er immer.«

»Ist im Moment jemand in der Firma?«

»Die Nachtwächter sind da.« Er schien sich zu sammeln. »Soll ich anrufen und sie bitten nachzuschauen?«

Vielleicht saß Âdem Yezdan gerade irgendwo in einem Luxusrestaurant und genoss seinen Kaffee mit Schuss. Vielleicht wartete er auf dem Tisch der Mörder wie die sechs Opfer zuvor auf den Tod. Das konnten wir nicht riskieren.

»Ruf an, aber sie sollen nichts anrühren, sag nur, dass ich gleich da bin. Ich will selbst nachschauen.«

Der Anwaltskandidat war unschlüssig.

»Hör zu, Salih, bisher wurden sechs Leute umgebracht. Unsere rücksichtslosen Mörder, die sehr genau wissen, was sie tun, haben planmäßig sechs Männer getötet, die mit deinem Onkel in Verbindung standen. Und dein Onkel könnte sich in ihren Händen befinden. Begreifst du? Falls er bei ihnen ist …«

»Okay, Hauptkommissar, okay.« Endlich hatte er die Dringlichkeit der Lage eingesehen. »Ich ruf sofort bei Dersaadet an.«

»Ist etwa Âdem Yezdan der Nächste?«, fragte Ali zappelig vor Neugier, als ich das Gespräch beendet hatte. »Also wenn Âdem nicht der Mörder ist, wer ist es dann?«

Ich wusste es nicht. War es eine Geheimorganisation, die Namık, den wir eingebuchtet hatten, erfolgreich vor uns verborgen gehalten hatte? Oder, wie Zeynep sagte, eine andere Mafia-Organisation, an die wir noch gar nicht gedacht hatten?

»Ali, wir gehen.« Ich gab mir einen Ruck. »Vielleicht finden wir bei Dersaadet einen Hinweis.«

Als wir den Fetva-Weg hochliefen, fiel mein Blick erneut auf das silberne Auge, das uns vom Himmel aus auf Schritt und Tritt verfolgte. Er wirkte jetzt eher melancholisch als geheimnisvoll, blickte fast traurig wie ein römischer Hellseher. Verzweifelt wie ein Wahrsager, dessen Prophezeiung viel zu spät kam.

»Man müsste alle umlegen, die diese Stadt ausrauben.«

Das rot angestrahlte Gebäude von Dersaadet-Tourismus stand wie ein jahrtausendealter Palast in der Dunkelheit. Als sich noch der Vollmond auf den Dachfirst setzte, der uns die ganze Nacht nicht von den Fersen gewichen war, konnte man sich ohne weiteres in römische Zeiten versetzt fühlen. Doch die beiden Wachleute von Dersaadet, die von ihren Mützen bis hin zu ihren Anzügen nichts mit gepanzerten römischen Palastwachen gemein hatten, holten uns ins Heute zurück. Von Salihs Anruf alarmiert, erwarteten sie uns unten an der Treppe.

»Guten Abend.« Ich zeigte meinen Ausweis. »Hauptkommissar Nevzat, und das ist Kommissar Ali.«

Der Hagere, dessen erstaunlich lange Nase über den Mützenschirm hinausragte, begrüßte uns mit ausgeprägtem Schwarzmeerakzent: »Willkommen, Hauptkommissar. Ich bin Tursun.« Er deutete auf seinen Kollegen, der gleichgültig Kaugummi kaute, als interessierten wir ihn nicht die Bohne. »Und das ist Tarık. Wir sind hier die Nachtwächter.«

Tarık verzog keine Miene.

»Wie können wir Ihnen behilflich sein?«

Was ist passiert, hätte er viel lieber gefragt. Ich ignorierte den neugierigen Blick beider, der verriet, dass sie wild auf Informationen waren. »Wann habt ihr den Dienst angetreten?«, fiel ich mit der Tür ins Haus. »Wie spät war es, als ihr heute in der Firma ankamt?«

»Wir waren um sechs hier, Hauptkommissar.«

»Red du mal für dich allein, Schwarzmeer-Lase! Ich war schon um fünf hier.« Tarık fuhr seinem Kollegen brüsk in die Parade. »Rüştü, der Security Guard von der Tagesschicht, hatte mich darum gebeten. Er hat Krach mit seinem Schwiegervater, da wollten sie nach Beykoz zur Versöhnung hin.«

Er kam ins Plaudern, als hätte er ewig Zeit und würde vermutlich gerne noch Rüştüs Verhältnis zu seinem Schwiegervater vor uns auswalzen.

»Habt ihr Âdem Bey gesehen?«, fiel ich ihm ins Wort. »Ich meine, heute Abend oder später?«

Auf beider Mienen legte sich Argwohn und Anspannung.

»Nein …«

Beide schüttelten energisch den Kopf.

»Als ich kam, waren nur Rüştü und Cemal in der Firma.« Offenbar war Tarık aufgegangen, dass es sich um eine ernstere Sache handelte, er spuckte den Kaugummi aus. »Was ist los? Ist etwas mit Âdem Bey?«

»Nein, nein.« Ali zeigte auf das Gebäude. »Wir müssen einen Blick in Âdem Beys Arbeitszimmer werfen.«

Unsere Wortkargheit missfiel ihnen, doch wie hätten sie sich dagegen wehren sollen?

»In welches denn?«, fragte Tarık unwirsch. »Das Zimmer unten, wo er Gäste empfängt, oder das Arbeitsbüro oben?«

Möglicherweise kämpfte ihr Boss gerade um sein Leben, ich konnte mich jetzt nicht mit den Spitzfindigkeiten dieses Dämlacks abgeben.

»Beide.« Schon begann ich, die Treppen hochzusteigen. »Kommissar Ali sieht sich unten um und ich oben.«

Mein selbstbewusstes Auftreten tat seine Wirkung. Wortlos folgten uns die beiden Wachleute die Treppen hinauf. Dursun beeilte sich sogar, uns zu überholen. Er öffnete den Flügel der auf alt getrimmten Massivholztür, dann räumte er vor uns sich und seine Riesennase aus dem Weg.

»Bitte sehr.«

Wir traten ein. Das Parterre lag da, wie ich es am Morgen verlassen hatte. Ali zeigte auf die Stufen, die zwischen den beiden Säulen mit dem Wappen des byzantinischen Doppeladlers hinabführten.

»Ich gehe da runter, oder?«

Der Saal wirkte im Dämmerlicht sogar noch beeindruckender als vor zwei Tagen. Die Skulpturen römischer Kaiser, verschattet vom schwachen rötlichen Licht der Öllampen, gaben dem Raum etwas Geheimnisvolles.

»Ja, du gehst in den Saal runter«, forderte ich meinen Assistenten auf, der unschlüssig die Plastiken beäugte. »Unten gehst du durch die zweite Tür rechts, dort waren wir mit Âdem Bey.« Ich drehte mich zu Tarık um. »Stimmt doch, oder? Da ist doch das Empfangszimmer vom Chef?«

Dursun war schneller als sein Kollege.

»Richtig, Hauptkommissar. Da ist es.«

Tarik wollte sich Ali anschließen, doch diesen problematischen Wachmann ließ ich lieber nicht mit unserem Hitzkopf allein, wer weiß, welchen Ärger wir uns aufgehalst hätten. Unverzüglich griff ich ein.

»Tarık, du kommst mit mir.« Mein herrischer Ton, als wären sie mir unterstellte Beamte, stieß ihnen nicht auf. »Dursun hilft Ali weiter.«

Der launische Wachmann fügte sich missmutig.

»Wie Sie wollen, Hauptkommissar.«

Mit Tarık an meiner Seite strebte ich zum Aufzug. Auch das Obergeschoss zeigte sich unverändert. Zwischen den beiden Säulen mit dem osmanischen Wappen hindurch erreichten wir die hölzerne Tür. Ich langte nach dem verzierten Griff. »Ist abgeschlossen, Hauptkommissar«, sagte Tarık unterkühlt. »Âdem Beys Büro betritt man nicht so leicht.« Er fingerte einen Schlüssel aus der Tasche. »Er vertraut den Schlüssel nur bestimmten Leuten an. Wenn drinnen etwas wegkommt, macht er die Schlüsselträger dafür verantwortlich. Ein Kollege wurde deshalb letzten Monat entlassen.«

Unwillkürlich musste ich lachen.

»Wenn wir drinnen nicht finden, wonach wir suchen, kommt diesmal nicht etwas weg, sondern Âdem Bey höchstpersönlich.«

Er blinzelte nervös, um Haaresbreite hätte er sich getraut nachzufragen.

»Na los, Tarık«, drängelte ich. »Wir verlieren Zeit.«

Zweimal drehte er den Schlüssel. Zweimal klickte es, und die vertäfelte Tür sprang auf. Das durch die Fenster einfallende Mondlicht reichte nicht aus, um Einzelheiten im Raum zu erkennen.

»Licht … Wo geht das Licht an?«

Tarık drückte auf die hinter Vorhängen verborgenen Schalter. Sofort verwandelte sich der riesige Kristalllüster in der Raummitte in eine Farborgie. Hell erstrahlte das prunkvoll ausgestattete Büro mit seinen vorherrschenden Rot- und Gelbtönen. Ich stürzte zum Louis-ich-weiß-nicht-der-Wievielte-Schreibtisch, Tarık beobachtete mich neugierig. Ich suchte den Tisch ab, entdeckte aber nichts, das einem Organizer, Planer oder Taschenkalender ähnelte. Ich beugte mich über die Schubladen, zog die oberste auf: Tintenfass, Füllfederhalterset, ein leeres Notizbuch, eine silberne Gebetskette mit Troddel, weiter hinten eine ungeöffnete Schachtel Zigarren, ein vergoldetes Feuerzeug …

»Was suchen Sie denn, Hauptkommissar?«

Mein Blick fiel vermutlich streng aus, denn eingeschüchtert schob er eine Erklärung hinterher.

»Ich meine, wenn Sie mir sagen, wonach Sie suchen, kann ich vielleicht …«

»Den Terminkalender … Âdem Beys Planer … Wo er seine Termine notiert …«

Wenig überzeugt, dass er mir helfen könnte, langte ich schon nach der unteren Schublade, noch bevor ich ganz zu Ende gesprochen hatte.

»Da ist er«, rief Tarık. Ich hob den Kopf. Er zeigte auf das schwarz eingebundene Buch gleich neben der Turkish-Airlines-Illustrierten auf dem verschnörkelten Beistelltisch links neben dem Sessel, in dem Âdem Yezdan heute Morgen gesessen hatte. Ich nahm alle gehässigen Gedanken über Tarık zurück und hastete zu dem Tischchen. Den Kalender in der Hand ließ ich mich in Âdem Yezdans Sessel fallen. Die letzten vier Tage waren leer, und da hatten wir den Samstag. Auf der Seite stand eine krakelige Notiz. Sosehr ich mich bemühte, ich konnte sie nicht entziffern. Notgedrungen reichte ich Tarık den Planer.

»Guck doch mal, kannst du das lesen?«

Er nahm den Kalender und fixierte die Zeile, auf die mein Finger zeigte.

»Pa-, Papagei … Da steht Papagei, Hauptkommissar. Ja, und das Wort daneben scheint Tierarzt zu heißen. Zwölf. Das muss die Uhrzeit des Termins sein.«

Ich erinnerte mich, Âdem hatte von neuen Papageien gesprochen. Sein Tierarzt hatte ein neues Pärchen für ihn aufgetan. Das wollte er abholen. Womöglich war der Tierarzt der Letzte, der ihn gesehen hatte. Wo mochte dieser Tierarzt seine Praxis haben? »Balat«, murmelte Tarık, als hätte er meine Gedanken gelesen. »Da steht Balat. Offenbar wollte er um zwölf Uhr einen Tierarzt in Balat treffen.«

Seit das Wort Balat im Raum stand, war der Wachmann wie

ausgeblendet. Ein Tierarzt in Balat! Etwa unser Demir? Nein, unmöglich! Als ich den Kopf hob, traf ich Tarıks Blick, der perplex mein Gesicht musterte, aus dem vermutlich alles Blut gewichen war.

»Ist etwas passiert, Hauptkommissar?«

»Nein, nein.« Ich nahm ihm den Planer aus der Hand. Vielleicht hatte der Dummkopf sich verlesen. Ich setzte die Lesebrille auf und versenkte mich in die Notiz, kontrollierte die A's, den Strich vom T. Leider hatte Tarık recht, das letzte Wort lautete Balat. Kein Zweifel. War der Veterinär, von dem Âdem gesprochen hatte, Demir? Hätte mein Freund mir das nicht erzählt? Doch warum hätte er es erzählen sollen? Woher sollte er wissen, dass ich gegen Âdem Yezdan ermittelte? Nein, eine solche Verbindung war höchst unwahrscheinlich. Es musste sich um einen Zufall handeln. War Demir etwa der einzige Tierarzt in Balat? Um mich zu beruhigen, ließ ich den antiken Sessel stehen, schritt zum Tisch zurück und öffnete die Schublade, die ich kurz zuvor noch nicht untersucht hatte. Bögen mit dem Briefkopf von Dersaadet, Umschläge, Firmenstempel, ganz unten ein langes, schmales, in Bordeaux eingebundenes Visitenkartenalbum. Ich legte es auf den Tisch und blätterte hastig durch die dicken Seiten. Die Visitenkarten waren alphabetisch abgelegt. Ich schlug den Buchstaben D auf. Puh! Demirs Karte war nicht dabei. Erleichtert atmete ich auf, da fiel mir ins Auge, dass die Visitenkarten nach Familiennamen sortiert waren. Das Herz im Hals, blätterte ich zurück. Da war das C, Demirs Familienname lautete Cinhan. Beim C steckten auf zwei gegenüberliegenden Seiten je sechs Karten, insgesamt zwölf. Ich studierte jede einzelne, doch das war gar nicht nötig. Nummer fünf in der Reihe links war die Visitenkarte meines Freundes. Der Name in dunkelroten Buchstaben auf beigefarbenem Grund. Demir Cinhan. Tierarzt. Ich legte das Album auf den Tisch zurück und sank in den Bürosessel. Es waren nicht Demirs Worte, die mir durch den Kopf schossen, sondern Yektas. »Ich würde anstelle der Mörder unmittelbar auf die Werke Sinans verweisen«, hatte er gesagt. Wir hatten den weißen Minibus, in dem die Leichen transportiert worden waren, in der Nähe von Baumeister Sinans Mausoleum gefunden. War das denkbar? Waren die beiden imstande, so einen Wahnsinn zu verzapfen? Warum sollten sie? Womöglich hatte ich sie mit meinen Worten inspiriert. Vielleicht hatte ich sie geradezu angestiftet. Hatte ich auf dem Boot nicht gesagt: ›Man müsste alle umlegen, die diese Stadt ausrauben‹? Nein, jetzt sah ich Gespenster. So etwas würde Yekta nie tun. Umbringen, wer Istanbul Schaden zufügt … Wenn nicht einmal ein ehemaliger Linker wie Namık sich dazu aufschwang, warum sollte Yekta es tun? Und Demir? Nein, auch Demir würde das nicht tun … Aber Âdem Yezdan hatte seinen letzten Termin bei ihm gehabt. Gut, Demir konnte durchaus der Tierarzt sein, der sich um seine Papageien kümmerte. Dass er sein Tierarzt war, hieß doch nicht, dass er Âdem Yezdan umgebracht hatte. Und nicht nur ihn, was war mit den sechs vorherigen Opfern? Welche Verbindung mochte zwischen Yekta, Demir und diesen Männern bestehen?

»Meinen Sie mich?«, fragte Tarık und verscheuchte den Alptraum, der mich überfallen hatte. Er versuchte zu begreifen, was ich tat. Ich musste ihn auf der Stelle loswerden.

»Gehst du bitte runter und holst meinen Assistenten her? Ich habe etwas mit ihm zu besprechen.«

Er zögerte. Offenbar wollte er mich nicht allein im Raum lassen.

»Äh, Hauptkommissar, können wir ihn nicht anrufen?«

Ich fuhr aus der Haut, um diese Nachtzeit, mit diesem Kopf konnte ich mich unmöglich mit diesem Dämlack abgeben.

»Vertraust du mir etwa nicht, Tarık?«, bellte ich.

Sofort machte er einen Rückzieher.

»Aber nein, Hauptkommissar. Nicht vertrauen, was soll das heißen! Wie könnte ich! Ich meine nur …«

»Los, Tarık, beeil dich, Junge, geh und hol mir Ali her!«

Er kniff den Schwanz ein und verließ das Büro. Doch ich fühlte mich keinen Deut besser, als ich allein war. Mein Blick fiel erneut auf Demirs Visitenkarte. Jetzt kam mir mein Verdacht dumm vor. Nur ein wirres Hirn konnte sich so etwas ausdenken. Fantasien eines paranoiden Polizisten waren das. Was sollten denn meine Freunde mit den Morden zu tun haben? Alles Zufall. Demir war ein bekannter Tierarzt, so war Âdem auf ihn gekommen. Ich studierte die anderen Karten im Album: Schneider, Restaurantinhaber, Bauunternehmer, Journalisten, Abgeordnete, Zahnärzte, Augenärzte … Sogar ein Kardiologe war darunter. Und einer von ihnen war eben Demir. Der Teufel in mir wisperte weiter. Schön und gut, zuletzt war Âdem zu einem Termin mit Demir gegangen. Und seitdem war er spurlos verschwunden. Mir fiel Demirs Miene ein, als er ins Tatavla kam. Er wirkte, als habe er eine schwierige Operation hinter sich oder ein Problem gelöst, hatte ich gedacht, als ich ihn sah. Konnte dieser Gesichtsausdruck auch die Erleichterung eines Mörders sein, der sein jüngstes Opfer entführt oder umgebracht hatte, ohne dabei ertappt worden zu sein? Ich versuchte, mir diese entsetzliche Idee aus dem Kopf zu schlagen, da trat mir Yektas traurige Miene vor Augen, wie er sagte, als wäre alles egal: »Es ist längst zu spät, Nevzat.« Aber es ging doch um den Jahrestag von Handans und Umuts Tod. Deshalb war er unglücklich, daher rührte seine Niedergeschlagenheit. Vor drei Jahren war der Unfall geschehen. Vor drei Jahren? Schockiert zuckte ich zusammen. Drei Jahre … Genau wie die Mauer der Zisterne, die auf der Baustelle von Âdem Yezdan eingestürzt war.

Auch das lag drei Jahre zurück. Das hatte Leyla Barkın gesagt. Mir dröhnten die Ohren, ich fühlte mein Herz rasen. Handan und Umut waren von einer einstürzenden Mauer erschlagen worden. »Ein entsetzlicher Unfall«, hatte Yekta gesagt, als ich ihn damals zu trösten versuchte. »Ein entsetzlicher Unfall, Nevzat. Ein unvorstellbares Ereignis, ein undenkbarer Schlag hat uns getroffen ...« Das Atmen fiel mir schwer. Ich erhob mich, alles drehte sich um mich. Ich schaffte es, bis zu einem der hohen, von hellroten Atlasvorhängen mit goldgelb bestickten Rändern verdeckten Fenster zu gelangen. Als ich es öffnete, schlug mir kühle Luft ins Gesicht. Mein Schwindelgefühl ließ nach. Doch die Last in meinem Kopf, in meinem Herzen wurde schwerer und schwerer. Ich richtete den Blick auf den Vollmond, der mich noch immer aus der Ferne beobachtete, behäbig rundete er sich unheilvoll. Ich wollte ihn nicht mehr sehen. Nein, meine Freunde konnten diese Taten nicht begangen haben. Ich kehrte ins Zimmer zurück, fischte das Handy aus der Tasche, wählte Leyla Barkıns Nummer. Da der VVI als Kläger auftrat, konnte es sein, dass sie eine Akte darüber hatte. Wenn nötig, würde ich Leyla aus dem Haus holen und zum Verein fahren, um dort Einsicht in die Prozessakten zu nehmen. Während das Telefon klingelte, machte ich mir Gedanken darüber, was ich Ali sagen sollte, der gleich bei mir wäre. Und ich tat etwas Ungeheuerliches: Ich zog Demirs Visitenkarte aus Âdems Album und steckte sie in die Tasche. Ja, Hauptkommissar Nevzat verschleierte mittlerweile Beweise. Ich weiß nicht, warum ich es tat. Ich wusste nicht einmal genau, was ich da tat. Ich hatte nur den einen Wunsch, meine Freunde mögen sich nicht als Mörder erweisen. Jedes Indiz, jede Spur, jeder Hinweis, die sie bezichtigen könnten, sollte sich in Luft auflösen. Mit schlaftrunkener Stimme ging Leyla ans Telefon.

»Hallo, Nevzat Bey, nanu, ist etwas Schlimmes passiert?«

»Nein, nein.« Ich bemühte mich, meine Panik zu verbergen. »Alles in Ordnung. Entschuldigen Sie, dass ich zu dieser nachtschlafenden Zeit störe. Es hat sich etwas getan, das Namık entlasten könnte.«

»Ah ja?« Ihre Stimme war im Nu hellwach. »Was denn?«

»Anscheinend haben wir die Mörder aufgespürt.«

Sie rückte sofort mit ihrem Verdacht heraus.

»Die Männer von Âdem Yezdan?«

»Das kann ich noch nicht sagen, aber wir brauchen die Prozessakte.«

»Welche Prozessakte?«

Offenbar war sie doch nicht ganz wach.

»Von dem Prozess, den der VVI gegen Dersaadet führt. Wir brauchen die Namen der damaligen Opfer. Die könnten wir auch vom Gericht erfahren, aber wir haben keine Zeit zu verlieren. Sie ist doch sicher im VVI. Es wird Umstände machen, aber könnten wir zusammen zum Verein …«

»Nicht nötig.« Ein heiterer Ton bemächtigte sich ihrer Stimme. »Eine Kopie der Akte müsste hier im Haus sein. Selbst wenn nicht, finde ich sie auf Namıks PC.«

Das war die beste Nachricht dieser Nacht.

»Großartig, würden Sie bitte rasch hineingucken und mir die Namen der Opfer durchgeben?«

»Natürlich, ich muss nur die Akte erst finden …« Nun klang sie leicht gequält. »Kann ich Sie zurückrufen?«

»Ja, klar, ich warte darauf. Jede Sekunde zählt. Bitte beeilen Sie sich.«

Meine Aufregung schien auf sie übergesprungen zu sein.

»Keine Sorge, ich rufe an, sobald ich sie habe.«

Kaum hatte ich das Gespräch beendet, trat Ali ein.

»Mit wem haben Sie telefoniert, Hauptkommissar?«

Die beiden Männer standen direkt hinter ihm.

»Mit Leyla Hanım …« Ich wandte mich an die Nachtwächter: »Jungs, könnt ihr uns ein paar Minuten allein lassen?«

Ohne ihre Antwort abzuwarten, knallte Ali ihnen die Tür vor der Nase zu. Neugierig richtete er den Blick auf mich, er wollte hören, worüber ich mit Leyla gesprochen hatte.

»Die Frau ist total vernarrt in diesen Namık«, fabulierte ich. »Dreimal täglich ruft sie an und fragt, wie es ihrem Schatz geht. Gerade war sie wieder dran, und ich hab versucht, sie zu beruhigen. So geht das wohl, bis er freikommt. Egal, hast du unten etwas gefunden?«

Traurig schüttelte er den Kopf.

»Nein, keine Notiz, keine Unterlage. Rein gar nichts. Und Sie?«

Ich schaute meinem Assistenten, der mir blind vertraute, in die Augen und belog ihn.

»Nichts. Im Organizer stehen Notizen, aber die sind wertlos. Warum ich dich gerufen habe: Was ist mit Zeynep? Sie geht mir nicht aus dem Kopf. Wir haben sie ganz allein zu Necdets Haus geschickt. Und wenn ihr da nun etwas zustößt?«

Sorge überzog Alis Miene. Das war Alis schwacher Punkt, er ahnte nicht, dass sein Hauptkommissar ihn an der Nase herumführte. »Ja, stimmt.« Er versuchte, die Nervosität in seinem Blick zu verbergen. »Ich habe an sie gedacht, aber ich wollte Sie hier nicht allein lassen.«

»Nein, Ali, setz dich sofort in ein Taxi und fahr zu Zeynep. Ich kehre zum Tatort zurück, sobald die Recherche hier abgeschlossen ist. Und wenn ihr fertig seid, kommt ihr auch dazu.«

Mein gutmütiger Ali straffte sich.

»Wird erledigt, Hauptkommissar. Ich rufe gleich an, wenn ich bei Zeynep bin.«

»Ein Schlachthaus, in dem sie das Blut der Opfer für die Stadt vergossen«

Leyla Barkın rief an, als ich schon fast auf Höhe der bulgarischen Kirche war, die gleich einem eisernen mittelalterlichen Schloss am Ufer des Goldenen Horns aufragte. Auf der Küstenstraße war kein anderer Wagen unterwegs. Nach wie vor hoffte ich, ich hätte alles ungeheuer missverstanden, und fuhr in mein altes Viertel zum Haus meiner Freunde, um eine befreiende Erklärung zu hören. Prozessakte, Motive, Hinweise – statt mich damit zu beschäftigen, war es am klügsten, das Gespräch mit Demir und Yekta zu suchen. Ich fürchtete nur, sie gar nicht zu Hause anzutreffen, sie wollten doch zum Fischen. Es war eigentlich zu früh, um aufs Meer hinauszufahren, bis Sonnenaufgang war es noch eine Weile hin, doch wenn sie sich beeilt hatten, konnten sie mit ihrem Boot Agora längst aus dem Goldenen Horn hinaus aufs Meer geschippert sein. Dass Demir zu Hause nicht ans Telefon ging und Yektas Handy ausgeschaltet war, verstärkte diese Wahrscheinlichkeit. Doch ich bewahrte mir trotzig meinen Optimismus: Vielleicht hatte Yekta sein Handy gar nicht eingesteckt, vielleicht waren beide bei Demir im Garten mit den Angeln beschäftigt, bereiteten die Köder vor. Trotzdem suchte mein Blick, als ich auf die Küstenstraße einbog, bereits das vom Vollmond beleuchtete Gewässer ab. Doch auf den stillen Wassern des Goldenen Horns war weder Demirs Agora zu sehen noch sonst ein Wasserfahrzeug. Da kam Leylas Anruf.

»Hallo, Nevzat Bey. Verzeihen Sie, es hat etwas gedauert.«

»Kein Problem.« Ich wollte sofort die Namen der Opfer wissen. »Haben Sie die Akte gefunden?«

»Zu Hause war sie nicht, aber im Rechner fand ich sie. An einer Stelle, wo sie gar nicht hingehört.«

Es war grob unhöflich, sie zu unterbrechen, aber wenn ich sie nicht stoppte, würde sie mir eine halbe Stunde lang erzählen, wie sie vorgegangen war.

»Die Namen der Opfer, haben Sie die?«

»Ja, ja, ich hab sie. Also, nach den Angaben in der Akte starben beim Einsturz der Mauer drei Bauarbeiter. Meister Tayyar Bilek und zwei Tagelöhner, Şemsi Yurttan und Cemal Akışık.«

Voller Hoffnung drängelte ich weiter.

»Nur drei Personen? Es hieß doch, fünf Menschen seien da umgekommen?«

Wieder begann mein Herz zu rasen.

»Ja, fünf. Die beiden anderen waren keine Arbeiter, sondern Passanten, eine Frau und ihr Sohn.«

Die Mutmaßung, von der du dir wünschst, sie möge niemals eintreffen. Die Wahrheit, die du niemals erfahren willst. Die Verwüstung in deinem Herzen nach dem Triumph deines Verstands.

»Die Frau heißt Handan …« Nichtsahnend sprach Leyla den Namen der Frau aus, die ich einst geliebt hatte. »Handan Sancaklı. Und der Name ihres Sohnes, Moment, hier steht er: Umut. Umut Sancaklı. Der Arme war erst neun.«

Ja, Umut war ein paar Jahre jünger als unsere Aysun.

»Die Mauer der Zisterne stürzte zu beiden Seiten ein. Die Frau und ihr Sohn, die gerade vorbeigingen, wurden verschüttet und starben in den Trümmern.«

Genau das hatte Yekta vor drei Jahren gesagt. »Ein Unfall, Nevzat. Ein entsetzlicher Unfall. Ein unvorstellbares Ereignis, die Mauer einer Zisterne hat sie unter sich begraben.« Es war ein paar Jahre her, doch an den Schmerz des Verlusts in seinen Augen, an den Klang des Grauens erinnerte ich mich, als wäre es gestern gewesen. Warum waren wir der Sache nicht nachgegangen? Weil Yekta gesagt hatte, es war ein entsetzlicher Unfall. Einem Unfall geht man nicht nach. Vielleicht hatte ich auch übermäßig zu tun damals, war mit einem Mordfall in der Stadt beschäftigt. Nein, jetzt fiel es mir wieder ein, ich war gar nicht in Istanbul. Die Spur eines Serienmörders, der zwei ältere Frauen in Beşiktaş umgebracht hatte, hatte uns nach Izmir geführt. Nicht einmal zur Beerdigung hatte ich kommen können. Erst Tage später kehrte ich zurück. Vielleicht, wenn ich hier gewesen wäre … Aber Yekta hatte nichts erzählt. Das heißt, auch er hatte keinen Verdacht gehegt. Er hatte es als unglaubliches Ereignis, als riesengroßes Pech hingenommen. Was hatte sich dann verändert, dass er diese Menschen töten … Moment, Moment, wieso töten? Noch war nichts bewiesen. Vielleicht war alles nur Zufall. Vielleicht wusste Demir gar nichts davon, dass Âdem Yezdan, dessen Papageien er betreute, hinter dem Bauvorhaben steckte, das Handan das Leben gekostet hatte.

»Die Arbeiter waren für Âdem Yezdans Firma tätig.« Leylas Stimme unterbrach meine Gedanken. Ihr fiel nicht im Traum ein, dass ich mich für Handan und ihren Sohn interessieren könnte. »Bedroht Âdem Yezdan jetzt etwa die Familien der Arbeiter?«

Davon hatte niemand gesprochen, aber für sie stand längst Âdem Yezdan als Mörder fest, also ließ sie den Tourismusunternehmer im Handumdrehen nun die Familien der Arbeiter bedrohen. Wie schön, wenn sie recht hätte, wie schön, wenn wir von Âdems Täterschaft überzeugt wären! Leider wiesen die Befunde nicht auf ihn hin.

»Es wäre verfrüht, etwas Konkretes zu sagen, Leyla Hanım. Die Ermittlungen dauern noch an. Aber ich danke Ihnen sehr, Sie haben uns wirklich enorm weitergeholfen. Wenn sich etwas tut, melde ich mich. Gute Nacht.«

Offenbar verstimmte meine Wortkargheit sie, ihr »Gute Nacht« klang gekränkt.

Es war mir schnurz. Die Pfeile der tagelangen Ermittlungen in diesem blutigen Fall zeigten auf meine beiden besten Freunde. Ich war völlig verwirrt. Normalerweise hätten die Hinweise mich längst von ihrer Schuld überzeugt, aber ganz abgesehen von unserer Freundschaft, ich konnte einfach nicht glauben, dass sie fähig waren, jemanden umzubringen. Yekta tat keiner Ameise etwas zuleide. Er war Dichter. Gut, Demir hatte in Bosnien am Krieg teilgenommen, aber doch als UN-Sanitäter mit der Mission, Kriegsopfern zu helfen. Nein, sie würden niemals einen Mord begehen. Selbst wenn Demir sich als der Veterinär von Âdem Yezdans Vertrauen herausstellte, wenn feststünde, dass der Tourismustycoon vor seinem Verschwinden zuletzt meinen Freund getroffen hatte, nein, ich konnte nicht akzeptieren, dass sie etwas mit diesem Fall zu tun hatten. Selbst aus juristischer Sicht waren Demir und Yekta allein anhand der Indizien nicht als Mörder zu bezeichnen. Es brauchte weitaus mehr. Um dieses Mehr herauszufinden, lenkte ich meinen alten Wagen in die Parkbucht bei der Ampel. Ich ließ das Licht brennen, sprang aus dem Auto und hastete zum Ufer hinunter, wo die Agora normalerweise ankerte. Ich passierte vier Akazien, die mir die Sicht versperrten, dann breitete sich das Goldene Horn wie ein Fluss aus Silber vor mir aus.

Wo das Wasser auf Land traf, schaukelten drei Boote, ganz links die Agora. Ohne Licht. Das Boot lag so verlassen da wie das Goldene Horn. Um mich zu vergewissern, ging ich näher heran. Nein, auf dem Boot war niemand. Erst freute ich mich, sie waren also nicht zum Fischen hinausgefahren, ich würde mit ihnen reden können, doch dann begriff ich: Es bedeutete etwas ganz anderes, dass die Agora hier vor Anker lag. Wenn sie mich nun belogen hatten, wenn sie gar nicht vorhatten, angeln zu gehen? Wenn sie so früh im Tatavla aufgebrochen waren, um Âdem Yezdan, der von selbst in die Falle getappt war, umzubringen? Falls sie das nicht bereits erledigt hatten, bevor sie ins Tatavla gekommen waren? Wieder stand mir Demirs Miene vor Augen. Das Gesicht eines Tierarztes, der eine schwierige Operation hinter sich hat. Oder die Befriedigung eines Mörders, der sich das letzte Opfer unbemerkt geschnappt hatte. Hatten sie Âdem Yezdan tatsächlich getötet? Yektas Stimme dröhnte mir in den Ohren: »Es ist längst zu spät, Nevzat.« Nein! Ich wischte die Bilder fort, verscheuchte die Stimmen. Ich rannte zurück zum Wagen und sprang hinters Steuer.

Demirs »Palast von Balat« wirkte ebenso verlassen wie sein Boot. Zählten wir das Licht des Vollmonds nicht mit, das über die Fenster wanderte, lag das Haus in absoluter Finsternis. Ich parkte den Wagen vor der Gartenpforte und stieg aus. Obwohl ich Sturm klingelte, ging weder ein Licht an noch regte sich sonst etwas. Möglicherweise schlief Demir. Wieder und wieder drückte ich auf die Klingel. Nein, genau wie an dem Abend, als Evgenia und ich den verletzten Bahtiyar herbrachten, blieb drinnen alles still. Ich überlegte sogar, über die Gartenmauer zu klettern, aber vielleicht waren sie einfach zu Yekta gefahren. Erneut setzte ich mich hinters Steuer und fuhr zum Haus meines Dichterfreundes eine Parallelstraße weiter oben. Yektas dreistöckiges Haus stand neben der Ruine von Marios Wohnhaus, der vor Jahren nach Israel ausgewandert war. Ich ließ die Wagentür offenstehen, als ich ausstieg. Von der Gartenpforte mit Eisengitter aus musterte ich das Haus, bevor ich klingelte. Genau wie bei Demir lag auch dieses Haus verlassen im Dunkeln. Vielleicht sind sie im Garten, dachte ich und ließ den Blick schweifen. Seit Jahren nicht gepflegte Bäume, zu Gestrüpp verkommene Zweige, verwelkte Blumen, auch im verwahrlosten Garten trieb sich kein Menschenkind herum. Ohne viel Hoffnung drückte ich die Klingel. So ein Pech, sie gab keinen Laut von sich. Ich versuchte es noch einmal, nein, die Klingel war kaputt. Ich zog das Handy heraus, rief Yekta an, sein Telefon war noch immer ausgeschaltet. Was sollte ich nur tun, verzweifelt ließ ich den Blick durch den Garten wandern – da sah ich sie, vor dem Garagentor, da lag sie platt auf dem Boden. Um sicher zu sein, spähte ich durch den Spalt in der Gartenpforte. Ich täuschte mich nicht, das war die Handkarre. Mir fielen die Worte des Obdachlosen Cello ein, den wir an der Konstantinssäule getroffen hatten, wo Mukadder Kınacıs Leichnam gefunden worden war.

»Abends kommen doch die Männer, die den Müll durchstöbern. Die haben so große Handkarren mit zwei Rädern dran. Da liegt der Sack drauf. Und in den stopfen sie rein, was sie finden, Papier, Flaschen, Blech. Der Mann schob die Karre, und darauf lag so ein Sack. Und aus dem Sack hing eine Hand raus.«

War das hier die Schubkarre, mit der sie die Leichen transportiert hatten? Auch diese Frage blieb wie alle anderen unbeantwortet. Ich wollte es nicht glauben. Der Vollmond, sein fahles Licht spiegelte sich in den Scheiben, verfolgte meine traurige Lage und bekräftigte meinen letzten Satz: »Du willst es nicht glauben.« Es reichte. Ich kletterte die Gitter der Gartenpforte hoch, außer Atem landete ich drüben im Garten und lief zur Handkarre. Unschuldig lag sie da. Im Mondlicht war unmöglich zu erkennen, ob Blutspuren daran waren. Ich ging hinter das Haus. Das Haus kannte ich wie meine Westentasche, ich wollte durch die Küchentür hineingelangen. Nun war allerdings, vermutlich zum Schutz vor Dieben, ein Eisengitter vor der befensterten Holztür angebracht. Ein Schloss kettete das Schutzgitter an den Rahmen. Ich lief zum Kaminholzverschlag gleich hinter dem Kirschbaum gegenüber der Küchentür. Knarrend öffnete sich die hölzerne Tür. Ich drückte auf den Lichtschalter. Seufzend ging die Lampe an. Die schon ziemlich verrostete Axt lag ganz unten im Holzschrank, den Yektas Vater Rauf eigenhändig gezimmert hatte. Ich schnappte sie mir und lief erneut zur Küchentür. Mit aller Kraft schlug ich auf die Kette ein, die den Eisengitterschutz an den Türrahmen band. Beim fünften Hieb sprang das erste Kettenglied auf, nach zwei weiteren Hieben riss die Kette ganz. Doch auch die Holztür selbst war verschlossen. Ohne zu zögern, zerschmetterte ich mit dem Stiel der Axt die Scheibe, schob den Arm hindurch und drehte den Schlüssel, der im Schloss steckte. Leicht ging die Tür auf. Ich betätigte den Lichtschalter. Als es in der Küche hell wurde, überfiel mich ein seltsames Gefühl. Zuletzt war ich hier gewesen, um mein Beileid zum Tod von Handan und Umut zu bekunden. Drinnen herrschte drückende, traurige Stimmung. Trübsal wie die, die mein Haus überfallen hatte, nachdem ich Güzide und Aysun verloren hatte. Es war, als hätten nicht nur die Bewohner des Hauses, sondern auch alle Dinge sich in Trauer gehüllt. Ich spürte die Tristesse körperlich. An den Küchenschränken, dem Holztisch in der Mitte, dem verblichenen Kühlschrank, den wer weiß wie lange schon unbenutzten Tellern, der leeren Karaffe, den verzierten Gläsern klebte der Trübsinn. Ich seufzte tief und trat in den breiten Korridor hinaus.

Die Tür links führte ins Wohnzimmer. Ich schaltete das Licht ein. Ein von Honigfarben dominierter Teppich, zimtfarbene Sessel, eine Bibliothek über die ganze Wandbreite. Yektas Wohnzimmer, wie ich es kannte, da war nichts Ungewöhnliches. Ich durchwühlte die Schränke unterhalb der Bücherregale. Fotoalben, Hochzeitsfotos, Umut als Kleinkind, bei der Einschulung, auf dem Fahrrad. Ich konnte nicht länger hinschauen und klappte das Album zu. Im nächsten Schrank Geschirr, unberührte Flaschen mit Spirituosen. Ungeöffnete Serviettenpäckchen, vermutlich Geschenke von Handan. Nein, nichts, was Verdacht erregt hätte. Ich schlug die Schranktüren zu und richtete mich auf.

Vom Wohnzimmer ging ich ins Schlafzimmer hinüber. Kommode, Nachttisch, Kleiderschrank. Nicht der kleinste Hinweis, der Zweifel wecken könnte, ganz zu schweigen von irgendeinem Beweis für die Morde. Ich lief weiter. Die Tür von Umuts Zimmer war geschlossen. Ich legte die Hand auf den Türgriff, doch ich brachte es nicht über mich, zu öffnen und den Raum zu betreten. Noch Tage nach dem Tod meiner Tochter hatte ich ihr Zimmer nicht betreten können. Weiter. In die Diele, auf die sich die Haustür öffnete, genau wie bei mir zu Hause. Ich wollte einen Blick in das kleine Arbeitszimmer werfen, wo Yekta seine Gedichte schrieb, da fiel mir auf, dass die Zwischentür zu dem Gang, der in die angebaute Garage führte, nur angelehnt war. Hatte Yekta seinen Jeep mitgenommen? Ich schlüpfte durch die Tür. Die Garage lag am Ende des kleinen Gangs. Je näher ich kam, umso unangenehmer roch es. Ein scharfer, saurer Geruch, der einem den Magen umdrehte. Der Geruch von Verwesung, von toten Organismen. Ein Geruch, den ich nur zu gut kannte. Ich erstarrte. Nein, ich konnte mir nicht länger etwas vormachen. Das war Blutgeruch, Geruch von getrocknetem Blut. Der strenge Geruch, dem ich an jedem Tatort begegnete, der mir den Menschen als Barbaren ins Gesicht schmetterte. Eine Sekunde lang überlegte ich, die Tür nicht anzurühren. Alles zu lassen, wie es war, und mich davonzustehlen. Doch ich konnte nicht weg. Obwohl ich wusste, was mich hinter der Tür erwartete und dass mich das, was ich in der Garage zu sehen bekommen würde, nur noch tiefer in die Ausweglosigkeit führen würde, stieß ich die Tür an. Sie schwang ins Dunkle. Ich drückte auf den Lichtschalter. Kaltes, grelles Licht, das einen schaudern machte, genau wie in Leichenhallen, flammte auf. Nein, Yektas Jeep stand hier nicht. Als ich den gewaltigen Metalltisch in der Mitte sah, war mir klar, dass Yekta auch gar nicht die Chance hatte, den Wagen hier abzustellen. Seit einer Woche hatten meine Freunde diesen Raum nicht als Garage, sondern als Todeskammer benutzt. Ein Schlachthaus, in dem sie das Blut der Opfer für die Stadt vergossen. Eine Metzgerei, in der sie sieben Menschen die Kehle durchschnitten hatten. Wie war es nur dazu gekommen? Wie hatten sie das tun können? Na, ich hatte es doch selbst gesagt: »Man müsste alle umlegen, die diese Stadt ausrauben«, so hatte ich auf dem Boot gesprochen. Nein, an mich hatten sie nicht gedacht, weder an mich noch an meine Worte. Sonst hätten sie mir das nicht angetan. Ja, ich fühlte mich verraten und betrogen. Ja, ich war stinkwütend auf sie. Wieder hatten sie mich ausgeschlossen, hatten mich dieses Mal endgültig aus ihrem Leben verbannt. Wessen Idee mochte es gewesen sein? Na, Demirs natürlich. Demir hatte das getan. Er hasste die Menschen ohnehin. Er hatte Yekta verführt. Irgendwie musste er erfahren haben, dass Handan und ihr Sohn nicht durch einen Unfall gestorben waren, sondern infolge von Sabotage an der byzantinischen Zisterne, und dann hatte er sich über Âdem Yezdan informiert, hatte herausbekommen, dass der Papageien liebte, so war er in seine Nähe gelangt und bei ihm zu Hause und in der Firma ein und aus gegangen. Oder Âdem hatte Demir ausfindig gemacht, damit er ihm seine erkrankten Papageien rettete, und Demir war unverzüglich die Verbindung Âdem Yezdans zu Handans Tod aufgegangen, er hatte Yekta davon berichtet und ihn zu dieser Vergeltung bewegt. Ich weiß nicht, womöglich hatte sich auch alles ganz anders abgespielt, was hatte das jetzt noch für eine Bedeutung? Unbegreiflich war mir, warum Yekta die Stelle genannt hatte, an der sie das sechste Opfer hinterlassen hatten. Er hatte eindeutig auf Baumeister Sinan verwiesen. Wollte er ertappt werden? Sollte das ein heimlicher Appell an mich sein: Nevzat, stopp uns! Wohl kaum, er forderte uns geradezu heraus. Wir haben dir sogar verraten, wo Hakan Yamalıs Leichnam liegt, trotzdem habt ihr uns nicht geschnappt, das wollte er sagen. Eigentlich hätte so ein Verhalten mehr zu Demir als zu Yekta gepasst. Denn er war es, der mit mir wetteiferte. Warum also hatte Yekta das gesagt? Warum hatte er mir einen Tipp gegeben? Keine Ahnung. Wie auch immer, die Mörder, nach denen wir tagelang gesucht hatten, waren meine besten Freunde, meine Jugendfreunde. Mich links liegen lassend, ohne mir das Geringste zu verstehen zu geben, hatten sie vor meiner Nase Menschen getötet.

Mein Blick fiel auf die Plastiktüten rings um den Metalltisch. Durch die eingetrockneten Blutflecken hatten sie ihre Transparenz eingebüßt. Die Wände zu beiden Seiten waren mit unregelmäßigen dunklen Streifen überzogen, vom Blut, das den Opfern aus der Kehle spritzte, als sie sie aufschlitzten.

Am Kopfende des Metalltisches stand ein breiter Beistelltisch, darauf Messer in unterschiedlichen Größen. Blut fand sich an keinem einzigen. Auf dem unteren Bord des Beistelltisches standen Glasflaschen. Ich griff mir eine, schaute sie mir näher an, Diprivan stand darauf, in den Zeilen darunter war das Wort Propofol zu lesen. Zeyneps Worte fielen mir ein: »Es gibt kein Indiz dafür, dass die Opfer misshandelt oder gefoltert wurden. Um sicherzugehen, habe ich die Gerichtsmediziner gebeten, bei den Leichen nach Propofol zu suchen.«

Meine Freunde töteten ihre Opfer also unter Betäubung. Die Männer ahnten nichts vom bevorstehenden Tod. Was mochten sie zur Entführung der Opfer benutzt haben? Bei der Durchsicht des Bords fand ich auch darauf eine Antwort: Äther in einer braunen Glasflasche. Daneben zwei Beutel Watte, einer davon beinahe aufgebraucht. Unser kräftiger Tierarzt stürzte sich mit einem äthergetränkten Wattebausch adlergleich auf seine Opfer. Ja, die Komponenten aus dem Hinterzimmer der Mordserie blätterten sich eine nach der anderen auf. Und die Münzen? Ich schaute mich um. Kein Metalltaler, keine Schachtel, in der Münzen verwahrt sein könnten, zu sehen. Doch sie mussten hier irgendwo sein. Vielleicht in Yektas Arbeitszimmer. Richtig, da unser Dichter nicht mehr mit Worten, sondern mit Leichen zu dichten begonnen hatte, war es durchaus möglich, dass er einen Teil des Materials in seinem Arbeitszimmer aufbewahrte.

»Sie würden aufhören, wo sie angefangen hatten.«

Yekta schrieb seine Gedichte in einer bescheidenen kleinen Stube. Zwei Wände dienten gänzlich als Bibliothek, auf dem kleinen Tisch vor dem Fenster stand eine alte Schreibmaschine, davor ein Stuhl, auf dem Boden lag ein abgewetzter Kelim. An einer der bücherfreien Wände hing ein schmaler, hoher Spiegel, in einem Rahmen daneben ein Foto von Handan als junge Frau. Jetzt aber war das Erste, das mir auffiel, die Landkarte an der Wand. Eine Karte der Altstadt auf der historischen Halbinsel. Die gleiche Karte, die Zeynep im Labor aufgehängt hatte. Auch hier waren einige Stellen markiert, genau wie unsere Kriminologin es getan hatte. Sarayburnu, Konstantinssäule, Goldenes Tor, Hagia Sophia, Fatih-Moschee, Topkapı-Serail, Süleymaniye-Komplex. Sieben historische Stätten. Ja, wir hatten bisher sechs Opfer, aber Fazlı Gümüş' Körper war zur Fatih-Moschee, sein Kopf dagegen ins Topkapı-Serail geschickt worden. Die sieben markierten Stätten waren für sechs Opfer benutzt worden. Wohin würden sie Âdem Yezdan legen? Ich studierte die Karte erneut, es war keine weitere Markierung vorhanden. Hatten sie ihn vielleicht doch nicht entführt? Da fiel mir etwas ins Auge, das am Haken hinter der Tür baumelte: der Spazierstock mit elfenbeinernem Knauf. Das Machtsymbol des wohlhabenden Unternehmers. Der verzierte Stock, den Âdem Yezdan nie aus der Hand legte. Nein, für ihn war es zu spät. Meine Freunde hatten ihm längst die Kehle aufgeschlitzt. Vermutlich brachten sie ihn gerade irgendwo hin. Doch wohin? Ich stellte mich vor die Karte und versuchte, mich zu konzentrieren. Der Ort, wo das siebte Opfer präsentiert werden würde, musste ein Monument sein, das nach Sultan Süleyman dem Prächtigen entstanden war. Die Hände von Opfer Nummer 6, Hakan Yamalı, zeigten Richtung Eminönü, der dominierende historische Bau dort war die Valide-Sultan-Moschee. Auf der Karte war Eminönü aber nicht markiert. Ich zwang mich, gelassen zu bleiben und in aller Ruhe nachzudenken. Ich setzte mich auf den Stuhl. Da erst bemerkte ich den Stapel Zettel neben der Schreibmaschine. Auf dem obersten Blatt stand ein kurzer Titel: »Byzantion / König Byzas' legendäre Stadt.«

Auf dem nächsten Blatt las ich weiter: »Gott schaute auf den König. Es war das Fest der Segnung: Tag der Danksagung, Moment der Gegengabe, Zeit der Ehrerbietung. Als heilige Gabe hatte Gott ihnen dieses herrliche Land geschenkt, das wie der Kopf eines Adlers ins Meer hineinragt …«

In dieser Weise ging der poetische Text weiter. Was war das nur? Ich stöberte durch die Seiten. Da war die nächste Überschrift: »Konstantinopolis / Konstantins Hauptstadt. / Es war der Triumphzug, es war die Zeit, Kühnheit und Mut zu preisen, der Moment, Erfolg und Sieg zu segnen. Er war aus den finsteren Wäldern des Nordens hergekommen. Mitten aus Nebeltagen und Regennächten heraus …«

Auch von den Zeilen über Konstantin löste ich mich rasch und blätterte weiter. Die nächste Überschrift auf dem weißen Papier lautete: »Ein steinerner Panzer zu Konstantinopels Schutz / Die Mauern des Theodosius II. / Gott blickte auf den Kaiser. Es war der Moment der Ehre, der Tag der Macht, die Zeit des Ruhmes. Schöne Kleider trug der Kaiser, auf der Stirn die mit roten Rubinen verzierte Krone. Gottes Leib war bloß, auf der Stirn trug er die Dornenkrone …«

Den Titel des vierten Kapitels konnte ich mir mittlerweile denken: »Eine Stadt aufersteht aus der Asche / Justinians Konstantinopel. / Der Kaiser blickte auf die Hagia Sophia. Auf das prächtigste Gotteshaus der Welt. Auf den Tempel, der Konstantinopel vor dem Bösen behütete wie eine heilige Wolke am Himmel. Auf das magische Monument, das sein Strahlen Gott verdankte …«

Und natürlich Sultan Mehmed Fatih. »Kostantiniyye / Sultan Mehmed Fatihs Rosengarten. / Der Sultan hob Gott die Hände entgegen. Rechts Gabriel, links Michael und in der Mitte das Jesuskind auf dem Schoß seiner Mutter. Vom Himmel fielen Lichtstrahlen und flüsterten ihm eine der ältesten Geschichten der Welt ins Ohr …«

Schließlich Sultan Süleyman und Sinan: »Die Stadt Baumeister Sinans / Residenz Sultan Süleymans des Prächtigen. / Sinan blickte auf das Haus Gottes. Auf die Hauptkuppel, die unter dem Himmel zu schweben schien. Auf die kleineren Kuppeln, wie Planeten um die sonnengleiche Hauptkuppel gesetzt. Auf die vier in der Bläue schwimmenden Minarette …«

Was hatte Yekta da getan? Einerseits Menschen ermordet, andererseits Hymnen auf Istanbul gedichtet? Ich blätterte bis zur letzten Seite, unbedingt wollte ich den für das siebte Opfer auserwählten Herrscher erfahren. In der Überschrift des siebten Kapitels fand sich aber kein Herrscher. Die Zeilen lauteten: »Unser Istanbul / Stadt der geraubten Hoffnungen. / Vom Meer aus schauten wir auf die Stadt: Nevzat, Demir und ich. Im Nebel lag Istanbul vor uns. Im Nebel lag das Meer. Im Nebel unser Boot. Von Sultanahmet waren nur die Minarette zu sehen, von der Hagia Sophia die Kuppel, vom Topkapı-Serail die Türme. Wie nie ausgeplündert, nie zerstört, nie beschmutzt lag die Stadt da. In schneeweißen Nebel hatte die Natur gehüllt, was den Anblick verdarb. Gleich einem Traumbild, das für einen Augenblick aufsteigt, kurz bevor die Sonne aufgeht. Gleich einer magischen

Wolke. Gleich einem märchenhaften Bild. Gleich einer neu gegründeten Stadt. Wie ein Neubeginn. Jung, voller Hoffnung, schön …«

Yekta erzählte von uns. Von unserer Stadt mit unseren Augen, mit unseren Emotionen. Ich wollte weiterlesen, als mir die große Schachtel unter dem Papierstapel auffiel.

Eine Schachtel aus Holz, im A4-Format. In roter Schrift stand Hacı Bekir darauf, darunter prangte das runde Logo der berühmten Confiserie. Als ich den Deckel anhob, lagen die Münzen aus Necdets Haus vor mir. Goldene, silberne, kupferne, metallene Taler, die zu römischen, byzantinischen, osmanischen und Republikzeiten geprägt worden waren. Hier hatten wir also auch die Münzen. Noch immer aber wusste ich nicht, wo meine Freunde Âdem Yezdans Leichnam hinlegen würden.

Ich erhob mich und stöberte in den Büchern der Bibliothek, ohne nach etwas Bestimmtem zu suchen. Im dritten Regal fiel mir ein schräg stehendes Buch ins Auge. Es kam mir bekannt vor, ich nahm es heraus. Es war das Buch, das wir bei Leyla Barkın zu Hause gesehen hatten. Das Buch mit den Münzen. Ich wendete die Glanzpapierseiten um. Bald tauchte die Münze auf, die Necdet Denizel in die Hände gelegt worden war. Die Mondgöttin Hekate und auf der Rückseite der Schriftzug Byzantion über Stern und Halbmond. Wichtiger aber war die Markierung mit Rotstift neben der Münze. Sollten sämtliche den Opfern beigegebene Metalltaler markiert sein, konnte ich herausfinden, welche Münze sie Âdem Yezdan zugedacht hatten. Hastig blätterte ich weiter. Ja, auch Konstantins Münze war markiert. Und die von Theodosius II., Justinian, Sultan Mehmed Fatih und Sultan Süleyman. Ich las, was der ameisengebethafte Text auf Süleymans Münze bedeutete. Vorderseite: »Der Hochwohlgeborene, dem zu Lande und zu Wasser von Allah geholfen wird, der die Münze prägte …« Rückseite: »Sultan Süleyman, Sohn des Selim Han, sein Sieg sei gesegnet … Geprägt in Kostantiniyye …« Ich blätterte weiter und fand endlich, wonach ich gesucht hatte. Ein markierter Metalltaler: 1 Kurusch aus der Zeit der Türkischen Republik. Vorn ein Stern, halbumschlossen von der Mondsichel, über dem Stern das Wort Türkei, unter dem Rücken des Halbmonds das Wort Republik. Auf der Rückseite in einem Blätterkranz eine große Eins, gleich darunter das Wort Kurusch. Ganz unten das Datum: 1935. Wir hatten die Republikzeit erreicht. Âdem Yezdan war also das letzte Opfer. Ja, es war nachvollziehbar, den, der die Hauptverantwortung am Tod von Handan und Umut trug, bis zum Schluss aufzusparen. Leider hatte ich trotz all der Indizien noch keinen Schimmer, wo sie Âdem Yezdans Körper ablegen würden.

Erneut musterte ich den abgebildeten 1 Kurusch. Die Lösung musste in diesem Bild stecken. Da dieser Metalltaler aus der Zeit der türkischen Republik stammte, würden meine Freunde ihr letztes Opfer bei einem Monument aus dieser Zeit präsentieren. Ich zermarterte mir das Hirn. Die Finger des sechsten Opfers Hakan Yamalı zeigten Richtung Eminönü. Soweit ich wusste, stand da aber gar kein bedeutendes Symbol der Republikzeit. Oder doch und ich kannte es nur nicht? Aber auf der Karte war Eminönü nicht markiert. Oder stand an einer der Stellen mit römischen, byzantinischen, osmanischen Bauten noch ein anderes, in der Republikzeit errichtetes Monument? Vielleicht hatten sie deshalb auf der Karte dieselbe Stätte nicht doppelt markiert. Noch einmal nahm ich die Karte unter die Lupe. Sarayburnu, Konstantinssäule in Çemberlitaş, das Goldene Tor in Altınkapı, Hagia Sophia, Fatih-Moschee, Topkapı-Palast, Süleymaniye … Sieben historische Areale. Schön und gut, in welchem davon stand ein für die Republikzeit bedeutendes Denkmal? Allein kam ich nicht weiter. Wieder rief ich Leyla Barkın an, die ich vor einer halben Stunde so rüde abgewürgt hatte.

Mit klarer Stimme voller Neugier nahm sie das Gespräch an.

»Hallo, Nevzat Bey.«

Sie war nicht länger gekränkt, dennoch gab ich mich reumütig.

»Entschuldigen Sie bitte, Leyla Hanım, ich störe schon wieder. Aber ich brauche Ihre Meinung in einer wichtigen Angelegenheit …«

»Ich bitte Sie! Schießen Sie los.«

»Diese historischen Stätten, bei denen die Opfer abgelegt wurden …«

»Ja, ich höre.«

Ihre Aufregung wuchs.

»Sarayburnu, Konstantinssäule, Goldenes Tor, Hagia Sophia, Fatih-Moschee, Topkapı, Süleymaniye: In welchem Areal steht ein Monument, ein Gebetshaus oder ein historisches Gebäude aus der Republikzeit?«

Zu jeder anderen Zeit hätte sie mich jetzt mit Fragen genervt, was, wieso, warum denn, doch sie schien zu spüren, dass in dieser Nacht wichtige Dinge geschahen, denn sie war sofort bei der Sache. »Wir reden von sieben verschiedenen Gebieten … ziemlich weitläufige Areale … da muss ich kurz nachdenken …«

»Ich stelle die Frage anders: Gibt es eine solche Stätte in Eminönü? Zum Beispiel die Valide-Sultan-Moschee?«

»Nicht doch! Die Valide-Sultan-Moschee wurde zur Zeit der Osmanen errichtet, 1597 wurde mit dem Bau begonnen, sie gehört zu den Moscheen mit den längsten Bauzeiten überhaupt. Wenn ich nicht irre, wurde sie 1664 in Dienst gestellt.«

»Sirkeci«, schob ich rasch nach. »Wann wurde der Bahnhof erbaut?«

»Auch unter den Osmanen, von dem deutschen Architekten Jasmund, im Jahre 1890 …«

»Die große Post?«

»Osmanisch, ich glaube, 1909. Der Architekt war Vedad Tek. Von ihm gibt es in Sirkeci noch ein Werk: den Liman-Gewerbehof. Aber auch der stammt aus vorrepublikanischen Zeiten. Sonst fällt mir dort in der Gegend gar nichts ein. Wenn es nicht Eminönü wäre, sondern Sarayburnu, würde ich das Atatürk-Denkmal nennen. Wie gesagt, die Statue dort war das erste für Atatürk errichtete Denkmal. Der Österreicher Heinrich Krippel hat es entworfen. 1926 muss es aufgestellt worden sein …«

Bei Leylas Worten hatte ich das Atatürk-Denkmal vor Augen, bei dem der Leichnam ihres Exmanns Necdet Denizel abgelegt worden war. Atatürk in Zivil, eine Hand in die Hüfte gestützt, den Blick sinnierend auf das blaue Wasser gerichtet. Jetzt fiel der Groschen. Sie würden aufhören, wo sie angefangen hatten. Ja, meine Freunde wollten ihr letztes Opfer an der Stelle präsentieren, wo schon das erste gelegen hatte.

»Ich danke Ihnen sehr, Leyla Hanım«, fiel ich ihr ins Wort. »Sie haben mir sehr geholfen.«

»Wie? Was habe ich denn gesagt?«

»Ihre Worte haben mich an etwas anderes erinnert. Ich muss noch mit einem weiteren Zeugen reden.« Wieder würgte ich sie schroff ab. »Gute Nacht.«

Ich beendete das Gespräch und wandte mich zur Tür. Ja, das Dunkel hatte sich gelichtet, was undeutlich gewesen war, trat nun klar zutage. Es galt, sofort die Teams zu alarmieren und rund um Sarayburnu Maßnahmen zu treffen. Die Mörder waren praktisch in unseren Händen. Die Mörder? Aus dem Rahmen neben dem Spiegel blickte Handan mich an. Tiefes Staunen lag in ihrem verschleierten Blick.

»Die Mörder? Was tust du da, Nevzat? Sie sind deine Freunde …«

Ich riss den Blick los von Handans Augen, da ich nicht wusste, wie ich reagieren sollte. Schnell schaltete ich das Licht aus und stürzte aus dem Raum. Doch nun trat mir das Foto von Umut als Kleinkind in den Weg, der mich von der Wand in der Diele anlächelte.

»Was tust du da, Onkel Nevzat? Willst du etwa meinen Papa ins Gefängnis stecken?«

Ich wich seinem Blick aus, hastete in den Korridor, der zur Küche führte. Doch Rettung war unmöglich, ich steckte mitten in einem Strudel des Raunens. Von überallher im Haus erklangen Stimmen.

»Was tust du da, Nevzat?«, fragte Yektas Vater Rauf. »Willst du deinen Jugendfreund hinter Gitter bringen?«

»Was tust du da, Nevzat?«, fragte auch seine Mutter, die stets liebevolle, freundliche Ayniye. »Willst du meinen Yekta, meinen einzigen Sohn, in den Tod schicken?«

»Was tust du da, Nevzat?«, fragten die Erinnerungen im Haus. »Willst du, dass Yekta im Knast verschimmelt?«

»Sie haben sieben Menschen gnadenlos abgeschlachtet!«, schrie ich. »Sie hatten nicht das Recht, sie zu töten. Selbst wenn ihre Opfer Mörder gewesen sein sollten, hatten sie nicht das Recht dazu. Sie sind nicht zu mir gekommen, haben nicht um meine Hilfe gebeten, haben mich nicht einmal gefragt! Was soll ich jetzt tun? Was kann ich denn machen?«

Meine Stimme hallte durch den Korridor und ernüchterte mich auf einen Schlag. Da waren weder Handan und Umut noch Rauf und Ayniye. Nur ich war da, Nevzat, der seine Freunde entlarvt hatte, als wäre das eine großartige Leistung. Der erfahrene Hauptkommissar vom Morddezernat, der Phantomtäter jagte, während seine besten Freunde vor seiner Nase sieben Menschen umbrachten. Ein Mann, der zwischen seinen Mörderfreunden und seiner Pflicht stand.

Mir wurde eng ums Herz, ich bekam keine Luft mehr, mir war, als kämen die Wände des Korridors auf mich zu. Durch die Küche stürzte ich ins Freie. Im Garten blieb ich stehen, lehnte den Rücken gegen den Kirschbaum. Mit geschlossenen Augen atmete ich tief durch. Allmählich erholte ich mich. Ich schlug die Augen auf. Da stand wieder der Vollmond am Himmel. Wieder das trübselige Licht. Wieder die bange Stimme.

»Was tust du jetzt, Nevzat?«

Nein, auch die Flucht in den Garten holte mich nicht aus dem erbarmungslosen Strudel meines Gewissens. Die Erinnerungen saßen nicht nur überall im Haus, sie waren auch über den Garten verstreut. Die Tür des Holzverschlags, der kleine Brunnen, die welken Chrysanthemen, die abgestorbenen Rosenknospen, die Beete, auf denen einst Tomaten und grüner Paprika gezogen wurden, der Kirschbaum … Alles schien zur Sprache erwacht und raunte mir zu: »Was tust du jetzt, Nevzat?«

Ich fragte nicht länger. Ich sagte nicht: Meine Freunde haben sieben Menschen getötet, ich kann sie nicht schützen. Und ich konnte nicht sagen: Ja, ich schicke sie ins Gefängnis, denn das haben sie verdient. Sie sind Mörder, brachte ich nicht über die Lippen. Ich murmelte nur vor mich hin.

»Ja, wirklich, was tue ich jetzt?«

Wenn ich so tun würde, als wäre ich nie hergekommen, als hätte ich den Tatort nicht gesehen, als wüsste ich nicht, dass meine Freunde Mörder waren … Warum nicht? Niemand wusste, dass ich nach Balat gefahren war. Demirs Visitenkarte hatte ich in der Tasche, und wenn ich zurück zur Firma Dersaadet führe und die Seite aus dem Planer risse, wäre die Sache erledigt. Die

Ermordeten waren allesamt keine guten Menschen gewesen. Sie hatten den Tod von fünf Unschuldigen verursacht, darunter Handan und Umut. Gut, die hatten sie nicht eigenhändig umgebracht, aber mit ihren Entscheidungen hatten sie dem Massaker Vorschub geleistet. Und sie hatten versucht, das Verbrechen zu vertuschen. Sie hatten nicht allein den Tod dieser fünf Menschen auf dem Gewissen, sie waren auch für den Ausverkauf der Stadt verantwortlich. Vielleicht hätten sie, wenn sie noch lebten, weiteren Menschen Böses angetan. Mein Entschluss stand schon beinahe fest, da klingelte mein Handy. Es war Zeynep, ich hatte sie total vergessen.

»Hallo, Hauptkommissar?«

Ich nahm alle Kraft zusammen.

»Ja, Zeynep, ich höre …«

Sie stutzte.

»Geht es Ihnen gut, Hauptkommissar? Ihre Stimme klingt grauenhaft.«

Ich war also noch nicht ganz wiederhergestellt.

»Ja, ja, mir geht's gut. Wo seid ihr?«

»Wir fahren zur Süleymaniye. Ali hat es auch schon versucht, aber bei Ihnen war besetzt.«

»Viel los heute Nacht. Was habt ihr gemacht? Habt ihr ein Resultat?«

»Leider nicht. Die Idee war schon richtig. Die sieben Stiche in Necdet Denizels Haus zeigen die sieben historischen Stätten, an denen die sechs Opfer präsentiert wurden.«

Sie war derart überzeugt von der Aufrichtigkeit ihres Hauptkommissars, vertraute ihm so sehr, dass sie offenherzig berichtete. Doch ihr Chef am anderen Ende der Leitung schmiedete Pläne, um seine eigenen Leute hinters Licht zu führen.

»Aber die Stelle, wo sie das siebte Opfer hinlegen, Hauptkommissar … Es gibt keinen Stich, der darüber Auskunft gäbe. Auf den Stichen sind Sarayburnu, Konstantinssäule, Goldenes Tor, Hagia Sophia, Fatih-Moschee, Topkapı-Palast und Süleymaniye abgebildet, aber die waren alle schon an der Reihe. Vielleicht haben sie Âdem Yezdan gar nicht entführt? Vielleicht war Hakan Yamalı doch das letzte Opfer?«

Es kam der Moment, in dem ich es nicht länger ertrug, Zeynep zu hintergehen, ihr Vertrauen in mich auszunutzen und ihre Worte, die mir im Hirn brannten, zu hören.

»Sarayburnu«, sagte ich. Das Wort flutschte mir wie von selbst heraus. Vielleicht, weil ich unfähig gewesen wäre, es zu sagen, hätte ich länger darüber nachgedacht. Oder weil der Mensch in mir, der Nevzats Entschluss zu verhindern trachtete, ihm keine Chance lassen wollte. Oder weil ich fürchtete, dem anrückenden Heer der Erinnerungen erneut zu unterliegen. »Sarayburnu«, bekräftigte ich. »Sie hören dort auf, wo sie angefangen haben. Sie legen Âdem Yezdans Leichnam da ab, wo schon das erste Opfer lag. Beim Atatürk-Denkmal.«

»Begreifst du nicht, die Opfer sind wir!«

Ich hörte die Schüsse, als ich auf Höhe des Fährterminals in Sirkeci war, wenige hundert Meter vor dem Atatürk-Denkmal. Drei Schüsse zerrissen die Stille der Nacht. Irgendwo flogen kreischend Möwen auf. Mit der Stille der Nacht schwand auch meine Entschlossenheit. Das Gerechtigkeitsgefühl, hinter dem ich nach der Denunziation meiner Freunde Zuflucht genommen hatte, wurde vom Knallen der Schüsse zerfetzt.

»Verdammte Scheiße! Was hab ich getan!«

Vor meinem geistigen Auge tauchten Yekta und Demir auf, blutend am Boden. Am Atatürk-Denkmal, da, wo Necdet Denizel gelegen hatte, das erste Opfer. Ali hatte beide erschossen. Ohne sie auch nur anzuhören. Was sonst hätte ich zu erwarten? Eigenhändig hatte ich meine Jugendfreunde in den Tod geschickt. Âdem Yezdan hatte sie um ihr Glück gebracht, ich sie um ihr Leben.

»Was hab ich getan!«, schrie ich. »Was hab ich getan!«

Mein Schrei schwappte aus dem Wagen hinaus und flutete über die menschenleere Straße.

»Was hast du getan, Nevzat?!«

Meine Stimme wogte im Wind der Möwen, die wie geflügelte Gespenster am dunklen Himmel schwebten.

»Was hast du getan?!«

Meine Stimme prallte gegen die Schiffswände der Autofähren, die wie kleine Berge am Ufer vertäut lagen, und hallte zurück.

»Was hast du getan?!«

Panisch trat ich das Gaspedal durch. Als begriffe er die Wucht des Augenblicks, schüttelte sich mein betagter Wagen und schoss los. Vielleicht zehn Meter weiter kam mir Yektas Jeep entgegen. War ich erleichtert! Meinen Freunden war also nichts geschehen. Ich nahm den Fuß vom Gas und spähte hinter die Windschutzscheibe des Jeeps. Da saß Yekta, schwarz gekleidet, den Oberkörper vorgebeugt, die Brust auf das Lenkrad gestützt. Er fegte gleich einem Wind aus Licht an mir vorbei. Ob er mich gesehen hatte? Was war passiert? Ich konnte Yekta nicht folgen, die Leitplanke hinderte mich daran, und selbst ohne Leitplanke hätte ich ihn unmöglich eingeholt. Was war mit Ali und Zeynep? Hieß Yektas Flucht, dass ihnen etwas zugestoßen war? Wieder trat ich aufs Gas.

Als ich mich dem Denkmal in Sarayburnu auf der Spitze der historischen Halbinsel näherte, entdeckte ich Zeynep. Sie stand mit dem Rücken zur Straße neben dem Denkmal und schaute in dieselbe Richtung wie Atatürk. Irgendetwas hielt sie in den Händen, vermutlich ihre Pistole. Hastig parkte ich den Wagen auf der Brücke, die zum Eingang des Gülhane-Parks hinüberführte. Unter den beunruhigten Blicken der beiden von den Schüssen alarmierten Wachsoldaten am Tor der Garnison hastete ich zum Atatürk-Denkmal auf der anderen Straßenseite.

Ich hatte mich nicht getäuscht, Zeynep hielt ihre beidhändig gepackte Beretta auf eine Person gerichtet. Auch ich zog die Waffe. Vor dem Denkmal erkannte ich zunächst nur Ali. Das war aber Unsinn. Warum sollte Zeynep auf Ali zielen? Da entdeckte ich hinter meinem Assistenten Demirs breiten Schädel, er trug eine Schirmmütze, der künstliche Bart war ihm übers Kinn gerutscht. Nicht auf Ali, auf Demir war Zeyneps Pistole gerichtet. Demir hatte Ali als Geisel genommen. Der Lauf der Pistole in der Hand meines Jugendfreundes saß an der Schläfe meines Assistenten. Wie konnte das sein, der Veterinär hatte unseren Ali gekidnappt! Da sein Blick in die Richtung ging, aus der ich kam, bemerkte er mich noch vor Zeynep.

»Hallo, Nevzat.« Ein eiskaltes Lächeln lag auf seinen Lippen. Tiefster Abscheu in seinem Blick. »Hast du's also doch noch rausgefunden. Allerdings ein bisschen spät.«

Als ich die Schüsse gehört hatte, hatte ich mir größte Vorwürfe gemacht, meinem Freund könnte etwas zugestoßen sein, nun rotzte er mich an wie einen Blutsfeind. Nie hatte ich ihn so gesehen. Ja, er war ein distanzierter Mann, der seine Gefühle verbarg, ja, als Jungen hatten wir genug Rivalitäten ausgetragen, nie aber hatte er mich so hasserfüllt angeblickt. Plötzlich wusste ich, dass meine Freunde die Morde begangen hatten. Ja, Demir war fähig, seine Opfer zu jagen, eins nach dem anderen rücksichtslos umzulegen und die Taten mit außerordentlicher Disziplin, bis ins kleinste Detail geplant, minutiös umzusetzen. Was hatte ihn dazu getrieben? Seine übermächtige Liebe zu Handan? Jene erste Liebe, die er nie vergessen hatte, obwohl sie seinen besten Freund geheiratet hatte, jenes Mädchen mit den Storchenbeinen? Solange Handan lebte, waren ihm die Hände gebunden. So zornig er auch sein mochte, er war außerstande, Yekta zu schaden. Doch als Handan umkam, hatte er einen guten Grund, seine Wut am Leben auszulassen. Hatte echte Gegner, die es zu vernichten galt. Und Yekta, wie hatte er sich dafür hergegeben? Nun, natürlich um seine Frau und seinen Sohn zu rächen. Es war längst zu spät …

»Ganz ruhig, Demir«, sagte ich freundlich, in der Hoffnung, er würde sich der Freundschaft, die er offenbar verdrängt hatte, erinnern. »Es braucht keine Waffe, keine Gewalt. Wir kriegen das auch mit Reden hin …«

Er schüttelte energisch den Kopf.

»Hör auf mit dem Gerede, Nevzat. Da ist nichts mehr hinzukriegen.«

Nein, er war unversöhnlich. Ali rührte sich unter seinem Griff. Demir presste meinem Assistenten die Pistole an die Schläfe.

»Keine Bewegung, ich blas dir das Hirn aus dem Kopf!«

Er wirkte unbedingt entschlossen. Unser Demir war einem Monster gewichen.

»Tut mir leid, Hauptkommissar«, quetschte Ali verlegen hervor. Statt sich um sein eigenes Leben zu sorgen, schämte sich der dumme Junge dafür, dem Mörder in die Hände gefallen zu sein. »Das wäre nicht passiert, aber ich zögerte eine Sekunde, als ich ihn sah. Ich konnte nicht glauben, dass Ihr Freund ein Mörder ist.«

Demir schüttelte ihn wütend.

»Wir sind keine Mörder!« Sein Gebrüll hallte über den kleinen Platz. »Begreifst du nicht, die Opfer sind wir!« Mit der Waffe zeigte er auf den Sockel des Denkmals. »Da liegt der wahre Mörder!«

An der Stelle lag Âdem Yezdans Körper mit aufgeschlitzter Kehle. In den Kleidern, in denen ich ihn am Morgen zuvor gesehen hatte.

»Die Mörder sind Âdem Yezdan und seine Leute«, wiederholte mein Freund. »Wir sind die Opfer. Du weißt das, Nevzat.«

Ruhig stimmte ich zu, um ihn zu besänftigen.

»Ich weiß, Demir. Sie haben Handan und Umut umgebracht.«

Er rollte wild die Augen und fügte hinzu: »Und die drei armen Arbeiter! Sie wollten noch mehr Geld scheffeln! Mehr Macht ergattern. Und sie haben die Stadt kaputt gemacht. Unsere Stadt, Nevzat. Sie haben uns unsere Kindheit und Jugend geraubt. Haben unsere Erinnerungen vernichtet …«

Verwirrt bemühte Zeynep sich zu verstehen, was geschah.

»Kennen Sie den Mann, Hauptkommissar?«

»Wie nicht, Zeynep!« Absichtlich sprach ich so laut, dass Demir mich hören konnte. »Er ist mein Jugendfreund.« Ich gab mich ahnungslos. »Was ist hier passiert?«

Mein Freund hatte jedes Wort mitbekommen.

»Ich sag's dir. Wir waren hier, um den Schuft da herzubringen. Es war Yektas Idee. Wenn die Wagen im alten römischen Hippodrom siebenmal die Runde gemacht hatten, kehrten sie an den Ausgangspunkt zurück. Wir legen die letzte Leiche dahin, wo auch die erste lag, sagte er. Damit der Zirkel sich schließt. Wie du siehst, haben wir's genauso gemacht. Aber du kennst ja Yekta, solche Sachen sind nicht gerade sein Ding, er vergaß die Münze im Jeep.« Demir grinste teuflisch. »Du weißt doch, dass wir den Leichen Münzen beigegeben haben, oder?« Er zögerte. »Nicht, um dir einen Tipp zu geben. Wir wollten die Reporter an die prachtvolle Geschichte dieser Stadt erinnern. Damit die Herde der Banausen, die in Istanbul haust, zumindest aus der Zeitung von der Geschichte ihrer Stadt erfährt. Nun, als Yekta zum Jeep ging, um die Münze zu holen, tauchte plötzlich dein Jungspund hier auf.« Er rüttelte Ali kräftig. »Dieser beinharte Polizist bellte Yekta an: Stehenbleiben! An seiner Seite war das hübsche Mädel, das mich so feindselig anstarrt. Ich stand hinter dem Denkmal, deshalb sahen sie mich nicht. Yekta blieb nicht stehen. Er griff nach der legal registrierten Pistole seines seligen Vaters. In dem schwarzen Tschador konnte sich der Ärmste sowieso kaum bewegen, die Pistole muss sich im Stoff verheddert haben. Was für eine Gelegenheit, dein Held drückte ab. Dreimal. Gleich mit dem ersten Schuss verletzte er Yekta. Als ich ihn packte, konnte er nicht mehr zielen.«

»Wie gesagt, Hauptkommissar …« Erneut versuchte Ali, sich aus Demirs Stahlgriff zu winden. »Ich hab mich sofort gefasst.

Jeden anderen hätte ich sofort niedergestreckt. Aber als ich sah, dass es Ihr Freund ist, zögerte ich.«

»Stimmt.« Demir warf seiner Geisel einen respektvollen Blick zu. »Er hat gezögert.« Den nächsten Satz fauchte er meinem Assistenten ins Ohr: »Hättest du mich bloß nicht gesehen neulich Morgen. Dann wäre alles viel einfacher gewesen!«

Nein, er spielte kein sadistisches Spiel, er meinte es ehrlich.

»Es ist, wie es ist«, sagte ich und senkte die Waffe. »Es muss nicht noch mehr Blut vergossen werden. Hör mal, Yekta ist verwundet. Wirf die Waffe weg, wir müssen ihn finden und ins Krankenhaus bringen.«

Als hätte ich etwas sehr Komisches gesagt, gab er ein lautes, falsches Lachen von sich. Der falsche Bart löste sich gänzlich von seinem Kinn und flog mit dem Wind aufs Meer hinaus.

»Ich bitte dich, Nevzat!« Er klang amüsiert. »Du redest wie die Scheißpolizisten in Scheiß-Hollywoodstreifen. Hast du es immer noch nicht begriffen, das Spiel ist aus.«

Ich hatte tatsächlich nicht begriffen. Was sollte heißen, das Spiel ist aus? Wollte er uns alle drei erschießen und sich aus dem Staub machen? Oder meinte er, für ihn gäbe es keinen Ausweg mehr? Ich tat so, als hielte ich mich an die zweite Möglichkeit.

»Warum denn nicht? Ihr hattet gute Gründe. Die Männer haben den Tod eurer Angehörigen verursacht. Das zählt als schwerer Fall von Aufstachelung. Wenn ein guter Anwalt sagt, ihr hättet die Morde in dieser Gemütsverfassung …«

»Spar dir die Mühe«, fiel er mir ins Wort. »Bestenfalls kriegen wir fünfundzwanzig Jahre. Fünfundzwanzig Jahre kann ich nicht hinter Gittern hocken. Um ehrlich zu sein, keinen einzigen Tag würde ich es ertragen.« Seine aufgesetzte Amüsiertheit war verschwunden. Er sprach mit der waidwunden Stimme eines Verzweifelten. »Versteh doch, Nevzat! Es ist aus.«

Was soll ich verstehen, wollte ich nachfragen, aber er gab mir keine Chance. Wahrscheinlich fürchtete er, seine Entschlossenheit zu verlieren, wenn wir weiter redeten. Heftig stieß er Ali von sich. Mein Assistent taumelte noch, da hatte Demir auch schon die Pistole auf seine Geisel gerichtet. Vielleicht wollte er gar nicht schießen, aber ich konnte nichts riskieren. Denn Ali hatte Yekta angeschossen, und der Demir mir gegenüber war nicht länger der Junge, den ich aus Balat kannte, er war ein Mörder, der, ohne mit der Wimper zu zucken, sieben Menschen umgebracht hatte. Ich hob die Waffe. Unsere Blicke trafen sich.

»Hör auf, Demir!« Ich appellierte in aller Freundschaft an ihn. »Tu das nicht! Wir kriegen das hin …«

Ein bitteres Lächeln überzog sein breites Kinn.

»Wir kriegen das hin …« Nein, er glaubte nicht daran. »Wir kriegen das nicht hin, Nevzat«, höhnte er. Er war fertig mit mir, sein Gesichtsausdruck änderte sich, abrupt wandte er sich Ali zu. Er wog die Pistole in der Hand, kein Zweifel, er würde abdrücken. Ich kam ihm zuvor. Zwei Schüsse lösten sich aus meiner Waffe. Zweimal bäumte sich Demirs Bärengestalt auf dem vom Mondlicht beschienenen kleinen Platz auf. Erst ging er in die Knie, dann fiel er rücklings neben Âdem Yezdan. Ich rannte zu ihm.

»Vorsicht, Hauptkommissar!«, warnte Zeynep. »Er hat die Waffe noch in der Hand!«

Aber er konnte schon nicht mehr richtig zugreifen. Ali hatte sich gefangen und langte nach der Waffe. Mir war alles egal, ich sank neben meinem Freund zu Boden.

»Warum hast du das getan, Demir? Warum nur?«

Er lächelte. Da war es wieder, das Lächeln meines Jugendfreundes, jenes herzliche Lächeln, das ich so gut kannte, stets auch ein bisschen distanziert. Demir hatte gespielt. Er hatte sich von Anfang an erschießen lassen wollen. Er reichte mir die nun waffenlose Hand. Ich nahm sie. Seine Handfläche schwitzte, erkaltete aber zusehends. Er sah mir in die Augen, seine funkelten matt im Licht des Vollmonds.

»Uns blieb nichts anderes übrig«, stammelte er. »Tut mir leid, Nevzat. Uns blieb nichts anderes übrig.«

Dann hob er den Blick zum Vollmond, als hätte er dort etwas Interessantes erblickt. Wie seltsam, Nevzat, so einen Vollmond habe ich noch nie gesehen, würde er sagen, doch er schwieg. Sein Blick ruhte starr auf immer demselben Punkt.

»Die Waffe ist gar nicht geladen, Hauptkommissar.«

Ich hörte Alis Worte, sie überraschten mich nicht. Demir hatte die Wahrheit gesagt. Sie waren keine Mörder, beide waren sie Opfer. Noch bevor sie ihre Opfer getötet hatten, hatten diese Opfer Yekta und Demir vernichtet.

»Sie wurden von den Gespenstern derer umgebracht, die sie zuvor getötet hatten.«

Yekta erwartete mich da, wo ich vermutet hatte: an den Gräbern von Handan und Umut. An dem von zwei mächtigen Zypressen bestandenen Familiengrab auf dem Friedhof von Eyüp, wo auch seine Eltern Rauf und Ayniye ruhten. Der Vollmond zwängte sich durch die Zweige der Zypressen und beleuchtete das verhärmte Gesicht meines Freundes. Mit dem Rücken lehnte er an Handans Grabstein. Unter dem Herzen breitete sich ein dunkler Fleck aus. Als er in den Schatten auf dem Friedhof meine müde Silhouette sah, hob er die Waffe. Er würde sicher nicht schießen, dennoch rief ich: »Ich bin's, Yekta. Nevzat ...«

Er lächelte, als er mich erkannte.

»Hallo, Nevzat ...« Er rührte sich ein wenig. Offenbar hatte er Schmerzen, denn er verzog das Gesicht. »Komm her. Ich hab dich erwartet.«

Auf den Schultern die schwere Last, Demir getötet zu haben, schleppte ich mich zu ihm.

»Du bist verletzt ...«

Er schien meine Worte gar nicht zu hören. Er spähte den von alten Grabsteinen gesäumten schmalen Pfad entlang.

»Sind deine Leute nicht da?«

Unbestimmt wies ich in die Dunkelheit.

»Sie sind unten, an der Straße. Ich habe eine Ambulanz gerufen. Sie warten auf meinen Anruf, dann bringen sie dich ins Krankenhaus.«

Verständnisvoll senkte er die Lider.

»Reden wir.« Er ließ den Blick über die vier Stelen des Familiengrabs gleiten. »Hier fühle ich mich gut…«

»Du verlierst Blut«, mahnte ich. »Wir kommen wieder her, wenn es dir besser geht.«

Ein ungläubiges Lächeln legte sich auf seine zierlichen Züge.

»Glaubst du, dafür kriegst du die Erlaubnis vom Gefängnis?«

Ich reagierte mit einem aufgesetzt schlauen Blick.

»Das regeln wir. Wenn du mit mir ins Krankenhaus fährst, bringe ich dich wieder her, mein Wort darauf.«

Er gab sich überzeugt.

»Ich weiß, du würdest das machen. Gut, versprochen. Aber vorher möchte ich dir ein paar Dinge sagen.«

Es gab auch so manches, das ich ihm sagen wollte. Ich hockte mich ihm gegenüber an die Kopfseite von Handans dreijährigem Grab.

»Warum habt ihr mich ausgeschlossen?« Ich versuchte gar nicht, den Vorwurf zu verhehlen. »Warum wolltet ihr mich nicht dabeihaben?«

Sein Blick war hohl, als wüsste er nicht, was er darauf sagen sollte.

»Wollte Demir es so?«, hakte ich nach.

Verdutzt sah er mich an.

»Demir? Nein, gib ihm keine Schuld. Wir wollten es beide so. Du hast ein Leben. Es gibt eine Frau, die dich ans Leben bindet. Wir konnten dich da nicht reinziehen.«

»Habt ihr das denn etwa nicht?«

Er ließ den Kopf hängen.

»Tut mir leid. Wenn möglich, hätten wir dich damit nicht behelligt. Entschuldige, wir wollten deinen Frieden nicht stören.«

Ich lehnte mich auf.

»Wäre schön, wenn ihr das gewollt hättet! Wäre gut, wenn ihr von Anfang an erzählt hättet, was ihr vorhabt! Wenn ihr mich nach meiner Meinung gefragt hättet! Vielleicht hätte ich verhindern können, dass ihr euch Demirs wahnsinnigen Ideen verschreibt!«

»Was?« Er hatte so laut gerufen, dass er nun wieder Schmerzen hatte und hustete. »Was? Du glaubst, das war alles Demirs Idee?«

Ich taxierte ihn. Wollte er seinen Freund schützen? Nein, seine Miene wies keine Spur von Scheinheiligkeit auf.

»Du täuschst dich, Nevzat. Es war meine Idee. Ich hatte vermutet, dass Handan und Umut einem Sabotageakt zum Opfer gefallen sein könnten. Durch den VVI natürlich. Ich hatte von dem Prozess erfahren, den sie anstrengten. Ich wollte es kaum glauben. Doch nach ein wenig Recherche wuchs der Verdacht. Ich war mir aber nicht sicher, deshalb erzählte ich es Demir.«

»Demir …«, murmelte ich bedeutungsschwer. »Nicht mir. Dabei bin ich der Mann des Gesetzes.«

Seine im Mondlicht blassen blauen Augen funkelten unschlüssig.

»Keine Ahnung, warum ich damit nicht zu dir gekommen bin, Nevzat. Vielleicht, weil auch du Frau und Kind verloren hattest. Vielleicht, weil auf deinen Schultern schon genug lastete. Vielleicht auch, weil ich dachte, Demir wird es besser verstehen …«

Als er sah, wie dunkle Schatten über meine Miene glitten, ruderte er zurück.

»Du weißt, Demir hat nie aufgehört, Handan zu lieben. Wenn ich mit ihm teilte, was ich über ihren Tod erfahren hatte, war es eine Art Abbitte. Ich hatte doch Handan geheiratet, als ihr fort wart.« Er wich meinem Blick aus. »Gut, ich hätte auch dich um Entschuldigung bitten müssen, aber …«

»Aber in meinem Leben gab es andere Frauen«, vollendete ich seinen Satz. »Ich hatte geheiratet.«

Er bewegte den Rücken, offenbar fiel ihm dann das Atmen leichter.

»Genau. Das war dein Weg. Demir hatte sich nicht von der Vergangenheit lösen können, ebenso wenig wie ich. Sinnlos, länger zu verhehlen, was wir drei doch wissen. Demir hat Handan immer geliebt. Vielleicht liebte er sie noch mehr, nachdem wir sie verloren hatten. Und wurde deshalb wieder mein Freund.«

Er sprach aus, was auch Evgenia über diese Beziehung gesagt hatte.

»Ja, deshalb wurde er mein Freund. Und das war doch nicht schlecht. Denn Handan war immer da. Als Kind, als junges Mädchen, Handan war immer bei uns.«

Ein schwerer Hustenanfall unterbrach ihn. Sein Gesicht wurde bleich wie der Grabstein, an dem er lehnte, der dunkle Fleck unter seinem Herzen dehnte sich weiter aus.

»Yekta, es geht dir nicht gut. Können wir über all das nicht später reden ...«

Energisch fiel er mir ins Wort.

»Nein, ich bin okay. Wir reden jetzt. Nur ein leichter Husten. Demir hat mir sehr geholfen. Hörst du, geholfen, sage ich, bloß geholfen. Wenn da einer war, der den Ton angab, dann ich. Ich bat ihn, Kontakt zu Âdem Yezdan aufzunehmen. Ich hatte mich informiert, wusste von seinem Interesse für Papageien. Demir spielte seine Rolle großartig. Wie geplant trat er auf einer Auktion im Zusammenhang mit Papageien mit Âdem in Kontakt. Âdem hegte keinerlei Verdacht. Als Demir seine Papageien rettete, wuchs sein Vertrauen noch. Er tat uns sogar einen unerwarteten Gefallen, er machte Demir mit Necdet Denizel bekannt, dem er einen seiner Papageien gegeben hatte. So erfuhren wir, dass die Sache kein Unfall gewesen war, sondern ein von Âdem Yezdan persönlich angeordneter Sabotageakt. Das plauderte Necdet bei einer Zecherei aus. Er hatte zwar Gewissensbisse, war aber gezwungen, die Lüge, die er ins Gutachten geschrieben hatte, auch vor Gericht zu decken, weil er Schiss hatte.«

Ich stellte die Frage, die mich seit langem beschäftigte.

»Die Toten ... also diese sieben Männer. Hatten die alle etwas damit zu tun?«

»Ja, alle. Keiner war unschuldig. Fazlı Gümüş und Mukadder Kınacı hatten die Augen beim Bau in der historischen Zisterne zugedrückt, Teoman Akkan war als Architekt des Bauvorhabens von Anfang an beteiligt. Dieser angebliche Journalist Şadan Duruca forderte in seiner Kolumne den Weiterbau, ohne Rücksicht darauf, dass dort fünf Menschen umgekommen waren. Die Basis des Fortschritts im Land sei der Tourismus. Und dann der widerliche Anwalt, dessen einzige Religion das Geld war. Hakan Yamalı. Der scheute nicht davor zurück, Richter und Staatsanwälte zu schmieren, um den Prozess zu gewinnen. Am schlimmsten aber war Âdem Yezdan. Ein verlogener, doppelzüngiger Schuft, scheinbar kultiviert, aber ohne Skrupel, wenn es um Geld ging ...«

Sie alle waren tot, er selbst hatte ihnen das Leben genommen, doch sein Hass auf sie lebte weiter.

»Und war es das wert?« In meinem Ton schwang Tadel mit. »Hat es sich gelohnt, eure Hände mit dem Blut dieser Männer zu besudeln?«

Ein Funken Enttäuschung blinkte in seinen erlöschenden Augen auf.

»Du verstehst das nicht, Nevzat. Es war nicht Vergeltung. Wir haben sie nicht umgebracht, um uns zu rächen.«

»Warum denn sonst? Sag jetzt bitte nicht, ihr habt sie umgebracht, weil ich es mal gesagt habe. Auf dem Boot, meine ich, wo ich gesagt haben soll, man müsste alle umlegen, die diese Stadt ausrauben.«

Er fing an zu lachen.

»Ach was, wir wussten doch, dass dich da für den Augenblick der Zorn überwältigt hatte.«

Wieder erstickte ein Hustenanfall sein Lachen. Es ging ihm gar nicht gut. Wenn er nicht sofort ins Krankenhaus kam, würde es nur schlimmer werden.

»Yekta, wenn wir später …«

»Bitte, Nevzat«, erneut fiel er mir ins Wort. »Du wirst mich am Ende schon noch ins Krankenhaus schaffen. Bitte lass mich jetzt ausreden.«

Seine Kräfte schwanden.

»Wir töteten sie, um unserem Leben einen Sinn zu geben. Damit es einen Grund zum Weiterleben für uns gab.«

Ich musterte ihn entsetzt, und als er das sah, fragte er: »Was guckst du so erstaunt?« Es klang fast böse. »Gerade du müsstest das doch verstehen. Dir ging es emotional eine Weile genauso. Auch dir hatte jemand dein Leben aus den Händen gerissen. Auch du hast eine Zeit lang nach einem Grund gesucht, morgens überhaupt aufzustehen. Auch du hattest jede Motivation verloren zu essen, dich anzuziehen, auf die Straße hinauszugehen. Da war kein Unterschied mehr zwischen Atmen und Nichtatmen …«

Wie recht er hatte. Als ich Güzide und Aysun verlor, war mein Leben die reinste Hölle. Ich fragte mich, warum ich leben sollte. Es stimmte, ich verspürte damals nicht die geringste Lust, aufzustehen oder rauszugehen. Mir war nicht einmal danach, mich zu bewegen. Aber zu Hause sitzen quälte mich nur umso mehr. Die Sachen meiner Frau, meiner Tochter, die Erinnerungen ringsum … Zwangst du dich rauszugehen, war die Straße eine Qual. Deine leeren Blicke, deine Füße, die ziellos wie von selbst dahinstolperten … Die Arbeit machte keinen Spaß, kein Gespräch mit Freunden, kein Rakı, kein Meer … Egal, wo du hinkamst, immer wieder die Frage, die du nicht loswurdest, die dir ins Hirn genagelt war: Wozu lebe ich, wenn sie tot sind?

»Es gab keinen Grund weiterzuleben, Nevzat. Wäre mir gelungen, was du geschafft hast, hätte ich im Leben wieder Halt gefunden, glaub mir, ich wäre zuerst zu dir gekommen. Hätte dir die Akte vorgelegt und gesagt, los, nehmen wir diesen Prozess mal unter die Lupe. Mir hätte gereicht, wenn die Mörder die verdiente Strafe kassiert hätten. Doch selbst wenn ich diese Männer hinter Gitter bringen würde, bekäme ich doch mein Leben nicht zurück. Meine Lebenslust hatte ich für immer verloren. Das wusste ich, das spürte ich tief im Herzen. Und ich konnte gar nichts tun. Ich schlug mich mit Sinnlosigkeit herum.«

In der Nähe rief traurig ein Nachtvogel. Eine Eule? Oder ein Raubvogel? Ich dachte an Demir. An seinen Habicht namens Traurig.

»Demir ging es nicht anders«, fuhr Yekta fort. Auch ihm war offenbar Demir eingefallen. »Vielleicht hatte er den Sinn des Lebens schon viel früher eingebüßt. Und tröstete sich damit, Tieren zu helfen. Als ich ihm sagte, ich bringe diese Schurken um, sagte er sofort: Das tun wir gemeinsam. Doch das konnte ich nicht akzeptieren.«

In meinen Augen stand anscheinend wieder der ungläubige Ausdruck, denn er bekräftigte: »So war es tatsächlich, Nevzat. Ich habe es erst nicht akzeptiert. Aber Demir blieb dabei. Du kannst mich nicht außen vorlassen, sagte er. Auch er wollte so nicht weiterleben.«

Wieder schüttelte ihn ein heftiger Hustenanfall. Fahren wir ins Krankenhaus, wollte ich sagen, doch er hob die Hand.

»Wir fahren ins Krankenhaus, versprochen, du bringst mich schon noch hin.« Das Sprechen fiel ihm schwer. Er hustete zweimal heftig. Der Anfall schien ihm die Kehle befreit zu haben.

»Mit Demirs Beteiligung wurde natürlich alles viel einfacher. Allein wäre ich wohl schon beim Mord an Necdet Denizel erwischt worden. Demir war ein Naturtalent in solchen Sachen. Er hatte im Bosnienkrieg wahnsinnig viele Tote gesehen und Gefechte überlebt.« Er prustete los, als wäre das witzig. »Ich dagegen bin der absolute Laie. Weißt du was, als ich Necdet Denizel umlegte, fiel ich in Ohnmacht. Der Mann war zwar ohnmächtig, aber als ich das Blut spritzen sah, wo das Messer hineinschnitt, wurde mir ganz schwummerig, und ich kippte um.«

Yekta war mir plötzlich sehr fremd, das Morden hatte ihn verändert. Anstelle meines sensiblen Dichterfreundes hockte hier ein Mörder, der ohne jede Reue erzählte, wie er seine Opfer getötet hatte. Doch er wirkte so bedauernswert und verzweifelt, dass ich ihm nicht wirklich böse sein konnte.

»Wie gesagt, ohne Demir hätte ich es nicht geschafft. Die Planung übernahm er. Vielleicht bist du schon darauf gekommen, meine Garage haben wir zu einer Art OP umfunktioniert. Der gestohlene weiße Minibus, die ganze Sache in sieben Tagen durchziehen ...«

»Moment, Moment!«, ging ich dazwischen. Nach unserer Rechnung waren die Morde an sechs Tagen erfolgt. »Hattet ihr den ersten Leichnam nicht in den ersten Stunden Dienstag früh arrangiert?«

»Montagnacht, spät, kurz vor Mitternacht. Wir wollten alles mit der Zahl sieben verbinden. Das war natürlich meine Idee. Damit es reibungslos ablief, hatten wir die Opfer über Monate beobachtet. Wann verließen sie das Haus, wann gingen sie zur Arbeit. Hatten wir einen getötet, entführten wir den Nächsten. Am leichtesten war es mit Necdet und Âdem. Sie sind von selbst in den Tod spaziert.«

Das ging mir nun doch zu weit.

»Hast du denn überhaupt kein Gewissen?«, brauste ich auf. »Sie hatten fünf Menschen umgebracht – ihr habt sieben getötet!«

Meine Worte ließen ihn kalt.

»Du irrst, Nevzat«, korrigierte er mich gelassen. »Auch sie hatten sieben Menschen auf dem Gewissen. Sie töteten nicht nur Handan und Umut und die drei armen Arbeiter, die bloß ihr Brot verdienen wollten, auch Demir und mich ermordeten sie. Die Männer wurden nicht von lebendigen Menschen umgebracht, sondern von den Gespenstern derer, die sie zuvor getötet hatten.« Ein bitteres Lächeln legte sich auf seine Lippen, aus denen alles Blut gewichen war. »Gewissen, sagst du. Wie sollte mein Gewissen mich nicht quälen. Aber glaub mir, Nevzat, selbst Gewissensbisse sind besser als ein Leben ohne Sinn.« Behutsam hob er die Pistole seines Vaters. »Es dauert ja auch nicht mehr lange.«

»Was tust du da?«

Er richtete den Lauf auf seinen mageren Leib.

»Was soll ich sonst tun? Du glaubst doch nicht, dass ich nach all dem weiterleben könnte, oder?«

Selbstverständlich glaubte ich das nicht. Schon als Demirs noch nicht erkalteter Körper neben mir lag und mir klar wurde, wo Yekta zu finden wäre, wusste ich, dass es mir nicht gelingen würde, ihn zum Weiterleben zu überreden. Ich versuchte es dennoch.

»Warum soll ich das nicht glauben, und sei es im Gefängnis, Leben ist Leben! Und vielleicht kommst du ja in dasselbe Gefängnis wie Demir.«

Verstohlenes Schluchzen schüttelte seinen verwundeten Leib, stille Tränen lösten sich aus seinen Augen.

»Lüg mich nicht an, Nevzat. Demir ist längst tot.« Er wischte sich die ihm über die Wange laufenden Tränen nicht ab. »Auch für mich gibt es keinen Ausweg. Meinen letzten Atemzug tat ich, als Handan und Umut starben. Was wir getan haben, sollte nur unserem verrinnenden Leben einen Sinn geben …«

»Mit eurem Tod?«

»Mit unserem Tod und mit unseren Tötungen«, bestätigte er energisch. »Uns blieb nichts anderes übrig. Verstehst du nicht, Nevzat, das ist unsere Verzweiflung, unser Kummer. All das ist ein Denkzettel. Wir taten es als Memento für Istanbul. Wir konnten nicht einfach lautlos abtreten, aber ebenso wenig einfach weiteratmen. Uns blieb nichts anderes übrig. Da haben wir unser eigenes Blut Istanbul zur Mahnung und zum Andenken gebracht.«

Er zog den Lauf der Pistole höher, bis unters Kinn.

»Warte!«, rief ich. »Du hast es versprochen, wir fahren ins Krankenhaus!«

Mit untröstlicher Traurigkeit sah er mich an.

»Das tun wir. Ist nicht Demir auch schon da?«

Als er den Finger an den Abzug legte, machte ich noch einen Versuch.

»Lass das, Yekta!«

Er sprach ein letztes Mal, bevor er abdrückte.

»Verzeih, Nevzat … Verzeih …«

Der dumpfe Knall seiner Pistole zerfetzte die tiefe Stille des Friedhofs. Die Grabsteine bebten, die Zypressen schwankten, der Flügelschlag der Nachtvögel war zu hören, irgendwo in der Ferne schlugen Hunde an. Yektas Rücken rutschte von Handans Grabstein ab, er kippte nach hinten, und so blieb er liegen.

Unser Istanbul
Stadt der geraubten Hoffnungen

Vom Meer aus schauten wir auf die Stadt: Nevzat, Demir und ich. Istanbul lag im Nebel. Im Nebel lag das Meer. Im Nebel unser Boot. Von Sultanahmet waren nur die Minarette zu sehen, von der Hagia Sophia die Kuppel, vom Topkapı-Serail die Türme. Wie nie ausgeplündert, nie zerstört, nie beschmutzt lag die Stadt da. In schneeweißen Nebel hatte die Natur gehüllt, was den Anblick verdarb. Gleich einem Traumbild, das für einen Augenblick aufsteigt, kurz bevor die Sonne aufgeht. Gleich einer magischen Wolke. Gleich einem märchenhaften Bild. Gleich einer neu gegründeten Stadt. Wie ein Neubeginn. Jung, voller Hoffnung, schön …

Vom Meer aus schauten wir auf die Stadt. Schauten auf unsere Kindheit, Geschrei und Rabatz in Balat, Kraulschlag auf Kraulschlag durch die Wasser des Goldenen Horns, Faust gegen Faust mit den Kindern der angrenzenden Viertel … Aus dem Garten des Priesters gestohlene Pflaumen, auf Schatzsuche im Anemas-Kerker, das Gespenst im Tekfur-Palast, der Jesus im Amtssitz des Patriarchen, Feiertagsgebet in der Süleymaniye, gesegnetes Wasser im Brunnen, die in den Heiligengräbern ruhenden Gefährten des Propheten, das aus dem Meer geborgene Kreuz … Die Gräber in Eyüp. Der Essensgeruch in den Gassen. Die engen nachbarschaftlichen Beziehungen …

Vom Meer aus schauten wir auf die Stadt. Schauten auf Handan. Auf das storchenbeinige Mädchen in der schwarzen Schuluniform. Der Finger, der noch vor uns aufzeigte. Hausaufgaben, die kein Ende nehmen wollten. Die Backpfeife des Lehrers. Unsere im Nebel verschwimmenden Erinnerungen… Vier Schulkinder in den engen Gassen von Balat. Die Freundschaft, die die Liebe nicht zerstören konnte. Demirs Courage, Nevzats Gewissen, meine Poesie… Handans Schönheit. Auf Handan schauten wir, in ihre Augen, verschleiert wie Istanbul, das im Nebel erwacht…

Vom Meer aus schauten wir auf die Stadt, auf Nevzats Vater, der Gedichte liebte, seine in die Geschichte vernarrte Mutter. Auf Güzide. Auf Nevzats Frau. Auf seine Tochter, auf Aysun. Auf Aysuns Freude, die sie nicht ausleben konnte… Auf Demirs Vater schauten wir, der seine Frau wahnsinnig liebte, seine an Alzheimer erkrankte Frau, auf den Habicht, den sie Traurig nannte… Auf meinen Vater schauten wir, der wunderbare Lieder sang, wenn er zwei Gläser getrunken hatte, auf meine stets liebevolle, stets freundliche Mutter… Und auf Handan schauten wir, viele, viele Male. Auf das Mädchen, in das wir alle verliebt waren. Auf meine Frau. Auf ihre Träume, die nie wahr wurden. Auf meinen Sohn Umut. Auf Umuts Freude, die er nicht ausleben konnte…

Vom Meer aus schauten wir auf Istanbul: Nevzat, Demir und ich. Auf das von der Natur geschaffene Gedicht. Auf die vom Menschen unserer Tage produzierten Absonderlichkeiten. Auf die Wolkenkratzer schauten wir, die sich unverschämt vor uns erhoben wie der Stadt ins Herz gestoßene Schwerter aus Beton. Auf die Brücken schauten wir, den Gelenken des Meeres angelegt gleich Ketten. Auf freie Flächen schauten wir, jede Stunde, jede Minute, jeden Augenblick schrumpfend. Auf die Wälder schauten wir, Baum um Baum, Busch um Busch, Blume um Blume geplündert. Auf die Menschen schauten wir, ihre Freude eingebüßt, ihre Liebe verloren, ihre Hoffnung aufgegeben, ohne Ehre und Opferbereitschaft, sich selbst abhandengekommen… Eine armselige Gemeinschaft, die glaubt, Glücklichsein habe mit Erfolg zu tun…

Vom Meer aus schauten wir auf Istanbul: Nevzat, Demir und ich. In die Gesichter unserer Toten schauten wir. In unseren Kummer in ihren Augen. Auf unsere Hilflosigkeit schauten wir, auf die Verzweiflung, die in unseren Händen blühte, auf die Feigheit, die in unserem Blut keimte. Auf das uns aus den Händen gerissene Leben schauten wir. Auf unsere sonnigen Tage, auf hoffnungsfrohe Morgen, vergnügte Frühlingsabende. Auf unsere verlöschenden Erinnerungen schauten wir, unsere sterbenden Träume, unsere einstürzenden Wünsche. Auf unsere Stadt, die gleich einem müden Kahn unsere verlöschenden Erinnerungen, unsere sterbenden Träume, unsere einstürzenden Wünsche lud und sich von uns entfernte. Auf uns schauten wir, die wir mit unserer Stadt auch uns selbst verloren …

Vom Meer aus schauten wir auf Istanbul. Auf König Byzas' legendäres Land, auf die Hauptstadt von Konstantins Reich, auf die Mauern Theodosius' II. gleich einem steinernen Collier, auf Justinians einzigartige Hagia Sophia, auf das Topkapı-Serail, von dem aus Mehmed Fatih die Welt regierte, auf die prunkvolle Süleymaniye des prächtigen Sultans. Auf die Herrscher schauten wir, auf große Befehlshaber, auf edle Bürger, auf Sklaven, auf Jungen aus der Knabenlese. Auf Frauen schauten wir, auf Pulcheria, auf Theodora, auf Hürrem Sultan. Auf Tapferkeit und Heldentum schauten wir, auf Feigheit, auf Kreativität und Destruktivität, auf Verstand und Dummheit, auf liebevolle Zärtlichkeit und gnadenlose Rücksichtslosigkeit, auf das Abenteuer einer ganzen Menschheit im Angesicht einer Stadt.

Auf Istanbul schauten wir vom Meer aus. Auf Foren, Säulen, Denkmäler, Götter, Tempel, Kirchen, Moscheen, Schlösser, Paläste, Zisternen, Brunnen, Mausoleen, Medresen, Volksküchen, Bootshäuser, Schiffsanleger, Bahnhöfe, Universitäten, Bosporus-Villen, Residenzen, vergessene Holzhäuser, verfallende Steinbauten … Auf sich zum Ufer hinabwindende schmale Pfade, auf breite Boulevards, auf von Häusern bedrängte Kinderspielplätze. Und auf jene, die mit ihrem Verstand, ihrem Vermögen und ihrer Finesse diese Stadt erbaut hatten. Auf den Meister aller Meister, auf Baumeister Sinan.

Auf Istanbul schauten wir vom Meer aus. Auf unser Istanbul, auf die Stadt der geraubten Träume. Auf die Hauptstadt der zerstörten Erinnerungen. Auf die Residenz vernichteten Lebensglücks. Auf die Festung zerbrochener Hoffnungen. Auf die Königin von Traurigkeit und Kummer. Auf die von Gewalt und Brutalität niedergerungene Schönheit. Auf die Eleganz, in die Hinterlist und Heimtücke ihre Fahnen pflanzten. Auf den fruchtbaren, von Gier eroberten Segen. Auf unsere Stadt, der wir nur noch unser eigenes Blut darbringen können, auf unsere Gasse, unseren Garten, unser Haus, unser Grab …

Auf Istanbul schauten wir vom Meer aus: Nevzat, Demir und ich. Istanbul lag im Nebel …

Danksagung

Mein Dank für ihre Unterstützung beim Schreiben von *Die Gärten von Istanbul* gilt Prof. Dr. Oğuz Tekin, der mir wertvolle Kenntnisse über Geschichte und Münzen von Rom, Ostrom und den Osmanen vermittelte; Gerichtsmediziner Dr. M. Süalp Bengidal, der mir mit seinen Gedanken über Kriminalistik weiterhalf; dem Leiter des Morddezernats Adana Şehmuz Akdemir; der ehemaligen Direktorin des Topkapı-Museums Dr. Filiz Çağman, die so großzügig war, ihr umfassendes Wissen über das Topkapı-Serail mit mir zu teilen; dem Direktor des Hagia-Sophia-Museums Haluk Dursun; dem stellvertretenden Direktor des Hagia-Sophia-Museums Halil Akça; den Archäologinnen Defne Tekay und Tülay Urun; Dr. Meltem Doğan Alparslan; Dr. Hüseyin Meşe, der mich mit entscheidenden Details der Chirurgie versorgte; meinen lieben Freunden RA Mehmet Ata Uçum und RA Hatice Uçum, die mit ihren juristischen Kenntnissen wichtige Beiträge leisteten; Veterinär Halil Aykın, der wichtige Informationen über Jako-Papageien beisteuerte; Architekt Nazir Korkmaz, der erhellende Beiträge zum Thema SIT-Schutzgebiete leistete; Hüseyin Erek für seine Informationen über Religion; Mustafa Alagöz für seine aufschlussreichen Gedanken über Sufismus; Özlem Yaşarlar, Leiterin der Unternehmenskommunikation von Doğan Kitap; Deniz Yüce Başarır, Lektor bei Doğan Kitap, der die ersten Kapitel von *Die Gärten von Istanbul* kritisch las und mit mir besprach; Kadir Turan und Murat Aksu, die mir wichtige Informationen über das Viertel Balat gaben; Anna Maria

Aslanoğlu, die mich bei den griechischen Namen und Bezeichnungen unterstützte; meinen lieben Freunden Figen Bitirim, Kemal Koçak, Erdinç Çekiç, Erhan Çekiç, Oral Esen, Ayhan Bozkurt und Ali Arda, meiner Frau Vildan Ümit, meiner Tochter Gül Ümit Gürak und meinem Schwiegersohn Gürkan Gürak, die stets meine Romane als Erste lesen und beurteilen. Ohne den Beitrag dieser geschätzten Menschen wäre dieser Roman nicht entstanden.

Quellen:

Adım Adım İstanbul, İBB Kültür A.Ş.

Agizza, Roza: *Antik Yunan'da Mitoloji, Masallar ve Söylenceler.* Çev: Z. Zühre İlkgelen, Arkeoloji ve Sanat Yayınları.

Arpad, Burhan: *Bir İstanbul Var İdi.* Doğan Kitap.

Atatürk, Gazi Mustafa Kemal: *Gençler İçin Fotoğraflarla Nutuk.* Günümüz Türkçesine Aktaranlar: Pınar Güven, Nur Özmel Akın, Türkiye İş Bankası Kültür Yayınları.

Balıkhane Nazırı Ali Rıza Bey: *Eski Zamanlarda İstanbul Hayatı.* Hazırlayan Ali Şükrü Çoruk, Kitabevi.

Barbaro, Nicolo: *Diary of the Siege of Constantinople, 1453.*

Bayrak, M. Orhan: *Resimli İstanbul Tarihi.* İnkılap Kitabevi.

Belge, Murat: *İstanbul Gezi Rehberi.* Tarih Vakfı Yurt Yayınları.

Belge, Murat: *İstanbul'un Sayfaları.* Doğan Kitap.

Cantay, Tanju: *Süleymaniye Camii,* Eren Yayıncılık.

Cheynet, Jean-Claude: *Byzance. L'Empire romain d'Orient.* Paris 2001.

Cogito No. 17, Bizans, YKY.

Çoral, Mehmet: *Bizans'ta Kayıp Zaman.* Milliyet Yayınları.

Crowley, Roger: *Konstantinopel 1453. Die letzte Schlacht.*

Davis, William Stearns: *The Beauty of the Purple. A Romance of Imperial Constantinople Twelve Centuries Ago.*

de Amicis, Edmondo: *Istanbul. Hauptstadt der Welt.*

de Villehardouin, Geoffroy u. Henri de Valenciennes: *La Conquête de Constantinople.*

Deleon, Jak: *Anıtsal İstanbul* (Gezgin Rehberi). Remzi Kitabevi.

Demirkent, Işın: *Niketas Khoniates'in Historiası (1195-1206) – İstanbul'un Haçlılar Tarafından Zaptı ve Yağmalanması.* Dünya Kitapları.

Dikici, Radi: *Şu Bizim Bizans.* Remzi Kitabevi.

Dikici, Radi: *Theodora.* Remzi Kitabevi.

Du Parquet, René: *İstanbul'da Bir Yıl.* Çev: Sertaç Canbolat, Tarih Vakfı Yurt Yayınları.

Dursun, Haluk: *İstanbul'da Yaşama Sanatı.* Timaş Yayınları.
Eco, Umberto: *Baudolino.*
Ercan, Enver (Derl.): *Bizans'tan Günümüze İstanbul Şiirleri.* Alfa Yayınları.
Ergin, Osman Nuri: *Istanbul-Şehri-Rehberi, 1934.* İstanbul Belediyesi.
Estin, Colette u. Helene Laporte: *Yunan ve Roma Mitolojisi.* Çev: Musa Eran, Tübitak.
Evliya Çelebi: *Evliya Çelebi Seyahatnamesi: İstanbul* (Reisebuch: Istanbul). Hazırlayanlar: Seyit Ali Kahraman-Yücel Dağlı, YKY.
Eyice, Semavi: *Tarih Boyunca İstanbul.* Etkileşim Yayınları.
Freely, John u. Ahmet S. Çakmak: *Byzantine Monuments of Istanbul.*
Göncüoğlu, Süleyman Faruk: *İstanbul'un İLKleri ENleri.* EP Yayıncılık.
Goodwin, Jason: *Der Antiquar von Konstantinopel.* München 2010.
Goodwin, Jason: *Die Weisheit des Eunuchen.* München 2008.
Gregory, Timothy E.: *A history of Byzantium.*
Grelot, Josephus: *İstanbul Seyahatnamesi.* Çev: Maide Selen, Pera Yayıncılık.
Günay, Reha: *Mimar Sinan ve Eserleri.* Yapı-Endüstri Merkezi Yayınları.
Güzelsoy, İsmail: *İstanbul'un Gezi Rehberi-2 Günde Tarihi Yarımada.* Alfa Basım Yayın Ltd.Şti.
Gyllius, Petrus (Pierre Gilles): *The antiquities of Constantinople.*
Hill, Barbara: *Imperial Women in Byzantium.*
Hovhannesyan, Sarkis Sarraf: *Payitaht İstanbul'un Tarihçesi.* Çev: Elmon Hançer, Tarih Vakfı Yurt Yayınları.
Hürel, Haldun: *Anlat İstanbul.* Kapı Yayınları.
Hürel, Haldun: *Fatih Sultan Mehmet'in İstanbul'u.* Büyülü Fener Yayınları.
Hürel, Haldun: *İstanbul'u Geziyorum Gözlerim Açık.* Dharma Yayınları.
Hürel, Haldun: *Mimar Sinan'ın İstanbul'u.* Büyülü Fener Yayınları.
Ibn Arabi, Muhyiddin: *Tefsir-i Kebir Te'vilat.* Çev: Vahdettin İnce, Kitsan Basım Yayın.
İnalcık, Halil: *Devlet-i'Aliyye-Osmanlı İmparatorluğu Üzerine Araştırmalar I.* Türkiye İş Bankası Kültür Yayınları.
İnalcık, Halil: *The Ottoman Empire, The Classical Age, 1300-1600.*
Kabacalı, Alpay: *Fatih Sultan Mehmed.* Denizbank Yayınları.
Keleş, Vedat: *Roma Sikkeleri-Erzurum Arkeoloji Müzesi.* Arkeoloji ve Sanat Yayınları.
Koçu, Reşat Ekrem: *Fatih Sultan Mehmed.* Doğan Kitap.

Kuban, Doğan: *Istanbul. An urban history.*
Kuntay, Mithat Cemal: *Üç İstanbul.* Sander Yayınları.
Kutlu, Hüseyin: *Fatih Camii ve Fatih Külliyesi.* İBB Kültür A.Ş.
Mango, Cyril: *Byzantium. The empire of new Rome.* London 1980.
Mansel, Philip: Contantinople: *City of the World's Desire, 1453-1924.*
Müller-Wiener, Wolfgang: *Bildlexikon zur Topographie Istanbuls. Byzantion, Konstantinupolis, Istanbul bis zum Beginn des 17. Jahrhunderts.*
Necipoğlu, Gülru: *15. ve 16. Yüzyılda Topkapı Sarayı, Mimari, Tören ve İktidar.* Çev: Ruşen Sezer, YKY.
Nicol, Donald M.: *The Byzantine lady: ten portraits, 1250-1500.*
Nicol, Donald M.: *The last centuries of Byzantium, 1261-1453.*
Ortaylı, İlber: *İmparatorluğun En Uzun Yüzyılı.* Timaş Yayınları.
Ortaylı, İlber: *İstanbul'dan Sayfalar.* Turkuaz Kitapçılık.
Özdem, Filiz: *Karaların ve Denizlerin Sultanı İstanbul.* YKY.
Özgencil Yıldırım, Sercan: *Kentin Anlam Haritaları – Gravürlerde İstanbul.* İstanbul Ticaret Odası.
Öztürk, Mustafa: *5. Yüzyıl Bizantion.* İlke Yayıncılık.
Pamuk, Şevket: *Osmanlı İmparatorluğu'nda Paranın Tarihi.* Tarih Vakfı Yurt Yayınları.
Pitcher, Donald Edgar: *An Historical Geography of the Ottoman Empire.*
Prokopios: *De Aedificiis* (Bauten).
Prokopios: *Historia Arcana* (Geheimgeschichte).
Runciman, Steven: *Die Eroberung von Konstantinopel 1453.*
Saatçi, Suphi: *Bir Osmanlı Mucizesi: Mimar Sinan.* Ötüken Neşriyat A.Ş.
Sakaoğlu, Necdet: *Saray-ı Hümayun Topkapı Sarayı.* Denizbank Yayınları.
Schlumberger, Gustave: *İstanbul Düştü Ben Hâlâ Hayatta Mıyım? – Bir Fethin Anatomisi.* Çev: Hamdi Varoğlu, Kaktüs Yayınları.
Scognamillo, Giovanni: *İstanbul'un Gizemleri – Büyüler, Yatırlar, İnançlar.* Altın Kitaplar.
Şenyapılı, Önder: *Ne Demek İstanbul; Bebek, Niye Bebek?..* METU Press.
Söz Ola Kitaplığı, *İstanbul'u Aç Gülzâr Yap.* Erkam Yayınları.
Tanpınar, Ahmet Hamdi: *Beş Şehir*, Dergah Yayınları.
Tanpınar, Ahmet Hamdi: *Seelenfrieden.* Zürich 2008.
Tanyol, Cahit: *Kuruluş ve Fetih Destanı.* Pozitif.
Tekin, Oğuz: *Bizans Sikkeleri: Byzantine Coins.* YKY.

Tekin, Oğuz: *Eski Çağ'da İstanbul.* Eskiçağ Bilimleri Enstitüsü Yayınları.
Tekin, Oğuz: *Eski Çağ'da İstanbul'da Balık ve Balıkçılık.* Arkeoloji ve Sanat Yayınları.
Tekin, Oğuz: *Eski Çağ'da Para.* Eskiçağ Bilimleri Enstitüsü Yayınları.
Tekin, Oğuz: Yapı Kredi Koleksiyonu, *Grek ve Roma Sikkeleri, Greek and Roman Coins.* The Yapı Kredi Collection, Haz: Şennur Şentürk.
Yahya Kemal. *Kendi Gök Kubbemiz.* Yapı Kredi Yayınları.
Yazır, Elmalılı Hamdi: *Kur'an-ı Kerim-Yüce Meali.* Sadeleştiren: Kasım Yayla, Merve Yayınları.
Yerasimos, Stefanos: *Kostantiniyye ve Ayasofya Efsaneleri.* İletişim Yayınları.
Yetkin Kubilay, Ayşe: *İstanbul Haritaları 1422-1922.* Denizler Kitabevi.

Die Originalausgabe erschien 2010 unter dem Titel
»Istanbul Hatırası« bei Everest Yayınları, Istanbul.

1. Auflage
Genehmigte Taschenbuchausgabe Oktober 2017
by btb Verlag in der Verlagsgruppe Random House GmbH,
Neumarkter Str. 28, 81673 München

Umschlaggestaltung: semper smile, München
Covermotiv: © Irene Lamprakou/Arcangel Images
Satz: Uhl + Massopust, Aalen
Druck und Einband: CPI books GmbH, Leck
mr · Herstellung: sc
Printed in Germany
ISBN 978-3-442-71513-8

www.btb-verlag.de
www.facebook.com/btbverlag